1781

DORIS LESSING

UND WIEDER DIE LIEBE

Roman

Aus dem Englischen
von Irene Rumler

Hoffmann und Campe

Die Originalausgabe erschien 1996 unter dem Titel
»Love, Again« bei HarperCollins, London

Die Deutsche Bibliothek – CIP-Einheitsaufnahme

Lessing, Doris:
Und wieder die Liebe : Roman / Doris Lessing. Aus dem Engl.
von Irene Rumler. – 1. Aufl. –
Hamburg : Hoffmann und Campe, 1996
Einheitssacht.: Love, again <dt.>
ISBN 3-455-04391-7

Schutzumschlag: Jens Schlockermann
unter Verwendung eines Fotos von Clärchen Baus
Gesetzt aus der Aldus
Satz: Utesch Satztechnik GmbH, Hamburg
Druck und Bindung: Mohndruck, Gütersloh
Printed in Germany

Mit einer ehrerbietigen Verbeugung vor den großen Karthographen dieser Region, vor allem vor Stendhal mit seinem Essay *Über die Liebe* und vor Marcel Proust. Und mit einem freundlichen, aber etwas verlegenen Gruß an die berühmten Reisenden in diesen Gefilden: Goethe, Richardson mit *Clarissa,* Henry Handel Richardson (eine Frau) mit *Maurice Guest,* Christina Stead mit *For Love Alone* und die unvergleichliche Colette mit *Chéri.*

Dank auch an D. H. Lawrence, Gerard Manley Hopkins, Shakespeare, Elizabeth Barret Browning, Edward Thomas, Publilius Syrus, Byron, Browning, Alfred Lord Tennyson, Louis MacNeice, Plautus, George Eliot, Charles Dickens, Das Buch Kohelet, T. S. Eliot, Sappho, Bob Dylan, François Villon, John Vanbrugh, Aphra Behn, John Dryden, Andrew Marvell, Cecil Spring Rice, Erzbischof Whatley aus Dublin und Harry Graham.

Erinnerung

Eine hatte ein hübsches Gesicht,
Und zwei oder drei hatten Liebreiz,
Doch fruchtlos blieben Liebreiz und Gesicht,
Weil das Gras in den Bergen
Nicht anders kann, als die Form halten,
Wo einst ruhte des Berghasen Gewicht.

W. B. Yeats

Wieder verliebe ich mich,
Dabei wollt' ich es nie …

Auf den ersten Blick hätte man es für eine Rumpelkammer halten können, lautlos und stickig, in warmen Dämmer gehüllt, aber dann bewegte sich ein Schatten, eine Gestalt tauchte auf, um Vorhänge zurückzuziehen und Fenster aufzureißen. Es war eine Frau, die rasch auf eine Tür zuging und dahinter verschwand, ohne sie zu schließen. Und nun sah man, daß der Raum übervoll war. An einer Wand standen alle möglichen Zeugen des technischen Fortschritts – ein Faxgerät, ein Kopierer, ein Computer, mehrere Telefone –, doch abgesehen davon hätte es sich ebensogut um einen Theaterfundus handeln können, denn neben der überlebensgroßen, goldenen Büste irgendeiner Römerin gab es Masken, einen purpurroten Samtvorhang, Theaterplakate und Stapel mit Notenblättern oder vielmehr Fotokopien, die die vergilbten und allmählich auseinanderfallenden Originale getreulich wiedergaben.

An der Wand über dem Computer hing eine vergrößerte Reproduktion von Cézannes *Mardi Gras*, auch schon arg mitgenommen. Der Riß, der mittendurch ging, war mit Tesafilm geklebt worden.

Die Frau nebenan war energisch am Werk, offenbar räumte sie Gegenstände hin und her. Dann tauchte sie wieder in der Tür auf und blickte ins Zimmer.

Keine junge Frau, wie man aufgrund ihrer kraftvollen Bewegungen leicht hätte meinen können, solange man sie nur undeutlich im Dunkeln sah. *Une femme d'un certain âge*, wie die Franzosen sagen, vielleicht sogar etwas älter, und nicht gekleidet, um sich in der Öffentlichkeit zu zeigen, sondern in alter Hose und altem Hemd.

Die Frau war lebhaft und voller Energie, aber der Anblick, der sich ihr bot, schien ihr nicht zu behagen. Doch sie schüttelte ihr Mißfallen ab, ging zu ihrem Computer, setzte sich hin und schaltete ein Tonband ein. Schlagartig wurde der Raum von der Stimme der Gräfin Dié erfüllt (oder vielmehr von einer Stimme, die den

Zuhörer zu überzeugen vermochte, daß sie der Gräfin gehörte), die über acht Jahrhunderte hinweg ihre zeitlosen Klagen sang:

»Ich muß singen, ob ich will oder nicht:
Ich leide soviel Schmerz um ihn, dessen Gefährtin ich mich wähne,
Denn ich liebe ihn mehr als alles ...«

Die Frau saß da, die Finger startbereit auf den Tasten, und ihr war bewußt, daß sie sich dieser Schwester aus vergangenen Zeiten überlegen fühlte, um nicht zu sagen, sie verachtete. Diese Erkenntnis gefiel ihr gar nicht. Wurde sie etwa intolerant?

Gestern hatte Mary aus dem Theater angerufen und erzählt, daß Patrick völlig durcheinander sei, weil er sich wieder mal verliebt habe, und sie hatte darauf mit einer bissigen Bemerkung reagiert.

»Ach, komm schon, Sarah«, hatte Mary sie zurechtgewiesen.

Sarah mußte zugeben, daß die Rüge berechtigt war, und hatte über sich selbst gelacht.

Dennoch war sie beunruhigt. Offenbar gab es eine Gesetzmäßigkeit, derzufolge das, was man verachtete, früher oder später auf einen selbst zukam und ertragen werden mußte. Man wurde sozusagen gezwungen, das eigene Erbrochene zu essen – ja, das kannte Sarah zur Genüge. Irgendwann vor langer Zeit hatte sie sich vorgenommen: Hüte dich davor, andere zu verachten, und schau dir selbst auf die Finger.

Die Klagen der Gräfin Dié waren so aufwühlend, daß Sarah das Band abschaltete.

Stille. Sie saß da und atmete sie ein. Diese alten Troubadour- und Trouvèrelieder gingen ihr zu sehr unter die Haut. Sie hörte seit Tagen kaum etwas anderes, um sich auf die Texte einzustimmen, die sie zu schreiben hatte. Nicht nur die Gräfin Dié, sondern auch Bernard von Ventadorn, Peire Vidal, Guiraut de Bornelh und andere Sänger aus jener Zeit versetzten sie in diese eigenartige Stimmung, sie war voll innerer Unruhe, wie im Fieber. Wann hatte Musik sie jemals so aufgewühlt? Wahrscheinlich noch nie. Doch,

Augenblick mal. Früher hatte sie Jazz gehört, Blues vor allem, Tag und Nacht, wie ihr schien, monatelang. Aber das war nach dem Tod ihres Mannes gewesen, und die Musik hatte ihrer Schwermut Nahrung gegeben. Doch sie konnte sich nicht erinnern ... ja, in der ersten Zeit war sie vor Kummer krank gewesen, und dann hatte sie sich Musik gesucht, die ihrem Gemütszustand entsprach. Aber das hier war etwas völlig anderes.

Die Arbeit, die sie sich für diesen Abend vorgenommen hatte, war nicht schwierig. Die Texte für das Programmheft waren noch zu hölzern formuliert, weil sie beim Schreiben Angst gehabt hatte, sich zu sehr von ihrem Thema bezaubern zu lassen. Und die sinnliche Stimme der Gräfin – beziehungsweise der jungen Sängerin, Alicia de la Haye – wirkte tatsächlich wie ein Zauber auf sie.

Sie mußte die Texte nicht unbedingt heute umschreiben. Eigentlich hatte sie es sich zur Regel gemacht, abends zu Hause nicht mehr zu arbeiten – eine Regel, die sie in letzter Zeit allerdings kaum befolgte, was im Klartext hieß, daß sie sich nicht an ihr eigenes Rezept für innere Ausgeglichenheit und psychische Stabilität hielt.

Sie saß da und horchte in die Stille. Ein Spatz tschilpte.

Ich könnte ja dieses provençalische Gedicht von Pound nachschlagen, überlegte sie, das ist eigentlich keine richtige Arbeit.

Auf dem Schreibtisch stapelten sich Nachschlagewerke und Ordner mit Zeitungsausschnitten, und die Bücherregale daneben reichten bis zur Decke. Neben dem Computer lag ein aufgeschlagenes Buch.

»In Würde alt werden ... der Weg ist ausgeschildert. Man könnte sagen, daß die Wegweiser mit unsichtbarer Tinte beschriftet sind und in dem Maße lesbar werden, in dem das Leben sie offenbart. Dann brauchen die richtigen Worte nur noch ausgesprochen zu werden. Im großen und ganzen machen die Alten ihre Sache nicht schlecht. Stolz ist etwas Großartiges, und die erforderliche Haltung und Gelassenheit fallen einem leicht, weil – und das wissen die Jungen nicht, noch nicht – das Fleisch um einen unveränderten Kern welkt. Die Alten zwinkern einander ironisch zu, wie Geister bei einem Fest, die zwar von ihresgleichen gesehen werden können, nicht aber von den Gästen, deren Gekasper und bewußtes Posieren sie beobachten, lächelnd und sich erinnernd.«

Diese gelassenen Sätze voller Selbstachtung könnten wohl die meisten alternden Menschen unterschreiben, sie würden sich zutreffend dargestellt und sogar in Schutz genommen fühlen.

Ja, dem kann ich mich anschließen, dachte Sarah. Sarah Durham. Ein ordentlicher, vernünftiger Name für eine vernünftige Frau.

Das Buch, aus dem die Sätze stammten, hatte sie auf einem Flohmarkt entdeckt. Es waren die Memoiren einer einst wegen ihrer Schönheit berühmten Dame der feinen Gesellschaft, geschrieben in hohem Alter und veröffentlicht vor zwanzig Jahren, als sie fast hundert war. Merkwürdig, dachte Sarah, daß sie, Sarah, dieses Buch überhaupt in die Hand genommen hatte. Früher hätte sie ein von einem alten Menschen geschriebenes Buch nicht einmal aufgeschlagen. Das hat nichts mit mir zu tun, hätte sie gedacht. Aber ist es nicht außerordentlich merkwürdig, wie einem der Zufall Bücher in die Hände spielt, die etwas mit der eigenen Situation oder Lebensphase zu tun haben?

Sie legte das Buch beiseite, überlegte sich, daß Pounds Gedicht auch warten konnte, und beschloß, sich einen Abend zu gönnen, an dem sie sich nichts abverlangte. Ein Abend im April, und es war noch immer hell. Dieses Zimmer, ruhig und normalerweise beruhigend, enthielt, wie die anderen drei Räume der Wohnung, Erinnerungen aus dreißig Jahren. Über lange Zeiten hinweg bewohnte Zimmer sind wie mit Abfällen übersäte Meeresstrände; schwer zu sagen, woher dieses oder jenes Stück Strandgut stammt.

Woher der Theaterplunder stammte – aus welchem Stück, von welchem Schauspieler –, wußte sie im einzelnen noch ganz genau. Aber die anderen Sachen? Auf dem Fensterbrett lag eine Schale mit farbigen Kieselsteinen, die sie in der Nähe eines Dorfes in der Provence aufgelesen hatte, zu dem sie mit ihren zwei Kindern, damals zwölf und dreizehn Jahre alt, gewandert war. Wie hatte das Dorf gleich wieder geheißen? Sie war mehrere Male in der Gegend gewesen und hatte jedesmal Steine gesammelt und mit nach Hause genommen. Schnüre mit Perlen in allen Rotschattierungen waren fächerförmig auf ein Brett geheftet, das einen Großteil der Wand einnahm. Warum hatte sie das Ding aufbewahrt? Stapel mit Theaterliteratur kletterten die Wände empor; einige dieser Bücher hatte sie jahrelang nicht mehr in der Hand gehabt. Und dann das *Mardi-Gras*-Poster. Jahrzehntelang hatte er ihr Aug in Auge gegenübergestanden, dieser arrogante, aufreizende Jüngling in dem rotschwarz gerauteten Kostüm mit seinem Rühr-mich-nicht-an-Blick. Er kam ihr vor wie ihr eigener Sohn – tja, das war lange her. George war inzwischen Mitte vierzig und Wissenschaftler. Wann immer ihr Blick jetzt auf das Bild fiel (meist betrachtet man die Stücke an den eigenen Wänden ja nicht so häufig), wanderte er zu dem unsicheren Jüngling in dem schlechtsitzenden Pierrotgewand mit seinen dunklen, nachdenklichen Augen. Ihre Tochter Cathie wollte mit fünfzehn ein Pierrotkostüm haben, und sie, die Mutter, hatte erkannt, daß das eine Botschaft war: *Ich bin wie er. Ich brauche eine Verkleidung. Ich wünschte, ich wäre nicht unsicher, sondern so selbstbewußt wie der Harlekin, der weiß, wie schön er ist.* Inzwischen hatte Cathie alle Unsicherheit abgelegt. Sie war eine erfolgreiche, ehrbare Frau, hatte Kinder, einen Beruf und einen Ehemann, mit dem sie zufrieden sein konnte.

Sarah war klar, daß sie in diesem Bild ihre eigenen Kinder porträtiert fand. Warum hatte sie es hierbehalten? Eltern hängen oft heimlich an Fotos von ihren Sprößlingen, auf denen diese sehr viel jünger sind als in Wirklichkeit, aber durchaus nicht immer entzückende, hilflose Säuglinge.

Sie sollte sich diesen ganzen Krempel vom Hals schaffen ... und da auf einmal setzte sie sich kerzengerade auf, erhob sich von ihrem Stuhl und begann im Zimmer auf und ab zu gehen. Der Gedanke kam ihr nicht zum ersten Mal. Vor Jahren hatte sie sich hier im Zimmer umgesehen, in diesem Raum voller Dinge, die aus dem einen oder anderen Grund hier gelandet waren, und gedacht: Ich muß den ganzen Krempel loswerden.

Das Cézanne-Poster hing da, weil ihre Tocher Cathie es irgendwann mit nach Hause gebracht hatte. *Mit ihr, Sarah, hatte es nichts zu tun.* Was gehörte eigentlich wirklich ihr? Die Bücher, die Nachschlagewerke – die brauchte sie für ihre Arbeit. Und der Rest der Wohnung? Ein ausgiebiger Rundgang damals, den sie jetzt wiederholte, führte sie an Gefäßen voller Muscheln vorbei, die ihre Kinder vor Jahrzehnten gesammelt hatten, einem Schrank, in dem noch immer alte Kinderkleider hingen, einer mit Urlaubspostkarten von Freunden gespickten Korktafel. Und wie stand es mit ihren eigenen Kleidern? Konnte sie behaupten, daß sie die wirklich ausgesucht hatte? Ja, schon, aber letztlich hatte sie die Mode diktiert.

An jenem Abend vor Jahren war sie zu der alarmierenden Erkenntnis gelangt, daß diese vier großen Zimmer sehr wenig Dinge enthielten, die sie bewußt ausgewählt hatte. Ausgewählt mit jenem Teil ihrer Person, den sie als ihr Ich betrachtete. Und daraufhin hatte sie beschlossen, die Wohnung zu durchforsten und alles hinauszuwerfen ... na ja, fast alles. Das hier war ein Stück, das dableiben würde, selbst wenn alles andere, in Säcke gestopft, in der Mülltonne landete. Eine lebensechte Fotografie, die ernst zu nehmen war: ein freundlich aussehender Mann, vielleicht etwas besorgt – oder müde? Ein Netz feiner Linien um offene und kameradschaftlich blaue Augen, etwas Grau in den blonden Haaren (deren seidige Weichheit sie zwischen den Fingern spüren konnte), wahrscheinlich der erste Vorbote des Herzinfarkts, der ihn so jung niederstrecken sollte – mit vierzig.

Er saß da, die Arme um zwei Kinder gelegt, einen Jungen und ein Mädchen, acht und neun Jahre alt. Alle drei lächelten Sarah an. Das Foto stand in einem silbernen Art-déco-Rahmen, nicht Sarahs Geschmack, aber sie hatte ihn von ihrem Mann bekommen, der ihn von seiner Mutter hatte. Sollte sie den Rahmen wegwerfen, nur weil sie ihn nie gemocht hatte?

Warum hatte sie nicht gründlich ausgeräumt? Weil sie zu beschäftigt gewesen war. Wahrscheinlich mit einem neuen Stück. Sie hatte immer ziemlich hart gearbeitet.

Sarah blieb vor einem Spiegel stehen. Sie hatte eine gutaussehende Frau vor sich, eine Frau mittleren Alters, wie es schien, mit einem Körper, der gut in Form war. Ihr Haar, aus Bequemlichkeit immer fest mit weichen Bändern zusammengehalten – Friseurbesuche empfand sie als Zeitverschwendung –, wurde in ihrem Paß als blond bezeichnet, war aber eher mattgelb, wie angelaufenes Messing. Eigentlich müßte sie inzwischen ein paar graue Haare haben. Aber diese Haarfarbe wird häufig weder grau noch weiß, oder erst im hohen Alter. In der Jugend wünschen sich Leute mit solchen Haaren sehnlichst einen lebhafteren Ton und färben sie sich mitunter, und wenn sie älter sind, lassen sie sie dankbar in Ruhe und müssen sich dennoch vorwerfen lassen, sie zu färben. Sie schaute nicht oft in den Spiegel, weil sie sich keine Sorgen um ihr Aussehen machte. Warum auch? Sie wurde nicht selten zwanzig Jahre jünger geschätzt. In einem anderen Spiegel, der im Schlafzimmer hing und in dem sie sich durch die offene Tür sehen konnte, wirkte sie sogar noch jünger. Wenn sie den Kopf nach hinten drehte, sah sie ihr Spiegelbild. Ihr Rücken war gerade und voller Spannkraft. Als sie wegen der Rückenschmerzen, die sich in letzter Zeit ab und zu bemerkbar machten, zum Chiropraktiker gegangen war, hatte der sich erkundigt, ob sie früher Tänzerin gewesen sei. Die beiden Spiegel hingen da, weil ihr Mann vor Jahrzehnten gesagt hatte: »Diese Zimmer sind viel zu dunkel, Sarah. Können wir nicht ein bißchen Licht hineinbringen?« Die Wände wurden strahlend weiß getüncht, waren aber längst grau geworden, und die Vorhänge, damals schneeweiß, waren inzwischen beige. Wenn die Sonne hereinschien, füllte sich das Zimmer mit Licht, Schatten und sich bewegenden Reflexionen, eine Umgebung voller Andeutungen und Möglichkeiten. Ohne die Sonne ließen die Spiegel die Möbelstücke in einem ruhigen, wässrigen Licht erscheinen. Perlfarben. Friedlich. Sarah mochte ihr Zuhause gern und konnte sich nichts Schlimmeres vorstellen, als hier ausziehen zu müssen. Manch einem mochte die Wohnung schäbig vorkommen. Ihr Bruder war eindeutig dieser Meinung, aber Sarah fand sie elegant und ehrfurchtgebietend. Die Zimmer schienen sich über die Jahre nachsichtig damit abgefunden zu haben, daß Sarah stets viel zu tun hatte und sich im Grunde nicht besonders um sie kümmerte, so daß sich immer noch mehr Bücher und Fotos, Postkarten und Dinge aus dem Theater anhäuften und wie Ablagerungen ständig neue Schichten bildeten.

Das ganze Gerümpel müßte verschwinden ... Dort, an der

Schlafzimmerwand, hingen mehrere Fotos. Auf einigen waren Sarahs Großmutter und Großvater zu sehen, damals in Indien, in steifer Pose, eine Pflichtübung, aber daneben hatte sie ein Foto aus einer Zeitschrift gehängt: ein Mädchen, das so gekleidet war, wie es in dem Jahr Mode war, als Sarah Anstruther nach Indien fuhr, um ihren Verlobten zu heiraten, der dort im Staatsdienst Karriere machte. Dieses Mädchen war zwar nicht Sarah Durhams Großmutter, aber alle Fotografien, die Sarah von ihrer Großmutter besaß – die sie im übrigen nie kennengelernt hatte –, zeigten eine junge, würdevolle junge Dame, die tüchtig und entschlossen in die Welt blickte, und Sarah war ziemlich sicher, daß die scheue, verängstigte Unbekannte sehr viel eher zum Ausdruck brachte, wie ihrer Großmutter zumute gewesen sein mußte. Ein achtzehnjähriges Mädchen, das in ein fremdes Land reiste, von dem sie keine Ahnung hatte, dort einen jungen Mann heiraten sollte, den es kaum kannte, und eine *memsahib* werden würde ... durchaus üblich zur damaligen Zeit, aber unglaublich mutig.

Sarah Durhams Leben hatte keine solch dramatischen Wendungen aufzuweisen. Eine Kurzbiographie von ihr, wie man sie auf Buchumschlägen oder Theaterzetteln findet, würde etwa so aussehen: Sarah Durham wurde 1924 in Colchester geboren. Zwei Kinder. Ihr Bruder studierte Medizin. Sie ging auf mehrere renommierte Mädchenschulen, studierte zunächst Französisch und Italienisch, dann ein Jahr Musik an der Universität von Montpellier. Dort lebte sie bei einer Tante, die mit einem Franzosen verheiratet war. Während des Krieges arbeitete sie als Fahrerin für die Offiziere der französischen Brigade in London. 1946 heiratete sie Alan Durham und bekam zwei Kinder. Ihr Mann starb früh und ließ sie mit Mitte dreißig als Witwe zurück. Sie blieb mit ihren Kindern in London, wo sie nach wie vor lebt.

Eine besonnene und vernünftige Frau. Freilich hatte Alans Tod sie eine Zeitlang tiefunglücklich gemacht, aber sie war darüber hinweggekommen. So stellte sie es jetzt dar, wohl wissend, daß sie sich lieber nicht an das Leid jener Zeit zurückerinnerte. Dieses scheinheilige Gedächtnis – dieses gütige Gedächtnis –, das ihr erlaubte zu behaupten, daß sie ein friedliches Leben führte.

Sie ging ins Arbeitszimmer zurück und las in dem Buch der alten Dame noch einmal jenen beispielhaften Abschnitt, der mit »In Würde alt werden ...« begann. Er stand am Ende eines Kapitels, und das nächste begann mit den Sätzen: »Was mir auf meiner Indienreise am besten gefiel, waren die frühen Morgen, bevor die Hitze unerträglich wurde und wir im Haus bleiben mußten. Als ich beschloß, Rupert doch nicht zu heiraten, entschied ich mich im Grunde eher gegen die Hitze als gegen ihn; jetzt weiß ich das. Ich war nicht in ihn verliebt, aber das war mir damals nicht klar. Ich hatte nie erfahren, was es heißt, verliebt zu sein.«

Zum drittenmal las sie von »In Würde alt werden ...« bis zum Kapitelende. Ja, das war zutreffend. Sarah ertappte sich ab und zu dabei, wie sie mit ihren fünfundsechzig Jahren jüngeren Leuten erklärte, das Altwerden sei kein Problem, es sei eigentlich recht erquicklich, denn wenngleich sich der eine oder andere positive Aspekt verflüchtigte, brachte es unverhofft alle möglichen Annehmlichkeiten mit sich, so daß man sich unweigerlich fragte, welche Überraschung es als nächstes bereithalten mochte. Sarah sagte solche Dinge in gutem Glauben, und wenn sie die emotionalen Turbulenzen bei nur zehn Jahre jüngeren Leuten beobachtete, schauderte sie im stillen, wenn sie sich vorstellte, all das noch einmal durchmachen zu müssen – wobei diese Floskel für sie die Liebe einschloß. Irgendwann war ihr bewußt geworden, daß sie vor zwanzig Jahren das letzte Mal verliebt gewesen war, sie, die sich einst so leicht verliebt hatte und – wie sie zugeben mußte – ganz wild darauf gewesen war. Sie konnte nicht glauben, daß sie das noch einmal erleben würde. Auch das konstatierte sie voller Zufriedenheit und vergaß dabei das eherne Gesetz, demzufolge man erleiden muß, was man verachtet.

Nein, sie würde sich jetzt nicht hinsetzen und arbeiten. Auf einmal erkannte sie, daß einer der Gründe für diese rigorose Weigerung, sich wieder einen Abend mit der Materie zu befassen, mit der sie sich den ganzen Tag beschäftigte, ihre Angst – jawohl, anders konnte man es nicht nennen – vor dieser Musik war. Diese Klagegesänge aus längst vergangenen Zeiten wirkten auf sie wie eine Droge. Hatte Jazz auch eine solche Macht auf sie ausgeübt wie die Gräfin Dié oder Bernard von Ventadorn, Peire Vidal und Guiraut de Bornelh? Und wie stand es mit der Frau, mit der sie sich derzeit beschäftigte, Julie Vairon, deren Musik in Gestalt vergilbter Notenstapel dort auf dem Tisch lag? Nein, sie mißtraute Musik grundsätzlich. Und damit befand sie sich in guter Gesellschaft, denn viele kluge und große Geister hatten die Musik als fragwürdigen Freund betrachtet. Sie hatte ihr stets in dem Bewußtsein gelauscht: Du gewinnst keine Macht über mich, glaub das bloß nicht!

Nein: keine Arbeit und keine Musik. Sie war so voller Unruhe, daß sie am liebsten einen Berg bestiegen oder einen Dreißig-Kilometer-Marsch gemacht hätte. Sarah beschloß, ihr Arbeitszimmer aufzuräumen, das es wahrhaftig nötig hatte. Eigentlich konnte sie auch gleich staubsaugen ... und wenn sie schon dabei war, dann gleich alle vier Zimmer. Und die Küche. Und das Bad. Um zwölf Uhr war ihre Wohnung blitzblank. Man hätte meinen sollen, daß diese Frau auf ihre hausfraulichen Tugenden stolz war. Statt dessen kam einmal in der Woche eine Putzfrau, und damit hatte es sich.

Ihre Nervosität rührte bestimmt nicht daher, daß sie morgen Stephen Ellington-Smith kennenlernen würde, der im Theater scherzhaft »Unser Engel« genannt wurde. Sie konnte sich nicht erinnern, im Vorfeld einer solchen Begegnung jemals nervös gewesen zu sein. Schließlich war es ihre Aufgabe, sich mit Mäzenen, Gönnern und Engeln zu treffen und sie zu besänftigen; das war ihr täglich Brot.

In der Erinnerung gliederte sich Sarahs Leben in zwei Epochen, zwei unterschiedliche Landschaften, die eine sonnig und unproblematisch, die andere voller Mühsal und Schwierigkeiten. (Doch aus irgendeinem Grund war der Krieg mit seinen Sorgen und Nöten im ersten, sonnendurchfluteten Abschnitt angesiedelt. Wie war das möglich? Und was war mit den ständigen finanziellen Schwierigkeiten? Nichtigkeiten, Lappalien im Vergleich zu dem, was folgte.) Der Tod ihres Mannes markierte den Zeitpunkt, zu dem die Existenz der jetzigen Sarah Durham begann, arm und verzweifelt. Ihre Eltern hatten nicht viel Geld. Lebensversicherungen gab es keine. Im Grunde konnte sie es sich nicht leisten, in ihrer Wohnung zu bleiben, entschied sich aber trotzdem dafür, damit für die ohnehin schon traumatisierten Kinder eine gewisse Kontinuität gewahrt blieb. Den Lebensunterhalt für sich und die Kinder verdiente sie mit allen möglichen, schlecht bezahlten freien Auftragsarbeiten für Zeitungen und Zeitschriften, Verlage und Theater – vorwiegend ein Theater, das Green Bird. Es bestand damals lediglich aus einer Handvoll Leute, die Stücke mit kleiner Besetzung spielten, wo immer sich eine Möglichkeit bot, manchmal sogar in Pubs. In den siebziger Jahren gab es viele mutige kleine Theatergruppen. Ein italienisches Stück, von Sarah für das Green Bird übersetzt, das die Aufführungsrechte zu haben glaubte, fiel ins Wasser, und um die Lücke zu füllen, adaptierte sie Alltagsszenen aus einem Roman für die Bühne. Sie wurden ein Erfolg, und ehe sie sich's versah, gehörte Sarah zum festen Stamm des Theaters. Es begann damit, daß sie den ganzen Tag da war, sich um die Besetzungen kümmerte und später auch Regie führte; dann kam ein richtiges Gehalt. Und ein richtiges Theater. Zu viert entschlossen sie sich, einen längeren Pachtvertrag zu riskieren. Ihre drei Kompagnons wurden Sarahs beste Freunde, Menschen, mit denen sie den ganzen Tag und die meisten Abende verbrachte. Zehn Jahre lang überlebte die kleine Bühne mit Hängen und Würgen, und vor fünf Jahren endlich wurde ein Stück ins West End übernommen, hatte Erfolg und schien ewig laufen zu wollen. Damit hatte sich das Green Bird den Ruf erworben, eines der besten Kleintheater zu sein, und die Presse kam zu sämtlichen Premieren. Sarah, die als Amateurin angefangen hatte, als schlecht bezahltes Anhängsel am Rande der Welt des großen Theaters, machte sich in der Theaterszene einen Namen als einflußreiche Geschäftsführerin des Green Bird und gelegentliche Regisseurin. Tatsache war, daß in diesem Team jeder alles machte; das war von Anfang an so gewesen. Der Erfolg trug ihnen natürlich auch Neid und in dessen Gefolge – unvermeidlich – den Spitznamen »Viererbande« ein. All diese Entwicklungen dauerten Jahre, in denen Sarah nie etwas für sich selbst forderte. Im stillen wunderte sie sich heute manchmal, daß harte Arbeit und Glück – das schon auch – zu einem solchen Ergebnis geführt hatten. Man wird noch sehen, daß sie keine Frau ist, die sich selbst bewundert, nicht einmal eine ehrgeizige Frau.

Wer waren diese Kollegen, mit denen sie so viel verband? Mary Ford war einst ein hübsches, schmächtiges Ding mit riesigen, verschwommenen blauen Augen und einem verängstigten, hartnäckigen kleinen Gesicht gewesen, doch mit den Jahren war aus dem verwahrlosten Kind eine robuste, ruhige und kompetente Frau um die vierzig geworden, die sich im Theater in erster Linie um Presse- und Öffentlichkeitsarbeit kümmerte. Roy Strether, auch er ein Muster an Kompetenz, war früher Inspizient gewesen. Ein gestandener, scheinbar langsamer Mann, der sich niemals aufregte, egal wie kritisch eine Situation war. Er selbst sagte im Spaß, er sehe aus wie ein heruntergekommener Fußballspieler. Er war korpulent, unordentlich, in gewisser Weise sogar ungeschickt. Die anderen hatten ihn noch als jungen Mann in Erinnerung, als Aussteiger der sechziger Jahre, der sich, wie damals viele Leute, die später Karriere machen sollten, seinen Lebensunterhalt als Anstreicher verdiente. Das vierte Mitglied der festen Crew war Patrick Steele. Ein Glück, meinten die drei anderen oft im Scherz, daß sie so langweilig, unerschütterlich und zuverlässig waren, denn er war flatterhaft, aufbrausend und launisch, ein dünner, vogelähnlicher Junge (er blieb ein Junge, während sich die anderen im Lauf der Zeit veränderten) mit weichen schwarzen, an Gefieder erinnernden Haaren und schwarzen, unsteten Augen. Er war homosexuell und steckte seit einiger Zeit voller Ängste. Er wollte keinen Test machen lassen, weil er behauptete, falls er HIV-positiv sei, wolle er es nicht wissen; aber er verhielt sich verantwortungsbewußt und gefährdete niemanden. Patrick weinte häufig, sein Gefühlsleben gab ihm oft Grund zu Tränen. Er war ein Illusionist, ein Zauberer. Mit Licht, Silberpapier und Schatten konnte er Mondlicht auf die Bühne zaubern, einen See, einen Berg. Andere Theater versuchten ihn abzuwerben, aber ohne Erfolg, denn alle vier waren gleichermaßen davon überzeugt, daß sie mit ihren Talenten gemeinsam etwas Größeres zu schaffen vermochten als jeder für sich allein. Patrick war genauso vielseitig begabt wie die anderen. Er hatte ein Libretto für ein Musical geschrieben, das um ein Haar ein Riesenerfolg geworden wäre, so daß Sarah, Mary und Roy schon spotteten, er würde sich beim nächstenmal in Ruhmeshöhen empor- und davonschwingen und für sie endgültig verloren sein.

Das waren ihre offiziellen Gesichter, ihre »Images« – so erlebten alle Außenstehenden sie, etwa bei der täglichen Diskussionsrunde in dem winzigen Büro, das sich gelegentlich den Vergleich mit einem Cockpit oder einem Maschinenraum gefallen lassen mußte. Es enthielt die übliche Mischung aus eleganter Technologie – jedes Gerät war im Grunde schon veraltet, bevor es noch richtig installiert war – und alten Tischen und Stühlen, von denen sie sich nicht trennen konnten.

Vier Menschen, die dank ihres Könnens und ihres Erfolgs voller Tatkraft steckten. Und jeder mit diesem »Hinterland«, das man als Privatleben bezeichnet und das während der Arbeit keineswegs ausgeschlossen wurde.

Mary war unverheiratet und lebte allein, weil sie sich um ihre Mutter kümmern mußte, die multiple Sklerose hatte und ziemlich hilflos war. Wenn es ihr wieder einmal nicht gelungen war, jemanden zu finden, der sich um die Mutter kümmerte, saß die alte Frau mit zitternden Händen in einem Rollstuhl im Zuschauerraum und sah bei den Proben zu.

Roy Strether war verheiratet und hatte ein Kind. Die Ehe war ein Mißerfolg. Manchmal wurde der kleine Junge bei den Proben auf einem Stuhl neben seinem Vater untergebracht und von allen gelobt, weil er so brav war. Wenn er müde wurde oder Aufmerksamkeit heischte, setzte man ihn der alten Frau auf den Schoß, die entzückt war, weil sie sich so wenigstens noch ein bißchen nützlich machen konnte.

Sarah hatte sich ihre familiären Pflichten selbst auferlegt. Seit nunmehr zehn Jahren wurde ihre gesamte emotionale Energie nicht etwa von ihren eigenen Kindern und Enkelkindern beansprucht, die sich erfolgreich in anderen Kontinenten (Indien und Amerika) niedergelassen hatten, sondern von Joyce, der jüngsten Tochter ihres Bruders. Hal und Anne hatten drei Töchter, und während die beiden älteren ganz normal waren wie alle anderen Kinder, war Joyce von Geburt an ein Problem. Warum? Schwer zu sagen. Ein ständig schreiendes Baby, ein quengelndes Krabbelkind, ein unangenehmes kleines Mädchen. Als ihre Eltern sie ins Internat schickten, wurde sie auf der Stelle krank und mußte wieder nach Hause. Sie kam mit der Schule und den anderen Kindern einfach nicht zurecht. Da beide Eltern Ärzte waren, herrschte kein Mangel an Diagnosen. Joyces Krankengeschichte war umfangreich, und sie durchlief etliche Krankenhäuser. Ein Psychiater riet dazu, sie zu Hause zu lassen. Man wandte sich hilfesuchend an Sarah, und Joyce wurde bei ihr einquartiert, im ehemaligen Kinderzimmer. Zu der Zeit arbeitete Sarah viel zu Hause, und wenn sie fortging, weil sie Termine hatte, blieb Joyce bereitwillig allein. Was sie tat? Gar nichts. Sie machte sich eine Tasse Tee nach der anderen, sah sich Fernsehfilme an und rief ab und zu aufs Geratewohl irgendwelche Telefonnummern an, bis jemand bereit war, sich mit ihr zu unterhalten; dann plauderte sie manchmal ein oder zwei Stunden. Die Telefonrechnungen waren astronomisch, aber Hal und Anne boten Sarah nicht an, dafür aufzukommen.

Joyce wurde magersüchtig und kam wieder ins Krankenhaus. Sie wurde »stabilisiert« und zu Sarah zurückverfrachtet, die dagegen protestierte und meinte, sie könne sich nicht länger um Joyce kümmern. Hal hatte auf seine liebenswürdige und vernünftige Art gemeint, es sei doch sicher nett für Sarah, Joyce um sich zu haben, da ihre eigenen Kinder so weit weg waren. Nur wenn der unsichere, leidende Pierrot, inzwischen tüchtige Mutter zweier Kinder in Kalifornien, oder der wunderschöne, überhebliche Junge, inzwischen Meeresbiologe mit zwei Söhnen, mit ihren Kindern die Großmutter besuchen kamen, ging Joyce nach Hause, ohne daß es Diskussionen gab. Als Joyce fünfzehn, sechzehn, siebzehn wurde, spitzte sich die ohnehin schlimme Situation noch zu. Selbstmordversuche, Krisen, Hilferufe. Wieder war es Sarah, die das Mädchen ins Krankenhaus brachte und mit den Ärzten redete, die von den Eltern natürlich entsprechend instruiert worden waren. Immer war es Tante Sarah, die gerufen wurde. Sobald Joyce wieder zu Hause war, legte sie sich ins Bett. Sarah focht Kämpfe mit ihr aus und kapitulierte häufig vor der qualvollen Niedergeschlagenheit, die den Menschen droht, welche die psychische Last derer auf sich nehmen, die, wie man so sagt, mit dem normalen Leben nicht zurechtkommen. Es gab Zeiten, in denen Sarah befürchtete, sie würde sich bald auch ins Bett verkriechen und dort bleiben, doch ihre Kollegen stärkten ihr den Rücken. Und dann änderte sich die Situation schlagartig. Ein Mädchen, das mit Joyce am Telefon geplaudert hatte, schlug ihr vor, sich mit ihr zu treffen. Schließlich rief Sarah ihren Bruder an, um ihm mitzuteilen, daß sie Joyce seit Tagen nicht gesehen habe und daß es jetzt an ihm sei, an Joyces Eltern, eine Entscheidung zu treffen. Als Hal darauf entgegnete, Joyce betrachte im Grunde sie, Sarah, als ihre Mutter (»Du bist ihre eigentliche Mutter, Sarah, das weißt du doch«), sagte Sarah, es tue ihr leid, aber sie habe ihren Beitrag geleistet. Natürlich war die Sache damit nicht erledigt. Sarah machte sich schreckliche Sorgen um Joyce – obwohl sie wußte, daß das schon immer Zeitverschwendung gewesen war. Im Anschluß an eine Fernsehsendung über Menschen am Rande der Gesellschaft ging sie zur Polizei, wo man ihr ein bestimmtes Café in der Nähe von King's Cross nannte. Joyce war den Drogenabhängigen, den Dealern und Prostituierten, die dort verkehrten, nicht unbekannt. Als Sarah ihren Bruder daraufhin wieder anrief, meinte er: »Sie ist alt genug, um die Verantwortung für sich selbst zu übernehmen«, und fügte dann mit fröhlicher Boshaftigkeit hinzu – auf eine Art, die besagte, da er seinen Spaß daran hatte, müsse es seinem Gesprächspartner ebenso ergehen: »Wir wollten es dir schon lange sagen, Sarah. Du solltest wirklich mal was für dich tun. Ein paar Farbtupfer könnten dir nicht schaden.«

Sie stellte die Farbtupfer hintan und suchte den Psychiater auf, der am häufigsten wegen Joyce konsultiert worden war. Von ihm erfuhr sie, daß Joyces Ausflug in die große weite Welt als Schritt zum Erwachsenwerden gesehen werden könne. Eine interessante Vorstellung, daß der Umgang mit Drogenabhängigen, Pushern und Prostituierten der Entwicklung eines lebensuntüchtigen Mädchens eher zuträglich sein sollte als die Geborgenheit der eigenen Familie. Aber es gab nichts, was Sarah hätte tun können. Zumindest würde sie jetzt endlich ihr eigenes Leben leben. Natürlich rechnete sie nicht damit, daß es ihr sofort besser ging, wenn die endlose Plackerei mit Joyce wegfiel, aber sie konnte sich endlich einmal um sich selbst kümmern. Sie schaltete alle Lichter ein und betrachtete sich prüfend in den matten Spiegeln. Nicht schlecht, fand sie. Eine gutaussehende, würdevolle Dame mittleren Alters. Ein Friseur hatte ihr zu einem vorteilhafteren Haarschnitt geraten: Der kleine, weiche Kopf paßte gut zu ihrer neuen Garderobe, für die sie mehr Geld ausgegeben hatte als seit Jahren. Von ihren Kollegen im Theater bekam sie Komplimente. Außerdem gaben sie ihr zu verstehen, daß sie sich hatte ausnützen lassen und endlich auch einmal an sich denken sollte.

Das Theater beanspruchte ihrer aller ungeteilte Kraft, weil sie an einer Inszenierung arbeiteten, die anspruchsvoller war als alles, was sie je auf die Beine gestellt hatten. Noch vor einem Jahr hatte *Julie Vairon* lediglich auf einer Liste möglicher neuer Projekte gestanden, und jetzt war daraus eine große Koproduktion geworden, die mit amerikanischen, französischen und englischen Geldern finanziert wurde. Sie wußten, daß sie sich vergrößern und mehr Leute engagieren mußten, schoben es aber immer wieder hinaus. Sie gestanden sich ein, daß *Julie Vairons* unwiderstehlicher Schwung etwas Beunruhigendes hatte. Mary Ford stellte sich laut die Frage, ob sie sich auch darauf eingelassen hätten, wenn sie gewußt hätten, welche Umwälzungen sich daraus ergeben würden, und Patrick hielt dagegen, das eigentliche Problem sei nicht das Stück *Julie Vairon*, sondern die Person Julie Vairon. Er sagte das mit jener drolligen Selbstzufriedenheit, die man, aufgrund heimlicher Identifikation, als schmeichelhaft empfindet.

In den achtziger Jahren des vergangenen Jahrhunderts zog ein wunderschönes Mädchen auf Martinique – zu einem Viertel schwarz, wie Napoleons Josefine – einen jungen französischen Offizier in ihren Bann. So beginnt das Theaterstück *Julie Vairon*, beziehungsweise »Eine Unterhaltung«, wie es später angekündigt wurde. Das Mädchen war die Tochter einer Mulattin, die der Sohn eines weißen Plantagenbesitzers zu seiner Geliebten gemacht hatte. Als er die elterliche Plantage erbte, heiratete er standesgemäß, ein armes, aber adeliges Mädchen aus Frankreich, blieb jedoch Sylvie Vairons Beschützer. Gerüchten zufolge sogar sehr viel mehr. Er sorgte dafür, daß ihre Tochter eine Ausbildung erhielt, die sich mit der der Töchter des reichen Nachbarn messen konnte, der ebenfalls Landbesitzer war. Vielleicht trieb ihn sein schlechtes Gewissen dazu, doch angeblich war er ein aufgeklärter Mensch, der seine Vorstellungen nur hier, bei Julies Ausbildung, verwirklichen konnte. Sie erhielt Musik- und Zeichenunterricht und las Unmengen von Büchern, die ihr ihre Hauslehrer empfahlen – dieselben Lehrer, die den reichen Mädchen in ihrem großen, fünf Meilen entfernten Haus eher traditionellen Unterricht erteilten. Diese Hauslehrer waren zumeist temperamentvolle junge Männer, die es bedauerten, nicht früh genug geboren zu sein, um die Revolution miterlebt oder wenigstens unter Napoleon mitgekämpft zu haben, ähnlich wie junge Männer und Frauen von heute es beklagen, '68 nicht in Paris dabeigewesen zu sein. »Aber '68 war ein Fehlschlag«, mag man als pragmatischer, älterer Mensch einwenden, wird dafür freilich nur empörte und vernichtende Blicke ernten. »Na, wenn schon! Aber denk doch nur, wie aufregend das gewesen sein muß!«

Eine der jungen, reichen Damen, unternehmungslustiger als ihre Schwestern, faßte eines Tages den Entschluß, ihre Neugier hinsichtlich der geheimnisvollen Julie zu befriedigen, und besuchte sie in dem Haus im Wald, in dem Julie mit ihrer Mutter wohnte.

Sie prahlte mit ihrer Heldentat, die sie als Beweis für ihre tapfere Gleichgültigkeit gegenüber allen Konventionen betrachtete, und gab damit den ohnehin lauten Gerüchten neue Nahrung. Für Julie war dieser Besuch von unschätzbarem Wert, weil es bisher niemanden gegeben hatte, an dem sie sich hätte messen können. Die Begegnung machte ihr klar, daß sie intelligenter war als diese ehrbaren Mädchen – ihre Besucherin war angeblich deren klügste –, erkannte aber auch, wie sehr sie gesellschaftlich im Nachteil war, da ihre Ausbildung ihre tatsächlichen Chancen und Möglichkeiten bei weitem überstieg. Zudem wußte sie jetzt, warum die Lehrer sie alle so bereitwillig unterrichteten. Mag sein, daß sie allesamt in sie verliebt waren, aber Julie war für sie auch eine echte Gesprächspartnerin.

Über diese Zeit schrieb Julie knapp zehn Jahre später: *Was für ein Olla podrida an unvereinbaren Ideen in diesem hübschen kleinen Kopf. Aber trotzdem beneide ich dieses Mädchen um seine Unschuld.* Sie hatte die Enzyklopädisten gelesen und verehrte Voltaire, während Rousseau, so reizvoll für all jene, die von naturgegebener Gerechtigkeit abhängig sind, sie nur mäßig beeindruckte. Sie konnte mit ihren Lehrern endlose Debatten über das Verhalten und die Reden jeder einzelnen Persönlichkeit auf der großen Bühne der Revolution führen, als hätte sie die Zeit selbst miterlebt. Genauso gut wußte sie über die Helden des amerikanischen Unabhängigkeitskrieges Bescheid. Sie bewunderte Tom Paine, verehrte Benjamin Franklin und war überzeugt, sie und Jefferson seien füreinander wie geschaffen. Wäre sie alt genug gewesen, hätte sie sich nach Amerika eingeschifft, um die Opfer des Bürgerkrieges gesund zu pflegen. Tatsächlich aber lebte sie auf der Bananenpflanzung ihres Vaters, die uneheliche, leicht dunkelhäutige (ihre Haut war hellbraun wie bei einer Südfranzösin oder Italienerin) Tochter einer farbigen Frau, in deren Haus im schwülen Tropenwald sich ein Schwung junger Offiziere – zu Tode gelangweilt von dieser herrlichen, aber ereignislosen Insel – nach dem anderen einfand, um sich zu unterhalten, zu tanzen, zu trinken, zu essen und dem entzückenden Gesang der schönen Julie zu lauschen. Ein blutjunger Offizier namens Paul Imbert verliebte sich in sie. Er betete sie an, aber genügte das auch, um sie zu heiraten oder wenigstens mit nach Frankreich zu nehmen? Wahrscheinlich nicht, doch Julie setzte sich über alle Schwierigkeiten hinweg und bestand darauf, mit ihm durchzubrennen. Pauls Eltern waren ehrbare Leute – der Vater ein Richter –, die in der Nähe von Marseille wohnten. Sie weigerten sich, Julie zu empfangen. Paul fand für sie ein kleines, aus Stein gebautes Haus in hügeliger, romantischer Landschaft; ein Jahr lang ritt er täglich durch duftende Pinien-, Pappel- und Olivenwälder, um seine Geliebte zu besuchen. Dann ließen seine Eltern ihre Beziehungen spielen, die Armee verzieh dem jungen Mann seinen Ausrutscher und schickte ihn nach Französisch Indochina. Plötzlich war Julie allein in ihrem Häuschen im Wald und mittellos. Der Richter schickte ihr Geld. Er hatte die junge Frau einmal kurz gesehen, als sie mit seinem Sohn durch die Hügel streifte. Er beneidete Paul. Aber nicht deshalb schickte er ihr Geld, sondern weil Paul mit geziemender Zerknirschung gebeichtet hatte, daß Julie schwanger sei. Eine Zeitlang hatte sie das auch geglaubt. Obwohl sie nur wenige Francs vom Hungertod trennten, schickte sie das Geld zurück und ließ Pauls Vater wissen, es stimme zwar, daß sie schwanger gewesen sei, doch sei die Natur ihr zu Hilfe gekommen – ihnen allen. Auf diese Weise appellierte sie an sein Verantwortungsgefühl. Sie bedankte sich für sein Interesse und bat ihn, ihr behilflich zu sein, in den mittelständischen Häusern der nahegelegenen kleinen Stadt Belles Rivières eine Anstellung zu bekommen. Sie konnte gut zeichnen und malte mit Wasserfarben – Ölfarben konnte sie sich nicht leisten. Sie spielte Klavier und sang dazu. »Ich glaube, daß ich mich den derzeit hier in der Gegend beschäftigten Hauslehrern in diesen Bildungsdingen in keiner Weise als unterlegen erweisen werde.« Sie verlangte von Pauls Vater ungleich mehr als die großzügige Geldsumme, die er ihr angeboten hatte. Inzwischen wußten alle von dem hübschen, aber dubiosen Mädchen, das versucht hatte, den Sohn einer der ehrbarsten Familien der Gegend zu umgarnen, und das jetzt ganz allein wie eine Wilde in den Wäldern lebte. Der Vater ihres Geliebten überlegte lange. Wahrscheinlich hätte er nicht reagiert, hätte er sie nicht dieses eine Mal mit

Paul zusammen gesehen. Er suchte Julie auf und sah sich einer gebildeten, geistreichen, reizenden jungen Frau mit den bezauberndsten Manieren gegenüber, die man sich vorstellen konnte. Kurz und gut: Er verliebte sich in sie, wie jeder Mann. Er brachte es nicht übers Herz, ihr ihre Bitte abzuschlagen, und versprach, sich bei ausgesuchten Familien für sie einzusetzen, wahrte jedoch sein Gesicht, indem er ihr das feste Versprechen abnahm, nie wieder mit einem Mitglied seiner Familie Verbindung aufzunehmen. Ihre geringschätzige Reaktion kam so prompt und ungeduldig, daß er von ihrer Aufrichtigkeit überzeugt sein mußte: »Ich hatte angenommen, Monsieur, daß Sie das als selbstverständlich betrachten.«

Vier Jahre lang unterrichtete sie die Töchter eines Arztes, zweier Anwälte, dreier Drogisten und eines erfolgreichen Geschäftsinhabers. Alle beknieten sie, doch in die kleine Stadt zu ziehen, »wo Sie es bequemer haben würden«. Was bedeutete, daß ihnen nicht wohl war bei dem Gedanken, daß diese junge Frau, egal wie klug und gut erzogen, ganz allein gute drei Meilen von Belles Rivières entfernt wohnte. Sie lehnte den Vorschlag charmant, aber entschieden ab und erzählte von den großen Wäldern auf Martinique mit ihren Blumen und Schmetterlingen und den leuchtendbunten Vögeln, in denen sie als Kind ganz allein umhergestreift war. Inmitten von Straßen könne sie nicht glücklich sein, behauptete sie, obwohl sie in Wirklichkeit von Paris und seinen Straßen träumte und überlegte, wie sie dorthin gelangen könnte, ohne ihre schlechte Situation noch weiter zu verschlechtern. Wenn sie ihr Glück in der Großstadt versuchen wollte, mußte sie es tun, solange sie noch jung und hübsch war; doch sie träumte noch immer von Paul. Dabei war ihr bald klar geworden, daß sie ihn unweigerlich hatte verlieren müssen und auch nicht zurückbekommen konnte, wenn er vom Militärdienst zurückkehrte. Dennoch tat sie damit, daß sie weiterhin frei und ungebunden lebte, aber allein blieb, jedermann kund, daß sie auf ihn wartete, und alle – Vater, Mutter, Schwestern – würden ihm das in ihren Briefen mitteilen. Freilich würde ihn das nicht zu ihr zurückbringen, sondern eher abschrekken, wie ihr Instinkt und Weltklugheit sagten, die ihre Mutter ihr vermittelt hatte. Aber sie konnte diesen Ort nicht verlassen. Freiheit! Unabhängigkeit! rief sie oft sehnsüchtig, wenn sie durch ihre Wälder streifte.

Wie sah sie zu jener Zeit aus? Wie schätzte sie ihre Aussichten ein? Wie wirkte sie auf die braven Leute, deren Töchter sie unterrichtete? Wie wirkten diese auf sie? Wir wissen es. Wir wissen es ziemlich genau. Sie zeichnete ihr Leben lang Selbstporträts, nicht weil sie kein anderes Modell gehabt hätte, sondern weil es ihr Ziel war, ihr wahres, verborgenes Ich zu entdecken. Heutzutage bezeichnen wir diesen Prozeß als Selbstfindung. Von dem Tag an, da sie nach Frankreich kam, führte sie Tagebuch. Dazu kommt ihre Musik, die uns auch ohne die Tagebücher alles verraten würde. Aus beidem ergibt sich das Bild einer Frau, die nicht nur intelligent und attraktiv war, sondern andere Menschen verwirrte und herausforderte, ohne es zu wollen; die boshaften Zungen Zeit ihres Lebens Gesprächsstoff lieferte und in die sich ständig neue Männer verliebten, obwohl sie das weder von ihnen erwartete, noch das geringste dazu tat. Als man ihr als Lehrerin Zugang zu den vornehmen Häusern der Stadt gewährte, verhielt sie sich in jeder Beziehung mustergültig, weil sie genau wußte, daß ein winziger Fehler genügte, damit man sie vor die Tür setzte. Sie bewegte sich auf schmalem Grat, denn vor allem besaß sie Charme, jene zweischneidige Gabe, die mehr Erwartungen weckt, als je erfüllt werden können. Ganz gewiß enttäuschte sie die jungen Damen, denen sie Unterricht gab und die sie ihrerseits als gute Freundin betrachteten und gegenüber zweifelnden Müttern und Vätern in Schutz nahmen, sich insgeheim jedoch mehr erhofften als ihren besonnenen Ratschlag. »Willst du wirklich so werden wie ich?« erkundigte sie sich wahrscheinlich liebenswürdig, wenn eine überbehütete Tochter sie bei einem kleinen Aufbegehren um Unterstützung bat. »Folge deinen Eltern, und wenn du verheiratet bist, kannst du tun und lassen, was du willst.« Das hatte sie aus Stendhals Briefen an seine Schwester gelernt.

In ihren Tagebüchern schrieb Julie, sie ziehe es vor, sie selbst zu sein, »eine Ausgestoßene«, statt eines dieser vom Schicksal begünstigten Mädchen.

Mit siebenundzwanzig machte sie gesellschaftlich einen großen Schritt nach vorn: Sie unterrichtete die beiden Töchter eines gewissen Comte Rostand. Die Rostands waren die angesehenste Familie in der Umgebung. Sie wohnten in einem großen, uralten Château und ließen Julie zweimal die Woche mit der Kutsche abholen. Daraufhin gab sie auch in den Abendstunden Unterricht, denn bevor die Kutsche kam, hatte sie darauf bestanden, nur tagsüber zu unterrichten, da es aus der Stadt bis zu ihrem Haus mehrere Meilen zu Fuß waren. Was einigen Leuten bissige Bemerkungen entlockte, weil jeder wußte, daß Julie nachts allein im Wald umherstreifte. Und da wollte sie zu empfindlich sein, um abends das Stück zu Fuß zu gehen? Und was war an dem Gerücht, daß sie nachts sogar allein zwischen den Felsen tanzte und dazu ein Tamburin oder etwas Ähnliches schlug – ein primitives Ding, wahrscheinlich aus dem primitiven Land, aus dem sie kam. Angeblich tanzte sie nackt – einige Leute behaupteten, sie gesehen zu haben.

Stimmte das? In ihren Tagebüchern wird nichts davon erwähnt, doch als sie mit ihren Aufzeichnungen begann, handelte es sich zunächst nur um Notizen und kurze Einträge, die sich erst später zu einem durchgehenden Bericht über ihr Leben ausweiteten. Allerdings existiert eine Zeichnung von einer Frau, die inmitten von Bäumen und Felsen tanzt. Bei Vollmond. Nackt. Diese Zeichnung ist so völlig anders als alle anderen Selbstporträts, daß sie einen erschreckt. Es war interessant zu beobachten, wie einem Verehrer von Julie ein Stapel mit ihren Zeichnungen ausgehändigt wurde. Sein Gesicht erstarrte, er holte tief Luft, und dann lachte er. Das Lachen rührte vom Schock her. Doch wie oft ist ein Schock lediglich ein Augenblick, in dem etwas, womit man sowieso halbwegs gerechnet hat, endlich offenbar wird. Eine Tür tut sich auf (vielleicht buchstäblich), und dahinter kommt eine Szene zum Vorschein, die wunderschön oder häßlich ist, grausam oder schockierend – in jedem Fall die andere Seite der hellerleuchteten und geordneten Welt, die wir kennen: da, die Wahrheit. Aber warum hat Julie in ihren Tagebüchern das nächtliche Tanzen nie erwähnt? Vielleicht hat sie nur einmal nackt getanzt und dann Angst bekommen. Ziemlich riskant, so zu tanzen. Sie wußte, daß ihr die Leute nachspionierten. Die Gendarmen ganz gewiß, doch wann immer einer von ihnen einen Blick in ihr Fenster warf, an dem es weder Vorhänge noch Fensterläden gab – sie schrieb, sie finde es furchtbar, sich eingesperrt zu fühlen –, sah er die schickliche junge Frau aus den Empfangszimmern der feinen Häuser vor ihrer Staffelei stehen, Harfe spielen oder an einem kleinen Tisch schreiben, unter einer Öllampe, die das aufgeschlagene Buch und ihre hübsch beringte Hand mit dem Federhalter beleuchtete, ihr Gesicht, ihre schwarzen Haarflechten, ihre weiche Brust unter einem hochgeschlossenen Kleid mit schmalem, weißem Kragen.

Die Gendarmen wußten auch zu berichten, daß es in dem Haus viele Bücher gab. Und selbst wenn sie sich zu Zeiten, in denen sich Julie nicht zu Hause, sondern in der Stadt aufhielt, gründlich bei ihr umgesehen hätten, hätten sie nichts besonders Aufrührerisches oder Beunruhigendes zu vermelden gehabt. Denn obwohl die junge Frau schon aus Prinzip nach wie vor eine Schwäche für Revolutionen hatte – sie hätte sich sonst selbst nicht ernst nehmen können –, enthielten ihre Bücherregale eine ausgewogenere Mischung. Montaigne stand neben Madame Roland, Madame de Sévigné neben *Émile*. Der Roman *Clarissa*, der die europäische Literatur so stark beeinflußt hatte und noch immer beeinflußt, lag auf demselben Stapel wie Rousseaus *Bekenntnisse*, während es für Victor Hugo und Maupassant, Balzac und Zola offenbar keinen Grund gab, sich nicht ein Fach mit Voltaire zu teilen. Neben dem Bett – klein und schmal, mit einem einzigen Kissen – fanden sich Hinweise darauf, daß Julie sich jenen Teil Frankreichs zu eigen machen wollte, in dem sie lebte, denn sie las alles an regionaler Literatur, dessen sie habhaft werden konnte. Außerdem hatte sie ihre Liebe zu den alten provençalischen Dichtern entdeckt, die zusammen mit ihrem modernsten Vertreter, Mistral, neben dem kleinen blauen Emaillekerzenleuchter mit der bescheidenen weißen Kerze auf ihrem Nachttischchen lagen.

Eine gebildete junge Frau, ein richtiger Blaustrumpf, hieß es, während gleichzeitig andere, pikantere Gerüchte die Runde machten, und wenn vom Château eine Kutsche geschickt wurde, um Julie abzuholen – das Gefährt mußte eine gute Meile von ihrem Häuschen entfernt warten, und selbst bis dahin führte nur ein Feldweg –, bedeutete das, daß die Rostands nichts von ihren nächtlichen Aktivitäten wußten (vielleicht machten sie sich auch nichts daraus) oder doch zumindest ihren beharrlichen Wunsch respektierten, Julie, wenigstens der Form halber, als eine der Ihren zu betrachten.

Der jüngste Sohn, Rémy, verliebte sich bald hoffnungslos in Julie. Wenn Paul der Inbegriff des romantischen Helden gewesen war, dunkelhaarig, gutaussehend, ungestüm, temperamentvoll, dann war Rémy der reife Liebhaber, schüchtern, geduldig, aufmerksam, mit jenem feinen, trockenen Humor, den Frauen lieben, weil er auf Ernsthaftigkeit und Erfahrung schließen läßt.

Als Julie ihn zu lieben begann, geschah das wider alle Vernunft, und bald ließ sie alle Vorsicht beiseite, genau wie bei Paul auf Martinique, und liebte ihn bedingungslos. Die Kutsche wartete nicht mehr am Ende des Feldwegs auf sie, weil sie im Château keinen Unterricht mehr gab, dafür besuchte Rémy sie in ihrem Haus im Wald und blieb manchmal tagelang bei ihr. Seine Familie war überzeugt, daß er darüber hinwegkäme, und wartete ab. Er flehte seine Eltern an, sie heiraten zu dürfen. Julie träumte ebenfalls davon, ihn zu heiraten, während ihr gesunder Menschenverstand es ihr ausredete. So verlebten sie viele Monate – drei Jahre, um genau zu sein –, Monate voller Wonne, voller Qual und Verzweiflung, voller Höhen und Tiefen. Julie gab weiterhin Unterricht in der Stadt, obwohl Rémy sie inständig bat, sich ganz auf ihn zu verlassen. Die Bürger des Städtchens konnten über die abscheulichen Gerüchte hinwegsehen, weil die adelige Familie so gelassen reagierte und das Paar sich so diskret verhielt. Man sah die beiden nie zusammen. Außerdem war die junge Frau eine hervorragende Lehrerin. Und vor allem verlangte sie ein so bescheidenes Salär.

Dieses Mal wurde Julie wirklich schwanger, und die Liebenden waren glücklich und träumten von einem gemeinsamen Leben mit ihrem Kind. Das Baby kam zur Welt, ein gesundes Kind, das jedoch an einer belanglosen Krankheit starb wie damals so viele Kinder. Die beiden waren krank vor Kummer, erfuhren aber bald, daß in der Stadt Gerüchte umgingen, die nicht nur häßlich waren, sondern gefährlich. Die Kritik an Julie, so lange unterdrückt wegen ihres Selbstbewußtseins und ihrer Fähigkeiten und weil sie stets einflußreiche Beschützer hatte, machte sich in bösartigem Klatsch Luft, der in der Behauptung gipfelte, sie habe ihr Kind getötet. Man wußte auch, wo und wie. Eine halbe Meile von ihrem Haus entfernt stürzte ein Fluß über eine Felskante in ein tiefes, kaltes Becken. Mit dem Tod des Kindes war die Geduld der Familie Rostand zu Ende. Sie verlangte von Rémy, in die Armee einzutreten. Er war dreiundzwanzig. Julie war damals achtundzwanzig. Die beiden trennten sich unter unerträglichen Qualen, waren kaum noch imstande, sich zu bewegen, als würden sie durch eine tödliche Kälte oder unsichtbares Eis gelähmt. Sie versicherten einander, daß sie nie über die Trennung hinwegkommen würden, und in gewisser Weise gelang ihnen das auch nicht.

Julie hatte nicht mehr in der Stadt unterrichten können, seit man ihr die Schwangerschaft angesehen hatte. Ihr Erspartes und das, was Rémy ihr hatte geben können, als er fortging, reichte aus, um ein Jahr zu leben. Während sie sich langsam wieder aufrappelte – aus ihren Tagebüchern geht hervor, wie schmerzhaft dieser Prozeß war –, wiederholte sie ihr früheres Vorgehen. In einem Brief, der mit den Worten begann: »Es gibt kein hilfloseres und unglücklicheres Wesen als eine junge Frau ohne Familie, ohne Beschützer...«, bat sie Graf Rostand, ihr Aufträge als Notenkopistin zu vermitteln. Er entsprach ihrer Bitte, da er wußte, daß sie dafür mehr als die erforderlichen Voraussetzungen besaß. Seine Familie hatte viel für Musik übrig. Bekannte Musiker und auch Laien spielten an Festtagen bei den Gesellschaften im Château, und gelegentlich war an solchen Abenden auch Julies Musik gespielt worden, manchmal von ihr selbst. Es war eine eigenartige Musik – aber Julie stammte ja auch von einer exotischen Insel. Die Rostands wußten, daß sie eine begabte Musikerin war und ernst zu nehmende Stücke komponierte.

Jahrelang lebte Julie allein und zurückgezogen und verdiente ihren Lebensunterhalt auf unterschiedliche Weise. Sie kopierte Noten und komponierte auf Anfrage auch Musikstücke für besondere Gelegenheiten. Sie sang bei reputierlichen öffentlichen Veranstaltungen oder Festspielen, stets sorgfältig darauf bedacht, alle Angebote abzulehnen, die ihrem Status als achtbare Frau hätten abträglich sein können. Sie zeichnete und malte mit Pastell- und Aquarellfarben die pittoresken Szenen, die sie ringsum beobachtete, und fertigte Studien von Vögeln und Tieren an. Eine Druckerei in der Stadt verkaufte ihre Bilder. Sie war nie wohlhabend, aber auch nie arm. Wiederholt sind in ihren Tagebüchern angemessene Geldgeschenke von den Rostands vermerkt, die sie vermutlich auf Rémys Bitte hin erhielt.

War sie allein? Ja, immer. Sie konnte Rémy nicht vergessen, und er vergaß sie auch nicht. Ab und zu schrieben sie sich lange Briefe. Drei Jahre, nachdem er in die Armee in Französisch Äquatorialafrika verbannt worden war, kam er auf Urlaub und besuchte sie, aber diese Begegnung nahm beide so mit, daß sie beschlossen, sich nie wieder zu sehen. Rémy war bereits mit einem Mädchen aus einer standesgemäßen Familie verlobt.

Wahrscheinlich ist der Leser längst zu dem Schluß gekommen, daß diese romantische Geschichte keineswegs ungewöhnlich ist. Schöne junge Frauen ohne den Rückhalt einer Familie und sozial benachteiligt – in Julies Fall gleich doppelt, weil sie ein uneheliches Kind und farbig war – haben häufig solche Biographien. In den reichen Teilen der Welt. Und in den armen Ländern der dritten Welt erst recht. Auch in der zweiten Welt (aber wo ist die?) passen arme, hübsche Mädchen ihre Träume realistischen Erwartungen an, allerdings mit dem Herzen, nicht mit dem Verstand.

Julies Verstand war keineswegs schwächer als ihr Herz. Das beweisen ihre Tagebücher. Und ihre Selbstporträts. Und nicht zuletzt ihre Musik. Während ihre leider nicht ungewöhnliche Biographie ihren Lauf nahm, zwang ihr Verstand sie dazu – Pech für sie –, die Situation kritisch zu reflektieren. Es war, als würde Jane Austen *Jane Eyre* neu schreiben oder Stendhal einen Roman von George Sand. Eine unerquickliche Lektüre, diese Tagebücher, weil man das Gefühl bekommt, daß es auch ohne ihre strenge Selbstkritik schlimm genug gewesen sein muß, all diese Qual und Einsamkeit zu ertragen. Auch wenn Julie ihren Geliebten Paul verehrt und Rémy geradezu angebetet hat, beschrieb sie diese Leidenschaften häufig wie ein gewissenhafter Arzt, der sich Aufzeichnungen über verheerende Krankheiten macht. Dabei tat sie ihr großes Unglück nicht etwa als belanglos oder unwichtig ab – im Gegenteil: Sie maß beiden Fällen das volle Gewicht und die volle Bedeutung bei, die sie in ihrem Leben hatten.

Fünf Jahre, nachdem sie ihren Geliebten Rémy verloren hatte, machte ihr ein fünfzigjähriger Mann einen Heiratsantrag. Philippe Angers war der Leiter der Druckereianstalt, die ihre Bilder verkaufte, ein wohlhabender Witwer mit erwachsenen Kindern. Sie hatte ihn gern. In ihr Tagebuch schrieb sie, sich mit ihm zu unterhalten sei, abgesehen von ihrer Musik, das Beste in ihrem Leben. Er besuchte sie ohne jede Heimlichtuerei in ihrem Haus und ließ sein Pferd und manchmal auch seine Kutsche unter den Pinien und Roteichen stehen, bei denen der Feldweg endete. Sie ging mit ihm im öffentlichen Park von Belles Rivières spazieren. Einen Tag verbrachten sie bei einer Festivität in Nizza. Das war seine Art, der Welt kundzutun, daß er Julie und ihre Art zu leben akzeptierte und sie ohne Rücksicht auf die Meinung der Öffentlichkeit bat, seine Frau zu werden. Und den Leuten war es eigentlich nur recht, daß die Vagabundin, die für so viel Unruhe gesorgt hatte, endlich unschädlich gemacht werden sollte.

Julie schrieb: *Ich mag ihn so sehr, und alles an seinem Antrag ist vernünftig. Warum fehlt es ihm dann an Überzeugung?* Sie sann darüber nach, daß das Wort »Überzeugung« in diesem Zusammenhang interessant sei. Paul sei überzeugend gewesen, und Rémy erst recht. Aber was meinte sie damit?

Ein ganzes nüchternes Jahr lang bereiteten Julie und der Druckermeister ihre Heirat vor. Seine Kinder lernten Julie kennen und waren vermutlich mit ihr einverstanden. Einer der Söhne, er hieß Robert, war Farmer. Sie beschreibt eine gemeinsame Mahlzeit mit Robert und seinem Vater. *Den da könnte ich lieben,* merkt sie an. *Und er könnte mich bestimmt auch lieben. Als wir uns ansahen, wußten wir es. Das wäre überzeugend gewesen, wahrhaftig! Aber es spielt keine Rolle. Er lebt mit seiner Frau und seinen vier Kindern in der Nähe von Béziers. Wir werden uns wahrscheinlich nie wiedersehen.*

Es folgen weitere Bemerkungen über ihren zukünftigen Mann, alle gelassen, vernünftig, voller Hochachtung, könnte man sagen. Und dann gibt es einen Eintrag, in dem sie einen Tag in ihrem Leben als verheiratete Frau schildert. *Ich werde in diesem bequemen Bett neben ihm aufwachen, wenn das Mädchen hereinkommt, um das Feuer anzuzünden. Genau wie früher seine Frau. Dann werde ich ihn küssen und aufstehen, um Kaffee zu kochen, denn er mag meinen Kaffee. Ich küsse ihn wieder, bevor er nach unten in die Werkstatt geht. Dann gebe ich dem Mädchen meine Anweisungen. Schließlich gehe ich in das Zimmer, das ich für mich haben darf, und male. In Öl, wenn ich mag. In dieser Beziehung werde ich mir alles leisten können, was ich möchte. Er kommt normalerweise nicht zum Mittagessen, also lasse ich es ausfallen, gehe im Park spazieren und mache mit den Bürgern Konversation, die es kaum erwarten können, mir zu verzeihen. Dann spiele ich ein bißchen Klavier oder Flöte. Er hat die Musik, die ich derzeit komponiere, noch nicht gehört. Ich glaube nicht, daß sie ihm gefallen würde. Der liebe Philippe, er ist so warmherzig. Er hatte Tränen in den Augen, als der Hund krank war. Er kommt zum Abendessen, und wir essen Suppe. Er mag meine Suppe, er mag meine Art zu kochen. Dann sprechen wir über seinen Tag. Sie ist interessant, seine Arbeit. Wir sprechen über das, was in den Zeitungen steht. Wir werden oft unterschiedlicher Meinung sein. Er ist ganz gewiß kein Bewunderer Napoleons! Er geht früh zu Bett. Das wird das Schwierigste sein, die ganz Nacht in einem Haus eingesperrt zu sein.*

Nicht ein einziges Mal gibt es einen Hinweis auf ein finanzielles Kalkül. Dabei war Julie ganz allein auf der Welt. Ihre Mutter war beim Ausbruch des Mont Pelé ums Leben gekommen, als sie gerade eine ihrer Schwestern in Saint-Pierre besuchte. Die Stadt wurde völlig zerstört. Nirgends ist vermerkt, ob Julie jemals ihren Vater um Unterstützung gebeten hat.

Eine Woche, bevor der Bürgermeister, ein alter Freund von Philippe, die beiden im Rathaus vermählen sollte, ertränkte sich Julie in dem Becken im Fluß, in dem sie, dem Stadtklatsch zufolge, ihr Baby getötet hatte. Doch niemand wollte so recht glauben, daß sie sich umgebracht hatte. Aus welchem Grund? Und warum ausgerechnet jetzt, da alle ihre Probleme gelöst waren? Und ausgerutscht und gefallen – so die Erkenntnis der Polizei – war sie auch nicht. Völlig absurd, nachdem sie jahrelang wie eine Gemse in den Wäldern herumgesprungen war. Nein, sie war umgebracht worden, wahrscheinlich von einem enttäuschten Liebhaber, von dem niemand etwas wußte. Damit, daß sie ganz allein und meilenweit von allen anständigen Leuten entfernt lebte, hatte sie das doch nur provoziert.

Man bezeugte dem Mitbürger, der seine geliebte Braut verloren hatte, angemessenes Beileid, denn niemand konnte daran zweifeln, daß er Julie sehr verehrt hatte, und in den Augen der Leute war er über jeden Verdacht erhaben. Die Gendarmen holten Julies schriftliche Unterlagen, ihre Skizzen, ihre Bilder und Stapel von Notenblättern ab und packten, da ihnen nichts Besseres einfiel, alles in eine große Kiste, die im Keller des städtischen Museums landete. In den siebziger Jahren dann entdeckten Rémys Nachfahren unter ihren eigenen Sachen ein paar Noten mit Julies Musik, fanden Gefallen daran, erinnerten sich, daß im Museum noch eine Packkiste mit ihren Sachen stand, fanden darin noch mehr Noten und ließen ihre Musik bei einem regionalen Sommerfestival aufführen, wo sie dem Engländer Stephen Ellington-Smith zu Ohren kam. Wie Musikliebhaber sicher wissen, erkannte man rasch, daß Julie Vairon eine für ihre Zeit einmalige Komponistin war, die etwas völlig Neues geschaffen hatte; inzwischen wird sie längst den »Großen« ihres Fachs zugerechnet.

Aber sie war nicht nur ein musikalisches Talent, sondern konnte sich auch einen Platz in der Welt der darstellenden Kunst erobern, wo sie, heutiger Einschätzung zufolge, »eine kleine, aber unstrittige Nische« einnimmt. Möglicherweise wird man sie auch wegen ihrer Tagebücher in Erinnerung behalten. Teile davon sind sowohl in Frankreich als auch in England erschienen und wurden sofort hoch gelobt, weil sie dem Geschmack der Zeit entsprachen. Drei Bände mit ihren Tagebüchern wurden in Frankreich veröffentlicht, ein Band (eine gekürzte Version der drei) erschien in England, wo niemand der Behauptung der Franzosen widersprach, daß

Julie Vairon es verdient, mit Madame de Sévigné im selben Regal zu stehen. Aber manche Leute haben mehr Talente, als für sie selbst von Vorteil ist. Vielleicht wäre es besser gewesen, wenn Julie eine Künstlerin mit jenem bescheidenen, sensiblen und unprätentiösen Talent gewesen wäre, das frau so gut ansteht. Und das bringt uns zu den Feministinnen, für die sie eine umstrittene Schwester ist. Einige betrachten sie als das archetypische weibliche Opfer, während sich andere mit ihrer Unabhängigkeit solidarisch erklären. Was ihre Musik betrifft, so beschwerte sich ein Kritiker: »Das Problem ist, daß man nicht weiß, wie man sie einordnen soll.« Schön und gut, wenn man heute konstatiert, wie modern sie ist, aber ihre Musik ist nicht die Musik ihrer Zeit. Man ruft sich ins Gedächtnis, daß diese Frau aus der Karibik stammte, wo es überall diese laute, aufwühlende Musik gibt, die ihr eben »im Blut lag«. Nie wird vergessen, auf dieses »Blut« hinzuweisen, heutzutage ein Pluspunkt, damals freilich nicht. Kein Wunder, daß ihre Rhythmen keine europäischen Rhythmen sind. Aber afrikanisch sind sie auch nicht. Noch weiter erschwert wird die Einordnung dadurch, daß Julies Musik in zwei deutlich voneinander abgegrenzte Phasen zerfällt. Die Musik der ersten Phase ist an sich nicht schwer zu verstehen, wohl aber, woher sie gekommen sein mag; sie erinnert noch am ehesten an die Musik der Troubadoure und Trouvères im zwölften, dreizehnten und vierzehnten Jahrhundert. Aber diese Musik war zu Julies Lebzeiten nicht in der Form zugänglich wie heute, wo es Aufnahmen von Werken gibt, die man aus schwer zu entziffernden Notenhandschriften rekonstruiert und für die damals gängigen Instrumente eingerichtet hat. Inzwischen gibt es Möglichkeiten, diese alte Musik neu zum Leben zu erwecken. Eine traditionelle Form arabischer Musik ist so fast unverändert über Jahrhunderte hinweg erhalten geblieben; sie wurde ursprünglich nach Spanien gebracht, gelangte von dort aus nach Südfrankreich und beeinflußte Sänger und Musikanten, die mit ihren Instrumenten, Vorläufern unserer heutigen Instrumente, von Schloß zu Schloß und von Hof zu Hof zogen. Doch damit alte Musik erschlossen, wieder zum Leben erweckt, neu »gehört« werden kann, müssen in eine moderne Interpretation wenigstens zum Teil individuelle und originelle Impulse einfließen. Die Worte der Gräfin Dié sind uns so überliefert, wie sie sie gesungen hat, aber wie *klang* ihr Gesang? Hat Julie die alten Noten irgendwo gesehen? Wir alle wissen, daß die unwahrscheinlichsten Dinge geschehen. Aber wo könnte sie sie gesehen haben? Befanden sich im Besitz der Familie Rostand vielleicht auch alte Notenmanuskripte? Der Haken an dieser interessanten Theorie – die im übrigen davon ausgeht, daß die traditionsbewußten, musikliebenden Rostands so sorglos mit einem potentiellen Schatz aus vergangenen Zeiten umgingen, daß sie dessen Einfluß auf Julie nicht erkannten – ist der, daß Julie ihre Musik bereits komponierte, bevor sie die Familie kennenlernte; ihre Lieder aus jener Zeit entsprangen der tiefen Trauer über Pauls Verlust. Man mag unverfängliche Spekulationen darüber anstellen, daß es unter den etablierten mittelständischen Familien, deren Töchter Julie unterrichtete, vielleicht eine gab, die eine alte Truhe voller ... immerhin möglich. Nun gut, aber wie konnte die einsam in den Hügeln lebende Julie auf diese Art von Gesang verfallen? Was hörte sie? Welche Klänge umgaben sie? Bestimmt hörte sie die Geräusche fließenden, dahinplätschernden Wassers, den Lärm der Zikaden und Grillen, der Eulen und Ziegenmelker, den hohen, dünnen Schrei des Habichts in felsigen Höhen und die Winde, die trocken durch jene hügelige Landschaft winselten, in der die Troubadoure ihre einzigartige Musik machten. Es wurde auch schon die etwas unrealistische Behauptung aufgestellt, Julie sei während jener langen, einsamen Abende, an denen sie ihre Lieder komponierte, von deren Geistern aufgesucht worden. Ein Musikliebhaber spielte bei einem Konzert mit Trouvère- und Troubadourmusik Julie Vairons Lieder und rief damit allgemeines Erstaunen hervor, weil sie nicht im geringsten aus dem Rahmen fielen. Das also ist Julies »erste Phase«, schwer zu erklären, aber leicht anzuhören. Ihre »zweite Phase« ist völlig anders; dazwischen liegt eine kurze Zeitspanne, in der sich beide Arten von Musik ungut vermengen. Öl und Wasser. In der neuen Phase gibt es keine afrikanischen Anklänge mehr. Langgezogene, fließende Rhythmen, und ganz selten einmal taucht ein primitives Thema auf, sofern man darunter Klänge versteht, die an einen Tanz erinnern, an körperliche Bewegung. Doch dann wird daraus nur eines von mehreren Themen, die sich ein- und ausblenden, ähnlich wie die Stimmen in der spätmittelalterlichen Musik, die Muster bilden, bei denen keine einzelne Stimme Vorrang hat. Eine unpersönliche Musik. Vielleicht ist es das, was so irritiert. Die Musik dieser »Troubadour«-Phase hat durchaus etwas Klagendes, aber im herkömmlichen Sinn, im Rahmen einer festen Form (wie der portugiesische Fado oder auch der Blues), die dem Wehklagen eines unbedeutenden Individuums, das um Mitgefühl bittet, um Erlösung – um Liebe –, feste Grenzen setzt. Julies späte Musik, kühl und kristallin, könnte von einem Engel komponiert worden sein, wie ein französischer Kritiker einmal meinte. Doch ein anderer widersprach: Nein, von einem Teufel.

Es ist mühsam, sich diese späte Musik anzuhören, sie in Einklang zu bringen mit den Selbstbildnissen und dem, was Julie Vairon in ihren Tagebüchern über sich geschrieben hat. Unmittelbar bevor sie sich in den Fluß stürzte, weil es dieser vernünftigen Ehe »an Überzeugung fehlte«, malte sie einen Kranz von Selbstporträts in Pastellfarben, ein satirisches Echo auf die Girlanden kleiner Cherubim oder Engelchen auf Grußkarten. Der Reigen beginnt oben links mit einem schmächtigen Baby, das den Betrachter – Julie beim Zeichnen, wie man sich klarmachen muß – aus intelligenten schwarzen Augen direkt anblickt. Als nächstes kommt ein entzückendes kleines Mädchen in weißem Musselinkleid, mit rosa Schleifen, energischen schwarzen Locken und einem Lächeln, das den Betrachter becirct und sich zugleich über ihn lustig macht. Dann ein halbwüchsiges Mädchen, das einen als einziges nicht direkt ansieht: halb abgewandt, mit stolzem, gelassenen Profil wie ein junger Adler. Dieses Mädchen strahlt nichts Wohltuendes aus, und man ist froh, von ihrem Blick verschont zu bleiben, der bestimmt heftige Reaktionen provozieren und Anteilnahme fordern würde. Unten konventionelle Blätterranken, passend zu dem Bogen weißer Bänder oben auf dem Blatt. Rechts unten, dem jungen Adler gegenüber, eine junge Frau als Höhepunkt dieses Lebens, als dessen Erfüllung; nicht unähnlich Goyas Herzogin von Alba, aber hübscher, mit schwarzen Locken, einer jugendlich lebhaften Gestalt und kühnen schwarzen, belustigten Augen, die den Betrachter zwingen, sie anzusehen. Dem heranwachsenden Mädchen gegenüber, gewissermaßen als Entsprechung und Stellungnahme, eine kühl lächelnde Frau Anfang dreißig, gut aussehend und gelassen, an der nichts Bemerkenswertes ist außer der nachdenkliche Blick, der einen festhält und zu fragen scheint: *Also gut, was möchtest du sagen?* Zwischen diesem Porträt und den nächsten beiden ein schwarzer Trennstrich: zwei Etappen ihres Lebens, die Julie beschloß, nicht zu leben. Eine rundliche Frau mittleren Alters sitzt mit gefalteten Händen da, den Blick gesenkt. Die ganze Kraft des Bildes liegt in dem gelben, um die grauen Haare gebundenen Tuch: eine beliebige Frau um die fünfundfünfzig. Die alte Frau ist einfach nur eine alte Frau. Sie hat nicht einen individuellen Zug, als könnte Julie sich nicht als alte Frau sehen oder als läge ihr nicht genug daran. Und nachdem sie diese entschiedene schwarze Trennlinie gezogen hat, ist sie aus dem Haus gegangen, durch den Wald, hat – wie lange? – am Flußufer gestanden und ist dann in das Becken voll spitzer Felsen gesprungen.

Das war unmittelbar vor dem Ersten Weltkrieg, durch den sich das Leben von Frauen so drastisch und rapide änderte. Angenommen, sie wäre nicht gesprungen, sondern hätte sich entschlossen weiterzuleben?

Bevor sie sprang, legte sie ihre Bilder, Noten und Tagebücher zu ordentlichen Stapeln zusammen. Offenbar hat sie nichts davon vernichtet. Wahrscheinlich dachte sie: Macht damit, was ihr wollt. Sie hinterließ eine hilfreiche Notiz für die Polizei, in der stand, wo man nach ihrer Leiche suchen sollte.

Julie geriet in Vergessenheit, ein dreiviertel Jahrhundert lang. Dann das sommerliche Konzert in Belles Rivières, wo ihre Musik zum ersten Mal wieder gespielt wurde. Kurz danach waren ihre Bilder im Rahmen einer Ausstellung mit Werken verschiedener Künstlerinnen in Paris zu sehen, die Erfolg hatte und nach London kam. Es folgte ein Dokumentarfilm fürs Fernsehen. Eine romantische Biographie erschien, geschrieben von jemandem, der die Tagebücher entweder nicht gelesen hatte oder nicht näher darauf eingehen wollte.

An diesem Punkt betrat Sarah Durham die Szene. Sie las die englische Version der Tagebücher, fand sie unbefriedigend, ließ sich aus Paris die französische Ausgabe schicken und war von Julie Vairon auf Anhieb so gefesselt, daß sie gleich ein Exposé für ein Stück verfaßte, ohne zuvor auch nur mit den drei anderen zu sprechen. Die aber waren ebenso fasziniert wie sie. Später wußte niemand mehr, wer den Vorschlag gemacht hatte, Julies Musik einzubauen, denn bei Leuten, die zusammen arbeiten, ergeben solch kreative Gespräche meist ungleich mehr als die Summe der einzelnen Beiträge. Die vier konnten nicht mehr aufhören, über Julie zu reden. Sie hatte das Green Bird in ihren Bann gezogen. Sarah schrieb ein neues Exposé, diesmal mit Musik, das potentiellen Geldgebern vorgelegt wurde, und damit begann der Aufstieg von *Julie Vairon*. Dann traf noch ein Stück ein, geschrieben von Stephen Ellington-Smith, »Julies Engel«, der Julie Vairon ebenfalls für sich »entdeckt« und bereits alles mögliche unternommen hatte, um sie »bekanntzumachen«.

Alle lasen dieses Stück, ein romantisches, um nicht zu sagen sentimentales Stück, und niemand hätte sich weiter damit beschäftigt, hätte nicht Patrick eigens eine Besprechung verlangt. Zugegen waren Sarah, Mary Ford, Roy Strether und Patrick Steele – das Gründerquartett. Und Sonia Rogers, ein energischer Rotschopf, den sie gerade »ausprobierten«. Sie sprachen auch noch davon, daß sie Sonia ausprobierten, als sie längst schon zum lebenden Inventar gehörte, weil keiner zugeben wollte, daß eine neue Ära begonnen hatte. Warum Sonia? Warum keiner der anderen vielversprechenden Kandidaten, die im Theater und dessen Umfeld arbeiteten, manchmal ohne Bezahlung oder für ein Butterbrot? Eben weil sie da war. Sie war einfach überall. »Dreh einen Stein um, und du wirst sehen, sie hockt drunter«, spottete Patrick. Sie war als Aushilfe in das Green Bird gekommen und sofort unentbehrlich geworden. So einfach war das. Und bei dieser Besprechung war sie dabei, weil sie aus irgendeinem Grund ins Büro gekommen und aufgefordert worden war zu bleiben. Sie hockte auf einem Aktenschrank, als wollte sie beim ersten unfreundlichen Wort wegfliegen.

Patrick eröffnete das Feuer: »Was ist eigentlich gegen das Stück von Stephen Sowieso einzuwenden? Man muß es nur ein bißchen straffen, sonst nichts.«

Mary sang: »She was poor but she was honest, victim of a rich man's whim«, das Lieblingslied der britischen Soldaten im Ersten Weltkrieg.

»Zweier reicher Männer, um genau zu sein«, sagte Roy.

»Also komm, Patrick«, sagte Sarah, »heutzutage kann man einfach kein Stück mehr mit einer Frau in der Opferrolle auf die Bühne bringen – mehr gibt es dazu nicht zu sagen.«

Patricks Antwort hörte sich – wie so oft – an, als fühlte er sich in die Enge getrieben, hintergangen, isoliert: »Und warum nicht? Genau das war sie doch. Wie die arme Judy Garland. Oder die arme Marilyn.«

»Da muß ich Sarah recht geben«, meinte Sonia. »Wir könnten kein Stück über Judy Garland machen. Und über die Monroe auch nicht. Frauen, die nur Opfer sind und sonst nichts – das geht einfach nicht.«

Es entstand eine längere Pause, eine dieser Pausen, in der sich unsichtbare Strömungen und Gewichte verlagern. Sonia hatte mit Nachdruck gesprochen. Und sie hatte »wir« gesagt. Sie selbst betrachtete sich längst nicht mehr als auf Zeit angestellte Aushilfe.

Jeder wußte vom anderen, was er dachte. Kein Wunder. Sie brauchten nicht einmal Blicke zu wechseln oder eine Miene zu verziehen. Sie sahen sich plötzlich mit dem Gefühl konfrontiert, ausgedient zu haben, verschlissen zu sein – alt eben. Und vor ihnen saß diese Sonia, strahlend und prächtig wie ein Löwenjunges, und nötigte sie, sich mit ihren jungen Augen zu sehen.

»Ich bin ganz deiner Meinung«, sagte Mary schließlich und übernahm damit kurzfristig die Verantwortung. Dabei lächelte sie Sonia so an, daß die junge Frau vor Freude triumphierend auflachte und den feuerroten Kopf in den Nacken warf. »Man würde ja auch keine Oper mehr über Madame Butterfly machen«, fuhr Mary fort.

»Aber alle Leute schauen sich *Madame Butterfly* an«, protestierte Patrick.

»Alle?« sagte Sonia so pointiert, daß man den politischen Unterton heraushörte.

»Und wie steht's mit *Miss Saigon*?« fragte Patrick. »Ich hab das Libretto gelesen.«

»Was soll denn damit sein?« fragte Sonia.

»Die gleiche Geschichte wie *Madame Butterfly*«, sagte Patrick. »Mal sehen, wie du dich da herausredest, Sarah Durham.«

»Das ist ein Musical«, sagte Sarah. »Nicht unser Publikum.«

»Abscheulich«, sagte Sonia. »Bist du sicher, Patrick?«

»Absolut.«

Patrick ließ nicht locker. »Und was ist mit dem Stück über Zimbabwe? Ich kann mich nicht erinnern, daß jemand der Meinung war, man müßte ein Musical draus machen.«

Das Zimbabwe-Stück, geschrieben von schwarzen Feministinnen, handelt von einem Mädchen aus einem Dorf, das, wie alle Leute in Zimbabwe, unbedingt in der Stadt leben will, doch dort herrscht Arbeitslosigkeit. Ihre Tante in Harare weigert sich, sie aufzunehmen, weil ihr Haus schon überfüllt ist. Damit beschwört sie einen Sturm moralischer Entrüstung im Dorf herauf, weil ihre Weigerung einen Bruch mit der Tradition bedeutet. Früher war es üblich, daß Familienmitglieder, die im Leben mehr Glück gehabt hatten, alle armen Verwandten bei sich aufnahmen, die sie darum baten. Aber die Tante, die Krankenschwester ist, sagt: »Ich habe mit meinen Kindern und meinen Eltern schon zwanzig Leute im Haus, die ich ernähren muß.« Nun macht das Mädchen aus dem Dorf einen reichen Dorfbewohner auf sich aufmerksam, der ein Lastwagenunternehmen besitzt. Als sie schwanger wird, tötet sie das Kind. Alle wissen Bescheid, aber sie kommt nicht vor Gericht. Sie wird Gelegenheitsprostituierte. Sie selbst sieht das allerdings nicht so: »Diesmal wird mich der Mann lieben und heiraten.« Ihr zweites Baby setzt sie auf der Schwelle der katholischen Mission aus. Sie bekommt Aids und stirbt.

»Ich habe es gesehen«, sagte Sonia. »Es war gut.«

»Das war dann wohl in Ordnung, weil die Heldin schwarz war, wie?« sagte Patrick und lachte laut, weil es ihm gelungen war, die anderen aufs politische Glatteis zu locken.

»Fangen wir nicht damit an«, sagte Mary. »Sonst sitzen wir die ganz Nacht da.«

»Einverstanden«, sagte Patrick, nachdem er sein Argument durchgebracht hatte.

»Es ist ohnehin zu spät«, sagte Roy und faßte damit, wie üblich, die Situation zusammen. Gelassen, kräftig gebaut, nicht aus der Ruhe zu bringen, der geborene Schiedsrichter. »Wir haben uns bereits auf Sarahs Stück geeinigt.«

»Meiner Meinung nach sollten wir trotzdem nicht vergessen, daß Mädchen auf der ganzen Welt genau diese Geschichte erleben«, gab Sonia zu bedenken. »Während wir hier sitzen. Hunderttausende. Millionen.«

»Dafür ist es jetzt zu spät«, sagte Roy.

»Ich glaube nicht, daß die Franzosen deshalb mitmachen, weil ihnen die Vorstellung gefällt, sich mal richtig auszuheulen. Für sie ist das keine Schnulze. Als ich gestern mit Jean-Pierre wegen des Werbekonzepts telefoniert habe, meinte er, Julie sei kein Kind ihrer Zeit gewesen.«

»Natürlich nicht«, sagte Sarah.

»Jean-Pierre sagt, die Franzosen betrachten sie als Intellektuelle, die in der Tradition der Blaustrümpfe steht.«

»Mit anderen Worten«, sagte Roy, stand auf und beendete damit die Sitzung, »wir brauchen uns gar nicht darüber zu unterhalten.«

»Was ist mit den amerikanischen Sponsoren?« wollte Patrick wissen. »Worauf haben die sich eingelassen? Nicht auf einen französischen Blaustrumpf, jede Wette.«

»Die haben quasi die Katze im Sack gekauft«, sagte Sarah.

»Eines kann ich euch versichern«, sagte Patrick. »Wenn ihr das Stück von Stephen Sowieso machen würdet, bliebe bei den Zuschauern kein Auge trocken.«

Als Mary und Roy die hölzerne Treppe hinunterpolterten, sangen sie: »›She was poor but she was honest‹«, und Patrick hatte tatsächlich Tränen in den Augen. »Meine Güte«, sagte Sarah und schlang tröstend die Arme um ihn. Wie das die Leute so oft taten. Wenn er sich dann darüber beklagte, herablassend behandelt zu werden, rechtfertigten sie sich: Aber du brauchst das, wo du dein verwundetes Herz immer so offen vor dir herträgst. Das ging schon seit Jahren so. Aber die Situation hatte sich geändert ... Sonia würde ihn nicht verhätscheln. Jetzt, am Fuß der Treppe, betrachtete Sarah Patrick – stets herausgeputzt, manchmal sogar recht bizarr – mit kritischem Blick. Heute sah er wie ein Käfer aus, in schillernd grünem Jackett, die schwarzen Haare abstehend wie Stacheln. Sonia hingegen, modisch immer up to date, trug eine schwarze, weitgeschnittene Hose, ein Tarn-T-Shirt aus Armeerestbeständen und darüber ein schwarzes Spitzenbolero vom Flohmarkt, Wüstenstiefel, ein viktorianisches Straßhalsband und jede Menge Ringe und Ohrringe. Ihr Haar lief, in Abwandlung eines Herrenschnitts der zwanziger Jahre, hinten zu einer schmalen Spitze aus und hing vorne in weit eingedrehten Lappen herunter, die an Spanielohren erinnerten. Aber sie hatte selten länger als ein paar Tage dieselbe Frisur. Patrick gefiel ihre Aufmachung nicht. Er hatte sie bereits heftig wegen ihres mangelndes Schicks kritisiert. »Als Freak herumzulaufen ist nicht besonders schick, meine Liebe«, sagte er. Worauf sie entgegnete: »Das mußt ausgerechnet du sagen.«

Sarah ging in der Nacht, bevor sie sich mit Stephen Ellington-Smith traf, nicht ins Bett. Zum einen wurde sie erst um drei Uhr morgens mit dem Saubermachen fertig, und dann beschloß sie, die Texte für das Programmheft doch noch umzuschreiben. Danach las sie noch einmal in Julies Tagebüchern, um sich auf den vermeintlichen Kampf mit »Julies Engel« vorzubereiten.

»Hören Sie«, würde sie zu ihm sagen, »Julie hat sich selbst nie als Opfer betrachtet. Sie ging davon aus, daß sie Alternativen hatte, daß sie wählen konnte. Bis zum Tod ihrer Mutter im Jahr 1902 hätte sie nach Martinique zurückkehren können. Ihre Mutter schrieb ihr sogar, daß sie jederzeit willkommen sei. Außerdem existiert ein ziemlich alberner Brief von ihrem Halbbruder – der nach dem Tod des Vaters die Plantage übernommen hat –, in dem er reichlich beleidigende und pubertäre Witze über ihre Beziehung macht. Er schreibt, der Vater habe ihm aufgetragen, sich um Julie ›zu kümmern‹. Aber sie hat nie geantwortet. Sie überlegte damals, ob sie Prostituierte werden sollte – man darf nicht vergessen, daß das die Zeit der *grandes horizontales* war. Doch sie meinte, keinen Sinn für Luxus zu haben, und diese Eigenschaft schien ihr für eine erstklassige Hure unverzichtbar. Man bot ihr einen Job als *chanteuse* in einem Nachtclub in Marseille an, den sie jedoch ablehnte, weil er ihr emotional zuviel abverlangt und keine Zeit mehr für ihre Musik und ihre Malerei gelassen hätte. Außerdem waren ihr Provinzstädte ein Greuel. Einmal hätte sie sogar die Möglichkeit gehabt, als Sängerin mit einer Tourneetruppe nach Paris zu gehen. Aber das entsprach nicht im entferntesten ihren Träumen von Paris. In ihrem Tagebuch steht: *Wenn Rémy mich aufgefordert hätte, nach Paris zu ziehen und dort mit ihm zu leben ... wir hätten dort ruhig leben und* e c h t e *Freunde haben können ...* Die Hervorhebung spricht meiner Ansicht nach Bände. Weiter schreibt sie: *Natürlich ist das ausgeschlossen, auch wenn ich ihn bei einer Festivität mit seiner Frau gesehen habe. Man merkt deutlich, daß sie sich nicht lieben.* Sie bekam das Angebot, als Gouvernante im Haus eines verwitweten Anwalts in Avignon zu arbeiten. Mehrere Männer hätten sie sich gern in Nizza oder Marseille als Geliebte gehalten. Diese Angebote verzeichnet sie lediglich, so nüchtern, als schriebe sie: Heute war es heiß. Oder: Es war kalt.

Wir könnten Julie ohne weiteres indirekt durch das charakterisieren, was sie abgelehnt hat. Und wofür hat sie sich tatsächlich entschieden? Für ein kleines Haus aus Stein im Wald. ›Einen Kuhstall‹, wie die Bürger des Städtchens es verächtlich nannten. Sie hat sich dafür entschieden, allein zu leben, zu malen und zu zeichnen, ihre Musik zu komponieren und, Abend für Abend, darüber in ihrem Tagebuch zu berichten.

Ich gebe ja zu, Mr. Ellington-Smith, daß es nicht einfach ist, daraus ein fesselndes Drama zu machen«, würde Sarah fortfahren. »Zumindest nicht, wenn wir die von Ihnen gewählte Form beibehalten. Erster Akt: Paul. Zweiter Akt: Rémy. Dritter Akt: Philippe. Freilich könnten Sie ins Feld führen, daß Julie geschrieben hat: *Ich glaube nicht, daß ich es ertragen könnte, mein Häuschen zu verlassen, in dem alles von Liebe kündet.* Das hätte auch George Sand schreiben können. Aber vergessen Sie nicht, daß es weiter heißt: *Ich lebe hier genauso wie meine Mutter in ihrem Haus. Der Unterschied ist der, daß sie ihr ganzes Leben lang versorgt wurde. Von einem Mann – meinem Vater. Sie hat ihn immer geliebt und hatte nie eine andere Wahl. Sie konnte seine Plantage nicht verlassen, denn hätte sie das getan, hätte sie ihren Lebensunterhalt nur als Bordellwirtin verdienen können (wie ihren Andeutungen zufolge ihre Mutter und ihre Großmutter). Oder als gewöhnliche Prostituierte oder vielleicht auch als Hausbesorgerin. Über welche Fähigkeiten verfügte sie? Sie konnte kochen. Sie wußte sich anzuziehen. Sie kannte sich mit Pflanzen und Kräutern aus. Wahrscheinlich kannte sie sich mit der Liebe aus, aber darüber haben wir nie gesprochen, jedenfalls nicht über die konkreten Seiten, denn aus mir sollte eine junge Dame werden, und sie wollte mir keinen Anlaß geben, über sie als Person nachzudenken, darüber, wie sie wirklich war (und das ist an sich schon so anrührend, daß es mir fast das Herz bricht, denn wie hätte ich mich und das, was ich bin, sonst definieren sollen, wenn nicht dadurch, daß ich sie verstand?). Aber ich befürchte, hätten wir uns je zusammengesetzt und uns wie Frauen unterhalten, hätte ich sie sagen hören: Ich lebe hier in diesem Haus, weil alles darin und rundherum mich an die Liebe erinnert. Und eingeschlossen in diese Liebe wären Erinnerungen an riesige Bäume an den Wänden und im Spiegel ihres kleinen Salons, an der Decke ihres Schlafzimmers, Erinnerungen an die unablässige, stickige Feuchtigkeit, das schwere Aroma von Blumen und triefender Vegetation und an einen Geruch, ähnlich einem nassen Tierfell, der das Haus erfüllte, sobald es regnete. Tatsache ist jedoch, daß meine Mutter ihr Haus und ihr Leben nicht hätte verlassen können, selbst wenn sie es gewollt hätte, während ich jederzeit von hier weggehen kann.*

Wo können wir aus all dem herauslesen, daß Julie ein Opfer war?« würde Sarah ihre Argumentation beenden.

Finanzielle Einbußen befürchtete sie im Grunde nicht, wenn sie Stephen Ellington-Smiths Stück ablehnte, da er geschrieben hatte: »Natürlich versteht es sich von selbst, daß es meine Unterstützung für dieses Stück in keiner Weise tangiert, wenn Sie zu dem Ergebnis kommen, daß mein bescheidener Versuch nicht zu gebrauchen ist.«

Er saß bereits an einem Tisch in dem vereinbarten Restaurant, zu Sarahs Erleichterung keines von denen, die gerade en vogue waren. Ein großer Raum, ziemlich düster, altmodisch und ruhig. Der Mann war auf den ersten Blick als Gutsbesitzer zu erkennen. Als sie auf ihn zuging, überlegte sie, daß Mary Ford gleich wissen würde, was gemeint war, wenn Sarah bei ihrer Rückkehr ins Büro die Frage: »Wie ist er denn so?« mit: »Ein Gutsbesitzer vom alten Schlag« beantworten würde. Schon bemerkenswert. Selbst ihre Eltern und Großeltern, auch die von Mary Ford, die bestimmt nicht viele Leute im heutigen England auf Anhieb »einordnen« könnten, würden Stephen Ellington-Smith sofort ansehen, was er war. Er war etwa fünfzig, groß und breit, aber nicht dick; er war von kräftiger Statur und nahm ebenso souverän wie lässig eine Menge Raum ein. Sein Gesicht war hellhäutig und offen: grüne Augen, sandfarbene Wimpern; die Haare, früher blond, wurden allmählich grau. Gekleidet war er, wie man es erwarten durfte; trotzdem ertappte sich Sarah dabei, daß sie für die nächste Gelegenheit, bei der eine ähnliche Figur in einem Stück vorkam, automatisch registrierte, wie er angezogen war. Offenbar kam es in erster Linie darauf an, beim Anpirschen an ein Wild nicht bemerkt zu werden. Das dezent karierte, bräunlichgelbe Jakkett entsprach insofern einem Zebrafell, als es dazu diente, den Träger mit seiner Umgebung verschmelzen zu lassen.

Er sah Sarah auf sich zukommen, stand auf und rückte ihr einen Stuhl zurecht. Sie wußte, daß er sie genau, aber ohne Abwehr musterte. Er schien sie sympathisch zu finden.

»Da sind Sie ja«, sagte er. »Ich muß zugeben, daß ich erleichtert bin. Obwohl ich nicht recht weiß, was ich eigentlich erwartet habe.« Noch bevor sie sich hingesetzt hatte, fuhr er fort: »Ich muß wirklich noch einmal ausdrücklich betonen, daß es mir nichts ausmacht, wenn Sie sich gegen mein Stück entscheiden. Ich bin kein Bühnenautor. Es hat mir einfach Freude gemacht.«

Er sagte das, um Klarheit zu schaffen, bevor sie sich einem anderen – dem eigentlichen – Problem zuwandten. Sarah mußte an ein Gespräch im Büro denken, bei dem Mary gemeint hatte: »Trotzdem komisch. Er beschäftigt sich seit gut zehn Jahren auf die eine oder andere Art mit Julie Vairon. Und was springt für ihn dabei heraus?« Genau. Warum sollte sich dieser Mann, »ein echter Kunstliebhaber vom alten Schlag« – so hatte ihn der Kulturbeauftragte bezeichnet, von dem der Vorschlag stammte, ihn als Mäzen anzusprechen –, ein Jahrzehnt oder länger mit dieser schwierigen Französin beschäftigen? Dafür verantwortlich war bestimmt einer jener irrationalen und kuriosen Gründe, die so häufig als treibende Kraft hinter Menschen und Ereignissen stehen und oft nicht erwähnt und nicht einmal wahrgenommen werden. Darauf bezog sich auch Mary Fords recht deutliche Anspielung: »Falls wir Probleme mit ihm haben, sollten wir sie von Anfang an auf den Tisch legen.«

»Mit was für Problemen rechnest du denn?« hatte Sarah gefragt, weil sie Marys Intuition respektierte.

»Das weiß ich nicht.« Und dann sang sie, auf die Melodie von »Who is Sylvia«: »Wer ist Julie, was ist sie ...«

Zunächst einmal unterhielten sich Sarah und Stephen Ellington-Smith über praktische Probleme, angefangen bei den Schwierigkeiten, die *Julie Vairons* Start bereitete. Eigentlich sollte das Stück in London im Green Bird uraufgeführt werden, als eine von drei Inszenierungen, die für den Sommerspielplan vorgesehen waren. Zufällig war aber Jean-Pierre le Brun, Mitglied der Stadtverwaltung von Belles Rivières, von der – außerordentlich kooperativen – Familie Rostand über die bevorstehende Aufführung informiert worden und sofort nach London geflogen, um Einspruch zu erheben. Warum hatte man sich nicht mit Belles Rivières ins Benehmen gesetzt? Ehrlich gesagt hatten die vier nicht daran gedacht, wohl vor allem deshalb, weil das Stück in ihren Augen nicht anspruchsvoll genug war, um den Franzosen eine Koproduktion vorzuschlagen. Außerdem gab es in Belles Rivières kein Theater. Dazu kam, daß *Julie Vairon* auf englisch geschrieben war. Jean-Pierre le Brun hatte eingeräumt, daß die Engländer die Erfolgschancen für Julie rascher erfaßt hätten, und gemeint, dieses Verdienst wolle ihnen auch niemand streitig machen. Es gehe nicht darum, dem Green Bird *Julie Vairon* wegzunehmen, was in diesem Stadium auch schlecht möglich gewesen wäre. Aber er sei zutiefst gekränkt, daß man Belles Rivières übergangen habe. Also, was könne man tun? Zunächst einmal könne man die englische Version für ein Gastspiel in Frankreich verwenden. Denn leider müsse man zugeben, daß die Touristen, die sich gegebenenfalls davon anlocken ließen, wohl eher Englisch als Französisch sprächen. Und außerdem hätten sich so viele Engländer in der Gegend niedergelassen ... Achselzuckend überließ er es den vieren vom Green Bird, sich ein Urteil darüber zu bilden, was er davon hielt.

Also einigte man sich auf ein Gastspiel. Und wie sah es mit der Finanzierung aus? Das Green Bird konnte die Kosten für das Gastspiel in Frankreich unmöglich selbst tragen. Kein Problem, rief Jean-Pierre. Die Stadt werde den Spielort zur Verfügung stellen, Julies Häuschen im Wald – oder was davon übrig war – und das Gelände ringsum. Allerdings verfügte Belles Rivières nicht über ausreichende Mittel, um bei einem zweiwöchigen Gastspiel für die gesamte Truppe aufzukommen. An diesem Punkt kam ein amerikanischer Mäzen als zusätzlicher Geldgeber ins Spiel. Wie hatte der von diesem immerhin ziemlich eigenwilligen Vorhaben erfahren? Jemand im Kulturausschuß hatte empfohlen, sich an Stephen zu wenden, der einen entsprechenden Ruf genoß.

Von da an taten alle Beteiligen ihre Bereitschaft zu wechselseitiger Hilfe und Unterstützung kund, zumeist in Form von Fotos, die zwischen London und Belles Rivières, London und Kalifornien, Belles Rivières und Kalifornien hin und her geschickt wurden. Wie sich herausstellte, gab es in Belles Rivières bereits ein Musée Julie Vairon, und die Leute pilgerten zu ihrem Haus.

Stephen war irritiert. »Ich möchte bloß wissen, was Julie von so vielen Leuten in *ihrem* Wald gehalten hätte. In *ihrem* Haus.«

»Aber Sie wissen doch, daß wir ihr Haus für die Inszenierung in Frankreich verwenden wollen? Haben Sie das Werbematerial denn nicht gesehen?«

»Wahrscheinlich habe ich es nicht richtig wahrgenommen.« Er

schien unschlüssig, ob er Sarah trauen sollte. »Ich hatte schon ein schlechtes Gewissen, weil ich dieses Stück geschrieben habe – weil ich in Julies Privatleben eingedrungen bin, wissen Sie?« Als sich Sarah außerstande sah zu antworten, da sie einen neuen, unvermuteten Unterton heraushörte, streckte er das Kinn vor wie ein kleiner Junge und fügte abrupt hinzu: »Sie haben doch sicher bemerkt, daß ich hoffnungslos in Julie verliebt bin?« Er machte ein hilfloses, gequältes Gesicht, ließ sich auf seinem Stuhl nach hinten sinken, schob seinen Teller von sich weg und schaute sie in Erwartung eines Urteils an.

Sie versuchte es mit einem fragenden Blick, den er mit ungeduldiger Geste beiseite fegte. »Ja, ich bin in sie vernarrt. Seit ich bei diesem Festival zum ersten Mal ihre Musik gehört habe. In Belles Rivières, Sie wissen schon. Sie ist die richtige Frau für mich. Das wußte ich sofort.«

Er gab sich Mühe, seine Worte schrullig klingen zu lassen, aber es gelang ihm nicht.

»Verstehe«, sagte sie.

»Das hoffe ich. Denn nur darum geht es.«

»Sie erwarten doch nicht von mir, daß ich jetzt etwas so Abgedroschenes sage wie: Sie ist seit über achtzig Jahren tot.«

»Sagen Sie es ruhig, wenn Sie wollen.«

In dem Schweigen, das folgte, schwang vieles mit. Es ging nicht darum, daß seine Leidenschaft »verrückt« war – ein grob verknappendes Wort –, sondern daß er hier saß, standhaft und ernstzunehmend, und unbedingt wollte, daß Sarah sie nicht so einschätzte. Er wartete, ungezwungen, wie es schien, weil er sein eigentliches Motiv dargelegt hatte, und ließ den Blick über die Szenerie wandern, zu den anderen Gästen, zum Kellner, aber Sarah wußte genau, was er hier und jetzt als Gegenleistung für seine beträchtliche Investition forderte. Sie sollte ihn und seine Bedürfnisse ernst nehmen.

Nach einiger Zeit hörte sie sich sagen: »Sie mögen Julies Tagebücher nicht besonders, habe ich recht?«

Er atmete hörbar aus. Es wäre ein Seufzer geworden, hätte er sich nicht zurückgehalten, sich nicht beherrscht, um sich die Erleichterung nicht zu sehr anmerken zu lassen. Unvermittelt brachte er seine Beine in eine andere Stellung. Er schaute weg, als wollte er jeden Moment aufstehen und fortlaufen, zwang sich dann aber, Sarah wieder anzusehen. In dem Augenblick mochte sie ihn sehr. Sie mochte ihn immer mehr. Das lag daran, daß sie sich in seiner Gegenwart wohlfühlte, daß sie das Gefühl hatte, ihm gegenüber absolut alles aussprechen zu können.

»Sie haben den wunden Punkt ... Nein, ich mag sie nicht. Wenn ich ihre Tagebücher lese, fühle ich mich ... irgendwie ausgeschlossen. Als schlüge sie mir die Tür vor der Nase zu. Das ist nicht das, was ich ...«

»... was Sie an Julie lieben?«

»Ich glaube nicht, daß es mir recht wäre, wenn sich diese kühle Intelligenz auf mich richten würde.«

»Aber wenn man verliebt ist, wird der Verstand doch nicht ausgeschaltet, oder? Der Kopf macht seine Bemerkungen über ...«

»Worüber?« fiel er ihr ins Wort. »Nein, wenn sie glücklich gewesen wäre, hätte sie alle diese Dinge nie geschrieben. All das war doch nur ... Selbstverteidigung.«

Als er das sagte, mußte sie lachen, weil sie es ungeheuerlich fand, wie rasch er den Aspekt abtat, der ihr an Julie am interessantesten erschien.

»Ja, ja, lachen Sie nur«, sagte er brummig, lächelte aber. Sie merkte, daß ihn ihr Lachen nicht störte. Vielleicht gefiel es ihm sogar. Etwas in ihm schien sich zu entfalten, schien lockerzulassen; es war, als hätte er zu lange die Luft angehalten und könnte nun endlich ausatmen. »Sie verstehen das nicht, Sarah – ich darf Sie doch Sarah nennen? Diese Tagebücher sind eine schreckliche Anklage.«

»Aber sie klagen nicht Sie an.«

»Das frage ich mich. Ja, das frage ich mich oft. Was hätte ich getan? Vielleicht hätte sie über mich dasselbe geschrieben wie über Rémy. *Ich verkörperte für ihn alles, was er sich je erträumt hatte, als er hoffte, über seine Familie hinauszuwachsen, doch am Ende war er nicht mehr als die Summe dessen, was seine Familie aus ihm gemacht hatte.*«

»Verkörpert Julie das auch für Sie? Eine Flucht vor Ihrer Familie?«

»Aber nein«, sagte er spontan. »Für mich verkörpert sie ... einfach alles.«

Sarah spürte, wie ihre ganze Person diese verrückte Übertreibung zurückwies. Nicht nur ihr Gesicht, ihr ganzer Körper legte sich gleichsam in mißbilligende Falten, ohne daß ihr Verstand diese Reaktion gesteuert hätte. Sie senkte den Blick. Aber Stephen beobachtete sie – ja, sie kannte diesen scharfen, intelligenten Blick bereits –, und er wußte, was sie empfand, denn er sagte: »Bitte erzählen Sie mir nicht, Sie wüßten nicht, wovon ich rede.«

»Vielleicht«, sagte sie vorsichtig, »habe ich beschlossen, es zu vergessen.«

»Warum?« erkundigte er sich, ohne ihr schmeicheln zu wollen. »Sie sind eine gutaussehende Frau.«

»*Noch* bin ich eine gutaussehende Frau«, sagte sie. »Ich bin *noch* eine gutaussehende Frau. Durchaus. Und damit Schluß. Ich war seit zwanzig Jahren nicht mehr verliebt. In letzter Zeit habe ich gelegentlich darüber nachgedacht ... zwanzig Jahre!« Während sie noch redete, stellte sie erstaunt fest, daß sie diesem Fremden (sie wußte jedoch schon, daß er das nicht war) Dinge anvertraute, über die sie mit lieben, guten Freunden, mit ihrer eigentlichen Familie – den Leuten im Theater –, nie gesprochen hatte. Rasch schlüpfte sie in die humorvolle, mütterliche Rolle, die ihr anscheinend mehr und mehr zufiel: »Und wozu war all das gut? frage ich mich jetzt. Dieser ganze ... Unsinn?«

»Unsinn?« Er stieß dieses brummende Lachen aus, mit dem man sich, wenn man etwas absichtlich mißversteht, distanziert.

»Diese Qualen und die vielen schlaflosen Nächte«, meinte sie beharrlich, wobei sie sich zwang, daran zu denken, daß sie *all das* wirklich erlebt hatte. (Dabei fiel ihr auf, daß ihr seit Jahren nicht mehr bewußt gewesen war, daß sie *all das* durchgemacht hatte.) »Gott sei Dank kann mir das nicht mehr passieren. Ich sage Ihnen, das Altwerden hat auch seine Vorteile.« An dem Punkt hielt sie inne. Schuld daran war sein prüfender Blick. Sie spürte sofort, daß ihre Worte falsch geklungen hatten, und errötete – jedenfalls wurde ihr heiß. Er war ohne jeden Zweifel ein gutaussehender Mann, zumindest gewesen. Nein, er war noch immer recht ansehnlich. Vor zwanzig Jahren vielleicht ... und nun lächelte sie ihn ironisch an, weil sie wußte, daß ihre glühenden Wangen sie verrieten. Doch sie sprach weiter, weil sie dachte: Wenn er so viel Mut aufbringt, kann ich das auch. »Inzwischen glaube ich, daß ich zu oft verliebt war.«

»Ich spreche nicht von kleinen Vernarrtheiten.«

Wieder mußte sie lachen. »Tja, vielleicht haben Sie recht.« In welcher Beziehung? Und sie merkte, daß er die Floskel in dem Augenblick, in dem sie ausgesprochen war, genau wie sie als Platitüde empfand, als unehrlich. »Aber warum gehen wir davon aus, daß verliebt zu sein für alle immer dasselbe bedeutet? Vielleicht trifft ›kleine Vernarrtheit‹ genau das, was viele Leute erleben. Wenn ich Verliebte sehe, denke ich manchmal, daß eine ordentliche Vögelei das Ganze schnell regeln würde.« Der häßliche Ausdruck, den sie bewußt verwendet hatte, trug ihr, wie erwartet, einen überraschten, ja sogar strengen Blick ein. Frauen, die es »zu etwas gebracht haben«, müssen oft zu diesem Mittel greifen. Gerade noch (so scheint es) bedienen sie sich der Sprache unserer Zeit (häßlich, derb, ehrlich), und im nächsten Augenblick schon kommen sie sich wie »nette alte Damen« vor – oder müssen zumindest etwas unternehmen, um keine zu werden –, weil die jüngere Generation ihre Sprechweise zu zensieren beginnt, wie man es bei Kindern tut. Aber, dachte Sarah selbstkritisch, diesem Mann gegenüber ist es nicht nötig, eine Position zu behaupten.

Nach einer langen Pause, in der er sie prüfend ansah, sagte Stephen: »Sie haben einfach beschlossen zu vergessen, das ist alles.«

»Also gut, dann habe ich eben vergessen«, räumte sie ein. »Vielleicht will ich mich nicht erinnern. Wenn mir ein Mann jemals alles bedeutet hätte – so haben Sie es ausgedrückt, *alles* ... dabei war meine Ehe wirklich sehr gut. Aber *alles* ... reden wir lieber über unser Stück, Stephen.« Und sie gab sich bewußt (und unaufrichtig) den Anschein, als wollte sie nicht über ihren verstorbenen Mann sprechen.

»Einverstanden«, sagte er nach einer Weile. »Aber das Stück ist nicht wichtig. Es liegt mir nicht wirklich am Herzen. Werfen Sie's in den Papierkorb.«

»Warten Sie. Ich werde eine ganze Menge übernehmen. Die Dialoge sind sehr gut.« Das sagte sie nicht aus Taktgefühl. Seine Dialoge waren zum Teil besser als ihre. Jetzt wußte sie auch, warum. »Ist Ihnen klar, daß Sie Rémy zum Mittelpunkt der Geschichte gemacht haben? Die wahre Liebe? Und was ist mit Paul? Schließlich ist sie mit ihm nach Frankreich durchgebrannt.«

»Rémy war die Liebe ihres Lebens. Das hat sie selbst gesagt. Es steht in ihren Tagebüchern.«

»Aber richtig konsequent hat sie erst Tagebuch geführt, nachdem Paul sie fallengelassen hatte. Nehmen wir mal an, es gäbe tagtägliche Aufzeichnungen über ihre Gefühle für Paul, genau wie für Rémy?« Der Gedanke gefiel ihm offenbar gar nicht. »Sie identifizieren sich mit Rémy – weil das Ihr eigener Hintergrund ist? Niederer Adel?«

»Mag schon sein.«

»Und den Sohn des achtbaren Druckers haben Sie auch kaum erwähnt. Julie und Robert haben sich einmal angesehen und, ich zitiere: *Wenn du eine Begabung für das Unmögliche hast, dann stehe wenigstens dazu.* Anschließend nahm sie sich das Leben. Mir scheint, daß der Sohn des Druckers ohne weiteres so wichtig für sie hätte werden können wie Rémy.«

»Mir scheint, Sie möchten aus ihr so eine Art Flittchen machen, das sich in einen Mann nach dem anderen verliebt.«

Sie traute ihren Ohren nicht. »In wie viele Frauen waren Sie verliebt?«

Offenbar traute er jetzt den seinen nicht. »Ich begreife wirklich nicht, was es nützen soll, über doppelte Moral zu diskutieren.«

Voller Abneigung schauten sie sich an. Schließlich blieb ihnen nichts anderes übrig, als zu lachen.

Dann sagte er mit Nachdruck: »Es gibt nur eine Frau, in die ich wirklich ernsthaft verliebt war.«

Sie wartete darauf, daß er »meine Frau« hinzufügte – er war verheiratet – oder eine andere nannte, aber er meinte Julie. Sie sagte: »Jetzt ist es an mir zu sagen, daß Sie offenbar beschlossen haben zu vergessen. Aber darum geht es nicht. Auf die Gefahr hin, einen Allgemeinplatz zu wiederholen: Die Kunst ist eine Sache und das Leben eine andere. Sie scheinen das Problem nicht zu erkennen. Ihrem Stück zufolge bestand Julies Hauptbeschäftigung darin, verliebt zu sein.«

»War das denn nicht so?«

»Sie war einen Großteil ihrer Zeit verliebt. Ihre Hauptbeschäftigung war es nicht. Und ein Stück über eine Frau, die von zwei Liebhabern sitzengelassen wird und dann Selbstmord begeht, ist heutzutage undenkbar. Wir können keine romantische Heldin gebrauchen.«

Sie konnte diesem Gespräch nicht aus dem Weg gehen; wahrscheinlich schon das zehnte dieser Art innerhalb eines Monats, überlegte sie.

»Das begreife ich nicht. Junge Mädchen erleben so etwas zu allen Zeiten. Das war schon immer so.«

»Hören Sie, könnten wir das nicht den Leuten überlassen, die theoretische Abhandlungen darüber schreiben? Es ist eine ästhetische Frage. Ich sage Ihnen einfach, was ich aufgrund meiner Theatererfahrung weiß. Schon die Viktorianer haben dieses Thema mit ›She was poor but she was honest‹ auf die Schippe genommen. Aber ich glaube zu wissen, wie sich das Problem lösen läßt.« Das doppelte Spiel, das sie mit ihm trieb, würde sich darauf beschränken, ihm vorzuenthalten, daß sie es bereits gelöst hatte. »Wir können die Geschichte genauso lassen, wie Sie sie angelegt haben. Nur werden wir eines deutlicher herausarbeiten. Da gibt es nämlich etwas. Ich hoffe, Sie fragen mich gleich, was.«

»Also gut«, sagte er, und ihr war klar, daß er *sein* Stück in diesem Augenblick endgültig aufgab. Mit Anmut und Würde. Wie man es von jemandem wie ihm erwarten durfte.

»Wir werden die Gedanken einfließen lassen, die sie sich über all das gemacht hat ...«

»Ihre Tagebücher!«

»Zum Teil. Die auch. Aber vor allem ihre Musik. Wir haben ihre Lieder, und ihre Musik bietet sich über weite Strecken geradezu an ... Wir können ihre Musik nehmen und sie mit den Texten aus den Tagebüchern unterlegen. Auf diese Weise wird Julies Geschichte kommentiert – von ihr selbst.«

Er dachte beunruhigend lange über den Vorschlag nach. »Schon erstaunlich, wirklich sehr seltsam, daß mir Julie immer wieder weggenommen wird.« Verlegen fügte er hinzu: »Schon gut, ich weiß, daß das verrückt klingt.«

»Na ja, wir sind alle verrückt«, sagte sie, wußte aber, sobald sie ihre tröstende, mütterliche Stimme hörte, daß sie damit nicht durchkommen würde. Wieder fand sie seinen Blick schwer zu ertragen.

»Ich möchte bloß wissen, worüber Sie sich so ärgern«, bemerkte er mit mehr als einer Prise Bosheit.

»Ach, wissen Sie, ich habe eben die Höhen des gesunden Menschenverstandes erklommen. Die gleichmäßig ausgeleuchtete, unproblematische Hochebene, die keine Überraschungen mehr birgt.«

»Das nehme ich Ihnen nicht ab.«

Man könnte behaupten, daß beider Lächeln, kameradschaftlich, aber ironisch, eine Etappe markierte.

Das Restaurant leerte sich allmählich. Sie waren am Ende dessen angelangt, was sie einander zu sagen hatten, zumindest im Augenblick. Beide vollzogen die kleinen Bewegungen, die auf die Notwendigkeit hinwiesen, sich zu trennen.

»Sie wollen wohl nichts mehr davon hören, wie ich mir das Stück vorstelle?«

»Nein, das überlasse ich ganz Ihnen.«

»Aber Ihr Name wird draufstehen, neben meinem. Wir treten als Autorengespann auf.«

»Das wäre mehr als großzügig.«

Zögernd verließen sie das Restaurant. Ganz zum Schluß schien es, als wollten sie sich nicht trennen. Sie verabschiedeten sich und schlugen verschiedene Richtungen ein. Erst da kam beiden zum Bewußtsein, daß sie fast drei Stunden zusammengewesen waren, sich wie alte Vertraute unterhalten und einander Dinge erzählt hatten, die sie selbst Freunden kaum anvertrauten. Dieser Gedanke bewog beide dazu, im selben Augenblick auf dem Gehsteig der

St. Martins Lane stehenzubleiben und sich umzudrehen. Sie standen da, betrachteten einander voller Neugier, als hätten sie sich nicht gerade so lange gegenübergesessen und geredet. Ihr Lächeln verriet Überraschung, Freude und eine gewisse Ungläubigkeit, die darin zum Ausdruck kam, daß er die Achseln zuckte und sie die Handflächen zu einer Geste ausbreitete, die besagte: Also das geht über meinen Verstand! Und beide mußten über die Erkenntnis lachen, wie sehr jeder des anderen Echo und Spiegelbild war. Dann drehten sie sich um und gingen energisch ihrer Wege.

Als Sarah ins Büro kam, stellte Mary Ford gerade eine Fotocollage für eine Pressemappe zusammen, wobei ihr Sonia, die Hände in die Hüften gestemmt, über die Schulter sah und so tat, als sei sie nur flüchtig interessiert, in Wirklichkeit aber genau aufpaßte und lernte.

Sarah erzählte Mary, Stephen Ellington-Smith sei ein Gutsbesitzer vom alten Schlag. Zu großherzig, um kleinlich auf seinem Stück zu beharren, ein richtiger Schatz. Mary meinte: »Na, das ist ja prima.« Sonia nahm das Gespräch auf ihre etwas distanzierte Art zur Kenntnis.

Sarah saß mit dem Rücken zu den beiden jungen Frauen da und tat, als arbeitete sie ... nein, da war nur eine junge Frau, denn Mary war auch schon über vierzig. Damit mußte sich Sarah abfinden, auch wenn es weh tat. Sie hatten sich alle so aneinander gewöhnt ... Sonia war nicht nur mit in diesem Raum – strenggenommen nicht ihr Revier –, um etwas zu lernen, sondern um einen Anspruch anzumelden. Sie wollte für die nächste Produktion, *Hedda Gabler*, allein verantwortlich sein. »Ihr seid doch ohnehin mit eurer Julie beschäftigt«, meinte sie. Es erübrigte sich, daß sich die beiden verantwortlichen Frauen berieten, da jede wußte, was die andere dachte. Warum eigentlich nicht? Sie würden wohl kaum jemanden finden, der so patent, so auf Draht – und so ehrgeizig – war wie Sonia. »Warum nicht?« sagte Mary, und ohne sich umzudrehen, gab Sarah zurück: »Warum nicht?« Damit bestätigte sie Sonias Position im Theater und die damit verbundene erhebliche Gehaltsaufbesserung. Sonia verließ das Büro. »Warum nicht?« wiederholte Mary leise, und diesmal drehte sich Sarah um und quittierte mit einem Lächeln Marys eigentliche Botschaft – nämlich, daß damit tatsächlich eine Ära beendet war.

Sarah benötigte weniger als eine Woche, um Stephens Dialoge an den entsprechenden Stellen einzufügen, beschloß aber, so zu tun, als bräuchte sie die mindestens, um ihm nicht das Gefühl zu geben, sein Beitrag sei unerheblich. Und als sie dann tatsächlich in ihrem Zimmer saß und den Wust an Papieren, den sie bereits als Textbuch bezeichnete, rings um sich ausgebreitet hatte, kam ihr eine Woche gar nicht mehr so lange vor. Zunächst einmal konnte sie wenig mit der vorhandenen Übersetzung der Tagebücher anfangen und hatte einige Textpassagen, die sie der Musik unterlegen wollte, selbst übersetzt. Dafür mußte sie noch die Genehmigung der Rostands abwarten. »Schließlich«, hatte sie ihnen geschrieben, »handelt es sich nur um ein paar Seiten. Ich schlage ja nicht vor, daß sämtliche Tagebücher neu übersetzt werden sollen.« In Wirklichkeit hätte sie am liebsten genau das getan. Denn insgeheim war sie überzeugt, daß Leute mit dem nötigen Gespür für Literatur auf Anhieb erkennen würden, um wieviel besser und lebhafter ihre Übersetzung war, um wieviel dichter an Julies Persönlichkeit. Sie war mit der Auswahl der englischen Übersetzerin im Grunde nicht einverstanden. Vielleicht würde sie eines Tages eine Neuübersetzung der Tagebücher in Angriff nehmen und dafür dann auch andere Passagen auswählen. Sie verstand Julie viel besser als ... Während sie dasaß, die Computertastatur beiseite geschoben, weil sie sich noch in dem Stadium befand, in dem sie mit Bleistift auf lose Blätter kritzelte – ja freilich, ziemlich altmodisch –, dachte sie: Ein ziemlicher Anspruch, den ich da aufstelle. Bin ich etwa eingebildet? Vielleicht. Aber ich glaube, daß ich recht habe. Diese junge Frau hat Julie nicht annähernd verstanden ... Es stört mich ungemein, daß ihre Übersetzung so flach ist, so ohne Schwung und Temperament. Nur, nehme ich das alles nicht viel zu wichtig? Ich hänge mich da viel zu sehr rein. Ja, natürlich muß man vollständig in seine Arbeit eintauchen. Doch was ist an dieser verdammten Julie so Besonderes, daß sie den Leuten derart unter die Haut geht? Mich hat es ohne Frage erwischt. Man braucht sich nur anzusehen, welche Dynamik die Geschichte entwickelt, wie sie sich ausbreitet ... Diese Julie schafft uns noch alle. Ich bin buchstäblich in einem Rauschzustand – wahrscheinlich weil ich mir monatelang ihre Musik angehört habe. Tja, diese Woche muß ich sie mir wieder anhören ... Aber ich kompliziere immer alles viel zu sehr. Jahr um Jahr habe ich mich von meinen Verpflichtungen schier erdrücken lassen, habe gearbeitet wie eine Verrückte, und wenn ich nicht aufpasse, hebe ich noch ab und segle davon wie ein Heißluftballon.

Stundenlang saß sie da, wägte sorgfältig Worte ab, lauschte ihrem Klang: verführerisch. Wie Musik, vor allem, wenn sie Worte wählte, die mit der Musik korrespondierten. Sie hörte sie bereits gesungen, sie schwirrten ihr durch den Kopf – wie allen, die mit Sprache umgehen. Wörter tauchen im Kopf auf und tanzen dort zu Rhythmen, die aus dem Unterbewußtsein auftauchen. Wortsplitter und -fetzen: Manchmal liefern sie einen Hinweis auf einen verborgenen Geisteszustand. Manchmal klimpern und klingeln sie tagelang und machen einen ganz verrückt. Und manchmal sind sie wie ein unsichtbarer Film, wie eine durchsichtige Folie zwischen einem selbst und der Wirklichkeit. Sarah war keineswegs die erste, der das auffiel. D. H. Lawrence zum Beispiel: »Sie war wütend auf ihn, weil er alles in Worte verwandelte. ›Veilchen‹ waren Junos Augenlider, und ›Anemonen‹ waren unberührte Bräute. Wie sie diese Worte haßte, die stets zwischen sie und ihr Leben traten: Wenn überhaupt, waren sie es, die alles dahinrafften: vorgefertigte Worte und Phrasen, die allem Lebendigen das Leben aussaugten.« Ja, hier wurde genau das beschrieben, worüber sich Sarah zu beklagen hatte. Da war das Zitat, zutreffend und handlich, das ihr Hirn okkupierte. Und auch wenn sie diese Arbeit abgeschlossen hatte, würden Julies Worte, von denen der Gräfin Dié ganz zu schweigen, noch eine gute Zeit lang in ihrem Kopf verweilen und erst langsam in jenen gewaltigen, unsichtbaren Zitatenschatz zurücksinken und sie in Ruhe lassen. Vor langer Zeit hatte sie sich ein hilfreiches Phantasiebild zurechtgelegt, zu dem sie Zuflucht nahm, wenn es in ihrem Gehirn von Worten derart schwirrte, daß sich deren Energie wie ein Prickeln auf ihren ganzen Körper zu übertragen schien.

Sie stellte sich einen Schäferjungen aus längst vergangenen Zeiten vor – die Szene war vor Hunderten von Jahren angesiedelt, weil sie in antiker Umgebung friedlicher wirkte, fast als stammte sie von einem Wandgemälde oder einer alten Vase. Der junge

Knabe war ungebildet, hatte noch nie Wörter auf einem Stein oder einem Pergament gesehen. Aber er hatte Geschichten im Kopf, denn ein Land oder eine Kultur ohne Geschichten hat es nie gegeben. Doch wenn er auf seiner verdorrten Hügelflanke saß, unter seinem Baum, und – vermutlich – seine Schafe betrachtete, war sein Kopf leer; Erinnerungen und Gedanken kamen ihm in Gestalt von Bildern. Sarah gestand diesem armen Jüngling nicht einmal die traditionelle Schäferflöte zu. Stille mußte herrschen. Nur eine Brise, die durch den Baum strich, unter dem er saß. Eine Grille. Die Schafe, die das Gras abrupften. Und es mußte ein Junge sein. Ein Mädchen – nein, das ging nicht, denn ein Mädchen wäre sehr wahrscheinlich damit beschäftig gewesen, sich zu fragen, mit wem man es wohl verheiraten würde. Mädchen war es selten gestattet, allein zu sein, doch im Grunde spielte es keine Rolle, ob Mädchen oder Junge – und ringsum Stille. Sarah versuchte sich vorzustellen, wie es wäre, ein Gehirn zu haben, das nicht vom gedruckten Wort geprägt war. Gar nicht so einfach.

Als die Woche um war, rief sie Stephen an, um ihm mitzuteilen, daß das Textbuch – das Libretto? wie sollte man diesen Zwitter nennen? – ihrer Meinung nach fertig sei. Offenbar freute er sich, ihre Stimme zu hören, und sie freute sich unverhältnismäßig, daß seine gleich viel wärmer und munterer klang. Dann sagte er: »Aber Sie wissen doch, Sie brauchen mir wirklich nicht …«, so wie jemand, der kaum Rücksicht erwartet. Bemerkenswert.

»Aber natürlich«, sagte Sarah. »Wir sind doch Co-Autoren.«

»Ich beklage mich ja nicht. Wollen wir uns morgen treffen?«

Und nun begann eine Zeit, die Sarah rückblickend wie ein Land vorkam, von dessen Existenz sie nichts gewußt hatte und in das sie nur durch Zufall geraten war, ein Land voller Liebreiz, wie in einem Traum, mit der ihm eigenen überzeugenden Atmosphäre, die sich in einer Sprache äußert, die man nur teilweise kennt oder vergessen hat. Bevor sie sich mit Stephen irgendwo traf – in einem Restaurant, einem Garten, einem Park –, sagte sie sich jedesmal: »Ach, komm schon, das bildest du dir bloß ein.« Und wenn es Zeit war, sich zu trennen, widerstrebte es ihr, und sie erfand Ausreden, um diesen Augenblick hinauszuzögern. Sie wußte, daß es ihm genauso ging. Auch er dachte wahrscheinlich, bevor sie sich trafen oder nachdem sie sich getrennt hatten: »Unsinn, das bilde ich mir nur ein.« Für beide bestand kein Zweifel, daß sich, sobald sie beisammen waren, eine Heiterkeit einstellte, eine Gelöstheit, eine völlig andere Befindlichkeit als im täglichen Leben; sie befanden sich an einem verzauberten Ort, an dem alles ausgesprochen werden konnte. Dabei lag es nicht daran, daß jeder das Leben des anderen so faszinierend gefunden hätte. Sarah interessierte sich nicht sonderlich für Stephens Leben, schon deshalb, weil sie selbst nichts Vergleichbares erlebt hatte. Er war reich und besaß ein großes, geschichtsträchtiges Haus. Als er sich nach ihrem Leben erkundigte, nannte sie ihm die Fakten: Sie hatte jung geheiratet, war früh Witwe geworden, hatte allein und mit Erfolg zwei Kinder großgezogen. Fast durch Zufall – so kam es ihr jetzt vor – hatte sie in der Theaterwelt Fuß gefaßt und sich einen Namen gemacht. Ach ja, und eine Zeitlang hatte sie sich um die Tochter ihres Bruders gekümmert. Stephen hörte zu, überlegte und meinte: »Wenn Leute anderen Leuten von ihrem Leben erzählen – ich meine, ihre Biographie –, erzählen sie nicht viel von sich selbst. Eigentlich gar nichts.« Als rechnete er damit, daß sie ihm gleich widersprechen würde, fuhr er fort: »Das heißt, nur wenn es sich um Leute handelt, die nichts an sich haben. Das Interessante an Leuten ist nicht das, was ihnen das Leben zuteilt. Daran kann keiner von uns etwas ändern, oder?«

Sie hatte den Eindruck, daß das eine Art Rechtfertigung oder Erklärung sein sollte. Aber hatte er das nötig? Er schien oft das Bedürfnis zu haben, sich zu entschuldigen. Wofür?

Unterdessen trafen sie sich weiterhin und genossen ihr Beisammensein.

»Ich bin sehr gern mit dir zusammen«, sagte er, und aus seinen Worten sprach nicht nur die Offenheit und die Großzügigkeit, die sie von ihm erwartete, sondern Erstaunen. Waren Freude und Unbeschwertheit etwas, womit er gar nicht rechnete? Um ehrlich zu sein, war auch sie nicht an diese Art wohlige Freude gewöhnt. Sie hatte hart gearbeitet, hatte schwer an ihrer Verantwortung zu tragen gehabt … Aber bestimmt fehlte es einem Mann mit so vielen Vorzügen nicht an Gelegenheiten ... Doch dieses Wohlbefinden hatte mit ihnen beiden zu tun; es war, als besäßen sie zusammen einen Schlüssel zu jenem Reich, in dem die Luft aus Glück besteht.

Mochten sie auch den Kopf darüber schütteln, sich gegenseitig ironisch zulächeln ob der Unwahrscheinlichkeit dieser Wesensverwandtschaft, sie erlebten sie wie einen Zauber. Es war, wie wenn man ein prachtvoll eingewickeltes Päckchen aufmacht und ein Geschenk zum Vorschein kommt, das man sich jahrelang sehnlichst gewünscht hat, ohne jemals wirklich damit zu rechnen, daß man es auch bekommt. Sarahs Leben war durch diesen Stephen Sowieso, der in eine tote Frau verliebt war, wie verzaubert. Über diese Leidenschaft sprachen sie ziemlich viel, er ausgesprochen gut gelaunt, weil er, wie er ihr mitteilte, *seine* Julie in einen Schlupfwinkel gebracht hatte, zu dem Sarah keinen Zutritt hatte. »Ich muß sie einfach vor dir retten«, meinte er. Er hatte sich angewöhnt, Scherze über seine Verrücktheit zu machen – sie durfte dieses Wort verwenden, weil er es selbst verwendete. »Du bist verrückt, Stephen.«

»Ja, das gebe ich offen zu, Sarah.«

Aber auszusprechen, daß jemand verrückt ist, heißt, die Sache zu verharmlosen, sie als Scherz abzutun und nicht mehr ernst zu nehmen.

Dennoch glaubte Sarah, daß Stephen ernstlich Schaden nahm. Manchmal, wenn sich Schweigen zwischen ihnen ausbreitete, wurde sein Gesicht düster und geistesabwesend: Ja, »seine« Julie befand sich wirklich irgendwo in seinem tiefsten Inneren. Aber der finsteren, verletzten Miene nach zu schließen, die er aufsetzte, wenn er sie aufsuchte, tat ihm das nicht gut. Sooft Sarah diesen Blick sah, nahm sie sich vor, nicht darüber nachzudenken, was er bedeuten mochte, weil sie befürchtete, ihm ebenfalls zu erliegen. Diese Form des Selbstschutzes hatte sie im Umgang mit Joyce gelernt. An einem bestimmten Punkt hatte sie beschlossen, nicht mehr zu versuchen, sich in den Geisteszustand des armen Mädchens hineinzuversetzen, weil sie befürchtete, zu sehr davon beeinflußt zu werden. Offenbar stand etwas an diesem Mann im

Widerspruch zu dem Leben, das er nach außen hin führte und das genauso war, wie es sein sollte: ein Leben, gekennzeichnet von sozialem Engagement, geistiger Gesundheit und Großzügigkeit, ein offenes Buch für jeden, der hineinschauen und darüber urteilen wollte. Daß Sarah über seine »Schwärmerei« für Julie scherzte und vor dem, was sie möglicherweise bedeutete, bewußt die Augen verschloß, rettete ihrer beider Freundschaft vor Julie. Denn Sarah fragte sich immer häufiger – und schämte sich ihrer Irrationalität –, über welche Zauberkräfte diese Frau verfügt haben mußte, um andere Menschen auch noch nach ihrem Tod so stark zu beeinflussen. Mit etwas Phantasie konnte man sie als weiblichen Orpheus betrachten, denn wie er lockte sie kraft ihrer Musik und ihrer Worte Opfer in dunkle Gefilde.

Zu Sarahs fertigem Stück meinte Stephen: »Du hast sie ziemlich gut getroffen. Mir ist klar, daß ich zu parteiisch war – in meinem Stück, meine ich. Und ich bin froh, daß du mir ein ... ein abgerundetes Bild von ihr verschafft hast. Eigenartig, welche Hemmschwelle ich hatte, ihre Tagebücher zu lesen. Aber meine Gefühle für sie haben sich dadurch nicht geändert. Wir sind füreinander geschaffen, mußt du wissen, Julie und ich. Also, man kann dir deine Gedanken wirklich vom Gesicht ablesen, Sarah ... Liegt das vielleicht daran, daß du nicht glaubst, daß es jemanden geben könnte, der für *dich* geschaffen ist? Ich erinnere mich, daß ich früher auch einmal so dachte. Aber die Wahrheit ist, daß es nur diesen einen Menschen geben kann. Schon komisch, findest du nicht, wie viele Leute es gibt, die ... aber man kann dieses Gefühl bei den unwahrscheinlichsten Menschen haben. Ich erinnere mich an eine Situation – damals war ich in Kenia, im aktiven Militärdienst. Alle haben Kenia vergessen. Wegen der ständigen Kriege vermutlich. Da bin ich dieser Frau begegnet. Einer Inderin. Älter als ich. Und da war auf einmal dieses Gefühl ... daß wir einander kannten. Man muß bei so etwas Vertrauen haben. Hat man das nicht, verleugnet man den besten Teil des Lebens. Du und ich, uns verbindet etwas in der Art – nun ja, das wissen wir beide. Und das hat nichts zu tun mit Alter, Sex, Hautfarbe oder dergleichen.«

Sarah überlegte sich, daß es ähnlich wie mit »dieser Beziehung, die ich zu Stephen habe«, mit einem Bruder hätte sein können – einem richtigen Bruder, keinem Clown wie Hal. Erstaunlicherweise war es ihr noch nie in den Sinn gekommen, daß es etwas Angenehmes sein könnte, einen Bruder zu haben.

Sarah und Mary flogen zusammen nach Nizza. Hoch in der Luft über Europa bemerkte Sarah, wie sich Marys Mund bewegte, während sie mit geschlossenen Augen dasaß. Nein, Mary betete nicht. Sie hatte sich vorgenommmen, ihr Presse-und-Public-Relations-Mantra mehrmals täglich zu wiederholen: »Diesen Sommer wetteifern Dutzende von Festivals um die Aufmerksamkeit des Publikums. Das Julie-Vairon-Festival ist nur eines davon. Ich werde dafür sorgen, daß es das beste wird, daß alle Welt darüber redet und alle Leute hinwollen.«

Am Flughafen wurden sie von Jean-Pierre le Brun abgeholt. Nach so vielen Besprechungen am Telefon hatten die beiden Frauen das Gefühl, ihn bereits zu kennen. Er war dunkelhaarig, gut gekleidet, sah gut aus und vereinte in sich auf jene unnachahmliche französische Art Korrektheit, Fröhlichkeit und antrainierten Skeptizismus, als hätte er an der Universität zunächst Anarchie und Jura studiert und dann beide Fächer in moderater Form miteinander vermengt und daraus einen eigenen Stil entwickelt. Bei der Begrüßung der beiden Engländerinnen, die ja auch eine offizielle Funktion innehatten, legte er ein Übermaß an respektvoller Höflichkeit an den Tag, verbunden mit einer gewissen Bereitwilligkeit, sich beleidigen zu lassen. Dabei strahlte er unbewußt auch Ablehnung aus, die er jedoch im Nu ablegte, sobald er beschlossen hatte, die beiden sympathisch zu finden. Er führte sie zu einem reizenden Mittagessen in das Collines Rouges, das größte Café-Restaurant von Belles Rivières. Da es danach zu spät war, um im Rathaus noch geschäftliche Dinge zu erledigen, fuhr er mit ihnen in die bewaldeten Hügel hinter der Stadt, wobei er erst eine Teerstraße entlangraste und sein Tempo auch dann nicht drosselte, als diese in einen holprigen Feldweg mündete. Diesen Weg hatte Julie genommen, wenn sie nach Belles Rivières und wieder zurück ging. »Sie ist bei jedem Wetter zu Fuß gegangen, la pauvre«, sagte Jean Pierre. Und da lächelten die beiden nüchternen Engländerinnen über den Franzosen, der auf so förmliche Art sentimental war und damit genau ihren Erwartungen entsprach. Er hatte wahrhaftig Tränen in den Augen.

Am Ende des Feldwegs stiegen sie einen felsigen Pfad hinauf, bis sie auf eine große Lichtung zwischen Bäumen und Felsen gelangten. Die Erde leuchtete in der späten Nachmittagssonne kräftig rot. Die Bäume glänzten in sattem Grün. Die Luft war erfüllt von einem Murmeln, das an Bienen erinnerte, aber vom Fluß und dem Wasserfall herrührte. Offenbar hatte es schwere Regenfälle gegeben. Von dem »Kuhstall«, an dem die Einwohner des Städtchens zu Julies Zeiten Anstoß genommen hatten, war nicht mehr viel übrig. In Mary Fords Pressemappe hieß es dazu: *Ein kleines Steinhaus, kalt und unbehaglich, war die Behausung, in der Julie Vairon in Südfrankreich lebte – von dem Tag an, an dem sie ohne einen Franc von Bord des Schiffes ging, bis zu dem Tag, an dem sie starb. Es war ein Köhlerhaus.* »Warum auch nicht?« wollte Mary wissen. »Jemand muß doch vor ihr dort gewohnt haben.« *Nach Julies Tod stand es mehrere Jahre leer. Dann benutzte es der Bauer Leyvecque, dessen Enkelsöhne noch heute als Bauern in der Gegend leben, als Stall. Ein Sturm riß das mit Ziegeln gedeckte Dach ab. Hätte die Stadt Belles Rivières es nicht gerettet, wäre nur noch ein Haufen Schutt übrig, doch statt dessen ist auf dem Gelände inzwischen ein bezauberndes Theater entstanden, in dem in diesem Sommer …*

Von dem Haus war nicht mehr viel übrig. Die lange Rückwand stand noch, ebenso Teile der Seitenwände, mit Zement abgedeckt, um zu verhindern, daß sie weiter abbröckelten. Hinter dem Haus fiel das rötliche Erdreich zu den Bäumen hin ab. Schirmartige Pinien, Eichen, Oliven und Kastanien. Einige dieser Bäume stammten aus Julies Zeit. Die Luft war erfüllt von gesunden, aromatischen Düften. Zu dritt wanderten sie kreuz und quer über das Gelände, auf dem Julies Leben in Kürze neu in Szene gesetzt werden sollte. Genauer gesagt, ihr Leben in einer von den Zwängen einer Theaterinszenierung diktierten Version. Gespielt werden würde auf dem freien Platz neben dem Haus. Die Musiker und Sänger sollten ein flaches Steinpodium bekommen … Sofort wandten Sarah und Mary ein, daß dieses Podium wegen der Bedeutung, die der Musik zukam, größer und näher an der »Bühne« sein müsse. Jean-Pierre widersprach der Form halber und meinte dann, es sei ihm nicht klar gewesen, daß die Musik so bedeutungstragend sei. Taktvoll gab er nach, wie er es von Anfang an vorgehabt hatte. Die Verhandlungen wurden Mary zuliebe in einem Mischmasch aus Französisch und Englisch weitergeführt. Sie hatte beim Mittagessen erklärt, sie könne einfach keine Sprachen erlernen, wie die Engländer ganz allgemein nicht, so als seien sie mit einem defekten, den Wissenschaftlern noch unbekannten Gen behaftet. Da Mary zusammen mit Jean-Pierre für die Öffentlichkeitsarbeit verantwortlich war, hörte Sarah über weite Strecken nur zu und erlebte einen Zusammenprall grundverschiedener Ansichten. Jean-Pierre sagte, er rechne während des zweiwöchigen Gastspiels mit etwa zweihundert Besuchern pro Abend. Mary widersprach heftig und meinte, man müsse sich auf sehr viel mehr Leute einstellen. Jean-Pierre hielt dagegen, bei einem neuen Stück, das noch dazu ausschließlich von regionaler Bedeutung sei, dürfe man kein großes Publikum erwarten. Noch immer höflich miteinander streitend, kehrten die drei in die Stadt zurück. Jean-Pierre setzte die beiden Frauen, nicht ohne Bedauern, vor ihrem Hotel ab, um zu seiner Familie zurückzukehren. Mary und er hatten aus ihren mangelnden Französischkenntnissen bereits ein Spiel gemacht und verständigten sich auf »Franglais«. Er genoß es sichtlich, wie sich diese kräftig gebaute, ruhige und unerschütterlich wirkende junge Frau mit ihren versonnenen blauen Augen zu immer surrealeren sprachlichen Höhenflügen aufschwang.

Es gab drei Hotels am Ort, auf die die Truppe gleichmäßig verteilt werden sollte. Darum kümmerte sich Sarah am nächsten Morgen vor ihrem Besuch im Rathaus, der reine Formsache war, da man sich bereits in allen Fragen geeinigt hatte. Dann zog Mary los, um Angehörige der Familien Imbert und Rostand, also Nachfahren von Paul und Rémy zu interviewen. Jean-Pierre begleitete sie. Beide Familien hatten sehr bereitwillig ihre Unterstützung für das Julie-Vairon-Festival zugesagt, das der kleinen Stadt solchen Glanz verleihen würde. Außerdem wollte Mary dem Julie-

Vairon-Museum einen Besuch abstatten, dann dem Stadtarchiv und dem – in nach wie vor unverändertem Zustand existierenden – Haus, in das Julie gezogen wäre, hätte sie den Druckermeister Philippe geheiratet. Und wie stand es mit der Familie von Philippes Sohn Robert? Vielleicht wäre auch die zu Auskünften bereit, aber die Angers wohnten ein ganzes Stück weit weg. Da all diese Besuche und Gespräche mindestens drei Tage in Anspruch nehmen würden, flog Sarah allein nach London zurück.

Sie rief Stephen an. Sobald sie die Stimme des anderen hörten, betraten sie eine besondere Sphäre, in der komplizenhaftes Einverständnis herrschte, wie bei Kindern, die Geheimnisse miteinander haben. Dieser neue Umgangston hatte sich von dem Moment an eingestellt, in dem das Gründerquartett das Textbuch endgültig abgesegnet hatte. Bei Erwachsenen deutet ein solcher Ton häufig darauf hin, daß sie überfordert sind oder sich übermäßig bedroht fühlen. Stephens Julie war ganz sicher bedroht. »Jetzt gehört Julie der Öffentlichkeit ...«, wie er es ausdrückte.

Sarah erzählte ihm von Julies Haus. Stephen war vor zehn Jahren dort gewesen, als Buschwerk von unten durch den Fußboden wuchs und Steine aus den Wänden drückte. Sie berichtete von den drei Hotels, zwei davon neu, alle nach Julie benannt. Dann beschrieb sie Jean-Pierre. Ihr Tonfall bewog ihn nachzufragen: »Und wie sieht er sie?« Und sie konnte ein gemurmeltes »La pauvre ... la pauvre« loswerden, so daß Stephen »Verdammt sentimental ...« ausrufen und Sarah lachen konnte. Kurz und gut, sie benahmen sich dem uralten Tatbestand gemäß, daß Franzosen und Engländer einander, zu beidseitiger Zufriedenheit, unmöglich finden. Aber vielleicht drängt einem das Bedürfnis sämtlicher Nationen, an den anderen stets bestimmte Wesenszüge zu entdecken, seinen Stil auf, und so geht das Spielchen eben weiter.

Und jetzt waren Sarah und alle anderen vom Green Bird, die Interesse hatten, in das Haus in Oxfordshire zu einem Abend mit Musik und Tänzen eingeladen, einem Miniaturfestival, bei dem auch Julies Musik gespielt werden sollte. Sarah war für das ganze Wochenende eingeladen. Eigentlich wollte sie Stephen nicht in seiner häuslichen Umgebung erleben, in seinem anderen Leben – seinem richtigen Leben? –, weil sie befürchtete, dadurch könnte ihre Freundschaft in Mitleidenschaft gezogen werden, die bestimmt ein recht zartes, auf allerlei Einbildung und Trugbildern beruhendes Gebilde war. Sarah war sich ihrer Angst bewußt, die »Magie«, der Zauber könnte sich einfach verflüchtigen. Aber natürlich mußte sie mitfahren, und im Grunde wollte sie es auch. In der Woche vor diesem Wochenende trafen sie sich, auf Stephens Anregung hin, zum Abendessen. Sie spürte, daß auch ihm unbehaglich war. Er lieferte ihr Informationen und Tatsachen, eine nach der anderen, warf sie ihr zu wie ein älterer Bruder, der mit seiner Schwester Werfen übt und darauf achtet, daß die Bälle auch richtig bei ihr ankommen. So jedenfalls empfand es Sarah, und als sie ihm das sagte, erntete sie ein Lächeln. »Nein, nein«, parodierte sie die Situation, »du darfst nicht weiter zurückgehen, sonst trittst du die Torstäbe um! Und Ellbogen hoch, wenn du zum Schlag ausholst.«

Das Haus gehörte Stephens Frau Elizabeth. Er hatte das Geld. Nein, sicher hatten sie nicht geheiratet, weil es für beide Seiten bequem war, aber das Haus spielte eine zentrale Rolle in ihrem Leben. Beide hingen sehr daran.

Sie hatten drei Kinder, lauter Jungen, alle drei im Internat. Sie seien gern dort, erklärte er mit einer Beharrlichkeit, die verriet, daß er häufig auf etwas beharren mußte. Sarah fand es interessant, daß Leute wie er so oft glaubten, diese geheiligte Institution verteidigen zu müssen. Es gefalle allen dreien gut in ihrer Schule, meinte Stephen. Trotzdem schade, daß sie keine Tochter hatten.

»Vor allem für mich«, meinte er. »Wenn wir eine Tochter hätten, würde mir Julie vielleicht nicht so an die Nieren gehen.« Aber sie würden kein Kind mehr bekommen. Die arme Elizabeth habe ihre Pflicht wahrhaftig erfüllt.

Er und Elizabeth seien gute Freunde, sagte er, sorgfältig seine Worte wählend, wobei er es vermied, Sarah anzusehen, und statt dessen auf seinen Teller blickte. Nicht um auszuweichen, wie es ihr vorkam, sondern weil er sonst womöglich mehr gesagt hätte, Dinge, von denen er annahm, daß Sarah sie mit eigenen Augen sehen würde.

Er hielt sich zugute, daß er das Gut ertragreich bewirtschaftete. Und daß Elizabeth das Haus gut führte, stand außer Zweifel. Jeden Sommer veranstalteten sie Festivals. »Die halbe Grafschaft kommt zu diesen Veranstaltungen, und wir sind stolz darauf. Ursprünglich war es Elizabeths Idee, allerdings weil sie weiß, daß ich dafür etwas übrig habe. Jetzt stecken wir beide unsere ganze Energie da hinein.« Aus seiner Stimme sprach Befriedigung, ja sogar Stolz. Sie hätten vor, sich zu vergrößern, eine Art Institution zu werden wie Glyndebourne, wenn auch in viel bescheidenerem Rahmen. Und nur im Sommer. Wenn Sarah zu Besuch komme, sehe sie das ja alles selbst.

Wieder hatte sie das Gefühl, daß in diesen Worten noch eine andere Bedeutung mitschwang, und sie fragte sich, ob ihm bewußt war, daß alles, was er sagte, zu signalisieren schien: Hör genau hin.

»Ich möchte, daß du alles siehst«, beteuerte er, und diesmal sah er sie an. »Der Gedanke, daß du kommst, gefällt mir. Ich gehöre eigentlich nicht zu den Männern, die ihr Leben in Schubladen einordnen – ja, ich weiß, die gibt es wie Sand am Meer, aber ich ...« In seinem Lächeln lag Tatkraft und die leichte Hochstimmung, die ihn jedesmal erfüllte, wenn er von seinem Haus und seinem Leben auf dem Gut sprach. »Du darfst nicht denken, daß ich nicht weiß, was für ein ungeheures Glück ich habe«, sagte er, während sie zur U-Bahn schlenderten. »Na ja, du wirst es ja selbst sehen. Ich betrachte nichts als selbstverständlich, das kannst du mir glauben.«

Sarahs Zug nach Oxford ging am Freitag nachmittag. Um zwei Uhr klingelte es an der Tür, und als sie aufmachte, stand Joyce draußen. Nachdem Sarah sie längere Zeit nicht gesehen hatte, sah sie sie, wenn auch nur für Sekunden, mit völlig anderen Augen. Schlagartig spürte sie die nur allzu vertraute Beklemmung. Joyce kam herein und wirkte unsicher und verloren wie in einem Tagtraum. Sie war sehr groß und extrem dünn. Wenn ihre Schwestern sie schminkten, konnte sie reizend aussehen. Sie hatte herrliches Haar, das goldblond glänzend und voller Spannkraft offen um ihr teigiges, fleckiges Gesichtchen hing – und dieser Kontrast gab einem einen Stich ins Herz. »Mach dir doch einen Tee«, schlug Sarah vor, aber Joyce ließ sich in einen Sessel plumpsen. Sie sah wirklich krank aus. Ihre riesigen blauen Augen waren entzündet. Ihr Lächeln, das sie der Welt zeigte, seit sie aufgehört hatte, ein Kind zu sein, war strahlend und zugleich verängstigt und kummervoll. Ja, sie war krank. Sarah brachte sie dazu, Fieber zu messen, sie hatte achtunddreißig-fünf.

»Ich möchte hierbleiben«, sagte Joyce. »Ich möchte hier bei dir wohnen.«

Sarah wurde ihr Dilemma in denkbar drastischer Form vor Augen geführt. Sie hatte so etwas befürchtet. Jede Art von Druck, selbst wenn er für andere nicht sichtbar, ja nicht einmal zu ahnen war, brachte sie unweigerlich dazu, auf der Stelle nachzugeben. Aber da fiel ihr ein, was Stephen gesagt hatte: »Wie lange, sagst du, hast du dich um sie gekümmert? Zehn Jahre? Warum kümmern sich ihre Eltern nicht um sie?« Und als Sarah darauf keine Antwort wußte: »Also wirklich, Sarah, das finde ich schon recht eigenartig.«

»Damals kam es mir ganz selbstverständlich vor.«

Er schwieg nur deshalb, weil er sich vorgenommen hatte, nicht auszusprechen, was er dachte. Dabei verbargen beide ihre Gedanken normalerweise nicht voreinander. Womöglich hätte er gesagt: »Du bist verrückt, Sarah« und ihr Zugang zum Kreis derer gewährt, die sich so verhalten, wie sie sich eben verhalten, weil sie nicht anders können. Und ein andermal hatte er gemeint: »Was glaubst du, wäre passiert, wenn du sie nicht zu dir genommen hättest?« Es klang nicht hitzig und empört, wie sie es von Leuten gewohnt war, die sich bedroht fühlten, weil sie glaubten: Wenn du dir eine solche Last aufhalst, erwartest du von mir womöglich auch, daß ich mich opfere. Nein, er hatte alles genau durchdacht. Sie hatte sich nie gefragt, was mit Joyce geschehen wäre, wenn sie sich nicht um sie gekümmert hätte. Aber wäre Joyce schlechter dran gewesen, wenn ihre Tante die Fürsorge für sie ihren Eltern überlassen hätte? Noch schlimmer konnte sie eigentlich kaum dran sein.

Jetzt zwang sie sich zu sagen: »Ich bin auf dem Sprung, Joyce«, und die Mühe, die sie das kostete, ließ ihre Stimme streng klingen. »Ich bin übers Wochenende fort. Ich bring dich nach Hause und steck dich dort ins Bett.«

»Aber ich habe den Schlüssel verloren«, sagte Joyce, während sich ihre Augen mit Tränen füllten.

Sarah wußte, daß der Schlüssel nicht verloren war, aber um das nachzuweisen, hätte sie die jämmerlich aussehende Tasche von Joyce durchsuchen müssen, ein ehemals leuchtend buntgestreiftes, mexikanisches Ding.

Es blieb ihr nichts anderes übrig, als die Behauptung ihrer Nichte zu akzeptieren, auch wenn sie noch so fadenscheinig war. Tat sie das nicht, dann ... Sie rief in dem Krankenhaus an, in dem ihr Bruder als Facharzt tätig war, erfuhr, daß er sich in seiner Praxis in der Harley Street aufhielt, rief dort an und erhielt die Auskunft, daß er gerade mit einem Patienten beschäftigt sei. Sarah erklärte der Sprechstundenhilfe, sie sei Dr. Millgreens Schwester und es gehe um seine Tochter, die krank sei. Sie werde warten. Sie wartete gute zehn Minuten, während Joyce in ihrem Sessel leise vor sich hin weinte.

Irgendwann sagte sie kleinlaut: »Aber ich möchte hier bei dir bleiben, Tantchen.«

»Du kannst jetzt nicht bei mir bleiben. Du bist krank und mußt behandelt werden.«

»Aber er schickt mich nur ins Krankenhaus. Und da will ich nicht hin.«

»Das nicht, aber er wird dich ins Bett stecken, und genau das würde ich auch tun.«

»Warum seid ihr alle so abscheulich zu mir? Ich möchte für immer bei dir wohnen.«

»Jetzt hör mir mal zu, Joyce. Keiner von uns hat seit – mein Gott, das müssen ja schon fünf Monate sein –, keiner von uns hat während dieser ganzen Zeit ein Wort von dir gehört. Ich bin in ganz London herumgerannt und habe dich gesucht.«

In dem Augenblick sagte die Sprechstundenhilfe, Dr. Millgreen könne nicht ans Telefon kommen und Mrs. Durham müsse sehen, wie sie zurechtkomme.

»Richten Sie meinem Bruder aus, daß seine Tochter in meiner Wohnung ist. Sie ist krank, und ich bin bis Montag verreist.«

Sarah war wütend. Daß sie jede Menge Schuldgefühle hatte, versteht sich von selbst. Es nützte gar nichts, sich einzureden, daß sie keinen Grund hatte, sich schuldig zu fühlen.

»Ich gehe davon aus, daß jemand kommt und dich abholt«, sagte sie zu Joyce. »Wenn nicht, würde ich an deiner Stelle ein Taxi nehmen und heimfahren.« Damit schob sie ein paar Geldscheine in die mexikanische Tasche.

»Ach, Tantchen, ich verstehe das nicht«, wimmerte Joyce.

Da hier ein kleines Mädchen sprach und nicht die unberechenbare Halbwüchsige Joyce, die wenigstens teilweise mit dem Leben zurechtkam, ging Sarah gar nicht darauf ein, sondern rief sich ins Gedächtnis, daß ihre Nichte zwanzig war, und sagte wie zu einem erwachsenen Menschen: »Hör zu, Joyce, du verstehst das sehr wohl. Irgend etwas ist da draußen vorgefallen, aber natürlich wirst du uns nie verraten, was …«

Joyce unterbrach sie wütend: »Wenn ich es dir sagen würde, würdest du das ausnützen und mich bestrafen.«

»Ich kann mich nicht erinnern, dich jemals wegen irgend etwas bestraft zu haben.«

»Aber mein Vater. Er ist jedesmal schrecklich.«

»Er ist dein Vater. Und eine Mutter hast du auch, und die setzt sich für dich ein.« Joyce wandte das Gesicht ab. Sie zitterte. »Du bist eine erwachsene Frau, Joyce. Du bist kein kleines Mädchen mehr.«

Als Antwort blickte ein kleines Mädchen mit riesigen Augen voller Tränen unsicher zu seiner Tante auf. Der kleine rosa Mund stand mitleiderregend halb offen.

»Ich werde nicht mein Leben damit verbringen, mich um dich zu kümmern. Ich habe nichts dagegen, wenn du hier wohnst, solange ich da bin. Aber ich werde dich nicht bedienen. Wenn du möchtest, fahre ich mit dir irgendwohin in Urlaub. Du siehst aus, als könntest du es gebrauchen. Also, wir reden noch darüber, aber nicht jetzt. Ich muß meinen Zug erwischen. Ich rufe aus Oxfordshire an, um festzustellen, ob du nach Hause gefahren bist.«

Joyce würde nicht nach Hause fahren. Gut möglich, daß Hal – falls er daran dachte – seiner Frau spätabends mitteilte, daß ihre Tochter krank und allein in Sarahs Wohnung sei. Das würde sich dann etwa so anhören: »Joyce ist bei Sarah aufgetaucht, und Sarah ist offenbar der Meinung, daß es ihr nicht gut geht.« Anne, erschöpft und reizbar, würde die beiden anderen Töchter, Briony und Nell, beauftragen, zu Sarah hinüberzufahren. Sie würden es Joyce übelnehmen, daß sie so lange verschwunden war. Und Sarah würden sie es übelnehmen, daß sie nicht damit fertig wurde. Alle würden sauer auf Sarah sein. Wie üblich. Erst jetzt kam Sarah zu Bewußtsein, daß das wirklich ein bißchen eigenartig war.

Als Sarah aus dem Zug stieg, kam Elizabeth auf sie zu und stellte sich vor. Die beiden Frauen musterten einander unverhohlen, Elizabeth mit einem Blick, daß Sarah sich fragen mußte, was Stephen von ihr erzählt haben mochte, denn Elizabeth sah aus, als wollte sie sich vergewissern, daß das, was sie gehört hatte, auch stimmte. Ja, offenbar schon. Elizabeth war eine eher kleine Frau mit glänzendblondem Haar, das von einem schwarzen Samtband zurückgehalten wurde, was ihr ein tüchtiges und zugleich schwungvolles Aussehen verlieh. Ihr Gesicht war rund und gesund, die Wangen vom Landleben rosig. Sie hatte auffallend hellblaue Augen. Ihr Körper war straff und rundlich. Wenn man ihn berührte, würden die Finger zurückfedern, dachte Sarah. Alles an dieser Frau tat ihrer Umgebung auf ebenso souveräne wie gleichgültige Art kund: Du kannst dich in allen vernünftigen Dingen auf mich verlassen. Sarah gefiel ihr anscheinend, und gewiß dachte sie: Prima, um die brauche ich mich nicht zu kümmern, die kann für sich selbst sorgen. Denn Elizabeth war – wie Sarah – jemand, der jeden Morgen mit einer Liste all dessen im Kopf aufwachte, was erledigt werden mußte. Sarah war bereits von dieser Liste gestrichen worden.

Elizabeth eilte mit langen Schritten auf einen Kombi zu, wurde aber gleich wieder langsamer, um sich Sarahs Tempo anzupassen. Der Laderaum wurde von großen, kräftigen Hunden okkupiert. Elizabeth fuhr flott und gut – was sonst? Sie beherrschte den Wagen mit jedem Muskel ihres Körpers, wie ein Pferd, bei dem man sich nicht darauf verlassen konnte, daß es nicht durchging. Während der Fahrt durch eine heitere Landschaft versorgte Elizabeth Sarah mit Informationen über alles, was sie sahen. Oben auf einer Anhöhe hielt sie an und sagte: »Da ist es, da ist Queen's Gift.« Obwohl sie ihr Leben lang in diesem Haus gewohnt hatte und seinen Anblick gewohnt sein mußte, hörte sie sich an wie ein Kind, das sich Mühe gab, sich seine Selbstzufriedenheit nicht zu sehr anmerken zu lassen, und von dem Moment an hatte Sarah sie gern.

Das Haus stand fest und behäbig auf einem leichten Abhang, wirkte würdig und zugleich lebendig, als hätte sich ein ländlicher Tanz durch Zauberkraft in Ziegelstein verwandelt. Allerdings gab es auch Hinweise darauf (die vier vergitterten Fenster im Dachgeschoß?), daß es in den vier Jahrhunderten seines Bestehens jede Menge Dramen erlebt haben mußte. Es war ein heißer, stiller Nachmittag in jenem Sommer 1989, in dem ein vollkommener Tag auf den anderen folgte. Das Haus schien das Sonnenlicht begierig aufzusaugen und zu speichern, um sich gegen das englische Wetter zu wappnen, das wohl oder übel bald wieder einsetzen mußte. Da thronte es, rötlich leuchtend, umgeben von englischem Rasen, Sträuchern und umsichtig angeordneten Bäumen, als wollte es sagen: Ist mir doch egal, was ihr von mir haltet – ein Haus, in dem man nicht leben konnte, ohne sich ihm zu unterwerfen, und es war deutlich zu merken, daß sich Elizabeth durch die Art, wie sie es vorstellte, selbst definierte. Jetzt erzählte sie Sarah, daß sie hier geboren war. Ihr Vater war auch hier geboren. Queen's Gift befand sich mehr oder minder, seit es erbaut worden war, im Besitz der Familie.

Sie fuhren langsam durch ein imposantes Tor, bei dessen Anblick die Hunde bellten und jaulten, weil sie wieder zu Hause waren, dann durch ein Wäldchen mit Buchen und Eichen und schlugen abrupt einen Bogen, so daß sie sich dem Haus von der Seite näherten. Dort hing an einer großen Tafel, die den Weg zu einem Pfad durch die Buchen wies, ein Plakat mit Julies Gesicht, stilisiert in Schwarzweiß – ein ungestümes, lächelndes Mädchen. Schlagartig wurde Sarah in ihre eigene Welt zurückbefördert, oder vielmehr schoben sich die beiden Welten ineinander. Es gibt Zeiten, in denen einem alles wie eine Film- oder Bühnenkulisse vorkommt, und nun war dieses alte Haus plötzlich zum Hintergrund für *Julie Vairon* geworden, obwohl das zweifellos widersinnig war.

Stephen erschien unter der großen Doppeltür am oberen Ende der steinernen Freitreppe, die die Öffentlichkeit (freilich nur vorübergehend, denn darüber hing ein Schild mit der diskreten Aufschrift *Garderobe*) zum Hinaufsteigen aufforderte. Stephen wirkte besorgt. Er kam die Treppe herunter und lächelte Sarah an, blieb aber auf der letzten Stufe stehen und legte seine große Hand liebevoll auf die verwitterte Steinkugel oben auf dem Mauerabschluß, als wollte er, wie er es sich als vielbeschäftigter Mann angewöhnt hatte, bei der Gelegenheit gleich den Zustand der Kugel prüfen, um sie gegebenenfalls auszubessern.

Er nahm Sarahs Koffer, stellte ihn auf der untersten Stufe ab und schlug ihr vor, sie herumzuführen. Als Elizabeth das hörte, meinte sie lachend: »Die arme Sarah, bekommt sie nicht erst eine Tasse Tee?« und überließ, nachdem sie ihre Pflicht getan hatte, die Besucherin ihrem Mann. Sarah wartete auf einen zustimmenden Blick oder ein Zeichen, das auch kam: Elizabeth bedachte beide mit einem strahlenden Lächeln, das – in diesem Fall voll gutmütiger Ironie – besagte: »Ich weiß, was los ist, und ich habe nichts dagegen«, noch bevor sie sich wieder ihren eigenen Angelegenheiten zuwandte. Tatsächlich maß sie dieser obligatorischen kleinen Geste so wenig Bedeutung bei, daß ihr Lächeln verflogen war, bevor sie sich umgedreht hatte. Es gibt nicht viele Ehegatten oder Partner, die souverän genug sind, auf diesen Blick, dieses Lächeln oder Lachen zu verzichten, denn damit machen sie einen ungleich stärkeren Anspruch geltend, als wenn sie eifersüchtig oder wütend wären. Stephen schaute Sarah kurz an, um festzustellen, ob sie es bemerkt hatte, signalisierte ihr mit einer kleinen Grimasse: *wie schade*, und sagte: »Mach dir nichts draus. Sie versteht es falsch. Hätte sie mich jemals gefragt, hätte ich …«

»Aber es ist doch ein Kompliment«, sagte Sarah.

Er schob seine Hand unter ihren Ellbogen. Diese Hand ergriff von Sarah Besitz und gab ihr zugleich zu verstehen, daß sie Sarah beim ersten Anzeichen, daß sie sie als aufdringlich empfand, wieder loslassen würde. Sarah, die Theater-Frau, lachte, umarmte Stephen und küßte ihn, links, rechts, auf beide Wangen. Er wurde knallrot. Aber es gefiel ihm.

»Sarah, ich bin wirklich sehr froh, daß du gekommen bist. Glaub bloß nicht, daß dem nicht so ist.«

Warum sollte sie so etwas denken?

Offenbar hatte er noch immer das Gefühl, sie über Grundsätzliches aufklären zu müssen. Wieder nahm er ihren Arm, diesmal mit der Selbstsicherheit des Hausherrn, die sie (wie sie bereitwillig zugegeben hätte) mehr genoß, als vielleicht gut war. Langsam spazierten sie durch Gärten, zwischen Sträuchern hindurch und an langen, warmen rötlichen Ziegelmauern entlang, wo Rosen ihre Duftwogen verströmten. Ende Mai: Die Rosen waren früh dran.

Stephen meinte, sie und das ganze Ensemble wüßten es hoffentlich zu schätzen, wie sehr sich Elizabeth für ihre Sache eingesetzt hätte. Sie sei es gewesen, die ihre Künstlerfreunde in Paris dazu überredet habe, Julie Vairons Bilder auszustellen. Sie sei es gewesen, die mit dem Vorschlag, einen Dokumentarfilm zu machen, ans Fernsehen herangetreten sei. Elizabeth sei eine großzügige Frau, beteuerte er.

Sie gingen einen Grasstreifen zwischen zwei Buchenhecken entlang, die einen, wenn sie in vollem, saftigem Grün stehen, stets daran erinnern, daß sie sich lange Winter hindurch behaupten, Stürmen und Frost und allem anderen trotzen, was die Natur auf sie losläßt, ohne je auch nur ein rostbraunes Blatt zu verlieren. Eine Buchenhecke drückt unweigerlich Selbstvertrauen aus. Mitleid weist sie von sich.

»Sie ist wirklich großzügig«, wiederholte er, und da Sarah spürte, daß das ein Stichwort sein sollte, fragte sie: »Was hält sie von... na ja, von dir und Julie?« Aber das war die falsche Frage. Sein Gesichtsausdruck gab ihr zu verstehen, daß er sie bereits beantwortet hatte. Enttäuscht ließ er ihren Arm los, doch Sarah, jetzt ebenfalls enttäuscht, ließ nicht locker: »Würde sie zugeben, daß man eifersüchtig sein kann auf...« Sie brachte es nicht übers Herz, »eine tote Frau« zu sagen, denn das wäre zu grausam gewesen. Statt dessen sagte sie: »... auf einen Geist?« Ein törichtes, harmloses Wort.

»Ich glaube nicht, daß sie so etwas Irrationales zugeben würde.«

Sie waren ein paar Meter weitergegangen, eingehüllt in eine Mischung aus warmen, trockenen Düften, die Erinnerungen in ihr wachriefen, als sie anmerkte: »Schließlich kann man mit einer ... toten Frau nicht konkurrieren.« Es fiel ihr nicht leicht, dieses Wort in den Mund zu nehmen.

Er blieb stehen und schaute sie eindringlich an. »Du sagst das, als würdest du dich mit Eifersucht auskennen.«

»Wirklich? Ja, wahrscheinlich hast du recht.« Und als sie ihren Worten noch einmal nachspürte, geriet sie in Verwirrung. Sie verlor die Fassung. Währenddessen waren seine Augen, grün, aber aus solcher Nähe betrachtet so vielfarbig wie die Oberfläche eines geschliffenen grünen Granats, grün mit schwarzen und grauen Sprenkeln, direkt auf sie gerichtet. Sie versuchte zu lachen: »Ich weiß noch, daß ich mir damals vorgesagt habe: Das war's, nie wieder. Ich werde nie wieder eifersüchtig sein.« Sie wußte, daß ihre Stimme voller Groll war.

»Dann warst du also auch großzügig?«

»Wenn du es so nennen willst ... Für mich war es eine Frage der Selbsterhaltung. Denn eines weiß ich – komisch, daß ich seit ewigen Zeiten nicht mehr daran gedacht habe –: Eifersucht kann einen umbringen.« Sie gab sich Mühe, ihre Stimme unbeschwert und humorvoll klingen zu lassen. Vergeblich.

»Du hast zu dem Betreffenden gesagt: Alles Gute, mein Kind, lauf zu und vergnüg dich. Was zwischen uns ist, ist so stark, daß es unsere Ehe nicht beeinträchtigen kann. Habe ich recht?«

»Es war nicht meine Ehe. Das kam danach. Und ich habe garantiert nie gesagt: Lauf zu! Im Gegenteil, damit war die Sache erledigt – vorbei!« Sie war selbst überrascht über die kalte Wut in ihrer Stimme. »Ich habe es nie fertiggebracht zu sagen, so etwas könnte unsere Ehe nicht beeinträchtigen oder etwas Ähnliches. Es war eine Frage des ...«

»Na?« wollte er wissen und packte sie mit großen, selbstsicheren Händen an den Oberarmen. Die Kraft dieser Hände sprach sie unmittelbar an, erinnerte sie an ... In seinen Augen, diesen interessanten Kieseln so dicht vor ihren eigenen Augen, lag ein Hauch von ... Ängstlichkeit vielleicht?

Heftige Bedürfnisse prallten in ihrem Innern aufeinander. Das Bedürfnis, zu trösten und zu heilen, weil sie stets das Gefühl hatte, daß ein Appell von ihm ausging, eine dringende Bitte. Das war ihr nie deutlicher bewußt gewesen als jetzt, wo er einen wunden Punkt abzuschirmen versuchte. Doch anscheinend war ihr eigenes Bedürfnis stärker. »Stolz. Es war Stolz«, platzte es aus ihr heraus. Und sie war erstaunt – beinahe noch mehr als zuvor, als sie gemerkt hatte, was da aus vergessener Vergangenheit an die Oberfläche kam –, erstaunt über die Heftigkeit dieses Wortes. Was ist los mit mir? fragte sie sich, während sie dem Druck dieser unerbittlichen Augen standhielt. »Natürlich war es Stolz. Oder glaubst du, ich würde einen Mann behalten, der eine andere begehrt?«

Das war nicht Sarah – die heutige Sarah –, die diese Worte sprach, sondern eine andere Sarah, die es längst nicht mehr gab. Mit jeder Sekunde fiel es ihr schwerer, von Stephens Händen festgehalten dazustehen und diesen langen, prüfenden Blick zu ertragen. Sie schämte sich, und ihr Gesicht begann zu glühen.

»Du redest wie die Frau, die du anscheinend auf keinen Fall sein willst – jedenfalls nicht nach außen hin.«

»Was für eine Frau?«

»Eine Frau, für die die Liebe etwas Zentrales ist«, sagte er. »Eine Frau, die sich zur Liebe bekennt.«

Wieder versuchte sie, einen humorvollen Ton anzuschlagen, aber ohne Erfolg: »Ich erinnere mich vage daran, daß es so jemanden mal gegeben hat.« Damit wollte sie weitergehen, um der unguten Situation zu entrinnen, doch er verstärkte seinen Griff.

»Warte, du läufst immer weg.«

»Das liegt alles schon so lange zurück ... Also gut, ich will es versuchen. Erinnerst du dich an Julies Tagebücher? Ja, ich weiß, du magst sie nicht. Aber an einer Stelle schreibt sie über ihren Drukkermeister: *Und irgendwann wird unweigerlich eine Nacht kommen, in der ich weiß, daß nicht ich, Julie, es bin, die er in seinen Armen hält, sondern die Frau des Drogisten oder die Tochter des Bauern, die heute nachmittag die Eier gebracht hat. Lieber würde ich sterben.* Und genau das hat sie getan.« Sarahs Stimme war voller Trotz. »Unreif – das war sie, unsere Julie. Eine reife Frau weiß, wenn ihr Mann ein Auge auf die Frau des Drogisten wirft oder auf das Mädchen, das die Eilzustellungen ausfährt, und sie an ihrer Stelle vögelt ... na ja, so ist das eben.«

»Das gilt auch umgekehrt, glaube ich.« Er lächelte. »Der Ehemann weiß, daß er den Stallburschen in seinen Armen hält, weil seine Frau an ihn denkt, oder?«

»Das ist dein ... sein Problem.«

»Aber, aber«, sagte er vergnügt und voller Häme. Er ließ sie los, und als sie weitergingen, während die Düfte von Blumen und Blättern ihre Gesichter umwehten, fragte er: »Und was war mit deiner Ehe? Ich bin wirklich neugierig. Lief das auch nach deiner hübschen Methode – alle Leidenschaft erschöpft, vergnügt euch, meine Kinder, während ich wohlwollend zusehe?« Es klang nicht gehässig oder gar böse, obwohl er lachte, ein bellendes, skeptisches Lachen, aber sein Blick war der eines Freundes.

Sarah kämpfte darum, die Sarah zu werden, die in der Lage war, wohlwollend zuzusehen.

»Sie hat zehn Jahre gedauert. Dann ist er gestorben.« Jetzt hatte sie den Eindruck, daß sich die jüngere Sarah zurückgezogen hatte, in eine dunkle Ecke. »Wenn ich zurückblicke, wie ich damals auf der Suche nach Liebe war, habe ich wahrhaftig keinen Grund, stolz auf mich zu sein. Ich war ziemlich unreif. Und ich war nie bereit, mich mit dem zu begnügen, was vernünftig gewesen wäre – du weißt schon, eine Witwe mit zwei kleinen Kindern sollte nach einem Vater Ausschau halten.«

Er schnaubte belustigt. »Eine echte Romantikerin. Wer hätte das gedacht? Doch ja, ich schon, ehrlich.«

»Und ich gehe an diesem wunderschönen Nachmittag mit einem Mann spazieren, der in ein – darf ich das Wort in den Mund nehmen? –, in ein Phantom vernarrt ist.«

»Sie ist kein Phantom«, sagte er ernst.

Das Gebüsch vor ihnen öffnete sich, durch die Zweige wurde eine Lichtung sichtbar.

Sie hörte sich seufzen, und er seufzte ebenfalls.

»Sarah! Bildest du dir ein, ich wüßte nicht, wie sich das alles anhört? So verrückt bin ich auch wieder nicht, daß ... ein bißchen was darfst du mir schon zutrauen.« Sie standen am Rand einer riesigen Grasfläche, die in der Sonne kräftig grün leuchtete. »Eine Zeitlang dachte ich, ich sei besessen. Ich habe sogar erwogen, eine

Austreibung vornehmen zu lassen – aber das funktioniert wohl nur, wenn man daran glaubt. Und ich kann einfach nicht glauben, daß irgendein x-beliebiger Priester mit so etwas fertig wird ... jemand, der um kein Haar besser ist als ich. Blödsinn. Schließlich habe ich angefangen zu lesen und festgestellt, daß Julie jener Teil meiner selbst ist, der nie leben durfte. Die Jungianer haben ein Wort dafür: Sie ist meine *anima*. Aber was ist schon ein Wort? Mir scheint, das alles läuft letztlich nur auf den Spaß an Definitionen hinaus. Wozu ist ein solches Wort gut, wenn man erlebt ...? Ich weiß nur eines: Wenn sie jetzt auf mich zukäme, würde mich das nicht im geringsten wundern.«

Die große Rasenfläche, glatt wie ein See, breitete sich vor einem Hintergrund aus Buchen, Kastanien und Eichen aus; die paar Büsche dazwischen, die rosa, weiß und gelb blühten, wirkten trotz ihres üppigen Wuchses neben den Bäumen wie Blumen in einer Rabatte. Mitten auf der grünen Fläche befand sich eine hölzerne Bühne, etwa einen Meter hoch. Dort würden morgen die Musiker und Sänger sein. Auf dem Gras standen ein paar Holzstühle. Offenbar ging man davon aus, daß das Publikum beim Zuhören gern umherschlenderte. Dieser Spielort, diese Bühne, dieser Rasen war ein mit Bäumen gesäumtes Rund, grüne Anhöhen um eine grüne Fläche. An der Rückseite der Bühne stießen sie auf ein Plakat von Julie, Julies Selbstporträt als arabisches Mädchen mit durchsichtigem Schleier über der unteren Gesichtshälfte, die Augen schwarz und – ja, »betörend« war das richtige Wort. Stephen blieb abrupt stehen. Er gab ein leises Geräusch von sich – Einspruch. »Elizabeth hat mir nicht gesagt, daß sie das auch verwendet«, sagte er. Es war nicht dasselbe Bild wie auf den anderen Plakaten. »Was ist dagegen einzuwenden?« fragte Sarah. Er gab keine Antwort. Hilflos starrte er auf Julies Porträt wie auf einen Unfall, eine Katastrophe. Er war blaß. Sarah schob die Hand unter seinen Arm und führte ihn weg. Er ging steif und unbeholfen, stolperte sogar. Dann wandte er ihr das Gesicht zu, und Sarah hätte um ein Haar ein Lachen ausgestoßen, das besagte: »Das machst du wirklich gut, Kompliment.« Nichts von dem, was er gesagt hatte, nichts von dem Bild, das sie sich von ihm gemacht hatte – und sie bildete sich ein, darauf gefaßt gewesen zu sein, in die tiefen Brunnen seiner Phantasiewelt gezogen zu werden –, hatte sie auf das vorbereitet, was sie da sah. Sein Gesicht war zu jener Maske verzerrt, die die Tragödie symbolisiert – das Gegenstück zur Komödie, die beiden Stereotypen des Theaters. Sie stand wie angewurzelt da und starrte ihn an. Ihr Herz schlug heftig. Eine böse Vorahnung. Furcht – ja, das war es. Ja, sie hatte sein Gesicht schon unglücklich gesehen und sich die sterilen Phrasen vorgesagt, deren sich unsere Zeit bedient, in der solche Dinge verpönt sind und man all das entschlossen ins Reich der Horoskope oder »Geister« verweist; und wenn diese Geister kreischen und schnattern, findet man sie höchstens komisch. Sarah hätte sich nicht im Traum ausgemalt, was sie da vor sich sah, dieses gequälte, tragische Gesicht mit den nach unten weisenden Mundwinkeln, die aussahen wie von einer unsichtbaren Hand herabgezogen, einen Mund, der lautlos seine Qual hinausschrie. Sie war entsetzt, als hätte sie aus Versehen eine Tür geöffnet und etwas Grauenhaftes erblickt, einen Mord, eine Folterszene, eine Frau, die in unfaßbarem Leid dasitzt und sich hin und her wiegt, sich das Haar mit beiden Händen rauft und sich dann mit den Fingernägeln die Brüste aufkratzt, daß das Blut herabrinnt.

Er ist krank, dachte sie. Sie dachte: Das ist Schwermut. Was ich vor mir sehe, ist tiefe Schwermut. Beschämt wandte sie das Gesicht ab und dachte: Ich habe nie, niemals, etwas Derartiges empfunden.

Auf einmal fiel ihm wieder ein, wer da vor ihm stand, und er wandte sein Gesicht ab und sagte mit Trauer in der Stimme: »Siehst du, du hast überhaupt keine Ahnung, Sarah. Du begreifst einfach nicht ... Tja, wie denn auch? Hoffentlich bleibt es dabei.«

Beim Abendessen an dem Tag waren sie zu siebt. Die ungezwungene Mahlzeit wurde in einem Raum eingenommen, der eine Durchreiche zur Küche hatte, und zubereitet worden war sie von der sympathischen, mütterlichen Frau, die sie auch servierte und die an einen kastanienbraunen Schäferhund mit blauen Augen erinnerte. Sie hieß Norah Daniels, war die Haushälterin oder etwas Ähnliches, und saß zusammen mit Stephen, Elizabeth, Sarah und den drei Jungen – James, etwa zwölf, George, ungefähr zehn, und Edward, sieben – am Tisch. Die Kinder benahmen sich untadelig und paßten sich dem Umgangston an, der ihnen von den Eltern aufgenötigt wurde. Die Atmosphäre war geprägt von liebenswürdiger, unpersönlicher Fröhlichkeit, Scherzen und viel neckischem Geplänkel, wie Sarah es aus ihrer Schulzeit kannte. Vor allem Norah spielte dieses Spiel. Stephen schwieg. Er behauptete, Kopfweh zu haben, und bat um Nachsicht. *Verlangt nicht zuviel von mir*, meinte er im Grunde, und so kam es auch an. Es war offensichtlich, daß man diese Botschaft in dieser Familie häufig zu hören bekam, von ihm und von Elizabeth, die unglaublich viel zu tun hatte. Sie betonte das ständig, und das war wohl auch der Grund, warum sie etliche Dinge nicht, wie versprochen, erledigt hatte – die Mutter eines Freundes anzurufen, einen Brief wegen eines Besuches zu schreiben, neue Kricketbälle zu kaufen. Aber all das wollte sie morgen erledigen. Die drei Jungen, blond, schlank, blauäugig, wie kleine Engel, achteten sorgfältig auf die Signale in den Gesichtern der Erwachsenen. Aus Gewohnheit, notgedrungen. Man hatte ihnen beigebracht, nie zu viel zu verlangen. Nur Norah stand außerhalb dieses Verhaltensmusters, schenkte jedem der Kinder ein besonderes Lächeln, bedachte, wenn sie ihnen Essen auftat, nachsichtig ihre jeweiligen Vorlieben, schob Edward, dem jüngsten, eine Extraportion Pudding hin, umarmte ihn herzlich und gab ihm einen Kuß. Und sobald sie mit dem Essen fertig war, entschuldigte sie sich, weil sie zu tun habe.

Gleich baten auch die Jungen, den Tisch verlassen zu dürfen, und verschwanden nach draußen in die warme Dämmerung. Eine Zeitlang hörte man ihre hellen, klaren Stimmen aus dem Garten. Wenig später erklang oben aus dem Haus Musik – eine Popgruppe. Elizabeth meinte, es sei für die Jungen Zeit zum Schlafen, und ging kurz hinaus, um dafür zu sorgen, daß die drei ins Bett kamen.

Dann baten Stephen und Elizabeth Sarah, sie zu entschuldigen, weil sie noch alle möglichen Einzelheiten für morgen zu besprechen hätten, da anscheinend mehr Besucher kommen würden als erwartet. »Wie es aussieht, ist eure Julie eine große Attraktion«, meinte Elizabeth, offenbar ohne damit etwas Besonderes ausdrükken zu wollen.

Sarah ging eine Weile in der Dämmerung spazieren, bis die Vögel ihre Kommentare zum Tagesgeschehen einstellten und ein strahlender Mond aufging. Dann rief sie bei ihrem Bruder an. Anne ging ans Telefon. Ja, sie hatte die Mädchen losgeschickt, um Joyce zu holen, die, kaum war sie zu Hause, wieder verschwunden war. Anne deutete nicht an, daß das Sarahs Schuld sei, wie Hal es getan hätte. Er hatte vorgeschlagen, sich zu dritt einmal ernsthaft über Joyce zu unterhalten, und dafür den Montag abend vorgeschlagen. Sarah war einverstanden, wußte aber, daß Anne ihr an der Stimme anhörte, was sie davon hielt: daß ihrer Meinung nach nichts dabei herauskommen würde. Sarah erging es umgekehrt genauso.

Sarahs Zimmer war von Mondlicht erfüllt. Vom Fenster aus hatte man einen Blick auf die weitläufige Rasenfläche und die Bäume dahinter, eine bezaubernde, geheimnisvolle Szene, die an eine Theaterkulisse erinnerte.

Sie lag im Bett und war fest entschlossen, nicht über Joyce nachzudenken, weil sie sich nicht kräftig genug fühlte, die ängstliche Besorgnis an sich heranzulassen, die sie stets beschlich, wenn sie über das Mädchen nachdachte, da sie sich ohnehin schon genug Sorgen machte. Sie hatte damit gerechnet, daß dieser Besuch sie aufwühlen würde, und so war es auch. Wenn auch nicht auf die Art, wie sie befürchtet hatte. Was immer es war, das Stephen und sie verband, es verband sie nach wie vor. Allerdings hatte sie das

Gefühl, egoistisch gewesen zu sein, denn sie konnte sein Gesicht vom Nachmittag einfach nicht vergessen – die Schwermut, den Schmerz, das unsägliche Leid. Er war verrückt. Mag sein, daß er sein Leben, dieses intelligente, von harter Arbeit erfüllte, vielseitige Leben, zu neunzig Prozent in geistiger Gesundheit bestritt, aber in einem Teilbereich war er schlicht und einfach nicht normal. Und was besagte das? Anscheinend war es nicht besonders schlimm, jedenfalls nicht für Elizabeth. Aber irgend etwas machte Sarah zu schaffen, ohne daß sie es genau zu benennen vermochte. Sie schlief ein, froh, all das vergessen zu können, und war dann plötzlich, wie auf einen Donnerschlag hin, hellwach. Der Mond schien nicht mehr ins Zimmer. Sie mußte an eine Szene bei Tisch denken: Norah hatte Elizabeth ein Glas Wein gereicht, und Elizabeth hatte Norah angelächelt. Ja, das war es. Sie schloß die Augen und ließ die Szene noch einmal Revue passieren. Stephen saß an einem Tischende, Elizabeth am anderen, neben ihr Norah. Die Körper der beiden Frauen hatten in behaglichem Austausch miteinander gestanden, wie es sonst häufig bei gut verheirateten Körpern zu beobachten war. Und Stephen? Mit einem Mal kam es Sarah so vor, als sei er ein Außenseiter in seinem eigenen Haus – nein, denn dieses Haus hatte im Laufe der Jahrhunderte eine erkleckliche Anzahl an Verschrobenheiten und Kursabweichungen in seinen Mauern erlebt, so daß es Stephen bestimmt nicht ausschloß. War er denn ausgeschlossen? Er hatte gesagt, er und seine Frau seien gute Freunde, und offensichtlich waren sie das. Aber Sarahs Bild von Stephen schien – wenigstens heute nacht, im Halbschlaf – mit dem von Joyce zu verschmelzen, mit dem des Mädchens, des Kindes, das sich stets am Rande des Lebens bewegte, nicht akzeptiert, inakzeptabel. Das war aber doch lachhaft, denn Stephen war fest in seinem Leben verwurzelt, war in dieses Leben hineingeboren und außerhalb gar nicht vorstellbar.

Sarah stand energisch auf, nahm ein ausgiebiges Bad und beobachtete, wie das frühmorgendliche Licht durch die gewaltigen Bäume flutete. Fünf Uhr morgens. Rasch ging sie die große Vordertreppe hinunter, entdeckte eine kleine Seitentür, deren Riegel sich leicht zurückschieben ließen, und trat ins Freie. Zwei rotbraune Setter fegten mit angelegten Ohren um die Hausecke, zum Glück, ohne Lärm zu machen. Sie schoben ihre feuchten Schnauzen in Sarahs Hand und zappelten vor Freude. Sie war noch nicht weit in das Wäldchen hineingegangen, als Stephen sie einholte. Er hatte sie von seinem Schlafzimmerfenster aus gesehen. Und nun erschienen ihr ihre gestrigen Gedanken über ihn schlichtweg absurd. Sie hätte sich nichts Angenehmeres vorstellen können, als mit den fröhlichen Hunden unter den Bäumen umherzustreifen, der heiseren Unterhaltung der Krähen und dem Geplapper der Vögel zu lauschen, die sich für den Tag rüsteten. Irgendwann erwähnte Stephen sogar beiläufig Elizabeth und Norah. »Sicher hast du bemerkt ...« Er wirkte weder beunruhigt, noch gab es einen Hinweis auf die tragische Maske, die Sarah gestern fassungslos angestarrt hatte. Er war sichtlich guter Laune und unterhielt sie mit einer komischen Darstellung seiner selbst als Maecenas. Als junger Mann, sagte er, sei er leicht rot angehaucht gewesen, »aber nicht so extrem, daß es meiner gesellschaftlichen Stellung geschadet hätte«, und habe für reiche Gönner nichts als Verachtung übrig gehabt. »›Wir wissen wohl, was wir sind, aber nicht, was wir werden können‹«, zitierte er und fügte hinzu – und das war der einzige Augenblick an diesem Morgen, der auf dunklere Regionen hindeutete: »Aber die Wahrheit ist, wenn wir wüßten, was wir sind, wüßten wir auch, was wir sein könnten. Und ich frage mich, wie viele Leute das ertragen könnten.«

Später, nach dem Frühstück, freundeten sich die Jungen auf ihre unkomplizierte, wohlerzogene Art mit Sarah an und machten mit ihr einen Rundgang über das Gut. Natürlich waren sie dazu angehalten worden. »Non Angli, sed angeli«, schoß es ihr unweigerlich durch den Kopf. (Das hatte Papst Gregor I. beim Anblick gutaussehender englischer Gefangener ausgerufen, die auf dem Marktplatz in Rom als Sklaven feilgeboten wurden.)

Nach dem Lunch traf die Theatermannschaft ein: Mary Ford, um Elizabeth zu interviewen und alles zu fotografieren, Roy Strether und, unverhofft, Henry Bisley, der Amerikaner, den man den Geldgebern drüben zuliebe als Regisseur engagiert hatte. Außerdem war er von den verfügbaren Leuten mit Abstand der beste. Er führte derzeit in München Regie bei der *Fledermaus* und war übers Wochenende hergekommen, um sich Julies Musik anzuhören. Anfangs war Henry voller Abwehr. Es gibt Männer, die, ähnlich einigen noch nicht ausgewachsenen, an ihren Dottersäkken hängenden Fischen, den Schatten ihrer Mutter mit sich herumschleppen – auf Anhieb daran zu erkennen, daß sie übertrieben defensiv und argwöhnisch sind. Der Zufall wollte es, daß Henry bei seiner Ankunft einen Raum betrat, in dem sich vier Frauen befanden, Elizabeth, Norah, Mary und Sarah. Er wollte schon die Flucht ergreifen, als Sarah ihn rettete und in den Garten hinausführte. Sie hatten sich beim Vorsprechen vor einem Monat kennengelernt. Bei ihr mußte er aus zwei Gründen Vorsicht walten lassen: Erstens war sie die Co-Autorin des Stücks, und zweitens war sie einer der vier Betreiber des Green Bird und hatte ihn engagiert. Bald schon war er beruhigt. In Anbetracht seines Naturells war es sowieso unwahrscheinlich, daß er sich längere Zeit an einem Ort aufhielt, sei es physisch oder emotional. Er war etwa fünfunddreißig, aber seine Unrast hätte eher zu einem jüngeren Mann gepaßt. Er tanzte, statt zu gehen, als sei er leichter angreifbar, wenn er stillstand, und seine schwarzen Augen beschossen Dinge und Personen mit fragenden Blicken, sprangen aber sogleich zum nächsten Blickfang über, der natürlich auch eine Herausforderung darstellte. Sarah redete über dies und das, um ihn zu beruhigen, bemerkte, daß sie die murmelnde, mütterliche Gestalt hervorkehrte, die Stephen deutlich erkannt und abgelehnt hatte. Sie schlenderte mit Henry durch die Gärten, zeigte ihm die riesige Rasenfläche – das Theaterareal – und führte ihn zu dem neuen, halbfertigen Gebäude, in dem sich die Probenräume befanden. Er war überwältigt von der Schönheit der Umgebung und ließ sich, wie alle anderen, von der wohltuenden, großzügigen Atmosphäre vereinnahmen. Als sie zum Haus zurückkehrten, blieb er stehen, blickte an der Fassade empor und fragte Sarah, warum die Fenster im Dachgeschoß vergittert seien. Sie wußte es nicht. Als sie Norah begegneten, die einen Wagen voller Putzutensilien, wie man sie aus Hotels kennt, durch die Halle schob, erkundigte sich Sarah nach den vergitterten Fenstern, und Norah meinte, die seien vermutlich für die erste Mrs. Rochester angebracht worden. »Hier hat es in all den Jahren bestimmt eine Menge Spinner gegeben.«

Der Nachmittag verging recht angenehm damit, daß Mary alle fotografierte. Am Abend gab es in einem ziemlich großen und eindrucksvollen Raum ein Büfett, das unter Elizabeths und Norahs wachsamen Blicken von Alison und Shirley aufgetragen wurde, zwei jungen Frauen aus der nahen Stadt, deren gesunde und natürliche Anmut einen daran erinnerte, daß es vor gar nicht so langer Zeit wirklich noch Mädchen vom Lande gegeben hatte. Die Gäste trafen ein, viel zu viele, wie es schien, aber das Anwesen bot großen Mengen von Besuchern Platz, ohne überfüllt zu wirken. Die Leute spazierten umher, standen auf dem Rasen und unterhielten sich oder saßen im Gras. Eine Truppe aus London führte elizabethanische Tänze vor. Eine Gruppe aus der Gegend sang Lieder, komponiert von den Herrschern des Hauses Tudor. Dann kam die Hauptattraktion, Julie Vairons Musik, mit den von Sarah ausgewählten Texten. Es war Musik aus Julies später Phase, dargeboten von Sängerinnen ohne Begleitung, da man sich einig war, daß nur alte Instrumente der »Troubadourmusik« gerecht wurden, aber die hatte man noch nicht alle beisammen. Die Sängerinnen standen auf einer kleinen Bühne im kräftigen, warmen Abendlicht, vier junge Frauen in weißen Kleidern und mit offenen Haaren, passend zum Stil der Musik, die die Rasenfläche zwischen den Bäumen mit schillernden, beunruhigenden Klangmustern erfüllte, die sich ständig wiederholten und doch nicht *genau* wiederholten, weil sich eine Note oder ein Ton verschoben hatte, und während man noch einer bekannten Klangfolge zu lauschen glaubte, mußte man feststellen, daß sie sich geringfügig verändert und eine andere Färbung angenommen hatte und das Ohr ein Stück hinterherhinkte. Die Worte waren nur teilweise zu verstehen, Rufe oder auch Wehklagen, aber aus einer anderen Epoche, aus der Zukunft vielleicht, von einem anderen Ort, denn die Trauer in diesen Klängen entsprang keinem belanglosen, persönlichen Grund. Die Musik trieb durch die Abenddämmerung, Dunkel füllte den Raum zwischen den Bäumen, über denen der Mond emporstieg, und die Sängerinnen in ihren hellen Kleidern schienen zu schweben. Lichter gingen im großen Haus an, auf Wiese und Bühne jedoch nicht. Die Mädchen sangen vor einem Publikum, das keinen Laut von sich gab.

Sarah stand bang bei ihren Kollegen. Noch hatte keiner die Musik so gehört. Die tüchtige, vernünftige Mary und der tüchtige, zuverlässige Roy standen rechts und links von Sarah, hielten sich zunächst mit ihrem Urteil zurück, riefen dann aber, unfähig, sich länger zu beherrschen, es sei großartig, wunderbar, und Sarah selbst konnte es kaum glauben, daß sie das zustande gebracht hatte – nein, nicht sie, sondern Julie Vairon. Die drei standen dicht beisammen und lauschten, und während ein Teil ihrer Aufmerksamkeit diesem Zauber erlag, ging der andere Teil tatkräftig daran, das Material weiterzuverarbeiten und es sich in unterschiedlichen Kulissen und Darbietungsformen vorzustellen. Stephen kam auf Sarah zu, sagte: »Ich höre da etwas, was ich einfach nicht erwartet habe, Sarah. Ich hatte ja keine Ahnung …«, und verschwand wieder in der Dunkelheit. Mary resümierte professionell: »Es funktioniert hervorragend, Sarah.« Und auch Henry Bisley tauchte plötzlich vor ihr auf, die dunklen Augen glänzend vom Licht, das aus den oberen Fenstern des Hauses fiel, und sagte staunend und voller Dankbarkeit: »Sarah, es ist wunderschön; es ist wunderschön, Sarah.«

Alle mußten noch am selben Abend nach London zurück, Henry nach München. Sarah fuhr mit ihnen. Sie schützte Arbeit vor, aber in Wirklichkeit wollte sie sich den überirdischen Zauber dieses Abends nicht durch alltägliche Normalität verderben lassen. Zauber … was ist das, wie läßt er sich erklären? Man spricht von Zauber, von Verzückung, und hat nichts gesagt. Aber diese Umgebung und diese Handvoll Menschen, die in gemeinsamer Arbeit *Julie Vairon* auf die Bühne bringen wollten, waren von einer subtilen Faszination erfüllt wie von einem Licht, das beim Aufwachen aus einem Traum gleich wieder verblaßt.

Spätabends zu Hause überlegte Sarah, daß sie sich an keine andere Zeit in ihrem Leben erinnern konnte, die so voll war von … wie sie es nennen sollte, wußte sie selbst nicht. Sie ertappte sich dabei, daß sie lächelte, als hätte sie ein Kind oder einen Geliebten vor sich, ohne es recht zu wollen, ohne es vorher gewußt zu haben. Doch hatte sie keine Ahnung, was sie zum Lächeln, ja zum Lachen bewog.

Wenn du einen Geist in deinen Armen entdeckst, schau ihm lieber nicht ins Gesicht. Julie Vairons Tagebücher, englische Ausgabe, Seite 43.

Sarah wollte sich lieber nicht an Stephens tragische Maske erinnern.

Und jetzt war es Montag abend. Während Sarah darauf wartete, daß es an der Tür klingelte, wurde ihr klar, daß sie wohl nur deshalb so fröhlich war, weil sie wirklich glaubte, daß bei diesem Gespräch irgendeine vernünftige Lösung herauskommen würde. Du lebst in einer Traumwelt, sagte sie sich und summte »Living in a dream world with me« vor sich hin. Trotzdem wanderte sie durch die Zimmer, legte sich in Gedanken Sätze zurecht, die überzeugend genug sein würden, um Hal dazu zu bringen ... wozu eigentlich?

Es klingelte. Gebieterisch. Auf der Schwelle stand Hal, eine beeindruckende Erscheinung, und wartete offensichtlich auf die offizielle Aufforderung einzutreten, während Anne, sichtlich aufgebracht, aber zugleich mit einem entschuldigenden Lächeln, einfach hereinkam und sich, beiden den Rücken zugekehrt, ans Fenster stellte.

»So komm doch herein, Hal«, sagte Sarah und ärgerte sich bereits über ihn, ließ ihn schließlich stehen und setzte sich einfach hin. Hal kam nicht gleich herein. Er unterzog ihr Wohnzimmer einer gründlichen Musterung, da er schon seit geraumer Zeit nicht mehr hiergewesen war. Das Zimmer war in der langen Zeit, in der die Familie hier gelebt hatte, unterschiedlich genutzt worden. Früher einmal war es das Schlafzimmer von Sarahs Kindern gewesen, diente aber schon seit Jahren als Wohnzimmer. Sarah selbst hielt sich selten darin auf, aber ihren Bruder hätte sie nie ins Arbeits- oder Schlafzimmer gebeten, wo die vielen Fotos, die Bücherstapel und alle möglichen anderen Dinge – eben weil sie ständig benutzt wurden – sehr viel Persönliches ausstrahlten, was Hal ähnlich irritierend, ja sogar schamlos gefunden hätte wie herumliegende Unterwäsche. Während er so dastand, warf er argwöhnische Blicke auf eine an die Tür geheftete Zeichnung von Julie. Anne, die am Fenster stand, hätte nicht deutlicher kundtun können, daß sie sich nicht als Teil dieser Szene betrachtete. Sie war groß und sehr dünn – zu dünn, nur Haut und Knochen – und trug das helle, spröde Haar wenig sorgfältig im Nacken zusammengebunden. Wie üblich war sie von miefigem Tabakdunst umgeben, der Sarah geradzu wie ein Symbol für Annes Ausgezehrtheit und Erschöpfung vorkam. Sie hatte sich bereits eine Zigarette angezündet, verstohlen allerdings. Wenn sie rauchte, dann immer schuldbewußt, als wäre sie noch in der Klinik und dürfte ihren Patienten kein schlechtes Beispiel geben. Bei ihrem Anblick wurde Sarah von ihrem mitfühlenden Herzen daran erinnert, daß Annes fortwährende Erschöpfung der Grund war, warum sie, Sarah, es nie übers Herz gebracht hatte, in Sachen Joyce »ein Machtwort zu sprechen«. Eigentlich hatte sie immer Mitleid mit ihrer Schwägerin gehabt.

Endlich kam auch Hal herein, und seine zusammengepreßten Lippen und die hochgezogenen Augenbrauen – nützlich vielleicht, um Patienten gegenüber anzudeuten, daß er ihre Lebensweise nicht billigte – taten kund, daß es seiner Ansicht nach an der Zeit war, daß seine Schwester endlich ihr Wohnzimmer in Angriff nahm. Er blickte abwägend auf einen einladenden, wenn auch verschossenen Stuhl, der gegenüber von Sarah stand – würde er sich gestatten, dort Platz zu nehmen? Ja.

Hal war nicht Sarahs älterer Bruder, wie man aus seinem herrischen Auftreten hätte schließen können, sondern drei Jahre jünger als sie. Ein kräftig gebauter, korpulenter, bequemer Mensch mit einer leutseligen Art, die seinen Patienten unweigerlich Vertrauen einflößte. Er hatte Erfolg im Beruf, und sein Familienleben war auch nicht so schlecht, obwohl er Anne von jeher untreu gewesen war. Sie verzieh ihm. Jedenfalls nahm ihre Umgebung das an, da Anne nichts von vertraulichen Mitteilungen hielt. Wahrscheinlich war es ihr egal, und vielleicht konnte sich auch niemand vorstellen, daß Hal nicht verziehen wurde. Er saß jetzt auf dem geradlehnigen Stuhl, die Arme über der Brust verschränkt, die Beine breit und fest aufgestützt, als befürchte er, sonst hochzuschnellen. Mit seinen dünnen schwarzen Haarsträhnen, dem fetten Bäuchlein und dem kleinen Doppelkinn sah er aus wie ein riesiges, entzückendes Baby. Seine kleinen schwarzen Äuglein erinnerten an große Rosinen.

Sarah bot den beiden etwas zu trinken an, Tee, Kaffee oder was sie sonst mochten, doch ihr Bruder stellte mit unwirschem Kopfschütteln klar, daß seine Zeit knapp bemessen war.

»Schau mal«, sagte er. »Uns ist durchaus klar, daß du immer erstaunlich gut zu Joyce warst.«

Es gibt Gespräche, bei denen von vornherein klar ist, daß sie notgedrungen einen bestimmten Verlauf nehmen, und das mit ausgesprochen berauschender Dynamik.

»Ja, das finde ich auch.«

»Also wirklich, Sarah«, rief er hitzig, da sein Vorrat an Geduld bereits mehr als erschöpft war.

Und dann begann er mit seinen phrasenhaften Ausführungen (den genauen Entsprechungen zu Sarahs durchdachten Argumenten), die er sich auf dem Weg zu ihr zurechtgelegt und griffig formuliert hatte. Sie klangen theatralisch, wie häufig, wenn jemand von einer grundlegend falschen Position ausgeht. »Du mußt einsehen, daß Joyce dich als Mutter betrachtet«, sagte er. »Du warst wie eine Mutter für sie, und Anne und ich, wir wissen das beide.« Zustimmung heischend sah er zu Joyces Mutter hinüber, doch die hielt ihm den Rücken zugewandt und paffte wie eine Wilde. »Du kannst es einfach nicht verantworten, sie fallenzulassen wie eine heiße Kartoffel.«

»Aber das habe ich nicht, jedenfalls nicht mehr als ihr.«

Er registrierte diese Spitze mit feindseligem Blick und zuckenden Lippen, was hieß, daß er sich ungerecht behandelt fühlte. »Du weißt sehr gut, was ich damit sagen will.«

»Du willst damit sagen, daß ich meine Arbeit aufgeben und hier herumhocken soll, um dazusein, wann immer sie aufkreuzt, selbst wenn das nur einmal in sechs Monaten vorkommen sollte. Denn darauf läuft es hinaus.«

»Genau«, sagte Anne wütend.

Hal saß da, verzog den Mund und schlang beide Arme um den Oberkörper. Er hatte zwei Frauen gegen sich und fühlte sich bedroht. »Warum kannst du sie nicht mit zu den Proben nehmen, zum Beispiel?«

»Warum nimmst du sie nicht mit ins Krankenhaus und in die

Praxis? Warum gibt Anne ihre Arbeit nicht auf und hockt zu Hause und wartet auf Joyce?«

Anne quittierte diese Bemerkung mit schrillem Gekicher. »Genau«, wiederholte sie, in Rauchschwaden eingehüllt. Sie wedelte den Rauch mit der Hand weg, um zu zeigen, wie sehr sie ihre Schwäche bedauerte.

»Schau, Hal«, sagte Sarah, ohne die Stimme zu erheben. »Du redest, als hätte sich nichts geändert. Aber die Situation hat sich geändert. Joyce ist eine junge Frau. Sie ist kein kleines Mädchen mehr.«

»Nein«, sagte Anne, »das kann er nicht begreifen. Oder er will es nicht.«

»Also wirklich«, explodierte Hal und sackte dann in sich zusammen. Er ließ die Arme sinken und starrte, das Gesicht tieftraurig gefurcht, vor sich hin.

Dieser Mann, der sein ganzes Leben Glück und Erfolg gehabt hatte, sah sich mit etwas konfrontiert, das er nicht steuern konnte. Und der springende Punkt dabei war, daß das im Grund nicht neu war, sondern schon seit Jahren so ging. Nur hatte er die Wahrheit nie an sich herangelassen. »Das ist wirklich abscheulich«, sagte er. »Was sollen wir denn tun? Sie treibt sich mit Aussteigern und Taugenichtsen und allem möglichen Pack herum.«

»Mit Alkoholikern, Drogendealern und Prostituierten«, präzisierte Anne und drehte sich endlich um. Ihr Gesicht war gerötet, und sie war tapfer entschlossen, ihre Meinung zu sagen. »Irgendwann mußt du den Tatsachen ins Auge sehen, Hal. Es gibt nichts, was wir mit Joyce machen könnten. Außer sie anzuketten und einzusperren. Wir können nichts anderes tun, als sie hereinzulassen, wenn sie auftaucht, und ihr keine Vorträge zu halten. Warum mußt du sie immer anschreien? Kein Wunder, daß sie zu Sarah geht.«

Manche Leute sind in moralischer Hinsicht das Pendant zu Menschen, die nie im Leben krank gewesen sind und, wenn es sie irgendwann erwischt, womöglich vor Schreck sterben. Hal konnte sich nicht damit abfinden. Was mochte es für Konsequenzen haben, wenn er eine Niederlage zugab? Er saß schweigend da, heftig schnaufend, mit hängenden Armen und ohne die beiden Frauen anzusehen. Sein kleiner rosa Mund stand leicht offen – wie bei Joyce. »Es ist schrecklich, schrecklich«, seufzte er schließlich und stand auf. Im stillen hatte er das Problem wohl bereits ad acta gelegt, und damit basta.

»Ja, mein Lieber, es ist schrecklich«, sagte seine Frau bestimmt. »Es war immer schrecklich, und daran wird sich auch in Zukunft nichts ändern.«

»Man muß was dagegen tun«, sagte er, als stünden sie noch am Anfang des Gesprächs, und Sarah seufzte: »Mein Gott!«, während Anne mit einem verkniffenen, spöttischen Lächeln sagte: »Ihr zwei seid wirklich komisch.«

Sarah, die sich im Recht fühlte, war entrüstet, daß sie mit Hal, der im Unrecht war, in einen Topf geworfen wurde.

Anne versuchte ihre Behauptung zu rechtfertigen: »Ihr zwei glaubt offenbar, ihr braucht bloß die Patentlösung zu finden, und schon wird Joyce normal.« Sie zuckte mit den Achseln und lächelte Sarah bedauernd an. Mann und Frau gingen zur Tür, Hal mit geistesabwesendem Blick, willenlos. In Gedanken war er weit weg. Sarah konnte sich die wütenden Szenen zwischen den beiden gut vorstellen, bei denen Anne Hal angriff, und Hal einfach antwortete: »Ja, wir müssen etwas unternehmen.« Und das seit Jahren. In der Zwischenzeit kümmerte sich die gute alte Sarah um Joyce. Durch dieses Gespräch änderte sich überhaupt nichts. Doch, etwas schon. Zuvor war Sarah nicht klar gewesen, daß sie in gewisser Weise wirklich glaubte, Joyce würde plötzlich normal werden, wenn man nur das richtige Rezept fände.

Die Tür wurde geschlossen, und Sarah lauschte den Schritten auf der Treppe, den von ehelichen Unstimmigkeiten zeugenden erhobenen Stimmen.

Sie setzte sich an ihren Schreibtisch und starrte in die wäßrigen Tiefen des Spiegels. Sie mußte noch an den Liedern arbeiten, mußte Julies Worte weiter auf die Musik abstimmen und sich zum Teil selbst Texte ausdenken. *Ich weiß nicht, warum es so ist,* hatte Julie geschrieben, kurz nachdem sie zugestimmt hatte, Philippe, den Druckermeister, zu heiraten, *aber jede Szene, an der ich teilhabe, weist mich zurück, sobald andere Menschen darin vorkommen. Ich weiß, daß, sollte mir jemand die Hand entgegenstrecken und ich würde sie ergreifen, meine Hand zu einer Wolke oder zu Nebel würde, wie der Dunst, der über meinem Flußbecken liegt, wenn es in den Hügeln heftig geregnet hat. Doch angenommen, meine Finger würden sich trotz allem um warme Finger schließen?* Die Musik, die sie in jenem Frühjahr komponierte, betitelte sie »Lieder von einem eisigen Gestade«.

Sarah begann zu schreiben: »Wenn ich meine Hand in Wolken oder Flußgischt strecke ...« Sie selbst hatte in einer Wolke oder einem Sprühregen eine Hand gefunden – denn Stephen war mit Sicherheit eine unbekannte Größe gewesen –, eine warme Hand, gütig aus Gewohnheit, eine starke Hand, und doch hatte sie gespürt, daß Verzweiflung von ihr ausging. Hilf mir, hilf mir, sagte diese Hand.

Die Proben sollten in London stattfinden, in der Vorhalle einer Kirche, einem zweckmäßigen Raum, der so düster war, daß man, obwohl draußen die Sonne schien, mehrere Lichter anmachen mußte. Bei der ersten Probe waren nicht alle Mitwirkenden anwesend. Die Musiker und Sänger würden später dazukommen. Und Henry Bisley war in New Orleans zur Premiere seiner *Kameliendame,* die er in der Zeit um die Jahrhundertwende, in den Bordellen der Stadt, angesiedelt hatte. Roy Strether, Patrick Steele und Sandy Grears, zuständig für Beleuchtung und Bühneneffekte, wurden bei den Schlußproben von *Abélard und Héloïse* gebraucht, das demnächst, noch vor *Hedda Gabler,* im Green Bird Premiere haben sollte. Patrick hatte verkündet, er sei froh, daß für die Inszenierung von *Julie Vairon* so wenig an Bühnenbild benötigt werde. Abgesehen davon war er schwer enttäuscht: Er warf Sarah vor, aus seiner Julie einen Blaustrumpf gemacht zu haben, und meinte, das könne er ihr wahrscheinlich nie verzeihen.

Inzwischen war die Julie eingetroffen, eine kräftige junge Frau mit jenen verschwommen blauen Augen, die nur irischer Herkunft sein können. Sie hieß Molly McGuire und stammte aus Boston. Philippe, der Druckermeister, wurde von Richard Service aus Reading gespielt, einem stillen Mann um die fünfzig, dem Typ, der schweigend beobachtet, wahrscheinlich ähnlich wie Philippe Angers. Paul, beziehungsweise Bill Collins, war ein gutaussehender, nein, ein schöner junger Mann, der sich sofort als waschechter Cockney ausgab und mit »She was poor but she was honest« den Beweis dafür antrat. Daß dieses Lied die Proben als Motto begleiten würde, war inzwischen allen klar. Wie sich herausstellte, kam Bill in Wirklichkeit aus einem wohlhabenden Londoner Vorstadtviertel, wenigstens teilweise, denn wegen der komplizierten Ehe seiner Eltern hatte er die Hälfte seines Lebens in den Staaten verbracht. In lupenreinem Englisch sagte er: »Allen bin ich alles geworden, jawohl, Kamerad, das bin ich, Bill, der singende, tanzende Allzweck-Allwetter-Cockney-Darsteller aus Brixton.« Die damit einhergehende, gedehnte Noël-Coward-Sprechweise verschwand, sobald er auf einen amerikanischen Akzent umschaltete und sich damit vollständig verwandelte – Gesicht, Lächeln, Körperhaltung. »Glaubt das bloß nicht. Ich bin ein ziemlich beschränkter Kerl. ›I won't dance, please don't make me, I won't sing, please don't make me‹«, sang er gar nicht schlecht. »Ich habe durchaus meine Grenzen …« Er zögerte und hätte es dabei bewenden lassen können, fügte aber, geradezu zwanghaft und plötzlich ohne alle Skrupel hinzu: »Aber ich kann mich verkaufen.« Rasch blickte er in die Runde, um die Wirkung seiner Worte abzuschätzen, spürte die Verwirrung, bezog sie ganz richtig auf seinen letzten Satz, hörte ihn mit den Ohren der anderen und lächelte nervös in die Runde wie ein kleiner Junge. Dann flüchtete er sich mit einer Grimasse, die besagte: *Ich weiß auch nicht, warum ich so was mache,* auf einen Stuhl in der Ecke und blieb dort ganz allein sitzen. Dabei wirkte er so unglücklich, daß Julies Mutter, Madame Sylvie Vairon (Sally Soames aus Brixton – sie war wirklich in Brixton geboren), scheinbar zufällig hinüberschlenderte und sich zu ihm setzte. Sie war eine korpulente, imposante, wunderschöne schwarze Frau, die mit Sicherheit jede Szene allein durch ihr Aussehen beherrschen würde, genau wie Bill.

Rémy Rostand, beziehungsweise Andrew Stead, war Texaner, hatte sandfarbenes Haar, Sommersprossen und hellblaue Augen, die in Anbetracht seines Alters, wahrscheinlich vierzig, von zu vielen Fältchen umgeben waren. Er kam gerade von Dreharbeiten zu einem Film über die alten Gauchos, der auf den Hochebenen im Nordwesten Argentiniens gedreht worden war. Er ging wie ein Cowboy, stand da wie ein Leinwand-Revolverheld und sollte nun Rémy mitsamt dem mangelnden Selbstvertrauen und der schwer zu erringenden Selbstachtung eines jüngsten Sohnes verkörpern. Hatte Henry gewußt, was er tat, als er diesen Gangstertyp für die Rolle aussuchte? Diese unausgesprochene Frage hängt zu Beginn jeder Inszenierung in der Luft. Ein unauffälliger, gutaussehender junger Mann namens George White spielte erst Pauls Waffengefährten in Martinique, dann Rémys älteren Bruder und zuletzt Philippes Mitarbeiter in der Druckerei.

Sarah und Stephen kam am ersten Tag eine wichtigere Rolle zu als beabsichtigt, weil Henry nicht da war, doch zum Glück hatte Mary eine Fotositzung anberaumt und fotografierte die sechs Schauspieler und die zwei Autoren einzeln, paarweise und in Grüppchen, immer und immer wieder, wobei zumindest die Schauspieler mit professioneller Gutmütigkeit posierten und sich dem Diktat des Gottes Publicity unterwarfen. Mary, die ganz in ihrer Arbeit aufging, setzte beim Fotografieren ein feierliches, konzentriertes Gesicht auf. Fotografen sind immer auf der Jagd nach jenem vollkommenen, beispielhaften Augenblick absoluter Offenbarung, der stets knapp außer Reichweite bleibt. Beim nächsten Mal – ja! – das ist es ... macht es Ihnen was aus, den Kopf nur einen Zentimeter zu drehen ... so ist es gut, aber nein, nicht lächeln ... ja, diesmal lächeln ... genau das ist es ... nur noch eines ... eines noch ... und jetzt ... ja, ich glaube, diesmal hab ich es erwischt ... ich mache nur noch den Film zu Ende ... Überall auf der Welt stapeln sich stoßweise solche Fotos, in Ordnern und Archivmappen, in Schubladen, auf Regalen, an Wänden, greifbare Belege der Jagd nach Transzendenz, jenem höchsten, zwanghaften Ziel eines jeden Fotografen.

Während Mary dasaß und mit allen plauderte, hielt sie ihre Kamera in wachsamen Händen, jederzeit bereit, sie hochzureißen, um jene einmalige und absolut unwiederbringliche Geste damit einzufangen, die einer Kurzbiographie – zwanzig Zeilen im Programmheft – unwiderstehliche Authentizität verleihen würde.

Im Laufe dieses ersten Tages wurde viel darüber gesprochen, was für eine großartige Sache *Julie Vairon* sei, wie absolut einmalig. Das lag daran, daß die Schauspieler allesamt ein ungleich größeres Risiko eingingen als üblich, obwohl Theater ja stets ein Wagnis ist. Das Stück war ein unterhaltsamer Zeitvertreib, kein richtiges Theaterstück und keine Oper. Die Musik, die die Texte begleiten sollte, hatte das Ensemble noch nicht gehört. Alle mußten zugeben, daß *Julie Vairon* sie reizte, konnten jedoch nicht sagen, warum, denn alles, was man ihnen zugeschickt hatte – zuschicken konnte –, war eine so grob skizzierte Szenenfolge gewesen, daß manchmal nur eine Formulierung oder ein Satz auf leidenschaftliche Liebe oder Zurückweisung hindeutete. Kein Wunder, daß sie sich alle rückversichern mußten.

Als erste kam Molly zu Sarah, die ihr einen Stuhl zwischen sich und Stephen anbot, und meinte, von den Leuten, die in Queen's Gift gewesen seien, habe sie gehört, wie herrlich die Musik und die Lieder seien, und sie könne es kaum erwarten, sie zu hören. Stephen gestattete sich nur einen kurzen Blick auf diese gefährliche junge Frau und konzentrierte sich dann auf die anderen, während Sarah statt seiner das Reden besorgte. Kaum war Molly gegangen, tauchte Bill auf, der nur auf diese Gelegenheit gewartet hatte, beglückwünschte die beiden murmelnd zu dem Textbuch und den »Songtexten«. Es war erschreckend, daß jemand nicht nur die Texte zu den todtraurigen, von einigen als schroff empfundenen Liedern der »ersten Periode« so bezeichnete, sondern auch die bruchstückhaften Zeilen, die die Musik der »zweiten Periode« begleiteten – oftmals nur eine kurze Phrase, die ständig wiederholt wurde, manchmal sogar nur ein einzelnes Wort, das Sarah seines Klanges wegen gewählt hatte.

»Ich meine sie schon zu hören«, behauptete Bill, als er auf den Stuhl zwischen Sarah und Stephen glitt, dabei aber Sarah anlächelte. Nachdem er auf diese Weise den Grundstein zu einer gewissen Vertraulichkeit mit ihr gelegt hatte – sie merkte auf Anhieb, daß das seiner Art entsprach, vielleicht auch einem Bedürfnis –, sah er Stephen an. Aber Stephen wollte sich nicht vereinnahmen lassen, sondern betrachtete den jungen Mann mit prüfendem, um nicht zu sagen kritischem Blick. Bill stand schweigend auf und entfernte sich, nicht ohne Sarah noch rasch ein strahlendes Lächeln zuzuwerfen.

Auf dem Weg zur U-Bahn sagte Stephen zu Sarah: »Molly hat nicht die geringste Ähnlichkeit mit Julie.«

»Sie wird dich schon überzeugen, wenn es soweit ist.«

»Und Andrew könnte ebensogut ein Cowboy sein.«

»Rémy ist doch sicher viel geritten?«

»Und was dieses Bürschchen angeht … Julie hätte sich nie in dieses hübsche Gesicht verknallt.«

»Aber Julie *hat* sich in ein hübsches Gesicht verknallt. Paul muß ein romantischer junger Leutnant sein und nicht viel mehr, verstehst du das nicht? Wegen des dramatischen Kontrasts.«

»Du lieber Himmel.«

»In ihren Tagebüchern deutet nichts darauf hin, daß er mehr war als ein gutaussehender Junge.«

Sie standen zusammen auf dem Gehsteig. Dieser nörgelnde Ton war neu für Sarah. In den ersten Wochen ihrer Freundschaft hätte sie Stephen diese quengelige Art überhaupt nicht zugetraut. Erleichtert stellte sie fest, daß er hartnäckig darum kämpfte, seine Selbstachtung zu wahren, während seine Augen verrieten, wie todunglücklich er war.

Unvermittelt sagte er: »Ich bin völlig … ratlos, Sarah.« Er schnitt eine Grimasse, ließ sie in ein Lächeln münden und ging auf den U-Bahn-Eingang zu, drehte sich noch einmal um, winkte ihr bedauernd zu – und verschwand.

Obwohl bei der ersten Leseprobe des ersten Akts fast alle Mitwirkenden zugegen waren, verteilten sie sich so in dem großen Kirchenvorraum, daß man nicht den Eindruck hatte, als hielten sich viele Leute darin auf. Henry hatte angekündigt, daß er gleich von Anfang an in den richtigen Stellungen probieren wolle, denn wie und wo die Personen im Verhältnis zueinander standen, hatte Einfluß auf ihre Stimmen, ihre Bewegungen – auf alles. Die Schauspieler wechselten jene lächelnden Blicke, die besagten, daß sie von ihm nichts anderes erwartet hatten. Doch ihr Lächeln drückte schon zu diesem frühen Zeitpunkt Zuneigung aus, während sie dastanden wie Tänzer, die gleich abheben würden und nur seine Befehle erwarteten. Er war morgens mit dem Flugzeug aus New Orleans eingetroffen, gab seine Anweisungen von Anfang an mit tänzerischen Bewegungen und schlüpfte jeweils für Sekunden in die Gestalten, die die anderen verkörperten. Er war doch bestimmt einmal Schauspieler gewesen? Ja, und Tänzer auch, aber beides, bevor er ein alter Mann geworden war. Und im Zirkus hatte er auch gearbeitet: Sofort wurde er zum Clown, stolperte über seine täppischen Füße, fing sich wundersamerweise wieder und sprang mit einem Händeklatschen, das die anderen auf ihre Plätze rief, in seine Rolle als Regisseur zurück. In Anbetracht seiner dunklen, ausdrucksvollen Augen konnte er nur italienischer Abstammung sein. Im Süden Europas sieht man oft Männer oder Frauen an einer Hausmauer lehnen, hinter einem Marktstand stehen, laut schreiend und gestikulierend, dann ganz plötzlich verstummend, düsteren Fatalismus in den schwarzen Augen: zu viel Sonne, zu viel verdammte Geschichte, zu verdammt viel von allem und dazu die anerzogene Erwartung, daß man sich auf noch mehr gefaßt machen muß. Und hier nun stand der gelenkige Henry Bisley aus dem Norden der Vereinigten Staaten, als hätte ihn jemand abgeschaltet, die Augen finster und abwesend, südländische Augen, mediterrane Augen, und als er sich kurz an die

Wand lehnte, schien er bereits unterwegs zu einem anderen Ort. Verstärkt wurde dieser Eindruck, daß er sich ständig in Bewegung befand, noch durch seine Schuhe, die für einen Marathon getaugt hätten. Überhaupt trugen hier anscheinend alle Schuhe zumindest wie für einen Hundert-Meter-Sprint.

Stephen und Sarah saßen nebeneinander an einem Tisch, der die Verlängerung von Henrys Regietisch bildete. Hinter ihnen, an einem eigenen Tisch, saß Roy, der die Proben genau verfolgte und sich Notizen machte. Mary fotografierte währenddessen.

Die Leseprobe begann mit den Szenen im Haus von Julies Mutter auf Martinique und der Abendgesellschaft, bei der der gutaussehende Leutnant Paul, den sein Kamerad Jean mitgebracht hatte, Julie vorgestellt wurde.

Da die Probe ohne Sänger und Musiker stattfand, war es notwendig, beim Durchgehen der einzelnen Szenen die gesungenen Texte zu sprechen, damit alle einen Eindruck vom Gesamtablauf bekamen. Roy las sie mit einer Stimme, die so unbeteiligt klang wie eine automatische Telefonansage.

In der ersten Szene stand die reizende Julie neben ihrer Harfe, die Schultern in ein weißes Musselinkleid gehüllt (tatsächlich trug Molly Jeans und ein knallrotes T-Shirt), das ihr Vater auf ausdrücklichen Wunsch ihrer Mutter Sylvie bei seinem letzten Besuch im fernen Paris gekauft hatte. Julie sang (heute sprach sie nur) eine altbekannte Ballade von einem Notenblatt (einem Stück Schreibpapier), das der Vater zusammen mit dem Kleid aus Paris mitgebracht hatte. Und während der Ruf dieses Hauses und der zwei schönen Frauen durchaus den Erwartungen der jungen Offiziere entsprach, die auf dieser reizvollen, aber langweiligen Insel widerwillig Dienst taten, enttäuschten Julie und ihre Mutter gewisse andere Erwartungen, da sie ebensoviel Anstand walten ließen wie deren eigene Mütter und Schwestern, wenn nicht mehr. Für die jungen Männer war das genauso überraschend wie der Pariser Chic, den sie hier antrafen.

Erst als die Offiziere gegangen waren, wurden die Frauen wieder sie selbst und sprachen aus, was sie dachten. Julie hat es aufgeschrieben.

Zunächst einmal lag die Schönheit nicht so sehr im Auge der Betrachterin, denn an jenem ersten Abend dachte ich lediglich: Was für ein hübscher Held! Nein, Maman war diejenige, die bei Pauls Anblick dahinschmolz. Ich sagte zu ihr: »Der Mann ist zuviel des Guten, er ist wie ein hübsch eingewickeltes Geschenk, das man nicht auspacken möchte, weil damit alles verdorben wäre.« Maman sagte: »Mein Gott, wenn ich auch nur zehn Jahre jünger wäre.« Maman war damals vierzig. Sie sagte auch: »Ich schwöre, wenn er mich küssen würde, wäre es für mich das allererste Mal.«

Mutter und Tochter sollten zur Musik der ersten Periode, die an einen Blues erinnert, ein Duett singen: »Würde er mich küssen, wäre es mein allererstes Mal.«

Sehr unwahrscheinlich, daß es für Julie das erste Mal gewesen wäre, da es auf der Insel so viele Offiziere gab. Sarah schob Henry einen Zettel hinüber, auf dem stand, man müsse aufpassen, daß dieses Lied kein unpassendes Gelächter hervorriefe. Er hielt ihr eine Seite des Textbuchs hin, auf der er die Gefahrenstelle am Rand bereits mit einem unterstrichenen *Gelächter!* gekennzeichnet hatte.

»Gegen ein Lächeln hätte ich nichts einzuwenden«, meinte er und zeigte ihr gleich, welche Art von Lächeln er meinte.

Bei den Proben wurde sehr viel gelacht. Auch während des Duetts, das natürlich gesprochen und nicht gesungen wurde, brach immer wieder Gelächter aus. Henry bat allgemein darum, man möge sich wieder beruhigen, und sofort wurden alle nüchtern; leidenschaftliche Worte wurden ohne jede Emotion gewechselt, so daß sie auf einmal hoffnungslos und verzweifelt klangen. Dieses Umkippen geschah so plötzlich, daß man ein Aufstöhnen hörte, ein langanhaltendes, langsames Ausatmen, das Erstaunen ausdrückte, ja fast Entsetzen.

»Okay«, sagte Henry. »Lassen wir es gut sein. Wir müssen auf die Musik warten.«

Sie bildeten schon jetzt eine Gruppe, eine Familie, teils aufgrund ihres echten Interesses an diesem Stück, teils dank Henrys ansteckender Tatkraft. Das Gefühl, eine verschworene Gemeinschaft zu sein, schwach, aber unmißverständlich, hatte in Windeseile von ihnen Besitz ergriffen, dieses Wir-gegen-die-Welt, entstanden aus der Verletzlichkeit von Schauspielern angesichts einer Kritik, die häufig willkürlich oder träge, ignorant oder gehässig war – gegen die Welt draußen, *die anderen,* die nicht zu *ihnen* gehörten, die Welt, die sie erobern würden. Und daß ihnen das gelingen würde, davon waren sie schon jetzt überzeugt. Der Grund dafür war *Julie Vairons* ungewöhnliche Ausstrahlung.

Wie leicht, wie gedankenlos schließen wir uns dieser oder jener Gruppe an, ob religiös oder politisch, aus Theaterleuten oder Intellektuellen bestehend – jeder Art von Gruppe, jenem mächtigsten Hexengebräu überhaupt, geladen mit dem Potential, Schaden anzurichten und Gutes zu bewirken, meist jedoch, Illusionen zu erzeugen. Sarah war diese abgehobene Stimmung, die das Theater hervorbringt, nicht unbedingt fremd, aber normalerweise nahm sie nur sporadisch an Proben teil und erledigte zwischendurch alles mögliche andere. Zum ersten Mal hatte sie ein komplettes Stück geschrieben, basierend auf Tagebüchern und einer Musik, in die sie selbst monatelang eingetaucht war, hatte anschließend bei der Besetzung mitentschieden und fühlte sich nun verpflichtet, rund zwei Monate, länger sogar, täglich bei den Proben dabeizusein. Diesmal würde sie nicht zwischendurch zu anderen Inszenierungen und Proben eilen, sondern sich ausschließlich *Julie Vairon* widmen, Tag und Nacht, ohne Einschränkung.

Unterdessen lösten sich kleine Ärgernisse in allgemeines Wohlgefallen auf, was in Anbetracht des frühen Stadiums der Zusammenarbeit recht ungewöhnlich war. Die Proben ohne Musik stellten für alle eine harte Prüfung dar. Und der Kirchenvorraum war zum Proben auch nicht sonderlich angenehm. Er war so groß, daß die Stimmen hallten und man unmöglich beurteilen konnte, wie man sie modulieren mußte. Obwohl draußen die Sonne herunterbrannte, war es in der alten Vorhalle düster, und ein Lichtbalken, der von weit oben durch ein Fenster hereinfiel, ließ den Staub in der Luft sichtbar werden, wie eine Wassersäule voller Algen oder feiner Glimmerpartikel.

»Solide genug, um daran hinaufzuklettern«, meinte Henry, der seinen Worten eine entsprechende Pantomime folgen ließ und damit mögliche Klagen vorwegnahm, sie mit einem Lachen entschärfte. Und später lachten alle über den unerwarteten Effekt, als die Lichtsäule, die sich mit der Erdumdrehung verschob, Paul und Julie genau in dem Augenblick traf, da sie sich in finsterer Nacht von Mamans Haus wegstahlen. Maman freilich ließ sich nicht täuschen und wußte genau, daß die beiden fortgingen, während die helle Lichtsäule auf sie deutete wie der Finger Gottes.

Nach der Leseprobe wollten Sarah und Stephen mit Henry Bisley zum Lunch gehen, um sich besser kennenzulernen, doch am Ausgang zur Außenwelt stand auf einmal Paul, der gutaussehende Leutnant, oder vielmehr Bill Collins, unaufgefordert bei ihnen. Gemeinsam gingen sie die Treppe hinunter, und als sie das kleine Restaurant betraten, war Bill der vierte in der Runde. Der Rest der Truppe saß an einem anderen Tisch, aber Bill blieb bei ihnen. Sarah beachtete ihn nicht sonderlich, weil sie Henry näher kennenlernen wollte. Er würde seine Sache als Regisseur gut machen, dachte sie und spürte, daß Stephen der gleichen Meinung war. Henry war intelligent und kompetent, kannte die Materie in- und auswendig und war obendrein noch sehr witzig. Er brachte die Leute um sich herum zum Lachen. Sarah lachte, und auch Stephen lachte, obwohl es sich jedesmal so anhörte, als wunderte er sich über sich selbst. Etwa nach der Hälfte der Mahlzeit brach Stephen auf. Elizabeth bereitete einen zweiten Abend mit Musik aus der Tudorzeit vor, diesmal kombiniert mit Tanz, modernem Tanz, artistisch und expressiv. Anscheinend »funktionierte« diese Kombination, obwohl man Stephen anmerkte, daß sie ihm nicht sonderlich behagte. Er sagte zu Sarah: »Weißt du, das ist mein Beitrag zu dem Ganzen. Sie würde nie etwas sagen, wenn ich mich nicht blicken lasse, aber sie würde sich im Stich gelassen fühlen. Und zu Recht.« Eigentlich wollte er nicht gehen. Und Sarah wollte es auch nicht. Sie war überrascht über den heftigen Stich, den sein Aufbruch ihr versetzte. Henry wurde an den anderen Tisch gerufen – Andrew Stead wollte einen Rat von ihm –, so daß sie mit Bill allein war. Er aß mit herzhaftem Appetit. Henry hatte einen kleinen Salat gegessen, und Stephen hatte sein Essen weitgehend stehengelassen. Ja, dachte sie, so essen blutjunge Männer, Schuljungen oder auch junge Wölfe. Er war ja auch noch sehr jung. Sechsundzwanzig, und im Grunde seines Herzens vermutlich noch viel jünger. Ständig dieses gewinnende Lächeln und die wohlwollenden Blicke, die er austeilte, obwohl er selbst eindeutig ausgehungert war – das war der Hauptgrund. Hinter sich, am Nebentisch, hörte Sarah Gelächter und blickte sich interessiert um. Sofort sagte Bill: »Ich muß dir einfach sagen, Sarah, was es für mich bedeutet, diese Rolle zu spielen – ich meine, eine *richtige* Rolle. Ich mußte in letzter Zeit leider ziemlich viele Rollen annehmen, die ... na ja, von irgendwas müssen wir ja leben.«

Wieder Gelächter. Mary erzählte gerade eine Anekdote über Sonia zu Ende: »... zwei Messer auf seinem Sitzplatz.«

»Messer?« fragte Richard.

»Skalpelle«, präzisierte Mary. Lautes Gelächter, nervös diesmal.

Richard meinte: »Du kannst von einem Mann nicht erwarten, daß er darüber lacht«, und lachte. »Trotzdem ... geschieht ihm recht, dem kleinen Mistkerl.«

»Sarah«, sagte Bill, beugte sich Aufmerksamkeit heischend vor und heftete seine wunderschönen Augen auf sie. »Ich fühle mich bei dir so geborgen. Das Gefühl hatte ich schon beim Vorsprechen, aber inzwischen ...« Sie lächelte ihn an und sagte: »Trotzdem muß ich gehen.« Er war ehrlich fassungslos, fühlte sich zurückgewiesen. Wie ein kleiner Junge. Sarah ging am Nebentisch vorbei, lächelte in die Runde und sagte zu Mary, die gleich wieder ins Theater wollte: »Rufst du mich heute abend an?«

Bill ließ sich bereits neben Mary nieder. Sarah bezahlte am Ausgang und sah sich noch einmal um. Bill saß kerzengerade auf seinem Stuhl, den Kopf leicht nach hinten geneigt. Er sah aus wie ein arroganter, beleidigter Halbwüchsiger, *Rühr-mich-nicht-an* im Widerstreit mit *O ja, bitte*. Henry zückte einen Bleistift, um eine Passage in Richards Textbuch anzustreichen. Über das Papier hinweg warf er Sarah einen Blick aus finsteren Augen zu.

An diesem Abend dachte sie, angeregt durch ihre Gefühle für Stephen, über ihren Bruder Hal nach. Aber die Gedanken, die ihr durch den Kopf gingen, waren nicht neu. Hal war der Liebling ihrer Mutter gewesen, und das hatte Sarah von Anfang an gewußt und akzeptiert. Oder zumindest konnte sie sich nicht erinnern, es jemals nicht akzeptiert zu haben. Er war der heißersehnte, geliebte Sohn, und Sarah rückte mit dem Tag seiner Geburt an die zweite Stelle. Nun ja, daß ein Kind ungerechterweise bevorzugt wird, ist nichts Ungewöhnliches. Sarah hatte Hal nie gemocht, und geliebt erst recht nicht. Aber jetzt erst begriff sie, wieviel sie dadurch in ihrem Leben versäumt hatte. Statt einer Art schwarzem Loch – also gut, dann eben ein graues Loch – hätte sie ihr ganzes Leben lang etwas gehabt ... was eigentlich? Wärme, köstliche Geborgenheit. Statt sich jedesmal innerlich wappnen zu müssen, wenn sie mit Hal zusammentraf, hätte sie lächeln können, wie sie es tat, wenn sie an Stephen dachte. Daß das so war, wußte sie, weil sie sich beim Lächeln ertappt hatte.

Spätabends rief Mary an und berichtete, ihre Mutter mache eine schlimme Phase durch, eines ihrer Beine sei gelähmt, hoffentlich nur vorübergehend. Bei multipler Sklerose müsse man mit so etwas rechnen. Sie würde eine Pflegerin anstellen müssen, die zweimal am Tag kam, solange sie selbst so viel arbeitete. Sie sagte nichts davon, daß sie das in finanzielle Schwierigkeiten bringen würde, und Sarah sagte nicht, daß sie das Geld schon irgendwie auftreiben würden. Bei allen vieren war eine Gehaltserhöhung fällig, da sie sich stets mit weniger begnügt hatten, als sie hätten beanspruchen können. Und dank *Julie Vairon* war jetzt auf einmal sehr viel mehr Geld da. Doch all das wurde nicht ausgesprochen, es verstand sich von selbst.

Dann erzählte Mary Sarah die Geschichte von Sonia und den Messerchen.

Von Zeit zu Zeit verkündet in London irgendein junger Kerl, der unbedingt Aufmerksamkeit erregen möchte, Shakespeare habe kein Talent gehabt, und sorgt damit für ein paar Wochen Entrüstung. (Normalerweise hat der Maulheld selbst kein Talent – aber Bernard Shaw, der welches hatte, hat diese besondere Art, das Bürgertum zu schockieren, salonfähig gemacht.) Nachdem Shakespeare erst kürzlich wieder Talentlosigkeit nachgesagt worden war, brauchte man einen neuen Dreh. Und was bot sich da in einem Land mit einer so großen Affinität zum Theater eher an als die Behauptung, Theater an sich sei blödsinnig und unnötig? Ein junger Mann, der es für sich und seine Kumpane zum Stilprinzip erhoben hatte, nachgerade alles außer sich selbst gnadenlos lächerlich zu machen, war Herausgeber einer bekannten Kulturzeitschrift geworden. Ein alter Schulfreund namens Roger Stent erkundigte sich bei seinem plötzlich zu Rang und Namen gekommenen Kumpel, ob er nicht einen Job bei *New Talents* für ihn habe. Der fragte nur: »Magst du Theater?«

»Ich habe keine Ahnung davon.«

»Perfekt«, rief der junge Verleger. »Genau das, was ich suche. Ich will jemanden haben, der nicht der alten Garde angehört.« (Neulinge in jeder literarischen Szene vermuten stets Intrigen, Seilschaften und Cliquenwirtschaft.) Roger Stent besuchte seine erste Theatervorstellung im National Theatre und fand sie recht unterhaltsam. Seine Kritik wäre wohlwollend ausgefallen, aber er machte bewußt einige kritische Anmerkungen. Der Verleger reagierte enttäuscht. »Also, in meinen Augen ist der ideale Theaterkritiker jemand, der das Theater haßt.«

»Gib mir noch eine Chance«, bat Roger Stent. Bald schon wurde er wegen seiner unversöhnlichen Kritiken berüchtigt – aber das war nun einmal der Stil jener neuen Gruppierung innerhalb der literarischen Szene zu Beginn der achtziger Jahre, die sich »Young Turks« nannte. Roger Stent entwickelte die höhnische, fast schon träge Verachtung für alles, was er zu beurteilen hatte, bis zur Perfektion.

Als *Abélard und Héloïse* anlief, begann seine Kritik mit den Worten: »Ein schwülstiges Stück über eine sexbesessene Nonne, die ihr Leben lang einem Pariser Gelehrten nachjagt. Nicht zufrieden damit, daß sie die Ursache für seine Kastration ist, geniert sie sich nicht, ihn mit offenherzigen Briefen über ihre Gefühle anzuöden ...«

Der Politik des Green Bird entsprach es normalerweise, sich über unangenehme oder gar boshafte Kritiken hinwegzusetzen, aber Sonia sagte: »Das sehe ich nicht ein. Damit kommt er bei mir nicht durch.« Sie schrieb ihm einen Brief, mit Durchschlag an den Verleger, der so begann: »Sie ignoranter, ungebildeter kleiner

Scheißkerl. Sollten Sie je wieder in die Nähe des Green Bird kommen, dann nehmen Sie sich ja in acht.«

Er schrieb ihr einen taktvollen, eher lauen Brief zurück, in dem es hieß, er habe sich vielleicht geirrt und sei bereit, sich das Stück noch einmal anzusehen, und er »gehe davon aus«, daß an dem und dem Abend »eine Karte für mich an der Kasse bereitliegt«. Diese letzte Unverschämtheit entsprach haargenau dem Stil der Young Turks, deren Ziele er insgeheim verkörperte.

Sonia ließ ihm ausrichten, die gewünschte Eintrittskarte liege für ihn bereit. Als er an seinen Platz kam, lagen dort zwei gekreuzte Skalpelle. Sie waren so scharf, daß er sich in die Finger schnitt, als er sie aufhob, und das Theater heftig blutend verlassen mußte. Sonia lieferte einem Klatschkolumnisten sämtliche Einzelheiten.

Sarah lachte und meinte, Sonia werde hoffentlich nicht auf jede unliebsame Kritik so reagieren.

Mary entgegnete lachend, Sonia habe ihr erklärt, daß solche Maulhelden nur massive Fußtritte verstünden. »Das ist die neue Brutalität, hat sie gesagt. Ihrer Ansicht nach leben wir alle miteinander in einer Traumwelt.«

»Hat sie ›*ihr* alle‹ gesagt?«

»Also neulich jedenfalls hat sie ›wir‹ gesagt.«

»Stimmt. Wir können nur hoffen.«

Bei den Proben in dieser Woche vermißte Sarah Stephen, und sie rief ihn an, oder er rief sie an, um zu hören, wie es voranging. In der Zwischenzeit saß Sarah neben Henry, vielmehr neben seinem Stuhl, während er mit den Schauspielern arbeitete. Und falls Henry wirklich einmal kam, um sich einen Augenblick hinzusetzen und ihr ein paar Worte zuzuflüstern, meistens einen Scherz, war er gleich wieder weg. So entwickelte sich zwischen ihnen ganz von selbst ein lockerer, scherzhafter Umgangston, und doch fühlte sich Henry bedroht. Kein Wunder. Sarah war klar, wie sie von außen wirkte: ein aufmerksames (mütterliches) Wesen, das sich ständig Notizen machte. Sie feilte nach wie vor an den Liedtexten, sofern das die richtige Bezeichnung war, denn oft sagten die Schauspieler spontan etwas Passendes, improvisierten oder schlugen Änderungen vor. Sie wurde hier gebraucht, das mußte sie sich immer wieder vorsagen, weil sie auf keinen Fall von hier wegwollte. Julie hatte sie in ihren Bann geschlagen. Etwas köstlich Heimtückisches und Trügerisches schien in der Luft zu liegen, die sie einatmete, und falls es Gift war, machte ihr das nichts aus.

Sämtliche Schauspieler kamen zwischendurch einmal herüber und setzten sich zu ihr, auf Stephens oder Henrys leeren Stuhl, aber Sarah merkte bald, daß Bill häufiger kam als alle anderen. Er besaß ein Talent, im Handumdrehen eine gewisse Vertraulichkeit herzustellen, die ihr das Gefühl vermittelte, den jungen Mann schon seit Jahren zu kennen. Aber sie war nicht die einzige, die in den Genuß seines Charmes kam. Er machte sich allen zum Geschenk. Während der ersten Woche, die ganz dem ersten Akt gewidmet war, beherrschte der gutaussehende Leutnant Paul das Geschehen. Er kam in fast jeder Szene vor. Und seine Rolle war so sympathisch, weil er ebenso unschuldig wie wahnsinnig in Julie verliebt war. Von dem Augenblick an, als er Julie zum ersten Mal neben ihrer Harfe hatte stehen sehen, war er wie im Fieber, und zwar nicht nur vor Liebe; er war wie berauscht von der Entdekkung der eigenen Zärtlichkeit. Sonst sind die ersten Liebesversuche junger Männer häufig ja eher ungeschliffen. Paul war davon überzeugt, daß er und Julie glücklich sein würden, sobald sie Frankreich erreichten, und ahnte nicht, daß eine solche Idylle nur auf Martinique möglich war, in dieser künstlichen, romantischen Umgebung mit ihren überdimensionalen Schmetterlingen und schillernden Vögeln, ihren Blumen voll melancholischer Sehnsucht und ihren schmeichelnden Brisen. Er vergaß, daß es nicht seine, sondern Julies Idee gewesen war, wegzulaufen und diese Idylle mitzunehmen. Der junge Mann strahlte vor Zuversicht, die ihm die Liebe samt ihren Siegen und Entdeckungen verlieh, und das nicht nur bei Pauls Szenen mit Molly, in denen die beiden ganz und gar professionell waren und Witze über ihre Leidenschaft machten, die einfach sein mußten, um diese stürmischen Szenen zu entschärfen. Trotzdem ertappte Sarah ihn mehr als einmal dabei, daß er ihr während einer Liebesszene mit Molly einen Blick zuwarf, einen raschen, harten, berechnenden Blick aus einer Welt weit jenseits der unkomplizierten gegenseitigen Sympathie, die sie beide genossen, wenn er plaudernd neben ihr saß. Er wollte wissen, ob sie von ihm beeindruckt war. Ja, das war sie. Aber alle anderen auch. Sally, diese attraktive schwarze Frau, auf deren Gesicht stets skeptische Weltklugheit und ein liebevolles, spöttisches, weltoffenes Lächeln lagen, diese Frau, die einem selbst dann Aufmerksamkeit abnötigte, wenn sie nicht auf der Bühne war, sondern irgendwo saß und strickte (da sie nicht zu den Leuten gehörte, die ihre Zeit verschwenden, strickte sie nicht nur für ihre Familie, sondern verkaufte ihre Sachen auch an ein exklusives Geschäft) – Sally betrachtete Bill Collins mit genau dem gleichen fatalistischen kurzen Auflachen und Achselzucken, das sie sich als Julies Mutter gestattet, als sie zum ersten Mal die Leidenschaft ihrer Tochter für Paul bemerkt. Sie und Sarah wechselten Blicke, die weibliche Anerkennung für den jungen Mann ausdrückten, gleichzeitig aber auch kritisch waren, weil er sich seines guten Aussehens so bewußt war und es so geschickt einzusetzen vermochte. Viel Glück, schienen ihm diese Blicke zu wünschen. Den anderen anwesenden Frauen erging es ebenso. Marys und Mollys Blicke begegneten sich, und die beiden grinsten einander zu: Nein, er ist einfach mehr, als man verkraften kann.

Bill schenkte Sarah auch weiterhin sehr viel mehr als professionelle Aufmerksamkeit. Wenn Henry zu seinem Platz zurückkehrte, um etwas in seinen Aufzeichnungen nachzusehen oder sich gar einen Augenblick auszuruhen, mußte er ihn mehrere Male lächelnd bitten, seinen Stuhl zu räumen. Dann stand Bill anmutig und bescheiden auf, nahm statt dessen Stephens Stuhl, rückte ihn näher zu Sarah heran und ließ sich darauf nieder.

Es gab keinen Zweifel, daß er sie wirklich gern hatte. Vielleicht ein bißchen mehr? Wenn sie ihn nicht ansah, betrachtete er sie auf jene Art, an die sie sich noch erinnerte (die sie sich ins Gedächtnis rufen mußte, weil sie all das bewußt hinter sich gelassen hatte). Er fand Vorwände, um sie zu berühren. Sie fühlte sich geschmeichelt, war belustigt und neugierig. Zynisch betrachtet, konnte sie ihm in beruflicher Hinsicht nicht von großem Nutzen sein. Das Green Bird war kein sonderlich aufregendes Theater für einen Schauspieler, der – wie er, ohne zu prahlen, hatte einfließen lassen – gefragt war. Wenn auch nicht immer für Rollen, die er ernst nahm.

Am Ende der ersten Woche geschah folgendes: Bill hatte neben Sarah gesessen und sich, wie üblich, unbefangen und vertraulich mit ihr unterhalten, als Henry ihn rief, weil er eine bestimmte Szene noch einmal durchgehen wollte. Sarah beobachtete, wie sich Bill neben Molly aufstellte, um den Augenblick zu probieren, in dem die beiden endgültig beschließen durchzubrennen. Sie mußten sich – natürlich – umarmen. Zuerst sahen sie sich lange in die Augen, entschlossen, der Zukunft die Stirn zu bieten. Dann ließ Paul seine Hand von Julies Schultern hinab zu ihrem Gesäß gleiten. Besser gesagt: *Bill* ließ seine Hand von Mollys Schulter hinab zu ihrem Gesäß gleiten, denn diese rasche Bewegung war alles andere als unpersönlich und professionell – sie war intim und erotisch, mit einem Hauch Brutalität. Eine einschmeichelnde Liebkosung, raffiniert und berechnend. Sarah bemerkte, wie er ihr rasch einen taxierenden Blick zuwarf, um festzustellen, ob sie hergesehen, es bemerkt, darauf reagiert hatte. Das hatte sie, und Molly ebenfalls: Sie spannte sich unter dieser geschmeidigen Liebkosung an, wich einen Schritt zurück, und setzte dann, als Julie, zu einer Umarmung an, die wieder ganz professionell war. Der Blick, mit dem sie Bill ansah, war es nicht. Sie hatte Feuer gefangen. Ihr Körper brannte vor Begierde, war erfüllt von Sehnsucht, und als sie sich aus der Umarmung löste, gestand ihr Gesicht, das sie dem triumphierenden (er konnte es nicht verbergen) jungen Mann zuwandte: Ja, hier bin ich.

Sarah wehrte sich gegen das, was sie selbst empfunden hatte.

Sie verschwendete keine Zeit damit, sich klarzumachen, daß es absurd war, denn das verstand sich von selbst. An diesem Wochenende war sie gezwungen zuzugeben, daß sie selbst sich ein bißchen in diesen jungen Mann verliebt hatte. Zweifellos hatte er sich große Mühe gegeben, das zu erreichen. Wahrscheinlich war das seine Art, mit dem Leben umzugehen. Inzwischen kannte sie seine ganze Lebensgeschichte. Seine Mutter war nach wie vor der Mittelpunkt seines Lebens, der Vater war ... »na ja, er wurstelt sich so durch«, hatte Bill lachend gesagt. »›E's a coper, arent't we all, just a coper, after all«, sang Bill zur Melodie von »I'm a dreamer«, wieder in seiner Cockney-Rolle, in die er anscheinend immer dann schlüpfte, wenn er sich bedroht fühlte. Doch sobald er merkte, daß Sarah ihn genauer durchschaute, als ihm lieb war, sagte er, hämisch, plump-vertraulich und unbekümmert: »Ja, so isses doch, oder, genauso isses.« Und dazu machte er ein paar Tanzschritte, die langen Beine in ausgewaschenen Jeans, der ganze Körper so spöttisch und ironisch wie seine Miene. Aber für einen Sekundenbruchteil kam ein verschrumpeltes Gesicht zum Vorschein, und Sarah konnte erkennen, wo dieses schöne Gesicht in dreißig oder vierzig Jahren (wahrscheinlich schon eher, denn die ersten Vorboten waren bereits da) Falten und Runzeln bekommen würde. Die Amerikanerin Molly und der Amerikaner Henry waren fasziniert von dieser kleinen Cockney-Einlage, klatschten und verlangten eine Zugabe. Bill entsprach ihrem Wunsch mit einer ganzen Latte von Cockney-Liedern, als erstes – natürlich – »She was poor but she was honest«, und er brachte auch Molly dazu, mitzusingen und mit ihm herumzukaspern.

Sarah war überzeugt, daß dieser junge Mann eine schlimme

Kindheit zu verarbeiten hatte – aber wer hatte das nicht? – und sehr früh dahintergekommen war, daß er das Glück hatte, gut auszusehen, und das unschätzbare Talent, auf Anhieb Sympathie zu erwecken. Er konnte Selbstzweifel, Schwächen und Hemmungen überspielen, indem er die Leute dazu brachte, sich in ihn zu verlieben.

Vielleicht besteht der Reiz einer neuen Gruppe von Leuten, vor allem im Bereich des Theaters, schlicht darin, daß die jeweiligen Familien, die Mütter und Väter, die Ehefrauen und Ehemänner und Freunde und Freundinnen, die Geschwister und die Kinder ausgeklammert sind, einer anderen Welt angehören. Jedes Individuum ist ausschließlich es selbst, es ist einfach da. Das private Beziehungsgeflecht – die Kletten, die an einem hängen, das Spinnennetz, das einen gefangenhält, die vielfältigen Zerrspiegel – ist außer Sichtweite. Die Fäden, an denen wir tanzen, sind unsichtbar. Aber schon jetzt, nach so wenigen Tagen, waren zwei der anwesenden Männer nicht mehr großartig sie selbst. Sarah konnte ihre Marionettenfäden nur zu deutlich erkennen, obwohl sie das gar nicht wollte. Und Stephen? Sie sann darüber nach, daß sie Stephen seit Wochen kannte, ihn als Freund bezeichnen und behaupten konnte, eng mit ihm vertraut zu sein; doch obwohl sie sehen konnte, daß etwas Verhängnisvolles an ihm zog und zerrte, konnte sie die Fäden nicht erkennen.

Am Samstag abend tauchte Joyce auf, und Sarah freute sich, sie zu sehen, weil sie das von ihrer Verliebtheit und ihrer Empörung darüber ablenken würde. Joyce bedachte Sarah mit ihrem lieben, schwachen Lächeln, bat sie aber um nichts. Sie sagte, sie sei bei Betty gewesen. Wer war Betty? »Ach, irgend jemand halt.« Das Mädchen brauchte eindeutig etwas zu essen, Schlaf und wahrscheinlich Medikamente. Aber sie rührte das Essen, das Sarah ihr hinstellte, nicht an, schien jedoch erleichtert, ein Bad nehmen und ihre verdreckten Sachen in die Waschmaschine stecken zu können. Sarah war heilfroh, daß Joyce noch so viel Bezug zu einem normalen Leben hatte, daß es ihr ein Bedürfnis war, sich sauberzuhalten. Sarah ging zu Bett, wohl wissend, daß Joyce noch auf war, vor dem Fernseher saß und wahrscheinlich überhaupt nicht ins Bett gehen würde. Sie überlegte, daß man in Joyces Fall nicht einfach sagen konnte: »Da liegt das Problem.« Ihr Vater war alles andere als ideal, aber man konnte sich schlimmere vorstellen. Sie hatte ein passables Zuhause und eine passable Familie, was durch die Tatsache bewiesen wurde, daß ihre beiden Schwestern »lebenstüchtig« waren, wie man so sagt. Joyce war nicht lebenstüchtig. Vielleicht würden irgendwelche Wissenschaftler eines Tages eine Erklärung für solche Fälle finden. Womöglich hatte Joyce ein Gen, das für diese Unfähigkeit, mit dem Leben zurechtzukommen, verantwortlich war und ihr Dasein steuerte – oder das entsprechende positive Gen fehlte oder befand sich bei ihr an der falschen Stelle. Die Fäden, an denen wir hängen, sind nicht unbedingt psychischer Natur, obwohl wir im allgemeinen zu dieser Annahme neigen.

Aber die meiste Zeit dachte Sarah über Stephen nach. Sie entwickelte für ihn ein Mitgefühl, das ihr ganz und gar ungelegen kam. Sie versuchte es mit Humor: »Wenigstens bin ich nicht in einen Toten verliebt.« Sie versuchte es mit Trost: »Und außerdem ist es nichts Ernstes, nur eine Schwärmerei.« Sie dachte auch darüber nach, daß in ihrer Einstellung Stephen und seiner Niedergeschlagenheit gegenüber eine Herablassung gelegen hatte, deren sie sich jetzt schämte, doch bevor sie eine Vergleichsmöglichkeit gehabt hatte, war ihr das nicht bewußt gewesen.

Joyce blieb bis Sonntag abend. Irgendwann nahm sie eine Dosis von irgendwas. Spritzte sie sich wahrscheinlich, denn sie hielt sich eine Zeitlang im Bad auf, das anschließend nach Chemikalien roch. Ihre Augen wirkten starr und trübselig, die Pupillen waren riesig, sie kicherte ohne jeden Grund und fing dann an zu weinen. Als Sarah kurz im Bad war, verschwand sie aus der Wohnung.

Wenn man sich grämt, dann selten aus einem einzigen Grund, zumal in fortgeschrittenem Alter, denn jedes Leid ruft alte Kümmernisse aus vergangenen Zeiten wach. Wieder beschloß Sarah, sich dem Seelenschmerz zu widersetzen. Doch sie brauchte nur an Joyce zu denken oder gar im selben Raum mit ihr zu sitzen, um das Gefühl zu haben, daß ihr Herz in einer bleiernen Hülse steckte.

Die zweite Probenwoche war dem zweiten Akt vorbehalten. Das bedeutete, daß Bill Collins zugunsten von Andrew Stead, beziehungsweise Rémy, abtreten mußte. Schwer vorstellbar, daß Bill sich unsichtbar machte, auch wenn er das durchaus bescheiden versuchte, indem er sich abseits in eine Ecke oder neben Sarah setzte. Etwa einen Tag lang sah es so aus, als würden Bills gutes Aussehen und seine erotische Ausstrahlung die zweite, die große Liebe unmöglich machen. Doch nach und nach wurde deutlich, daß Andrew genau wußte, was er tat.

Sarah rief Stephen an und sagte: »Du solltest herkommen und dir den Gaucho ansehen. Er ist großartig.«

Sie konnte Stephen schnaufen hören, ein vertrautes Geräusch, als würden sie sich umarmen. »Wirklich, er hat das Zeug dazu. Anfangs dachte ich, er wäre zu hart und machohaft, aber das war Absicht. Du darfst nicht vergessen, daß er der jüngste Sohn ist. Und nun kehrt er diese leicht übertriebene Großspurigkeit hervor – oh, tut mir leid!« Aber Stephen lachte nicht, sondern gab nur ein Grunzen von sich. »Du weißt schon, was ich meine: ein junger Mann, überkompensiert, unbefangen und voll sexueller Dreistigkeit – das ist Paul. Aber Rémy hat etwas, was tiefer geht. Damit, daß er in Julie verliebt ist, beweist er sich selbst und seiner Familie, daß er erwachsen geworden ist. Er strahlt eine großartige Männlichkeit aus, ganz anders als der schöne Leutnant, aber diese Männlichkeit war nicht leicht zu erlangen. Er sieht Julie unter den Bäumen im Park der Rostands spazierengehen, und man kann buchstäblich sehen, wie er in diesem Augenblick zu einem erwachsenen Mann wird. Ist dir klar, daß du kein Wort gesagt hast? Geht es dir gut, Stephen?«

»Na ja, abgesehen davon, daß ich verrückt bin, geht es mir gut. Und ich danke dir, Sarah, daß du nicht sagst: Aber das sind wir doch alle.«

»Aber gedacht habe ich es.« Schlagartig wußte sie, daß es ihr schwerfallen würde, Stephen zu sagen, daß sie sich verliebt hatte. Egal wie flüchtig oder oberflächlich.

»Ich habe entdeckt, wo mein Problem liegt – warum die Proben so schwer erträglich für mich sind. Weil Wirklichkeit und Illusion dabei ständig ineinanderfließen, und das macht mich kaputt.«

Jetzt war *sie* erstaunt und konnte nichts sagen.

»Bist du noch da, Sarah?«

»Ja, natürlich.«

»Ich bin sicher, daß du nicht weißt, was ich meine, weil du so vernünftig bist.«

»Du willst damit sagen, daß deine Liebe zu Julie wirklich ist, während ein Stück über sie Illusion ist?«

Schweigen. Dann: »Ist das so schwer zu begreifen?« Und als Sarah nicht antwortete: »Es liegt auch an der Musik. Sie krempelt mich völlig um; warum, weiß ich auch nicht. Ich habe regelrecht Angst vor dem Tag, an dem die Proben mit den Sängern beginnen.«

»Heißt das, du kommst nicht mehr zu den Proben? Du fehlst mir nämlich.«

»Wirklich, Sarah? Ich danke dir. Natürlich komme ich. Man darf nicht einfach aufgeben.«

Aber Stephens Stuhl blieb leer. Den größten Teil der Woche saß Bill darauf. Wie angenehm diese Vertrautheit zwischen ihnen war! Auch Sarah besaß die Gabe, auf Menschen zuzugehen und spontane Vertrautheit entstehen zu lassen. Man kann zu Recht behaupten, daß das *das* große Talent unserer Zeit ist. Wenn man sich ansieht, wie die Menschen vor hundert Jahren miteinander umgegangen sind, kommt einem das vor wie ein Tanz auf dem Hühnerhof. Natürlich von herausgeputzten Hühnern. Steif und förmlich. Uns verursacht Förmlichkeit Unbehagen. Wir betrachten sie als Verrat an der Aufrichtigkeit.

Es war nicht leicht, die an lässige Bewegungen gewöhnten, unbefangenen Schauspieler dazu zu bringen, sich so zu halten, zu gehen, sich zu setzen und aufzustehen wie damals üblich. Henry setzte dafür eigens eine Probe an. »Ihr seht alle aus, als würdet ihr Jeans tragen«, sagte er. »Tun wir ja auch«, entgegneten sie und meinten damit, man könne nicht von ihnen erwarten, daß sie sich entsprechend bewegten, solange sie nicht die Kostüme von damals anhatten. Aber Henry ließ das nicht gelten. »Du, Molly – deine Mutter hat immer und ewig an dich hingenörgelt, daß du dich geradehalten sollst, daß du aufrecht gehen sollst, *comme il faut*. Jetzt tu es auch.« Und Molly, in Jeans und schulterfreiem T-Shirt, das Haar zu einem Knoten geschlungen, damit es ihr bei der Hitze nicht in den Nacken hing, versuchte sich zu bewegen, als trüge sie ein Korsett und einen langen Rock. Zwei Stunden hielt Henry sie alle in Trab: Sie standen da, sie setzten sich hin, sie schritten über die Bühne, und immer wieder erhoben sie sich von ihren Stühlen – diese jungen Leute in Jeans, ärmellosen Oberteilen und Turnschuhen mit ihrem natürlichen Hang zu nachlässiger Haltung. »Bei der Kostümprobe ist es dafür zu spät«, sagte Henry. »Wir müssen es von Anfang an richtig hinkriegen.« Einige konnten es besser, andere weniger gut. Der Gaucho entschuldigte sich, meinte, er würde zu Hause üben, und trat beiseite, um die anderen zu beobachten. Bill Collins machte es den anderen vor. Bescheiden erläuterte er, er sei Tänzer gewesen und habe als allererstes gelernt, beim Gehen den Oberkörper nicht in die Hüften sacken zu lassen. Sarah und alle anderen schauten ihm zu, wie er über die nackten, staubigen Bretter schritt, als würde er von einer strammen Uniform aufrecht gehalten. Jede Linie seines Körpers war ihm bewußt, und wenn er lächelnd den Kopf drehte oder sich über einen leeren Stuhl beugte, um eine unsichtbare Hand zu küssen, bot er sich den Anwesenden quasi als Geschenk dar. Diese unglaubliche Arroganz! empörte sich Sarah im stillen, dabei klopfte ihr Herz, und sie zweifelte nicht daran, daß es den anderen Frauen ebenso erging. So unverschämt gut auszusehen war kein reines Vergnügen, es sollte einem eigentlich auch Verpflichtungen auferlegen, allen voran die, den eigenen Körper nicht so zu benutzen, wie er es tat. Na, dachte Sarah, das muß ausgerechnet ich sagen. Hatte sie ein Recht dazu? Sie war in der Beziehung selbst nicht schlecht gewesen ... o ja, sie konnte sich noch gut erinnern, einen Raum ganz in dem Bewußtsein durchquert zu haben, daß alle sie ansahen, eine Haltung eingenommen zu haben, als wäre sie bis oben hin mit einer kostbaren, explosiven Flüssigkeit gefüllt. Junge Mädchen verhalten sich ebenso, wenn ihnen zum ersten Mal ihre Macht bewußt wird. Zum Glück wissen die meisten nicht, wieviel Macht sie besitzen. Es gibt kaum etwas Ergötzlicheres, als zu beobachten, wie eine kleine Göre mit dreizehn oder vierzehn verblüfft feststellt, daß ein Mann (in ihren Augen ein alter Knabe) rot wird und zu stottern beginnt und darauf dann mit jener nervösen Aggression reagiert, die sich einstellt, wenn man sich gegen seinen Willen von jemandem angezogen fühlt. Was hat das zu bedeuten? denkt sie, und schließlich kommt ihr die Erleuchtung. Ihre Flügel sprengen die Larve, und lächelnd durchquert sie den Raum, genießt verwegen ihre Macht. Dieser Zustand kann anhalten, bis zwischen vierzig und fünfzig die Ernüchterung eintritt. Sarah wollte über all das nicht nachdenken. Sie hatte damit vor langer Zeit abgeschlossen. Aber warum? Stephens Resümee brachte es auf einen Nenner: »Du bist eine Romantikerin, Sarah!« Und außerdem war immer Joyce dagewesen, so wirksam wie ein Keuschheitsgürtel. Doch mit dem Verlust »all dessen« hatte sich Sarah längst abgefunden. Es stimmte: Sie war eine attraktive Frau gewesen, und es hatte, wie bei Julie, immer Männer gegeben, die in sie verliebt waren. Schluß damit. Sie konnte sich dieses neuerliche Gefühl des Verlustes und der Qual nicht leisten. Sie betrachtete ihren Unterarm, nackt bei dieser Hitze, noch wohlgeformt, aber langsam erschlaffend, sah ihn, wie er war, und zugleich so, wie er früher gewesen war. Ihren Körper, in dem sie sich durchaus wohl fühlte, schien ein anderer, ihr junger Körper, wie eine Art Ektoplasma zu begleiten. Sie wollte sich weder daran erinnern, noch darüber nachdenken, und damit war die Sache erledigt.

Aber über Bill dachte sie nach. Wenn er neben ihr saß, plauderten sie angeregt über alles mögliche, vor allem aber über ihn. Häufig über seine Kindheit, die er vorwiegend in guten englischen Internaten verbrachte hatte. Wie Sarah vermutet hatte, stammte er aus einer soliden Mittelschichtfamilie. Zwischendurch hatte er auch die eine oder andere Schule in den Vereinigten Staaten besucht, lauter gute Schulen, denn in finanzieller Hinsicht, wenn auch nicht in emotionaler, war er privilegiert gewesen. Manchmal fuhren beide Eltern gemeinsam mit ihm in Urlaub, ein Zugeständnis an ihn, da sie geschieden waren. Die Urlaube waren durchweg unerfreulich. Dennoch erzählte Bill viel von seiner Mutter.

Sarah machte sich klar, daß dieser unkomplizierte Umgang mit Bill dem entsprach, was man mit Kindern bis zum Alter von, sagen wir, elf Jahren erlebt. Kindern, die man von kleinauf kennt – wie die Töchter ihres Bruders Hal. (Bei Joyce war alles anders, weil sie von jeher eine andere Wellenlänge gehabt hatte und man nicht zu ihr, sondern höchstens zu ihrem ängstlichen, furchtsamen Lächeln eine Beziehung aufbauen konnte.) Für Sarah war das die angenehmste Art von Miteinander, eine schlichte Freundschaft, liebevoll und wohlwollend. Zu Beginn der Pubertät verflüchtigt sie sich manchmal, scheinbar über Nacht, und während der Erwachsene ihr nachtrauert, vergißt das Kind sie völlig, weil es darum ringt, sich selbst zu definieren, und weil es sich ein so absolutes Vertrauen und so absolute Offenheit nicht mehr leisten kann. Und mit wem kam Sarah nun erneut in den Genuß dieses Gefühls? Mit Bill Collins, einem sechsundzwanzigjährigen jungen Mann, der sehr an seiner Mutter hing.

Aber dieses besondere Verständnis ging in der allgemeinen Hochstimmung unter, die wie ein Jacuzzi war – Ströme von Gefühl, wirbelnd, anstachelnd, aufpeitschend, brodelnd. Das Stimmungsbarometer der Truppe stieg rasch, wie nicht anders zu erwarten, und gipfelte in der Premiereneuphorie, der Euphorie der »ersten Nacht«, die gar nicht mehr so weit weg war.

Wenn sich Henry auf seinen Stuhl neben Sarah plumpsen ließ, hatte er stets einen Scherz auf den Lippen. Er mochte dieses Stück, sofern man es als Stück bezeichnen konnte. Er mochte das Ensemble – kein Wunder, er hatte bei der Besetzung mitentschieden. Von der Musik und den Texten, die Sarah zusammengestellt hatte, war er hellauf begeistert. Und er war froh, daß Julie nicht persönlich zugegen war, denn er befürchtete, daß er auch von ihr hellauf begeistert gewesen wäre. Als er das sagte, verdrehte er die Augen und wurde für ein paar Sekunden zum verliebten Clown.

Richard Service, beziehungsweise Philippe, saß ebenfalls häufig neben Sarah. Er war ein bescheidener, ernsthafter Mensch, der voller Überraschungen steckte. Da das, was er mit der Schauspielerei verdiente, nicht ausreichte, um seinen Lebensunterhalt zu bestreiten, arbeitete er gleichzeitig als Dozent an einer Landwirtschaftsschule. Sein Vater, ein Farmer, hatte großen Wert darauf gelegt, daß er sich nicht ganz vom Theater abhängig machte. Sarah meinte im Spaß, er betrachte Julie wohl als ein Bauernmädchen, weil er gesagt hatte, sie sei in einem Wald aufgewachsen und habe in einem anderen bis an ihr Lebensende gelebt. Warum hatte sie Selbstmord begangen? So ungern sie in der Stadt leben wollte, so groß war ihre Angst vor einem häuslichen Leben gewesen. Darüber stritt er sich auch mit Sally, mit der er häufig beisammensaß und sich unterhielt. Sally meinte, zur damaligen Zeit seien alle Menschen mehr oder minder eng mit dem Landleben verbunden gewesen, und Julies eigentliches Problem sei ihr Frau-Sein gewesen. Wenigstens, meinte Sally, war sie so vernünftig, nicht Schauspielerin zu werden. »Schau mich an. Es gibt nicht sehr viele Rollen für eine dicke schwarze Frau«, verkündete sie lachend, und mit einem Seufzer. »Nein, wahrhaftig nicht.« Die meiste Zeit sprachen Richard und Sally über ihre Kinder. Beide hatten drei Kinder. Sallys älteste Tochter kümmerte sich um die beiden jüngeren, wenn die Mutter arbeitete. Von einem Ehemann war nie die Rede. Sally wollte unbedingt, daß ihre Tochter die Schule fertigmachte und aufs College ging, aber im Augenblick sah es eher so aus, als würde sie die Schule an den Nagel hängen und alle damit verbundenen Risiken auf sich nehmen. »Sie ist so dumm«, sagte Sally. »Ich habe zu ihr gesagt: Du bist wirklich dumm, Mädchen. In zehn Jahren wirst du erkennen, daß das der größte Blödsinn war, den du je gemacht hast. Aber in dem Alter kann man nicht mit ihnen reden. Julies Mutter konnte ihre Tochter auch nicht dazu bringen, auf sie zu hören.« Richards fünfzehnjähriger Sohn hatte die Schule abgebrochen, sich aber überreden lassen, es noch einmal zu versuchen. Daß er »ausgestiegen« war, bedeutete angesichts des Einkommensniveaus nicht annähernd das gleiche wie bei Sallys Tochter. Die Freundschaft dieser beiden grundverschiedenen Menschen war unglaublich anrührend. Eben wegen ihrer Unterschiede begegneten sie einander mit humorvoller Liebenswürdigkeit – und Hochachtung, vielleicht auch ein bißchen Neugier?

Während der zweiten Probenwoche, »Rémys Woche«, blieb Andrew Stead nicht viel Zeit zum Herumsitzen. Er war vollauf damit beschäftigt, sich von einem Mann, den man sich kaum ohne sein Pferd vorstellen konnte, in Rémy zu verwandeln. Diese Verwandlung war geradezu herzzerreißend, weil hier ein Schauspieler mit Hilfe harter Disziplin, wie es schien (obwohl es sich vielleicht eher um eine Art Unterwerfung handelte, um ein sensibles und geduldiges Sich-Einfühlen), seine eigene Persönlichkeit zugunsten einer anderen, ziemlich konträren, unterdrückte. Andrew meinte, er spiele den Rémy deshalb so gern, weil er in aller Regel auf einen bestimmten Typus festgelegt sei und in einem Film nach dem anderen Gangster, Gauner, Cowboys, Bullen oder Rancher verkörpere – nur weil er in seinem allerersten Film einen Banditen und Pferdedieb gespielt habe. Was also hatte er hier zu suchen? Vor zehn Jahren war er beim Festival in Cannes gewesen, wo ein Film, in dem er mitwirkte, preisgekrönt wurde, und hatte einen Tag in dem verführerischen Landstrich hinter der Küste verbracht, sich die uralten Städtchen in den Hügeln angesehen und war zufällig auch in Belles Rivières gelandet, wo gerade ein Musikfestival stattfand. Er hatte Julie Vairons Musik gehört und zunächst nicht viel damit anfangen können, bis er später feststellte, daß sie ihm nicht mehr aus dem Kopf ging. Ihre »Troubadour«-Musik hatte etwas in ihm angesprochen. Sein Agent hatte ihm das Textbuch zu *Julie Vairon* zugeschickt, und um bei dem Stück mitmachen zu können, hatte er ein Filmangebot abgelehnt. Nein, das war etwas völlig anderes als das, was er sonst machte, und womöglich bewältigte er die Rolle auch gar nicht … aber die Sache hatte zumindest einen Vorteil – war es wirklich ein Vorteil? Sie brachte ihn völlig aus dem Gleis, und er fragte sich, wie sehr er sich auch im Leben auf bestimmte Rollen hatte festlegen lassen. Es fiel ihm schwer, sich genau zu erinnern, wie er mit achtzehn, also vor seinem ersten Film, gewesen war. Er war irgendwie ins Filmgeschäft hineingeschlittert, war nur durch Zufall Schauspieler geworden. Ja, er war Texaner, aber deshalb mußte er sein Leben doch nicht unbedingt als Cowboy verbringen. »›Pferde und Hunde sind *nicht* Essen und Trinken für mich‹«, zitierte er und freute sich, daß Sarah, obwohl sie auf Dickens tippte, nicht wußte, daß dieser Satz aus *David Copperfield* stammte. »Auch wenn es so aussieht, it ain't necessarily so.«

Andrew war ein Mann, bei dem man sich nicht ohne weiteres vorstellen konnte, daß er Bestätigung brauchte, und deshalb bekam er auch keine, als er sich irgendwann auf dem Stuhl neben Sarah niederließ. Erstaunlich, wie unterschiedlich die einzelnen Leute auf diesem Stuhl saßen. Bill lehnte sich zurück, sein Gleichgewicht wahrend, wachsam, die Hände flach auf den Oberschenkeln, und plauderte mit Sarah, während sein hübsches Gesicht jederzeit jeden, der in seine Richtung blickte, mit jenem Lächeln bedachte, das er so gut beherrschte.

Von Henry konnte man kaum behaupten, daß er sich überhaupt jemals hinsetzte, sofern man darunter so etwas wie sich ausruhen oder entspannen verstand.

Sally, deren umfangreicher Körper den ihm zugestandenen Platz ganz ausfüllte, saß reglos da, wie ein Denkmal.

Molly setzte sich nur selten zu Sarah, weil sie fast immer auf der Bühne war, und wenn sie sich einmal einen Augenblick neben ihr niederließ, dann um ihr heftiges Mißfallen über Julie zum Ausdruck zu bringen, die ihrer Ansicht nach nicht ganz richtig im Kopf war. »Sie hat aus Liebe ihr ganzes Leben verpatzt« – und die Heftigkeit ihrer Stimme bewog Sarah, Mollys zu Bill wanderndem Blick zu folgen, einem normalerweise klaren, offenen, unschuldigen Blick, der jetzt aber von Selbstzweifeln getrübt war. »Gott sei Dank«, sagte Molly McGuire, »daß ich nicht damals gelebt habe, sondern heute.«

Andrew saß gelöst da, seine muskulösen Hände ruhten locker auf den Armlehnen, ebenso entspannt wie sein magerer, durchtrainierter Körper. Gelassen beobachtete er Sarah mit seinen hellblauen Augen, die nicht mehr von den Höhen Nordwestargentiniens entzündet waren. Er schien darauf zu warten, daß etwas von ihr kam. Aber was? Er verursachte ihr Unbehagen, zwang sie, ihre Rolle zu überdenken, die darin bestand, daß sie auf ihrem Stuhl saß, stets bereit, jedem, der es nötig hatte, Lob und Bestätigung zukommen zu lassen. War sie unaufrichtig? Sie selbst schätzte sich nicht so ein. Sie fand die Schauspieler ausgezeichnet und Henry bewundernswert. Ihre eigene Arbeit war auch nicht schlecht. Aber manchmal erinnerte Andrew sie mit seiner Art, zu Gericht zu sitzen, an Stephen. Es war ein männliches Gericht: Beide Männer würden nie ihren Charme verströmen oder um Sympathie betteln. Dabei wurde Sarah bewußt, daß alle beide, zufällig, vor zehn Jahren beim selben Festival in Frankreich gewesen und Julies Musik »verfallen« waren.

Aber noch fehlte die Musik, und das machte sich von Stunde zu Stunde deutlicher bemerkbar. Sarah beobachtete, wie Andrew mitten in einer Szene mit Molly plötzlich abbrach, Henry bat, die Szene wiederholen zu dürfen, sie noch einmal spielte und schließlich achselzuckend und mit einem Kopfschütteln ein zweites Mal abbrach. Henry und Andrew gingen beiseite, um sich zu beratschlagen. Während sie miteinander sprachen, war die Szene erstarrt, wie ein angehaltener Film, wodurch die Lebhaftigkeit der beiden Männer nur noch unterstrichen wurde. Henry kam zu Sarah herüber und erklärte ihr, Andrew fehle noch das »Gefühl« für das Stück, er könne seinen Rhythmus nicht finden. Und er war nicht der einzige, der sich beklagte.

»Aber den findet wahrscheinlich keiner, bevor wir nicht die Musik dabeihaben«, wandte Sarah ein.

»Ich weiß, aber denk dir nichts, Sarah. Mach es einfach vor. Komm her und mach es vor.«

Sarah gehorchte. Schließlich hatte sie jahrelang Stücke und »Unterhaltungen« einstudiert. Als sie sich erhob und nach vorn ging, ertappte sie sich bei dem befriedigenden Gedanken, daß sie sich an diesem Morgen Mühe mit ihrer Kleidung gegeben hatte. Sie trug ein schlichtes dunkelblaues Kleid, aber aus seidig glänzendem Stoff, und hatte aus irgendeinem Grund große silberne Ohrringe und elegante Schuhe angezogen.

In der Szene, um die es ging, wurden die Worte und Sätze der beiden Liebenden von den Sängern aufgegriffen und wiederholt, fast wie ein mehrstimmiges Lied, gesprochener und im Kontrapunkt gesungener Text:

»Als mein Geliebter mußt du mich verlassen,
Alle Welt zollt deiner Entscheidung Lob.

Du aber bist mein Freund und solltest es bleiben,
Ein Freund verrät nicht seinen Freund.

Nur der Geliebte darf einem Schmerz zufügen,
Ein Freund verrät nicht seinen Freund.«

Der Text stammte aus Julies Tagebüchern. *Dieser Mann liebt mich, und deshalb darf er mir einen Dolch ins Herz stoßen, und würde er mich wirklich erdolchen oder erschießen, könnte ihn das französische Gesetz ohne weiteres freisprechen; es wäre ein* crime passionnel. *Aber er ist mein Freund. Mein einziger Freund. Einen anderen Freund habe ich nicht. Freunde, die einander verraten, haben kein Lob verdient.*

Das Lied sollte von drei jungen Frauen gesungen werden, während der Kontratenor die Worte »Geliebter« und »Freund« in langen Tönen hielt, dem Jammern einer Schalmei ähnlich, und damit den konventionellen Tadel der jungen, hellen, lebhaften Stimmen unterstrich.

Julie sagt zu Rémy: »Du liebst mich, du bist mein Geliebter, aber keine Menschenseele wird dich verdammen, wenn du deinem Vater gehorchst und mich verläßt. Nur wenn ich dein Freund wäre und du mich verrietest, würden alle dich verdammen.«

Und Rémy entgegnet: »Aber ich *bin* dein Freund. Du wirst sehen, daß ich dein Freund bin. Ich werde es dir beweisen. Du glaubst, daß ich dich im Stich lasse, aber das wird niemals geschehen.«

Darauf Julie: »Nein, du bist mein Geliebter, und das schließt den Freund aus.«

Sarah hatte keine opulente Stimme, aber sie klang lieblich und klar. Als sie vor langer Zeit in Montpellier studiert hatte, war die Rede davon gewesen, sie ausbilden zu lassen, doch statt dessen hatte Sarah dann ein Jahr lang Musik studiert. Sie war zuversichtlich, daß sie sich nicht blamieren würde. Als sie anfing: »Als mein

Geliebter mußt du mich verlassen …«, hatte sie das Gefühl, aus dem Schatten ins Rampenlicht zu treten, aus ihrer passiven Rolle, in der sie nur dasaß und beobachtete, in die des Darstellers. Es war zwar nicht neu für sie, Regieanweisungen zu geben, Schauspielern zu zeigen, wie einzelne Rollen gespielt oder Lieder gesungen werden sollten, aber hier, vor diesem Ensemble, war es das erste Mal. Sie war sich der Stille im Raum bewußt und der Tatsache, daß alle sie beobachteten und über diese Offenbarung staunten. Sarah, hervorragend und überzeugend. Sie spürte, wie eine freudige Kraft sie erfüllte. O ja, es gefiel ihr, gefiel ihr zu gut, ausgerechnet von den hier versammelten Leuten bewundert zu werden.

Als sie fertig war, gab es kurzen Applaus, und Bill rief »Bravo« und erhob sich beim Klatschen, damit sie ihn auch ja bemerkte. Sie machte einen spöttischen Knicks in seine Richtung und verbeugte sich kurz vor der Allgemeinheit. Dann rief sie mit einem leichten Händeklatschen alle zur Ordnung.

Henry kam nach vorn, weil ihm klar geworden war, daß er gebraucht wurde.

Als Sarah die Verse noch einmal sang, steuerte Henry den »Freund« und »Geliebten« des Kontratenors bei. Er konnte sich nicht verkneifen, etwas zu übertreiben, so daß seine Stimme einem tiefen Schrei ähnelte, einem unbekannten Instrument von einem exotischen Gestade, was sich so komisch anhörte, daß alle lachen mußten. Die vier auf der Bühne, Sarah, Henry, Andrew und Molly, fielen einander lachend in die Arme. Als Henry in die Hände klatschte, wurden sie sofort wieder nüchtern.

Diesmal »funktionierte es«. Das kontrapunktische »Freund« und »Geliebter« war keineswegs komisch, sondern verlieh den Versen zusätzliche Tiefe und Düsterkeit.

Und nun begann Molly mit ihrem Text: »Du liebst mich, du bist mein Geliebter, aber keine Menschenseele …«, und Henry fiel mit »Geliebter« ein. Sarah folgte mit einem gesungenen »Als mein Geliebter mußt du mich verlassen«, und als Molly zu »Doch wenn ich dein Freund wäre …« kam, sang oder vielmehr stöhnte Henry »Freund«, und Sarah sang das letzte Verspaar, »Nur der Geliebte darf einem Schmerz zufügen …«, zu Mollys »… und du mich verrietest, würden dich alle verdammen« und wiederholte es, während Andrew einsetzte mit »Aber ich bin dein Freund ...«, und so weiter.

Das Timing stimmte. Alles paßte zusammen. Endlich war Andrew überzeugt, und doch bewies er auf einmal eine Sturheit, die die anderen noch nicht an ihm erlebt hatten, eine geradezu tödliche Beharrlichkeit. Es genügte ihm nicht, überzeugt zu sein, daß es funktionierte, nein, er mußte sich auch vergewissern, daß es sich wiederholen ließ. Und noch einmal wiederholen. Die vier gingen die Szene mehrere Male durch, bis Andrew sagte: »Gut. Und vielen Dank. Tut mir leid, aber das habe ich gebraucht.«

Und Henry sagte: »Gut. Machen wir Mittagspause.«

Am Freitag der Rémy-Woche setzte sich Stephen auf seinen Stuhl neben Sarah, um sich einen Durchlauf des zweiten Aktes anzusehen. Molly hatte einen langen Rock angezogen, um sich die Sache zu erleichtern, und schien wie durch ein Wunder schlanker geworden zu sein, geschmeidig, wild, verletzlich. Es brach einem das Herz, diese tapfere junge Frau zu beobachten, die gegen ein solches Schicksal anzukämpfen hatte. Und auch der junge Adelige, ein Sohn des Schloßherrn Rostand, rührte einen mit seiner Liebe zu dem Mädchen, das er nie würde heiraten dürfen.

Unterdessen gab es noch immer keine Musik, und Molly sprach die Worte ihres Liedes, das später der Kontratenor singen würde.

»So mein Lied ein traurig Lied ist,
Geliebter, den ich in den Armen halte,
Voll wilder Freude wie ein kreisender Bussard,
Denk daran, sobald der Sommer kommt,
Werden sie dich weit von mir fortschicken.
Dann wirst du an jene Tage dich erinnern
Und an mein traurig Lied heut nacht.
Bist du erst fort, bin ich für immer aus mir verbannt.«

Stephen sagte zu Sarah: «Daran kann ich mich gar nicht erinnern. Das stammt wohl von dir?»

»Ich dachte, das entspräche im Stil einem Troubadourlied.« Sie legte ihm vor, was Julie tatsächlich geschrieben hatte – in ihrer Übersetzung: *Alles schön und gut! Liebe, Liebe, Liebe, sagen wir und weinen vor Freude die ganze Nacht. Nächsten Sommer werden wir ein anderes Lied singen. Ich habe gesehen, wie mich dein Vater heute angesehen hat. Die Zeit ist um, sagte dieser Blick.*

»Nichts dagegen einzuwenden«, meinte er. Er saß da, den Kopf nach vorn geneigt, ohne die Spieler anzusehen. Er kam ihr vor wie ein unglücklicher alter Mann, von Lachen keine Spur, nicht einmal ein Lächeln, dabei war sie schon der Meinung, daß ihre Umwandlung einer Textsorte in eine andere wenigstens ein mildes Lächeln verdient hätte. Schließlich war ihr gemeinsamer Sinn für Humor früher einmal (früher! erst vor wenigen Wochen) das Beste an ihrer Freundschaft gewesen. Sie würde sich wohl oder übel damit abfinden müssen, daß eine Phase ihrer Freundschaft vorbei war. Das war nicht der Mann, mit dem sie Wochen unkomplizierter Kameradschaft erlebt hatte. Und noch während sie das dachte, drohte ihr die eiserne Faust, die sie mit Joyce assoziierte, das Herz zusammenzupressen, so daß sie sich im stillen zurechtwies: Nein, hör auf, hör sofort damit auf! Abrupt erhob sie sich von ihrem Stuhl neben Stephen, kehrte den Spielern den Rücken und tat so, als würde sie ein paar Requisiten unter die Lupe nehmen, herrliche Blumen und Früchte – tatsächlich aus Martinique –, die die »Atmosphäre« des Schauplatzes vermitteln sollten. Sie murmelte: »›Nein, ich nicht, aasfressender Trost, Verzweiflung, an dir lab ich mich nicht …‹«, und wurde wütend auf sich selbst. Verdammter, melodramatischer Mist! schalt sie schweigend jenen Teil ihres Gedächtnisses, der ihr so prompt dieses Zitat geliefert und auf die Lippen gelegt hatte, während ihr Verstand sich noch dagegen wehrte. Da sie spürte, daß jemand hinter ihr stand, bemühte sie sich um eine gelassene Miene und drehte sich lächelnd um – es war Henry –, aber ihr Versuch mißlang; er schreckte bei ihrem Anblick zurück. »Was ist los, Sarah, gefällt es dir nicht?« Fast geriet er ins Stottern, und sie mußte sich in Erinnerung rufen, daß auch sehr selbstbewußte Regisseure Bestätigung brauchten und dieser hier alles andere als selbstbewußt war. Über die Schulter nahm sie wahr, daß Sonia (ihre Nachfolgerin im Green Bird – sie konnte sich nicht erinnern, das je zuvor so deutlich erkannt zu haben) auf Bill zuging und ihm einen Brief oder ein Telegramm aushändigte. Er machte einen Scherz, und beide lachten, der attraktive Rotschopf und der gutaussehende Junge – nein, nein, kein Junge, sondern ein Mann … Sie sagte zu Henry: »Doch, es gefällt mir, es gefällt mir sogar sehr«, und merkte, wie die durch Unsicherheit verursachte Anspannung aus seinem Körper wich. Sie sah Sonia und Bill in harmonischem Gleichschritt durch den Raum schlendern, und ihr verräterisches Gedächtnis deklamierte: »›… so warte doch, Schönheit, Schönheit, Schönheit, und geh noch nicht weg … O nein, da ist keiner, da ist keiner, O nein, da ist keiner …‹« Sie schob ihre Hand unter Henrys Ellbogen, beförderte ihn, da sie alle mütterlichen Gefühle vermeiden wollte, lachend aus seiner Bittstellerpose, und gemeinsam betrachteten sie Rémy und Julie, versunken in eine Umarmung, die alle kummervollen Facetten des Abschiednehmens widerspiegelte.

»Als du so plötzlich aufgestanden bist, dachte ich … Aber Stephen gefällt es nicht, oder?«

»Doch, bestimmt. Es gefällt ihm sehr gut.«

»Wirklich?«

»Ja, wirklich.« Und sie verwarf alle möglichen Antworten, aus denen hervorgegangen wäre, daß das Stück Stephen zu tief berührte.

Als es Zeit zum Lunch war, ging sie mit Stephen in ein Restaurant, in dem die Truppe normalerweise nicht aß, weil er den anderen ganz offensichtlich aus dem Weg gehen wollte. Dort meinte er dann, er habe keinen Hunger. Völlig niedergeschlagen saß er da, während sie in ihrem Essen herumstocherte. Sein Atem ging unregelmäßig: Er seufzte, und dann schien es, als vergäße er weiterzuatmen. Er rutschte auf seinem Stuhl hin und her, beugte sich vor, lehnte sich wieder zurück, legte unbewußt sogar die Hand an die Stirn, eine Geste, die reines Theater war: Ich leide. Als ihm Sarahs Anwesenheit endlich wieder bewußt wurde, sah er sie mit forschendem Blick an, offenbar in der Hoffnung, irgend etwas in ihrem Gesicht zu entdecken, was ihm aber nicht gelang. Und zugleich beschämt, als wollte er sie beobachten, ohne selbst beobachtet zu werden.

Als sie sich später trennten, sagte er zu ihr: »Also gut, ich mag zwar verrückt sein, aber ich bin nicht der einzige. Zufällig habe ich mitbekommen, wie Bill, dieser junge Trottel, Andrew Stead erzählt hat, er sei in eine Frau verliebt, die alt genug ist, um seine Großmutter zu sein. Das bist du, offensichtlich.« Und er lachte verärgert, zum ersten Mal an diesem Tag. Das war keine Anklage gegen sie, sondern gegen den Irrsinn der Welt. Er machte sich auf den Weg zum Zug, und auch sie fuhr nach Hause. Sie glaubte, vor Liebe zu vergehen. Ja, freilich hatte sie gewußt, daß Bill in sie verliebt war. »Verliebt« – ein Wort, das man so oder so auffassen konnte, das alles bedeuten konnte. Es gibt so viele Schattierungen des Verliebtseins wie Farbnuancen auf den Musterkärtchen im Farbengeschäft. Also gut, es hatte ihn erwischt. Warum auch nicht? Ihr ganzes Leben lang waren Männer für sie entbrannt – jedenfalls hatte sie das so in Erinnerung. (Diese Einschränkung fügte sie hastig hinzu, als müßte sie sich verteidigen.) Das Interessante jedoch war, daß sie innerlich zu glühen begann, weil jemand es ausgesprochen hatte. Bill hatte es gesagt, weil er wußte, daß man es ihr zutragen würde. Schlagartig wurde ihr Körper von schrecklichem Verlangen erfüllt. Unbezähmbarem Verlangen. Das ganze Wochenende verging damit, daß sie sich hinsetzte und wieder aufsprang, sich aufs Bett warf und wieder hochschnellte, weil sie nicht, auf gar keinen Fall, nachgeben wollte. Stundenlang ging sie in ihrem Zimmer auf und ab, so benommen und in Träume entrückt, daß sie zu keinem Zeitpunkt hätte sagen können, was sie gerade geträumt hatte, doch so weit ihre Träume sie auch forttrugen, immer und immer wieder versperrte ihr ein Wort den Weg: unmöglich. Genau das war es. Sie mußte an Aschenbachs Leidenschaft für den Jungen in Venedig denken, die Leidenschaft eines älteren Mannes. Müssen wir alle dieses Schicksal erleiden, uns im Alter in ein schönes, junges Wesen zu verlieben? Und wenn ja, warum? Was hatte das zu bedeuten? Man verliebt sich in sein eigenes junges Ich – ja, so war es wahrscheinlich: Narzisse, wir alle, Spiegelmenschen –, denn mit rein biologischen Funktionen oder Bedürfnissen hatte das sicher nichts zu tun. Und falls doch, mit welchem Bedürfnis? Welche Erneuerung, welche Gedächtnisübung verlangt die Natur uns ab? ... Und so ereiferte sie sich und rebellierte und ertappte sich dabei, daß sie wie in Trance oder Hypnose Worte aussprach, für die sie keine Verantwortung übernehmen konnte, da sie nicht wußte, was sie bedeuteten. Dann versuchte sie sich klarzumachen, daß sie unmöglich in einen gutaussehenden Jüngling verliebt sein konnte, mit dem sie, außer der spontanen Sympathie, die sie seiner Verehrung für seine Mutter entgegenbrachte, nichts verband. Wenn er erst siebzig war, vom Leben kräftig durchgewalkt, mag sein, daß sie dann mit bestimmten Wörtern dasselbe meinten – ja, dann wahrscheinlich schon, aber bis dahin war sie längst unter der Erde. Er war unschuldig wie ein Kätzchen. Was dachte sie sich bloß dabei, wenn sie das sagte? Er war entsetzlich berechnend. Ja, aber doch unschuldig, denn nur ein Mann, der so unsicher war wie ein Halbwüchsiger oder jemand ohne Erfahrung, mußte zu den Tricks und Verführungskünsten greifen, deren Bill sich bediente. (War seine einschmeichelnde, verführerische, berechnende Liebkosung etwa unschuldig gewesen?)

Erinnerungen, die sie jahrelang nicht zugelassen hatte, stürmten in verlockenden, anklagenden Posen auf sie ein und zwangen sie, sich mit ihnen zu befassen. Ob sie wollte oder nicht, sie mußte an alte Liebschaften denken. Und an ihren Mann. Aber die Erinnerungen an ihn waren wie Fotografien, eingerahmt, einzelne Szenen aus einem Roman – einem kurzen Roman, da er in so jungen Jahren gestorben war; er war erst vierzig gewesen. (Es ist noch gar nicht so lange her, da war es in Europa etwas Besonderes, eine Leistung geradezu, vierzig Jahre alt zu werden.) Es war kein trauriger Roman, und es waren auch keine traurigen Fotografien. Nein, denn an das kummervolle Ende konnte sie sich kaum erinnern, und auch an die junge Witwe nicht, die mit zwei kleinen Kindern zurückblieb, und so, wie sie es jetzt empfand, hätten die Tränen damals – sie hatte doch bestimmt viel geweint? – ebensogut von jemand anderem vergossen worden sein können. Hatte sie ihn, ihre große Liebe, je mit einem solch brennenden Verlangen geliebt? Nein, nein, es war eine allmähliche Liebe gewesen, die irgendwann in eine zufriedenstellende Ehe mündete. Und als junges Mädchen, vor ihrem Mann? Noch mehr Fotos aus einem Album? Nein, diese Liebe heute zwang sie, alte Lieben aufs neue zu spüren, sie rief Erinnerungen wach, führte ihr vor Augen, daß sie sich angewöhnt hatte, vergangene Lieben beiseite zu schieben: als pubertäre Vernarrtheiten, weiter nichts. Aber in Wirklichkeit war diese oder jene Liebe so intensiv und schrecklich gewesen und genauso unmöglich wie die hier. Und davor? Was für ein Unsinn, daß Kinder nicht liebten und nicht litten. Für Kinder war es genauso schlimm wie für die Erwachsenen … Aber nein, darüber wollte sie heute nicht nachdenken, auf gar keinen Fall. Sie würde sich dazu zwingen, von dieser Krankheit zu genesen. Denn genau das war es.

Sie schickte Stephen ein Fax:

»Liebe ist bloß ein Wahn und verdient, das kann ich dir sagen, die dunkle Zelle und die Peitsche wie ein Verrückter. Der Grund, warum Liebende nicht so bestraft und behandelt werden, ist der, daß ihr Wahn so alltäglich ist: daß auch die Auspeitscher verliebt sind.«

Er faxte zurück:

»›Wer so liebt, glaubt an das Unmögliche.‹ Faxe sind schön und gut, aber ich würde lieber deine Stimme hören.«

Am frühen Sonntag abend wurde eine Karte unter ihrer Tür durchgeschoben. Eine ganz bezaubernde, treuherzige Karte, eine Phalanx rosafarbener Rehe, Bambis genaugenommen, Nase an Nase, einander küssend. Die Karte zeugte von denkbar schlechtem Geschmack – es sei denn, ein kleines Kind hätte sie ausgesucht. Die Person, die ihr diese Karte geschickt hatte (vielleicht jemand anderen gebeten hatte, sie einzuwerfen?), war ein Kind. (Was hatte sie mit dem grausamen jungen Mann gemein, der Mollys Rücken und Gesäß so einschmeichelnd und raffiniert liebkost hatte?) Die Karte machte eine Aussage: Ich bin ein kleiner Junge. Das war eine kalte Dusche, aber nur für Sarahs Verstand. Ihre Gefühle blieben unangetastet. Ihr Körper glühte noch heftiger, sofern das möglich war. (»Ich muß dir sagen, wieviel es mir bedeutet, dich zu kennen. In Liebe, Bill.«) »Glühen«, das ist das Wort, das wir als Abkürzung für diese beschämenden, qualvollen körperlichen Symptome verwenden. Eigentlich ein recht poetisches Wort.

Da Sarah für alle Verwaltungsangelegenheiten zuständig war, hatte sie Bills Telefonnummer. Sein Hotel lag nicht weit entfernt. Sie wartete eine halbe Stunde und rief an. Genauso, wie sie es gemacht hätte, als sie noch »sexuell lebensfähig« war – sie mußte lachen, als ihr dieser Ausdruck aus einem soziologischen Artikel wieder einfiel, eine trockene, ungefährliche Formulierung, die alles an seinen Platz rückte. (Wie »glühen«.) Sie bedankte sich für seine Karte und schlug ihm vor, zu ihr zu kommen. Es erschien ihr undenkbar, daß er nicht auf der Stelle zu ihr und in ihr Bett kommen würde. Das sind die Nebenwirkungen der körperlichen Schwellungen, feuchten Absonderungen und Schmerzen, die verkürzt in dem Wort »glühen« stecken. Sie konnte hören, wie er seine Stimme im Zaum hielt. Immerhin war sie noch weit genug bei sich, um beurteilen zu können, daß diese Stimme (wenn man sie so für sich hörte, ohne in den Genuß seiner Anwesenheit zu kommen) aufgrund ihrer eitlen Selbstgefälligkeit ein kleines bißchen vulgär klang. Sie war wütend, weil sie ihn nicht überzeugt hatte. Sie hatte sich nicht ein einziges Mal von sich aus neben ihn gesetzt, ihn angesprochen oder selbst etwas unternommen. Und was meinte er, wenn er schrieb: *In Liebe*? (Ihr Verstand sagte ihr, daß sie das vor Urzeiten auch getan hatte, weil sie alles, was sie empfand, in einer Formulierung oder einem Wort wiederfand. So etwas machte man, wenn man verliebt war.) Er wollte in etwa einer Stunde kommen. Ihr Körper geriet in Aufruhr, und ihr Verstand, bedroht wie eine Flamme im starken Luftzug, lieferte spöttische Kommentare.

Eine Begebenheit aus ihrer Kindheit fiel ihr ein, eine Geschichte, an die sie sich früher gern mit einem Lächeln erinnert hatte. Sie war damals sechs Jahre alt gewesen. Ein kleiner Junge – klein in ihren Augen, weil er ein Jahr jünger war als sie – stand mit ihr unter einem riesigen Baum, auf dem es ein Baumhaus gab, und erklärte ihr, er liebe Mary Templeton. Unmittelbar zuvor hatte er sie umarmt, ihr die fetten Ärmchen um den Hals geschlungen, einen dicken feuchten Kuß auf die Wange gedrückt und spontan gesagt: »Ich liebe dich.« Wegen des Kusses und der Arme und des »Ich liebe dich« versuchte sie ihm klarzumachen – empört, selbstgerecht, zerfließend vor Liebe zu ihm –, daß er unmöglich Mary lieben könne, weil die zu alt sei, sondern sie, Sarah, lieben müsse. Und als er eigensinnig dabei blieb, daß er wirklich Mary liebe, hielt Sarah das für unglaublich unfair. Er hatte sie geküßt, hatte gesagt, daß er sie liebe, und sie spürte noch immer die warmen kleinen Arme um sich. Mary Templeton war das bezauberndste kleine Mädchen weit und breit, weil sie jede Woche in den Ballettunterricht ging und neun Jahre alt war. (Als weibliches Wesen hätte Sarah natürlich wissen müssen, daß der kleine Junge Mary einfach lieben *mußte*, weil sie unerreichbar war.) Sarah schlug ihm vor, von nun an gemeinsam in dem Baumhaus über ihren Köpfen zu leben, in diesem Paradies aus Laub und Geäst. Sie hatte sich schon genau ausgemalt, wie sie aus der Speisekammer Käse und Fleisch in Dosen herbeischaffen würde und das alte Federbett aus dem Schrank unter der Treppe. Der kleine Junge zögerte, denn er mochte das Baumhaus, wiederholte aber, daß er Mary liebe.

Diese alte Geschichte stand Sarah plötzlich wieder ganz lebendig vor Augen. Sie hatte den pummeligen kleinen Jungen mit seinen weichen, dunklen Haaren und den großen blauen Augen angehimmelt. Sein feuchter Kuß auf ihrer Wange und sein »Ich liebe dich« hatten sie dahinschmelzen lassen. Unvorstellbar, daß er sie nicht anbetete. Und doch hatte er beschlossen, statt ihrer von Mary Templeton zu träumen. Vor langer Zeit, unter jenem Baum in einem Garten, der längst einplaniert war, um einer Wohnsiedlung Platz zu machen, war sie von der Trostlosigkeit tiefer Trauer verschluckt worden. Von der Liebe eines kleinen Kindes. Also hatte sie diese Liebe ad acta gelegt, eine kindliche Liebe, die nicht ernst zu nehmen war.

Als Bill kam, hatte er Molly, Mary und Sandy Grears, den Beleuchter, im Schlepptau. Während Sarah glühende Messer in den Rücken fuhren, dachte sie: Natürlich, Bill und Molly wohnen im selben Hotel. Und Sandy? Er war ein kräftiger junger Mann, kompetent, strotzend vor Gesundheit, den man wegen der besonderen Anforderungen, die *Julie Vairon* stellte, zusätzlich engagiert hatte. Sarah hatte nicht die Zeit gehabt, ihm besondere Beachtung zu schenken. Offenbar hatte er die Schauspieler zum Lunch in seine Wohnung eingeladen, und alle hatten angenommen; einige hatten sich anschließend in Bills Zimmer zusammengesetzt, und dann war Sarah so nett gewesen, Bill anzurufen und ihn herüberzubitten. Sarah schaute Bill gelassen (wie sie hoffte) an, während er lächelnd damit herausrückte, allerdings ohne sie anzusehen. Alle vier jungen Leute lächelten, als sie Sarahs Wohnung betraten. In dieser Konstellation war Mary eine von ihnen. Sie bildeten eine Gruppe, aus der Sarah so völlig ausgeschlossen war, als handelte es sich um Personen aus einem ihrer Träume, die verschwinden würden, sobald sie aufwachte. Doch einen Augenblick lang, der den anderen kurz vorkam, sich ihr aber, die genau beobachtete, fest einprägte, sah sie die vier wie auf einem gerahmten Schnappschuß:

Bill, in ihrem Wohnzimmer stehend, lachend, die Hand in die Hüfte gestemmt, und die Körper der zwei jungen Frauen, ihm zugewandt und widerstandslos vor Verlangen. Ihre Gesichter waren abwartend und voller Hoffnung. (Mary auch? Interessant.) Sandy durchbrach die Erstarrung, indem er sich in einen Sessel fallen ließ und beim Anblick des an die Wand gepinnten Bildes von Julie sagte: »Ein Zuhause fern von zu Hause.«

Rasch breitete sich die unter Theaterleuten übliche kameradschaftliche Atmosphäre aus. Aber nur scheinbar, denn Sarah stand am anderen Ufer, ausgeschlossen, als Beobachterin. Sie sah, wie Bill Lächeln und Blicke austeilte und wie die Frauen litten. Die beiden konnten die Augen ebensowenig von ihm abwenden wie Sarah. Er war wie ein junges, prächtiges Tier, ein Hirsch vielleicht? Sie mußte an die Szene in der Bibel denken, in der sich sämtliche Frauen, von Josef bezaubert, mit ihren Obstmessern in die Finger schnitten, ohne zu wissen, was sie taten, eine Szene, die Thomas Mann neu interpretiert hatte – und die das Leben, in tausenderlei Kontext, immer wieder inszenierte. Die Szene spielte sich auf dieselbe verlangsamte, an Bewegungen unter Wasser erinnernde Art ab wie eine erotische Phantasie oder ein erotischer Traum.

Es wurde geplaudert und geschäkert. Botschaften wurden in jener anderen Sprache ausgesandt, die die vorgeschobene Unterhaltung so häufig begleitet. Bill erzählte ausführlich und amüsant von einer recht langen Pause, die sich in New York zwischen einem Engagement und dem nächsten ergeben hatte. »Ich war wochenlang ohne Arbeit. Das Telefon klingelte nicht ein einziges Mal. Dann plötzlich hörte es nicht mehr auf. Ich bekam in einer Woche vier Rollen angeboten und wußte gar nicht mehr, wo mir der Kopf stand.« Während er erzählte, schaute er nicht die Frauen an, sondern Sandy. Er schaltete auf Cockney um: »Also wirklich, wer hätt' jetzt das gedacht, ausgerechnet ich, Bill Collins.« Und dann auf BBC-Englisch: »Im Brennpunkt des Interesses.« Mary murmelte: »O je, ich frage mich bloß, wieso.« Sofort warf er ihr einen aufrichtig verletzten Blick zu, wurde rot, lachte vergnügt und fing sich gleich wieder: »Vier auf einen Schlag! Das ist zuviel!« Und wer war die Vierte? Sonia? Lachend warf er den Kopf in den Nakken, so daß man seinen kräftigen, vielleicht etwas zu muskulösen Hals sah, und verteidigte sich in dieser Haltung – ein arrogantes Pflänzchen Rühr-mich-nicht-an –, während er alle genau unter die Lupe nahm. »Natürlich habe ich mich für diese Rolle hier entschieden. Für Julie. Ich konnte ihr einfach nicht widerstehen. Außerdem war ich noch nie in Frankreich, nicht mal zum Arbeiten.« Und dann in breitem Amerikanisch, boshaft und gar nicht mehr wie der liebe kleine Junge: »Nach dieser Armut welche Fülle.« Molly vernahm die eigentliche Botschaft und lächelte. Ein sparsames, verkniffenes Lächeln. Mary nickte sogar, während sie lächelte. Sarah ertappte sich bei dem gleichen Lächeln. Dann lächelte Bill Sandy an, und die Erkenntnis traf Sarah – und vermutlich auch die zwei anderen Frauen – wie ein Keulenhieb. Aber natürlich. Dieser übertrieben schöne junge Mann ... das Theater ... New York. Freilich hatte er eine Freundin, das hatte er ja gesagt. Aber alle jungen Männer haben Freundinnen, manchmal sogar Ehefrauen, wenn sie sich entsprechend bedroht fühlen. Die Gedanken jagten durch Sarahs Hirn, während sie sich innerlich anschrie: Hör um Himmels willen auf damit!

Das Telefon klingelte. Es war Stephen. Er hatte geweint. Wahrscheinlich weinte er noch, denn seine Stimme klang unsicher. »Ich möchte, daß du mit mir redest. Sag ja nichts Vernünftiges, rede einfach nur. Ich werde allmählich verrückt, Sarah.«

In diesem Fall hätte man nicht einfach sagen können: Ich rufe dich zurück. Sarah erklärte den jungen Leuten (gehörte die deutlich ältere Mary immer noch zu ihnen?), daß es sich um einen Anruf aus New York wegen *Abélard und Héloïse* handelte. Sie wußte, daß Mary wußte, daß das nicht stimmte. Mary stand sofort auf, und die anderen folgten ihrem Beispiel – Bill, wie sie mit unmäßigem Vergnügen registrierte, sichtlich widerwillig. »Wir lassen dich in Ruhe«, sagte Mary. »Ich hoffe, es sind keine schlechten Nachrichten. Doch nicht unser amerikanischer Geldgeber?«

»Nein, nicht unser amerikanischer Geldgeber.«

Mary ging als erste die Treppe hinunter, eine kräftige junge Frau. Sandy erkundigte sich nach dem Badezimmer. Molly ging zur Tür, Bill unmittelbar hinter ihr. Als Sarah, die Sandy das Bad gezeigt hatte, zurückkam, sah sie, daß Bill Mollys wogender Sehnsucht nicht länger hatte widerstehen können und ihr eine Umarmung gewährte. Molly, mit geschlossenen Augen, ging völlig darin auf. Über Mollys Kopf hinweg bemerkte Bill Sarah. Er schob Molly von sich weg, und sie ließ es willenlos geschehen. Bill kam auf Sarah zu, ließ seine Hand ihren Rücken hinabgleiten und küßte sie. Auf den Mund. Von brüderlich keine Spur. »Bis bald, Sarah«, hauchte er ihr ins Ohr und streifte mit seiner glühenden Wange die ihre. Man hörte Sandy aus dem Bad kommen, und bevor er auftauchte, hatte Bill rasch die Umarmung gelöst und ging hinaus. Sarah schaute den beiden jungen Männern nach, während sie die Treppe hinunterliefen.

Sie kehrte in ihr Schlafzimmer zurück, setzte sich mit dem Telefon auf die Bettkante und hörte Stephen zu. Er sprach in unvollständigen Sätzen. »Was hat das zu bedeuten, Sarah? Was ist los? Ich begreife es nicht. Wenn ich es nur begreifen könnte ...« Er war etwa eine halbe Stunde am anderen Ende der Leitung. Zwischendurch langes Schweigen. Sie konnte ihn schnaufen hören, lange, seufzende, beinahe schluchzende Atemzüge. Einmal dachte sie, er hätte aufgelegt, doch als sie »Stephen?« sagte, bat er sie: »Leg nicht auf, Sarah.«

Später sagte er: »Ich muß jetzt wohl Schluß machen und Elizabeth helfen. Ich habe es ihr versprochen. Sie braucht mich, weißt du? Manchmal denke ich, ich bin völlig belanglos, aber dann merke ich, daß sie sich auf mich verläßt. Das ist immerhin etwas.« Und dann: »Sarah?«

»Ja, ich bin da.«

»Und ich verlasse mich auf dich. Ich habe keine Ahnung, was du von alledem hältst. Mir ist zumute, als wäre aus großer Tiefe etwas aufgetaucht und hätte mich am Fuß gepackt.«

»Das kann ich verstehen, sehr gut.«

»Wirklich?« Es klang beunruhigt. Die zuverlässige, ausgeglichene Sarah – das war doch ihre Rolle.

Der zweite Akt endete für Julie mit der Fehlgeburt von Rémys Baby, unter dramaturgischem Aspekt weit unproblematischer als der Tod eines kleinen Kindes, denn der hätte, wie allen klar war, das ganze Stück beherrscht und dafür gesorgt, daß das Publikum in Tränen schwamm. Außerdem war ein Kind bei Proben immer lästig, und um eines mit nach Frankreich zu nehmen, hätte man Kindermädchen und Betreuerinnen gebraucht. Schon interessant, wie ausführlich darüber diskutiert wurde. Einige fanden die Entscheidung zynisch. Allen voran Henry. Er meinte: »Damit wird es viel einfacher zu glauben, daß ihr dieses Kind nicht besonders viel bedeutet hat, na ja, solche Dinge passieren eben, sie war schwanger und hatte dann eine Fehlgeburt, so ein Pech aber auch.« Henry hatte einen kleinen Sohn, trug stets Fotos von seiner Familie bei sich – sehr amerikanisch –, die er allen zeigte, und rief jeden Abend seine Frau an. Andrew Stead gefiel die Lösung auch nicht. Er wies darauf hin, daß Rémy in Wirklichkeit das Haus im Wald aufgesucht hatte, um mit dem Kind zu spielen, und daß er seine Familie angefleht hatte, doch zu begreifen, daß das Kind ein Grund zum Heiraten sei. Dann rief Bill den anderen ins Gedächtnis, daß Julie wirklich eine Fehlgeburt gehabt habe, bei seinem Kind. Das hätten wohl alle vergessen. Er war überzeugt, daß Paul über diese Fehlgeburt traurig gewesen war. Julie jedenfalls hatte das behauptet. Die Tagebücher wurden zu Rate gezogen. Alle lasen die entsprechenden Stellen nach. Sarah verlegte sich bei ihrer Argumentation auf das, was »funktionieren« würde. Entscheidend war die Wirkung auf die Bürger des Städtchens. Und die behaupteten, Julie hätte ihr Kind umgebracht. Aber im Stück behaupten sie, Julie habe die Fehlgeburt herbeigeführt, indem sie im eisigen Wasser des Flußbeckens geschwommen sei. Es kam darauf an, daß man ihr die Schuld dafür gab, daß sie das Kind verloren hatte. »Und zwei Fehlgeburten, zwei tote Kinder, das geht unmöglich.« In Anlehnung an Oscar Wilde sagte Sarah: »Ein Kind zu verlieren ist traurig, zwei zu verlieren schlichtweg unachtsam.« Sie registrierte, daß die Amerikaner nicht lachten, die Engländer dagegen schon. In diesem Fall gehörte Bill Collins zu den Engländern. Demselben Impuls folgend, stimmten Sandy und Bill einen makabren Kinderreim an, eine ausgelassene Einlage.

»Das Baby stört die Mittagsruhe,
der Mann tut's in die Tiefkühltruhe,
nicht ahnend, was ein jeder weiß:
Was man da reinstopft, wird zu Eis.
Die Mutter klagt: O ach und weh,
Der kleine Schatz ist jetzt Sorbet.«

sang Bill.

»Wie ein Wilder ist Billy herumgerannt,
ins Feuer gefallen und zu Asche verbrannt.
Und ich schaff' es nicht, den Kamin zu leeren,
lieber frier' ich, als Billy hinauszukehren.«

sang und tanzte Sandy, und Bill stimmte mit ein. Die Amerikaner wirkten leicht schockiert, Henry ausgesprochen vorwurfsvoll. An Andrews Gesicht ließ sich ablesen, daß er sich im Laufe der Zeit an mehr oder minder heftige Formen kultureller Gegensätze gewöhnt hatte. Sarah, Mary, Sonia, Roy und George White kugelten sich buchstäblich vor Lachen. Sie mußten kaspern und herumalbern, um damit fertig zu werden, daß man sich Julies Kindern aus dramaturgischen Gründen zu herzlos entledigt hatte.

Die Frage, wer worüber lachte, war alles andere als einfach. Die jüngeren Mitglieder der Truppe fanden es zum Brüllen, daß Roger Stent Sonia einen Brief geschrieben hatte, in dem es hieß: »Sie können wirklich stolz auf sich sein. Ich habe mich mit ihren originellen Messerchen in die Finger geschnitten und mußte mit zwei Stichen genäht werden.« Sonia schickte ihm zwei rote Rosen mit einer kleinen Karte, auf der nur »Heile, heile Gänschen« stand. Sarah stellte fest, daß sie doch etwas schockiert war. Mary ebenfalls, wie sie zugab. »Ich frage mich allmählich«, meinte Mary, »ob ich wirklich noch auf der Höhe der Zeit bin.«

Zu Beginn des dritten Akts lebt Julie allein in ihrem Häuschen und begegnet keiner Menschenseele, außer wenn sie in die Druckerei geht, um ihre Bilder und Zeichnungen zum Verkauf hinzubringen oder die Noten abzuliefern, die sie kopiert hat. Das war der heikelste Teil des Stücks, weil mehrere Minuten lang nicht viel passierte; und hier erwies sich die Musik als besonders nützlich.

Julie hatte das Gefühl, eine Eingebung zu erhalten. Die Musik wurde ihr »geschenkt«. Aber sie kam aus einer ganz anderen Quelle als die Musik der »ersten Periode«.

Dieses Geschenk ... wessen Hand bringt es, wessen Mund singt es? Ich wache des Nachts auf und höre Stimmen in den Bäumen, aber das sind nicht Gottes Engel, dessen bin ich mir sicher. Gottes Engel würden nie zu mir kommen, weil sie Verzweiflung nicht verzeihen. Traditionellen Vorstellungen zufolge ist das, was ich empfinde, Sünde. Dieser Wald ist voll unsichtbarer Erscheinungen aus der Vergangenheit. Einst schritten die Troubadoure auf ihrem Weg von einem Schloß oder einer befestigten Stadt auf dem Hügel zur nächsten hier entlang. Sie sangen von Liebe und von Gott, denn auch wenn sie noch so betrübt waren, Gott vergaßen sie nie. Die Musik, die ich jetzt höre, kann gewiß nicht ihre Musik sein. Aber vielleicht ist sie es doch, denn wo Gott ist, ist auch der Teufel. Die Gedanken, die ich jetzt niederschreibe, sind nicht meine, nicht die von Julie Vairon, denn ich bin ein Neuling hier im Wald; wir sind heutzutage alle ganz neue Menschen, mit einem Weltbild, das ohne Gott und den Teufel auskommt. Würde ich nach Martinique zurückkehren, würde ich im Wald dort wiederfinden, was ich als Mädchen gespürt habe – den Teufel Vaval. Aber der Teufel hier ist anders, er ist primitiv und steckt voller Tücke. Als Kind hatte ich nie Angst vor diesen unsichtbaren Erscheinungen, weil meine Mutter sie zu beschwichtigen wußte. Außerdem war ich in Gedanken bereits in Europa, ich gehörte nicht zu ihnen. Ich wußte, daß ich eines Tages hierherkommen würde. Ich glaube nicht, daß irgend jemand die Musik, die ich bislang komponiert habe, als fremdartig empfinden könnte – irgendwann bricht eines jeden

Menschen Herz aus Liebe. Nein, diese neue Musik, die mir in den Sinn kommt, gleicht den Tropfen eines süßen Gifts, das ich dennoch trinken muß. Ich spüre es durch meine Adern rinnen wie ein kaltes Fieber. In solchen Zeiten kann ich den Kopf nicht vom Kissen heben, und meine Arme und Beine sind wie Blei. Vielleicht ist es mein kleines Mädchen, das mir diese Lieder ins Ohr singt? Es war ihr nicht vergönnt zu leben. Sie hat ihr ungelebtes Leben irgendwohin mitgenommen. Aber wohin? Wir glauben weder an die Hölle noch an das Fegefeuer oder den Himmel. Warum fällt es uns so leicht, all das abzulehnen, woran die Menschen noch vor kurzem geglaubt haben – woran sie viele tausend Jahre lang geglaubt haben? Diese vielen Bücher in meines Vaters Bibliothek … nein, ich will ihn nicht meinen Vater nennen, denn er hat mich nicht anerkannt und nicht vor aller Welt gesagt, daß ich seine Tochter bin. Er hat mir Geschenke gemacht und meine Lehrer bezahlt. Ich hatte eine Mutter, aber keinen Vater.

Meine Mutter hat zu mir gesagt: Ich stamme aus einer langen Reihe unverheirateter Mütter, und ich möchte nicht, daß du genauso wirst. (In ihren Augen war das ein Scherz. Damals habe ich mich geweigert zu lachen, doch heute tue ich es.) Aber ich bin genauso, und mein kleines Mädchen wäre auch so geworden, wenn es nicht gestorben wäre. Aber vielleicht hätten sich zu ihren Lebzeiten die Dinge auch geändert, und sie hätte sich nicht zwischen einem gesicherten Leben mit Ehemann und einem Leben als Ausgestoßene oder Exzentrikerin entscheiden müssen. (Stendhals Ratschlag an seine Schwester Pauline.) In Paris und in jeder anderen Großstadt hätte ich als exzentrisch gegolten, als eine Art Vagabundin, und einen Platz im Theater und unter Künstlern gefunden. Warum schreibe ich so etwas? Ich möchte nichts anderes. Ich bin glücklich mit meinem Häuschen zwischen Bäumen und Felsen, mit dem Wasserfall und dem Wind, der mir meine Musik vorsingt.

Dieser Abschnitt aus dem Tagebuch stammte aus der Zeit, als Julie ihr Gleichgewicht wiedererlangt hatte.

Monatelang – nein, länger, mindestens zwei Jahre lang, obwohl es schwer ist, den Zeitpunkt genau zu bestimmen, zu dem sich der

Ton ihrer Tagebücher änderte – war Julie dem Wahnsinn nahe. Sie war mehr oder minder verrückt. Das war nach dem Tod ihres Kindes und nachdem ihr geliebter Rémy als Soldat an die Elfenbeinküste geschickt worden war. Julie hatte allen Halt verloren: *Unser ganzes Gleichgewicht ist so empfindlich, eine Berührung kann es erschüttern und ins Trudeln bringen, und schon werden wir hinab in den Strudel gezogen.* Manchmal sind die Seiten so wild durcheinander beschrieben und vollgekritzelt, daß man nur einzelne Sätze entziffern kann. *Der Teufel ... der Teufel ... wer ist der Teufel, wenn ihm so süße Musik zu Gebote steht?* Sie krakelte viele Seiten mit Variationen dieses Satzes voll, verbalen Entsprechungen zu ihrer Musik.

Der Name Rémy füllt ebenfalls ganze Seiten. *Rémy, Rémy, Rémy,* schrieb sie, die Blätter tränenverschmiert. Die Seiten, die sie über Paul schrieb, blieben trocken, ihr Ton ist ironisch. Aber über ihn schrieb sie auch rückblickend: Auf diese Weise lassen wir den grausamen Schmerz der Vergangenheit zu ungefährlichen Geschichten gerinnen. Nicht alle Anmerkungen sind selbstironisch. *Wenn ich an Paul denke,* schrieb sie – bevor sie Rémy liebte und noch voller Schmerz war, weil sie Paul verloren hatte –, *spüre ich ein Lächeln auf meinem Gesicht. Ich halte es fest und trete vor den kleinen Spiegel. Ich sehe, daß sich meine Lippen zornig und geradezu boshaft kräuseln. Ich erkenne mich in diesem Lächeln nicht wieder. Ich erinnere mich, daß Maman mir eine Puppe geschenkt hat. Sie stammte aus dem »großen Haus«, das heißt, mein sogenannter Vater hatte sie aus Paris mitgebracht. Sie war wunderschön. Sie hatte lange, blonde Löckchen und blaue Augen. Sie trug ein Kleid, wie es nach der Revolution getragen wurde, als die reichen Leute nach Paris zurückkehrten und sich die Mode über die Guillotine lustig machte. Um den Hals trug sie ein leuchtendrotes Band. Es war eine teure Puppe. Ich habe sie kaputtgemacht und begraben. Maman fragte: Was tust du da? Und ich sagte: Ich habe Marie getötet. Maman bedachte mich mit einem ihrer Blikke. Manchmal spüre ich diesen Blick noch heute auf mir ruhen. Sie wurde nicht wütend. Sie wollte es verstehen. Sie sah mir zu, wie ich ein kleines Kreuz auf das Grab legte. Neben das Kreuz gab ich Bananen und etwas Wein als Geschenk für die Waldgeister und für Vaval. Damals wußte ich nicht, daß in bestimmten Teilen der Welt die alten Geister und sogar die Teufel ins Christentum eingegangen sind. Ich sagte zu Maman: »Ich habe Marie nicht getötet, Vaval hat sie getötet.« Maman sagte gar nichts. Sie lächelte nur. Dieses Lächeln habe ich auf dem Gesicht, wenn ich an Paul denke. Er war es, der mich getötet hat. Ich dachte, ich würde sterben, als sie ihn fortgeschickt haben. Ich sah ihn an in seiner Uniform, als er kam, um mir Lebewohl zu sagen. Er weinte, und ich weinte auch. Aber ich dachte: Wenn sie dich töten, dann ist Blut auf deinem schönen Uniformrock. Aber sie haben ihn nicht getötet. Er macht eine bemerkenswerte Karriere bei der Armee in Indochina. Das hat mir sein Vater erzählt, als er herkam, um festzustellen, wie ich zurechtkomme. Er ist ein feiner Mann, Pauls Vater. Er hat mir erzählt, daß auch er das Mädchen, das er geliebt hat, aufgeben mußte, weil seine Eltern in dazu zwangen. Ich habe ihn gefragt, ob er der Meinung sei, Eltern müßten unbedingt dafür sorgen, daß ihre Kinder genauso leiden wie sie selbst. Er sagte: »Es tut mir leid. Glaube mir, es tut mir leid.« Er hatte Tränen in den Augen. Solche Tränen sind wohlfeil.*

Während der Zeit, in der Julie ihr Gleichgewicht verloren hatte, klang die Musik, die sie komponierte, als würden einem Katzen das Herz zerkratzen – so drücken die Russen es aus. Und dann erholte sie sich und schrieb über Gott und den Teufel wie eine echte Tochter der Aufklärung. Und doch vermeinte sie in den Klängen des Flusses und des Waldes Stimmen zu hören. *Niemand würde einen Menschen als verrückt bezeichnen, der im Feuerschein gern Gesichter heraufbeschwört.*

Auf der Bühne bestand die Schwierigkeit, die »kratzende« Musik, die zwischen der »Troubadour«-Musik und der Musik der »zweiten Periode« lag, nur kurz anzudeuten. Aber war es legitim, diese Zeit der Raserei und Verzweiflung zu einigen wenigen Takten zu komprimieren, obwohl Julie doch selbst gesagt hatte, sie sei das Schlimmste gewesen, was sie je erlebt habe? Wir alle wissen, daß Kunst notgedrungen Schwindel ist und mit Taschenspielertricks arbeitet. Wenn man die Zeit als Maßstab nimmt, war es legitim, denn es vergingen noch Jahre bis zu Julies Freundschaft mit Philippe und seinem vernünftigen Vorschlag bezüglich ihrer Zukunft – Jahre, in denen sie jene Musik komponierte, die ausschließlich aus reinen, kühlen Klängen bestand, und ihre bezaubernden Bilder malte. Und noch eine Schwierigkeit gab es. Schließlich hatte der Druckermeister einen Sohn, Robert, dem sie nur einmal begegnete, der es jedoch schaffte, all das wieder aufleben zu lassen, wovon sie sich losgesagt hatte. Im Stück wurde er überhaupt nicht erwähnt. Julies Leben bot in jeder Hinsicht zuviel Stoff: zu viele zerfaserte Enden, zu viele falsche Anfänge, zu viele verworfene Möglichkeiten – kurz und gut, zuviel Leben, so daß man sorgfältig sondieren mußte. Die Tagebucheinträge, in denen sich Julie ihr Leben als verheiratete Frau mit Philippe vorstellte, an dem sie ersticken würde, kamen im Stück nicht vor. Dafür enthielt ein Lied ihre Absage an ihn: *Guter Mann, du bist nicht für mich, guter Mann, du weißt nicht, wer des Nachts zwischen den Felsen zu mir singt ...* Diese Worte fanden sich in ihrem Tagebuch.

Der dritte Akt war also der Akt des Druckermeisters. Letztlich hatte das Stück doch die folgende Form angenommen: erster Akt – Paul, zweiter Akt – Rémy, dritter Akt – Philippe.

Während des dritten Aktes saßen Bill Collins und Andrew Stead, die zwei ehemaligen Geliebten von Julie, am Rande des Geschehens und sahen zu. Manchmal saßen sie rechts und links von Sarah, und dann war sie im Zwiespalt. Wenn nur Bill zugegen war, gestattete sie sich, in ein Bad herzlicher Sympathie einzutauchen, von allem anderen ganz zu schweigen; Andrew hingegen gab sich kühl und wenig entgegenkommend. Doch wenn sie neben Andrew saß und Bill nicht da war, sah sie Bill mit Andrews Augen, erkannte, daß der junge Mann einfach zuviel des Guten war und fühlte sich unbehaglich. »Pretty Baby« – diese Formulierung aus dem bekannten Song lag ihr beim Aufwachen mehr als einmal auf den Lippen. Solche Botschaften aus dem Unterbewußtsein kann man nicht ignorieren. Und die »Schnappschüsse« auch nicht – die Gelegenheiten, bei denen man Menschen, die man liebt und an die man sich gewöhnt hat, auf einmal so sieht, als wäre es das erste Mal.

Daß die Leute einander in Posen oder wie in einem Bilderrahmen sahen war ein Charakteristikum dieser Woche. Mary machte Fotos vom dritten Akt. Schon beim ersten und zweiten hatte sie fotografiert, was das Zeug hielt. Das Ensemble als Ganzes und in Grüppchen, im Probenraum und außerhalb, in Restaurants und am Kanal. Hunderte, Tausende von Fotos. Tatsächlich für Werbezwecke verwendet würden am Ende vielleicht dreißig oder vierzig. Das Übermaß, die verschwenderische Fülle, wurde als selbstverständlich betrachtet.

Eine Schwierigkeit bestand darin, daß sich weder Andrew Stead noch Richard Service so gut fotografieren ließen wie Bill, der jedes Bild beherrschte, auf dem er zu sehen war. Mary machte Fotos, auf denen sie Bill »sukzessive ausschaltete«, wie sie es formulierte. »Komm schon, nimm dich zurück«, forderte sie ihn auf, und er wurde, wie so oft, rot und verlor die Fassung.

»Er ist wirklich fotogen«, seufzte Molly, und Mary meinte: »Der Liebling einer jeden Kamera.«

»Die muß ihn einfach lieben«, sagte Molly. Und darauf Mary: »Ich muß diesen Mann einfach lieben.«

Sarah beobachtete, wie die beiden Frauen herumkasperten und »Mad About the Boy« sangen, ohne sich darum zu kümmern, daß Bill gerade hereingekommen war und alles mitbekommen mußte, denn dumm war er bestimmt nicht. Sandy Grears, der den zwei jungen Frauen zusah, grinste. Mit jeder Faser seines Körpers schrie er hinaus, daß er sich zwingen mußte, nicht mitzumachen. Bill trat nach kurzem Zögern unbekümmert hinzu und stimmte in »Mad About the Boy« mit ein. Das gab Sandy die Möglichkeit, als vierter einzusteigen. Es war ein wildes Schwenken von Armen, Beinen und Haaren, höchst unpassend für die gedehnten Silben von »Mad About the Boy«.

Bill durchquerte eilig den Probenraum und ließ sich neben Sarah, die gelassen dasaß, auf Stephens Stuhl fallen; sein offener, lachender Blick hatte nichts mit dem lieben kleinen Jungen zu tun, der kitschige Bambikarten verschickte, sondern jetzt war er wirklich der satirische Tänzer und Sänger, den er gerade gemimt hatte, der Mann, der zu jenen flüchtig dahingleitenden, grausamen, zynischen Liebkosungen fähig war. In Sarahs Innerem tobte es vor Verlangen. (»Toben«: ein gutes Wort, wie »glühen«.) Doch warum diese Empfindung beschreiben, wo es niemanden gibt, der sie nicht aus eigener Erfahrung kennt, diese Mischung aus Qual, Ungläubigkeit und – auf dem Höhepunkt der Krankheit – einem todunglücklichen, süßen Eintauchen in den Schmerz, weil es unvorstellbar ist, daß einem etwas, was man so sehnsüchtig begehrt, nicht gewährt wird; und wenn man den Schmerz nicht an sich heranläßt, gibt man auch die Hoffnung auf Glückseligkeit auf.

Sarah konnte sich nicht erinnern, jemals so gelitten zu haben. Und doch wußte sie, dank der »Schnappschüsse« aus ihrer Kindheit, daß das nicht stimmte. Sie konnte diese Intensität des Verliebtseins mit nichts aus ihrem Erwachsenenleben vergleichen, nur mit Lieben aus der Kindheit. Im Anschluß an den kleinen Jungen, für den nicht sie die Verlockung dargestellt hatte, sondern das Baumhaus, war sie in einen Jungen nach dem anderen verliebt gewesen. Als junges Mädchen malte sie sich Küsse aus und konnte nicht glauben, daß ihr dieses Glück bald zuteil würde, »sobald sie erwachsen war«. (Das war der damals gebräuchliche Euphemismus für »Wenn du erst einen Busen hast«.) Der springende Punkt war, daß später, als sie erwachsen war, kein Kuß, egal wie köstlich, raffiniert und befriedigend, jenen Zauber besaß, den sie ihm damals, als sie für Küsse noch zu jung war, in ihrer Phantasie zugeschrieben hatte. Und so sagte Sarah jetzt zu sich selbst: »Wenn du mich küssen würdest, wäre es für mich das allererste Mal ...« Natürlich meinte sie es ironisch: Solange sie lachen konnte, war mit ihr wohl noch alles in Ordnung. Der arme Stephen konnte nicht mehr lachen. Im Green Bird wurde viel und exzessiv gelacht, und dasselbe galt für das Ensemble, das *Julie Vairon* einstudierte. Roger Stent hatte Sonia ein Fax geschickt: »Ich gehe davon aus, daß Sie mir den Zutritt zu *Hedda Gabler* nicht verwehren. Falls doch, wird die Öffentlichkeit erfahren, daß Theaterkritiker bei Ihnen aufgrund einer einzigen negativen Kritik Hausverbot bekommen.«

Sonia an Roger Stent: »Sie haben noch nie im Leben eine gute Kritik geschrieben, nicht einmal eine halbherzige. Sie mögen das

Theater nicht. Sie haben keine Ahnung davon. Merken Sie sich endlich eines: Das Green Bird braucht weder Sie noch die *New Talents*. Verpissen Sie sich.«

Die vierte Woche verging mit Durchläufen des ganzen Stücks, allerdings nach wie vor ohne Sänger und Musiker; die würden erst am Freitag kommen.

In der letzten Probenwoche geschah etwas Neues. Bisher waren fast nur die Hauptpersonen – Julie und ihre Mutter Sylvie, die drei Liebhaber und die zwei Väter – in Erscheinung getreten, zumeist paarweise und vorwiegend in Szenen voller Konfrontation. Doch nun wurden sie in ein Gefüge von Nebenfiguren eingebettet, die man in den ersten drei Wochen kaum beachtet hatte, und erst jetzt zeigte sich, wie sehr sie die einzelnen Schicksale beeinflußten. Wie im Leben. In Madame Sylvie Vairons Haus hatten viele junge Offiziere verkehrt, hier angedeutet durch einen, George White. In den Anmerkungen im Programmheft, das bereits als Entwurf vorlag, hieß es, daß die zwei Frauen jeden Abend eine Schar junger Offiziere empfingen. Diese Tatsache verlieh George White eine gewisse Bedeutung, die in seiner Haltung und in seinem übertriebenen Verhalten den beiden Frauen gegenüber zum Ausdruck kam; der korrekte junge Offizier billigte Pauls romantische Liebe nämlich keineswegs. Später mußte sich das junge Paar nicht nur mit Pauls Vater (wieder George White) auseinandersetzen, sondern auch mit seiner Mutter, die, obwohl sie nie selbst auftrat, stets hinter der Bühne gegenwärtig war, ein Fels an Rechtschaffenheit und Mißbilligung. Im zweiten Akt traten dann Rémys Mutter (sie sagte genau zwei Wörter – zweimal »nein«), Rémys Vater (Oskar Friend, so beeindruckend auf der Bühne, in Wirklichkeit aber ein schüchterner Mann, der normalerweise mit einem Buch in irgendeiner Ecke saß) und Rémys Bruder auf, wiederum George White. In Wirklichkeit hatte Rémy vier Brüder gehabt, alle älter als er, und wahrscheinlich war es für ihn wegen dieses erdrückenden Übergewichts so wichtig gewesen, Julie zu lieben. Die Theaterökonomie gebot, sich mit einem Bruder zu begnügen. Das bedeutete, daß Rémys Liebe weniger als in Wirklichkeit vom Schicksal (von der Familie) bestimmt schien und mehr nach romantischer Entscheidung aussah (ohne daß die Marionettenschnüre sichtbar gewesen wären), doch nachdem

George White die Tagebücher gelesen hatte und über die vier Brüder Bescheid wußte, versuchte er zu vermitteln, welch massiven Druck sie auf den jüngsten Bruder ausgeübt hatten. In Philippes Druckerei waren insgesamt etwa zwanzig Drucker, Lehrlinge und Verkäufer beschäftigt, deren unterschiedliche Reaktionen sich natürlich irgendwie auf Julie auswirken mußten. Wie es in der Drukkerwerkstatt aussah, erfuhr man nur aus dem Programmheft, denn im Stück trafen sich Philippe und Julie in ihrer Brautzeit auf einem öffentlichen Platz (auf einer Parkbank). Eine kurze Episode warf ein Schlaglicht auf die Einstellung von Philippes Angestellten: Als Philippes Geschäftsführer (George White) in einer Szene mit einer Nachricht aus dem Geschäft ankam, konnte man sich anhand seines frostigen Verhaltens Julie gegenüber und der korrekten Höflichkeit, mit der sie ihm begegnete, den Rest ausmalen.

Bei den Stadtbewohnern benötigte das Publikum am meisten eigene Phantasie. Julies Leben war davon überschattet, daß die Bürger der Stadt sie argwöhnisch beäugten. Sie starrten sie auf der Straße an und murmelten Verwünschungen, wenn sie ihr durch Zufall (oder mit Absicht) im Wald begegneten. George White verkörperte diese unsichtbaren Zeitgenossen. (Er beschwerte sich, daß er, der Julie so verehrte, lauter Leute zu spielen hatte, die Julie nicht mochten.) In Frankreich würde jedoch alles einfacher werden, weil Jean-Pierre zusätzliche Statisten versprochen hatte.

Am Freitag endlich kam die Musik: ein Kontratenor, drei junge Sängerinnen und die Instrumentalisten. An Instrumenten gab es eine Gitarre, eine Flöte, eine Laute, eine Schalmei und eine Viola – die Nachfolgerin der Viella aus dem zwölften und dreizehnten Jahrhundert. Das Stück, das ohne die Musik einfach »zuviel« gewesen war, »zu melodramatisch«, »ein Durcheinander«, »eine Schnulze« – letzteres behauptete Bill, als er Molly mitfühlend ein Taschentuch reichte –, veränderte sich und verlor alle Rührseligkeit. Was auf der Bühne erzählt wurde, oder vielmehr in diesem tristen Kirchenvorraum, in dem der dicke Balken Sonnenlicht einzelne Szenen oder Gestalten hervorhob, wurde zum Bestandteil der Musik. Die konventionelle Ballade aus dem Salon auf Martinique, deren Zweck darin bestanden hatte, die jungen Offiziere mit

Julies Liebreiz zu beeindrucken, lieferte jetzt im Zusammenspiel mit einer kontrapunktisch daruntergelegten Musik aus Julies »zweiter Periode« Kommentare – zum Teil recht grausame Kommentare – zu eben jener Periode und rückte sie in so weite Ferne wie die elizabethanischen Schauspieler, die in Queen's Gift Menuett tanzten. Diese Verlagerung vom Persönlichen weg verwirrte das Ensemble und stieß sogar auf Ablehnung. Molly brach richtig in Tränen aus. »Wozu war denn das alles gut?« wollte sie wissen. »Was für einen Sinn hatte es, daß sie das alles durchmachen mußte? Wozu?«

»Eine gute Frage«, meinte Bill gelassen und bewies damit – wie so oft –, wie weit er von dem »jungen Trottel«, den Stephen beanstandet hatte, entfernt sein konnte. Er legte den Arm um Molly, um sie zu trösten, freundlich, wie ein Bruder.

Im Verlauf der Geschichte bekam man immer mehr den Eindruck, als seien die Trauer und das Herzeleid eine recht konventionelle Begleitung zu Julies Troubadourliedern und zu ihrer späteren Musik, bei der Engel oder auch Teufel von Vergänglichkeit sangen.

»Eine sehr gute Frage«, sagte Henry nach der Probe zu Sarah, als hätte Molly erst in dem Augenblick geweint und ihre Frage gestellt. »Hast du denn gewußt, daß das passieren würde?«

»Schon, aber nicht, daß es so gut gehen würde.«

»Stimmt«, sagte er. Er saß ausnahmsweise neben ihr auf seinem Stuhl, lehnte sich halbwegs beruhigt zurück und betrachtete sie mit seinen intelligenten dunklen Augen, die so häufig gewillt schienen, viel Schlimmeres zu sehen, als sie in Wirklichkeit sahen. Doch jetzt waren sie feucht.

»Ich habe die Musik nicht komponiert«, sagte Sarah.

»Da bin ich mir nicht so sicher«, sagte er fröhlich und sprang auf. »Da bin ich mir gar nicht so sicher. Sicher ist nur, daß mich ›the old black magic‹ am Wickel hat.«

Am Samstag fand eine Kostümprobe statt. Und da endlich war *Julie Vairon* vollkommen präsent. Vor allem Julie. Mollys langes, glattes dunkles Haar, zu Zöpfen geflochten und aufgesteckt, kündete von unliebsamen, gesellschaftlichen Zwängen und Vorschriften. Ihre Augen hinter den langen, dunklen Wimpern wirkten schwarz, mit einem Schimmer Afrika. Sie hatte etwas Wildes an sich, denn in ihren steifen, artigen Bewegungen lag, nur mit Mühe unterdrückt, eine Ungeduld, der man anmerkte, daß ihr Anstand und Schicklichkeit ein Greuel waren. Julie war zum Leben erwacht, und Sarah hörte, wie Stephen, der sich überwunden hatte zu kommen, erleichtert aufatmete. »Mein Gott, das gibt's doch nicht.«

Es würde ein Erfolg werden. Es »funktionierte«.

»Es funktioniert, es ist großartig, einfach phantastisch«, sagte Henry, der mit großen Schritten umherging. »Meinen Glückwunsch, Sarah.« Und sie umarmten sich, wie im Theater üblich.

Als Bill, einfach hinreißend in seiner Uniform, auf sie zukam, »Es ist großartig, Sarah, ich hatte ja keine Ahnung!« ausrief und sie umarmte, murmelte sie unversehens: »Kleiner Mistkerl« und entzog sich seiner Umarmung. Sie beobachtete den jungen Mann, wie er von Frau zu Frau ging, Küßchen, Küßchen, Küßchen, dann beiseite trat und abseits stand, als zöge er einen unsichtbaren Bannkreis um sich, der den anderen den Zutritt verwehrte.

Nach dieser Probe trennte sich das Ensemble und würde sich erst in Frankreich wiedersehen.

Wie üblich ging man nur ungern auseinander. Die Truppe war zu einer richtigen Familie zusammengewachsen. »Mit allen guten Seiten einer Familie, nicht aber den leidvollen«, sagte Sally. Sie beharrte hartnäckig darauf, daß ihre eigene Situation um kein Haar anders war als die von Sylvie. »Nein, ich bin keine Mutter, die hofft, ihre Tochter mit einem reichen Mann zu verheiraten, aber meine Tochter, von der könnte Julie noch einiges lernen.« Sie war verzweifelt, obwohl sie lachte, und Richard Service, der neben ihr stand, legte ihr den Arm um die Schultern. Die beiden waren Freunde – echte Freunde, die beisammensaßen, sooft es ging, und sich stundenlang unterhielten. Trotzdem, ein sehr ungleiches Paar.

Da sie es nicht übers Herz brachten, sich zu trennen, gingen sie nach der Kostümprobe alle zusammen zum Abendessen. Stephen saß neben Molly, die mit ihrem Kleid auch die Julie abgelegt hatte. Er versuchte in ihr die junge Frau wiederzuerkennen, die ihn am

Nachmittag drei Stunden lang verzaubert hatte, und da sie das wußte, war sie reizend zu ihm, ohne jedoch Bill aus den Augen zu lassen. Sarah hingegen war entschlossen, Bill überhaupt nicht zu beachten, was ihr mehr oder minder auch gelang. Das hatte zur Folge, daß er nervös wurde und ihre Aufmerksamkeit mit gewinnenden Blicken auf sich zu ziehen suchte.

Als sie nach dem Essen auf der Straße standen und sich rundum mit Küßchen verabschiedeten (Sarah hielt sich bewußt außerhalb von Bills Reichweite), sagte Stephen zu Sarah, er würde sich freuen, wenn sie vor dem Gastspiel in Frankreich ein paar Tage nach Queen's Gift käme. »Sofern du nichts Besseres vorhast.« Das war so typisch Stephen, daß sie lachen mußte, auch wenn er nicht begriff, warum. Als bedeutete eine Einladung in sein Haus (vielleicht sollte sie lieber sagen, in Elizabeths Haus) für die meisten nicht das gleiche, wie das große Los zu ziehen.

Am selben Abend rief Bill an und wollte Sarahs Rat wegen einer Textstelle. Dabei wußte er genau, daß er gut damit zurechtkam, und er wußte, daß Sarah das auch so sah. Ihr Herz klopfte heftig, so daß sie noch wütender wurde, als sie ohnehin schon war. Sie umklammerte den Telefonhörer und gab ihm professionelle Ratschläge. Daß sie sich dabei mehr über sich selbst ärgerte als über ihn, versteht sich von selbst.

Anschließend rief Henry an. Die beiden verband inzwischen eine denkbar angenehme Beziehung, unkompliziert, scherzhaft, vertraulich. Er nahm sich selbst auf die Schippe, als er sagte: »Sarah, ich habe da ein Problem – ja, ein Problem … Ich werde nicht damit fertig. Ich bin nicht so glücklich, wie ich sein könnte – ja, so könnte man es ausdrücken – mit dem, was Julie über Rémy schreibt. Schließlich kannten sie sich doch erst kurze Zeit.«

»Du meinst: *Wenn ich dein Gesicht sehe, wie kommt es* … und so weiter?«

»Vor allem ›und so weiter‹. Man sollte doch meinen, daß sie sich wegen ihm ihr kleines Herz aus dem Leib singt, dabei singt sie: *Wenn ich dein Gesicht sehe, wie kommt es, daß ich es traurig sehe und einsam? Du blickst über die Jahre hinweg zu mir zurück, und du bist ganz allein* … Was meinst du, Sarah?«

»Das steht alles in ihrem Tagebuch.«

»Die beiden haben sich gerade erst verliebt.«

»Warte, ich hab die Stelle.« Sie las vor: »*Wie kommt es, wo wir gerade erst begonnen haben, uns zu lieben, und er davon spricht, daß wir für den Rest unseres Lebens zusammenbleiben werden, wie kommt es, daß ich meinen Stift in die Hand nehme, um sein Gesicht zu zeichnen, und es nicht von Glück erfüllt zeichnen kann, wie ich es gesehen habe, sondern traurig, unendlich traurig. Es ist das Gesicht eines einsamen Mannes, er ist allein, dieser Mann. Auch wenn ich mir noch so große Mühe gebe, ihn so zu zeichnen, wie er ist, wenn er mich ansieht, ich kann es nicht, jenes andere Gesicht legt sich von selbst auf das Papier.*«

»Was ist aus Rémy geworden? Nein, ich habe die Tagebücher nicht gelesen. Ich habe beschlossen, es bleibenzulassen. Ich wollte das nicht vermischen.«

»Drei Jahre, nachdem ihn seine Familie als Soldat an die Elfenbeinküste geschickt hatte, kam er zurück, um die Tochter eines Grundbesitzers aus der Gegend zu heiraten. Er hat Julie heimlich besucht. Gemeinsam haben sie die ganze Nacht geweint. Dann hat er geheiratet und eine Familie gegründet.«

»Haben sie sich danach noch getroffen?«

»Falls ja, ist das nirgends vermerkt. Aber sie hat ihn bei offiziellen Anlässen gesehen. Und sie meint, daß er nicht glücklich war.«

»Eine traurige Geschichte«, sagte Henry, der diese Formulierung offenbar ausprobieren wollte.

»Ich dachte, wir seien uns einig, daß es eine traurige Geschichte ist.«

»Ich meine, daß er drei Jahre später zurückkam und sie einander nicht vergessen hatten.«

»Du sagst das, als hieltest du es für unmöglich.«

»Das ist wirklich nicht unsere Art.«

»Nein?«

»Ich habe so etwas noch nie erlebt.«

»Das hört sich an, als würdest du es dir wünschen.«

»Mag schon sein.«

»Soll ich dir vorlesen, was sie über diese Trennung geschrieben hat? *Gemeinsam schütteten wir heißes Salz auf das, was von unserer Liebe übrig war, und an der Stelle ist jetzt brackiger Sand.*«

»Ich bin froh, daß du daraus kein Lied gemacht hast.«

»Was sagt diese späte Musik denn deiner Meinung nach aus?«

»Ich bin froh, daß es keinen Text dazu gibt.«

Sie erörterten mögliche Umstellungen einzelner Zeilen und beschlossen am Ende, alles zu lassen, wie es war. Ihr Gespräch dauerte über eine Stunde.

Am nächsten Morgen kreuzte Joyce auf. Offenbar hatte sie schlecht geschlafen. Im Bad sammelte Sarah die verdreckten Kleider ein, die Joyce abstreifte. Sie war dünn wie eine Spargelstange und genauso totenbleich, allerdings mit bläulichen Stellen an Armen und Oberschenkeln. Sarah, die sich jeden Ratschlag und jegliche Kritik verbot, die ihr auf der Zunge lagen, stopfte die Klamotten in die Waschmaschine, steckte Joyce in die Badewanne, kochte Tee, machte Toast und zerteilte eine Orange in mundgerechte Stücke.

Joyce setzte sich im besten, weißseidenen Morgenmantel ihrer Tante an den Tisch und trank Tee. Essen wollte sie nichts. Auf die Frage, was sie so gemacht habe, antwortete sie: »Dies und das.« Nach längerem Schweigen schien ihr einzufallen, daß wohl irgendein Gesprächsbeitrag von ihr erwartet wurde, und sie fragte Sarah wie ein kleines Kind: »Und was machst du so, Tantchen?« Ermutigt durch dieses Anzeichen von Interesse für andere, berichtete Sarah von dem neuen Stück und faßte seinen Inhalt kurz zusammen. Joyce saß da und hörte zu, was ihr sichtlich Schwierigkeiten bereitete. Dann, im Handumdrehen zehn Jahre älter geworden, meinte sie höhnisch: »Meiner Ansicht nach waren die alle verrückt.«

»Da würde ich dir nicht widersprechen.«

»Hast du gesagt, das war erst vor kurzem?«

Den meisten Menschen, die auf die fünfzig zugehen, wird irgendwann bewußt, daß ein Jahrhundert nur doppelt so lange dauert wie ihr bisheriges Leben. Damit schnurrt die ganze Historie für sie zusammen, was zur Folge hat, daß sie von nun an in ihr leben, statt sie unbeteiligt von außen zu betrachten. Ihr Lebensalter nur zehn- oder zwölfmal zurückgerechnet, hat Shakespeare gelebt. Die Französische Revolution hat auch erst vor kurzem stattgefunden. Vor gut hundert Jahren war der amerikanische Bürgerkrieg. Bisher empfand man das als eine andere Epoche, fast als eine andere zeitliche oder räumliche Dimension. Aber sobald man sich einmal klargemacht hat, daß hundert Jahre zweimal die eigene bisherige Lebenszeit sind, kommt es einem vor, als hätte man ohne weiteres selbst auf dem Schlachtfeld stehen oder die Soldaten gesundpflegen können. Vielleicht zusammen mit Walt Whitman.

»Jedenfalls ist es nicht sehr lange her«, sagte Sarah.

Joyce wollte schon widersprechen, beschloß aber, sich ihrer Tante gegenüber genauso taktvoll zu verhalten, wie das umgekehrt der Fall war.

»Hast du gesagt, ihr spielt in Frankreich?«

»Ja. Nächste Woche.«

»Und wie lange wirst du weg sein?«

»Etwa drei Wochen.«

Plötzlich schien Joyce in Panik zu geraten. *»Drei Wochen!«*

»Aber Joyce, du verschwindest oft monatelang von der Bildfläche.«

»Aber ich weiß immer, wo du bist, verstehst du?«

»Du denkst wohl nie daran, daß wir uns um dich Sorgen machen?«

»Aber es geht mir gut, wirklich.

Der Intercity unterbrach seine rasante Fahrt, aus Gefälligkeit, wie es schien, an dem ländlichen Bahnhof, an dem Sarah anstelle von Oxford aussteigen sollte, weil Stephen ihr eine andere Strecke zeigen wollte. Als sie auf den verlassenen Bahnsteig trat, empfing sie lautes Vogelgezwitscher. »Adlestrop ... es war Ende Juni ... alle Vögel von Oxfordshire und Gloucestershire ...« Was auch sonst? Was machte es schon, daß ihr (wie den meisten Leuten ihres Schlages) immer Gedichtfetzen im Kopf herumschwirrten, daß sie unendlich viele Liedanfänge kannte? Es kam ihr vor, als hätte sie im Hirn lauter kleine Schriftrollen, ähnlich denen, die auf stilisierten Landkarten selbstbewußt verkündeten: »Die Schlacht von Bannockburn.« Oder: »Hier jagte Königin Elizabeth.« Manchmal waren solche Einschübe recht passend. Heute morgen war sie mit »Ach, wer kann bei dem Gedanken an den eisigen Kaukasus ein Feuer in der Hand halten?« aufgewacht.

Sie verließ den Bahnhof, während ein unsichtbarer Kuckuck, beflügelt von mehreren hundert Jahren Literatur, im Blattwerk einer Eiche verborgen das Weltgeschehen kommentierte. Stephen wartete draußen im Kombi. Sarah fiel auf, daß er in der Stadt irgendwie zusammenschrumpfte, weniger darstellte als in Wirklichkeit, während er hier, in seiner gewohnten Umgebung, sofort natürliche Autorität ausstrahlte. Sie saßen kaum im Auto, als er sagte: »Ich kann dir gar nicht sagen, Sarah, wie leid es mir tut, daß ich dich mit soviel Unsinn überschütte. Aber ich will versuchen, es wiedergutzumachen.« Als erstes kutschierte er sie etwa eine Stunde lang auf bezaubernden kleinen Straßen durch eine Landschaft, die der Inbegriff von Poesie war. England Ende Juni, an einem sonnigen Tag, zwei Menschen, die einander gern hatten ... »Meine Seele, es gibt ein Land weit jenseits der Sterne ...«

Stephen lieferte ihr eine vergnügliche Schilderung dessen, was letzte Woche bei der »Unterhaltung« (»So nennen wir unsere Veranstaltungen, weil das eher elizabethanisch klingt«) passiert war, als statt der erwarteten dreihundert Besucher tausend gekommen waren. Der Platz reichte nicht einmal für die Hälfte. Als ein paar junge Leute ihre Transistorradios anstellten und zu tanzen anfingen, meinte Elizabeth, sie sollten lieber auf die Wiese nebenan gehen (hier sei man zu nahe bei den Pferden), und dann wurde bis zur Morgendämmerung getanzt und gesungen. »Wir hatten das deutliche Gefühl, daß das, was sich da auf der Wiese abspielte, noch authentischer war als unsere ›Unterhaltung‹. Schließlich waren die Tudors ein ziemlich wilder Haufen.«

»Und die Wiese?«

»Ach, die sollte sowieso neu eingesäht werden.« Er schien keineswegs verärgert.

»Hochinteressant! Ich frage mich, woher das kommt. Wir leben wieder in einer Zeit des Theaters. Wie es scheint, brauchen wir diese Ausdrucksmöglichkeit. Aber dafür muß es doch einen Grund geben. Was hat es zu bedeuten, daß die Leute überall im ganzen Land spielen, singen, tanzen und Scheingefechte auf die Bühne bringen?«

Während sie sich unterhielten, warf Sarah gelegentlich einen verstohlenen Blick auf Stephen, unbemerkt, wie sie hoffte. Für ihn war das alles nicht leicht. Seine Entschlossenheit war zwar löblich, aber sein Gesicht hatte etwas Angespanntes, als litte er unter Kopfschmerzen. Als sie ihn darauf ansprach, meinte er, er habe sich nie besser gefühlt. Sie hätte ihm gern geglaubt. Es tat so gut, wieder mit dem richtigen Stephen beisammenzusein – zumindest hatte sie das Gefühl, als sei er wieder er selbst –, daß es ihr nicht schwerfiel, ihre Besorgnis beiseite zu schieben.

Als sie in Queen's Gift ankamen, war es Mittag. Elizabeth und Norah hielten sich den Tag über bei einem Musikfestival in Bath auf. Stephen fragte Sarah, wozu sie Lust habe, und sie meinte, sie würde gern etwas von seinem Leben sehen.

»Dann kann ich nur hoffen, daß ich dir nicht zu verschroben vorkomme.«

»Aber das gehört doch zu deiner Rolle.«

Ein neues Gebäude, das die halb laienhaften »Unterhaltungen« auf ein ganz anderes Niveau bringen würde, war fast fertiggestellt. Es stand ganz in der Nähe des großen Rasenstücks – des Theaters – und wurde von Bäumen und Gebüsch weitgehend verdeckt. In den Wochen seit Sarahs letztem Besuch waren die Pläne noch ambitionierter geworden. Sogar Opernaufführungen wurden erwogen. Bisher waren anspruchsvolle Aufführungen unmöglich gewesen, weil das große Haus ein paar hundert Meter entfernt lag, zu weit zum Umziehen für Schauspieler, Sänger und Tänzer. In Zukunft würde es nicht nur jede Menge Platz für Kostüme, Beleuchtungsmaschinerie und Musikinstrumente geben, sondern auch reichlich Raum zum Proben. Der Architekt hatte das Gebäude so konzipiert, daß man es im Rahmen des gesamten Anwesens kaum bemerkte. Es würde vom Stil her ähnlich aussehen, ohne aufzufallen.

Zwei Arbeiter zogen gerade eine Innenwand hoch. Der eine saß mit gegrätschten Beinen auf einer Mauer, während ihm der andere Ziegel hinaufreichte. Stephen sprach kurz mit den beiden und kam wieder zurück: »Ich werde nicht gebraucht. Manchmal kann ich mich nützlich machen. Aber das hier sind nicht unsere Leute. Sie kommen von einer Baufirma in der Stadt.«

Langsam entfernten sie sich vom Haus und setzten ihren Weg unter Bäumen fort. Sarah mußte, ob sie wollte oder nicht, an den jungen Mann denken, der sich »in Begleitung« in Frankreich aufhielt. Bill hatte gesagt, er wolle die Gelegenheit nutzen, dort eine Woche als Tourist zuzubringen. Nein, eine Freundin konnte sich Sarah unmöglich vorstellen, obwohl er gesagt hatte: »Vielleicht kommt meine Freundin ein paar Tage herüber.« Sarah fragte sich, ob Stephen im Augenblick an Molly dachte, die auch irgendwo in Frankreich war. Nachdem sie ein paar Minuten geschwiegen hatten, sagte Stephen ganz unerwartet: »Nachdem ich über alles nachgedacht habe, ist mir klargeworden, daß ich wohl einsam bin. Das kommt einem unwahrscheinlich vor, aber so ist es nun mal. Nein, nein, glaub mir, Sarah, ich will kein Mitleid heischen. Ich versuche nur zu begreifen, was mit mir los ist, verstehst du?«

»Als du Elizabeth geheiratet hast, hast du da gewußt, daß sie Frauen liebt?«

»Dem war nicht so, damals nicht.« Da er ihr Schweigen als Kritik auffaßte, verteidigte er sich mit einer Hartnäckigkeit, einer Entschlossenheit, die eindeutig daher rührte, daß er sich dazu durchgerungen hatte, ihr alles zu sagen. Weil er das Bedürfnis hatte zu hören, wie es klang? »Wir kennen uns schon von klein auf. Eigentlich haben wir geheiratet, weil … weißt du, wir haben beide zur gleichen Zeit Schaden genommen.«

»Schaden nehmen, das ist eine gute Formulierung.«

»Ja, das ist es. Freilich habe ich das nicht begriffen, bis … etwas, worauf ich gehofft hatte, ist nicht eingetreten.«

»Du warst verliebt, und es hat nicht funktioniert?«

»Ich habe es damals für möglich gehalten. Es war nicht unmöglich. Sie war verheiratet, aber ich hatte gehofft, daß sie ihren Mann verläßt und mich heiratet. Aber sie hat es sich anders überlegt. Und Elizabeth hatte gehofft, einen anderen Mann zu heiraten … Er ist ein anständiger Bursche. Ein Freund von mir. Genauer gesagt, er lebt auf dem Nachbargut. Aber er war verlobt, und die ganze Situation war viel zu kompliziert. Und so standen wir beide da, Elizabeth und ich.«

Sie setzten sich an einer heißen, schattigen Stelle auf einen Baumstamm. Mindestens zwanzig Meter über ihnen, über dem Baldachin aus Buchenlaub, brannte eine für England ganz und gar untypische Sonne.

»Es paßte alles zusammen. Sie war in finanziellen Schwierigkeiten. Ein vertracktes Testament – so was in der Art. Und unsere Heirat war die Lösung für ihre Probleme.«

»Wart ihr denn glücklich?«

»Wir waren … zufrieden.«

»Das ist ein sehr großes Wort.«

»Wahrscheinlich schon. Ja, da hast du recht. Und dann bekam ich allmählich das Gefühl …« Er sann darüber nach, was er empfunden hatte, schon seit langem.

»Hattest du das Gefühl, daß eure Ehe nicht überzeugend war?«

»Das ist es, genau. Ich kam mir allmählich vor wie ein Gespenst in meinem eigenen Haus – nein, es ist ja nicht mein Haus. Ich sollte lieber sagen: in meinem Zuhause. Ich habe versucht … mich zu ›erden‹. Ich habe gelernt, alle möglichen Sachen zu machen.

Inzwischen bin ich ein ziemlich guter Zimmermann. Ich kann jede Art von Elektroarbeiten ausführen. Ich kenne mich mit Installationen aus und kann Leitungen verlegen. All das habe ich mir ganz bewußt angeeignet, verstehst du das? Ja, natürlich. Um ein Teil dieses Hauses zu werden. Und damit dieses Gefühl aufhört ... als würde ich den Boden unter den Füßen verlieren. Für das Gut ist das natürlich ein großer Vorteil, weil wir nicht mehr soviel Geld hineinstecken müssen. Wir brauchen praktisch nie Handwerker. Außer für größere Bauarbeiten.«

»Und das hat alles nichts geholfen?«

»Doch, hat es schon. Bis zu einem gewissen Grad. Und dann ... hat mich die Schwermut eingeholt. Tja. Ich begreife es auch nicht. Als hätte mein Leben ein Loch, aus dem das Blut heraussickert. Ich weiß, das klingt sehr melodramatisch. Aber genauso war es.«

»Und wann kam Julie ins Spiel?«

»Sie hat allmählich Besitz von mir ergriffen. Ich habe ihre Musik bei dem Festival gehört – aber das weißt du ja alles. Und dann habe ich mich auf die Suche gemacht nach allem, was mit ihr zu tun hatte. Anfangs war das ganz vergnüglich, wie eine Schatzsuche. Und dann ... dann wurde daraus regelrecht *La belle dame sans merci.*«

»Was immer es ist, es wird vorübergehen«, zitierte Sarah.

»Glaubst du das wirklich?«

»Ja. Zumindest kenne ich das aus eigener Erfahrung nicht anders.«

An dem Punkt fühlte sie sich versucht, ihm von ihrem Zustand zu erzählen – und hätte um ein Haar zu einer Beichte angesetzt. Aber sie steckte ihm gegenüber in einer bestimmten Rolle: Für ihn war sie ein starker Mensch, vor dem er seine Schwäche zeigen konnte, ohne Angst haben zu müssen. Würde ihre Freundschaft das Geständnis »Ich bin bis zum Wahnsinn verliebt« überleben? Verliebt in einen jungen Mann, noch dazu in einen, für den Stephen nicht viel übrig hatte? Nein, daß er in Julie verliebt war, war sicher verrückt, aber daß eine Frau in Sarahs Alter in einen wunderschönen Jüngling verliebt war ... selbst wenn dieser Jüngling behauptete, in sie verliebt zu sein ... Bis zu einem gewissen Grad war er das wohl. *Verliebt*: Manche Leute bewahren eine Haarlocke oder ein Stück Stoff in einem Kuvert auf und betrachten diesen Schatz gelegentlich mit zärtlichem Lächeln. *Verliebt*: sanftes Leuchten versäumter Möglichkeiten, wie das Licht, das am Himmel zurückbleibt, wenn der Mond untergeht. Das würde gut zu ihrer Position passen; den Leuten würde es sogar gefallen. Ach, mein zärtlich gebrochenes Herz, das sanft schmerzt wie ein rheumatisches Knie, sobald schlechtes Wetter im Anzug ist. Was Bill betraf, der wollte wahrscheinlich einen Kuß und dann ordentlich schmusen. (Doch da erhob ein wilder, ganz vergessener sexueller Stolz den Kopf und meinte: Wirklich? Na, dem würd ich's zeigen!) Aber abgesehen von allem anderen – Feigheit war das richtige Wort – wäre es wenig rücksichtsvoll gewesen, Stephen, diesem leidenden Mann, der ihr vertraute (der seine verzweifelte Hand in ihre geschoben hatte), zu erklären: »Ich bin schwächer als du. Schlimmer noch, ich bin eine lächerliche Figur« und zu erwarten, daß er sich diese Bürde noch zusätzlich auflud. Zunächst einmal würde er ein paar recht tief verwurzelte Reaktionsmuster überwinden müssen. Die meisten Männer und noch mehr Frauen – junge Frauen, die um sich selbst Angst haben – strafen ältere Frauen grausam mit Hohn und Spott, sobald diese unangemessene sexuelle Signale aussenden. Männer rächen sich häufig für die Jahre, in denen sie der sexuellen Macht von Frauen unterworfen waren. Sarah tröstete sich mit dem Gedanken: Wenn diese Geschichte mit Bill vergessen ist, werden Stephen und ich immer noch Freunde sein.

Er sagte: »Ich glaube, ich stelle mir vor, wenn ich eine Nacht mit ihr verbringen könnte, nur eine einzige Nacht, mehr nicht, dann würde mir alles Wunderbare zuteil.«

»Eine Nacht mit *wem*?«

»Schon gut«, sagte er, ohne ihrem gesunden Menschenverstand auch nur einen Fußbreit Platz einzuräumen.

Eine Zeitlang saßen sie schweigend da. Nur die Vögel jubilierten. Durch ihr Kommen zunächst aufgescheucht, hatten sie ihre Anwesenheit wieder vergessen. Sarah spürte buchstäblich, wie die Rufe der Vögel – laut, schrill, lieblich, zart – ihre Nerven zum

Klingen brachten. So etwas hatte sie noch nie erlebt: daß Klänge, selbst die lieblichsten, gefährlich waren und ihr das Gefühl gaben, extrem verletzlich zu sein. Sie stand auf, um diesem Ansturm zu entgehen. Stephen folgte ihr, und gemeinsam schlenderten sie zum Haus zurück. Sie erzählte ihm, in eine humorvolle Schilderung verpackt, von den zwei kleinen Kindern und ihrem Baumhaus, von ihrem kindlichen Schmerz. Dabei fiel ihr auf, daß sie Stephen unterhielt wie jemanden, der einem ja nicht zu nahe kommen soll; daß sie die Fassade aufrechterhielt, die man den meisten Leuten in seiner Umgebung zeigt. Ein Seitenblick verriet ihr, daß er ganz genau zuhörte, und dann meinte er: »Ich glaube, daß die meisten unserer frühen Erlebnisse ziemlich schrecklich sind. Ich selbst denke nicht gern darüber nach.«

Er hatte sie zurechtgewiesen, und sie war froh darüber. Er würde sich nicht mit Zweitrangigem abspeisen lassen.

Elizabeth und Norah kamen erst spät nachts zurück und berichteten von einem interessanten Tag, an dem sie allerhand Nützliches über die Organisation von Festivals gelernt hatten. Wie wäre es mit einem Festival in Queen's Gift? Sie standen an einem Fenster im Salon, blickten in die herrliche Nacht hinaus, die sie offenbar nur ungern dem Schlaf opfern wollten, und unterhielten sich. Beide waren sommergebräunt, voller Gesundheit und Energie, zwei attraktive Frauen, die, wie es schien, überhaupt nur kurz hereingekommen waren, um einem Gast einen Gefallen zu tun. Dabei fand Sarah, daß Stephen selbst beinahe wie ein Gast aussah. Er erzählte seiner Frau, was es vom heutigen Tag Neues über die Unterhaltung zu berichten gab, die in drei Tagen stattfinden sollte – auf französisch, mit französischer Musik und Sängern aus Paris, bei denen es sich um Freunde von Elizabeth handelte. Sarah warf ein, sie müßten sich darauf gefaßt machen, bald Schwierigkeiten von seiten der Künstlergewerkschaft zu bekommen, wenn ausländische Künstler in Queen's Gift auftraten. Elizabeth meinte, sobald das neue Gebäude in Betrieb genommen werde und sie das Ganze in größerem Stil aufzögen, würden ihre Unterhaltungen mit Sicherheit nicht mehr als Laienaufführungen gelten. Vielleicht könnte ihnen Sarah da den einen oder anderen Rat geben? Als sich die zwei Frauen zu Bett begaben, taten sie das mit einer Miene, als hätten sie eine gesellschaftliche Pflichtübung absolviert.

Stephen fragte Sarah, ob sie Lust auf einen Spaziergang habe, und dann wanderten sie eine Stunde lang durch Wiesen und Wälder, während der Mond den Himmel hinabglitt und die Schatten länger werden ließ. Sie sprachen kein Wort. Sarah fiel auf, daß sie das Schweigen genoß. Mehr noch, sie ließ es auf sich einwirken wie ein linderndes Mittel. Als ein Vogel aus einem Baum emporschoß, dem sie sich näherten, erschrak sie und empfand das Geräusch als schmerzhaft laut.

Sarah blieb drei Tage in dem Haus zu Gast, das seit vier Jahrhunderten an seinem Platz stand. Sie genoß das Gefühl, ein Mensch unter den Hunderten – Tausenden? – zu sein, die ihren Fuß in dieses Haus gesetzt hatten. Sie las seine Geschichte nach, betrachtete die Bilder und die Möbel und dergleichen angenehme Dinge mehr. Elizabeth und Norah nahmen sie auf stramme Spaziergänge mit, bei denen Sarah die zwei Frauen in Theaterfragen beriet. Sie mochte die beiden, und besonders gefielen ihr ihre überschäumenden Zukunftspläne. Wie sich herausstellte, wollten sie der Truppe des Green Bird vorschlagen, *Julie Vairon* nach dem Gastspiel in Frankreich, also im Spätsommer, in Queen's Gift aufzuführen. Mag sein, daß die Räumlichkeiten bis dahin noch nicht fertig waren, aber die Arbeiter hatten Anweisung, sich zu beeilen. Das bedeutete, daß Stephen eine gute Ausrede zu haben glaubte, beim Aufstellen des Dachstuhls zu helfen. Als er am letzten Nachmittag merkte, daß Sarah ihn beobachtete, kam er herunter und machte mit ihr einen Spaziergang unter den Bäumen.

»Du findest das wahrscheinlich ziemlich lächerlich, was?« erkundigte er sich und meinte damit seine körperliche Arbeit. Doch Sarah fand, daß sie ihm guttat: Er sah ungleich besser aus, und der Schatten auf seinem Gesicht war verschwunden. Dann meinte er, Elizabeth sei Sarah für ihre Ratschläge dankbar. »Genau das hat uns gefehlt: das, was du hast – die ganze Erfahrung mit Verwaltungsdingen. Ich weiß, daß Elizabeth manchmal recht desinteressiert wirkt, aber ich kann dir versichern, daß sie unglaublich froh darüber ist.«

Sarah hatte Elizabeth nicht als desinteressiert empfunden. Sie kannte diesen Typ Frauen, getragen von ihrer Tatkraft und Tüchtigkeit, die auf die geringeren Bemühungen anderer nicht etwa ungeduldig reagierten, sondern schlicht blind dafür waren. Sonia würde genauso werden.

»Glaubst du, Elizabeth und Norah denken, daß wir eine Affäre haben?« zwang sie sich zu fragen. Sofort wurde er rot. »Ja, wahrscheinlich schon. Aber das macht mir nichts aus. Und Elizabeth stört es sicher nicht. Vielleicht trägt mir das sogar ihre Sympathie ein.« Mit einemmal veränderte sich seine Stimmung, die ganze Persönlichkeit, und er wurde hart und zornig: »Eine sehr vernünftige Frau, diese Elizabeth. Ich glaube nicht, daß mir je ein so vernünftiger Mensch begegnet ist. Sie hat nicht viel Zeit für Schwächen irgendwelcher Art.« Eine Pause. Eine lange Pause. Es stand auf Messers Schneide, ob er weiterreden würde. Dann, bedächtig: »Ich glaube, für mich ist das so ziemlich das Unerträglichste überhaupt, daß ich mit einer Frau, mit der ich seit fünfzehn Jahren lebe, nicht so reden kann wie mit dir.«

»Unerträglich«, wiederholte Sarah. Sie war von ihm keine übertriebenen Formulierungen gewöhnt.

»Ja, das ist das richtige Wort, glaube ich. Ja, unerträglich. Ich finde ziemlich viel unerträglich, aber das mehr als alles andere. Weißt du, ich glaube nicht, daß sie viel von mir weiß, und wenn du jetzt denkst, aber sie macht sich ja auch nichts aus dir – tja, das steht auf einem anderen Blatt. Nur, wenn du eine Frau kennst, seit ihr zusammen auf der Wippe geschaukelt habt, und sie nicht die Bohne von dir weiß – ja, das ist unerträglich.«

Als Sarah abreiste, war es nur eine Trennung für ein paar Tage, weil sie sich am Samstag in Belles Rivières wiedersehen würden.

Die drei Hotels der Stadt hatten bisher Hôtel des Clercs, Hôtel des Pins und Hôtel Rostand geheißen. Jetzt hießen sie Hôtel Julie, Hôtel La Belle Julie und Hôtel Julie Vairon. In den Augen ihrer Besitzer waren sämtliche Verwechslungen bei Zimmerreservierungen, Briefen und Anrufen unerheblich im Vergleich zu den Vorteilen, die es hatte, mit der illustren Tochter der Stadt in Verbindung gebracht zu werden. Einen Monat vor der Uraufführung von *Julie Vairon* waren die Hotels ausgebucht. Um keinen Unfrieden aufkommen zu lassen, hatte man die Truppe gleichmäßig auf alle drei verteilt.

Sarahs Fenster ging auf den großen Platz hinaus, dessen Häuserfassaden im Laufe der Zeit zu einer Palette aus Pastellfarben verschmolzen waren – kalkweiß und cremefarben, sanfte Grauschattierungen und denkbar blasse Terrakotta-Töne. Fassaden, an denen die Zeit (vermutlich mehrere Jahrzehnte) ihre Spuren auf reizvolle Weise hinterlassen hatte; nur eine einzige frisch gestrichene Wand, die Stirnwand des Hôtel La Belle Julie, stach grellweiß dagegen ab – eine einleuchtende Erklärung, warum die zuständigen Behörden der Stadt die anmutig verblassenden Farben vorzogen. Von ihrem Eckzimmer im Hôtel Julie aus konnte Sarah die Fenster eines Zimmers im Hôtel La Belle Julie sehen, das ebenfalls im ersten Stock lag und auf dessen Balkon Blumenkübel mit weißen und rosafarbenen Oleandern standen. Dort aalte sich Bill Collins den ganzen Sonntag in der Badehose, nachdem er Sarah zugewinkt und sich, die Arme hinter dem Kopf verschränkt, in einen Liegestuhl hatte sinken lassen. Seine Augen waren hinter einer dunklen Brille versteckt. Zwischen Sarah und dem jungen Mann stand eine schirmartige Pinie mit rauher, rötlicher Rinde, auf deren dicken Stamm so viel erotisches Verlangen gerichtet schien, daß sie es nicht ertragen konnte, ihn anzusehen, sondern den Blick auf eine uralte Platane lenkte, unter der eine Bank stand und um die herum Kinder spielten. Ja, Sarah gab sich alle Mühe, überhaupt nicht mehr zu jenem gefährlichen Balkon hinüberzuschauen, als sie entdeckte, daß Bill Gesellschaft bekommen hatte: Molly lag parallel zu ihm in einem zweiten Liegestuhl. Sie hatte sich nicht halb ausgezogen wie er – sie konnte ihre milchweiße irische Haut dieser Sonne nicht ungestraft aussetzen –, sondern räkelte sich ebenfalls mit hinter dem Kopf verschränkten Armen in einem weiten, blauen Hosenanzug. Ihre Augen waren ebensowenig zu sehen wie die von Bill. Die beiden besaßen den genüßlichen, prahlerischen Charme junger Katzen, die wissen, daß man sie bewundert. Sarah bewunderte sie glühend, während ihr der Schmerz in die Seele schnitt. Messer reichten als Bild dafür nicht aus, rotglühende Spieße oder Feuerzungen trafen die Sache schon eher. Sie hatte so lange keine körperliche Eifersucht mehr verspürt, daß sie sich zunächst fragte: Was ist denn los mit mir? Habe ich Fieber?

Sie war vergiftet. Ein aggressives Gift nagte an ihr, hüllte sie in ein Feuerkleid, ähnlich wie man in der Antike seine Feinde in brennende Gewänder wickelte, die sie sich nicht vom Leib reißen konnten. Nicht nur der Anblick Mollys – Bill an Jugend ebenbürtig – und des heißen, rauhen Baumstamms, sondern auch die grobkörnige Struktur des Vorhangs, in dem sich das Licht fing wie an feinen Härchen sonnenbeschienener Haut, die deutlichen Konturen einer Wolke, durch die das goldene Abendlicht brach, der Klang jugendlichen Gelächters – all das preßte ihr die Luft aus dem Leib, so daß ihre Augen dunkel wurden und ihr Kopf benommen. Bestimmt war sie krank; wenn das keine Krankheit war, wie sollte man es dann nennen? Sie hatte tatsächlich das Gefühl zu sterben, mußte aber gute Miene zu alledem machen und so tun, als wäre nichts. Freilich war das Bill gegenüber zwecklos. Als sich die Truppe am Abend vor dem Collines Rouges versammelte, verriet ihr seine enge Umarmung unmißverständlich, daß er für ihren Zustand empfänglich war und wollte, daß sie das auch wußte. Er ließ seinen Mund über ihre Wange streifen und murmelte: »Sarah ...«

Sie saßen alle zusammen draußen auf dem Gehsteig, an dicht zusammengerückten Tischen, während die Farbe des Himmels verblaßte und man die Zikaden laut zirpen hörte, sobald das

Brummen und Dröhnen der Autos und Motorräder abflaute, weil es nirgends mehr ein freies Fleckchen zum Parken gab. Rund dreißig Theaterleute, Engländer, Franzosen, Amerikaner und Mischungen aus diesen Nationalitäten, saßen beisammen, vereint durch Julie, und wollten nicht auseinandergehen. Sie bestellten Essen nach draußen, und als sie es verzehrt hatten, blieben sie sitzen und tranken in der südlichen Dämmerung weiter, die nach Benzin, Staub und Urin, parfümierten Sonnencremes und Kosmetika, Knoblauch und Fritierfett roch. Vor hundert Jahren hätte sich der Geruch aus den Düften zusammengesetzt, die die Bäume, der Staub und das Essen, das in den Häusern ringsum gekocht wurde, ausströmten. Und an diesem Abend kam auch noch der Geruch feuchten Staubs hinzu, denn unter der Platane versprühte ein Rasensprenger große Wasserfächer.

Es war amüsant zu beobachten, wie sich die Leute verteilt hatten, und Sarah wechselte mit Mary beredte Blicke. Jean-Pierre hatte sich neben Mary gesetzt, nicht nur, weil von ihrer Pressearbeit soviel abhing, sondern weil er sie gern mochte. Bill gegenüber saß Patrick. Für ihn gab es hier in Frankreich nichts zu tun, und eigentlich war er auch mit *Hedda Gabler* beschäftigt, wollte sich aber unbedingt ansehen, was seine Kollegen auf die Beine stellten. Er spielte eindrucksvoll den Beleidigten, weil Bill so im Mittelpunkt stand und Sandy Grears nur Augen für ihn hatte. Auf der Landkarte der Emotionen bildeten diese drei ein mit unsichtbarer Tinte gezeichnetes Dreieck. Am Rande der Gesellschaft saßen Sally und Richard, die gutaussehende schwarze Frau und der ruhige, schüchterne Engländer, und unterhielten sich gedämpft. Sarah hatte darauf geachtet, nicht in Bills Nähe zu sitzen, sondern neben Stephen, der sich so plaziert hate, daß er Molly beobachten konnte. Daß er so weit von ihr entfernt saß, zeigte deutlich, daß er sich mit seiner Situation abgefunden hatte, und Sarah traten Tränen in die Augen; doch im Grunde wußte sie, daß sie um sich selbst weinte. Zur Zeit hatten viel zu häufig Leute Tränen in den Augen, bei denen das vor *Julie Vairon* selten vorgekommen war. Stephen betrachtete unverwandt die kräftige, hellhäutige junge Frau mit den vereinzelten Sommersprossen und den verhangenen, irischen

Augen und versuchte zweifellos, hinter das Geheimnis ihrer – gelegentlich schon erfolgten – Verwandlung in die geschmeidige und leidenschaftliche Julie zu kommen. Was Molly betraf, so konnte ihr zwar schlecht verborgen bleiben, daß Stephen sie anziehend fand, von der finsteren Verrücktheit aber, die von ihm Besitz ergriffen hatte, ahnte sie nichts. Wenn seine Augen einen Moment nicht auf ihr ruhten, warf sie verstohlen nachdenkliche Blicke zu ihm hinüber. Ja, Stephen war ein attraktiver Mann. Er sah gut aus. Allerdings mußte er sich inmitten so vieler lebhafter junger Leute Vergleiche gefallen lassen. Und doch fühlte sich Molly zu ihm hingezogen, oder hätte sich zu ihm hingezogen gefühlt, wäre sie von Bill nicht so betört gewesen. Wahrscheinlich war Bill im normalen Leben ein junger Mann, der nicht eingebildeter war, als man es bei diesem Aussehen sein mußte. An diesem Abend sog er die Strahlen heißen Verlangens wie eine Solarzelle in sich auf und leuchtete geradezu vor Selbstgefälligkeit und Selbstbewußtsein, was unerträglich gewesen wäre, hätte sich dahinter nicht der ängstliche kleine Junge versteckt, der manchmal aus seinen hübschen Augen herausspitzte. Alle in der Truppe registrierten, daß die meisten Passanten ein zweites Mal hinsahen, um sich zu vergewissern, daß der junge Mann wirklich so gut aussah, wie es auf den ersten Blick schien.

Sarah stellte fest, daß ihre Wut anschwoll wie ein fettes, wucherndes Krebsgeschwür. Sie wußte nicht, was stärker war, ihre Wut oder ihr Verlangen. Sie glaubte, sterben zu müssen, wenn dieser junge Mann heute nacht nicht zu ihr kam, und in ihrem fieberhaften Zustand erschien ihr das keineswegs übertrieben. Dabei wußte sie, daß er es nicht tun würde. Nicht weil sie alt genug war, um seine Großmutter zu sein, sondern wegen der unsichtbaren Grenze, die er rings um sich gezogen hatte und die signalisierte: *Nicht berühren.* Dazu kam dieser aufreizende, überhebliche Blick, den man eigentlich eher von Jugendlichen zwischen siebzehn und zwanzig kennt und der besagt: »Ich bin nicht für euch da, ihr schamloses Volk, aber wenn ihr wüßtet, wozu ich imstand wäre, wenn ich nur wollte ...« Jener Blick, der mit dem (wortlosen) rauhen Hohn des Heranwachsenden einhergeht, voll sexueller

Aggression, Begehren und Zweifel an sich selbst. Eine unreine Keuschheit. War dies (die Tatsache, daß Bill nicht verfügbar war) der Grund, warum Sarah ihn nicht in ihrem Hotel untergebracht hatte, sondern nebenan? Sie war der Meinung, daß das aus Stolz oder sogar aus einem gewissen Ehrgefühl geschehen war. Aber Molly hatte sie im selben Hotel einquartiert wie Stephen und dabei so etwas wie »Das ist nur recht und billig« vor sich hin gemurmelt, womit sie gemeint hatte, Stephen solle von seinem Aufenthalt in Julies Land profitieren, auch wenn ihr, Sarah, das nicht vergönnt war. Hätte sie es so gemacht, wie Molly es offenbar wünschte, hätte die junge Frau in Bills Hotel gewohnt. (Sarah hatte die Zimmer nicht selbst zugewiesen, sondern den Hotels nur Namenslisten gegeben.) Hatte sie das aus Eifersucht getan? Sie glaubte es nicht. Außerdem konnte Molly (oder Bill – durchaus wahrscheinlich!) nichts davon abhalten, die paar Meter ins andere Hotel zu gehen. Schließlich hatte sie auch schon den ganzen Tag auf seinem Balkon verbracht. Sarah hatte sich von dem Gedanken leiten lassen, daß Stephen Molly tausendmal mehr begehrte, als Bill das je vermocht hätte.

Während dieser Überlegungen in Sachen Liebe plauderte Sarah und lachte und trug ihren Teil zum netten Beisammensein bei; gleichzeitig beobachtete sie Stephen, spürte, wie sie um seinet- und ihrer selbst willen litt, und es war ihr bewußt, wie grundverschieden und widersprüchlich die Emotionen in ihrem Inneren waren und daß sie im Grunde unmöglich zusammen in einer Haut existieren konnten. In einem Kopf. In einem Herzen.

An erster Stelle stand die Tatsache, daß sie verliebt war. Nach allgemeiner, einhelliger Ansicht ist Verliebtheit ein bedeutungsloser oder gar komischer Zustand. Dennoch gibt es kaum eine Situation, die nicht nur für Körper und Herz so schmerzlich ist, sondern auch für den Verstand, der feststellen muß, daß sich der Mensch, über den er (der Verstand) doch Herr sein sollte, töricht und geradezu beschämend benimmt. Tatsache ist, dachte Sarah, während sie sich standhaft weigerte, sich von Bills Anblick vereinnahmen zu lassen, sondern sich mit Stephen unterhielt, der über diese Ablenkung heilfroh war – Tatsache ist, daß es im Leben einen Bereich gibt, der zu schrecklich ist, um überhaupt bewußt wahrgenommen zu werden. Menschen sind häufig verliebt, aber meistens nicht gleichermaßen heftig und auch nicht gleichzeitig. Sie verlieben sich in jemanden, der nicht in sie verliebt ist, als gäbe es ein entsprechendes Gesetz, und das führt dann zu ... Ließe sich der Zustand, in dem sie sich befand, nicht mit dem harmlosen Etikett »verliebt« versehen, wären ihre Symptome die einer echten Krankheit gewesen.

Von diesem zentralen Gedanken führten mehrere Stränge weiter, einer davon zu der Tatsache, daß unser aller Schicksal, alt zu werden oder auch nur älter zu werden, so grausam ist, daß wir mit enormem Energieaufwand versuchen, unser Altern abzuwenden oder hinauszuzögern, und daher selten zulassen, daß uns die Erkenntnis klar und hart trifft: Nachdem man eines war – und dabei betrachtete Sarah die jungen Leute ringsum –, wird man etwas anderes, eine Hülse ohne Farbe, vor allem aber ohne Glanz, ohne Schimmer. Und ich, Sarah Durham, die ich heute abend hier sitze, umgeben von vorwiegend jungen Leuten (oder solchen, die mir jung erscheinen), befinde mich in genau derselben Situation wie unzählige Menschen auf der Welt, die häßlich, verunstaltet oder verkrüppelt sind oder abstoßende Hautkrankheiten haben. Oder denen dieses geheimnisvolle Etwas fehlt, das man Sexappeal nennt. Millionen verbringen ihr Leben hinter häßlichen Masken und sehnen sich nach den für attraktive Menschen selbstverständlichen Unkompliziertheiten der Liebe. Es besteht kein Unterschied mehr zwischen mir und den Menschen, denen die Liebe verwehrt bleibt, aber ich erkenne zum ersten Mal, daß ich als junger Mensch einer in sexueller Hinsicht privilegierten Gruppe angehört habe, ohne mir dessen bewußt zu sein oder darüber nachzudenken, was es bedeutet, nicht dazuzugehören. Doch irgendwann erlebt jeder, wirklich jeder, egal wie gefühllos oder abgestumpft er in seiner Jugend war, was es bedeutet, in Entbehrung zu leben, und da wir uns so rasch auf das Alter zubewegen, ist es nur gut, daß uns das so früh noch nicht klar ist.

Doch wenn es wirklich so schrecklich und so schmerzhaft ist, daß ich mir, während ich hier sitze, wie ein unglückliches altes

Gespenst auf einem Familienfest vorkomme, wie kann es dann sein, daß ich zwei Jahrzehnte, nein, länger, zufrieden mit einem Mangel gelebt habe, der mir plötzlich unerträglich erscheint? Die meiste Zeit habe ich kaum bemerkt, daß ich älter wurde. Es hat mir nichts ausgemacht, ich war zu beschäftigt. Ich habe ein interessantes Leben geführt. Mit ein bißchen mehr Glück (damit meine ich, wenn ich Julies Territorium nicht betreten hätte), hätte ich bequem damit weiterleben können, daß sozusagen ein Licht schwächer wird oder ein Feuer fast unbemerkt erlischt, und wäre irgendwann wirklich alt gewesen, ohne den Übergang allzu deutlich zu spüren. Vermutlich darf ich davon ausgehen, daß ich bald von diesen Beschwerden geheilt bin, und dann werde ich auf alles zurückblicken und lachen. Im Augenblick freilich kann ich mir dieses Lachen schwer vorstellen. Ich kann doch unmöglich vergessen, wie sehr ich jetzt leide – oder doch?

Wie konnte ich nur so unsensibel sein? Als ich jung war – und auch später –, haben sich ständig Männer in mich verliebt, und für mich war das eine Selbstverständlichkeit, genau wie für Mary, die Jean-Pierre freundlich anlächelt, genau wie für Molly, die ungeheuer lieb zu Stephen ist, und wie für Bill, der dasitzt, die Hände hinter dem Kopf verschränkt, zu den Sternen aufblickt (wegen der Luftverschmutzung sind sie nicht so hell, wie sie sein könnten – Julies Sterne waren sicherlich viel heller) und genau weiß, daß wir ihn ansehen, daß er unsere Blicke auf sich zieht, während er so tut, als würde er es nicht merken. Wenn mich früher ein Mann auf diese besondere Art angesehen hat, mit solch brennenden, vorwurfsvollen Augen und voller Angriffslust, wenn sein Körper nur diese eine schamlose Aussage machte: *Ich begehre dich*, brachte ich da auch nur einen einzigen mitfühlenden Gedanken für ihn auf? Dabei wußte ich, wie schrecklich die Liebe ist, also gibt es keine Ausrede. Körperliche Attraktivität geht meist mit erschreckendem Hochmut einher, und statt ihn nur im mindesten zu kritisieren, bewundern wir ihn noch.

Die Automassen auf dem Platz zerstreuten sich, und je mehr Autos verschwanden, um so höher wirkten die Cafés und Hotels im Vergleich zu den Hügeln, den Sternen und den Bäumen. Auch die Menschen zerstreuten sich, wenn auch widerstrebend, mit dem Argument, sie müßten ins Bett, um zu ihrem Schönheitsschlaf zu kommen.

Aus einem Hoteltaxi, das zu später Stunde vom Flughafen kam, stiegen Henry und Benjamin Greenfield, der amerikanische Sponsor, der eigens hergeflogen war, um seine Investition – oder vielmehr die seiner Bank – in Augenschein zu nehmen. Die Tische auf dem Gehsteig hatten sich inzwischen weitgehend geleert. Sarah war schon auf dem Weg ins Hotel (zu *ihrem* Schönheitsschlaf), als Henry auf sie zustürzte. »Ich bin am Verhungern. Das Flugzeug hatte Verspätung. Ich muß unbedingt etwas essen. Kommst du mit?« Gerade als sie sagte, sie habe bereits gegessen, gesellte sich Benjamin Greenfield zu ihnen. Er und Sarah hatten sich oft und ausführlich am Telefon unterhalten, so daß sie jetzt das Gefühl hatten, sich zu kennen. Auch er lud sie zu einem späten Abendessen ein, das sie jedoch in ein potentielles Frühstück umwandelte. Henry stand dabei, während die beiden verhandelten, und dann entdeckte Sarah auf einmal Bill neben sich. Er umarmte sie mit einem »Gute Nacht, Sarah. Ich muß morgen unbedingt über ein Problem mit meiner Uniform mit dir reden«. Sie machte ihn, wie er beabsichtigt hatte, mit Benjamin bekannt. »Das ist Bill Collins, einer der Stars von *Julie Vairon* – Mr. Greenfield, unser amerikanischer Sponsor.« Bill begleitete Benjamin zurück zum Café, und Sarah beobachtete, wie er dem älteren Mann respektvoll einen Stuhl zurechtrückte, sich dann hinsetzte und interessiert vorbeugte. Sarah vermied es, Henry anzusehen. Sie wußte, daß er dasselbe dachte wie sie: ein grausames Metier. Henry meinte, er käme wohl doch ohne Abendessen aus. Endlich brachen auch Stephen und Molly auf, und zu viert gingen sie ins Hotel. Sarah und Henry standen noch kurz in der Halle und beobachteten, wie Stephen Mollys Arm nahm und sie zu einem Schaukasten führte, in dem historische Fotografien von Julie hingen; inzwischen gab es nicht nur Julies Selbstporträts zu kaufen, sondern es gab Julie auf Schals, auf Medaillons und auf T-Shirts. Stephen und Molly kehrten den beiden den Rücken zu. Henry kommentierte die Situation mit einem ironischen Lächeln. Sarah erwiderte es. Dieser Blickwechsel war Balsam auf offene Wunden. »Showbusiness«, meinte Henry achselzuckend, und fügte energisch hinzu: »Und jetzt rufe ich meine Frau an. Ein anschauliches Beispiel für Relativität, diese Zeitverschiebung. Sie bringt gerade unseren Sohn ins Bett.« Damit lief er leichtfüßig die Treppe hinauf, während Sarah sich für den von ihm verschmähten Lift entschied, ohne noch einmal in die Eingangshalle zurückzublicken, wo Stephen bestimmt einen Vorwand fand, den Augenblick allein mit Molly in die Länge zu ziehen.

In dieser Nacht litt Sarah wirklich grauenhaft. Verliebt zu sein war an sich schon schlimm genug, es sei denn, den eingebildeten Küssen entsprachen echte. Aber sie haßte sich auch noch dafür. Immer wieder sah sie Bill vor sich, der bescheiden auf sie zutrat und sie umarmte, ein Auge auf »unseren amerikanischen Krösus« gerichtet.

Angenommen, Bill klopfte an ihre Tür. Nur würde er das nicht tun. Aber ... Geduld. Vor Jahren, frisch verwitwet, hatte sie Monate, Jahre in dem Glauben verbracht, daß das Leben keinen Sinn mehr hatte, wenn sie ihn, ihren geliebten und vertrauten Mann, nachts nicht neben sich haben konnte. Daraus wurde irgendwann: Wenn sie nicht in den Armen eines Mannes einschlafen konnte, dann ... Wenig später erreichte sie, wie zu erwarten, ein Stadium, in dem allein zu schlafen ein Geschenk war, eine Gnade, so daß sie einfach nicht glauben konnte, daß sie noch vor gar nicht langer Zeit wegen eines Männerkörpers, der dem ihren Gesellschaft leistete, geweint und gelitten hatte. Und danach – Jahre voller Gleichmut. Ohne Sex? Das nicht gerade, denn manchmal masturbierte sie, aber nicht, weil sie sich nach einem bestimmten Partner sehnte. Sie hatte diese kleine Betätigung so perfektioniert, daß sie rasch zum Erfolg führte und ihr Erleichterung und Entspannung verschaffte. Genuß empfand sie dabei nicht, eher leichte Verärgerung ob der Reizlosigkeit. Durchaus zwiespältig, weil der Narzißmus, der so wesentlich zur Erotik gehört, nicht durch Vorstellungen von sich selbst – so, wie sie jetzt war – genährt werden konnte. Erst jetzt, da das Vergegenwärtigen eigener Reize die erotische Stimmung nicht zu schüren vermochte, begriff sie, daß sie früher von sich selbst beinahe ebenso berauscht gewesen war wie von dem männlichen Körper, der sie liebte. Sie durfte keine Erinnerungen daran aufkommen lassen, wie sie gewesen war, weil diese unterschwellig die trockene Qual erlittenen Verlustes in sich bargen – und damit eine Gefahr: Wollte sie wirklich in Begleitung vielfältiger Schatten ihrer selbst leben, wie so viele alte Leute, die sich mit eigenen Fotos aus jungen Jahren umgaben? Im Augenblick war sie in ihren sorgfältig gezügelten Phantasievorstellungen eine Voyeurin, weil ihr ein gewisser Stolz, dem eine ästhetische Entscheidung zugrunde lag, die Teilnahme an Szenarios mit jungen Körpern, männlichen und weiblichen, verbot. Bei den Gestalten in ihren Phantasien handelte es sich nie um Menschen, die sie kannte. Sie legte keinen Wert darauf, andere zu benutzen. Diese Form von Erotik hatte etwas Rituelles, Statthaftes an sich, war wie ein Ausschnitt aus dem Leben irgendeines Volkes oder Stammes aus der Vergangenheit (oder der Zukunft?) an einem abgeschiedenen, der Liebe vorbehaltenen Ort. Mit richtiger Erotik und ihren mannigfachen Wonnen, ihrer Verherrlichung von Mann und Frau, hatte das ebensowenig zu tun wie Kaugummikauen mit Essen.

Wo war diese vorsichtig gewordene Frau geblieben? Sarahs erotisches Ich war wiederhergestellt, als wäre die Tür zu diesem Teil ihres Lebens nie zugeschlagen worden. Sie war nicht mehr zweigeteilt. Ihre Phantasien waren so romantisch wie in der Pubertät und so erotisch wie zu der Zeit, als Liebe für sie das Wichtigste im Leben gewesen war, und sie hatten mit ihr selbst zu tun, so, wie sie heute war – all das nur, weil Bills Umarmung sie hatte spüren lassen, wie heftig er sie begehrte. Sie lag mit Bill zusammen, Mund an Mund, und sein dicker roter Penis war in ihr, reichte bis hinauf zu ihrem pochenden Herzen. Lust und Zorn durchfuhr sie in Wellen, und Zärtlichkeit umfing sie beide.

Sie konnte ihn so deutlich spüren, daß sie kaum zu glauben vermochte, daß er nicht da war, daß er auch nicht an ihre Tür klopfen würde. So waren einst die Mythen und Legenden von Inkuben und Sukuben entstanden, geboren aus übermächtigem Verlangen. Vor ein paar hundert Jahren hätte man sie leicht überzeugen können, daß ein sinnlicher Dämon in ihrem Bett weilte, ein Dämon voller Vitalität … Woran erinnerte sie Bills animalische Vitalität? An Fotos von sich selbst in jungen Jahren, als sie genau dieselbe kraftstrotzende Vitalität besessen hatte, die funkelnde Körperlichkeit eines Tieres, überheblich und grausam geradezu in seinen Forderungen gegenüber jedem, der es betrachtete – und begehrte. Menschen verlieben sich in Bilder von sich selbst (das kann man jeden Tag beobachten), und sie hatte sich wieder, zumindest teilweise, in jenes Mädchen verliebt, dessen ruhige, aber stolze Kopfhaltung und dessen direkt auf den Fotografen gerichtete Augen kundtaten: Ja, ich weiß, aber Finger weg!

Daß ihr Schlaf voller erotischer Träume war, versteht sich von selbst. Sie wachte um acht Uhr auf, als der Wecker klingelte, und fast im selben Augenblick rief Stephen, ebenfalls von seinem Wekker aufgeschreckt, aus seinem Zimmer direkt über ihr an: Er habe kaum geschlafen, werde, nachdem er frühmorgens eine Schlaftablette genommen habe, endlich müde und wolle sie bitten, ihn später zu wecken, sagen wir, um elf? »Ich muß diesen Amerikaner doch nicht unbedingt sehen, oder?«

»Wir dachten, du möchtest deinen Mitsponsor gern näher kennenlernen.«

»Möchte ich auch, klar, aber ein andermal, Sarah.«

Sie zog sich sorgfältig an. Frauen in einem gewissen Alter (und älter) bleibt gar nichts anderes übrig, weil die Kleidung zu einem Teil ihrer selbst geworden ist. Im Spiegel erblickte sie eine attraktive Frau in weißem Leinen, die etwas Taufrisches an sich hatte und von den zulässigen Unebenheiten, die ihrem tatsächlichen Alter entsprochen hätten, weit entfernt war. Das verdankte sie den Elixieren, die durch ihre Adern tobten. Ihr ganzer Körper schmerzte, aber das sah man nicht. »Erstaunlich«, sagte sie laut und ging schwungvoll die Treppe hinunter, da es ihr in ihrem Zustand unmöglich war, sich langsam zu bewegen. Henry saß in der Halle. Er warf ihr zunächst nur einen kurzen Blick zu, aber schon wanderten seine Augen zu ihr zurück und betrachteten sie bedächtig und voller Anerkennung. Sie lächelten sich zu wie Kampfgefährten. Wenn der Gedanke an Bill Scham, Zorn und Gift bedeutete, bildeten Henry und die wohltuende Komplizenschaft, die sich einstellte, sobald sie beisammen waren, das Gegengift. Er beobachtete sie, als sie das Hotel verließ. Sie spürte seinen Blick.

Benjamin erwartete sie an einem Tisch im Café. Sie nahm Platz und entschuldigte Stephen. Amüsiert stellte sie fest, daß sich alles an diesem sympathischen Mann, der auf gelassene und vernünftige Art gut aussah, der in der Theaterwelt üblichen Zwanglosigkeit und selbst der Ferienstimmung von Belles Rivières widersetzte. Er trug eine teure weiße Hose und ein weißes Leinenhemd, und füllte beides so gut aus, daß klar war: Dieser Mann muß aufpassen, was er ißt. Sein Haar, das allmählich grau wurde – er war bestimmt schon fünfzig –, paßte zu seiner eher nüchternen Rolle im Leben. An seiner makellosen Kleidung deutete nichts auf eine der in Europa und vor allem in Großbritannien zulässigen Verschrobenheiten hin. Er saß ungezwungen da und registrierte, was ringsum vorging – noch nicht viel, denn bisher saßen nur wenige Leute im Straßencafé. Einer davon war Andrew, der die Autos beobachtete, die schon so früh um den Platz krochen und nach Parklücken Ausschau hielten. Seine hellblauen Jeans und sein Hemd entsprachen genau dem, was auch jedes andere Ensemblemitglied hätte tragen können, aber an ihm suggerierten sie weite Horizonte. Andrew war eine einsame, düstere Gestalt. Während Sarah dieser Gedanke durch den Kopf ging, brachte der Kellner Andrew einen großen Teller mit Rührei und Schinken, und er begann mit Appetit zu essen. Er hatte Sarah und Benjamin nicht gesehen oder wollte sie nicht sehen. Bei einer Gruppe von Leuten, die miteinander arbeiten, ist es immer aufschlußreich zu beobachten, wer neben wem sitzt, aber noch aufschlußreicher sind die Augenblicke, in denen einzelne das Bedürfnis haben, allein zu sein. Als Sarah ihre Aufmerksamkeit wieder Benjamin zuwandte, hob Andrew grüßend eine Hand, ohne sie anzusehen.

Sie war entschlossen, den Blick nicht zu dem Balkon hinaufwandern zu lassen, auf dem sie womöglich Bill entdecken würde. Allein die Möglichkeit, daß er da war, genügte, um ihren Körper auf dieser Seite schwer werden zu lassen, während ihr Rücken zu einem sensiblen Sinnesorgen wurde. Über Benjamins Schulter hinweg sah sie, wie Andrew seinen Stuhl jetzt so drehte, daß er ihr direkt ins Gesicht sah. Wollte er an ihren Tisch gebeten werden? Unwahrscheinlich, daß er diesen reichen Mäzen hofieren wollte. Zum einen entsprach das nicht seiner Art – sein Unabhängigkeitsdrang grenzte fast schon an Streitlust –, und zum anderen hatte er es nicht nötig. Integrität ist sehr häufig eine Frucht des Erfolgs.

Benjamin erzählte ihr, daß sich seine Bank entschlossen habe, Geld in sechs Theaterstücke – oder, wie er es formulierte, »Theaterprojekte« – zu stecken. »Wir haben uns darauf eingelassen, sechs Theaterprojekte zu finanzieren. Ich muß gestehen, daß die Idee von der Frau unseres Präsidenten stammt. Sie hat viel für Kunst übrig. Zunächst waren wir von ihrem Vorschlag gar nicht so angetan, aber nachdem sie uns eine Zeitlang bearbeitet hat, fand er allmählich Anklang. Zumindest hat es mich nicht sehr viel Mühe gekostet, den Aufsichtsrat zu überreden, seine Zustimmung zu geben. Wir gehen nicht davon aus, viel Geld damit zu verdienen, aber darauf kommt es auch nicht an.«

»Ich kann nur hoffen, daß Sie mit unserem Stück keinen Verlust machen.«

»Bei riskanten Projekten machen wir gelegentlich auch mal Verluste, also warum nicht bei einer guten Sache? Das ist inzwischen unser Standpunkt. Jedenfalls verbringe ich meine Zeit damit, neue Unternehmen zu finanzieren, und im Grunde ist das hier auch nichts anderes. Außerdem verschafft es mir die Möglichkeit, an hübsche Orte zu fahren und nette Leute kennenzulernen.« An dem Punkt nickte er leicht, aber unmißverständlich, wie ein Dirigent, der einen Einsatz gibt: Sie sind gemeint. Sie nahm es mit einem Lächeln zur Kenntnis. Tatsächlich genoß sie ihr Zusammentreffen und schaffte es, ihre Gemütsverfassung zu vergessen. Sie war fasziniert von diesem Mann, den man bei ihr zu Hause als »Geschäftsmann« bezeichnet hätte, nicht ohne leichtes Naserümpfen. Wäre er Brite gewesen und hätte sich gegen die sich vornehm gerierenden Vorurteile seiner Landsleute verteidigen müssen, hätte er sich zwar zu seiner Tätigkeit bekannt, inzwischen aber längst von seinem Hobby erzählt – daß er Rosen züchtete oder edle Steine sammelte – und betont, daß sein Herz in Wirklichkeit an diesen Dingen hänge. Doch da für ihn kein Grund bestand, sich unzulänglich zu fühlen, sprach er voller Freude und Tatkraft über seine Arbeit. »Ich kann von Glück sagen, daß ich nicht in einem Büro zu sitzen brauche. Ich möchte nicht, daß Sie denken ...« Neunzig Prozent seiner Zeit befaßte er sich mit den alltäglichen Schwierigkeiten neuer Geschäftsunternehmen, die zum Teil ziemlich riskant waren. »Nachdem ich das schon seit zehn Jahren mache, habe ich Ihnen eine hübsche Auswahl zu bieten, darunter einige Projekte, bei denen ich stolz bin, Pate gestanden zu haben.«

»Erzählen Sie«, forderte sie ihn auf, denn solange er redete, würden der Glanz und das Elend ihrer Tätigkeit in Schach gehalten.

»Also gut, wie gefällt Ihnen die Idee, daß eine Glasfabrik unter Verwendung alter und einiger neuer Techniken exakte Kopien von alten Meisterwerken anfertigt? ›Meisterwerke der Vergangenheit‹ nennen wir diese Repliken. Ich kann Ihnen versichern, wenn Sie eine davon sehen, wollen Sie sie haben, aber sie sind so teuer, daß man sie eigentlich nur im Museum in eine Vitrine stellen kann. Die Stücke werden tatsächlich auch von Museen gekauft – von Colleges, Schulen, Millionären ... Kommt Ihnen das zu exklusiv vor? Hier haben Sie das andere Extrem: eine Fabrik, die einen bestimmten Baustein herstellt. Er ist etwa einen Quadratmillimeter groß, revolutioniert aber eine ganze Kette von Prozessen in der Computertechnologie – nicht so aufregend, muß ich gestehen.« Ehrlich gesagt fand Sarah das schon aufregend, aber Benjamin wollte sie nun einmal anders sehen. Von Künstlern erwartet man nicht, daß sie sich für Technologie interessieren. »Und was halten Sie davon, ein Haus fix und fertig möbliert zu kaufen? Samt Garten – vom Kakteengarten bis hin zum japanischen Garten. Oder einem strengen französischen oder einem englischen Cottage-Garten ... Sie brauchen ihn nur zu bestellen, und da ist er schon. Zugegeben, für einige unserer Gärten muß man schon ziemlich gut bei Kasse sein.« Diese und noch ein paar andere Ideen stellte Benjamin ihr vor und trank zwischendurch immer wieder rasch einen Schluck Kaffee aus der Tasse, die er in der Hand hielt, als sei der wichtigste Punkt in seinem Terminkalender, sich genug Koffein einzuverleiben. Dabei betrachtete er Sarahs Gesicht und freute sich über ihr Interesse. Er mochte sie, das sah man deutlich. Ja, und sie mochte ihn – banale Worte für einen geheimnisvollen Vorgang. Allmählich wurde ein Spiel daraus. Er beschrieb ihr dieses oder jenes Projekt, das seine Bank finanzierte, und sie ließ erkennen, wie gut es ihr gefiel, nicht unbedingt wahrheitsgemäß, sondern dem Bild entsprechend, das Benjamin sich von ihr machte. Wenn man sich so gibt, wie einen ein anderer sieht, erfährt man sehr viel über den Betreffenden. Bald lachten sie ungleich mehr, als die nüchterne, sachliche Unterhaltung rechtfertigte. Sarah hatte sich Lachen als Therapie verordnet, und ihre Emotionen schwappten ohnehin wie ein starker Gezeitenstrom in einem kleinen, zwischen Felsen eingeschlossenen Wasserbecken umher. Benjamin wiederum hatte sich von der Fröhlichkeit und dem Zauber des Theaters anstecken und von Julie ganz in ihren Bann ziehen lassen. Nach und nach füllten sich sämtliche Tische ringsum, zumeist mit Leuten von der Truppe, und alle lächelten zufrieden, weil sich ihr Krösus so gut mit Sarah amüsierte. Nur Andrews Lächeln, trocken und anerkennend, schien auf seinem Gesicht festgefroren zu sein, während er die beiden unverhohlen betrachtete.

Gerade wollte Sarah Benjamin versichern, daß ihm bestimmt gefallen würde, was er morgen zu sehen bekäme – daß er sich die Wirkung der Musik im Zusammenspiel mit der Handlung auch so vorstellen könne, sei undenkbar –, da stellte sich heraus, daß die Sache einen Haken hatte: Benjamin hatte für den Abend schon einen Flug nach London gebucht. Das bedeutete, daß er abreisen würde, ohne *Julie Vairon* gesehen zu haben. Er war davon ausgegangen, daß am Nachmittag eine Probe stattfand, doch Sarah erklärte ihm, daß das nur eine technische Probe sei, bei der die Schauspieler ihre Stellungen auf der Bühne einnahmen und den Text nur durchsprachen. »Und das bedeutet im Grunde, daß Sie das Stück nicht gesehen haben.«

Sein Gesicht verriet, daß das in seinen Augen keine so große Katastrophe war wie in ihren. Er meinte sogar, er traue ihnen zu, es schon richtig zu machen – ein Scherz, über den Sarah nicht lachen konnte. Sie überlegte kurz, daß sie manche Dinge womöglich unverhältnismäßig wichtig nahm. Da entdeckte sie auf der anderen Seite des Platzes Jean-Pierre, der auf dem Weg in sein Büro war. Sie entschuldigte sich und bat Benjamin, sich nicht von der Stelle zu rühren, weil sie ihm unbedingt den Vertreter der französischen Seite der Produktion vorstellen wolle. Rasch überquerte sie unter der Pinie und der Platane hindurch den staubigen Platz, der trotz der kräftigen abendlichen Wässerung längst wieder trocken war. In den Bäumen schienen Hunderte von Zikaden zu hausen, die aus Leibeskräften zirpten. Als sie Jean-Pierre einholte, erklärte sie ihm, es komme nicht in Frage, daß der amerikanische Sponsor, der so viel Geld bereitstelle, keine richtige Aufführung miterlebe. Sie flehte ihn an, sich etwas einfallen zu lassen, um Benjamin zum Bleiben zu bewegen. Dann eilte sie, beflügelt von einer Energie, die ihr nicht zu Gebote stand, wenn sie nicht verliebt war, ins Hotel zurück, da es Zeit war, Stephen zu wecken.

Auf dem Balkon über den Leuten, die vor dem Collines Rouges saßen, stand zwischen Oleanderkübeln ein junger Gott, der wußte, daß er einer war – geschmeidige, warme, sonnengebräunte Haut, dunkel glänzendes Haar, schmelzender Blick –, beobachtete Sarah, die zügig näher kam, und wartete darauf, daß sie ihn sah. Wie der Zufall es wollte, bemerkte sie ihn erst im letzten Augenblick und winkte ihm nur flüchtig zu. Seine ihr entgegengestreckte Hand – die Handfläche nach oben, sinnlichen Segen austeilend – sank verschmäht herab. Er war ehrlich verletzt.

Sie ging in ihr Zimmer und rief Stephen an. Er war gerade aufgewacht und schlug ihr vor heraufzukommen. Sie ging hinauf. Stephen verschwand im Bad, Sarah setzte sich auf ein dickgepolstertes kleines Sofa, bezogen mit rustikalem Baumwollstoff, der zu der nostalgisch geblümten Tapete paßte, und bestellte Kaffee. Sie fühlte sich heiter und unbeschwert, hatte ihre Nöte in einem anderen Land zurückgelassen, dem Land der Nacht.

Dann stand sie am Fenster und schaute durch niedliche Vorhänge zu dem Tisch hinunter, an dem Bill und Molly saßen. Ihnen gegenüber saßen Sally und Richard. Sarah sehnte sich danach, bei ihnen zu sein. Das Leben in der Gruppe ist wie eine Droge.

Sandy, der Beleuchter, kam vorbei, blieb neben Bill stehen und gab ihm etwas, das wie ein Foto aussah. Bill nahm es und lachte, ein junges, lautes Lachen, dem man die Selbstgefälligkeit anhörte. Sarah würde nie erfahren, was auf dem Foto zu sehen war oder warum Bill es so komisch fand, aber die Szene prägte sich ihr aufgrund ihrer Befindlichkeit so deutlich ein, daß sie sie wahrscheinlich nie vergessen würde. Henry kam und ging an den Tischen vorbei, blieb kurz stehen, um alle zu begrüßen, bevor er sich auf die andere Seite des Platzes begab, wo sich in einer Seitenstraße das Musée Julie Vairon befand. Er hatte gestern abend gesagt, daß er es sich heute morgen ansehen wolle. Sarah sah Benjamin und Jean-Pierre aus einem Geschäft auftauchen und Henry nacheilen. Stephen kam aus dem Bad, stellte sich neben sie und schaute – natürlich – zu Molly hinunter. Sarah und Stephen standen Seite an Seite und beobachteten Molly und Bill, die jetzt so taten, als zankten sie sich um das Foto.

»Grausam«, bemerkte Stephen mit geheuchelter Gemütsruhe.

»Grausam, wenn es nicht so alltäglich wäre«, pflichtete sie ihm bei.

»Trotzdem grausam. Übrigens mache ich mir nicht die Bohne aus Molly, nicht ernsthaft.«

Sie zitierte:

»Glaubst du etwa, eitler Jüngling, du bist der Grund,
Warum ich des Nachts wachliege und weine?
Ich weine, weil ich so oft gesagt habe:
Nein, nein, nein, genau wie jetzt du,
In dem Glauben, es gäbe mein ganzes Leben
Nur köstliche heiße Dämmerungen und Küsse.«

»Von wem? Aus einem unbedeutenden *roman*? Aber Molly hat nicht nein gesagt. Ich traue mich nicht, sie zu fragen. In der Zwischenzeit geht es mir zunehmend schlechter. Gestern nacht mußte ich mich an die Kandare nehmen, um nicht Gedichte zu schreiben.«

Sarah verkniff sich die Bemerkung, daß auch das zitierte Gedicht das Ergebnis von Schlaflosigkeit war.

In dem Augenblick schaltete die Stadtverwaltung, vielleicht auch das Café, eine Musikkonserve ein. Sie erschallte aus der Pinie und brachte die Zikaden durcheinander. Julies Troubadourmusik, Liebeslieder also, erfüllten die kleine Stadt und brachten jedes Molekül in Sarahs Körper zum Schwingen.

»Außergewöhnliches Zeug«, sagte Stephen. »Es ergreift regelrecht Besitz von einem.«

»Musik ist die Nahrung der Liebe.«

»Ist sie das wirklich?« fragte er, mit genau derselben Mischung aus Gereiztheit und Sehnsucht, die Sarah verspürte.

Einzelne Grüppchen überquerten den Platz in Richtung Museum. Unter ihnen Molly und Bill, Richard und Sally. Henry war bei ihnen. Er war wieder aufgetaucht und sprach mit Jean-Pierre. Und wo war Benjamin? Sarah erklärte Stephen, man müsse Benjamin um jeden Preis überreden, sich wenigstens *eine* Vorstellung anzusehen, und Stephen meinte, er sehe nicht ein, warum man den Amerikaner gegen seinen Willen hier festhalten solle. »Schon, aber es wird nicht gegen seinen Willen sein. Außerdem verstehst du das nicht. Euch reiche Mäzene muß man glücklich und bei Laune halten, weil wir euch nächstes Jahr wieder brauchen. Vom Jahr danach gar nicht zu reden.«

»Glücklich!«

»Glück ist nicht zum Lachen«, zitierte Sarah.

Sie gingen nach unten und traten in den heißen Morgen hinaus, in den Gestank und die Düfte des Südens, den Verkehrslärm und Julies Musik. Berauscht von dieser anregenden Mischung und tapfer lachend, obwohl ihnen nicht danach zumute war, schlenderten sie über den Platz und sahen Henry und Benjamin auf sich zukommen. Unter der Platane standen Bill und Molly.

Stephen blieb stehen, außerstande weiterzugehen. Er sah an diesem Morgen aus wie ein unglücklicher, alter Mann. Schlimmer, er wirkte irgendwie töricht, so als sei er nicht ganz ernst zu nehmen. Sarah fiel es schwer zu glauben, daß dies der starke und beeindruckende Mann war, den sie in seiner häuslichen Umgebung erlebt hatte. Aber wahrscheinlich wirkte auch sie etwas albern und mitleiderregend.

Sie nahm ihn am Arm und schob ihn weiter.

»Selbst bei einem Gott zeugt es nicht von Klugheit, wenn er sich verliebt«, sagte Stephen.

»Von wem stammt das? Ich muß passen. Aber wie steht es mit: Wer liebt, redet irre?«

»Byron«, sagte er prompt.

»O fühlsame Liebe, halb Engel und halb Vogel, und Wunder nur und wildes Sehnen«, sagte Sarah, die die beiden näherkommenden Männer beobachtete und merkte, daß Henry sein Tempo Benjamins gemessenerer Gangart anpaßte.

»Browning«, sagte Stephen.

»Stimmt, Browning.«

»Und vor allem möchte ich flieh'n vor dem grausamen Wahnsinn der Liebe, dem Nektar giftiger Blumen und all dem maßlosen Leiden ... aber in meinem Fall trifft das absolut nicht zu.«

»Wer kann das anders sein als ...?« Bill und Molly kamen nun auch näher. Sarah begann zu lachen. »Er naht, meine Seele, mein Stern«, spottete sie und forderte Stephen mit einem Blick auf weiterzumachen.

Ohne zu lachen fuhr er fort: »Wär sein Schritt auch wie fallendes Laub ...«

»Mein Herz vernähm' ihn von fern ...«

Während sich Sarah und Stephen die Zeilen zuspielten wie Bälle, blieben Henry und Benjamin vor ihnen stehen und hörten zu.

Stephen: »Wär's zerfallen zu Erde und Staub ...«

Sarah: »Mein Staub noch erbebte zum Gruß ...«

Bill und Molly kamen dazu. Nun standen sie zu viert Stephen und Sarah gegenüber. Bills Gesicht verriet tiefe und zugleich respektlose Anerkennung. »Tennyson«, hauchte er wie ein Schuljunge.

»Aber sicher ist das Tennyson«, sagte Stephen. »Und läg ein Jahrhundert ich tot ...«

Und Bill fiel ein, während er Sarah direkt in die Augen sah: »Vernähm' er nur leis' seinen Fuß, Und erblühte in Purpur und Rot.«

»Was für ein hinreißender, grandioser Unsinn«, sagte Sarah

und hielt sich den Bauch vor Lachen, während Bill ihr ein charmantes und vertrauliches Lächeln schenkte, das besagte, daß er wußte, warum sie so übermäßig lachte, und daß er es ihr nachfühlen konnte.

Benjamin bemerkte umsichtig: »Vermutlich ist es Unsinn, je nachdem, ob man verliebt ist oder nicht.«

»Das ist eine präzise Zusammenfassung der Situation, würde ich sagen«, meinte Stephen. Er warf Molly einen Blick zu, der sie erröten, dann lachen und sich abwenden ließ. Aber er gab nicht nach: »Die Zeit war fort und anderswo.«

»Es ist zwecklos, mein Liebchen, mein Herz, es ist zwecklos, mein Püppchen«, sagte Sarah etwas zu harsch.

Benjamin nahm Sarahs Arm und sagte: »Sarah, Ihr Komplize Jean-Pierre hat mich dazu überredet, mir die technische Probe heute nachmittag zu schenken. Er ist so liebenswürdig, mich zum Château von Julies potentiellen Schwiegereltern zu fahren. Aber wie ich höre, hat der sie fallenlassen. Kein sehr ehrenwerter junger Mann.«

»Der Besitz der Rostands ist wirklich sehenswert«, sagte Sarah. »Bedeutet das, daß Sie morgen noch hier sein werden?«

Er zögerte. Er hatte beschlossen abzureisen, konnte der Situation aber nicht widerstehen, weder Sarahs Scheingewalt über ihn, noch der eindringlichen Musik, die in der ganzen Stadt für die Liebe warb. »Ja, ich bleibe bis morgen zur Kostümprobe. Das wollten Sie doch erreichen, oder?«

»Ja, das wollte ich«, sagte Sarah und lachte ihm direkt ins Gesicht, unbekümmert vor lauter Überschwang und wohl wissend, daß sie sich wie ein kleines Mädchen benahm. Unangemessen. Lächerlich. In dem Augenblick achtete sie nicht auf Bill, der neben ihr stand und es genoß, daß sie dem Bankmenschen gegenüber ihren Charme so skrupellos ausspielte.

Schließlich gingen Stephen und Sarah langsam weiter und setzten ihr Spiel fort, während die anderen lauschten.

»Es ist gut, in Maßen zu lieben, aber es ist nicht gut, bis zur Raserei zu lieben.«

»Weiß der Himmel. Von wem ist das?«

»Plautus.«

»Plautus!«

»Ich habe eine hervorragende Schulbildung genossen, Sarah.«

»Ich hörte die Meermaiden singen, sie sangen einander ins Ohr … Allerdings glaube ich nicht, daß sie *mir* ins Ohr singen«, sagte Sarah, überzeugt, daß noch niemand diese Worte in solch trostlosem Elend zitiert hatte.

»Aber mir singen sie ins Ohr, und das ist das Problem«, sagte Stephen.

Sie hatten die kleine Straße erreicht, in der sich das Museum befand. Die Häuserfassaden wiesen alle Schattierungen einer Kalksteinklippe auf, grau, weißlich, ausgebleicht, und die Fensterläden, einst glänzend braun gestrichen, waren zu einem schorfigen, fleckigen Beige verblichen, wie alte Milchschokolade. Die Ziegeldächer – die Dachziegel, im selben Muster angeordnet wie bei den Römern – überlagerten sich in steifen Wellenlinien und hatten die Farben des Erdreichs dieser Gegend, Rostrot und Ochsenblut und ein stumpfes Orange. Gegen diesen Hintergrund hoben sich leuchtend die Balkone ab, die von Blumentöpfen mit Pelargonien, Jasmin und Oleander überquollen, und darunter war eine Straßenseite mit Blumenkübeln in allen Formen und Größen gesäumt, deren Inhalt in voller Blüte stand. Die Rue Julie Vairon sah aus, als sei sie eigens für das Festival zu Ehren von Julie geschmückt worden.

Das Museum, erst ein Jahr alt, war in einem Haus untergebracht, in dem Julie wahrscheinlich unterrichtet hatte, obwohl es ebensogut das Haus nebenan hätte sein können. Aber das spielte keine Rolle. Zu beiden Seiten des Eingangs standen glänzende Zitronenbäumchen in frisch gestrichenen, grünen Kübeln. Innen an der Eingangstür drehte eine Hand gerade ein Schild um, auf dem jetzt GEÖFFNET stand. Henry und die anderen waren auf den Platz zurückgekehrt, weil das Museum kurz zuvor noch geschlossen war. Eine große Tür, eine schlichte Glasscheibe mit Stahlrahmen in der meterdicken Steinmauer, führte ins Erdgeschoß des alten Hauses. In etwa einem Dutzend Glasvitrinen waren, sorgfältig gruppiert, allerlei Gegenstände ausgestellt. Eine

Vitrine enthielt Pinsel und Malkreiden, halbfertige Zeichnungen, ein Metronom und Noten, in einer anderen befand sich ein gelber Seidenschal, daneben abgetragene, schwarze Stoffhandschuhe, die aussahen, als hätte Julie sie gerade erst von ihren zierlichen Händen gestreift. Sarah hörte, wie Stephen die Luft anhielt. Sein Gesicht war bleich geworden. Die Handschuhe waren lebendig, hier war Julie, in ihrer Armut, mit ihren Versuchen, sich anzupassen, ihrem Mut. Ihre Tagebücher lagen hinter Glas, zusammen mit zumeist an Kunden gerichteten Briefen, in denen es um das Kopieren von Noten oder Termine für Porträtsitzungen ging. Briefe an ihre Mutter waren nicht erhalten geblieben. War es denkbar, daß Madame Vairon sie mitgenommen hatte und daß sie mit ihr in der Lava des Mont Pelé untergegangen waren? Nicht ein einziger Brief von Julie an Paul oder Rémy, obwohl es unwahrscheinlich war, daß diese Briefe vernichtet worden waren. Die Briefe von Paul und Rémy lagen in gebundener Form vor, ganze Stapel, die darauf warteten, daß Biographen sich mit ihnen beschäftigten. Pauls Briefe waren lang, verzweifelt und unzusammenhängend vor lauter Liebe, die von Rémy lang, nachdenklich und leidenschaftlich. Philippe hatte ihr anscheinend keine Briefe geschrieben. Aber er sah sie ja auch fast jeden Tag.

Die Wände waren mit Julies Bildern und Zeichnungen bedeckt, von denen die meisten sie selbst und ihr Haus zeigten. Ihre Selbstporträts waren keineswegs immer schmeichelhaft. Auf einigen hatte sie sich als respektable, junge Dame karikiert, eigens zurechtgemacht, um in Häusern wie diesem hier Unterricht zu geben. Auf anderen war sie mit schwarzglänzender Haut dargestellt, wie die Dienerinnen im Haus ihres Vaters gekleidet in üppige, farbenprächtige Röcke, gerüschte Blusen und große bunte Tücher. Sie hatte sich als junge Araberin gezeichnet, mit durchsichtigem Schleier über der unteren Gesichtshälfte und lockenden Augen – das war das Bild auf dem Plakat in Queen's Gift, das Stephen so aus der Fassung gebracht hatte. Später, zu Rémys Zeiten, zeigten die Selbstporträts eine Frau, die alle Voraussetzungen mitbrachte, um ihren Platz an seinem Tisch einzunehmen, die entblößten Schultern und der Busen von Spitze gebändigt, passiv im Schoß gefaltete Hände – ganz fügsame Weiblichkeit. Die Zeichnung der nackten Bacchantin hing an einer Seitenwand, so daß man sie nicht auf Anhieb oder gar nicht entdeckte – als hätten die Verantwortlichen zwar eingesehen, daß sie irgendwo hängen mußte, wollten aber ja keine Aufmerksamkeit darauf lenken. Das Bildnis von Julie, auf das sie selbst und die Nachwelt sich geeinigt hatten, war jedoch unendlich oft vertreten, gezeichnet und gemalt, mit Wasserfarben und Pastellfarben, mit Kreide und Bleistift. Man konnte das temperamentvolle, komplizierte, kritische Mädchen und die unabhängige Frau nicht nur an den Wänden betrachten, sondern auch auf Postkarten kaufen.

Ihr kleines Mädchen war auch zu sehen, ein winziges Wesen mit Julies schwarzen Augen. Später hatte Julie ihre Tochter, als wäre sie nicht gestorben, in verschiedenen Altersstufen als Kind und Erwachsene dargestellt – auf Doppelporträts: sie selbst als junge Frau mit ihrer Tochter, einem reizenden Mädchen, wobei die beiden eher wie Schwestern wirkten, und sie selbst in mittleren Jahren, mit einem Mädchen, das aussah wie sie in diesem Alter.

Und da drüben, neben der Zeichnung eines schmächtigen Babys, das nur aus Augen zu bestehen schien, lag ganz allein unter Glas eine Puppe, an die ein Kärtchen geheftet war, auf dem in Julies Schrift stand: *Sa poupée*. Es war eine recht primitive Puppe, nur ein weißer Kinderleib, der Kopf kahl und am Scheitel zusammengenäht wie nach einer Verletzung. Keine Augen. Aber diese jämmerliche Puppe war zu Tode geliebt worden, sie war völlig abgewetzt, und ihr grobes, rotes Lumpenkleid war zerrissen.

Stephen und Sarah standen Seite an Seite davor und weinten, unfähig, es zu verbergen und auch ohne es zu versuchen.

»Ich weine nie«, erklärte Sarah. »Daran ist nur diese verdammte, abscheuliche Musik schuld.«

»Eine Zeit zum Weinen und eine Zeit zum Lachen«, sagte Stephen. »Ich kann es kaum erwarten, daß die Zeit zum Lachen kommt. Himmel noch mal, bloß weg von hier.«

Sie gingen auf die Straße hinaus, die von lärmender Musik und dröhnenden Motorrädern erfüllt war. Die Truppe saß vor dem Café unter Sonnenschirmen und spielte ein Spiel, mit dem sie Sarah und Stephen imitierten, sich vielleicht auch ein bißchen über sie lustig machten.

»All you need is love«, deklamierte Bill.

»All I have to do is dream«, sagte Sally, und Richard neben ihr sang: »Dream, dream, dream.«

»He, du kannst ja singen«, meinte Sally.

»Let the heartache begin«, sagte Mary lächelnd mit Blick zum Himmel.

»This is the right time, the right place«, sagte Molly zu Bill.

»Another day in paradise«, sang Bill.

»You are my one temptation«, gestand Andrew niemand Bestimmtem und fügte hinzu: »I love you, love.« Er prostete Sarah zu und dann, nachträglich, Stephen.

»Tossing and turning«, sagte Molly zu Bill.

»Ob-la-di, ob-la-da«, sagte Bill verführerisch zu Molly.

»I only want to be with you«, erklärte Sally Richard und sang die Zeile dann noch einmal, worauf er sang: »Too late, my time has come ... shivers down my spine.« Sally antwortete mit: »Manchild, look at the state you're in ... Manchild, will you ever win ...« Richard ergriff ihre Hand, küßte sie und hielt sie dann fest. Seufzend entzog sie sie ihm. Beide hatten Tränen in den Augen.

»You said you loved me, you were just feeling kind«, behauptete Molly und wollte von Bill wissen: »What do you want to make those eyes at me for?«

Bill rief: »Du lieber Himmel, great balls of fire!«, wurde knallrot, so daß er aussah wie ein Zehnjähriger, sprang auf und sagte: »Ich geh schwimmen.«

Und Molly parierte mit dem Schlager: »I'm going for a swim because I'm so in love with him.« Sie mußte laut lachen, als sie feststellte, daß Bill sich ärgerte. Er zögerte noch etwas, da er erwartete, daß ihn die Frauen begleiten wollten, aber die blieben stocksteif sitzen. Schließlich stand Sandy auf und sagte: »Ich komme mit.« Die zwei jungen Männer zogen los, und die Frauen bogen sich vor Lachen; es klang boshaft und fast schon gehässig. Doch kaum hörten sie sich selbst, hielten sie inne. Schweigen trat ein, und eine Zeitlang lauschten alle dem vielfältigen Lärm der kleinen Stadt.

Henry hatte zugehört, ohne sich an dem Spiel zu beteiligen. Nun stand er auf und sagte: »Schluß jetzt. Sarah, Stephen – wie ihr seht, können wir euch nicht das Wasser reichen.« Den Clown mimend sang er recht passabel: »Escape from reality, open your eyes, look up to the skies.« Alle klatschten. Er verbeugte sich. »Stephen, ich liege schon die ganze Zeit auf der Lauer, um Ihnen zu sagen, daß Sie mit unserem amerikanischen Sponsor zum Mittagessen gehen sollten. Jean-Pierre lädt Sie ein.«

»Ist das ein Befehl?«

»Ja, bitte.«

»Also gut. Aber Sarah muß auch mitkommen.«

»Ich glaube, das überlasse ich lieber euch«, meinte Sarah.

»Das ist Insubordination«, sagte Stephen. Er nahm Sarahs Arm, aber Henry ließ nicht locker: »Aber ich brauche Sarah, ich brauche sie bei der Probe.« Er nahm ihren anderen Arm. Stephen ließ Sarah los und sagte: »Also gut, wo finde ich denn meinen Mit-Krösus?«

»Drinnen im Café. Hier draußen war es ihm zu heiß.«

Stephen ging nach drinnen, wo eine Musikbox jaulte und hämmerte. Sogleich kam er mit Benjamin wieder heraus, schüttelte den Kopf wie ein Hund, der sich das Wasser aus den Ohren schleudert, lächelte, sah aber recht elend aus.

»Das ist die eigentliche Kluft zwischen den Generationen«, sagte Sally. »Lärm. Die haben eiserne Trommelfelle, diese Kinder.«

»Und irgendwann sind sie taub«, sagte Stephen und zog sich mit Benjamin in die Stille eines Hotels zurück.

Und dann ging doch fast die ganze Truppe schwimmen. Wo Julie einst mit ihrem Druckermeister im Park der Stadt spazierengegangen war, gab es jetzt einen Parkplatz, einen Swimmingpool, Tennisplätze und ein Café. Ein paar übriggebliebene Akazien warfen ihre Schatten auf einen Sandstreifen, auf dem normalerweise Boules gespielt wurde.

Sarah und Henry saßen unter einem Sonnenschirm und beratschlagten über die Texte, die die im Ort rekrutierten Darsteller sprechen sollten und die Jean-Pierre verfaßt hatte. Sie hatten ihm eine Abordnung geschickt, die sich darüber beschwerte, daß ihre

Großeltern bestimmt nicht so unfreundlich gewesen waren, all die Dinge zu sagen, die Sarah ihnen in den Mund gelegt hatte. Und die ausnahmslos in den Tagebüchern enthalten waren. »Wir müssen sie ein bißchen abmildern«, forderte Henry. »Sonst vergraulen wir die Leute. Sie werden ja nicht dafür bezahlt, sondern tun das alles nur zum Ruhm von Belles Rivières.«

Sie fuhren mit dem Auto zum Theater hinauf, nachdem sie beschlossen hatten, das Mittagessen ausfallen zu lassen. Dort waren die französischen Tontechniker mit Sandy bei der Arbeit, brachten Kabel und Lautsprecher an Bäumen und an dem kleinen Haus an, das zerbrechlich wirkte wie eine Eierschale. In der Nähe des Hauses waren lange Reihen Holzstühle aufgestellt worden. War dieser freie Platz schon immer dagewesen? Nein, man hatte Bäume gefällt, Kastanien und ein paar Olivenbäume. Aus dem Wald tönte von allen Seiten das schrille Zirpen der Zikaden.

»Diesen Bühneneffekt haben wir in London nicht einkalkuliert«, meinte Henry.

»Aber Julie hat beim Komponieren doch sicher den Zikaden zugehört.«

»Vielleicht haben sie sie überhaupt erst auf diese Musik gebracht. Das würde so manches erklären.«

Sandy kam, um sich von Henry weitere Anweisungen zu holen, und die beiden entfernten sich. Sarah saß auf einer kiesigen Erdschwelle unter einer Zerreiche – ein häßliches Entlein im Vergleich zu ihren prächtigen Verwandten im Norden. Wenig später kam Henry zurück und setzte sich neben sie. Nach hinten auf die Hände gestützt, betrachtete er trübsinnig die Szene, die morgen zum Leben erwachen würde. Allerdings ohne adäquate Probe, denn die einheimischen Statisten – der Mob – würden sich erst morgen für eine Stunde auf dem Stadtplatz einfinden, wo ihnen erklärt werden sollte, daß sie auf George White zu achten und genau das zu machen hatten, was er machte. Henry war voller Ängste. Sarah beruhigte ihn mit ein paar Scherzen und dem alten Sprichwort: »Ein Pfund Sorgen zahlt kein Lot Borgen.«

Er konterte mit dem bekannten Hit: »Don't worry, be happy ... das hat mir mein Sohn gestern abend am Telefon empfohlen. Meine Frau und mein Sohn, beide. Don't worry, be happy.« Er preßte die Lippen zusammen, ohne ein Lächeln zustandezubringen.

»Wenn ich dir jetzt versichere, daß alles gut werden wird, geht es dir sicher gleich besser.«

»Komischerweise geht es mir besser, wenn es dir besser geht.«

Wenig später brachte ein Bus den Rest der Truppe zum Theater herauf. Sarah wollte mit dem Bus zurückfahren, aber da Henry fragte: »Willst du mich verlassen?«, blieb sie im gesprenkelten Schatten unter dem vertrockneten, mickrigen Baum sitzen, eine endlose Probe lang, bei der immer wieder unterbrochen und Teile wiederholt wurden, bis die Beleuchter, die Tontechniker und Henry mit dem Ergebnis zufrieden waren. Die Sänger sangen nicht, sondern sprachen nur, und die Schauspieler beteten ihre Texte ohne jede Emotion herunter. Es wurde viel gescherzt, um die Langeweile erträglich zu machen. Irgendwann zwischendurch, als die Verstärkeranlage aufquietschte und dann verstummte, so daß man nur noch die Lippenbewegungen der Sänger und Schauspieler sah und kaum mehr etwas hörte, wandte sich Bill mit einem Vers, der heute schon einmal zitiert worden war, an Molly:

»Mein Staub noch erbebte zum Gruß
Und läg ein Jahrhundert ich tot,
Vernähm' er nur leis' ihren Fuß
Und erblühte in Purpur und Rot.«

Er hampelte herum und warf sich in Positur, beugte sich zu Molly hin, die ermattet dastand, sich Luft zufächelte, sich den Staub und den Schweiß abwischte und dabei zu lächeln versuchte. Und anstelle des ernsten, attraktiven jungen Leutnants, der sich in seiner unsichtbaren Uniform tadellos gerade hielt, war da plötzlich ein Rowdy, der seine Darbietung damit beendete, daß er die letzten zwei Zeilen noch einmal zu Sandy hinaufschrie, der auf der abgebröckelten Hausmauer stand und sich vorbeugte, um ein dickes schwarzes Kabel um einen Ast zu schlingen. Der junge Mann, dessen Körperkonturen von dem enganliegenden blauen Baumwolloverall betont wurden, erinnerte an einen Akrobaten. Er wußte genau, wie er aussah. Er stieß ein ebenso lautes wie anarchisches Lachen aus, dessen ungestüme Wucht in dem Augenblick alle Anwesenden sowie jegliche Moral und jeglichen Anstand lächerlich erscheinen ließ. Alle, ohne Ausnahme, die Schauspieler auf der Bühne (vielmehr auf dem Platz vor dem verfallenen Haus), die Schauspieler »hinter den Kulissen« (zwischen den Bäumen), die Musiker und die Sänger, lachten nervös, waren aber entsetzt. Bill warf einen raschen Blick in die Runde. Er hatte nicht vorgehabt, sich zu verraten, zu schockieren freilich schon. Er stellte fest, daß alle ihn und Sandy anstarrten, der jetzt freihändig mit ausgebreiteten Armen auf der Mauer stand und gleich auf den Boden hinunterspringen würde. Henry trat vor und rief, zwar in scherzhaftem Ton, aber mit einer gewissen Autorität: »Du hast offenbar beschlossen, ein anderes Stück zu spielen, was, Bill?« Und Bill reagierte geschickt: »Tut mir leid, ich weiß auch nicht, was in mich gefahren ist.« Er umarmte Molly kameradschaftlich. Sie wich zurück, ohne ihn anzusehen.

Bill warf flehentliche Blicke zu Sarah hinüber. Und was sie nun empfand, kam unerwartet, ein Mitgefühl, das nichts mit Zärtlichkeit zu tun hatte, sondern so trocken und abstrakt war wie das unbarmherzige Auge der Zeit. Im grellen Licht der Nachmittagssonne war Bills Gesicht eine Maske aus feinen Linien. Voller Ängstlichkeit. Wenn man dieses hübsche Gesicht nicht mit den Augen der Liebe betrachtete, sondern mit dem geschulten Blick, den sich Sarah in den Jahren ihres Lebens erworben hatte, lag darüber stets drohend ein feines Gespinst, das Leid verriet. Einen inneren Konflikt. Er zahlte einen hohen Preis, der arme junge Mann, einen zu hohen Preis für seine Entscheidung, als jemand dazustehen, der Frauen liebte und nur Frauen. So liebte, wie Männer Frauen liebten. Er liebte die Frauen durchaus, auf jene spontane, sympathische, aufreizende Art, die seinem Naturell entsprach, aber er hatte keine Ahnung von den grandiosen, vergnüglichen Kämpfen, Widerständen und Harmonien zwischen den Geschlechtern, von diesem großartigen Spiel. Worte aus Julies Tagebuch kamen Sarah auf die Lippen: *Du kennst nicht einmal das Alphabet. Nur diese frischen Linien unter deinen Augen können wirklich mit mir reden.* Aber das plötzliche, wenn auch seltene, herzzerreißende Knittern von Bills Gesicht in Momenten, in denen er sich bedroht fühlte – das waren keine frischen Linien. Eine bestimmte Sorte Mitleid ist der Anfang der Genesung von der Liebe. Das heißt, von der Liebe im Sinne von Verlangen. Das Mitleid, das Sarah jetzt verspürte, war völlig unverhältnismäßig, wie alle Emotionen, die *Julie Vairon* umbrandeten und ihr Umfeld überschwemmten. Und in manchen Augenblicken nicht ganz frei von Grausamkeit, die Gift und Gegengift zugleich war. Einer Grausamkeit, die das Mitleid schmälerte: Du verursachst mir all den Schmerz, du bist so unachtsam wie ein unerfahrener Junge mit Feuerwerkskörpern, wenn du deine intensiven, uneingestandenen sexuellen Gefühle für deine Mutter auf ältere Frauen überträgst – o ja, ich habe dich heute morgen mit Sally beobachtet, und ich habe gesehen, wie sie auf dich reagiert. Du läßt es nicht nur zu, sondern schürst das Feuer auch noch kräftig. Nun denn, ich bin froh um den Schmerz, der dir diese Linien in dein hübsches Gesicht gekerbt hat … Himmel, das war gemein und abscheulich, unendlich weit weg von dem nüchternen Blick des Mitleids. Sarah wußte, daß sie gemein war, konnte sich dieses Gefühls aber ebensowenig erwehren wie des Mitleids, das den Ausgleich dafür bildete: Es war, als hätte sie das Bedürfnis, ein Kind in die Arme zu nehmen, das aus irgendeinem Grund dazu verdammt war, immer am Rande des Spielplatzes zu stehen und den anderen Kindern beim Spielen zuzusehen.

Der Bus kam und brachte alle wieder in die Stadt hinunter. An den Tischen im Straßencafé wurden Entschlüsse im Hinblick auf das abendliche Konzert gefaßt. Stephen bot Benjamin an, ihn mitzunehmen. Ja, natürlich würde er morgen auch das Stück mit der Musik sehen, aber Julies Musik allein sei etwas ganz anderes, das dürfe er sich nicht entgehen lassen. Andrew konnte das nur bestätigen und meinte, Julies Musik habe sein Leben verändert. Alle lachten über die Ungereimtheit dieser Bemerkung aus dem Mund des Gauchos. Henry wurde nicht gebraucht und beschloß, früh zu Bett zu gehen. Sarah ebenfalls. In der Dämmerung saßen sie zusammen vor dem Collines Rouges. Er sagte: »Ich werde dir jetzt die Geschichte meines Lebens erzählen, weil ich dich gern zum Lachen bringe.« Es war eine Schelmengeschichte von einem Waisenknaben, der von einer Gangsterfamilie adoptiert worden war. Aber er lief davon, entschlossen, ein armes und ehrliches Leben zu führen, und arbeitete in lauter miesen Schuppen, bis ... Er beobachtete Sarah, um sich zu vergewissern, daß sie lachte. »... bis ich durch die Liebe einer braven Frau gerettet wurde, und jetzt, *presto*, oder vielmehr *voilà*, bin ich ein bekannter Theaterregisseur.«

»Du willst mir die Geschichte deines Lebens wohl doch nicht erzählen.«

»Wer weiß, vielleicht schon – irgendwann mal.«

»Und wo bleibt deine Mutter bei der ganzen Sache?«

»Aha«, sagte er. »Stimmt. Da haben wir's. Wie bist du bloß darauf gekommen?«

Sie lächelte ihn an.

»Es gibt solche und solche Mütter«, sagte er. »Ich habe eine Mutter. Und du bist eine Hexe. Wie Julie.« Schon war er auf den Beinen, um zu flüchten.

»Bei dir ist es kein Kunststück, eine Hexe zu sein. Es gibt nicht eine Frau auf der Welt, die nicht auf deine Mutter getippt hätte.«

Er beugte sich vor, sah sie fest an und krächzte: »Ob-la-di, ob-la-da.« Dann, voller Angriffslust: »Meinst du nicht, daß die meisten von uns eine Mutter haben? Wie steht es mit Bill? Meinst du nicht, daß er eine Mutter hat?«

»Mehr als alle anderen hier, würde ich sagen.«

»Und Stephen?«

Sie war ehrlich verblüfft. »Komisch, darüber habe ich bisher noch gar nicht nachgedacht.«

»Hmm. Ja, sehr komisch. Wirklich zum Lachen.« Und er lachte. »Um eine Mutter zu erkennen, muß man selbst eine sein.«

»Warum bin ich darauf nicht gekommen? Natürlich. Ich bin ziemlich sicher, daß man ihn mit sieben in ein Internat gesteckt hat. Du weißt schon, in diese großen Schlafsäle voller kleiner Jungen, die nach ihrer Mammi rufen und sich in den Schlaf weinen.«

»Sonderbare Stammesgepflogenheiten, die uns anderen Nationen ein Rätsel sind.«

»Wenn sie erst mal zehn oder elf sind, ist ihre Mammi für sie eine Fremde.«

»Love with a stranger«, trällerte er. Dann sprang er auf und sagte: »Aber ich bin froh, daß du hier bist. Wußtest du das? Ja, freilich. Ich weiß nicht, was ich ohne dich anfangen würde. Und jetzt rufe ich zu Hause an.«

Als die Lichter des Theaterbusses über den Platz flimmerten, ging Sarah in ihr Zimmer hinauf. Sie wollte Bill nicht begegnen. Und Stephen und Molly auch nicht, denn dieses Spiegelbild ihrer eigenen Situation wurde allmählich zu schmerzhaft. Sie saß, ohne selbst gesehen zu werden, am Fenster, bei ausgeschaltetem Licht, und beobachtete das Kommen und Gehen unten auf dem Platz und die Mitglieder der Truppe, die an den Tischen saßen, lachten, sich unterhielten ... junge Stimmen. Stephen und Molly waren nicht dabei. Bill und Sandy auch nicht. Jean-Pierre hatte Benjamin zum Essen eingeladen. Sarah ging ins Bett.

Sie wachte auf, wahrscheinlich weil die Musik endlich verstummt war. Stille. Nicht ganz. Die Zikaden lärmten nach wie vor ... nein, das waren keine Zikaden. Der Rasensprenger war noch an, um das staubige Gras unter der Pinie die Nacht über mit seinen Wasserstrahlen zu besprengen, und sein Klick, Klick, Klick hörte sich an wie eine Zikade. Der Mond hing als schmale gelbe Sichel tief über den Dächern der Stadt. Staubige Sterne, der Geruch von feuchtem Staub. Am Ende des Gehsteigs vor dem inzwischen geschlossenen Café räkelten sich zwei Gestalten Seite an Seite auf eng zusammengerückten Stühlen. Leise Stimmen, dann Bills lautes, jungenhaftes Lachen, das Sarah verriet, daß er kein Mädchen bei sich hatte. So hätte er weder mit Molly noch mit Mary gelacht – mit keiner Frau.

Sarah ging wieder ins Bett und lag, von Qualen gepeinigt, wach auf den Laken. Sie spürte den heißen Atem der Nacht, denn das Wasser, das da unten versprüht wurde, trug nicht viel zur Abkühlung bei. Sie merkte, daß sie mehr als Verlangen empfand, und hätte am liebsten geweint. Weshalb?

Sarah träumte. Die Liebe ist heiß und feucht, aber sie brennt und beißt nicht. Sarah wachte als Phantomleib auf – als Körper, der denselben Raum einnahm wie der ihre –, glitt davon und löste sich ab, schrumpfte zusammen zu einem Babykörper, durchtränkt von brennendheißer Feuchtigkeit und erfüllt von einer Sehnsucht, die so heftig war, daß sich der Schmerz bis in ihren eigenen Körper zurückfraß. Sie drehte sich um und biß in ihr Kopfkissen. Die trockene Baumwolle fühlte sich bitter auf der Zunge an.

Sie lag flach auf dem Rücken und bemerkte, daß eine Straßenlaterne Muster an die Decke warf. Die Scheinwerfer eines späten Autos tauchten die Decke kurz in helles Licht und hinterließen ein Schattengebilde. Draußen auf dem Gang hörte man Stimmen. Die eine gehörte Stephen, die andere, sehr leise, einer Frau. Falls es Molly war, na dann viel Glück den beiden. Dabei wußte sie sehr wohl, daß dieser Segenswunsch arg übertrieben war.

Ihr Blickfeld beschränkte sich, wie es schien, nicht nur auf dieses Zimmer, sondern umfaßte auch noch den Traum von vorher – oder einen anderen: Um sie herum lag eine Welt voller Träume, in die sie eintauchte, und gleichzeitig konnte sie dieses Eintauchen beobachten. Ganz nahe war jener Bereich, in dem das Baby in ihr lebte, dessen Verzweiflung sie deutlich spürte. Auch die Gegenwart anderer Wesen konnte sie spüren. Sie sah einen Kopf, jung, wunderschön, Bills (oder Pauls), der selbstverliebt lächelnd in einen Spiegel blickte, doch als er sich träge, stolz und verführerisch umwandte, war es nicht der Kopf eines Mannes, sondern der eines Mädchens, eines blühenden, hübschen Mädchens, dessen animalische Vitalität sofort ins Auge sprang. Dieses Mädchen wandte sein selbstbewußt lächelndes Gesicht wieder ab und verwandelte sich zurück in den jungen Mann. Sarah legte sich beide Hände aufs Gesicht. Unter dieser (so vergänglichen) Maske lagen die Gesichter, die sie als junge Frau gehabt hatte, als Mädchen, als kleines Kind. Sie wollte aufstehen und an den Spiegel gehen, um sich ihres tatsächlichen Gesichtes zu vergewissern, hatte aber das Gefühl, von Phantomkörpern, die nicht davongespült werden und schutzlos sein wollten, auf dem Bett festgehalten zu werden. Irgendwann kämpfte sie sich hoch und trat ans Fenster. Die Stühle auf dem Gehsteig waren leer. Der ganze Platz war leer. Der abgezirkelte, kleine Mond war hinter schwarzen Dächern verschwunden. Der vergessene Rasensprenger drehte sich unaufhörlich, klick, klick, klick.

Worte kamen ihr auf die Lippen. »... die Stadien ihres Alters und ihrer Jugend durchmessend, gerät sie in den Strudel ... ja, das ist es, der Strudel«, sagte Sarah, nicht sicher, ob sie wach war oder schlief. Stand sie wirklich hier am Fenster? Ja, sie war hellwach, konnte aber nichts anderes denken als: »... die Stadien meines Alters und meiner Jugend durchmessend, gerate ich in den Strudel.«

Sie verging vor Sehnsucht. Sie konnte sich nicht erinnern, je dieses rasende Bedürfnis verspürt zu haben, das von ihr Besitz ergriff. In Zeiten, in denen sie verliebt gewesen war, hatte sie mit Sicherheit nie ein so absolutes, ein so zwingendes Bedürfnis verspürt, eine solche Leere, die ihren Körper aushöhlte, als würde ihr das Leben an sich vorenthalten.

Wer ist dieser Mensch, der ein solches Ausmaß an Bedürftigkeit, an Abhängigkeit spürt und hilflos zusehen und auf den Augenblick warten muß, in dem warme Arme voller Liebe ihn zu sich emporheben?

Es war vier Uhr. In etwa einer Stunde würde das Tageslicht über den Platz heraufziehen. Sarah duschte. Sie zog sich an, ließ sich Zeit und ging, für den Tag gerüstet, zurück ans Fenster. Die Baumwipfel wurden rosa, und Licht ergoß sich über die noch menschenleere Stadt. Eine alte Frau kam durch die Rue Julie Vairon und auf den Platz. Sie trug ein langärmeliges Baumwollkleid, weiß mit einem kleinen, malvenfarbenen Blumenmuster, schwarzem Kragen und schwarzen Manschetten. Das weiße Haar hatte sie im Nacken zu einem Knoten geschlungen. Sie ging langsam, achtete sorgfältig darauf, wo sie hintrat. Schließlich setzte sie sich auf die Bank unter der Platane, nicht ohne zuerst mit einem großen weißen Taschentuch sorgfältig den Staub abzuwischen. Sie saß da und lauschte dem Geräusch des Rasensprengers und später dann den munter werdenden Zikaden. Als die Vögel zu singen anfingen, lächelte sie. Sie war gern allein auf dem Platz. Sie wußte nicht, daß Sarah sie vom Fenster aus beobachtete. Wahrscheinlich hatte schon ihre Mutter frühmorgens allein hier auf dieser Bank gesessen. Und ihre Großmutter, der währenddessen grausame Gedanken über Julie durch den Kopf gingen.

Leise verließ Sarah ihr Zimmer und ging die Treppe hinunter. Noch kein Mensch an der Rezeption. Sie schob den Riegel an der Eingangstür des Hotels zurück und stand draußen auf dem Gehsteig. Im Vorbeigehen lächelte sie der alten Frau zu, die nickte und ebenfalls lächelte. »Bonjour, Madame.« »Bonjour, Madame.«

Bis zu Julies Haus in den Hügeln waren es knapp fünf Kilometer. Sarah ließ sich Zeit, weil es auch schon so früh am Morgen heiß war. Rosafarbener Staub lag an den Rändern der Asphaltstraße, färbte Baumstämme und Blattwerk rötlich. Blätter fielen herab, kraftlos geworden, weil es so lange nicht geregnet hatte. Die Sonne kam über die Hügel herauf, füllte die rauhen Pinienstämme mit rotem Licht und warf Schatten unter die Büsche. Julies Landschaft war unfruchtbar, trocken und karg, nicht zu vergleichen mit den Wäldern von Martinique und ihren intensiv und berauschend duftenden Blumen. Hier gab es den frischen Geruch von Thymian und Oregano und Pinien. Die Asphaltstraße hörte auf. Während Sarah Julies Spuren folgte, dachte sie an all das, was sie von jener Frau trennte, die hier vor über achtzig Jahren gestorben war. Als sie schließlich das Haus erreichte, zerrte die heiße Luft an ihrer Haut. Zwei junge Männer waren bereits damit beschäftigt, Stühle zurechtzurücken und den Abfall vom Konzert des gestrigen Abends aufzusammeln. Der freie Platz, umstanden von alten Bäumen, schien die geeignete Bühne für unerbittliche, uralte Dramen, und Sarah kam es vor, als könnte jeden Augenblick ein Schauspieler mit Maske hervortreten, um den Beginn einer antiken Sage anzukündigen, in der die Schicksalsgöttinnen ihre Opfer verfolgten und die Götter untereinander Vergünstigungen für ihre Schützlinge aushandelten. Ein reizvoller Gedanke, sich vorzustellen, wie Aphrodite und Athene Julies kleine Geschichte erörterten. Sarah ging an Julies mit Lautsprechern und Kabeln beladenem Haus vorbei und überlegte, warum man sich diese zwei Göttinnen nur als rechthaberische Schuldirektorinnen vorstellen konnte, die sich über ein Mädchen unterhielten, das zu ungebührlichem Verhalten neigte. (»Sie könnte ungleich besser sein, wenn sie sich mehr Mühe gäbe.«) Doch wenn Julie keine Frau war, für die die Liebe an erster Stelle stand, was war sie dann? Sie verkörperte eine Eigenschaft, die jede Frau auf den ersten Blick erkennt und die jeder Mann sofort spürt, eine verführerische und unbarmherzige Weiblichkeit, angesichts deren sich jede Diskussion über Tugendhaftigkeit schlicht erübrigt – das wäre doch sicher Aphrodites Argument gewesen? Aber wessen Tochter war die Frau, die diese Tagebücher geschrieben hatte?

Ich sage dir, Julie, hatte Julie sich selbst ermahnt, etwa neunzig Jahre bevor Sarah an diesem heißen Morgen von ihrem Haus in Richtung Fluß schlenderte, *wenn du zuläßt, daß du diesen Mann liebst, dann wird es für dich schlimmer, als es mit Paul war. Denn der hier ist kein hübscher Junge, der sich nur sehen kann, wenn er sich in deinen Augen spiegelt. Rémy ist ein Mann, auch wenn er jünger ist als du. Mit ihm stehen dir alle Möglichkeiten offen, für ein Leben als Frau in seiner ganzen Lebendigkeit. Und dann, Julie? Ein gebrochenes Herz ist eine Sache, und das hast du bereits durchlebt. Aber ein zerstörtes Leben ist etwas anderes, und die Entscheidung, nein zu sagen, liegt bei dir.* Sie sagte nicht nein. Und welche Julie war es, die zu der anderen sagte: *Nun, meine Liebe, bilde dir bloß nicht ein, du müßtest nicht dafür bezahlen, wenn du die Liebe wählst.* Bestimmt war es nicht Athenes Tochter, die schrieb: *Komponiere deine Musik. Male deine Bilder. Aber wenn es das ist, wofür du dich entscheidest, wirst du nicht leben, wie Frauen leben. Ich kann dieses Nicht-Leben nicht ertragen. Ich kann diese Wüste nicht ertragen.*

Wind kam auf. Unmittelbar vor Sarah tauchte der Fluß mit seinen Becken und niedrigen Stufen auf, und die Bank, die die Stadtverwaltung vorsorglich für Leute hatte aufstellen lassen, die über Julies trauriges Ende nachsinnen wollten. Auf der Bank saß bereits jemand. Henry. Seine Körperhaltung verriet Niedergeschlagenheit. Er starrte vor sich hin, und daß er Sarah nicht kommen hörte, lag nicht daran, daß er taub gewesen wäre, sondern daß er sich die Ohren mit Musik vollgestopft hatte. In der Tasche hatte er einen Walkman. Was er da hörte, war mit Sicherheit das genaue Gegenteil von Julies Musik. Sarah konnte leises, hektisches Geklimper hören, dann kurz ein wildes Aufjaulen, während sie sich hinsetzte und ihn anlächelte. Er riß sich die Stöpsel aus den Ohren, schaltete sichtlich verlegen die Kassette aus und sang: »*Sag mir, was Liebe für dich bedeutet, bevor du mich bittest, dich zu lieben*« – Julies Worte, aber die Melodie kannte Sarah nicht, da ihr jene Welt fremd war, in die er eintrat, wenn er sich die Stöpsel in die Ohren schob.

Henry legte den Kopf in den Nacken und heulte wie ein Wolf.

Sie parierte mit: »I'm baying at the moon, for 'tis a night in June, and I'm thinking of you ... of who? Of you-hoo.«

»Nicht schlecht. Kommt ziemlich gut hin.«

»Warst du die ganze Nacht hier?«

»So ungefähr.«

»Aber du weißt, daß es klappen wird.«

Er sang: »Have you been here all night, but you know it's going to be all right« und sagte dann: »Ja, ich weiß, aber bin ich auch davon überzeugt?« Abrupt riß er Beine und Arme auseinander, warf dann, da er diese Stellung unerträglich fand, das linke Bein über das rechte, dann das rechte über das linke und verschränkte die Arme fest vor der Brust. Helle, heranwehende Gischtflocken tupften Blüten kühler Feuchtigkeit auf ihre Gesichter. Der Fluß lief hurtig zwischen den Bäumen hindurch, an rötlichen und orangefarbenen Felsen vorbei, bildete kleine Strudel und Wirbel, hinterließ Flecken rosigen Schaums auf Unkrautbüscheln, die am Flußufer schwankten. Oberhalb des Wasserfalls befand sich ein großes Becken, in dem das Wasser dunkel und ruhig war, außer dort, wo die Hauptströmung hindurchfloß und sich durch ihr rasches Ungestüm verriet. Sie versammelte die gesamte Wucht des Wassers am felsigen Uferrand in sich und schleuderte Gischt empor, während sie in das untere Becken stürzte, wo sie wie kochender Zuckersirup zwischen schwarzen Felsen brodelte. Dieses untere Becken war nicht tief, aber dort befand sich der berühmte Strudel, in dem Julie und – wie einige Bürger der Stadt behaupteten – Julies Kind ertrunken waren. (Wie konnten sie das behaupten? Hatte es etwa keinen Arzt und keinen Totenschein gegeben? Aber wenn die Leute etwas glauben wollen, glauben sie es auch.) Unterhalb dieses tückischen Beckens, nach einem sanften

Gefälle zwischen Felsen hindurch, gab es noch ein Becken, groß, dunkel und ruhig bis auf die Stelle, an der sich das Wasser in die Mulde ergoß. Dieses Becken hatte Julie zum Schwimmen aufgesucht, allerdings nur nachts, wenn sie, wie sie sagte, allen Voyeuren einen Strich durch die Rechnung machen konnte.

»Um sich dort zu ertränken, muß sie wirklich wild entschlossen gewesen sein«, sagte Sarah.

»Wahrscheinlich war sie in einem Rauschzustand.«

»In ihren Tagebüchern ist nirgends von Alkohol oder Drogen die Rede.«

»Hat sie denn alles in ihren Tagebüchern notiert?«

»Ich glaube schon.«

»Dann kehre ich zu meiner ersten Interpretation zurück. Als ich das Textbuch zum Stück gelesen habe, habe ich nicht an Selbstmord geglaubt.«

»Du meinst, du schließt dich der Meinung der Bürger an? Die waren überzeugt, daß Julie umgebracht worden ist.«

»Vielleicht haben sie sie selbst umgebracht.«

»Aber sie war drauf und dran, eine ehrbare Frau zu werden.«

»Genau das ist der Punkt. Angenommen, die Leute hatten etwas dagegen, daß diese Hexe Madame Druckermeister wird?«

»Du sprichst schon wieder von einer Hexe.«

»Weißt du was, Sarah? Ich träume von ihr. Wenn ich von irgendeiner Zuckerpuppe träumen würde, die nur aus Arsch und Titten besteht, dann wäre das wenigstens was. Aber nein, ich träume von Julie zu einer Zeit, zu der sie ... ihre besten Jahre schon hinter sich hatte. Weit hinter sich.«

Als Sarah den Kopf etwas drehte, sah sie sein Lächeln, säuerlich, ein bißchen verärgert, und dicht vor ihrem Gesicht.

»Sexappeal hat nicht nur mit Arsch und Titten zu tun«, gab sie seine ordinäre Ausdrucksweise zurück.

Henry lehnte sich zurück, lächelte anerkennend, aber noch immer etwas ärgerlich, und sagte: »Ja, stimmt schon, ich würde sagen, da ist was Wahres dran. Natürlich sollte ich mich als braver amerikanischer Junge nur zu Nymphchen bekennen, aber ja, du hast recht.« Er sprang auf, ergriff ihre Hand und küßte sie. Sie war feucht von Gischt. »Sarah ... was soll ich sagen? Ich verschwinde, um noch ein bißchen zu schlafen. Wenn ich kann. Um elf habe ich technische Probe. Roy probt mit den Statisten aus der Stadt. Und heute nachmittag muß ich mit den Sängern arbeiten. Kommst du dazu? Aber warum solltest du?«

»Wenn du mich dabeihaben möchtest.«

»Lazing on a sunny afternoon«, sang er. Dann steckte er sich die Stöpsel wieder in die Ohren und ging, oder vielmehr rannte, zu Julies Haus zurück.

Sie ging bis zum Rand des Beckens unterhalb der Wasserfälle. Zum Strudel, genauer gesagt. Hier mußte Julie gestanden und in die gefährlichen Wasser hinuntergesehen haben, und dann sprang sie. Kein sehr tiefer Sprung, zwei Meter vielleicht. Der steinige Grund des Flußbeckens war durch die Wasserwirbel zu sehen. Es war ohne weiteres denkbar, daß sie auf den Füßen gelandet und nach vorn gefallen war, vielleicht auf diesen Felsen da, glatt und rund, und dann zuließ, daß der Sog sie an dem Felsen vorbei in das tiefere Becken spülte. Es zuließ? In ihrem Tagebuch stand, daß sie schwimmen konnte wie ein Otter.

Sarah empfand das Bedürfnis, sich umzuschauen. Und da stand Stephen, ein paar Meter neben der Bank, und sah sie unverwandt an. Sie ging zurück und setzte sich. Er setzte sich neben sie.

»Wie es scheint, sind wir alle früh auf den Beinen«, bemerkte sie.

»Ich war gar nicht im Bett. Sieht man mir vermutlich auch an.« Seine Kleidung war zerknittert, er roch muffig und trug seine tragische Maske. Und wieder dachte Sarah, ich habe noch nie, noch nie in meinem ganzen Leben so etwas erlebt – das ist die abgrundtiefe Trauer, die man bei Katastrophen auf den Gesichtern der Überlebenden sieht, die einem vom Fernsehschirm entgegenstarren. »Ich bin gestern abend mit Molly spazierengegangen«, sagte er. »Sie hat sich freundlicherweise bereit erklärt, einen Spaziergang mit mir zu machen. Wir sind irgendeine Straße entlanggelaufen. Unter den Bäumen war es ziemlich dunkel.«

Sarah konnte es sich vorstellen. Eine dunkle Straße, und Stephen konnte die junge Frau, die neben ihm unter den Bäumen ging, kaum sehen. Beim Schein der kümmerlichen Mondsichel waren sie von einem matten Lichtflecken zum nächsten gegangen. Molly hatte einen weißen Baumwollrock und ein enganliegendes weißes T-Shirt angehabt. Muster in Schwarz und Weiß.

Sarah betrachtete das dahinjagende Wasser, weil sie den Anblick von Stephens Gesicht nicht ertragen konnte.

»Schon erstaunlich, nicht wahr? Ich meine, was aus dem eigenen Stolz wird. Sie hat mich geküßt. Na ja, ich habe sie geküßt.« Er hielt inne. Dann: »Danke, daß du es nicht aussprichst, Sarah.« Jetzt wandte sie sich vorsichtig zu ihm um. Tränen rannen über kummerschwere Wangen. »Ich begreife das Ganze nicht. Was soll man von einem fünfzigjährigen Mann halten, der nie etwas Zauberhafteres erlebt hat als einen Kuß im Dunkeln ...?«

Sarah unterdrückte, was ihr auf der Zunge lag: Wenigstens hast du einen Kuß bekommen. In dem Augenblick erschienen ihr ihre eigenen Gefühle egoistisch und belanglos.

»Das alles habe ich versäumt«, hörte sie ihn sagen, leise nur, weil ein Windhauch, der vom Fluß kam, seine Worte davonblies. »Ich habe ein nüchternes Leben geführt. Aber das war mir nicht klar, bis ... Natürlich war ich verliebt, das meine ich nicht.« Der Wind, der wieder drehte, schleuderte ihr seine Worte ins Gesicht: »Was bedeutet es, wenn man sagt: Ein Mädchen in den Armen zu halten, macht alles, was man je erlebt hat, zu Staub und Asche?«

»Julie hat etwas Ähnliches gesagt. Über Rémy.« Schweigen, erfüllt von den Geräuschen des Wassers. Zum zweiten Mal an diesem Morgen sagte Sarah: »Um sich zu ertränken, muß sie wirklich wild entschlossen gewesen sein.«

»Ja. Wenn ich dagewesen wäre ...«

»Du oder Rémy?«

»Du begreifst das nicht. Ich *bin* Rémy. Ich verstehe ihn voll und ganz.«

»Warst du auch ein jüngerer Bruder? Ich meine *dich,* Stephen.«

»Ich habe zwei ältere Brüder. Nicht vier, wie Rémy. Ich weiß nicht, wie wichtig das ist. Wichtig ist nur ... was hätte ich sagen können, um sie davon abzuhalten, sich das Leben zu nehmen?«

»Willst du mich heiraten?« schlug Sarah vor.

»Ach, du begreifst wirklich nichts. Eben das war unmöglich. Er konnte sie nicht heiraten. Der gesellschaftliche Druck war viel zu groß. Vergiß nicht, daß er Franzose war. Für die Franzosen ist das tausendmal schlimmer als für uns. Bei den Franzosen herrscht ein sehr starres Familiendenken. Bei uns gibt es das zwar auch, aber nicht annähernd so ausgeprägt. Wir dürfen Revuegirls und Mannequins heiraten – und das ist gut so. Gut für den Gen-Cocktail. Aber hast du schon mal erlebt, daß sich eine adelige französische Familie mit gewöhnlichen Menschen verbindet? Und das mit Julie war vor hundert Jahren. Nein, das alles war unvermeidlich. Es war für Rémy unmöglich, sich nicht in sie zu verlieben. Bis in den Tod. Weil er sie sein ganzes Leben lang geliebt hätte.«

»Ja«, rief Sarah, da der Wind erneut gedreht hatte.

»Aber er konnte sie unmöglich heiraten.«

»Schon komisch, daß wir den strahlenden Leutnant überhaupt nicht erwähnen«, sagte Sarah, die an Bill dachte und daran, wie sehr sie sich schämte.

»Aber das war nur ... Verliebtheit«, rief er. Wieder Schweigen. Dann sagte er: »Bei Rémy hingegen ging es um Leben und Tod.«

Er saß mit geschlossenen Augen da. Tränen sickerten unter seinen Lidern hervor. Er war niedergeschlagen. Deprimiert. Aber dieses Wort umfaßt hunderterlei Schattierungen von Trauer. Es gibt unterschiedliche Arten von Depression, genau wie von Liebe. Nachdem Sarah diesen Zustand bei einem Freund miterlebt hatte, wußte sie, daß sich ein wirklich deprimierter Mensch völlig anders verhielt als Stephen. Ein deprimierter Mensch konnte stundenlang in ein- und derselben Haltung auf einem Stuhl sitzen oder zusammengerollt wie ein Fötus in einer Ecke auf dem Boden kauern. Depression, das waren keine Tränen. Das war Leblosigkeit, Bewegungsunfähigkeit. Ein schwarzes Loch. Zumindest erschien es dem Betrachter so. Aber Stephen war lebendig und litt. Er war tieftraurig. Sie betrachtete ihn eingehend, nun, da das möglich war, weil er die Augen geschlossen hatte, und dachte plötzlich, daß sie um sich selbst Angst haben sollte. Sie, Sarah, hatte völlig unerwartet und aus heiterem Himmel ein Blitzstrahl getroffen, ein Pfeil aus einer unsichtbaren Welt. Sie hatte sich verliebt, obwohl sie geglaubt hatte, dagegen gefeit zu sein. Und was sollte sie davor bewahren, dieselben Qualen zu erleiden wie Stephen – Schaden zu nehmen?

Sie ergriff seine Hand, diese vernünftige, hilfreiche, praktische Hand, und spürte, wie sie die ihre umklammerte. »Dem Himmel sei Dank, daß es dich gibt, Sarah. Ich weiß nicht, warum du mich erträgst. Ich weiß, daß ich dir vorkommen muß wie ...« Er stand auf, und sie ebenfalls. »Ich muß sehen, daß ich noch ein bißchen Schlaf bekomme.«

Sie traten an den Rand des gefährlichen Flußbeckens und schauten hinunter. Die Tropfen, die auf Sarahs Wangen spritzten, waren zum Teil Tränen, die der Wind von Stephens Wange herüberblies.

»Sie muß irgendwas recht Kräftiges genommen haben.«

»Das meint Henry auch.«

»Wirklich? Ein guter Kerl, dieser Henry. Vielleicht ist auch er in sie verliebt. Wenn ich von meinen Gefühlen ausgehe, kann ich mir kaum vorstellen, daß es nicht allen anderen genauso ergeht. Das ist an sich schon ein Zeichen von Geisteskrankheit.«

Die Sonne brannte herunter, obwohl es noch früh war. Heiß, still und reglos. Plötzlich wehte kein Lüftchen mehr. Sarahs Kleid, erst vor kurzem frisch angezogen, gehörte gewechselt, weil es von der Gischt durchweicht war und ihr an den Schenkeln klebte. Sie schloß die Augen, während sich ihrer die Erinnerung an einen von Sehnsucht erfüllten kleinen, heißen, feuchten Körper bemächtigte.

»Nur gut, daß wir uns nicht an unsere Kindheit erinnern«, sagte sie.

»Was? Warum sagst du das?«

»Und erst recht nicht an die Zeit als Säugling. Mein Gott, nur gut, daß wir das alles vergessen.« Stephen sah sie an, wie er sie noch nie angesehen hatte. Das lag daran, daß er diese Stimme noch nie an ihr gehört hatte – ärgerlich und rauh vor Emotionen. Sie gefiel ihm nicht. Wenn Sarah nicht aufpaßte, würde er aufhören, sie zu mögen. Sie kam sich vor wie auf einem rutschigen Abhang und wußte nicht, wie sie sich retten sollte. Ihr Inneres ballte sich zusammen wie eine Faust, um die Tränen zurückzuhalten. »Ich weine nie«, verkündete sie und wischte sich mit dem Handrücken die Tränen von den Wangen. Langsam und bedächtig reichte Stephen ihr ein Taschentuch, ein richtiges Stofftaschentuch, groß, weiß und sorgfältig gebügelt – langsam deshalb, weil er es nicht fassen konnte. »Denk dir nichts«, sagte sie, »aber Julie nimmt mich doch ein bißchen mit. Gott sei Dank nicht annähernd so arg wie dich.« Sie brachte diese Worte nur mit Mühe heraus. Stephen betrachtete sie prüfend. Es fiel ihr schwer, seinem Blick standzuhalten, diesem Blick, der bedeutet, daß ein Mann einen Schritt zurücktritt, um eine Frau vor dem Hintergrund anderer Frauen und anderer Situationen, an die er sich erinnert, zu begutachten. Zum ersten Mal herrschte Verlegenheit zwischen ihnen, die sich im Nu verstärkte.

Und dann sagte Stephen mit einer Stimme, die Sarah noch nie gehört hatte: »Erzähl mir bloß nicht, du bist verliebt in ...«

Sie gab sich alle Mühe, unbeschwert zu klingen: »Du meinst den jungen Trottel? Den hübschen Helden?« Schon wollte sie es zugeben, wollte gestehen: »Ja, ich fürchte, so ist es«, aber sein Gesicht ließ sie innehalten. Er war enttäuscht von ihr – und er war schokkiert, ohne Zweifel. Da sie das nicht ertragen konnte, beschloß sie zu lügen, obwohl sie innerlich aufschrie: Aber du hast ihn nie angelogen, das ist schrecklich, unsere Freundschaft wird nie mehr so sein wie zuvor. »Nein, nein«, sagte sie und lachte, überzeugend, wie sie hoffte. »Komm schon, so schlimm ist es auch wieder nicht.«

»Nachdem ich dir so viel gebeichtet habe, könntest du wenigstens ...« Aber das war alles andere als eine freundliche Aufforderung.

»Tja«, meinte sie, »ich sag's dir aber nicht.« Fröhlich, fast kokett, doch während sie das sagte, wäre sie am liebsten in Tränen ausgebrochen. Noch nie hatte sie ihm gegenüber diesen falschen, koketten Ton angeschlagen. Sie merkte, daß er ihm zuwider war.

Sie gelangten auf den Weg, der zum Haus und zu dem offenen Theaterareal führte, noch menschenleer, aber bald würden die heutigen Proben beginnen. Sie gingen unter Bäumen den Hügel hinab. Stephen betrachtete sie verstohlen, und was sie auf seinem Gesicht las, stimmte sie unglücklich. Sie fing an, Konversation zu machen, meinte, es sei doch interessant, daß zu der Zeit, als Julie hier malte und zeichnete, keine dreißig Meilen weit entfernt auch Cézanne gemalt habe. Ihr Werk hätte sicher niemanden in den letzten vierhundert Jahren überrascht, doch das von Cézanne sei so revolutionär gewesen, daß viele Kritiker seiner Zeit nichts damit hätten anfangen können.

Sie hoffte, Stephen würde sich auf das Gespräch einlassen und ihnen beiden damit die schreckliche Verlegenheit ersparen. Er ging auch darauf ein, aber seine Stimme klang schroff, als er sagte: »Ich hoffe, du willst damit nicht andeuten, man könnte Julies Bildern vorwerfen, daß Dürer über sie nicht erstaunt gewesen wäre.«

Das Gespräch drehte sich, wie so viele Gespräche, nur scheinbar um das, worüber vordergründig gesprochen wurde.

»Es sei denn, es hätte ihn überrascht, daß eine Frau so etwas zustande bringt.«

Er schnaubte – es klang verächtlich. »Jetzt änderst du deinen Standpunkt.«

»Vermutlich hast du recht« – das Flehen in ihrer Stimme war unüberhörbar. »Aber das war eigentlich nicht als Vorwurf gemeint.« Er sagte nichts. »Wenn Julie Cézannes Bilder gesehen hätte, glaubst du, sie hätten ihr gefallen?«

Er ließ eine viel zu lange Pause entstehen. Dann sagte er widerwillig: »Woher willst du wissen, daß sie sie nicht gekannt hat? Sie sind viel herumgekommen, alle beide.«

»Heutzutage sind dreißig Meilen gar nichts. Damals waren sie eine Garantie dafür, daß sich zwei Leute nie begegneten.«

Sie gingen, viel zu schnell für diesen warmen Morgen, den staubigen Feldweg hinunter, begleitet vom lauten Getöse der Zikaden. Sarah konnte sich nicht erinnern, je zuvor gewünscht zu haben, daß ein Zusammensein mit Stephen zu Ende ging. Selbstkritisch überlegte sie: Offenbar finde ich es in Ordnung, wenn ich Stephen betrachte, um festzustellen, wie er sich fühlt, aber ich mag es nicht, wenn *er* mich so betrachtet wie im Augenblick.

»Glaubst du, Cézanne hätte ihre Musik gefallen?« fragte sie rasch.

»Er hätte sie gehaßt«, sagte er, und seine Stimme klang wie die Stimme eines Richters, der ein Urteil spricht.

»Soll das bedeuten, daß du sie tief im Herzen auch haßt?«

»Manchmal schon.«

»Ich kann dieses Nicht-Leben nicht ertragen. Ich kann diese Wüste nicht ertragen«, zitierte sie, unbeholfen, da sie nichts dergleichen hatte sagen wollen.

Daraufhin trat langes Schweigen ein. Stephen fragte sich, ob er ihr verzeihen konnte, und tat es mit: »Also ich glaube, ich habe niemals woanders als in einer Wüste gelebt.«

Sarah war außerstande, sich zurückzuhalten, so daß sie gleich wieder alles verdarb: »Inzwischen glaube ich, daß auch ich jahrelang in einer Wüste gelebt habe.«

Wieder fühlte er sich unbehaglich und wollte nicht mit dieser emotionalen und (wie er es empfand) fordernden Sarah zusammensein müssen. »Dann lebst du jetzt also nicht in einer Wüste?« erkundigte er sich und wollte eine ehrliche Antwort.

Sarah ging schneller. Sie wußte, daß das Gespräch endgültig auf ein schiefes Gleis geraten war, versuchte aber, humorvoll zu klingen. »Ich glaube, daß viele Menschen in einer Wüste leben, zumindest in einem Bereich, der in den Atlanten als ›Halbwüste‹ bezeichnet wird. Du weißt, es gibt eine Sandwüste, also die richtige Wüste, so etwas wie die Rub al-Chali, und die ›Halbwüste‹. Die eine ist etwas Absolutes, aber bei der ›Halbwüste‹ gibt es Abstufungen.«

Darauf sagte Stephen nichts mehr. Sie gingen so schnell sie konnten, hatten aber noch zwanzig unbehagliche Minuten zu überstehen, bis sie den Stadtplatz erreichten. Dort ließ er sie mit einem knappen Nicken und einem erzwungenen Lächeln stehen und ging fast im Laufschritt zum Hotel, in dem er sogleich verschwand, sichtlich erleichtert und mit einem verstohlenen, kleinen Schlenker seines Hinterteils, der Sarah unverhofft verkündete: O *nein*, er denkt, daß ich in *ihn* verliebt bin. Keine Frau auf der Welt hat nicht irgendwann einmal einen Mann mit der gleichen verstohlenen Erleichterung entwischen sehen. Für Sarah war es eine Katastrophe, die denkbar schlimmste. Was konnte sie tun? Diese Freundschaft ist mir tausendmal mehr wert als eine Verliebtheit oder der hübsche Held, überlegte sie. Das kann ich nicht ertragen.

Nun ist alles verdorben. Bis heute morgen war zwischen uns alles offen, einfach und ehrlich. Und jetzt ...

Mitten in ihrer Bedrängnis überfiel sie ein Gedanke, der alles noch schlimmer machte. Vor ein paar Wochen – dabei schien es ihr Monate, wenn nicht Jahre her – hätte sie Stephen alles sagen können. In jener glücklichen Zeit vor ihrem Besuch in Queen's Gift hätte sie lachend und ganz beiläufig sagen können: »Ich habe mich in einen hübschen Jungen verliebt – na, was sagst du dazu!« Oder: »Nein, bilde dir doch das nicht ein, Stephen, ich bin nicht in dich verliebt, sei nicht albern.« Aber jetzt ... Sie hatten sich beide weit von diesem Punkt entfernt.

An den Tischen vor dem Café herrschte Hochbetrieb. Sarah wollte mit niemandem reden, doch Bill, der mit einem gepflegten, braungebrannten, rundlichen Mann, offensichtlich einem Amerikaner, dasaß, lächelte und winkte ihr zu. Sie wollte sein Lächeln schon erwidern und vorbeigehen, als er sie auf eine lässige, besitzergreifende Art rief, wie er es wohl auch bei seiner Mutter gemacht hätte: »Wo bist du gewesen, Sarah?« Und zu seinem Begleiter sagte er: »Sie ist einer meiner besten Freunde. Sie ist wirklich unglaublich nett.«

Sarah behielt ihr Lächeln bei und nahm ganz vorn auf der Stuhlkante Platz. Sie ließ ihr Lächeln zu dem Mann hinüberwandern, der rundum Zufriedenheit ausstrahlte. Er hieß Jack, und hatte, wie Bill erklärte, bei dem Stück, in dem er zuletzt mitgespielt hatte, Regie geführt. Bill hielt Sarah dieses Häppchen Information unter die Nase wie eine Schachtel Pralinen. Gleichzeitig war ihm unbehaglich zumute, weil er merkte, daß er sich im Ton vergriffen hatte. Sarah empfand Mitleid mit ihm, eine ungewöhnliche Mischung aus übertriebenen, lächerlichen Gefühlen. Und sie verspürte eine heftige Abneigung gegen diesen Jack. Als spielte es eine Rolle, ob sie ihn mochte oder nicht.

»Ich mache gerade eine Rundreise durch Südfrankreich. Gestern nacht habe ich Bill in Marseille getroffen. Er hat mich überredet, und – *voilà*!« sagte Jack und ergriff mit einem Wort von Frankreich Besitz.

Dann muß es sehr spät geworden sein. Dieser Gedanke rollte

wie eine Flutwelle über Sarah hinweg, und die Eifersucht schnitt ihr bis ins Mark. Bill war gestern abend nach Mitternacht noch hier gewesen, wenn er also nach Marseille gefahren war – er und wer noch? –, bedeutete das … *Jetzt hör aber auf, Sarah.*

Bill wußte, daß sie eifersüchtig war. Das verrieten ihr seine Augen, und daß er erleichtert war auch, weil er, nachdem er sie mit seiner übertriebenen Vertraulichkeit verloren hatte, nun langsam wieder Besitz von ihr ergriff. Im Gegensatz zu ihr hatte er sein Gleichgewicht wiedererlangt. Sie dachte: Stephen. Was soll ich tun? Ich darf Stephen auf keinen Fall verlieren.

Sie erhob sich von der Stuhlkante und sagte: »Tut mir leid, aber ich bin verabredet.« Mit einem kurzen Lächeln, das Jack galt und hoffentlich angemessen war, und ohne Bill (der ein langes Gesicht machte) eines Blickes zu würdigen, ging sie rasch ins Hotel. Durch einen Tränenschleier sah sie Henry aus der Tür kommen. Zum Glück hatte sie die Sonne im Rücken.

»Bist du nach dem Mittagessen da?« Eine Frage, ja, aber es war eher ein Befehl.

»Ich spiele hier schon eine sehr merkwürdige Rolle«, meinte Sarah.

»Das stimmt. Steht auch nicht im Vertrag, ich weiß. Ist aber unverzichtbar. *Bitte?*«

Fest entschlossen, nicht zu schlafen, sondern sich zu überlegen, wie sie die Sache mit Stephen wieder ins Lot bringen konnte, lief Sarah in ihrem Zimmer herum oder tappte und schleppte sich vielmehr hin und her, ohne zu sehen, wohin sie ging. Sie überlegte, daß sie unmöglich hätte sagen können: »Ja, ich bin in den hübschen Helden verliebt.« Das wäre unverzeihlich gewesen. Dennoch sind Tausende – wahrscheinlich Millionen – alter Frauen verliebt und bewahren darüber Stillschweigen. Notgedrungen. Lieber Himmel, man stelle sich nur ein Altersheim mit Senioren vor, wie wir sie nennen, und die Hälfte von ihnen ist insgeheim verrückt nach dem jungen Kerl, der den Krankenwagen fährt, oder nach dem hübschen Mädchen in der Küche. Eine heimliche Hölle, bevölkert von den Gespenstern verlorener Geliebter, ehemaliger Persönlichkeiten … und in der Zwischenzeit macht die andere

Hälfte naserümpfend ihre Witze und wechselt abfällige Blicke. Außer sie erliegt ähnlichen Gefühlen.

Es hatte keinen Sinn. Sarah schlief unruhig ein und wachte in Tränen gebadet auf.

Da sie bei dieser Hitze nicht zu Fuß gehen wollte, ließ sie sich von einem Taxi zum Theater hinaufbringen, in die wohltuende Umgebung arbeitender Menschen.

Sie setzte sich unter einen Baum. Henry gesellte sich zu ihr, und Julies späte Musik, eindringlich und distanziert, bohrte sich geradewegs in beider Herzen.

»Mein Gott«, murmelte er mit Tränen in den Augen, »das ist wunderschön.«

Sarah sagte mit feuchten Augen: »Schon eigenartig, wie bereitwillig wir uns der Musik aussetzen, ohne jemals zu fragen, wie sie sich auf uns auswirkt.«

Er war halb in die Hocke gegangen, wie ein Läufer vor dem Start, die Knöchel seiner linken Hand auf herabgefallene Blätter gestützt, um die Balance zu halten. Sein Blick ruhte auf Sarahs Gesicht. Beredte Augen, könnte man sagen.

»Du redest wie jemand, der seit dem zwölften Lebensjahr die meiste Zeit Popmusik gehört hat.«

»Und du wirst gleich behaupten, daß es mir nicht geschadet hat.«

»Woher wollen wir wissen, ob es uns schadet oder nicht?«

»Ich glaube, es macht uns unter Umständen übertrieben empfindsam.«

»Tja, das könnte man wohl sagen.« Damit sprang er auf. »Danke, daß du gekommen bist. Glaub ja nicht, daß ich das nicht zu schätzen weiß.« Und weg war er.

Dann probten sie Julies frühe Musik, die alles andere als kühl und distanziert war, und kehrten anschließend zu ihrer späten Musik zurück, ununterbrochen begleitet vom Zirpen der Zikaden. Wenn man Julies Musik einfach so hörte, ohne Zusammenhang und nicht im Kontext ihrer Entwicklung, versetzte sie einen in Unruhe, verletzte geradezu, als legten es die Sänger darauf an, zynisch sein. Am Ende probten sie das Lied:

Du hast mich nicht gehört, als ich dir sagte, ich werde nicht leben,
Nachdem du mich verlassen hast,
Wenn du mich verläßt, nimmst du mir damit das Leben …

Die Melodie ging bei *Leben* nach oben, auf eine Art Zwischenton, vergleichbar einer *blue note* beim Blues. Zweifellos ein interessantes Phänomen, daß in der indischen und der arabischen Musik – der Musik des Ostens – gewissermaßen alle Intervalle »unrein« sind und ein »reines« Intervall die Ausnahme darstellt. Taucht hingegen in unserer Musik eine *blue note* auf, kann es passieren, daß sie einem wie eine Hand in die Saiten des Herzens greift.

Die Probe war zu Ende. Die vier Sänger standen beisammen unter ihrem Baum, während die Musiker ihre Instrumente einpackten. Ein paar Augenblicke lang wirkte die Atmosphäre der Musik nach, und es schien, als stünde die Gruppe im ausgekehlten, bläulichgoldenen Halbschatten einer Kerzenflamme, die jungen Frauen in ihren losen Sommerkleidern, die jungen Männer in Jeans, die sich durch Klänge und Assoziationen in die himmelblauen Gewänder mittelalterlicher, religiöser Gemälde verwandelt hatten. Doch sobald sie unter den Bäumen hervor ins Sonnenlicht traten und lauthals verkündeten, daß sie unbedingt eine Dusche und etwas Kaltes zu trinken bräuchten, wurden sie zu beliebigen Menschen auf der Straße oder an einer Bushaltestelle. Eine Limousine wartete auf sie. Der Fahrer war ein junger Mann, mit dem sie auf die beim Theater übliche unkomplizierte, vertrauliche Art umgingen. Er hatte seinen kräftigen gebräunten Arm auf die Rükkenlehne des Vordersitzes gelegt und drehte sich um, um die jungen Frauen anzulächeln, die nacheinander einstiegen. »Mademoiselle … Mademoiselle … Mademoiselle …«, sagte er zu jeder der drei Sängerinnen, einschmeichelnd, wie man das von einem Franzosen erwartet, mit zärtlichen Blicken ausdrückend, wie sehr er sie zu schätzen wußte, und sofort strahlten die unter mangelnder Ritterlichkeit leidenden Engländerinnen – die sich bekanntlich glücklich schätzen dürfen, wenn sie von einem rasend in sie verliebten Mann zu hören bekommen: *Du siehst vorzeigbar aus* – wohliges

Vergnügen aus wie Katzen, die gestreichelt werden; gleichzeitig ließ sich beobachten, wie sie sich mit kleinen, wohldosierten Grimassen ins Gedächtnis riefen, daß sie sich von solch unaufrichtigen Komplimenten nicht hinreißen lassen durften. Als Sarah einstieg, murmelte der Fahrer ein galantes »Madame« und gab sich dann, da er sich außerstande sah, alle anderen ebenso individuell zu begrüßen, damit zufrieden, Henry und dem Kontratenor kameradschaftlich zuzunicken und seine blitzendweißen Zähne zu zeigen. Er wendete mit quietschenden Reifen. »Voilà ... allons-y ... il fait chaud ... très, très chaud ...«, summte er unüberhörbar vor sich hin, um die anderen daran zu erinnern, daß er mindestens eine halbe Stunde in dieser Hitze hatte warten müssen, da sie die Probe überzogen hatten – nicht daß er ihnen einen Vorwurf daraus machte, schließlich tat er nur seine Pflicht, aber trotzdem. »Faut boire«, verkündete er. »Immédiatement. Vite, vite.« Und der Wagen schoß, oder fuhr im Walzertakt, wild hupend die abenteuerliche Straße hinunter. Zehn Minuten später hatten sie den Platz erreicht.

Abendliches Sonnenlicht rieselte durch eine feine Wolke hoch am Himmel, und die verblichenen Farben der Häuser, Gelblich und Kalkweiß, Aschgrau und das bröselige Weiß alter Knochen, traten deutlich hervor, eine breite Palette. Die Stirnwand des Hôtel La Belle Julie starrte einem nicht mehr ausdruckslos entgegen, sondern enthüllte ein Stück Geschichte in ihrem unregelmäßigen Verputz – cremefarbene Mulden und Erhebungen dort, wo sich in den Fugen an den Nahtstellen zwischen zwei Bereichen, deren Bearbeitung Jahrzehnte auseinanderliegen mochten, glitzernder Flußsand befand. Der milchige Schimmer verstärkte sich, die Sonne kehrte zurück, und die Wand wurde abermals zu einer undifferenzierten, grellen Fläche.

Die Kostümprobe war für halb acht angesetzt, begann also noch bei Tageslicht. Die Beleuchtung war bei dem Stück von Anfang an ein Problem gewesen. Die ersten Szenen spielten bei Lampenlicht im Salon auf Martinique, aber noch legte sich die Abendsonne schimmernd auf die Saiten einer Harfe, die auf den Brettern stand, mit denen der rosafarbene staubige Boden ausgelegt war. Im Programmheft hieß es: *Martinique. 1882. Abends.*

Daneben ergab sich noch eine größere Schwierigkeit. Im Zuschauerbereich waren etwa dreihundert Stühle aufgestellt, unter anderem für die Gäste, die von französischer Seite eingeladen waren. Die bei Kostümproben üblichen Zuschauer – in aller Regel Freunde der Darsteller und sonstigen Mitwirkenden – würden nicht dabeisein, weil sie sich nicht in Frankreich aufhielten. Und doch waren eine Stunde vor Spielbeginn bereits alle Stühle besetzt, und Scharen von Zuschauern waren aus der Stadt heraufgeströmt und standen wartend unter den Bäumen. Nicht nur Franzosen, sondern auch Touristen, vorwiegend Engländer und Amerikaner. Niemand hatte mit einem so lebhaften Interesse an *Julie Vairon* gerechnet, außer Mary, der man ansah, daß sie sich die Bemerkung verkniff: Ich hab's euch doch gleich gesagt! – und dennoch war völlig klar, daß es so hatte kommen müssen. Jean-Pierre gab Mary erst einen Handkuß, und dann küßte er sie auf die Wangen, viele Male. Zusammen tanzten sie zwischen den Felsen hindurch einen Siegestanz, während Henry, Stephen, Sarah und der Rest der Truppe Beifall klatschten. Für Sarah und die beiden Mäzene waren keine Sitzplätze mehr frei, so daß man aus der Stadt noch Stühle heraufbringen und unter den Bäumen aufstellen ließ.

Aus der Menge hörte man unwilliges Gemurmel. Wie konnten die Veranstalter – das heißt, man selbst – so kurzsichtig sein, dem unvermeidlichen Interesse nicht Rechnung zu tragen? Dreihundert Sitzplätze – absurd! »Affreux … stupide … une absurdité …

lamentable …«, und so weiter. Sofort wurde für morgen nach dem Frühstück eine Sitzung anberaumt, bei der die Konsequenzen der unverhofften Popularität von *Julie Vairon* erörtert werden sollten. Inzwischen war es Zeit, daß sozusagen der Vorhang aufging. Sarah, die neben Henry saß, spürte, daß die Schwingungen seiner Angst auf sie übergriffen. Er hatte ihr gestanden, daß ihm die ganze Nacht schlecht gewesen war und sie ihn deshalb am Morgen am Wasserfall angetroffen hatte. Er hatte ihr das theatralisch zugeraunt, hatte seine Schwermut parodiert, aber seine Augen waren dunkel vor quälender Angst. Er versuchte zu lächeln, schaffte es nicht, ergriff ihre Hand und küßte sie. Seine Lippen hinterließen eine brennende Stelle.

Die Instrumentalisten, die auf der kleinen, steinernen Plattform bei den Sängern standen, setzten zu einem konventionellen Vorspiel an, einer herkömmlichen Ballade, die zusammen mit den Notenblättern, den hübschen Kleidern und den Modemagazinen auf Sylvie Vairons ausdrücklichen Wunsch hin nach Martinique gelangt war; denn für sie, die Mutter, stand von Anfang an fest, daß ihre Tochter, nachdem sie schon ein uneheliches Kind war, zumindest das geistige Rüstzeug erhalten sollte, um einen ordentlichen Ehemann zu bekommen.

Molly trat unter den Bäumen hervor. Ihr weißes Kleid ließ Hals und Schultern frei, und ihre schwarzen Locken, zu Zöpfen geflochten, aufgerollt und hochgesteckt, wurden von einer weißen Jasminblüte gehalten. Sie setzte sich an die Harfe und spielte. Oder tat so, denn die entsprechenden Klänge lieferte die Viola. Dafür sang sie selbst. Sie hatte eine hübsche, sanfte Stimme, genau richtig für eine vornehme junge Dame. Madame Vairon trat vor und stellte sich neben ihre Tochter – eine prachtvolle Erscheinung, diese füllige schwarze Frau in purpurrotem Samt. Dann kam eine Handvoll junger Offiziere – George White und vier junge Männer, die Jean-Pierre angeheuert hatte und die nur herumzustehen und George Whites Beispiel zu folgen hatten –, strahlend schön in ihren Uniformen, in denen sie sich nacheinander über Madame Vairons Hand beugten. Als letzter kam Paul. Er richtete sich auf, drehte sich um, erblickte Julie, und das Stück hatte begonnen.

Henry, der es nicht aushielt, sprang auf, drängte sich durch die Menge und strebte den Bäumen zu. Sarah konnte beobachten, wie er mit großen Schritten auf und ab ging, dann herumwirbelte, um auf seinen Platz zurückzukehren, doch nun war es zu spät, weil Benjamin ihn in Beschlag genommen hatte, der von einer Spritztour durch die Umgebung in Begleitung von Bills Freund Jack Greene zurückgekehrt war.

Die sentimentale Ballade ging zu Ende, und dann setzte die Musik ein, die, ohne Text, die nachfolgenden Liebesszenen zwischen Paul und Julie begleitete – Liebesszenen, bei denen nicht eine Bewegung, nicht ein Satz, nicht ein Blick neu war oder neu hätte sein können. Jeder der Anwesenden – inzwischen waren es über tausend Leute, und noch immer drängten mehr heran – hatte schon ähnliche Szenen gesehen oder selbst erlebt. Aber die Musik traf einen direkt ins Herz, sprach unmittelbar die Sinne an. Die Menge lauschte schweigend und gebannt. Die Leute beobachteten Julie so aufmerksam wie die Einwohner von Belles Rivières vor hundert Jahren die echte Julie. Die einheimischen Statisten waren im Grunde unnötig, denn nichts konnte eindrucksvoller sein als diese lautlos starrende Menge. Als es allmählich dämmerte, erschien ein sechs Meter hohes Dia von Julie als junger Frau auf einer Leinwand hinter und über ihrem Haus. Anfangs war es nur schwach zu erkennen, weil das Tageslicht noch nicht verschwunden war, nahm dann aber an Dichte zu und veränderte sich: Die Julie auf der Leinwand alterte, bis sie die sympathische Dame war, der Philippe den Hof gemacht hatte, und dann war sie auf einmal ein kleines Kind, ihre eigene Tochter oder sie selbst. Stephen flüsterte Sarah ins Ohr: »Ich verschwinde. Mache einen Spaziergang. Wird mir guttun. Ich rufe Elizabeth an, um ihr zu schildern, was hier passiert, und sie zu fragen, wie die Chancen stehen, das Stück bei uns eine Zeitlang en suite zu spielen. Wir dachten ursprünglich an drei oder vier Tage – aber sieh dir das an.« Noch immer kamen Leute durch die Bäume den Hügel herauf und blieben wie erstarrt stehen, sobald die Musik sie einhüllte. Als Stephen seinen Stuhl verließ (in Sarahs Augen sprachen alle Anzeichen dafür, daß er floh), setzte sich Henry darauf. Er legte die Lippen an ihr Ohr und flüsterte: »Sarah, Sarah, das Leben ist eine Hexe, Sarah ... es ist eine Hexe, und ich liebe dich.« Er sagte das im Rhythmus der Musik, so daß es dramatisch und absurd klang und beide lachen mußten. Aber seine Lippen bebten. All die üblichen Gedanken tickten durch Sarahs Kopf: Aber das ist doch Unsinn, schuld daran ist nur das Theater, das Showbusiness, also achte nicht weiter darauf. Doch gleichzeitig dachte sie: Das hier ist Julies Land. Hier ist alles möglich. Frauen können jung erscheinen, und ein blauäugiges, irisches Mädchen mit molligen, sommersprossigen Schultern ist auf einmal schlank und lebhaft und wild wie eine Biene, genau wie im Märchen. Sie war erschüttert, das schon, schaffte es aber trotzdem, Henry, der so nahe wie möglich an sie herangerückt war, liebevoll und belustigt anzulächeln. Diese Heuchlerin!

Die Szenen auf Martinique neigten sich dem Ende zu. Die Sonne war verschwunden, aber vereinzelte reflektierte Strahlen ließen wahllos die Schnalle von Pauls Gürtel oder das Taschentuch aufblitzen, in das Madame Vairon schluchzte, während das goldene Haar einer Sängerin in Flammen zu stehen schien. Julie und Paul verließen die weinende Maman und betraten einen dämmrigen Wald von Mustern aus Licht und Schatten, durchaus passend, da die nächste Szene im Wald spielte, genau hier. Dann wurde ein großer Fensterrahmen hinter den Schauspielern aufgestellt, um anzudeuten, daß sich die folgende Szene im Haus abspielte und nicht – wie man zunächst dachte – außerhalb. Man befand sich in einem winzigen Wohnzimmer, in dem es nicht nur die Harfe gab, sondern auch eine Laute, eine Blockflöte und eine Viola, außerdem auf einem Gestell Querflöten und eine Klarinette. Die vier jungen Männer, die gerade noch Offiziere gewesen waren, trugen eine Staffelei mit einem großen, in Pastellfarben gemalten Selbstporträt herbei und einen Tisch, an dem Julie ihre Tagebücher schrieb.

Das Ende der Beziehung mit Paul, unvermeidlich und nicht unbedingt der interessanteste Teil der Geschichte, kam schnell, während die Sänger jene betörenden Worte sangen, die ausnahmslos von Julie stammten, zwar aus unterschiedlichen Jahren und an zwei verschiedene Männer gerichtet, aber von Sarah entsprechend arrangiert: Genau wie Julie glaubte Sarah fast die Musik jener

Musikanten von vor knapp tausend Jahren zu hören und die Worte zu kennen, die sie möglicherweise dazu gesungen hatten.

»Warum hast du mir nicht gesagt, was Liebe für dich bedeutet,
Bevor du mich angefleht hast, dich zu lieben, denn so
verlor ich,
Was immer an Hoffnung ich hätte haben können, ich armes
Mädchen,
Für ein Leben, auf das herkömmliche Mädchen –
Deine Schwestern? – fest zählen können.
Nein, die Wohltat einer schlichten Liebe, nicht für mich.
Doppelt verwehrt mir von meinem Blut. Wohltuende Liebe, nie
für mich.
Das denkst auch du, ich sehe es in deinen Augen,
So darf ich nicht sagen: »Sag mir, was Liebe für dich
bedeutet.«
Die Wohltat einer schlichten Liebe, nie für mich,
Wohltuende Liebe, nie für mich.«

Es gab eine ziemlich lange Pause, in der Henry mit den Schauspielern und Sängern sprach. Ihre Mikrophone waren auf ein Publikum von dreihundert Leuten ausgerichtet, nicht auf rund tausend. Morgen früh bei der Sitzung, bei der man dieser bescheidenen Produktion ein höheres Anspruchsniveau mit allen Konsequenzen würde zugestehen müssen, mußte auch besprochen werden, ob zusätzliche Lautsprecher eingesetzt werden sollten. Morgen abend war Premiere, und bis dahin gab es noch so viel zu tun.

Während der ersten Pause summten die Leute Julies Lieder, und Henry, der sich unter die Zuschauer gemischt hatte, meldete bei seiner Rückkehr Erfolg. Und auch nach seinem Ausflug während des zweiten Aktes berichtete er voller Befriedigung, daß im Publikum kein Auge trocken geblieben sei. Währenddessen machte Benjamin, der auf der anderen Seite neben Sarah saß, ab und zu eine Bemerkung, von der er hoffte, man würde sie aus dem Mund eines Theaterlaien nicht als unangemessen empfinden. Dabei waren sie im Gegenteil alle recht zutreffend, was auch Henry registrierte. Benjamin war zufrieden und freute sich, daß er bei diesem erfolgversprechenden Projekt die Hand im Spiel hatte.

Die zweite Pause war kurz, reichte aber aus, daß sich das Ensemble in ängstliche Besorgnis hineinsteigerte.

Was würde das Publikum mit Julies Musik aus der »zweiten Periode« anfangen können, dieser unpersönlichen Musik, die einen so starken Kontrast zu den traurigen Liedern bildete, die vorausgegangen waren? Unpersönlich – aber warum trieb sie einem trotzdem Tränen in die Augen? Bedeutete das, daß sie auf einen nicht näher bestimmten Teil des Organismus einwirkte, etwa auf ein körperloses Herz oder ein anderes Organ? Der dritte Akt verlangte dem Publikum besonders viel ab: Julie allein, wie sie um ihr Kind trauert. Geächtet. Im Programmheft stand, man habe sich aus Gründen der dramatischen Schlichtheit für diese Darstellung entschieden, in Wirklichkeit sei das kleine Mädchen zwei Jahre alt gewesen, als es an »Gehirnfieber« starb – was immer das war. Und dann kamen der wirklich zufriedenstellende Freier und die Aussicht auf Glück – und beides wies Julie zurück, was gute und vernünftige Bürger zu allen Zeiten als Bestätigung dafür empfinden mochten, daß mit dieser Frau tatsächlich etwas nicht stimmte.

Als die Kuppe eines fernen Hügels endlich die letzten Sonnenstrahlen schluckte, so daß alle in warmes Zwielicht getaucht wurden, endete die Musik mit den frostigen Oktaven, die Julies Tod begleiteten, dem Singen einer Flöte und dem langgezogenen, stöhnenden Unterton der Schalmei. Schlagartig wurde die abendliche Stille vom Lärm der Zikaden erfüllt, deren lautes Zirpen, anfangs sporadisch und dann anhaltend, sozusagen den Einsatz für den Applaus gab. Die Zuschauer, die saßen, standen heftig klatschend auf, und die Menge zerstreute sich unter lauten Beifallsrufen und wildem Applaudieren.

Irgendein cleverer Mensch, der von den Zuschauermassen in den Hügeln erfahren hatte, die natürlich zurücktransportiert werden wollten, hatte dafür gesorgt, daß drei Busse bereitstanden; mehr hätten auch nicht Platz gehabt.

Auf die Truppe warteten Limousinen. Bill stieg rechts neben Sarah ein, Benjamin links.

»Ein grandioser Erfolg«, sagte Benjamin.

»Du freust dich sicher ungeheuer«, sagte Bill und küßte Sarah vielsagend auf die Wange. Wütend drehte sie sich um und gab ihm einen Kuß auf die Lippen, einen richtigen Kuß, den er halb erschrocken, halb entzückt entgegennahm, während er einen verlegenen Blick zu Benjamin hinüberwarf, der stur geradeaus blickte und scheinbar aufmerksam dem sympathischen jungen Fahrer zuhörte, der seinen Fahrgästen versicherte, *tout le monde* bete Julie an, sie müsse wahrhaftig ein Idol sein, und er könne es kaum erwarten, die Aufführung zu sehen. Wer an Komplimente und Schmeicheleien gewöhnt ist, legt sich im Lauf der Zeit eine selbstgefällige, blasierte Miene zu, als würde man ihn mit Lerchenzungen in Honig füttern.

Als der Wagen das Hotel erreichte, war es noch nicht einmal elf Uhr. Stephen hatte Sarah eine Nachricht hinterlassen, aus der hervorging, daß er erfreuliche Neuigkeiten von Elizabeth habe. Sie könnten mindestens zwei Wochen en suite in Queen's Gift spielen.

Die Truppe nahm an den Tischen vor dem Café Platz und war bald durchsetzt von Touristen und Einheimischen, die im Theater gewesen waren und jetzt Autogramme verlangten, mit jener für Autogrammjäger auf der ganzen Welt charakteristischen ruhigen Entschlossenheit, ihr Recht einzufordern, sprich, sich ein Stück des Geschehens, oder des Kuchens oder des Eigentums, zu erobern. Die Spieler waren unruhig, steckten voller Spannung. Denn selbst eine erfolgreiche Generalprobe ist noch lange keine Premiere, bei der, schnipp-schnapp, alle Fäden gekappt werden.

Molly, die später als die anderen aus dem Hotel kam, entdeckte einen leeren Stuhl in Bills Nähe. Sofort beugte er sich hinüber, um ihr einen Kuß zu geben. Sie reagierte nicht. Und schon hob Bill seinen Stuhl auf einen leeren Platz neben Sarah und murmelte: »Du siehst heute abend phantastisch aus.«

Sally tauchte auf und hielt nach einem Stuhl Ausschau. Bill zog einen heran, und Sally ließ sich darauf nieder, während sie nach Richard Service Ausschau hielt. Ihre schwarze Haut hob sich vor Hitze glänzend von ihrem roten Kleid ab, und sie strahlte noch alle

Emotionen ihrer Rolle als Julies Mutter aus. Bill lächelte sie herzlich an und gab ihr einen Kuß, aber sie drehte den Kopf beiseite, so daß ihre Lippen außer Reichweite waren. Sie lachte ein ungeheuer verständnisvolles Lachen und blinzelte Sarah kaum merklich zu. Ihr Blick war ironisch und voller Bedauern. Dann sah sie prüfend zu Molly hinüber, die dasaß und litt, und wandte sich taktvoll wieder ab.

Sie trank einen kräftigen Schluck aus Sarahs Glas mit *citron pressé*, sagte: »Tut mir leid, meine Liebe, aber das mußte einfach sein«, und verkündete gleich anschließend: »Und jetzt muß ich meine Kinder anrufen und mich zu meinem Schönheitsschlaf zurückziehen.« Damit stand sie wieder auf. Ihre überströmende Vitalität glitt von ihr ab, da sie wieder zur Mutter ihrer wirklichen Kinder wurde. Sie ging, dafür kam Richard Service, und beider Blickkurven beschrieben flache Bögen, deren Schnittpunkte Einigung bedeuteten. Sally schwebte im Schein des Vollmonds davon wie ein Segelschiff.

Roy, Mary, Henry und Jean-Pierre waren alle so beschwingt von dem Erfolg, daß sie sich unmöglich hinsetzen konnten, sondern um die Sitzenden herumflatterten und, sobald Benjamin dazukam, einen Ausflug ins Nachtleben von Marseille vorschlugen. Benjamin schaute Sarah fragend an, aber sie meinte, auch sie bräuchte ihren Schlaf. Sie erinnerte die anderen daran, daß sie sich morgen um acht Uhr treffen wollten – na gut, dann um neun. Entschlossen stand sie auf und ging ins Hotel.

Sie sah noch, daß sich Bill auf den Stuhl neben Molly setzte. Wenn ich Molly wäre, dachte sie, würde ich einfach in sein Hotel hinübergehen, seine Tür aufmachen und in sein Bett schlüpfen. Doch dann würde er bestimmt sagen: O je, tut mir ja so leid, aber ich erwarte meine Freundin. Würde ich dann wortlos das Feld räumen? Den Teufel würde ich tun!

Sie setzte sich ans Fenster, obwohl sie gern hinaufgegangen wäre, um mit Stephen zu reden und alles behutsam zu entwirren, wie man das bei einem Freund macht. Gestern noch wäre sie gegangen.

Sie stand wieder auf, um in den Spiegel zu schauen. Die Säfte, die ihren Körper durchfluteten, ließen hinter ihrem Gesicht, dem, das sie und alle anderen kannten, ein jüngeres Gesicht zum Vorschein kommen, strahlend und lächelnd. Ihr Körper war kraftvoll und lebendig, und zugleich tat er weh. Ihre Bürste brannten, und ihr Unterleib schmerzte. Ihr Mund gierte nach Küssen – wie der Mund eines Säuglings, der unermüdlich nach der Brustwarze sucht.

Ich bin krank, sagte sie sich. »Du bist krank.« Krank vor Liebe, mehr steckt nicht dahinter. Wie konnte das nur geschehen? Was denkt sich die Natur bloß dabei? (Wenn sich ältere Leute mit der Natur konfrontiert sehen, werfen sie ihr oft Ungeschicklichkeit vor, blanke Unfähigkeit.) Ich kann es kaum erwarten, zu meinem abgeklärten, älteren Ich zurückzukehren, dessen Leidenschaft aufgebraucht ist. Ich bleibe doch wohl nicht ewig in dieser Hölle gefangen? Wenn das nicht aufhört, werde ich noch wirklich krank ... und sie betrachtete ihr Spiegelbild – das Spiegelbild einer Frau, die verliebt war, und nicht etwa das einer vertrockneten alten Frau.

»Jetzt aber genug«, ermahnte sie sich, zog sich rasch aus und schlüpfte ins Bett, wo sie, unweigerlich, irgendwann murmelte: »Herrgott noch mal, hielt ich doch nur meinen Liebsten im Arm ...«

Sie schlief tatsächlich ein. Als sie aufwachte, spürte sie gespenstische Küsse, so süß wie Julies Musik, doch erstaunlicherweise waren die Klänge, die ihr im Kopf herumspukten, keine »Troubadour«-Musik, nichts was an Blues oder Fado erinnerte, sondern die späte Musik, kühl, transparent, ein Lockruf aus anderen Regionen. Vielleicht träumen wir, wenn wir verliebt sind, von dem Paradies, aus dem wir vertrieben wurden und in dem alle Umarmungen unschuldig sind.

Wieder stand sie früh auf. Sie zog sich an, bevor es draußen hell wurde, und dachte: Gott sei Dank haben wir diese Besprechung, und ich muß den ganzen Tag hart arbeiten. Und ich bin nicht mit Bill zusammen, sondern mit Henry.

Draußen auf dem Gehsteig vor dem noch geschlossenen Café saß Stephen. Er betrachtete Sarah geistesabwesend, seine Augen waren verhangen von den Gedanken, die ihn beschäftigten, dann sah er sie jedoch richtig an und sagte: »Du hast geweint.«

»Ja, stimmt.«

»Was soll ich dazu sagen? Es tut mir sehr leid. Es tut mir furchtbar leid.«

Das war der Augenblick, in dem sie alles richtigstellen konnte. »Du irrst dich, Stephen, es ist nicht so, wie du denkst.«

Er wollte ihr so gern glauben, sah aber mißmutig und mürrisch aus.

»Das ist eine absolut lächerliche Situation, Stephen. Wirklich, ich kann dir versichern ...«

Er schaute weg, weil er sich so unbehaglich fühlte. Er war rot geworden. Sie ebenfalls.

Die Öffentlichkeit der Situation rettete sie. Während die Schauspieler noch schliefen, war der für die Organisation zuständige Teil der Truppe trotz der ausgedehnten, nächtlichen Spritztour an die Küste bereits ohne Ausnahme auf. Als erste kam Mary, frisch und ausgeruht in Weiß. Danach erschien Henry, der sich sofort auf einen Stuhl neben Sarah sinken ließ. Er sah eher aus, als käme er taumelnd von einem Schlachtfeld. Hinter ihm Benjamin, in makellosem hellem Leinen. Er nahm Sarah gegenüber Platz und sah sie ernst und prüfend an. Dann kam Roy, gähnend, und mit ihm Sandy Grears. Der Inhaber des Collines Rouges schloß seine Türen auf, und wenig später drangen verheißungsvolle Kaffeedüfte nach draußen.

Quer über den Platz kam ein flotter Bengel in blauweiß gestreifter Schürze, der auf einer Hand über dem Kopf mehrere Bleche mit Kuchen und Croissants balancierte, während er die andere elegant in die Hüfte gestützt hielt. Auch er verströmte nach allen Seiten hin köstliche Düfte. Anmutig schlängelte er sich an den Tischen vorbei, grinsend, da er wußte, daß alle auf den Augenblick warteten, in dem seine Backwaren die Theke des Cafés wieder verlassen und zum Frühstück serviert würden.

»Un moment«, meinte der Inhaber des Cafés tadelnd, obwohl niemand ein Wort gesagt hatte. »Un petit moment, mesdames, messieurs.« Mit strenger Miene verschwand er nach drinnen. Da alle Sartre kannten, wußten sie, daß er die Rolle des Monsieur le Patron spielte, genauso wie der Bengel seine Rolle spielte.

Sarah konnte einen ziemlich verzweifelten Blick zu Stephen

hinüber nicht zurückhalten und ertappte ihn dabei, wie er sie prüfend ansah. Entsetzlich. Wie konnte ihre Freundschaft einen solchen Wust an Mißverständnissen überleben?

Allen fiel auf, daß die Leute, die an der Besprechung über *Julie Vairons* weiteres Schicksal teilnehmen sollten, vollzählig anwesend waren. Bis auf Jean-Pierre.

Im Hinblick auf das Gastspiel in England gab es ein ernstes Problem: Wer war überhaupt verfügbar? Elizabeth hatte gesagt, ihr paßten die letzte August- und die erste Septemberwoche gut, auch deshalb, weil bis dahin das neue Gebäude in Queen's Gift fertig sei. Sie hatte darauf hingewiesen, daß Julie in England nicht mit derselben Popularität rechnen könne wie in Frankreich, aber immerhin sprächen die Leute nach wie vor über den Abend mit Julies Musik, und das sei ein gutes Zeichen. Sarah und den anderen gegenüber meinte Stephen entschuldigend, sie dürften nicht glauben, daß Elizabeth eine Spielverderberin sei. »Aber sie muß vorsichtig sein, versteht ihr? Sie glaubt nämlich, daß ich mich mitreißen lasse.«

Sarah fing seinen Blick auf – er lächelte. Ihr wurde leichter ums Herz.

Roy sagte: »Es kommt einzig und allein auf dich an, Henry. Wenn du keine Zeit hast, vergessen wir das Ganze. Ansonsten würde das bedeuten, Proben in den ersten drei Augustwochen, und anschließend richten wir das Stück in Queen's Gift ein.«

»Ich mache bis Ende Juli die *Salome* in Pittsburgh – das heißt, in drei Tagen, um zehn Uhr morgens, geht's los. Also ich habe Zeit.«

Damit sprang er auf, ging zwischen den Tischen hindurch, die sich allmählich füllten, kickte eine Schachtel in einen Abfalleimer – ein perfekter Schuß –, kam zurück und ließ sich wieder auf seinen Stuhl plumpsen. Alle beobachteten ihn. »Perpetuum mobile«, sagte Roy. »Ich möchte bloß wissen, wie er das macht. Wie machst du das, Henry? Ich muß nämlich dazusagen, daß dieser Mann vor drei Stunden in Marseille hinter einem Sprühwagen hergehüpft ist, dancing and singing in the rain. Also gut, Henry, du bist für August engagiert.«

»Aber wie sieht es mit den Schauspielern aus?« fragte Mary. »Bill fliegt am Tag, nachdem wir hier aufhören, zu Proben nach New York. *Carmen*. Er steht nicht zur Verfügung, und Molly auch nicht. Sie spielt den restlichen Juli und den ganzen August in Portland. In *Pocahontas*. Die Titelrolle.«

Mary achtete sorgfältig darauf, Stephen nicht anzusehen, dessen Gesicht ganz zerknittert wirkte, wenn auch nur einen Augenblick. Rasch fing er sich wieder und schaute Sarah an. In seinem Blick lag ein deutlicher Funke Ironie, also wenigstens etwas.

»Also brauchen wir eine neue Julie und einen neuen Paul«, konstatierte Roy und gähnte. Es war das geräuschvolle, ungenierte Gähnen eines Mannes, der fast die ganz Nacht aufgewesen war.

In den Ohren der Umsitzenden klang dieses Gähnen spöttisch. Mary fing an zu lachen und konnte gar nicht mehr aufhören. Statt einer Entschuldigung streckte sie ihm die Hand entgegen. Roy nahm sie und schüttelte sie, nicht sehr einfühlsam, aber kameradschaftlich.

Endlich konnte Mary aufhören zu lachen. »Tut mir leid. Daran ist nur das Showbusiness schuld ... Im übrigen habe ich gestern abend das ganze Ensemble und die Sänger und Musiker gefragt. Sie haben alle Zeit.«

»Alle bis auf die zwei wichtigsten. Macht nichts. Ein paar von den Pauls und Julies, die vorgesprochen haben, waren sehr gut.« Henry schloß die Augen.

Benjamin schien zu schlafen. Mary fielen die Augen zu. Roy gähnte wieder. Als endlich der Kellner kam, bestellte Sarah Kaffee und Croissants für alle, aber so leise, als befände sie sich in einem Raum voll schlafender Kinder.

Nun tauchte auch Jean-Pierre auf und tat durch seine Art des Auftretens kund, daß er nicht einsah, warum er sich entschuldigen sollte, nur weil er später dran war als die anderen, die ja nicht so früh hätten dazusein brauchen.

»Alles in bester Ordnung«, sagte Henry träge zu Jean-Pierre.

»Ich bin erst sehr spät ins Bett gekommen«, sagte Jean-Pierre.

»Das macht gar nichts. Wir haben schon alles geklärt«, meinte Mary mütterlich.

»Aber die Besprechung war doch für neun anberaumt, oder irre ich mich?«

Der Kaffee kam. Die Luft roch nach Sonne, Kaffee, heißem Staub, Croissants, Benzin und Vanille.

»Es gibt nicht mehr viel zu entscheiden«, sagte Roy.

»Darf ich vielleicht erfahren, was entschieden *wurde*?« fragte Jean-Pierre.

Beim Klang seiner Stimme, voll verletzter Selbstachtung, setzte sich Mary auf, warf erst Sarah, dann Roy einen Blick zu und meinte beschwichtigend: »Köstlich, dieser Kaffee.« Sie lächelte Jean-Pierre an, der schließlich in sie verliebt war. Er zuckte buchstäblich zusammen, schüttelte aber alle unfairen Versuche, ihn emotional unter Druck zu setzen, von sich ab.

Mary erläuterte, was sie beschlossen hatten. »So sieht es aus«, beendete sie ihren Bericht.

Daraufhin kehrte Jean-Pierre den an Traditionen festhaltenden Franzosen hervor, der sich mit dem Unsäglichen, in welcher Form auch immer, konfrontiert sieht, das sich in diesem Fall in einem barbarischen Mangel an Respekt vor angemessenen Umgangsformen äußerte. Er hob das Kinn, ließ den Unterkiefer fallen, breitete die Arme aus und bebte vor empfindsamer Empörung. »Damit ist also alles entschieden«, verkündete er, nachdem er allen Zeit gelassen hatte, in den Genuß seiner Vorstellung zu kommen. »Ohne mich. Ohne Belles Rivières.«

Eine echtes Dilemma.

»Wir wollen Ihnen damit selbstverständlich nicht vorgreifen. Wie denn auch? Aber da Henry in drei Tagen abreist und die zwei wichtigsten Schauspieler andere Verpflichtungen haben, sobald die zwei Wochen hier um sind, liegt es doch auf der Hand, daß Sie nicht verlängern können.«

Jean-Pierre setzte zu einer schwungvollen Rede an, auf französisch. An den Gesichtern von Stephen und Sarah – die in der Schule beide »gut in Französisch« gewesen waren, wie man so sagt –, war abzulesen, daß es sich um eine Rede handelte, die als eigenständige Leistung gewürdigt werden wollte.

»Na hören Sie mal, Jean-Pierre, alter Junge«, sagte Stephen tadelnd, »Sie bringen mich noch soweit zu glauben, daß Sie solche Besprechungen tatsächlich genießen.«

Diese Anspielung auf zurückliegende Ereignisse brachte Jean-Pierre etwas aus der Fassung. Benjamin, ein Mensch, der in hunderterlei Ausschüssen saß, gab Sarah und dann Stephen und Mary ein Zeichen, beugte sich vor und beherrschte die Runde sofort mit seinem Blick. »Genaugenommen geht es mich ja nichts an«, bemerkte er, »aber ich habe das Gefühl, die Situation ließe sich erheblich verbessern, wenn man die Diskussion etwas besser strukturieren würde. Zum Beispiel müssen doch auch Entscheidungen über die Finanzierung getroffen werden.«

»Natürlich müssen Entscheidungen getroffen werden«, sagte Jean-Pierre, schon wieder versöhnt. »Und wenn man mir die Möglichkeit gäbe, mich dazu zu äußern … Die Stadt hat beschlossen, *Julie Vairon* im nächsten Jahr wieder hier aufzuführen. Und sehr wahrscheinlich auch in den darauffolgenden Jahren. Nächstes Jahr werden wir einen Monat lang en suite spielen. Vielleicht sogar zwei Monate. Das ist alles nur eine Frage der richtigen Publicity.« Damit deutete er eine Verbeugung in Marys Richtung an.

Schweigen trat ein. Alle sannen über eine jährliche intensive Beschäftigung mit Julie nach.

Stephen hatte den Kopf in den Nacken gelegt und schaute mit stoischem Blick in das unerschütterliche Blau des Mittelmeerhimmels. Sarah dachte: Nur über meine Leiche … Aber das war ja albern – bis dahin würde sie das alles hier vergessen haben, wahrscheinlich sogar denken, es war doch recht lustig … aber das wäre nicht ehrlich.

Henry schaute Sarah an, als er sagte: »Ich werde Zeit haben, das kann ich versprechen.« Seine schreckliche Unsicherheit veranlaßte ihn hinzuzufügen: »Ich meine, falls ihr mich haben wollt.«

Alle lachten über ihn, und Jean-Pierre sagte: »Aber natürlich. Das kann *ich* Ihnen versprechen.«

»Und ich kündige hiermit an«, sagte Benjamin, »daß ich zur ersten Vorstellung im August nach Oxfordshire komme. Die erste Nacht hier versäume ich ja leider.«

»Er versäumt die erste Nacht«, wiederholte Henry pointiert.

Ein Scherz, aber Benjamin sagte schnell: »Tut mir leid«, und merkte dann erst, wie es gemeint war, wurde rot, wahrte aber mehr denn je die Haltung eines Mannes, der entschlossen war, sich nicht durch frivole Bemerkungen aus der Fassung bringen zu lassen. Er sagte zu Jean-Pierre: »Ich werde nächstes Jahr hier sein, das verspreche ich Ihnen.«

Jean-Pierre erkannte die Bedeutung des Augenblicks, wußte, daß das die feste Zusage finanzieller Unterstützung bedeutete. Er stand auf, beugte sich über den mit Essensresten übersäten Tisch und streckte Benjamin die Hand entgegen. Benjamin ergriff sie, stand ebenfalls auf, und dann schüttelten sich die beiden Männer offiziell die Hände.

»Die Einzelheiten können wir in Jean-Pierres Büro besprechen«, sagte Benjamin. »Sagen wir in einer halben Stunde.«

»*Sagen* wir zumindest, in einer halben Stunde«, meinte Mary.

»Ich muß mein Flugzeug erwischen«, sagte Benjamin.

»Es ist noch reichlich Zeit«, beruhigte ihn Sarah.

»Es ist Zeit, aber nicht reichlich«, stellte Henry richtig.

In dem Augenblick wurde das Geplauder an den Tischen ringsum vom kreischenden Dröhnen dreier Kampfflugzeuge übertönt, die finster und drohend wie überdimensionale, prähistorische Hornissen aus einem Science-fiction-Film mit rasender Geschwindigkeit über den Himmel schossen – so blitzartig, daß man sie leicht gleich wieder vergessen konnte – und damit kundtaten, daß sie aus einer Welt der Supertechnologie kamen, die von unserer bescheidenen, laienhaften Welt weit entfernt ist.

Nach und nach tauchten, zumeist gähnend, die Schauspieler auf. Der Kreis wurde wiederholt erweitert, damit alle Platz hatten. Bill setzte sich auf einen Stuhl neben Sarah und erkundigte sich schmollend: »Stimmt es, daß es ein Gastspiel in England gibt?«

»Zwei Wochen«, sagte Sarah.

»Und ich kann nicht dabeisein. Wenn ich das gewußt hätte!«

»Wenn das irgendeiner von uns gewußt hätte!«

»Aber wir bleiben doch in Kontakt, oder? Wenigstens haben wir hier noch zwei Wochen vor uns.« Er redete mit ihr wie ein herrischer junger Liebhaber. Ja wirklich, als hätten sie die Nacht miteinander verbracht. Molly betrachtete die beiden irritiert. Zu Recht, dachte Sarah. Stephen ebenfalls. Dank der engen Verbundenheit mit seiner Mutter hatte Bill nicht nur einen Blick, sondern auch ein deutliches Gespür für Sarah, während zwischen Molly und Sarah jene Kluft bestand, die sich nur durch Erfahrung überbrücken läßt. Molly wußte noch nicht, daß ununterbrochen, weder spürbar noch sichtbar, Asche auf die Menschen herabrieselte, die erst auszumachen war, wenn sich genügend abgelagert hatte – auf ihr, auf Stephen, auf den älteren Menschen, den alternden –, Asche und Staub, die die Farbe von Haaren und Haut matt werden ließen. Sarah wußte, daß dieses prachtvolle, junge Lebewesen neben ihr sie herabminderte, ihr Farbe entzog, egal wie sehr es ihr mit seinen Blicken und seinem Lächeln schmeichelte und sie in Wogen der Sympathie einhüllte. Sarah bemerkte, wie Mollys ernster, nachdenklicher, ehrlicher Blick von ihr zu Stephen wanderte, dem die Sonne heute nicht den gleichen schimmernden Glanz verlieh wie den übrigen jungen Leuten. Er sah ausgeblichen aus, wächsern.

Sarah sagte zu Bill, wohl wissend, daß ihre Stimme rauh klang: »Ich werde in ein paar Tagen nach Hause fahren.«

»Aber das geht nicht, das kannst du nicht machen«, sagte Bill ehrlich aufgebracht. »Du kannst uns doch nicht im Stich lassen.« Ebensogut hätte er sagen können: »Du kannst *mich* nicht im Stich lassen.«

»Alle lassen uns im Stich«, beklagte sich Molly. »Henry ... Sarah ...« Sie zögerte, als sie Stephen betrachtete. Er schaute wieder zum Himmel hinauf.

»Ich bleibe da«, sagte Mary. »Und Roy ebenfalls. Wenn Sarah weggeht, müssen eben wir dableiben.«

»Ich habe noch einen Monat Urlaub, vergiß das nicht«, sagte Sarah.

Marys hochgezogene Augenbrauen taten Sarah unmißverständlich kund, daß sie sich nicht daran erinnern konnte, daß Sarah je auf den ihr zustehenden Urlaub gepocht hätte.

»Kommt nicht in Frage, Sarah«, sagte Henry. »Vergiß nicht, daß ich zu den neuen Vorsprechterminen herüberkommen muß. Ich könnte sie in der zweiten Juliwoche einschieben. Aber du mußt dabeisein.«

»Du meinst also, ich kann mich im Juli nicht aus dem Staub machen?«

Er lächelte sie an, und ihr Herz schien zu stocken.

»Was für ein grandioser, phantastischer, unglaublicher Erfolg«, bemerkte Mary und lehnte sich träge auf ihrem Stuhl zurück, eine Haltung, die ganz und gar nicht zu ihrem flotten, geschäftsmäßigen Leinenkostüm paßte. Ungewohnt lässig verschränkte sie die Arme hinter dem Kopf, so daß zarte Flecken feuchten Leinens zum Vorschein kamen. Ihr Anblick erinnerte an ein Tier, das seine verwundbaren Stellen der überlegenen Kraft eines anderen darbot. Jean-Pierre seufzte, und Mary wurde rot und blickte nach oben, wie Stephen. Einer nach dem anderen sah zum Himmel empor. Nicht sehr weit oben kreiste ein einsamer Bussard. Er schwebte tiefer und tiefer, bis ihm eine boshafte Brise in die Federn fuhr und einen Flügel nach oben klappte. Der Vogel schaukelte heftig, drohte das Gleichgewicht zu verlieren, fing sich wieder, flog, von einer thermischen Strömung getragen, einen Kreis und steuerte auf die Krone einer Platane zu, auf der er sich niederließ und aufplusterte. Er wirkte richtig eingeschnappt, so daß alle lachen mußten.

Inzwischen waren die Tische des Cafés mit lauter Leuten besetzt, die alle irgendwie mit *Julie Vairon* zu tun hatten.

»Armer Monsieur Denivre, wir haben sein Café praktisch mit Beschlag belegt«, sagte Molly.

»Il est désolé«, sagte Jean-Pierre. »Guillaume«, rief er dem Inhaber zu, der sich ein paar Tische weiter um Gäste kümmerte – um Andrew, Sally, Richard und George White. »Les Anglais ont peur que vous les trouviez trop encombrants.« Guillaumes Lächeln enthielt genau die richtige Dosis weltläufiger Skepsis, als er sagte: »Ça y est!«

»Warum Engländer?« erkundigte sich Molly mit betont amerikanischer Aussprache. »Ich bin keine Engländerin. Wer ist hier Engländer – abgesehen von den Engländern?«

Bill antwortete mit denkbar rauhem Tennessee-Akzent: »Ich bin Engländer, mesdames, messieurs, ich bin Engländer bis ins Mark.«

Obwohl alle lachten, war es einer jener keineswegs seltenen Augenblicke, in denen Europäer und Amerikaner unterschiedliche geographische und historische Positionen einnehmen.

Die Amerikaner dachten: Molly – Boston. Zumindest lebte sie jetzt dort. Benjamin – von der Westküste, auch wenn sein Akzent nur aus Harvard stammen konnte. Henry war in New York geboren, wohnte aber, wenn er zu Hause war – was selten genug vorkam – in Los Angeles. Andrew war in Texas geboren und lebte auch dort.

Die Europäer hingegen dachten: Molly – Irland. Benjamins Vorfahren konnten nur aus jener kulturell fruchtbaren Region kommen, die mal russisch, mal polnisch gewesen war, dem Schtetl. Henry – Mittelmeerraum. Andrew? Natürlich Schottland.

»Unsere amerikanischen Vettern und Cousinen«, sagte Mary zu Sarah.

»Unsere Vettern und Cousinen«, sagte Sarah zu Mary.

Die Engländer lachten allesamt, und die Amerikaner lachten aus Wohlwollen mit. Ohne ersichtlichen Grund brach ringsum an den Tischen Gelächter aus. Die Stimmung der Truppe hob sich, schwebte auf jenen Strömungen dahin, die Schauspieler und ihre Betreuer zu den rauschhaften Höhen eines Premierenabends emportragen. Der Zauber, das Entzücken, die köstliche, erwartungsvolle Spannung hoben sie langsam empor, wie Meerwasser, das Unkrautbüschel auf die Reise schickt, trockene Felsen benetzt und belebende, frische Luft aussendet.

Sie blieben sitzen, während Le Patron die Kellner anwies, frischen Kaffee zu bringen, und sich der Platz mit Autos füllte. Nicht nur Belles Rivières war überfüllt, sondern auch alle Städtchen im Umkreis, aus denen sich die Leute mit Bussen herankarren ließen – die ersten kamen schon jetzt, um zehn Uhr morgens –, um in die Atmosphäre von damals einzutauchen, in Julies Zeit und in ihre Umwelt.

Wenig später verschwand Henry, um mit den Tontechnikern Übertragungsprobleme zu besprechen, und Sarah, Stephen, Benjamin, Roy und Mary begaben sich mit Jean-Pierre in dessen Büro. Dort wurde über die Finanzierung geredet, vor allem darüber, in welchem Umfang sich Benjamin – oder vielmehr die Associated and Allied Banks of North California and South Oregon – an den neuen Plänen beteiligen wollten. Über Stephens Unterstützung natürlich auch, aber er war, wie er betonte, eine Privatperson und brauchte nur ja zu sagen. Zunächst ging es also ums Geld. Das Wichtigste zuerst. Vor den Schauspielern mußten die Geldgeber zu Wort kommen.

Dann flog Benjamin ab, zum Edinburgh Festival, um zu sehen, was seine dortigen Investitionen machten. Jean-Pierre meinte, man müsse unbedingt ein größeres Komitee bilden, das sich über das Gastspiel in Belles Rivières im nächsten Jahr Gedanken machte. Er vertraue darauf, daß Sarah mit von der Partie sei. Und Mr. Ellington-Smith hoffentlich auch. Über das Jahr verteilte, regelmäßige Zusammenkünfte wären sicher für alle Beteiligten von Vorteil. Die Besprechung dauerte bis nach zwei Uhr. Als die Teilnehmer zum Mittagessen ins Café zurückkehrten, war zu beobachten, daß die Schauspieler, Sänger und Musiker es vorzogen beisammenzusitzen und sich schon jetzt für die Bewährungsprobe am Abend zusammenschlossen. Henry saß neben Sarah, und als ihr bewußt wurde, daß sie zum letzten Mal mit ihm zusammen in Belles Rivières war – soweit es von ihr abhing, war es das letzte Mal –, wurde sie von einem so starken Verlustgefühl überwältigt, daß sie zugeben mußte, wäre sie nicht in Bill verliebt gewesen, hätten alle Anzeichen darauf hingedeutet, daß sie Henry liebte. Mit Henry zusammenzusein war rundum angenehm, während mit Bill zusammenzusein bedeutete, daß sie sich ärgerte und schämte. Wie schade, daß es ihr Schicksal war, sich so unpassend zu verlieben, und daß es nicht von Anfang an Henry gewesen war.

Henry kehrte am späten Nachmittag von einem Erkundungsgang zurück und meldete, daß die Massen bereits zu Julies Haus hinaufströmten und sämtliche Sitzplätze schon am Vormittag ausverkauft gewesen waren. Weiter berichtete er, daß die Organisatoren etliche mit Pfeilen versehene, geschmackvolle Schilder an die Bäume genagelt hatten, auf denen auf französisch und englisch stand: »Hier darf man stehen.« »Bitte nehmen Sie Rücksicht auf die Natur.« »Bitte nehmen Sie Rücksicht auf Julie Vairons Wald.«

Bis sieben Uhr hatten sich ein paar tausend Leute in den Wäldern rings um Julies Haus eingefunden, die größtenteils lediglich darauf hoffen durften, etwas von der Musik zu hören. Da es keinen Raum »hinter den Kulissen« gab, gingen Stephen und Sarah, die Autoren, sowie Henry, der Regisseur, gemeinsam zu der Stelle unter den Bäumen hinüber, wo die Schauspieler standen, um ihnen Glück zu wünschen.

Dann nahmen die drei ihre Plätze in der letzten Sitzreihe ein, und diesmal schaffte Henry es, während der ganzen Vorstellung sitzen zu bleiben. Es war großartig! Unglaublich! Phantastisch! Diese und hundert ähnliche Kommentare waren während der Pausen in verschiedenen Sprachen zu hören, und der Beifall wollte kein Ende nehmen. Und dann war alles vorbei, und die Truppe fand sich wieder draußen vor dem Café ein, umarmte sich liebevoll, außer sich vor Euphorie, verrückt vor Erleichterung. Die messingfarbene Mondsichel, die wie eine abgezwickte Münze über der Stadt stand, gab ein trübsinniges und diffuses Licht. Der Inhaber des Collines Rouges verkündete, das Café würde geöffnet bleiben, solange noch Gäste daseien, und Autos röhrten triumphierend durch die kleine Stadt. Jean-Pierre hörte überhaupt nicht mehr zu lächeln auf. Er mußte andauernd aufstehen und Hände schütteln oder sich von prominenten Bürgern aus der Umgebung umarmen lassen, für die er den ganzen Erfolg dieser Aufführung verkörperte. Mitternacht kam und ging. Jean-Pierre meinte, er müsse nach Hause zu Frau und Kindern. Henry verabschiedete sich ebenfalls, weil er seine Frau anrufen wollte. Als er Sarah zuraunte, daß sie sich bald in London sehen würden, trieb es ihr Tränen in die Augen. Richard verschwand mit der Begründung, er sei müde, warf Sally einen Blick zu, ohne ihr jedoch gute Nacht zu sagen. Wenig später verkündete Sally, die alte Frau müsse jetzt schlafen gehen. Sarah hörte Andrews leises Lachen, merkte, daß er seine Belustigung gern mit ihr teilen wollte, und als sie aufstand, hörte sie ihn sagen: »Na und wir, Sarah?« Das war so unglaublich, daß sie beschloß, es zu überhören, und verkündete, daß auch »diese alte Frau« jetzt schlafen gehe. Unmutiger Protest, weil sich die fröhliche Runde auflöste. Bill sprang auf, um Sarah bis zum Eingang ihres Hotels zu begleiten, wo er sie umarmte und murmelte, sie sei für ihn wie eine zweite Mutter. Glühend vor Verlangen und Zorn ging sie nach oben.

Sie stand am Fenster, blickte auf die Truppe hinunter und wußte, daß dieser Verlust, dieses trostlose Gefühl, vom Glück ausgeschlossen zu sein, nur auf etwas zurückgehen konnte, was sie vergessen hatte. War sie auch eines dieser Kinder gewesen, die am Rand des Spielplatzes standen und den andern beim Spielen zuschauten? Sie hatte es vergessen. Gott sei Dank.

Bald würde all das der Vergangenheit angehören. *Julie Vairon* würde nie wieder in dieser Form Gestalt annehmen, in dieser Umgebung, mit diesen Menschen. Freilich hatte Sarah nicht zum ersten Mal – schon eher zum hundertsten – bei einem Stück oder einer Aufführung mitgewirkt, und jedesmal war es traurig gewesen, das Ende von etwas zu erleben, das sich nicht wiederholen ließ. Kurz und gut, das Theater war genau wie das Leben (nur in einer komprimierten und hell beleuchteten Form, die einen zu Vergleichen zwang): Es katapultierte Menschen und Ereignisse in unwahrscheinliche Konstellationen, und dann – Schluß! Das war's. Aus! Basta! Allerdings hatte Sarah so etwas wie dieses Theaterereignis, diese Julie, noch nie erlebt. Vielleicht auch, weil sie sonst nicht »verliebt« gewesen war – warum die Anführungszeichen? Sie hatte nicht vor, etwas durch Anführungszeichen zu verharmlosen. Nein, es lag an dieser besonderen Mischung von Menschen – das mußte es sein – und natürlich an der Musik … So redete Sarah laut mit sich selbst, während sie im Zimmer umherging, wiederholt ans Fenster trat, von dort aus sah, daß Stephen neben Molly saß, und Bill – aber genug. Während ihres endlosen Rundgangs durch ihr Zimmer blickte sie mehrere Male in den Spiegel, um ihr Gesicht einer Prüfung zu unterziehen, die man mit Fug und Recht absolut nüchtern nennen durfte. Daß die Zwiesprache einer Frau mit ihrem Spiegel im Laufe von Jahrzehnten Veränderungen erfährt, versteht sich von selbst, aber … Das sollte man konservieren, verkündete sie laut dem leeren Zimmer, das sie hinter ihrer Schulter im Spiegel sah (Frau neugierig in ihren Spiegel blickend) … Ja, man sollte diese Substanzen konservieren, die mich durchfluten. Doch wahrscheinlich geschah das bereits. Wahrscheinlich gab es in Parfümerien und Schönheitssalons längst entsprechende Elixiere zu kaufen. In dem Fall sollte auf dem Etikett – in knallroter Schrift – die Warnung GIFT stehen. Ich fühle mich nicht nur zwanzig Jahre jünger, ich sehe auch so aus …

Dann schrieb sie:

Lieber Stephen,
ich muß diesen Brief einfach schreiben, obwohl Briefe zu den heiklen Dingen gehören, die leider so leicht mißverstanden werden. Hör zu, ich bin wirklich nicht in Dich verliebt. Jemanden zu lieben ist eine Sache, verliebt zu sein etwas ganz anderes. Während ich das schreibe, wird mir klar, daß »lieben« alles bedeuten kann. Und doch liebe ich Dich wirklich. Es ist schrecklich, daß ich das so deutlich sagen muß. Aber falls es uns beide erleichtert, kann ich sagen,

in liebevoller Zuneigung,

Sarah.

P.S. Der Gedanke, unsere Freundschaft könnte durch ein so albernes Mißverständnis zerstört werden, ist mir unerträglich.

Den Brief schob sie dann aber doch nicht unter Stephens Tür ein Stockwerk weiter oben hindurch, weil sie dachte, daß man zu einem Engländer unmöglich sagen konnte: »Ich liebe Dich.« Stephen würde die Beine in die Hand nehmen und davonrennen. Sie zerriß den Brief und schrieb:

Lieber Stephen,
ich muß diesen Brief einfach schreiben, obwohl Briefe zu den heiklen Dingen gehören, die so leicht mißverstanden werden, so daß ich wohl oder übel nervös bin. Hör zu, ich bin wirklich nicht in Dich verliebt. Ich weiß, daß Du das denkst. Ich mag Dich sehr, sehr gern – aber das weißt Du ja. Es ist schrecklich, daß ich das so deutlich sagen muß. Falls es uns beide erleichtert, kann ich sagen,

in liebevoller Zuneigung,

Sarah.

Diesen Brief trug sie nach oben, in der Hoffnung, Henry nicht zu begegnen.

Am nächsten Morgen, in aller Frühe, sah sie beim Aufwachen, wie ein Kuvert unter ihrer Tür durchgeschoben wurde.

Liebste Sarah,
ich bin weg. Unerwartet habe ich einen früheren Flug bekommen, so daß wir uns heute nicht mehr sehen. Dafür aber bald in London.

In Liebe,

Henry.

Während sie dastand und diese Zeilen las, glitt ein zweites Kuvert unter der Tür hindurch. Behutsam machte sie die Tür auf, aber es war zu spät. Der Gang war leer, sie hörte nur noch den Lift hinunterfahren.

Liebste Sarah,
ich bin so unglücklich, daß Du abfährst und ich Dich vielleicht nie wiedersehe. Du bist für mich eine ganz besondere Freundin, und ich habe das Gefühl, Dich schon mein ganzes Leben lang zu kennen. Ich werde unsere gemeinsame Zeit in Belles Rivières nie vergessen, und ich werde stets mit aufrichtiger Zuneigung an Dich denken. Vielleicht nächstes Jahr? Ich kann es kaum erwarten!!!

In Dankbarkeit,

Bill.

P.S. Bitte sag mir ungeniert Bescheid, wenn weitere Inszenierungen von Julie irgendwo in Europa oder in den Staaten geplant sind, ja????? Warum sollte Julie nicht New York erobern? Ist doch ein hübscher Gedanke.

Während sie am Fenster einen Kaffee trank, brachte ein Hotelpage zwei weitere Briefe.

Liebe Sarah,
bevor ich das betörende Umfeld und den Einflußbereich von *Julie*

Vairon verlasse, zum Glück nur vorübergehend, habe ich das Bedürfnis, Ihnen zu sagen, wieviel es mir bedeutet hat, mit Ihnen allen zusammenzusein, besonders aber mit Ihnen. Ich bin sicher, daß dieses Unternehmen finanziell betrachtet ein größerer Erfolg werden wird, als vorauszusehen war, aber das ist nicht der Grund, warum ich Ihnen schreibe. Bestimmt kommt es Ihnen unwahrscheinlich vor, daß ich nie auch nur geahnt habe, daß einem das Theater so viel Freude bereiten kann, doch wenn ich es mir recht überlege, hat es mir schon als Junge Spaß gemacht, bei einer Schulaufführung von *Tod eines Handlungsreisenden* eine Nebenrolle zu spielen. Wenn ich daran denke, daß ich seitdem nichts mehr mit dem Theater zu tun hatte, kann ich mir das im Grunde nicht verzeihen. Und deshalb freue ich mich, meine liebe Sarah – ich hoffe, ich darf Sie so nennen –, Sie bei Julies Premiere in Oxfordshire zu sehen.

Bis dahin

Benjamin.

Sarah!
Vermutlich ahnst Du nicht, wer dir da schreibt, weil Du so hartnäckig in die falsche Richtung schaust. Ich bin ganz wahnsinnig in Dich verliebt, Sarah Durham! So schlimm hat es mich zum letzten Mal als Teenager erwischt. (Ja, schon gut.)

Somebody loves you
I wonder who
I wonder who it can be.

Jemand, der Dich heimlich liebt.

P.S. Ich war immer verrückt nach älteren Frauen.

In ihrer ersten Empörung empfand Sarah diesen Brief als Beleidigung. Schon wollte sie ihn mit zitternden Fingern zerreißen und die Schnipsel in den Papierkorb werfen, als ... Einen Augenblick. Immer mit der Ruhe, Sarah Durham. Sie las den Brief langsam ein zweites Mal, wobei sie, satirisch ihre eigene Unbeständigkeit vermerkend, folgende Reaktionen konstatierte: erstens den Anfall falscher Tugendhaftigkeit, zweitens Gereiztheit, weil sie sich einfach nicht näher mit diesem Brief befassen konnte, solange sie von so heftigen Emotionen heimgesucht wurde, drittens die klassische Reaktion auf eine unerwünschte Liebeserklärung, leicht herablassendes Mitleid: Ach, der Ärmste. Aber macht nichts, er wird schon drüber wegkommen.

Wer war es? Aufgrund dessen, was sie gestern abend gehört, aber sofort als unmöglich verworfen hatte – »Na und wir, Sarah?« –, mußte sie zugeben, daß es eigentlich nur Andrew sein konnte, über den sie, außer unter streng beruflichem Aspekt, nie nachgedacht hatte.

Sie steckte den Brief sorgsam weg, um ihn später noch einmal zu lesen, wenn sie nicht mehr so gefühlstrunken war. Bills Brief hingegen zerriß sie und ließ die Schnipsel, einzeln und mit Bedacht, in den Papierkorb fallen, als würde sie sich endlich von etwas Giftigem befreien.

Inzwischen war es acht Uhr morgens. Sie entschied sich für ein vernünftiges, dunkelblaues Baumwollkleid, teils, weil sie dachte, ich möchte mir nicht vorwerfen lassen, auf jung zu machen, teils, weil sich ein langweiliges Kleid vielleicht auch auf sie ernüchternd auswirkte. Draußen herrschte bereits ein solcher Lärm, daß sie ein paar Minuten mit geschlossenen Augen am Fenster saß und an die junge Frau von damals in den Hügeln dachte – absolute Stille, Trost, Frieden. Doch plötzlich bohrten sich in diesen erquicklichen Traum die drei Kampfflugzeuge vom gestrigen Tag, überzogen den uralten Himmel mit Streifen und brachten die Luft zum Vibrieren. Der Hotelpage von gegenüber hob den träumenden Kopf und starrte in die Luft, wollte aber nicht glauben, was er sah. Seine Ohren taten ihm weh. Sarah ging leise nach unten. Sie wollte nicht reden müssen. In einer Seitenstraße gab es ein kleines Café, das ihres Wissens nicht vom Ensemble frequentiert wurde. Die Tische vor dem Collines Rouges waren leer bis auf einen einzigen Gast, Stephen, der mit gesenktem Kopf dasaß, ein niedergeschmetterter Mann. Er sah sie nicht, und so ging sie an ihm vorbei in die Rue Daniel Autram. Wer immer dieser Daniel Autram war oder gewesen war, anscheinend verdiente er es nicht, daß Blumentöpfe seine Straße säumten, aber immerhin standen auf einer Seite des Cafés, das sie ansteuerte, ein paar Kübel mit Margeriten. Das Café hatte ein Fenster zur Straße, und unmittelbar dahinter befand sich offenbar ein Tisch, weil auf dem Fenstersims zwei junge, sonnengebräunte Arme lagen, so betont männlich wie die von Michelangelos jungen Männern. Die Unterarme lagen so über Kreuz, daß beide Hände jeweils den Ellbogen des anderen umfaßten. Da die Arme nackt waren, mußte man bei ihrem Anblick unwillkürlich an nackte Körper denken. Sarah konnte sich nicht erinnern, außerhalb eines Bettes je eine so starke erotische Aussage erlebt zu haben. Sie blieb wie angewurzelt stehen, während lärmende Kinder an ihr vorbei zu einem Bus liefen, der auf dem Platz auf sie wartete. »Ich muß zurück, weg von hier«, hauchte Sarah, doch sie war unfähig, sich vom Fleck zu rühren, da sie der Anblick mitten ins Herz getroffen hatte – als hätte man ihr Lügen aufgetischt und sie betrogen. (Was Unsinn war, denn das war nicht der Fall.) Dann beugte sich der eine junge Mann nach vorn, um dem anderen etwas zu sagen, und der zweite beugte sich vor, um zuzuhören. Bill und Sandy. *Diesen* Bill hatte weder Sarah je zu Gesicht bekommen, noch sonst ein weibliches Mitglied der Truppe, davon war sie überzeugt. Auch seine erste Mutter hatte bestimmt nie einen Blick auf diesen von Lebendigkeit strotzenden jungen Mann werfen dürfen, der voll spöttischer und unbekümmerter Sexualität steckte.

Sarah zwang sich, ein paar Schritte zurückzutreten, um nicht Gefahr zu laufen, gesehen zu werden, und ging dann wie eine aufgezogene Puppe auf den Platz zurück und zu dem Tisch, an dem Stephen saß. Diesmal hob er den Kopf und schaute Sarah wie aus weiter Ferne an. Er rief sich ins Gedächtnis, daß er wohl lächeln sollte, und lächelte. Dann fiel ihm ein, daß da noch etwas war, und er sagte: »Danke für deinen Brief. Ich bin froh, daß du ihn geschrieben hast.« Sarah sah ihm an, daß das stimmte. »Ich habe das wirklich mißverstanden.«

Sie setzte sich zu ihm. Sonst war noch kein Mensch im Café. Mit einem Wink bestellte sie sich einen Kaffee, da Stephen nicht daran gedacht hatte.

»Ich habe heute morgen noch einen Brief bekommen«, sagte er. »Scheint ein Tag für Briefe zu sein.«

»Sieht ganz danach aus.«

Er war so geistesabwesend, daß es eine Weile dauerte, bis er ihre Worte aufnahm. »Tut mir leid, Sarah«, sagte er. »Ich weiß, daß ich egoistisch bin. Ich glaube wirklich, daß ich krank bin. Aber das habe ich schon gesagt, oder?«

»Ja, hast du.«

»Die Sache ist die … Ich bin einfach nicht dieser Typ Mensch. Kannst du das verstehen?«

»Absolut.«

Er holte einen Brief hervor, geschrieben in einer großen, nüchternen Handschrift auf Briefpapier des Hôtel Julie.

Lieber Stephen,
ich fühle mich sehr geschmeichelt durch Deinen Brief, in dem Du mich liebenswürdigerweise aufforderst, ein Wochenende mit Dir in Nizza zu verbringen. Natürlich habe ich gemerkt, daß Du mich gern hast, aber mit so etwas habe ich nicht gerechnet. Ich glaube jedoch nicht, daß daraus eine dauerhafte, feste Beziehung entstehen könnte, in der zwei Menschen auf der Grundlage gemeinsamen Gebens und Nehmens und geistigen Reifens zusammenwachsen könnten.

Ich bin zuversichtlich, daß ich mich auf eine solche Beziehung mit jemandem freuen darf, den ich im Frühjahr in Baltimore bei der Arbeit an *The Lady with a Little Dog* kennengelernt habe.

Also wünsch mir Glück!

Ich werde Dich und die Tage, die wir alle gemeinsam verbracht haben, nie vergessen. Ich kann nur sagen, daß ich es zutiefst bedaure, Verpflichtungen zu haben, die es mir unmöglich machen, in Oxfordshire die Julie zu spielen. Denn dieses Stück ist etwas ganz Besonderes. Das spüren wir alle.

Ich wünsche Dir aufrichtig alles Gute,
Molly McGuire

Sarah gab sich Mühe, nicht zu lachen, konnte aber nicht anders. Stephen saß mit gesenktem Kopf da und schaute zu ihr hinüber, finster und richtig verdrossen. »Wahrscheinlich ist es wirklich komisch«, räumte er ein. Dann setzte er sich unerwartet auf und lachte mit. Ein ehrliches Lachen. »Also gut«, meinte er. »Da prallen eben wieder mal zwei Kulturen aufeinander.«

»Vergiß nicht, daß sich diese Amerikaner jedesmal, wenn sie sich verlieben, scheiden lassen und wieder heiraten müssen.«

»Ja, bei den Yanks gibt es immer irgendwo einen unsichtbaren Vertrag.« Als sie mit den Achseln zuckte, fügte er hinzu: »Bin ich etwa unfair?«

»Natürlich bist du unfair.«

»Na wenn schon, mir ist das egal. Aber sie müssen doch auch mal nur aus Liebe miteinander ins Bett gehen. Dabei vergesse ich natürlich immer wieder, daß Molly dem alten Mann geschrieben hat, weil sie seine Gefühle nicht verletzen wollte.«

»Ich könnte mir vorstellen, daß sie ohne weiteres mit dir nach Nizza fahren würde ... wenn die Situation für euch beide gleich wäre.«

»Du meinst, wenn sie nicht verliebt wäre in diesen ... ich weiß nicht recht. Nur, wenn sie mit Bill ins Bett gegangen wäre, oder vielmehr, wenn Bill netterweise mit ihr ins Bett gegangen wäre ...«, an dem Punkt registrierte Sarah bei sich dieselbe, völlig unverhältnismäßige Prise Boshaftigkeit wie bei Stephen, »... hätte sie am Morgen Anspielungen aufs Heiraten gemacht. Aber wie dem auch sei, man muß wirklich verliebt sein, um zu glauben, daß sich so etwas lohnt. Ich meine, Nizza und all das. Es war dumm von mir, sie überhaupt zu fragen. Es wäre sicher eine schale Angelegenheit geworden.«

Sarah mußte an Andrews Brief denken und überlegte, ob er verliebt war. Denn sich vorzustellen, daß er unter sexuellen Gelüsten litt, war eine Sache, schön und gut – aber verliebt, nein, das würde sie niemandem wünschen. Und darüber nachdenken wollte sie auch nicht. Das war zuviel verlangt. Sie ertrank schier in dem Gefühl, das alles zuviel war.

Der Kaffee kam, und als Stephen seine Tasse zum Mund hob, bemerkte er – sie ebenfalls –, daß seine Hand zitterte. Mit der Liebe ist nicht zu spaßen, dachte sie selbstironisch. Er stellte die Tasse wieder ab und betrachtete kritisch und voller Mißfallen seine Hand.

»Ob du es glaubst oder nicht, es gibt viele Frauen, die auf mich stehen.«

»Warum sollte ich das nicht glauben? Jedenfalls brauchst du die Tatsache, daß dich einmal eine Frau abweist, nicht als definitives Urteil über deine Attraktivität zu werten.«

»Stimmt, schließlich wäre sie ja nur ein Ersatz«, bemerkte er auf die abfällige und gefühllose Art, die er manchmal an den Tag legte. »Vielleicht spürt sie das.«

»Gerade kam es mir vor, als würden sich zwei verschiedene Stephens übereinanderschieben, von denen einer etwas sagt, was der andere nie über die Lippen brächte. Nein, denk dir nichts, ich kenne diesen Zustand gut.«

»Offensichtlich verlieben sich alle möglichen Leute in dich. Ganz blind bin ich auch wieder nicht, obwohl du das vermutlich denkst.« Er zögerte, und als er widerstrebend weitersprach, klang es brummig: »Ich wollte etwas sagen ... Wenn es der Gaucho ist, in den du ...« Er brachte es nicht fertig, es auszusprechen. »Ich an deiner Stelle würde da gut aufpassen. Mit dem ist nicht gut Kirschen essen.« Als Sarah nicht antwortete, weil sie nicht wußte, was sie sagen sollte, sprach Stephen weiter. »Na ja, schließlich geht es mich nichts an. Eigentlich ist es mir auch egal. Und das ist das Unerträgliche daran. Mir ist alles egal, außer mir selbst. Vielleicht sollte ich doch einmal zum Psychiater gehen. Aber was kann der mir schon sagen, was ich nicht bereits weiß? Ich weiß, woran ich leide – Liebeswahn nennt man so was. Das habe ich in einem Fachartikel gefunden. Es bedeutet, man ist überzeugt, daß ein anderer in einen verliebt ist, auch wenn das gar nicht stimmt. Allerdings stand nichts davon drin, daß man überzeugt ist, die betreffende Person wäre in einen verliebt, wenn sie nicht tot wäre.«

»Nie davon gehört.« Sarah fiel auf, daß er es fertiggebracht hatte zu sagen, daß Julie tot war – scheinbar ohne große Mühe.

»Ich würde sagen, daß die Grenze zwischen geistiger Gesundheit und Verrücktheit ziemlich diffus ist.«

»Vielleicht eine graue Zone?«

Die Unterhaltung hatte beide aufgeheitert – Sarah ganz unverhältnismäßig. Sie fühlte sich auf einmal überglücklich. Wenig später begab sie sich in Jean-Pierres Büro. Sie war noch keine halbe Stunde dort, als Stephen aus dem Hotel anrief, um ihr zu sagen, daß er einen Nachmittagsflug von Marseille aus nehmen und sie von zu Hause aus anrufen werde.

Sie war den ganzen Tag vollauf beschäftigt. Die Aufführung an diesem Abend zog noch mehr Menschen an. Am Ende des ersten Akts – das heißt, sobald Pauls Auftritt für den Abend beendet war – kam Bill an und setzte sich neben Sarah, die jedoch feststellte, daß sie eigentlich nur noch weg wollte. Henry fehlte ihr. Bills aufmerksame Zuwendung widerte sie an. Ihr war der ungehobelte, skrupellose, lustbetonte, vitale junge Mann, den sie heute morgen kurz erspäht hatte, weit lieber. Sie konnte sogar ehrlich behaupten, daß sie der einnehmende junge Mann neben ihr langweilte, und das war immerhin ein Hoffnungsschimmer.

Sarah hinterließ Abschiedsgrüße für Bill und Molly und ging in ihr Zimmer. Sie saß am Fenster und sah zu, wie sich die Menge vor dem Café zerstreute. Da heute der zweite Abend war und die Spannung rasch nachließ, gingen alle früh zu Bett. Bald war kein Mensch mehr unten, und das Café schloß seine Türen. Es war sehr heiß im Zimmer. Stickig. Schwül. Eine dunkle Nacht, da dieser abgezirkelte, kleine Mond von etwas verdeckt wurde, was sich hoffentlich als Regenwolke entpuppte. Sarah wollte hinuntergehen und sich allein vor das Café setzen. Als sie die Treppe hinunterschlich, kam ihr das Hotel völlig leer vor, weil Stephen und Henry nicht mehr da waren. Gerade wollte sie einen Stuhl unter einem Tisch des Cafés hervorziehen, da hörte sie Stimmen und zog sich unter die Platane zurück. Dort im Dunkeln würde man sie nicht sehen.

Ein Grüppchen junger Leute. Amerikanische Stimmen. Sie gehörten Bill, Jack und ein paar Mädchen. Sie ließen sich vor dem Café nieder, maulend, weil schon geschlossen war.

»Ich finde es einfach hinreißend, hinreißend ... es ist ... also wißt ihr ...« Eins der Mädchen.

»Äh ... äh ... also wißt ihr, ja, das hat schon was.« Bill. War die Zunge dieses beredten jungen Mannes plötzlich erlahmt?

»Es ist einfach wunderbar, wißt ihr, was ich meine? Es ist irgendwie ... hmm, also, ich will damit sagen ...«

»Irgendwie ... eine Art von ... also eigentlich, als ich es gesehen habe, da ... grandios ...« Jack.

Ein anderes Mädchen: »Für mich war es ... äh ... also, es war so, als ... also im Grunde war es ...«

»Einfach phantastisch, genau.«

»Gibt einem so das Gefühl, wie wenn ... ich weiß nicht recht ...«

Und so redeten sie ein paar Minuten lang weiter, die gebildete und unendlich privilegierte Jugend dieser großartigen Nation. Dann krachte ein Donnerschlag, und die ersten Tropfen fielen. Die jungen Leute standen auf und verteilten sich auf die Hotels.

Bill und sein Kumpel Jack gingen als letzte, und Bill sagte, als hätte er nicht soeben noch wie ein Neandertaler herumgestopselt: »Ja, ich glaube, der letzte Akt ist jetzt ganz ausgewogen.«

Jack: »Ich finde nach wie vor, daß Philippe vier oder fünf Minuten mehr kriegen sollte. Für meine Begriffe kommt er ein bißchen zu kurz.«

Regen fegte über den Platz. Sarah lief ins Hotel zurück, die Treppe hinauf, in ihr Zimmer und ans Fenster, das vom plötzlichen Ansturm des Wassers verdunkelt wurde, von sanddurchsetzten Bächen, die den Fenstersims entlang angeschwemmt, gleich wieder fortgespült und aufs neue angeschwemmt wurden, weißlichgrau, sobald ein Blitz zuckte, wie schmutzige Schneehaufen an winterlichen Straßenrändern. Sarah näherte sich ... behutsam ... den Abgründen in ihrem Innern, an die sie sich nicht gern erinnerte. Wenige Leute erreichen auch nur die Lebensmitte, ohne zu begreifen, daß es Türen gibt, die sie durchaus öffnen könnten. Sarahs vernünftige Ehe hatte recht sinnlich begonnen, und es hatte einen Punkt gegeben, an dem sie und ihr Mann beschlossen hatten, eine bestimmte Tür nicht zu öffnen. Was inzwischen mit dem Etikett SM versehen wurde, einer flotten kleinen Abkürzung für einen in Mode gekommenen Zeitvertreib (Sado-Masochismus dagegen klang hart, und war es auch, etwas, was man ernst nehmen mußte), war als Möglichkeit aufgetaucht. Ihr Mann und seine frühere Geliebte hatten sich dafür begeistert, aber festgestellt, daß ihre Liebe in Haß umschlug ... sehr viel schneller, wie er zu scherzen pflegte, als das sonst wohl der Fall gewesen wäre. Aber die beiden hatten auch nicht zueinander gepaßt. Auch bei Freundinnen, die »Spaß« an SM hatten, hatte Sarah erleben müssen, daß sie Schaden genommen hatten. Zwar behaupteten manche Leute, die üblichen Praktiken seien allesamt harmlos wie Golfspielen, aber das entsprach nicht den Erfahrungen, die Sarah und auch ihr Mann gemacht hatten. Schon die kleinsten gemeinsamen Schritte in diese Richtung hatten bei beiden so heftige Reaktionen ausgelöst, als öffne sich vor ihnen eine Tür in eine pornographische Hölle. Begeisterte Anhänger schilderten die Sache etwa so: Ein Paar, das sich »gegenseitig respektiert« – das war entscheidend –, läßt genau abgesprochene Grausamkeiten zu, die beiden Genuß verschaffen, die festgesetzten Grenzen jedoch niemals überschreiten dürfen. Klang sehr plausibel. Aber war es möglich, daß die Emotionen zweier Menschen, die ohnehin immer an der Schwelle zur Übertreibung standen, beim Sex oder bei der Liebe, bei SM (oder Sado-Masochismus?) nicht außer Kontrolle gerieten? Für Eltern waren solche Praktiken bestimmt nicht geeignet. Man konnte sich nur zu gut Szenen mit Mamas rosigem Hinterteil und ihren Lustschreien vorstellen oder schwarzglänzenden, drohenden Peitschen und Schmerzensschreien, während die Kinder lange Ohren machten. Oder Papa, dressiert wie ein Brathuhn. »Einen Augenblick, Schatz, ich muß nur schnell nachsehen, ob Penelope wach ist.« Oder: »Verdammt noch mal, das Baby ist aufgewacht.« Oder auch ein kinderloses Paar. Sie holt die Wäsche aus dem Trockner, er fährt das Auto in die Garage, dann gibt es eine Mahlzeit aus der Mikrowelle. »Wie wär's mit ein bißchen SM, Liebling?« Nein, solche Genüsse eigneten sich nur für Freudenhäuser oder kurze Affären. Zu gefährlich – selbst in ganz gewöhnlichen sexuellen Beziehungen (die nach Ansicht von SM-Anhängern langweilig waren), da aus verborgenen Tiefen so leicht alle möglichen finsteren Empfindungen aufstiegen und beide Partner überschwemmten. Zu der Zeit, als Sarah und ihr Mann tatsächlich mit dem Gedanken (mehr nicht) gespielt hatten, hatte sie das Bild eines kleinen Mädchens in sich entdeckt – anfangs erschien es ihr im Traum, dann stellte sich heraus, daß es sich vermutlich um eine Erinnerung handelte –, das allein in einem von außen abgesperrten Zimmer saß, ein kleines Mädchen, das eine Puppe zwischen den Knien hielt und mit einer Schere immer wieder darauf einstach, so daß Blut daraus hervorspritzte – nein, das spritzende Blut gehörte zum Traum, aber das kleine Mädchen, das auf die Puppe einstach, das war eine Erinnerung. Unablässig stach das Kind auf die Puppe ein, mit erhobenem Gesicht, die Augen geschlossen, den Mund zu einem gräßlichen, hoffnungslosen Klageschrei geöffnet.

Von dieser Ebene aus konnte Sarah auf Bills zweideutige Art reagieren. Aufgrund der Bilder und Phantasien, die ein Mann auslöst, weiß man, wie er ist. Diese Ebene, dieses »Irgendwo«, hatte (vermutlich) mit Sarahs frühester Kindheit zu tun. Als sie noch ein Säugling war. Wieder und wieder während der Wochen in Julies Land, im Schlaf und im Halbschlaf, sah sie diesen wunderschönen, stolzen jungen Kopf, seine träge Drehung, das spöttische Lächeln, androgyn und widernatürlich, dann das langsame Überblenden zum anderen Geschlecht, von junger Frau zu jungem Mann, jungem Mann zu Mädchen, kleinem Jungen zu kleinem Mädchen, weiblichem Säugling zu männlichem. Irgendwo, irgendwo in der Vergangenheit, wahrscheinlich bevor das kleine Mädchen dasaß und mit der Schere auf seine Puppe einstach, hatte es etwas gegeben … So redete Sarah halblaut mit sich selbst, am Fenster sitzend, und der strömende Regen verdüsterte das Zimmer, so daß sie nur die schwarze Masse des Bettes erkennen konnte. Ich fürchte mich. Ich habe ein Recht, mich zu fürchten, obwohl ich nicht weiß, wovor ich mich fürchte. Ich weiß, daß dort etwas Schreckliches lauert … die Stadien meines Alters und meiner Jugend durchmessend, gerate ich in den Strudel, ja, der Strudel, das ist es, was mich erwartet, und ich weiß es.

Sarahs Wohnung war voller Sonnenlicht, und überall standen Blumen von Benjamin, derzeit in Schottland, und von Stephen, der ihr dankte, daß sie ihn ertragen hatte. Dazu die konventionelle einzelne, leidenschaftlich rote Rose von »Rate mal, wem?« Sie stellte sie in ein Glas neben Stephens und Benjamins Blumen, dankbar, daß sie Stephen ihren Zustand nicht gebeichtet hatte, denn sonst würde sie jetzt ihm danken, daß er sie ertragen hatte. Sie wußte, daß ein einziges Wort in dieser Richtung sie dazu gebracht hätte, bitterlich zu weinen. O nein, es empfahl sich sehr, sich nichts anmerken zu lassen. Trotzdem empfand sie so viel sonnige Fröhlichkeit nicht als adäquaten Rahmen.

Sie setzte sich hin, um ihr Tagebuch auf den neuesten Stand zu bringen, das sie in Frankreich vernachlässigt hatte, doch nachdem sie ein paar Stunden lang nervös versucht hatte, sich zu konzentrieren, stellte sie fest, daß sie nicht mehr geschrieben hatte als: *Stell dir vor, ich habe aus Spaß immer gesagt, ich könnte mich nie wieder verlieben. Jetzt denke ich, ich hätte magische Zeichen machen sollen, um einen lauschenden kleinen Teufel oder hämischen Kobold abzuwehren.*

Und als sie später noch einen Versuch machte, brachte sie nicht mehr zustande als: *Alberne Träume. Nur Sehnsucht und Verlangen.* Sie fuhr ins Theater, wo sie Sonia antraf, beschwingt vor Erfolg und so beschäftigt, daß sie kaum eine halbe Stunde erübrigen konnte, um im Büro mit Sarah zu reden. Auf Sarahs Frage, wo Patrick sei, antwortete Sonia, er sei wegen eines neuen Projekts unterwegs – worum es ging, wolle er Sarah selbst sagen. Es hörte sich ein ganz kleines bißchen verlegen an, was eigentlich nicht zu Sonia paßte. »Aber er hätte nicht wegfahren dürfen, solange wir drei in Frankreich waren«, meinte Sarah. »Nein, nein, ich will damit nicht sagen, daß du nicht hervorragend zurechtgekommen bist.«

»Dir ist doch klar, daß ihr alle miteinander Workaholics seid?

Ihr seid wirklich und wahrhaftig verrückt«, konstatierte Sonia. »Seid ihr vier denn immer mit allem allein zurechtgekommen?«

»Ja, eigentlich schon. Schien immer alles zu funktionieren.«

»Ganz offensichtlich, aber das ist doch Wahnsinn!«

»Du mußt gerade reden«, sagte Sarah und lachte.

»Ja, du hast ja recht.« Sonias schnurloses Telefon piepste, und sofort stand sie auf, stürzte hinaus und sagte noch rasch: »Du hast meine *Hedda Gabler* noch nicht gesehen, Sarah. Ich wüßte gern, was du davon hältst.«

Die Kritiken von *Hedda Gabler* waren hervorragend. Bühnenbild und Lichteffekte wurden besonders gelobt – Patricks Werk. Ein paar Tage im Green Bird genügten, um Sarah hinlänglich klarzumachen, daß Sonias anfängliche Abneigung gegen Patrick verflogen war, dazu schätzte sie ihn zu sehr. Inzwischen waren die beiden gute Freunde. Thema Nummer Eins war derzeit die neueste Folge von Sonias Scharmützel mit Roger Stent.

Bei der Pressevorstellung war er, fünf Minuten bevor der Vorhang aufging, mit wallendem rotem Bart aufgetaucht. Er hatte unter falschem Namen eine Eintrittskarte für einen Platz in der ersten Reihe Parkett gekauft, wo er sich niederließ, die Arme verschränkte und feindselig um sich blickte. Er rechnete eindeutig damit, hinausgeworfen zu werden. Doch niemand beachtete ihn, bis Sonia zu Beginn der ersten Pause mit einem Bühnenarbeiter vorbeischlenderte und direkt vor ihm stehenblieb.

»Ob er vorsprechen will, was meinst du?« erkundigte sich Sonia.

Der genau instruierte Bühnenarbeiter spielte seine Rolle mit feierlichem Ernst: »Sieht ganz so aus, möchte ich meinen.«

»Ich weiß wirklich nicht, wofür wir ihn gebrauchen könnten.« Dann fing sie an, seine Eigenschaften zu beschreiben, als stünde er auf dem Sklavenmarkt zum Verkauf, und kniff ihn zum Schluß mit angewiderter Miene in den Oberschenkel. »Ganz schön fleischig. Vielleicht könnten wir ihn als Handlanger verwenden?« Damit schlenderte sie, gefolgt von ihrem Komplizen, aus dem Zuschauerraum. Roger Stent hatte während dieser Attacke keine Miene verzogen. Zuschauer, die in der Pause auf ihren Plätzen geblieben waren, kolportierten die Geschichte, der im *Evening Standard* ein gehässiger (und natürlich verfälschender) Passus gewidmet wurde. Der junge Mann befand sich in einer für sein Gefühl ausgesprochen tragischen Zwickmühle. *Hedda Gabler* hatte ihm gut gefallen. Tatsache war, daß er zeit seines Lebens kaum ins Theater gegangen war, jetzt aber heimlich Theaterstücke las und von dieser neuen Welt fasziniert war. Unterdessen beharrte die Gruppe Young Turks weiterhin auf ihrem Glaubensgrundsatz – daß alles Theater lächerlich und in England ohnehin längst tot sei. Was als boshafte, eher zufällige Parole des jungen Herausgebers von *New Talents* begonnen hatte, war zu einem Dogma geworden, das nicht in Frage gestellt werden durfte. Roger wurde in dieser Gruppe nach wie vor nur deshalb akzeptiert, weil er sich bereit fand, das Theater zu verachten. Wie alle feigen Kritiker, die sich aus dem einen oder anderen Grund nicht festlegen wollen und deshalb nie schreiben würden, daß sie ein Stück – oder ein Buch – gut oder schlecht finden, verwandte er die ihm eingeräumten fünfhundert Wörter auf eine Schilderung der Handlung, die mit dem Satz endete: »Dieses öde Stück über eine gelangweilte Hausfrau, deren Symptome sich mit ordentlichem Konditionstraining kurieren ließen, wurde recht passabel dargeboten, nur fragt man sich: Warum bringt man es überhaupt auf die Bühne?«

Heimlich machte sich Roger Stent auf die Suche nach einem anderen Job, aber die Welt der Presse ist ziemlich klein und überschaubar. Er hatte sich für das Edinburgh Festival Theaterkarten und ein Hotelzimmer reservieren lassen, um dort zwei Wochen lang seinem frisch erwachten Interesse zu frönen, ohne, wie er sich einbildete, von Kollegen belauert zu werden.

Sarah erstickte schier in Arbeit, und gerade als sie beschlossen hatte, Mary in Belles Rivières anzurufen und sie zu bitten zurückzukommen, rief Mary an, um zu sagen, daß sie auf dem Sprung sei.

»Was soll ich eigentlich hier, Sarah? Nein, die Antwort kannst du dir sparen.«

Bei ihrer Rückkehr nach London berichtete sie, daß *Julie Vairon* ihren Siegeszug fortsetzte und bereits Anfragen wegen Karten für das nächste Jahr vorlagen.

Tagsüber schufteten die zwei Frauen wie die Wilden, und die Abende verbrachte Mary bei ihrer Mutter, die inzwischen ziemlich hinfällig war. Sarah ertappt sich dabei, daß sie Schönheitscremes kaufte, sich im Spiegel mit dieser oder jener Facette ihres Gesichtes zu trösten versuchte und Kleider erstand, die zu jugendlich für sie waren.

Ich will gar nicht wissen, was ich vergangene Nacht geträumt habe. Heute morgen bin ich in Tränen gebadet aufgewacht. Ich könnte nur noch weinen, weinen, weinen. Weshalb?

Immer wieder kehre ich zu derselben Frage zurück: Wie kommt es, daß ich jahrelang wohlig und zufrieden gelebt habe und dann plötzlich krank werde vor Sehnsucht – wonach? Aus Mangel – woran? Wer ist das, der in der Dunkelheit von Körper, Herz und Bewußtsein wachliegt, krank vor Sehnsucht nach Wärme, Trost, einem Kuß?

Sarah, der es seit Jahren nicht in den Sinn gekommen war, wieder zu heiraten oder auch nur mit einem Mann zusammenzuleben, die sich eingebildet hatte, sehr gern allein zu leben, mußte jetzt zusehen, wie lange unterdrückte Phantasien an die Oberfläche kamen. Sie würde nach einem Mann Ausschau halten, mit dem sie all die Liebe teilen konnte, die sie mit sich herumschleppte wie eine Bürde. (Aber die fieberhaften Zustände, unter denen sie litt, hatten nichts zu tun mit den Gefühlen und der Befriedigung ehelichen Zusammenlebens.) Immer wieder tauchten vergessene Ichs auf wie Blasen in einer kochenden Flüssigkeit, entluden sich in Sätzen wie: Hier bin ich – kennst du mich noch? Sie sagte sich, daß es ihr wie einer dieser Schmetterlingspuppen erging, die an einem Ast hängen, nach außen hin vertrocknet und leblos, während die Substanz im Innern der Hülle seine Form verliert, gleichsam zu schäumen und zu brodeln beginnt, ohne erkennbares Ziel zunächst, eine formlose Suppe, die aber irgendwann die Gestalt eines Insekts annehmen wird, eines Schmetterlings. So schien sich auch Sarah in eine Art brodelnder Suppe aufzulösen, würde aber wahrscheinlich irgendwann eine neue Gestalt annehmen. Es mußte ja kein Schmetterling sein, sie würde sich auch mit ihrem früheren Zustand zufriedengeben.

Henry verließ Pittsburgh und *Salome* und kam für ein Wochenende zu Vorsprechterminen angeflogen, um einen neuen Paul und eine neue Julie auszusuchen.

Für Sarah war das Wiedersehen mit Henry wie der tiefe, unwillkürliche Seufzer eines Kindes, das unverhofft von langersehnten Armen emporgehoben wird. Henry begrüßte Sarah mit einem lauten, freudigen »Sarah!« und einem leidenschaftlichen und zugleich ironischen Lächeln, und in dem Moment verliebte sie sich in ihn. Ein interessanter Augenblick, zu beobachten, wie ein Mann aus dem eigenen Herzen verschwindet und ein anderer seinen Platz einnimmt. Aber spielte das eine Rolle? Die Qualen, die sie durchmachte, hatten offenbar nichts mit Bill oder Henry zu tun. Die Menschen schleppen dieses Gewicht der Sehnsucht mit sich herum, zum Glück meist nicht sichtbar, sondern »latent« – wie einen innerlichen blauen Fleck? –, und auf einmal ist ohne ersichtlichen Grund, einfach so, jemand da (wer?), auf den diese Sehnsucht in Form von Liebe projiziert wird. Wenn die Grundmuster nicht zusammenpassen, nicht übereinstimmen, gleiten sie auseinander, und die Bürde sucht sich ihren Weg zu einem anderen Menschen. Sofern sie nicht wieder unter der Oberfläche verschwindet – »latent« wird.

Es war himmlisch mit Henry. Das Zusammensein mit ihm war auf seine Art unschuldig und voller Fröhlichkeit. Unschuldig, wenn Sex in der Luft brannte wie unsichtbare Flammen?

Den ganzen Samstag und Sonntag vormittag saßen Henry, Sarah und Stephen, daneben Mary und Roy an einem separaten Tisch, in dem staubigen Kirchenvorraum und sahen sich potentielle Pauls und Julies an, verkörpert von einer Vielfalt junger Männer und Frauen, die samt und sonders bunte, sportliche Kleidung und Tennissocken trugen und die Texte sprachen, die sich Molly McGuire und Bill Collins zu eigen gemacht hatten. Eine Flötistin sorgte für die musikalische Untermalung, so daß man sich den Rest vorstellen konnte. Fetzen und Fragmente von Julies Musik erklangen und verhallten, jeweils passend zu den Szenen, die Henry ausgesucht hatte, um die Bewerber zu testen – für Sarah fast unerträglich, weil sich jede Melodie, oft sogar eine einzelne

Note auf sie auswirkte wie ein Klavierakkord, der einen Tonartwechsel anzeigte oder den Einsatz zu einem Lied oder einer Melodie gab, die sich dann in Sarahs Kopf ständig wiederholte, einer Melodie, die absolut nichts mit Julie zu tun hatte. Sie mußte ihr einfach lauschen und sie vor sich hin summen, weil sie ganz von ihr Besitz ergriffen hatte. Hatte sie dieses Lied geträumt? Wenn man mit einer Melodie im Kopf oder Worten auf den Lippen aufwacht, muß man sie aus sich herauslassen, man kann sie nicht einfach unterdrücken oder beiseite schieben.

»Was summst du denn da andauernd?« fragte Stephen.

»Weiß ich nicht«, sagte sie. »Die Melodie geht mir einfach nicht mehr aus dem Kopf.«

Aber Henry wußte es, er hatte es schon die ganze Zeit gewußt. Ohne sie anzusehen, sang er:

»She takes just like a woman, yes, she does,
She makes love just like a woman, yes, she does,
She aches just like a woman,
But she breaks like a little girl.«

»Bob Dylan«, sagte er, und da er wußte, daß Sarah am liebsten in den Boden versunken wäre, sprang er auf und ging zu den Schauspielern hinüber.

Stephen meinte: »Mir geht die ganze Zeit Julies Musik im Kopf herum, und deshalb wundert es mich, daß in deinem Kopf noch Platz für etwas anderes ist.«

Stephens Reaktion auf die Julie, für die sich Henry schließlich entschied, überraschte Sarah. Die junge Frau war genau der richtige Typ, im Gegensatz zu Molly, die nicht annähernd so ausgesehen hatte wie ihr lebendes Vorbild. Sarah dachte, für Stephen müsse es so sein, als sei Julie endlich in sein Leben getreten, aber er meinte nur: »Warten wir's ab.«

Und dann reiste Henry wieder ab, die Bande jener zum Theater gehörigen heimtückischen Vertraulichkeit wurden – schnipp-schnapp! – zerschnitten, und es hieß auf Wiedersehen bis Anfang August, in drei Wochen.

Sarah hatte beschlossen, drei Wochen Urlaub zu nehmen, überlegte es sich aber anders. Sie hatte Angst vor ihren Phantombildern. Außerdem gab es furchtbar viel Arbeit. *Julie Vairon* kam womöglich ins West End, wenn es in Queen's Gift Erfolg hatte. Anfragen lagen bereits vor. Außerdem war die Rede von einem auf dem Roman *Tom Jones* basierenden Musical, das noch anspruchsvoller werden sollte als *Julie Vairon*. Ob Sarah versuchen wollte, das Drehbuch dazu zu schreiben? Eher nicht, dachte sie. Sie hatte nicht die Kraft, obwohl sie das ihren Kollegen gegenüber nicht zugegeben hätte. Hatten sie nicht schon genug am Hals? *Hedda Gabler* sollte ins West End übernommen werden, und damit war Sonia bereits voll ausgelastet. Bald würden die Proben zu *Sweet Freedom's Children* beginnen, einem Theaterstück, in dem es um die letzten Tage von Shelley, Mary und ihrem Kreis in Italien ging.

Wieder warf Sonia den anderen vor, sie seien Workaholics, was zu einer Diskussion des Teams über ihre Arbeit führte. Konnte man jemanden als Workaholic einstufen, der Spaß an seiner Arbeit hatte und sie gar nicht als solche empfand? Sonia meinte, es sei typisch für die vier, im Büro herumzusitzen und über irgendwelche Fragen zu theoretisieren, obwohl es eine Krise gab. Was für eine Krise denn? wandten Sarah, Mary und Roy ein – Patrick war noch unterwegs. Sonia meinte, eine Freundin von ihr habe ziemlich viel Erfahrung mit Theatermanagement. Sie hieß Virginia nach Virginia Woolf. Also gut, meinten die anderen, probieren wir sie aus.

»Tja«, sagte Mary, »es war zu schön, um wahr zu sein, habe ich recht? Daß wir vier jahrein, jahraus zusammen gearbeitet haben, ohne daß ein böses Wort gefallen ist.«

Sarah schleppte sich jeden Tag ins Theater. Dazu war sie immerhin in der Lage, und für sie bedeutete es alles, bedeutete vor allem, daß sie nicht im klinischen Sinn depressiv war. Sie stufte ihren Zustand anhand einer persönlichen Skala ein. Obwohl ihre Schwermut von Tag zu Tag schlimmer zu werden schien, ging es ihr nicht annähernd so schlecht wie Stephen, dessen verzweifelten Zustand sie ihm seit langem am Gesicht ablesen konnte – etwa beim Anblick des Plakats von Julie als arabischem Mädchen in seinem Garten oder am Wasserfall in Belles Rivières. So etwas habe ich noch nie erlebt, dachte sie nach wie vor. Wenigstens nicht, soweit ich mich erinnern kann. Natürlich hatte es in einem langen Leben allerhand Leid gegeben …

Sie schrieb: *Irgend etwas anderes geht in mir vor, etwas, das ich nicht begreife. Das Gefühl des Verlustes könnte nicht schlimmer sein, wenn ich einen Menschen durch den Tod verloren hätte, wenn ich von jemandem getrennt worden wäre, den ich bedingungslos liebe.*

Sie schrieb: *Ich glaube, ich bin wirklich krank. Ich bin krank – vor Liebe. Ich weiß, daß das nichts mit Henry oder mit diesem Jungen zu tun hat.*

Sie dachte: Wenn ich ein Erdbeben oder ein Feuer miterlebt hätte und meine ganze Familie umgekommen wäre, wenn ich eine junge Frau wäre, deren Mann und Kinder bei einem Autounfall ums Leben gekommen sind, hätte ich etwas in dieser Art empfunden. Einen absoluten Verlust. Sarah fühlte sich, als wäre sie von einer emotionalen Nahrung abhängig, von einer Art unsichtbarer Milch, die man ihr entzogen hatte. Ihr Herz tat weh, denn sie trug ein Tonnengewicht auf der Brust.

Sie schrieb: *Körperliche Sehnsucht. Ich bin vergiftet worden, das schwöre ich. In Stendhals Essay* Über die Liebe *glaubt eine junge Frau, die sich unerwartet verliebt, sie würde vergiftet. So war es auch. So ist es bei mir. In den Vereinigten Staaten gibt es einen Arzt, der einen von solchem Verliebtsein heilt. Es hat chemische Ursachen, behauptet er.*

Sie schrieb: *Wenn mir ein Arzt sagte, du hast eine Krankheit und wirst bis ans Lebensende mit einem Schmerz in der Brust leben müssen, würde ich damit weitermachen. Ich würde sagen, na gut, ich muß mich mit diesem Schmerz in der Brust abfinden. Andere Menschen leben mit verkrüppelten Armen oder sind von der Taille abwärts gelähmt. Weshalb also mache ich ein solches Theater wegen meines Kummers?*

Sie schrieb: *Ich könnte ohne weiteres von einer Klippe oder aus dem obersten Stockwerk eines Wohnblocks springen, um dem ein Ende zu machen. Menschen, die sich aus Liebe umbringen, tun das, weil sie den Schmerz nicht ertragen können. Den körperlichen Schmerz. Das habe ich nie zuvor begriffen. Das mit dem zerbrochenen Herzen. Aber warum sollte sich seelische Pein als physischer Schmerz manifestieren? Das ist schon sehr eigenartig.*

Trotzdem war ihr Zustand nicht so schlimm wie der von Stephen. Er rief sie fast jeden Abend an, wenn der Tag zur Neige ging und das Licht verblaßte – eine melancholische Zeit. Die Stunden vor dem Abendessen, sagte er, seien hart für ihn. Auch für die Tiere sei diese Tageszeit hart, und er könne schwören, daß die Pferde und die Hunde ein paar schlimme Minuten durchmachten, sobald es dunkel wurde. »Unsere Flossie – du weißt schon, der rotbraune Setter – kommt immer an, wenn es dunkel wird, damit ich sie ein bißchen hätschle. Wir vergessen völlig, daß Millionen und Abermillionen Jahre lang alle Lebewesen dieser Erde Angst hatten, wenn die Nacht kam.«

»Und jetzt haben wir keine Angst mehr, dafür sind wir traurig.«

»Beides.«

Er fragte Sarah jedesmal, was sie den Tag über gemacht habe, und dann erzählte er, was er gemacht hatte, auf jene sorgfältige, peinlich genaue Art, in der sie – wenn auch widerwillig – eine Vorsichtsmaßnahme gegen das geistesabwesende Abgleiten in die Schwermut erkannte. Er fragte sie, was sie Neues gelesen habe, und erzählte ihr, welche Bücher sich auf seinem Nachtkästchen stapelten, denn er schlief nicht sehr viel.

Meist redeten sie eine Stunde oder länger, während Stephen aus seinem Fenster über die in der Dunkelheit versinkenden Felder blickte. Er könne hören, wie sich die Pferde bewegten, sagte er. Vor Sarahs Fenster stand eine Platane, die breiteste Stelle genau auf Augenhöhe, durch die hindurch sie die Lichter in den Fenstern des Hauses gegenüber sehen konnte.

Stephen kam nach London, und an einem sonnigen Nachmittag gingen er und Sarah in den Regent's Park, wo der Himmel, die Blumen, die Bäume und die Sonne entschlossen schienen, ihnen ein Fest zu bereiten. Sie spazierten durch eine wohltuende Szenerie, umherschlendernde Menschen, kleine Kinder und fröhliche Hunde, aber Stephens Blick war schwermütig und geistesabwesend. Immer wieder steckte er die Hand in die Tasche und tastete nach einem Buch, das er bei sich trug, wie andere Menschen nach einem Talisman. Als Sarah wissen wollte, worum es sich handelte, zeigte er es ihr: *Dynamik und Kontext der Trauer*. Sie warf einen Blick hinein und wollte es ihm schon zurückgeben, aber er meinte nachdrücklich: »Nein, es ist sehr nützlich. Zum Beispiel weiß ich jetzt, daß ich Julie ›internalisiert‹ habe. Damit läßt sich erklären, was passiert, wenn man sich sagen lassen muß: Weiß der Himmel, was er an ihr findet.«

»Und deshalb wird die Liebe blind dargestellt ... trotzdem, fürchte ich, finde ich Literatur nützlicher als ... Bücher mit psychologischen Rezepten.«

»Ich habe nicht behauptet, daß ich Literatur nicht nützlich finde. Aber das hat sich auf Proust reduziert. Er ist der einzige, den ich nicht gleich wieder aus der Hand lege. Zumindest in meiner augenblicklichen Verfassung. Das Komische ist, daß ich ihn früher zu ausschweifend fand.«

»Ich habe noch einmal Stendhal gelesen. Seinen Essay *Über die Liebe*. Er schreibt viel kürzer als Proust.«

»Auch besser?«

»Beide haben es fertiggebracht, romantische Verliebtheit mit recht kühler Intelligenz zu vereinbaren.«

»Wie Julie.«

»Damals, als wir uns kennengelernt haben, hättest du das nicht gesagt.«

»Da hast du recht.« Sein Seufzer hörte sich fast wie ein Stöhnen an. Er war stehengeblieben, scheinbar in den Anblick der Schwäne versunken, die weiß zwischen ihren Spiegelbildern hindurchglitten. Schweigen trat ein. Es dauerte viel zu lange.

»Stephen?« Keine Antwort. »Soll ich dir den Stendhal leihen?«

»Keine schlechte Idee«, sagte er, allerdings erst nach einer langen Pause. Er war in Gedanken weit weg.

Sarah machte nun ganz bewußt Konversation. »Hast du in letzter Zeit mal *Werthers Leiden* gelesen?« Keine Antwort. »Das ist ein hochinteressanter Fall. Goethe war erst in Lotte verliebt und dann in Maximiliane von La Roche. Lotte war, wie er selbst sagte, eine

Frau, die eher ein Gefühl der Zufriedenheit als heftige Leidenschaft hervorrief, aber trotzdem machte er sie zu seiner Heldin.« Stephen starrte noch immer auf denselben Fleck im Wasser. Teichhühner paddelten dort anstelle der Schwäne wichtigtuerisch umher. Wieder seufzte er. »Offensichtlich hat Maximiliane in ihm heftige Leidenschaft geweckt, aber geschrieben hat er etwas ganz anderes.«

Sie dachte schon, er hätte nicht zugehört, doch nach einer Weile sagte er: »Willst du damit sagen, daß er nicht aufrichtig war?«

»Schließlich war es ein Roman. Ich würde sagen, er war umsichtig. Angenommen, er hätte einen Roman geschrieben, in dem der junge Werther erst wahnsinnig in Lotte verliebt ist und dann leidenschaftlich in Maximiliane – ich glaube nicht, daß das seinen Lesern damals gefallen hätte.«

Sie ertappte sich dabei, daß sie zählte, während sie auf eine Reaktion wartete. Er brauchte fünfzehn Sekunden, um eine Antwort zu formulieren.

»Ich wage zu behaupten, daß das den Lesern heute auch nicht gefallen würde.«

»Aber Romeo war zuerst wahnsinnig in Rosaline verliebt und dann in Julia.«

Eins, zwei, drei ... Sie kam bis zwanzig. »Vermutlich haben wir uns daran gewöhnt.«

Bin ich auch so? überlegte sie. Müssen die anderen im Theater auch eine halbe Minute warten, bis sie von mir eine Antwort erhalten?

»Ich möchte dich etwas fragen, Stephen ... Nein, warte.« Er machte Anstalten wegzugehen, sein Gesicht war angespannt. »Du hast gesagt, du seist in jemand anderen verliebt gewesen, bevor du dich in Julie verliebt hast. Betrachtest du das jetzt als eine Art Probelauf für die einzig wahre Liebe?«

Sie rechnete im Grund nicht mit einer Antwort, aber schließlich sagte er: »Das war etwas völlig anderes.«

»Angenommen, Goethe hätte zwei Leidenschaften geschildert, nacheinander natürlich und beide heftig, die erste für eine mütterliche Frau, eine Mutterfigur, die zweite als die wahre, die reife Leidenschaft. Aber das hat er nicht getan, und deshalb ist einer der Archetypen, die für uns Europäer die romantische Liebe verkörpern, eine farblose, schlichte Hausfrau, während in Wirklichkeit eine glühende Leidenschaft für Maximiliane dahinterstand. Schließlich kennen wir das alle, daß man sagt: Ich bin in den und den verliebt, weil niemand wissen soll, daß es jemand anderer ist.«

Wieder hätte man leicht meinen können, daß Stephen nicht zugehört hatte, aber diesmal sagte er, ohne eine Pause entstehen zu lassen: »Junge Deutsche waren bereit, sich für Lotte umzubringen. Gleich dutzendweise. Sie haben sich von Klippen gestürzt und unter Pferdehufe geworfen.«

»Lag das daran, daß Lotte eine Mutterfigur war?«

»Ich frage mich, ob meine Angebetete eine Mutterfigur war«, bemerkte er promt und schaute Sarah direkt an, so als wollte er von ihr ein klares Ja oder auch Nein hören. Da sie nichts sagte, meinte er, und es hörte sich fast fröhlich an: »Na ja, wenn ich es mir recht überlege, war sie das wohl. Und? Was ist dagegen einzuwenden? Sie war ... sie hätte dir gefallen, Sarah, sie war ... Wenn sie mich damals geheiratet hätte ...« Jetzt lachte er richtig, wenn auch schroff, und fuhr fort: »... dann hätte ich dich nicht die ganze Zeit mit all dem Blödsinn gelangweilt.« Er legte eine Hand auf ihren Arm und dirigierte sie zum Rosengarten – ein Mann, der an einem sonnigen Nachmittag mit einer guten Freundin zwischen Rosenbeeten hindurchschlenderte. Er lächelte sogar. Da erst wurde Sarah klar, wie sehr sie sich um ihn gesorgt hatte, denn auf einmal hob sich ein Gewicht von ihrer Seele, und sie fühlte sich heiter gestimmt.

»Ich würde zu gern wissen, was Goethe-Fans von deiner Theorie halten.«

»Aber er hat doch selbst gesagt: ›Es ist eine sehr angenehme Empfindung, wenn sich eine neue Leidenschaft in uns zu regen anfängt, ehe die alte noch ganz verklungen ist.‹ In diesem Fall ist innerhalb weniger Tage die alte verklungen und die neue erwacht.«

»Sehr angenehm«, sagte er.

»Und hat er nicht auch etwas gesagt wie: ›Das größte Glück liegt im Sehnen‹?«

»Gütiger Gott.«

»Und Stendhal hätte ihm nicht widersprochen. Höhere Wesen haben ihre Freude daran.«

»Ganz schön daneben«, meinte Stephen. Er blieb mitten in Queen Mary's Rosengarten stehen, umringt von Leuten, die die Rosen bewunderten, zog sein Buch aus der Tasche und las daraus vor: »›Das Selbstbild des Leidenden wird mit dem Bild des geliebten Menschen gleichgesetzt. Das Scheitern früherer Liebesbeziehungen, bei diesem psychologischen Typus häufig anzutreffen, verstärkt den gegenwärtigen Zustand, weil sich bei jeder Kapitulation vor der Krankheit die augenblickliche Hoffnung zu allen vergangenen hinzuaddiert. Der Leidende wertet den Schmerz als Garantie dafür, daß er diesmal Erfolg haben wird. Und vergessen Sie bitte nicht, daß Amor mit Pfeilen und nicht mit Rosen auf seine Opfer schießt.‹« Sie gingen weiter, und Stephen hielt sein Buch in der Hand wie ein Priester sein Brevier oder ein Schuljunge, der auf eine Prüfung büffelt, sein Lehrbuch. »Das ist gar nicht so weit von Proust entfernt«, fügte er hinzu.

»Ich glaube, Prousts Spaß an der Selbstanalyse war stärker als sein Leiden an der Liebe. Und was Stendhal betrifft, für ihn war die Analyse meiner Meinung nach eine Möglichkeit, das Leiden zu überleben.«

»Wie für Julie«, sagte er prompt, nicht mit fünfzehn oder zwanzig Sekunden Verzögerung.

»Während Goethe das ganze Drama gründlich genoß.«

»Er war ja auch noch sehr jung.«

»Ich hätte das auch in sehr jungen Jahren nicht gekonnt. Jung zu sein war schon schlimm genug.« Doch dabei dachte Sarah nicht an sich als junge Frau, sondern als Kind.

»Ich versuche nach Möglichkeit, nicht an die Zeit zu denken, als ich jung war. Ich habe so das Gefühl, daß mir die Erinnerungen an damals nicht behagen würden.«

»Weißt du eigentlich, daß du nie über deine Eltern sprichst?«

»Tatsächlich? Tja ... ich habe wohl nicht sehr viel von ihnen mitbekommen. Und außerdem haben sie sich getrennt, als ich fünfzehn war. Inzwischen komme ich mit allen vieren gut aus. Das heißt, wenn wir uns treffen. Mein Vater und seine Frau leben in Italien. Sie ist ein bißchen oberflächlich. Ich habe mir oft überlegt, daß er es sicher bereut, sie gegen meine Mutter eingetauscht zu haben. Aber meine Mutter, glaube ich, bereut nichts. Sie und ihr … er ist wirklich ein feiner Kerl. Die beiden leben in Schottland. Er ist Farmer. Ein ganzes Stück jünger als sie. Etwa fünfzehn Jahre. Aber sie kommen gut miteinander aus.«

Sie waren am Parktor angelangt. Als Sarah ihm anbot, ihn noch bis zu seinem Club zu begleiten, stellte sich heraus, daß er nicht dort wohnte, sondern im Hotel.

»Das schaffe nicht«, sagte er. »Ständig Konversation machen zu müssen. In einem Hotel wird nichts von einem erwartet. Der einzige Mensch, mit dem ich reden möchte, bist du. Weißt du, Sarah, es ist schon komisch. Früher habe ich sehr viel mit Julie geredet, aber jetzt rede ich offenbar mit dir.«

Eine Woche später war er wieder in der Stadt. Er rief vom Hotel aus an. Erst dachte sie, die Verbindung sei schlecht, merkte dann aber, daß er nach Worten rang. »Ich würde dich gern sehen«, brachte er endlich heraus, und es klang, als wollte er ihr etwas Bestimmtes sagen.

»Einverstanden. Wo?«

Langes Schweigen.

»Stephen?«

»Ja?«

»Soll ich ins Hotel kommen?«

»Nein, bloß nicht. Hier sind so viele Leute.«

»Wollen wir uns wieder im Park treffen?«

»Ja, ja, im Park …«

Es war ein strahlender Nachmittag. Durch die großen, würdevollen vergoldeten Parktore ging sie auf einen Mann zu, der reglos in sich zusammengesunken auf einer Bank saß. Sie setzte sich neben ihn. Er nickte, ohne sie anzusehen. Dann raffte er sich auf – sie konnte es deutlich sehen – und machte Konversation. Die Pläne für die Aufführung von *Julie Vairon* in Queen's Gift machten hübsche Fortschritte, berichtete er. Sarah ihrerseits plauderte über das Green Bird. Sonia hatte Virginia, die neue Mitarbeiterin, gleich unter ihre Fittiche genommen. Als sie erfuhrt, daß Virginia ein Bild von Virginia Woolf neben dem Bett stehen hatte, überredete sie sie dazu, es gegen ein Foto von Rebecca West einzutauschen. Die Folge war eine gewaltige Verbesserung: Virginia trug keinen mickrigen Nackenknoten und keine schlabbernden Kleider mehr, sondern ließ sich die Haare schneiden und kleidete sich bunt und hübsch wie ein Sittich, wie Sonia.

Da Stephen nach einer Weile lächelte, erzählte Sarah weiter, daß derzeit alle hart an dem neuen Stück, *Sweet Freedom's Children*, arbeiteten. Sie erwartete von ihm eine Reaktion auf den Titel, aber es kam keine. Dann schlug sie vor, ein bißchen spazierenzugehen, und er nickte. Er stand auf, als müßte er sich dazu zwingen, und ging, als erforderte es seine ganze Willenskraft, einen Fuß vor den anderen zu setzen.

»Ich möchte dich etwas fragen«, sagte Sarah.

Der Ton, in dem sie das sagte, holte ihn so weit aus seiner Geistesabwesenheit zurück, daß er sie nervös ansah: »Ich warte schon lange darauf, daß du mich mit deinem Vertrauen beehrst.« Womit er meinte: Tu das um Himmels willen bloß nicht.

»Nein, nein«, beruhigte sie ihn. »Es hat etwas mit dir zu tun, nicht mit mir ... aber es ist wichtig für mich. Du weißt ja, daß wir normalerweise an der Oberfläche der Dinge entlanggehen ...«

»Oberfläche! So würde ich das nicht unbedingt nennen. Weshalb ich dir ja auch so dankbar bin. Glaub ja nicht, daß ich nicht dankbar bin.«

»Nein, warte ... Ich habe immer wieder einen Traum ... oder jedenfalls so was Ähnliches. Man öffnet plötzlich eine Tür, von der man gar nicht wußte, daß sie da ist, und sieht vor sich eine Szene, die alles Wesentliche zusammenfaßt.«

»Alles?« meinte er zweifelnd.

Sie standen am Rand des Brunnens und blickten durch die Wasserfontänen und -fächer auf üppig gedeihende Fuchsien. Fische, Meerjungfrauen und Wasser. Und Fuchsien.

»Schöne Fuchsien«, bemerkte er. »Bei uns sind sie nie was geworden. Dafür haben wir mit den Azaleen ziemlich viel Glück.«

»Alles, was eine Situation ausmacht. Ihre verborgene Wahrheit.

Wenn du unerwartet eine Tür aufmachen würdest, was würdest du da sehen, das ...«

Sofort sagte er: »Ich würde Elizabeth und Norah sehen, die einander nackt umarmen, und sie lachen mich aus.« Sarah hatte nichts dergleichen erwartet. Diese Art von Wahrheit gehörte zu sehr in den Bereich der Realität. »Und was befindet sich hinter deiner geschlossenen Tür?«

Da sie deutlich spürte, wie gern sie über ihre Situation sprechen wollte, sagte sie: »Ein kleines Mädchen, das mit einer Schere auf eine Puppe einsticht. Die Puppe blutet.«

Stephen wurde bleich. Nach einer Weile nickte er bedächtig. »Und wer ist die Puppe?«

»Tja ... das könnte mein kleiner Bruder sein. Aber ich weiß es nicht genau.«

»Das ist wahrscheinlich nur gut so.«

Daraufhin sagte Sarah nichts mehr. Sie gingen weiter, bis ein Gedanke oder eine Erinnerung Stephen zum Stehenbleiben bewog. Sein ganzer Körper schien vor dieser Erinnerung zurückzuschrecken. Sarah nahm ihn am Ellbogen und brachte ihn dazu weiterzugehen.

Sie erreichten das Tor, hinter dem sich ihre Wege trennten. Aus heiterem Himmel legte er die Arme um sie und küßte sie. Es war eine frostige Umarmung, und sie spürte, wie sie erschauerte. Als er sich abwandte, sah sie, wie die Maske von seinem Gesicht Besitz ergriff, als hätte eine Hand – mit derselben Bewegung, mit der man einem Verstorbenen die Augen schließt, einer abwärtsstreifenden Bewegung, die das Licht für immer aussperrt – Augenlider und Mundwinkel nach unten gezogen.

Sarah war jeden Tag von neun Uhr morgens bis acht Uhr abends im Büro. Sie erledigte nicht nur ihre Arbeit, sondern auch die von Mary, Patrick und Sonia. Patrick rief immer wieder an, um zu sagen, daß er krank sei – nein, nein, kein Grund zur Beunruhigung, er brauche nur einfach Ruhe. Sarah und Roy wußten, daß er log. Sonia bewahrte tapfer Stillschweigen über das, was sie wußte, aber die beiden konnten es erraten. Patrick fühlte sich schuldig, weil er irgendwelche Pläne mit *Julie* hatte, von denen die anderen vermutlich nichts hielten. Nun gut, sie würden schon damit fertig werden. Mary hatte mit Sonia diverse Bühnen in der Provinz besucht, um zu sehen, ob es irgendwo etwas Geeignetes für das Green Bird gab. In Birmingham waren sie Roger Stent in die Hände gelaufen. »Ah, Barbarossa«, hatte Sonia ihn begrüßt. »Als Voyeur in den Niederungen des Theaters?« Sie sahen sich *Oedipus Rex* an. »Miststück«, hatte er gesagt. »Genau«, hatte sie geantwortet.

»Vermutlich ist das seine Art, ihr den Hof zu machen«, meinte Mary am Telefon.

Sarah saß an einem Schreibtisch im Büro, Roy an einem anderen. Es war eine angenehme Arbeitsatmosphäre, wie seit Jahren. Sie verbrachten ganze Tage zusammen, versorgten einander mit Kaffee und gingen zu gemeinsamen kurzen Mahlzeiten ins Café gegenüber. Diese Art anspruchsloser Freundschaft bot Sarah einen gewissen Schutz, und sie hatte den Eindruck, daß das für Roy genauso galt. Er würde wahrscheinlich geschieden werden, obwohl er keine Scheidung wollte. Aber seine Frau hatte einen Liebhaber, und das Kind war unglücklich.

Sarah wußte, daß er viel über seine Situation nachdachte, während er hier neben ihr arbeitete, und ihr erging es mit ihrer Welt voller Fieberträume und Phantasien, die ihre Gedanken zu vereinnahmen drohten, ähnlich. Es kam ihr vor, als sei sie eine andere geworden. Vor gar nicht so langer Zeit hätte sie sich geschämt, solch albernen Träumen Platz einzuräumen. Die Szenen, die sie sich zwanghaft immer wieder vorstellte, waren schwach, verächtlich. Ihre Liebhaber aus längst vergangenen Zeiten – vielleicht war es gar nicht so lange her, aber ihre ganze Vergangenheit gehörte einer anderen Dimension an – kehrten zurück, um ihr zu versichern, sie sei die einzige Frau in ihrem Leben gewesen, die bemerkenswerteste, beglückendste und so weiter. Diese Szenen spielten sich stets im Beisein Dritter ab. Interessanterweise war es meistens Bill. Henry gegenüber hätte sie sich geschämt. Bill dagegen wurde angesichts ihrer Reize, die der Vergangenheit angehörten und in deren Genuß er nie kommen würde, von Neid und Verlangen ergriffen. Auch Liebesszenen tauchten auf, Erinnerungen, die Sarah seit Jahren nicht mehr hervorgeholt hatte. Sie gingen mit so intensiven Empfindungen einher, wie man sie sonst nur in Trance erlebt – Empfindungen, die der Ferne der Erinnerungen entsprachen, die die damaligen Geschehnisse jedoch nicht begleitet hatten. Und während eine derart überhöhte Erinnerung nach der anderen – in allen war Sarah so gefühlsbetont wie Frauen in der Phantasie blutjunger Männer oder in rührseligen Romanen – von ihr Besitz ergriff, zwang sie sich, sich allmählich bis in alle Einzelheiten zu erinnern, was in dieser oder jener Liebesbeziehung wirklich geschehen war, und drückte ihr damit den Stempel der Wahrheit auf. Dieses Zurechtrücken falscher oder schmeichelhafter Erinnerungen war eine mühsame und schwierige Arbeit, weil Sarah in ihrem geschwächten Gemütszustand immer wieder in ihre Pubertät zurückkehrte, in jene Zeit, die keine Durchschnittlichkeit duldet.

Außerdem staunte die Schauspielerin in ihr immer wieder darüber, daß sie so viele Jahre lang so vieles von sich gewiesen hatte, erkannte jedoch in klaren Augenblicken, daß das aus dem gleichen Grund geschehen war, aus dem sie sich weigerte, an – *na wen wohl?* – auch nur zu denken. Immer wieder erhielt sie einzelne, aufwendig verpackte Blumen, Rosen, Orchideen, Lilien, doch sobald sie festgestellt hatte, von wem sie nicht kamen (Henry), beachtete sie sie nicht weiter. In Anbetracht ihres augenblicklichen Zustandes erschienen ihr frühere Gelegenheiten, bei denen sie jemanden abgewiesen hatte, auf einmal als vorsätzliche Zurückweisung allumfassender Glückseligkeit. Sie, eine erotische, begehrenswerte Frau, war über Jahre hinweg umworben worden und hatte fast immer nein gesagt. *Weil es nicht überzeugend gewesen wäre.* Ein oder zwei Jahre hatte sie genossen. Ein schönes Wort war das, wie »Liebe«, ein Wort, das ausdrückt, was man möchte und sich wünscht. Doch wenn man von »Genuß« oder »Vergnügen« sprach, fehlte jene andere Dimension, für die sie keine Bezeichnung fand. Sie würde sich mit dem Wort »Verzauberung« begnügen müssen. Jene Dimension, in der sie sich jetzt verirrt hatte. Jedenfalls fast. Nicht ganz. War sie etwa auf dem Weg der Besserung? Sie bemerkte, daß sich das Gewicht, das sie niederdrückte, verringerte – ein bißchen wenigstens –, je näher der Tag rückte, an dem die Proben wieder begannen; an dem Henry eintreffen würde.

Nichts, absolut nichts zeigt so deutlich wie die Liebe, wie viele verschiedene Menschen in einer Haut leben können. In den Augen der Frau (vielmehr des Mädchens), die von vergangenen Lieben träumte, war die erwachsene Sarah eine Närrin, weil sie sich mit so wenig zufriedengab. Die gewöhnliche, alltägliche Sarah, mit der sie schließlich (wie sie inständig hoffte) den Rest ihrer Tage zubringen würde, hätte keine halbe Stunde mit diesem vor sich hinträumenden Mädchen verbracht. Aber die Sarah, die sie die meiste Zeit war, von Wehmut erfüllt, hatte nicht mehr viel Kraft, um sich um die anderen, lauter Nebenfiguren, zu kümmern. Sie fühlte bloß noch, litt, hielt durch in einer qualvollen Hölle.

Sie schrieb: *Eine Jahreszeit in der Hölle. Ich glaube nicht, daß ich das durchstehen kann.*

Sie schrieb: *Eine abgrundtiefe Last. Welche Abgründe?*

Am Abend, bevor die Proben wieder begannen, am Ende der ersten Augustwoche, betrat Henry das Büro. Sarahs Trübsal verschwand, und sie fühlte sich im Handumdrehen von einer Atmosphäre voller Charme, Unbeschwertheit und Kameradschaftlichkeit umgeben. Sie war vollkommen in Henry verliebt. Sie war in ihn verliebt, weil er in sie verliebt war, und das versetzte sie in die Lage, sich selbst zu mögen.

Als sie am nächsten Morgen den Vorraum der alten Kirche betrat und zwischen den neuen all die vertrauten Gesichter aus Belles Rivières entdeckte, war es, als hätte sie auf einer ihr bekannten Straße eine Abzweigung genommen und wäre unversehens in eine von wohltuendem Licht erfüllte Landschaft geraten. Die Finsternis ihres Kummers war mit einem Schlag verschwunden, obwohl sie wieder in dieser häßlichen Halle waren, die sie nach Belles Rivières als noch schlimmer empfanden. Die Lichtsäule, über die sie gescherzt hatten, war zu einem verschwommenen, schmutziggelben Rechteck in der Nähe eines der hohen Fenster verkümmert, das daran gemahnte, daß die Erde auf ihrer Umlaufbahn der Tagundnachtgleiche entgegeneilte. Bis dahin würde Julie wie weggeblasen sein, verschwunden, und alle hier Anwesenden hätten sich über die ganze Welt verstreut.

Draußen tauchte die Sonne ganz London, ganz England, in warmes Licht, verlangsamte die Bewegungen der Menschen und brachte sie zum Lächeln; die Truppe nutzte jede freie Minute zur Flucht, um am nahen Kanal entlang zu spazieren oder am Ufer zu sitzen und Sandwiches zu essen und etwas Erfrischendes zu trinken. Die Proben waren diesmal auch deshalb etwas mühselig, weil sich die meisten Mitwirkenden das Stück bereits erarbeitet hatten, so daß es nicht nur an der Hitze lag, wenn sie ihre Texte etwas lustlos sprachen, während sich Susan Craig und David Boles in Julie und Paul verwandelten. Der neue Paul war nicht annähernd so verführerisch wie Bill. Er hatte ein angenehmes Äußeres und war ein guter Schauspieler, der, wenn man ihn in seine Leutnantsuniform steckte, hinreichend überzeugend sein würde. »Der da wird uns armen Frauen keine schlaflosen Nächte bereiten«, bemerkte Sally, während sie vortrat, um ihren Text als Julies Mutter zu sprechen: »Ja, mein Mädchen, du mußt auf dich achtgeben, wenn du dich nicht zur Närrin machen willst.«

War Sally krank gewesen? Sie war viel dünner geworden und lächelte viel mehr als sonst. Richard Service war durch einen anderen Druckermeister ersetzt worden. Warum war Richard abgesprungen? fragten sich alle. Sarah hatte folgenden Brief von ihm erhalten: »Es tut mir leid, aber Ihr müßt Ersatz für mich finden. Ich brauche sicher nicht genauer auszuführen, warum. Ginge es nicht um meine drei Jungen, würde dieser Brief anders ausfallen, das versichere ich Dir. Ich wünsche Euch viel Erfolg mit Julie in England.«

Von reifen Frauen erwartet man, daß sie ihre Kümmernisse hinter sich lassen und einfach weitermachen.

Die neue Julie war eine geschmeidige junge Frau mit dunklem Teint und schwarzen Augen. Sie hatte beim ersten Mal nicht für die Rolle vorgesprochen, sonst hätte man sich bestimmt schon damals für sie entschieden.

»Sie ist ein Glücksfall«, meinte Henry. »Ein Geschenk. Wir werden schon bald vergessen haben, wie gut Molly war.«

Stephen ließ sich erst am Ende der ersten Woche blicken; es waren nur noch zehn Tage bis zur Premiere. Als er sich neben Sarah setzte, fragte sie: »Na?« und er antwortete: »Nicht besonders.«

Die Schauspieler, die wußten, daß dieser Mann ihr reicher englischer Mäzen war, ihr Gastgeber für die Spieldauer in Queen's Gift, gaben bei der Probe ihr Bestes. Susan und David, Susan und Roy Strether (der Andrews Text las, weil dieser noch nicht eingetroffen war), dann Susan und der neue Druckermeister, John Bridgman, ein liebenswerter Mann mittleren Alters, der, wenn er nicht auf der Bühne stand, Experte für die Entsorgung von Bomben war – sie alle brachen einander das Herz, wie das Textbuch es vorsah.

Sarah saß neben Stephen und überlegte, wie er auf Susan wirken mochte. Ein kräftig gebauter, ernster, zurückhaltender Mann, der gelassen auf seinem Stuhl saß, in einem dezenten grünlichen Leinenanzug, dem man ansah, daß er einmal, wahrscheinlich vor langer Zeit, sündteuer gewesen war, und Schuhen, die nicht für heißes Straßenpflaster gedacht waren. Das Problem war, daß Sarah ihn »internalisiert« hatte. Es fiel ihr schwer, ihn so zu sehen, wie andere ihn sehen mußten. Wenn es ihr gelang, war sie beeindruckt. Er sah gut aus, dieser Stephen, der mit verschränkten Armen dasaß und die leidenschaftlichen Szenen mit wachem Interesse betrachtete.

»Was hältst du von Susan?« wollte Sarah wissen.

Grimmig, aber wohl wissend, wie absurd seine Antwort war, sagte er: »Ich glaube, ich habe mein Herz an Molly verloren.«

»Du bist geheilt«, rief sie aus.

»If you are mad, then be mad all the way ... Was für ein Song ist das? Er geht mir nicht mehr aus dem Kopf. Dieses psychologische Zeug, das ich da lese ... Ich bin überzeugt, daß es nicht der Absicht der Autoren entspricht, aber es gestattet einem eine gewisse Verrücktheit. Ich halte eigentlich mehr davon – jedenfalls war das früher so –, mir das, was in mir vorgeht, nicht anmerken zu lassen, aber nachdem ich ein paar Seiten gelesen habe, bekomme ich allmählich den Eindruck, daß es mir an Ehrfurcht vor den Medizinern mangelt, wenn ich auch ohne ihre Hilfe darüber hinwegkomme. Wenn etwas besser zu verstehen bedeutet, daß man darüber wegkommt ... Da wird mir erklärt, daß das, was ich erlebe, verschüttete Kümmernisse sind, die an die Oberfläche kommen, aber bei mir gibt es keine verschlossene Tür mit einer blutenden Puppe dahinter. Was ich in meinem Haus erlebe – also gut, bei mir zu Hause –, ist jederzeit sichtbar. Was sollte daran verschüttet sein?« Sein Gesicht war dicht vor ihrem, aber er sah sie nicht. »Ich betrachte andauernd diese Wörter – du weißt ja, daß solche Leute mit Worten recht gewandt umgehen: Kummer, Trauer, Schmerz, Seelenqual –, aber eines weiß ich genau: Die haben keine Ahnung, wovon sie reden. Jeder kann ›Kummer, Trauer, Schmerz‹ und so weiter und so weiter hinschreiben. Aber das wirklich zu erleben ist etwas völlig anderes. Ich hätte mir nie vorstellen können, daß es so etwas gibt ... Glaubst du, daß es irgendwann ein Ende nimmt? Jeden Morgen wache ich auf – und bin in der Hölle.« Bei diesen melodramatischen Worten schaute sich Sarah hastig um, aber niemand nahm Notiz von ihnen. »Heute morgen«, fuhr er fort, »habe ich mich bei dem Gedanken ertappt: Wie kann man verhindern, daß das bis an mein Lebensende so weitergeht? Du versicherst mir immer wieder, daß das nicht der Fall sein wird. Aber was ist mit all den alten Leuten? Auf dem Gut gibt es einen alten Mann, den Elizabeth regelmäßig besucht – in solchen Sachen ist sie sehr gut. Als sie einmal mit Norah unterwegs war, bin ich an ihrer Stelle hingegangen. Er ist deprimiert, sagt sie. Was für ein Wort! Leute wie er sind einfach verdammt unglücklich, das trifft die Sache eher. Soweit ich feststellen konnte, sterben viele von ihnen buchstäblich aus Gram.«

Die Probe war zu Ende. Ein paar Meter vor Sarah und Stephen standen Susan und Henry. Er erklärte ihr etwas. Sie waren einander ähnlich: zwei schlanke, geschmeidige, schöne Wesen mit glänzend schwarzen Locken und dunklen, ausdrucksvollen Augen, die wie Tänzer in einer kurzen Pause dastanden. Sie werden sich sehr wahrscheinlich verlieben, denn Henry ist ganz in der Stimmung dazu – *in the mood for love.* (Mühsam wehrte Sarah die Melodie ab, die Besitz von ihr zu ergreifen drohte.) Genau wie ich. Alles nur Chemie.

Henry entfernte sich, und Susan stand da, hübsch anzusehen, die Hände vor dem Körper verschränkt, offenbar blind für ihre Umgebung. Allmählich fiel die Tänzerpose von ihr ab, und sie wandte sich zum Gehen. Sarah tat ihre Pflicht. Sie rief Susan herüber und machte sie mit Stephen bekannt. Stephen schaute von seiner Höhe auf sie herab. Jeder Zoll an ihm schien zu sagen: Aufgepaßt! Sie sah bescheiden zu ihm auf.

Sally ging an den dreien vorbei. Die vor kurzem noch so gut aussehende, kräftige schwarze Frau war dünn geworden, ihre Haut hatte ihren Glanz verloren. Da sie noch nie zu den Menschen gehört hatte, die nicht bemerken, was um sie herum vorgeht, erfaßte sie die Situation mit einem raschen Blick, und das kurze Lächeln, das sie Sarah zuwarf, trug der menschlichen Torheit halbwegs bereitwillig Rechnung. Dann legte sich wieder Traurigkeit über ihr Gesicht, aber gleich setzte sie erneut ein Lächeln auf, schuldbewußt diesmal, weil Henry sie dabei ertappt hatte, wie sie Sandwiches aus ihrer Tasche holte. »Du brauchst ein ordentliches Mittagessen, Sally. Wir können keine dünne Sylvie gebrauchen. Tut mir leid, aber geh und iß ordentlich Pasta und Sahnetorte.«

Mary, die den Auftrag hatte, sich darum zu kümmern, nahm Sally am Arm.

»Love«, bemerkte Sally im Weggehen, »'is a many-splendoured thing.«

Stephen verschwand ebenfalls. Ihm war nicht nach Essen zumute.

Sarah hörte ein gehauchtes »Sarah« an ihrem Ohr. Sofort schmolz ihr Herz dahin, und wenig später stand sie mit Henry draußen auf dem Gehsteig. Sie waren sich einig, daß es zu heiß war, um zu essen, und schlenderten den Weg am Kanal entlang. Sie scherzten miteinander, wie es so ihre Art war. Henry hatte sich offenbar vorgenommen, sie zu unterhalten. »Das kann ich recht gut«, murmelte er, wobei er sein Talent wie immer herunterspielte, und sie lachte ihn aus. Sie alberten herum, während die Hitze ganz London aufweichte und überall buntgekleidete Menschen herumsaßen und sie träge genossen. Die Stunde Mittagspause war um. *Et in Arcadia ego*, sagte sich Sarah und kümmerte sich nicht darum, daß es lächerlich war. Vielleicht muß es so sein, daß man zu alt ist, bis man sich die Eintrittskarte für Arkadien verdient hat.

Henry wollte morgen früh nach Berlin fliegen, wo er im nächsten Jahr ein Stück inszenieren sollte, für das es einiges zu besprechen gab. Sie spielten im Spaß mit dem Gedanken, daß Sarah ihn begleitete, und irgendwann kam der Augenblick, in dem es kein Spaß mehr war. Warum eigentlich nicht? Sie wollten es beide. Doch kaum faßten sie die Möglichkeit wirklich ins Auge, tauchten Hindernisse auf, weil Buchungen vorgenommen und andere Leute mit einbezogen werden mußten. Trotzdem vereinbarten sie, als sie sich nach der Probe trennten, sich in einem bestimmten Hotel in Berlin zu treffen, falls Sarah kein Ticket mehr für seinen Flug bekommen sollte. Als sie im Reisebüro anrief, verflog ihre Hochstimmung. Wenn eine Frau ihres Alters und ein Mann seines Alters zusammen ein Zimmer nahmen, gab das Gerede. Sie brauchten also zwei Zimmer. Das Reisebüro mußte erst nachfragen, und als es zurückrief, hieß es, die beiden bevorzugten Hotels könnten erst morgen sagen, ob Zimmer frei seien. Natürlich hätten sie jederzeit ohne Reservierung nach Berlin fahren, ein Taxi nehmen und die Hotels abklappern können, aber wenn sie nicht mit demselben Flugzeug ankamen, dann … Inzwischen hatte eine gereizte, gedrückte Stimmung von Sarah Besitz ergriffen. All diese hinderlichen Banalitäten waren unendlich weit von Arkadien entfernt. Es fiel ihr schwer, Henry deshalb anzurufen, und als sie ihn nicht erreichte, war sie erleichtert und untröstlich zugleich. Statt voller Energie alles in die Wege zu leiten, was nötig gewesen wäre, um am nächsten Tag zu fliegen, beschloß sie, seinen Anruf aus Berlin abzuwarten. Sie mußte unbedingt seine Stimme hören, sein »Sarah!« – denn das würde es ihr bestimmt möglich machen, ihm zu folgen.

Kaum hatte sie sich hingesetzt, um abzuwarten, als das Telefon klingelte. Es war Anne. »Es tut mir schrecklich leid, Sarah, aber du mußt unbedingt herkommen.«

»Ich kann jetzt nicht.«

»Du mußt, Sarah. Unbedingt.« Und sie hängte ein, bevor Sarah weiter protestieren konnte.

Anne und Hal hatten ein großes Einfamilienhaus am Holland Park. Im Garten, noch immer von einer schwachen Sonne beschienen, lümmelten Joyces Schwestern halbnackt in ihren Liegestühlen. Sie sahen aus wie zwei hübsche, junge Windhunde. Sarahs Beziehung zu Briony und Nell ließ sich am besten als unpersönlich beschreiben, zu einer festen Form erstarrt, die sich auf Diskussionen über Joyce, Geschenke zu den üblichen Gelegenheiten und Einladungen ins Theater beschränkte. Die beiden hatten sich darüber beklagt, daß ihre Tante wohl der Meinung sei, nur eine Nichte zu haben. Es waren intelligente Mädchen, die in der Schule und später auf der Universität gut, manchmal sogar hervorragend abgeschnitten hatten. Beide hatten einen guten Job, eine in einer

Bank, die andere als Pharmakologin in einem Labor. Sie waren beide nicht ehrgeizig und hatten eine mögliche Beförderung ausgeschlagen, weil das mehr Arbeit bedeutet hätte. Mit Mitte zwanzig wohnten sie nach wie vor bei den Eltern, was sie unverblümt und bei jeder Gelegenheit damit rechtfertigten, daß sie keinen Grund sahen, von zu Hause auszuziehen, wo ihnen alles abgenommen wurde und sie Geld sparen konnten. Die beiden waren ausgesprochen ungebildet, das Produkt einer besonders schlechten Phase des britischen Erziehungswesens. Sie brachten es fertig, kichernd zuzugeben, daß sie nicht wußten, ob die Russen im letzten Krieg auf seiten der Engländer gewesen waren und die Römer Britannien erobert hatten. Zu den historischen Begebenheiten, von denen sie noch nie gehört hatten, zählten unter anderem auch die Amerikanische Revolution, die Industrielle Revolution, die Französische Revolution, die Mongolen, die Überfälle der Wikinger auf Großbritannien, die Sarazenenkriege und der Erste Weltkrieg. Daraus hatte sich mit der Zeit ein Spiel entwickelt. Wenn Sarah beispielsweise die Rosenkriege erwähnte, setzten die beiden jungen Frauen ein dümmliches Lächeln auf: »Oje, schon wieder was, was wir nicht wissen.« Sie lasen keine Bücher und interessierten sich, wenn sie in fremde Städte kamen, für nichts anderes als Märkte und Kleidergeschäfte. Um Sarah eine Freude zu machen, hatte Briony ihr erzählt, sie habe versucht, *Anna Karenina* zu lesen, aber das Buch habe sie zum Weinen gebracht. Die zwei liebenswerten Barbarinnen machten Sarah angst, weil sie wußte, daß sie repräsentativ waren. Doch damit nicht genug. Wenn sie eine Stunde mit ihnen zusammen war, dachte sie unweigerlich: Tja, warum braucht eigentlich überhaupt jemand irgend etwas zu wissen? Offenbar leben sie hervorragend damit, daß sie sich nur für Kleidung interessieren und das Leben genießen. Dabei hat ihre Ausbildung so viel Geld gekostet, daß man davon ein Dorf in Afrika mehrere Jahre lang hätte ernähren können.

Sarah stieg in die Mansarde hinauf, wo Anne ein kleines Zimmer hatte. Bei Sarahs Anblick seufzte sie, lächelte dann, drückte ihre Zigarette aus, rief sich ins Gedächtnis, daß Sarah keine Patientin war, und zündete sich eine neue an.

Sie kam sofort zur Sache. »Gehört etwas von den Sachen hier dir?«

Was auf dem Tisch lag, sah aus wie die Ausbeute einer Elster. Ein großer Silberlöffel, ein silberner Bilderrahmen, eine Bernsteinkette, ein paar alte Münzen, ein viktorianisches Täschchen aus Golddraht, ein kunstvoll verzierter, goldfarbener Gürtel – und so weiter. Sarah deutete auf die Halskette und den Bilderrahmen. »Joyce?« fragte sie, und Anne nickte, während sie Rauch in die völlig verräucherte Luft blies. »Diese Sachen haben wir in ihrem Zimmer entdeckt. In einer Stunde kommt die Polizei und nimmt alles mit, was nicht dir gehört.«

»Von dem Zeug wird sie nicht reich.«

»Du darfst nichts herumliegen lassen, Sarah. Keine Kreditkarten, kein Scheckbuch, nichts dergleichen.«

»Ach komm, sie würde doch bestimmt nie …«

»Letzte Woche hat sie meine Unterschrift auf einem Scheck über dreitausend Pfund gefälscht.«

»Dreitausend …« Sarah mußte sich setzen.

»Genau. Wenn es dreißig oder meinetwegen auch dreihundert gewesen wären … Nein, ich glaube nicht, daß es ein Hilferuf oder sonst ein Signal war, von dem diese blöden Sozialarbeiter andauernd reden. Sie lebt in einer solchen Traumwelt, daß sie wahrscheinlich meint, dreitausend ist dasselbe wie dreihundert.« Annes Stimme überschlug sich, sie hustete und zündete sich die nächste Zigarette an. Dann schenkte sie sich aus einem Glaskrug Saft ein und forderte Sarah mit einer Geste auf, sich selbst zu bedienen. Aber es war kein zweites Glas da.

»Also, was ist passiert?«

»Wir haben alles mit der Polizei besprochen. Sie waren wirklich großartig. Dann haben wir uns Joyce vorgeknöpft. Erst danach ist uns aufgegangen, daß unsere Ermahnungen im Grunde darauf hinausgelaufen sind, daß wir gesagt haben: Leg es beim nächsten Mal nicht auf eine so große Summe an – weißt du, wenn du schon klauen mußt, dann sieh wenigstens zu, daß du nicht erwischt wirst. Denn wenn sie Drogen nimmt, wird sie ohnehin weiter klauen, stimmt's?«

Sie lachte, ohne von Sarah zu erwarten, daß sie mitlachte. Sarah fand, daß ihre Schwägerin mehr als erschöpft aussah; vielleicht war sie wirklich krank. Die Haare hingen glanzlos um ihr hageres Gesicht. Früher waren diese Haare weich, goldblond und glänzend gewesen. Wie die von Joyce.

»Was sollen wir tun?«

»Was können wir tun? Hal meint, ich soll meine Arbeit an den Nagel hängen und mich um sie kümmern. Aber das werde ich nicht tun. Meine Arbeit ist das einzige, was mich davor bewahrt, verrückt zu werden.«

Sarah erhob sich zum Gehen und nahm die Sachen an sich, die ihr gehörten.

Anne sagte mit leiser, eindringlicher, zitternder Stimme: »Du darfst nicht zu schlecht von mir denken. Du kannst dir einfach nicht vorstellen ... du hast keine Ahnung, was es bedeutet, mit Hal verheiratet zu sein. Es ist, als wäre man mit einem großen, weichen schwarzen Gummiball verheiratet. Nichts, was man tut, hinterläßt irgendeinen Eindruck. Das Komische ist, wenn Joyce nicht wäre, hätte ich ihn schon längst verlassen. Blödsinnig. Ich dachte, es würde besser mit ihr werden. Aber sie war von Anfang an ein hoffnungsloser Fall.«

Sarah gab ihr zum Abschied einen Kuß. Das war nicht unbedingt ihre Art, aber Anne freute sich darüber. Ihre entzündeten Augen füllten sich mit Tränen.

»Wie geht es deinen beiden?«

»Tja – gut. Ich habe diese Woche von beiden einen Brief bekommen. Und George hat gestern abend angerufen. Vielleicht kommt er an Weihnachten mit der Familie herüber.«

»Wie schön«, sagte Anne verträumt. »So sollte es sein. Für dich ist das ganz selbstverständlich – es geht ihnen gut, und damit ist die Sache erledigt. Du denkst gar nicht so viel an sie, oder?«

»Ich hatte in letzter Zeit ...«

»Aber sicher. Du hattest Wichtigeres im Kopf. Aber ich mache mir die ganze Zeit Sorgen. Und ich fühle mich dir gegenüber so schuldig, weil du in all den Jahren die Hauptlast auf dich genommen hast. Tatsache ist, wenn du dich nicht gekümmert hättest, hätte ich aufhören müssen zu arbeiten. Tatsache ist, daß ich bei Joyce versagt habe.«

Als Sarah durch den Garten hinausging, sah sie, daß die beiden Liegestühle leer waren. Über ihre beiden unproblematischen Töchter hatte Anne gar nicht gesprochen. Briony und Nell hatten sich angewöhnt zu sagen: »Ach bitte, macht euch um uns keine Gedanken. Wir sind ja unproblematisch. Wir sind ein Erfolg. Wir sind lebenstüchtig.«

Die Musiker waren eingetroffen. Sarah und Henry saßen nebeneinander hinter ihrem Klapptisch, der vollbeladen war mit Soufflierbüchern, Partituren, Styroporbechern voller Kaffeeflecken und gefaxten Mitteilungen aus aller Welt, die dokumentierten, daß man keinen halben Tag ohne sie auskam. Sarah hatte sich fest vorgenommen, nichts zu empfinden, wenn die Musik begann, aber ein süßer Pfeil traf sie geradewegs in den Solarplexus, so daß ihre Augen feucht waren, als sie Henry ansah.

»Hast du gewußt, daß einige Philosophen der Meinung sind, in einer gut durchorganisierten Gesellschaft sollte Musik verboten werden?« fragte sie.

»Musik ganz generell?«

»Ich glaube schon.«

»Ich hatte das ganze Wochenende Kopfhörer auf. Als Betäubungsmittel. Nur für den Fall, daß ich nicht betrunken genug sein sollte ... Als Kind habe ich gelernt, sie als Betäubungsmittel zu gebrauchen ... Horch.«

Die Flöte hielt einen langen Ton, während der Kontratenor dagegen ansang, verschob den Ton etwas nach oben und hielt ihn, wobei die Stimme nachfolgte.

»Wollen wir wirklich hier sitzen und heulen wie kleine Kinder?« fragte Sarah, und Henry meinte: »Es bleibt uns gar nichts anderes übrig.« Damit sprang er auf, lief davon, um die Stellungen der Spieler zu korrigieren, kam zu seinem Stuhl zurück und rückte ihn näher an Sarahs Stuhl heran.

»In diesem Utopia ohne Musik – was passiert da, wenn jemand einfach nur aus Spaß singt?«

»Kopf ab, nehme ich an.«

»Logisch.«

Plötzlich sagte Henry vorwurfsvoll: »Du hast nicht angerufen.«

»Hab ich schon. Du warst nicht da.«

»Ich habe das ganze Wochenende darauf gewartet, daß du auftauchst.«

»Aber ich wußte ja nicht, wo du bist.«

»Ich habe den Namen des Hotels im Theater hinterlassen.«

»Das habe ich nicht gewußt. Und warum hast du nicht angerufen?«

»Hab ich doch. Aber du warst nicht da.«

»Ich habe das ganze Wochenende herumgesessen und gewartet ...« Doch etwa zwei Stunden war sie bei Anne gewesen. »Ich hätte ein bißchen Ermutigung gebraucht.«

»Aber du weißt doch, daß ...«

»Hast du wirklich keine Ahnung, warum ich Ermutigung gebraucht hätte?«

»Vielleicht brauche *ich* ja Ermutigung.«

»Und ob.« Ihr Lachen galt nur ihr selbst. Sie liebte ihn, weil er nicht wußte, was sie meinte. Oder zumindest so tat, als wüßte er es nicht.

Dann sagte er: »Ich war erleichtert, daß du nicht gekommen bist, und gleichzeitig sehr ... betrunken.«

»Ich weiß. Ich auch.«

Dann sagte er ganz unerwartet: »Ich bin sehr fest verheiratet, Sarah.«

»Das hab ich mir schon gedacht.«

»Wirklich?« Er machte sich über sie und über sich selbst lustig. »Und du weißt auch genau, daß ich einen kleinen Jungen habe?« Wieder lachte er über sich selbst.

Sie lachte ebenfalls, während zwischen ihnen der ganze Atlantik strudelte.

»Ich kann dir sagen, Sarah, daß mir nie, niemals, etwas so viel bedeutet hat wie mein kleiner Junge.«

»Aber was hat das damit zu tun ...?«

»Alles«, sagte er unglücklich.

Am anderen Ende des riesigen Raumes rangen Schauspieler und Musiker miteinander, umarmten sich und machten dabei allerlei Unsinn, weil sie dringend Dampf ablassen mußten.

Sarah beugte sich vor und küßte Henry auf die Lippen – ein

Abschiedskuß, aber das konnte er nicht wissen. Dieser Kuß machte beiden klar, was sie an diesem Wochenende versäumt hatten.

»Meine Familie kommt nach Queen's Gift, um sich *Julie* anzusehen.«

»Ich bin sicher, das wird für uns alle eine herrliche Zeit«, scherzte sie, aber er meinte ganz unglücklich: »Das glaube ich nicht.«

Dann lehnten sich beide wie auf Kommando gleichzeitig zurück, und alles deutete darauf hin, daß sie den fröhlichen Unfug, den die anderen veranstalteten, genossen. Ihre nackten Arme lagen nebeneinander und berührten sich von den Handgelenken bis zu den Schultern.

Am Nachmittag erkundigte sich Susan bei Sarah, ob Stephen (»Sie wissen schon, Mr. Ellington-Smith«) diese Woche zu den Proben käme.

»Ich werde es in Erfahrung bringen«, versprach Sarah auf ihre wohltuende, tantenhafte Art.

»Ich hoffe sehr, daß er kommt«, murmelte die junge Frau mit der leichten Gereiztheit eines verwöhnten Kindes, die gut zu ihrem allgemeinen Erscheinungsbild paßte, das heute durch lebhafte Büschel schwarzer, zu beiden Seiten des blassen, zierlichen Gesichts zusammengebundener Locken betont wurde.

Sarah rief Stephen an und sagte, Julie vermisse ihn.

»Überbringst du mir eine Botschaft?«

»Ich glaube schon.«

»Hat sie eine Schwäche für mich?«

»Das müßte dir eigentlich dein Instinkt sagen.«

»Ich komme sowieso. Du fehlst mir nämlich, Sarah.«

Am Dienstag kam Andrew vom Flughafen auf direktem Weg in den Probenraum. Er ließ seinen Koffer fallen, salutierte vor Henry und ging dann zu Sarah. Er setzte sich neben sie, ganz konzentrierte Energie. Die letzten sechs Wochen hatte er in den Hügeln Südkaliforniens verbracht, wo ein Film über mexikanische Einwanderer gedreht wurde, in dem er einen amerikanischen Kleinstadtpolizisten spielte. In dieser sanften, schäbigen, liebenswerten englischen Umgebung hätte er nicht fremdartiger wirken können.

»Du möchtest dich sicher freundlich für die Blumen bedanken?«

»Das hätte ich sicher getan, irgendwann.«

Er legte ein Blatt Papier vor ihr auf den Tisch. »Hotel, Zimmernummer, Telefonnummer. Ich gebe dir das jetzt schon, weil wir bestimmt keine fünf Minuten mehr allein sein werden. Rufst du mich an, Sarah?«

Sie lächelte ihn an.

»Nicht dieses Lächeln, bitte.«

Mit einem schneidigen Gruß – er hätte sich gut in einer Restaurationskomödie gemacht – war er fort und gesellte sich zu den anderen. Das war an dem Tag, an dem der zweite Akt Gestalt annehmen sollte.

Stephen kam am Mittwoch zu einem kompletten Durchlauf. Am Donnerstag würde die Truppe nach Queen's Gift fahren. Dort sollte am Abend eine Kostümprobe stattfinden, und am Freitag gab es den üblichen Tag Pause. Am Samstag war Premiere.

Die Probe verlief gut, aber nach den Farben und der Vielfalt des Waldes in Frankreich schmälerte der düstere Kirchenvorraum die Wirkung von *Julie Vairon* derart, daß alle zugeben mußten, jede Aufführung, die nicht in Julies Wahlheimat stattfand, würde immer zweitklassig sein. Damit erhob sich wieder einmal die Frage, ob es möglich war, das Stück in London auf die Bühne zu bringen. Sooft dieses Thema angeschnitten wurde, tauchten alle möglichen, scheinbar unüberwindlichen Probleme auf, aber schon wenig später unterhielten sie sich darüber, wie sich das Gastspiel im nächsten Jahr in Belles Rivières verbessern ließe.

Stephen und Sarah saßen beisammen. Bei der ersten sich bietenden Gelegenheit setzte sich Susan zu ihnen. Sie plauderte über ihre Rolle und warf Stephen neugierige und besorgte Blicke zu, weil seine Miene so gar nicht aufmunternd war. Doch sobald sie in die Rolle der Julie schlüpfte, beobachtete Stephen sie sehr genau. Dann saß er, wie üblich, völlig in sich ruhend da und widmete jedem Wort und jeder Bewegung seine ungeteilte Aufmerksamkeit. Dabei war er so tiefernst, daß er den Eindruck erweckte, als versuchte er sich angesichts einer drohenden Gefahr zu konzentrieren. Alle fanden, daß Susan für die Rolle der Julie nicht besser hätte passen können. Das Kleinmädchenhafte an ihr, etwas Gewinnendes und sich selbst Schmeichelndes, verschwand in dem Augenblick, da sie sich in Julie verwandelte. Als sie zu Stephen kam, um sich Anerkennung zu holen, sagte er, sie sei eine wunderbare Julie, wunderbar, aber bei ihr hinterließ dieses Lob gewisse Zweifel.

Anschließend gingen Stephen und Sarah zum Kanal und standen am Ufer in der prallen Sonne. Ein paar Enten paddelten kraftvoll zur Seite, um einem vorbeifahrenden Vergnügungsboot auszuweichen, wurden aber von den Wellen so auf und ab geschaukelt, daß sie aussahen wie Spielzeugenten in einer Kinderbadewanne. Die Wellen beruhigten sich wieder und die Enten ebenfalls. Sie tauchten die Köpfe ins Wasser und wedelten mit ihren rosa Füßen in der Luft herum. »Tja, Sarah«, sagte Stephen schließlich. »Ich weiß nicht mehr weiter. Ich glaube, ich gebe einfach auf. Wirklich, so sieht's aus.« Und mit einem Lächeln, das ironisches Bedauern ausdrückte, ging er los, um sich ein Taxi zu suchen, das ihn zum Bahnhof Paddington brachte.

Henry sah Sarah allein am Kanalufer stehen und ging hin, um ihr einen gemeinsamen Lunch vorzuschlagen.

»Das mit meinem kleinen Jungen begreifst du nicht«, sagte er.

»Natürlich begreife ich das. Du gibst ihm alles, was du selbst nicht bekommen hast.«

»Und mehr steckt nicht dahinter?«

»All die schrecklichen Dinge, die wir empfinden, sind normalerweise ... Mehr steckt nicht dahinter.«

»Schrecklich? *Schrecklich?*«

»Schrecklich. Das, was uns am Leben hält.«

»Dann laß uns wenigstens etwas essen gehen.«

Glückseligkeit hüllte beide ein, und es war, als würden sie nach abgestandener Luft eine frische Brise einatmen. Nach dem Essen machte sich Henry auf den Weg, und als Sarah zur Bushaltestelle ging, war auf einmal Andrew neben ihr.

»Du bist nicht einmal mäßig daran interessiert zu erfahren, warum ich dir so nachstelle.«

»Ich nehme an, das kann man sich denken.«

»Man kann sich denken, welches Ziel ich verfolge, aber nicht, aus welchem Grund.«

Beide teilten jene reizvollen, anzüglichen Spitzen aus, die mit dieser Art von Geplänkel einhergehen. Sarah empfand sie als durchaus belebend. Sie dachte sogar: Warum eigentlich nicht? Aber es wäre nicht überzeugend gewesen.

»Das schönste Erlebnis, das ich je hatte, war mit meiner Stiefmutter. Und ich versuche ständig, es zu wiederholen.«

»Als du sechs warst und sie sechsundzwanzig?«

»Ich war fünfzehn und sie vierzig.«

»Aha, verstehe.«

»Nein, tust du nicht. Es ging zehn Jahre lang.«

»Und dann war sie eine alte Frau, und du hast danke gesagt und bist gegangen?«

»Sie ist an Krebs gestorben.« Seine Stimme versagte. Das harte Gauchogesicht war düster und freudlos wie das eines Waisenkindes.

»O nein …«, sagte Sarah, und ihre Stimme geriet ins Schlingern.

»Nun, Sarah Durham«, sagte er frohlockend. »Wer hätte das gedacht? Ja, weine ruhig, nur zu.«

Der Bus kam. Sie schüttelte den Kopf, was heißen sollte, daß sie nicht sprechen konnte, weil ihr sonst die Tränen gekommen wären, aber er faßte es anders auf. Seinen Gesichtsausdruck, wie er so dastand, enttäuscht, während der Bus sie forttrug, konnte – und wollte – sie nicht ohne weiteres mit dem Bild in Einklang bringen, das sie sich von ihm gemacht hatte.

Vorausgesetzt, daß die erotischen oder romantischen Phantasien, die ein Mann auslöst, Aufschluß darüber geben können, wie er ist, mußte Sarah zu dem Ergebnis gelangen, daß es sich in bezug auf Henry um die Sorte Liebe handelte, die, wenn sie, Sarah, Mitte dreißig gewesen wäre und nicht … – aber darüber wollte sie lieber nicht nachdenken –, zu einer dauerhaften, engagierten Beziehung geführt hätte. Einer Beziehung für gute und für schlechte Zeiten. Sie saß an ihrem Schreibtisch, betrachtete die beiden jungen Männer auf dem Bild von Cézanne, ohne recht zu wissen, ob sie in dem nachdenklichen Pierrot ihre Tochter oder Henry sah, und ließ vergangene Beziehungen, dauerhafte und andere, Revue passieren. Tatsache war, daß es nicht sehr viele »richtige« Beziehungen in einem Leben gab und auch nur wenige *Liebes*affären. Ein Mann eignete sich für einen Flirt, ein anderer für ein Wochenende, der dritte für … – dabei war sie froh, sagen zu können, daß sie die Tür zur Perversion nie geöffnet hatte – und wieder ein anderer für schwüle Erotik. Aber *Überzeugung*? Henry war überzeugend. (Wäre überzeugend gewesen?) Aber warum? Alles, was man am Anfang einer »Beziehung« (die nie eine sein würde) wissen konnte, war, daß keine Hindernisse oder Knoten da waren wie bei Bill, wo es Gefühlsumschwünge gegeben hatte, die wie eine kalte Dusche oder ein schaler Geschmack im Mund waren. Die unsichtbaren Weberinnen ließen ihre Schiffchen hin- und herflitzen, verwoben Erinnerungen und Bedürfnisse, Faden auf Faden, Farbe um Farbe. Vor etwa einem Monat war sie in Bill »verliebt« gewesen (sie brachte es nicht fertig, die Anführungszeichen wegzulassen, obwohl das unehrlich war). Bis hin zum – ja, zum Strudel. Und jetzt empfand sie das Ganze als unwahrscheinlich und peinlich, auch wenn sie sich selbst und den jungen Mann auf keinen Fall hassen wollte. Henry geliebt zu haben, würde sie – hinterher – nicht beschämend finden. Eine von Lächeln begleitete Erinnerung? Kaum, da sie mit soviel Schmerz verbunden war, aber schließlich hatten der Schmerz und die Trauer nichts mit Henry zu tun.

Die echte, die ernsthafte, die reife Liebe. Viel eher war eine der Bewohnerinnen dieses Körpers, der etwas willkürlich das Etikett Sarah Durham trug, bereit für eine zärtliche Liebe. Sie befand sich, seit Wochen schon, in dem gleichen Zustand wie eine junge Frau, die zur Ehe bereit ist und sich in einen Mann nach dem anderen verliebt. Aber sobald sie den Richtigen gefunden hat, beruhigt sie sich und vergißt die Männer, die sie zuvor sozusagen beschnüffelt hat.

Sarah stellte sich ein Ehepaar mit Ende Dreißig, Anfang Vierzig vor. Sie sitzen abends beim Dinner in ... Indien, warum nicht? Es sind die letzten Tage der britischen Kolonialherrschaft. Sarah versetzte sich um mindestens siebzig Jahre zurück. Sie besaß ein Foto von ihrer Großmutter in einem Abendkleid aus Spitze und mit einer mehrreihigen Bergkristallkette, die über den üppigen Busen herabfällt. Diese Frau plazierte sie als Gastgeberin an einem Ende der abendlichen Tafel, am anderen sitzt ein Herr in Uniform. Hinter beiden stehen gleich gekleidete indische Diener. Einer der Gäste, eine Frau, hat soeben gesagt: »Ach, Mabs, du hast Reggie doch gekannt, oder irre ich mich? Ich habe ihn letzte Woche in Bognor Regis getroffen.«

Mann und Frau wechseln einen strengen Blick.

»Ja, ich habe Reggie recht gut gekannt«, sagt die Frau. »Wir haben oft zusammen Tennis gespielt. Das war ... laß mich nachdenken ...«

»Neunzehnhundertzwölf«, sagt ihr Mann wie aus der Pistole geschossen. Sein Ton läßt die Gäste aufhorchen.

Anschließend im Schlafzimmer steigt die Frau aus ihrem bodenlangen, taubengrauen Rock und steht im Unterkleid da. Sie weiß genau, daß ihr Mann sie beobachtet. Mit einem Lächeln dreht sie sich zu ihm um, sieht sein Gesicht, und ihr Lächeln verschwindet. Vor zehn Jahren – nein, das muß länger her sein, die Zeit verfliegt so schnell – hat sie sich eingebildet, in Reggie verliebt zu sein, aber irgend etwas stimmte nicht, sie kann sich kaum mehr erinnern, was eigentlich, aber es spielt auch keine Rolle, weil sie Reggie nicht wirklich geliebt hat. Es war nicht die wahre Liebe, wie die Tatsache beweist, daß sie jetzt hier bei Jack ist.

Eine lange Minute tauschen die Blicke von Mann und Frau, ohne daß einer einen Zoll nachgibt, Erinnerungen an jenen Sommer aus, in dem er sich als stärker und überzeugender – *überzeugender* – erwiesen hat als der verschwundene Reggie. Er ist noch immer vollständig angezogen, sie steht da in ihrer rosafarbenen Hemdhose aus drei Lagen leichtem Seidenstoff und läßt ihr dunkles Haar über halb entblößte Brüste fließen. Reggie ist tatsächlich in diesem heißen Schlafzimmer in Delhi anwesend, und dann – puff! – ist er verschwunden. Der Mann nimmt sie in die Arme, und seine Liebkosungen in dieser Nacht sind in höchstem Maße befriedigend und überzeugend. Sie vergißt, daß sie sich jemals in jenem Zustand befunden hat, den Proust so treffend beschrieb, als er nicht wußte, in welche der jungen Damen aus dem Mädchenreigen am Meer er sich verlieben würde. Es hätte ohne weiteres Andrée sein können, aber sie wurde zu seiner Freundin und Vertrauten, während eine zufällige Abfolge psychischer Ereignisse es fügte, daß ihn das Schicksal wegen Albertine so grauenvoll leiden ließ.

Was Sarah betraf, so hatte Julies teuflische Musik sie in die Liebe zu diesem gefährlichen Jungen gestürzt, aber ihre Bedürfnisse, ihre Natur (der verborgene Lebensplan) hatten sie schließlich zu Henry geleitet. Und deshalb würde Henry derjenige sein, den sie als die »wahre Liebe« in Erinnerung behielt. Das war er wirklich.

Für Sarah war Henry wahrscheinlich die letzte Liebe. Das hoffte sie ganz aufrichtig. Henry würde sich an eine unerklärliche Leidenschaft für eine Frau Mitte Sechzig erinnern. Das heißt, wenn er sich nicht bewußt vornahm, sich gar nicht zu erinnern – was verständlich gewesen wäre. Und Andrew? Sie glaubte nicht, daß die unsichtbaren Weberinnen diesbezüglich große Pläne hatten. Seine Art der Annäherung – Leidenschaft war es bestimmt nicht – hatte etwas Hartes, Erzwungenes an sich. (Seinen Gesichtsausdruck, als der Bus sie von ihm wegtrug, erlaubte sie sich zu ignorieren.) In Wirklichkeit konnte sie mit ihren Gedanken nicht bei Andrew verweilen.

Sie dachte an Henry und lächelte. Es war jenes Lächeln, das beglückende Gedanken an verflossene Liebhaber auf das Gesicht einer Frau zaubern. Laß es eine Weile dableiben, betete sie – zu den dunklen Winkeln ihrer Seele? –, denn wenn Henry erst fort war, war da nur mehr ein schwarzes Loch. Sie konnte dieses Loch spüren und wußte, daß es nur auf den Augenblick lauerte, in dem das Lächeln von ihrem Gesicht verschwand.

Und dann gab es noch Stephen. Die Freundschaft mit ihm würde Bestand haben. Ein Leben lang. Doch in dem Augenblick, in dem sie hier lächelnd saß, stand in Queen's Gift wahrscheinlich ein unglücklicher Mann am Fenster und dachte: Ich kann dieses Leben nicht ertragen, ich kann diese Wüste nicht ertragen. Es war zehn Uhr. Das Abendessen war sicher längst beendet. Elizabeth und Norah waren vermutlich ausgegangen, wie an den meisten Abenden.

Sarah rief an und erwischte Elizabeth.

»Ach, Sie sind es. Ich bin ja so froh, daß Sie anrufen. Ich wollte gerade bei Ihnen anrufen. Ich hoffe, Sie sind damit einverstanden, wie wir alles arrangiert haben. Natürlich können wir nicht die ganze Truppe bei uns im Haus unterbringen. Aber das Hotel ist recht komfortabel. Wir dachten, Sie und Henry und die neue Julie – nach allem, was Stephen erzählt, muß sie sehr gut sein –, Sie könnten bei uns wohnen. Und dann noch ein paar andere Leute. Vielleicht diese junge Frau, die nie ihre Kamera aus der Hand legt? Was halten Sie davon?«

»Wir schätzen uns glücklich, in Ihrem schönen Haus wohnen zu dürfen.«

»Ich weiß nicht, ob es immer möglich sein wird, Leute bei uns unterzubringen. Ich meine, wenn wir richtige Opern aufführen. Aber es macht Spaß, Gäste im Haus zu haben. Und Stephen wird es etwas aufheitern.« Dann eine Pause, während Sarah auf die eigentliche Mitteilung wartete. »Der arme Stephen ist schrecklich niedergeschlagen.«

»Ja, anscheinend bedrückt ihn etwas.«

»Ja.« Da Sarah offenbar nicht gewillt war, mehr dazu zu sagen, meinte Elizabeth: »Wahrscheinlich ist es seine Leber. Das werde ich ihm auch sagen.« Dann lachte sie fröhlich, fast als wollte sie damit kundtun: Das geht niemanden etwas an, und nachdem sie sich völlig erwartungsgemäß verhalten und genau dem Typus des nüchternen, vernünftigen, erwachsen gewordenen Schulmädchens entsprochen hatte, verabschiedete sie sich. »Bis morgen, Sarah. Wie schön. Ich freue mich sehr auf alles. Und der Garten sieht auch recht schön aus, wenn man bedenkt, daß wir August haben.«

Eine Frau in einem gewissen Alter steht nackt vor dem Spiegel und betrachtet einzelne Teile ihres Körpers. Das hat sie seit ... zwanzig Jahren? dreißig? nicht mehr getan. Ihre linke Schulter, die sie nach vorn schiebt, um sie besser zu sehen – gar nicht schlecht. Sie hatte immer schöne Schultern. Und einen sehr schönen Rükken, oft verglichen – natürlich vor langer Zeit – mit dem der Venus von Rokeby. (In gebildeten Kreisen gibt es wahrscheinlich kaum eine junge Frau, deren Rücken nicht von einem liebesblinden Liebhaber mit dem der Venus von Rokeby verglichen worden ist.) Allerdings konnte Sarah ihren Rücken nur schlecht sehen, weil der Spiegel nicht besonders groß war. Ihre Brüste? Nicht wenige junge Frauen würden sich über solche Brüste freuen. Aber Moment mal ... was ist mit ihnen geschehen? Eine Frau mag einst Brüste wie Aphrodite gehabt haben (schließlich muß es mindestens eine solche Frau gegeben haben), und das letzte, woran man damals bei ihrem Anblick gedacht hat, war, daß sie Nahrung spendeten. Aber im Lauf der Zeit ist daraus ein behaglicher Busen geworden, und seine Besitzerin fragt sich unwillkürlich: Wozu? Um die Köpfchen der Enkelkinder daran zu betten? Die richtige Zeit für solche Brustwarzen war doch wohl die, in der ihre Besitzerin Mutter war. (Was denkt sich die Natur nur dabei?) Beine. Gar nicht so schlecht, wenn auch nicht mehr annähernd das, was sie einmal waren. Überhaupt hatte sie mit ihrem Körper immer recht zufrieden sein können, und er behielt auch jetzt seine Form (mehr oder minder), solange sie sich nicht bewegte. Dann setzte eine kaum merkliche Zerstörung ein, und durchaus noch wohlgeformte Bereiche überzogen sich mit feinen, samtigen Runzeln wie ein überreifer Pfirsich. Aber all das spielte keine Rolle. Womit Sarah sich nicht abfinden konnte (etwas, dem sie sich immer wieder stellen mußte), war, daß jedes junge Mädchen, egal, wie wenig von der

Natur begünstigt, etwas hatte, was sie nicht mehr hatte. Und nie mehr haben würde. Die Unwiderruflichkeit dieses Zustandes – das war das Schlimme. Dagegen war nichts zu machen. Sie hatte sich in diesen Zustand hineingelebt, und zu sagen: »Das geht schließlich jedem so«, half auch nicht weiter. Sie hatte sich in ihn hineingelebt, voller Gelassenheit, wie das wünschenswert ist, und dann erfolgte plötzlich diese Eruption in der Tiefe, und es erging ihr wie einer jener Landschaften, bei denen durch unterirdische Umwälzungen ein Dutzend Schichten an die Oberfläche katapultiert werden, aus grundverschiedenen Epochen stammend und bis jetzt fein säuberlich getrennt, und Berge ans Tageslicht drängen, zusammengesetzt aus rotem, olivgrünem, türkisgrünem, zitronengelbem, rosafarbenem und dunkelblauem Felsgestein, und das alles auf engstem Raum. Sie konnte ehrlich von sich sagen, daß eine oder auch mehrere dieser Schichten sich nicht um ihr alterndes Gerippe kümmerten, daß es aber auch eine andere gab, die so verletzlich war wie eine Rosenblüte.

»I tore my body that its wine could cover whatever could recall the lip of lover ...« Was sonst?

Dabei war Henry in sie verliebt. Und Andrew. Bill ebenfalls, auf seine Weise. *In was waren sie verliebt?* Sie konnte den Gedanken nicht unterdrücken, daß bei einer Horde Schimpansen das älteste Weibchen sexuell sehr begehrt ist. Es war besser, die Sache so zu betrachten.

In dem – zum Glück – matten Licht, in das Sarah einen Körperteil nach dem anderen schob, wirkte ihr ganzer Körper zart und wohltuend, und ihre Arme sahen aus wie Arme, die sich gern um Menschen legten, die liebevolle Arme brauchten. Joyce zum Beispiel. Bevor diese bedauernswerte kleine Larve zu einer jungen Frau herangewachsen war, hatte sie sich bei der leisesten Aufforderung bereitwillig in solchen Armen zusammengerollt – fast immer waren es die von Sarah gewesen. Und sogleich den Daumen in den Mund gesteckt. Wer Augen im Kopf hatte, konnte sehen, daß Joyce diesen unsichtbaren Daumen nach wie vor ständig im Mund hatte. Die Welt ist voller Menschen, erkennbar nur für ihresgleichen, die mit dem Daumen im Mund leben. Sarah wußte, wodurch ihr selbst der Daumen aus dem Mund geschlagen worden war: durch die Notwendigkeit, zwei kleine Kinder mit wenig Geld und ohne Vater großziehen zu müssen.

Henry? Der Vater schlechthin, so es je einen gegeben hatte. Vielleicht verkörperte sie für Henry die gute Mutter. Seine ganze Art ließ darauf schließen, daß das, wovon er sich freikämpfen mußte, etwas Zielstrebiges war wie eine wahnsinnige Katzenmutter (natürlich von äußeren Umständen verrückt gemacht und deshalb nicht im mindesten schuldig zu nennen), die es fertigbrachte, ihre Jungen totzubeißen, sie einfach im Stich zu lassen oder sie liebevoll umzubringen. Eine feindselige, halsstarrige Kraft hatte ihn auf eine Flugbahn katapultiert, bis er sich endlich umgedreht hatte, um sich dem zu stellen und das Kind – sich selbst – in seine Arme zu nehmen, um es zu beschützen ... Gedanken an Henry schossen Sarah durch den Kopf, sich vermengende und zueinander passende Bilder, Zufälle, Erinnerungen, die sich zu jenem unsichtbaren Gespinst – der Liebe – verwoben, manchmal über Jahre hinweg nur in Blicken sichtbar, die wie Liebkosungen waren, oder in schweigendem Einverständnis, ähnlich der Berührung zweier Hände. Sarah blickte in den Spiegel. Es war Zeit für:

Ich glaube, ich hörte die Schöne,
Die Gepanzerte nennen wir sie,
Ihre verlorene Jugend beklagen,
Das war ihre Hurensprache ...

Bei dieser Krankheit gibt es zwei Phasen. Die erste beginnt, wenn sich eine Frau ansieht, genauer ansieht: die Schulter, das Handgelenk, den Arm. Die zweite setzt ein, wenn sie sich zwingt, sich vor einen unbestechlichen Spiegel zu stellen, kühl und unerbittlich die alternde Frau zu betrachten, sich zwingt, wieder und wieder vor den Spiegel zurückzukehren, weil sich die Person, die das tut, sonst (wenn sie nicht vor dem Spiegel steht) ganz genauso empfindet wie mit zwanzig, dreißig oder vierzig. Sarah ist wirklich genau derselbe Mensch wie das Mädchen und die junge Frau, die in den Spiegel geblickt und ihre Reize aufgezählt hat. Sie muß sich ein für allemal klarmachen, daß das, was sie da sieht, die Realität ist. Nicht das, woran ich mich erinnere, sondern das, was ich sehe – das bin ich. Genau das.

Aber bis zum zweiten Stadium waren es noch ein paar Wochen.

Sarah blickte in den Spiegel, beschönigte für sich, was sie sah, blendete aus, was nicht schmeichelhaft war und sich nicht beschönigen ließ, dachte an Henry und erlaubte sich, vor Zärtlichkeit dahinzuschmelzen. Aber die Zärtlichkeit war ein Drahtseil, unter dem Abgründe gähnten. Zwar gestattete sie sich, von Henrys Umarmungen zu träumen, doch ihr Hirn faßte die Situation sofort in Worte, und das war Stoff für eine Posse, die nur ein heiseres Lachen verdient hatte. Eine Frau Mitte Sechzig, verliebt in einen Mann, der halb so alt war ... Man stelle sich vor, was für Kommentare sie mit zwanzig dazu abgegeben hätte. Oder auch mit dreißig. (Sie konnte ihr eigenes junges Gesicht sehen, spöttisch, grausam, hochmütig.) Es hatte keinen Zweck zu sagen: Aber er ist in mich verliebt. Er wollte mit ihr ins Bett gehen, gewiß, und falls es dazu kam, würde es sicher eine leidenschaftliche Begegnung, aber bei ihm – dem sah sie standhaft ins Auge, obwohl es fürchterlich weh tat – war sicher auch eine gewisse Neugier mit ihm Spiel. Wie ist es, Sex mit einer Frau zu haben, die doppelt so alt ist wie ich? Und würde sie zu ihm sagen: »Ich habe seit fast zwanzig Jahren mit keinem Mann mehr geschlafen? Ein Zeitraum, der mir wie ein Wimpernschlag vorkommt (du weißt ja, daß sich die Zeit mit dem Alter scheinbar beschleunigt, und hast den Beginn dieses Prozesses vielleicht an dir selbst schon erlebt), der dir aber bestimmt sehr lange erscheint, denn für dich sind das fast zwei Drittel deines Lebens.« Nicht einmal Sarah – die sich mit ihrer unbekümmerten Offenheit in Liebesdingen mehr als einmal geschadet hatte – würde das zu einem Mann sagen. Aber denken würde sie: Es ist zwanzig Jahre her, seit ich einen Mann in meinen Armen gehalten habe. Zum ersten Mal im Leben würde sie verlangen, daß er das Licht ausschaltete, und gleichzeitig wissen, daß der Augenblick käme – das gehörte nun einmal zu Henrys impulsivem, ungestümem und sinnlichem Charakter –, in dem er es wieder anmachte, um den Körper zu sehen, den er begehrte. Und – wer weiß? – vielleicht würde ihn dieser alternde Körper erregen. (Was Leute erregte, ließ sich offensichtlich schwer voraussagen.) Aber wollte sie das? Wollte sie das wirklich? Sie, die immer so voller Selbstvertrauen gewesen war (das erkannte sie jetzt und wunderte sich, was sie alles als selbstverständlich betrachtet hatte), daß sie sich nie eine Sekunde Sorgen um das gemacht hatte, was ein Mann sehen mochte, wenn er sie liebkoste, küßte, umarmte ... *Wo war ihr Stolz?* Der Gedanke an Henrys Arme vertrieb den Stolz. Sie brauchte nur an den Ausdruck seiner Augen zu denken, an ihre wunderbare, spontane Vertrautheit ... Ja, sie begehrte ihn, mit allem, was dazugehörte, selbst wenn das wohl oder übel den Augenblick mit einschloß, in dem das Licht anging und jener rasche – weil taktvolle – und neugierige Blick ihren Körper umfing. Und selbst jetzt konnte sie nicht umhin zu murmeln: Sieht ein verdammtes Stück besser aus als die meisten Körper, die so herumlaufen ... Diese heftigen Zwiegespräche mit sich selbst rieben sie auf. So übermäßig zehrte dieser innere Widerstreit an ihr, daß sie abends völlig erschöpft ins Bett fiel, doch zugleich hatte sie dieselbe Angst vor dem Einschlafen wie in Belles Rivières, weil sie sich vor dem fürchtete, was sie im Schlaf erwartete.

Die Truppe versammelte sich am Theatergelände, um sich mit den neuen Gegebenheiten vertraut zu machen. Fünfhundert Stühle standen dichtgedrängt in dem Areal, in dem die Leute sonst standen, umherschlenderten oder im Gras saßen. Die gewaltigen Bäume, das Buschwerk darunter, die Fülle von Blumen rund um die Bühne und das Gras schienen vollgesogen mit der Sonne dieses Sommers, und überall tauchten die Gesichter von Julie, Molly und Susan in der Rolle der Julie auf. Das neue Gebäude, gerade erst fertiggestellt, konnte bei der ersten Besichtigung nur mißfallen. Intensiv genutzte Gebäude wirken bewohnt, so daß man das Gefühl hat, einladende oder zumindest neutrale Räume und Räumlichkeiten zu betreten. Während man sich bei diesem Bau nach außen hin um größtmögliche Unauffälligkeit bemüht und ihn weitgehend hinter zum Teil eigens angepflanzten Sträuchern hatte verschwinden lassen, war das Gebäude innen kahl und grau, es hallte, und jeder Raum wirkte wie ein Vakuum.

In zwei Stunden begann die Kostümprobe, und das Ensemble mußte voller Selbstvertrauen spielen, obwohl es in dieser Kulisse noch nicht aufgetreten war, aber alle versicherten einander, daß ihnen die Erinnerung an das beeindruckende Erlebnis in Belles Rivières über alle Schwierigkeiten hinweghelfen würde, so daß sich auch die neuen Schauspieler sicher fühlen konnten. Außerdem war es nur eine Probe vor geladenem Publikum. Um sieben begaben sich alle ins Wohnhaus, wo Elizabeth und Norah zum Abendessen ein Büfett in einem Raum vorbereitet hatten, der so aussah, als könnten in den vergangenen vier Jahrhunderten hier jederzeit Schauspieler und Musiker bewirtet worden sein. Die zwei Frauen standen hinter dem Büfett und übernahmen mit sichtlichem Vergnügen die Rolle, der Muse, oder vielmehr den Musen, zu dienen. Unter ihren Schürzen trugen sie elegante Kleider, erläuterten die Annehmlichkeiten des Hauses, spielten Gastgeberin und Dienerin zugleich, begrüßten die Leute und servierten verschiedene, für den heißen Abend geeignete Gerichte. Warum Stephen, der Gastgeber, nicht anwesend war, sagten sie nicht.

Sarah wartete auf ihn. Susan offenbar auch, denn während sie mit einem Teller in der Hand dastand und nett plauderte, schossen ihre Blicke andauernd zu der großen Flügeltür hinter Norah und Elizabeth hinüber, durch die Serviermädchen hereinkamen, die aus der Küche Nachschub brachten, und zu der großen Tür, die in den Garten hinausführte. Erst als fast alle mit dem Essen fertig waren, kam Stephen. Eine kleine, unscheinbare Tür, die ins Innere des Hauses führte, ging auf, und da stand er, eine achtunggebietende Gestalt, obwohl er eigentlich unbemerkt hatte hereinkommen wollen. Susan warf ihm über den Teller hinweg einen Blick zu und ließ, sobald sie sicher war, daß er sie gesehen hatte, die Augenlider sinken, was einen recht gehorsamen Eindruck machte. Stephen zwinkerte Sarah zu, schaute dann aber lange und trübsinnig zu Susan hinüber. Er nahm einen Teller, lud sich geistesabwesend ein paar Speisen darauf, und auf einmal tauchte Susan neben ihm auf.

Sarah stand mit einem Glas Wein in der Hand auf der anderen Seite des Raumes und betrachtete die Szene. Sie war wirklich hübsch, diese junge Frau ... reizend ... so jung ... kaum zu glauben, daß sie das alles als selbstverständlich betrachtete. Schau sie nur an: Sie hat die Absicht, ihn rundum mit Pfeilen zu beschießen, und gleichzeitig steckt sie voller Unsicherheit und muß sich zwingen, zu ihm aufzublicken und nicht von der Stelle zu weichen. Sollte er auch nur ein ablehnendes Wort an sie richten, würde sie im Boden versinken. Nun, mach das Beste daraus, meine Liebe, sagte Sarah in Gedanken zu Susan, oder zu Julie, während heftige Gefühle auf sie einstürmten, die in ihr den Wunsch weckten, Susan und Stephen zu umarmen, als wären sie alle hier, um eine Hochzeit zu feiern oder ein Hochzeitsgedicht vorzutragen ... Was für ein Unsinn, daß sie von so unverhältnismäßigen Emotionen heimgesucht wurde. Sie wandte den Blick von dem Paar ab und stellte fest, daß Henry neben ihr stand. Er hatte sie beobachtet, wie sie Stephen beobachtete, und es war keineswegs scherzhaft gemeint, als er murmelte: »Ich werde noch eifersüchtig auf Stephen.« Sarahs demütige Haltung gegenüber der Jugend war so ausgeprägt, daß sie sofort dachte: Er ist in Susan verliebt, und Eisdolche zerklirrten in ihrem Herzen, aber dann erkannte sie, daß sie sich irrte, und hätte vor Wonne weinen mögen, weil er ihretwegen eifersüchtig war. Und so lachte sie, viel zu laut, und er sagte pikiert: »Ich begreife nicht, was daran so lustig ist.«

»Du begreifst also nicht, was daran lustig ist, nein, du begreifst nicht, was daran so lustig ist«, spöttelte sie, ihr Gesicht zwei Handbreit von seinem entfernt, so weit wie Susans Gesicht von Stephens. Er schnitt eine Grimasse, als hätte er unerwartet etwas Saures gegessen, und sagte, leise und vorwurfsvoll: »Aber Sarah.« Sie standen nebeneinander, so daß sie sich gerade berührten. Unendliche Glückseligkeit umfing sie, durchsetzt von vielfältigem Bedauern. In dem Augenblick beneidete Sarah die junge Frau nicht, die Stephen anhimmelte und ihm, bewußt oder nicht, mit ihren Blicken sagte: »Nimm mich, nimm mich.« Immerhin lagen alle ihre Zimmer im selben Stockwerk. Für Sarah war es unvorstellbar, daß Henry in dieser Nacht nicht zu ihr kam, und gleichzeitig wußte sie, daß er es nicht tun würde, weil seine Frau bald eintraf.

Dann war es Zeit, in die abendliche Sonne hinaus und zur Kostümprobe zu gehen. Die Schauspieler verschwanden im neuen Gebäude, und Henry begleitete sie.

Stephen und Sarah gingen zusammen zu den aufgestellten Stühlen, die sich allmählich mit Zuschauern füllten.

»Wenn ein Mann wirklich verliebt ist, sieht er unerträglich albern aus«, zitierte er.

»Aber: Liebe ist die edelste Schwäche des Geistes«, gab sie zurück.

»Wie gütig du bist, Sarah.«

»Ist dir noch nicht in den Sinn gekommen, daß ich mich aufzuheitern versuche, weil ich verliebt bin, und zwar fürchterlich?«

»Ich habe dir doch schon gesagt, ich bin ein solcher Egoist, daß mir nur deshalb an deinem Verliebtsein liegt, weil ich dann Gesellschaft im Unglück habe.«

»Wer liebt, ist bar aller Vernunft. Aber: Für eine Stunde absoluter Liebe lohnt es sich, den Rest seines Lebens in Langeweile weiterzuleben.«

»Glaubst du das, Sarah? Ich für meinen Teil eher nicht. So, wie mir jetzt zumute ist, würde ich viel darum geben, in Langeweile weiterleben zu können.«

»Ja, aber du vergißt, daß der Dichter von Liebe gesprochen hat. Nicht von Schwermut. Schließlich ist es durchaus möglich, verliebt zu sein, ohne sich zu wünschen, man wäre tot.«

»Das habe ich anscheinend vergessen.«

Er entfernte sich, um sich das inzwischen in Betrieb genommene, neue Gebäude näher anzusehen, und Sarah setzte sich unauffällig nach hinten und hielt einen Stuhl neben sich für wen auch immer frei. Direkt hinter ihr breitete eine rosafarbene Malve ihre Zweige aus, auf denen Blüten saßen wie Schmetterlinge aus Seidenpapier. Daneben wuchs ein gelber Rosenbusch. Und überall ringsum das lebhafte Grün des Rasens. Das ganze Ambiente war so zauberhaft, so ausgewogen, so englisch. Julie hätte hier unter dieser Sonne, auf diesem Boden, nie gedeihen können. Und man durfte auch nicht erwarten, was niemand in Frankreich vorausgesehen hatte, nämlich daß Hunderte von Menschen durch die Pinien und Zerreichen, die Zedern und Olivenbäume und die ungebärdigen Felsen herandrängten wie Diebe oder Spione – eben das, was *Julie Vairon* in Frankreich jenen besonderen Zauber verliehen hatte.

Die Probe begann. Die vier jungen Offiziere in ihren prächtigen Uniformen (inzwischen waren noch drei hinzugekommen, gerechtfertigt und finanziert durch den Erfolg) betraten die Bühne, auf der die zwei Frauen warteten. Aber Mutter und Tochter waren nicht dieselben wie noch vor Wochen. Diese Julie schien zu funkeln und zu lodern, und Sally hatte nicht die Pfunde angesetzt, die sie benötigt hätte, um eine stattliche Matrone abzugeben. Ihr purpurfarbenes Kleid war eingenäht und teilweise ausgepolstert worden, aber daß Sally bei ihrer Größe jetzt ziemlich schlank war, verlieh ihren mütterlichen Ratschlägen und Ermahnungen einen Beigeschmack von Rivalitat, weil man sich kaum vorstellen konnte, daß die jungen Offiziere sie nicht ebenso attraktiv fanden wie ihre Tochter. Ein interessanter Aspekt, aber nicht das, was beabsichtigt war.

Abgesehen davon lief alles ab wie zuvor. Pauls Werben um Julie wurde von der nichtssagenden Ballade begleitet; Sylvie Vairon weinte, als die Pläne, die sie für ihre Tochter hatte, durch die leidenschaftliche Liebe zunichte gemacht wurden. Die Zikaden fehlten, aber als die Liebenden flohen, sang eine Drossel in einem Weißdorn. Dann Szenenwechsel – Südfrankreich, weil es so im Programmheft stand. Nein, kein Zweifel, Julie machte sich besser auf dem warmen, rötlichen Waldboden im Süden Europas. Nicht daß das Geschehen platt und kitschig gewirkt hätte, obwohl traurige Liebesgeschichten stets auf einem schmalen Grat balancieren, aber die englische Umgebung wirkte an sich schon wie eine Kritik an der jungen Frau. Von Südfrankreich aus lag Martinique nur einen Gedanken oder eine Brise Seewind weit entfernt, während es von hier aus betrachtet eine tropische Insel war, bei der man unwillkürlich an Captain Cook und eine sinnenfreudige Südsee-Atmosphäre dachte (daß das der falsche Ozean war, spielte keine Rolle), so daß diese Julie und ihre Mutter plötzlich sehr viktorianisch und fehl am Platz wirkten. Und auch die sentimentale Ballade erntete sofort wohlwollendes Gelächter, weil sie Assoziationen weckte, die nichts mit Julie zu tun hatten. Vermutlich hatten so gut wie alle Zuschauer Eltern oder Großeltern, die einst aufmerksam um ein Klavier herumgestanden hatten, auf dem eine junge Dame »Indian Love Lyrics« oder »The Road to Mandalay« spielte (Lieder, an die man sich dank vergilbter Notenblätter in einer Schublade oder alter 78er Schallplatten noch erinnerte). Gewiß, auch in Belles Rivières hatte sich Julie nicht im Einklang mit der Gesellschaft befunden, aber sie war keine allzu entfernte Cousine von Madame de Sévigné, Madame de Genlis oder einer Tochter von George Sand; hier jedoch mußte das leidenschaftliche Mädchen Vergleiche mit den Brontë-Schwestern heraufbeschwören, obwohl deren Leben für immer und ewig in grauen Regen eingehüllt war. Das hiesige Publikum ließ sich nicht so von der Geschichte mitreißen wie die Zuschauer in Frankreich, die sich in den Wäldern drängten, in denen sich die Ereignisse tatsächlich zugetragen hatten und in denen die Geräusche des Flusses die Pausen in der Musik überspielten, die nicht von den Zikaden ausgefüllt wurden.

Henry setzte sich auf den leeren Stuhl neben Sarah und murmelte: »Es ist ein Flop.«

»Unsinn«, sagte die verläßliche Sarah. »Es ist nur anders, das ist alles.«

»Ja, das kann man wohl sagen. Mein Gott, und ob es anders ist.«

Während des dritten Aktes rückte ein stilles, nördliches Zwielicht die Geschichte in weite Ferne, die unheimlichen Andeutungen in Julies später Musik erfüllten die Luft zwischen den Bäumen. Irgendwo in der Nähe verabschiedeten sich Amseln mit ihrem Lied vom Tag. Der Mond, der im letzten Viertel stand, schwang sich in hohem Bogen über die schwarzen Bäume wie eine angeschimmelte Oblate mit abgenagtem Rand, doch als die Sonne verschwand, wurde daraus ein goldener Mond, ein kleines bißchen asymmetrisch, der wenig originell Julies Tod beschien. Dann stießen Stare kreischend auf das Wohnhaus herab, das seine zahlreichen Kamine finster in den wie mit Pailletten übersäten Himmel reckte, und Henry, der sich inzwischen etwas erholt hatte, meinte, er werde ein Zusatzhonorar für unvorhergesehene Bühneneffekte verlangen. »Und Gefahrenzulage«, murmelte er mit den Lippen an Sarahs Ohr, und eine Sekunde lang befanden sie sich an jenem Ort himmlischer Vertraulichkeit, an dem es keinen Kummer gibt. Dann setzte der Applaus ein, begeistert, aber nicht tosend wie in Frankreich.

Hinter dem Theater, das massive Haus im Rücken, standen Stephen und Elizabeth, ganz in ihrer Rolle als reiche Kunstmäzene, neben einer zu einem Vogel Greif zurechtgestutzten Eibe. Sie nahmen Glückwünsche von unzähligen Leuten entgegen, Freunden und Verwandten und Freunden von Verwandten, wobei ihre gute Laune durch einen Funken Nervosität getrübt wurde, weil sie bei ihren anspruchsvollen Unternehmungen vorher nie wissen konnten, ob sie sich als Erfolg oder Mißerfolg erweisen würden. Vor einer dunklen Hecke in der Nähe stand Susan, ganz allein und bereits umgezogen, in enger schwarzer Hose, schwarzem, ärmellosem Seidentop, Silberschmuck und schwarzen, als »mittelalterlich« geltenden Schuhen, die sich wahrscheinlich nicht sehr von denen unterschieden, die die Menschen vor Hunderten von Jahren in diesem Haus getragen hatten. Sie beobachtete das Paar, Gastgeber und Gastgeberin, und in ihren Augen schimmerten aufrichtige Tränen. Für diese junge Frau, die sich aus ihrem schäbigen kleinen Elternhaus am Rande von Birmingham emporgearbeitet hatte, war die Szene der Inbegriff einer glanzvollen Welt.

Anschließend gab es in der Stadt einen Empfang für die Truppe, den eine Gesellschaft zur Förderung der Künste ausgerichtet hatte. Stephen und Elizabeth hatten klar gesagt, daß die ganze Truppe hingehen mußte. »Wir brauchen nicht hinzugehen, aber Sie müssen. Tut uns leid, aber so ist das nun mal«, sagte Elizabeth mit der vergnügten Unbarmherzigkeit, die man allgemein von der Oberschicht erwartet. »Wir sind vom guten Willen dieser Leute abhängig. Ohne den guten Willen der hiesigen Bevölkerung könnten wir nicht eine einzige Saison durchstehen.«

Der Bus wartete bereits.

Sarah stand im dunklen Schatten eines Gebüschs und genoß es, nicht gesehen zu werden, aber Henry hatte sie doch erspäht, kam heran und sagte leise: »Ich werde mich betrinken, Sarah.«

»Das finde ich schade.«

»Zu anderer Zeit, an einem anderen Ort, Sarah.«

»Hier ist die andere Zeit und der andere Ort, Henry.«

Der Aufschrei »Sarah!«, der ihm entfuhr, war alles andere als selbstironisch, doch schon mit dem zweiten »Sarah« machte er sich über sich lustig.

Sie hatte sich bereits abgewandt, hatte jene berühmte innere Stimme vernommen, die nie zuverlässiger war, als wenn es um unerfreuliche Mitteilungen ging, und die ihr sagte: So, das war's, ein für allemal.

»Alsdann, gute Nacht«, sagte sie, wenn auch mühsam, mit fester Stimme und ging an Susan vorbei, die allein im Mondlicht stand und deren Gesicht vor Tränen glänzte.

»Ist es nicht wunderschön«, fragte sie Sarah stürmisch. »Ist das nicht alles wunder-, wunderschön?«

Sarah bemerkte, daß Stephen allein ins Haus ging, da sich Elizabeth von ihm abgesetzt hatte, um wieder zu einer Hälfte jenes anderen Paares, Elizabeth und Norah, zu werden, das jetzt traulich seiner Wege ging.

Im Bus saß Sarah neben Mary, die beim Empfang Fotos machen wollte. »Wirklich schade«, sinnierte Mary, »daß wir Bill und Molly nicht bekommen konnten. Sie waren die perfekte Besetzung.« Mary sah nicht so gut aus wie sonst, wohl weil sich der Zustand ihrer Mutter rapide verschlechterte. Der Arzt meinte, sie gehöre in ein Heim, aber Mary zögerte die Entscheidung hinaus. »Eines Tages wird es mich treffen«, bemerkte sie.

»Mich auch«, sagte Sarah.

Beim Empfang verhielt sich Sarah ebenso untadelig wie alle anderen Mitglieder der Truppe, unterhielt sich, so ausführlich es sein mußte, mit jedem, der mit ihr reden wollte, und ließ sich mit einer, wie es ihr vorkam, unendlichen Anzahl von Leuten aus der Umgebung fotografieren, die allesamt große Kunst- und Theaterliebhaber waren. Als Henry auftauchte, bereits betrunken, seinen Zustand aber geschickt kaschierend, warf er ihr flehentliche und zugleich kummervolle Blicke zu, die nur zur Hälfte Getue waren, und verschwand dann mit einem Lächeln, das die Luft zwischen ihnen in Brand setzte. Zum Teufel mit ihm! Susan war, wie stets und unvermeidlich, von Männern umringt und sah aus, als befürchte sie, jemand könnte sie ob ihres Wertes stehlen, sobald sie einen Augenblick nicht auf der Hut war.

Sarah saß für sich allein im Bus, als Andrew sich über den Sitz vor ihr beugte und mit einem Lächeln, das seinen Unmut gar nicht verhehlen sollte, sagte: »Du hast dafür gesorgt, daß ich nicht im Haus untergebracht bin.«

»Ich hatte nichts mit der Unterbringung zu tun.«

Er glaubte ihr nicht. Zu Recht, denn wenn sie zu Elizabeth gesagt hätte … Noch immer lächelnd, die Arme um die Sitzlehne geschlungen, die hellblauen Augen unerbittlich, sagte er: »Warum nicht, Sarah Durham? Sag mir, warum nicht? Du bist eine Närrin.« Ein schroffes Auflachen, als hätte sie vorsätzlich eine Dummheit begangen. Dann entfernte er die verschränkten Arme von der Lehne, sah sie ruhig an, ohne zu lächeln, und verschwand. Bei der Abfahrt sah sie ihn am Busfenster vorbeigehen.

Er drehte sich um und warf ihr einen Blick zu, bei dem ihr der Atem stockte. Ja, wahrscheinlich war sie verrückt, wenn man es recht betrachtete.

Sarah nahm nie Schlaftabletten oder Beruhigungsmittel, und sie trank auch nie, um sich müde und benommen zu machen. Heute wäre es ihr lieb gewesen. Sie stand am Fenster in ihrem Zimmer und wußte, daß Henry drei Türen weiter war und, so er wollte, in ihr Zimmer kommen konnte. Aber das würde nicht geschehen, weil er sich vorsorglich betrunken hatte. Was wäre passiert, wenn seine Frau nicht angekündigt hätte, daß sie samt Sohn kommen wollte? Eine interessante Frage, die zu beantworten sich Sarah nicht in der Lage fühlte. Sie stand am Fenster und beobachtete, wie das Mondlicht schwarze Schatten in den Rasen schnitt. In der Kuhle an ihrer Schulter, über der linken Brust, saß ein konzentrierter Schmerz, ein Gefühl der Leere. Ein Kopf lag dort, und sie schloß die Augen und legte ihre Hand auf die Stelle. Graues Licht drang durch die Sträucher, und die Vögel wachten auf, als sie endlich ein bißchen einschlief. Geisterhafte Lippen küßten ihren Mund, Geisterarme hielten sie umfangen. Als sie aufwachte und ans Fenster ging, war es noch sehr früh, obwohl draußen überall Sonne lag. Der erstaunliche Sommer hielt an, als befänden sie sich nicht in England.

Zwei Männer tauchten hinter einer niedrigen Hecke auf, die, mit einem Zauntritt versehen, quer über einen Weg verlief; er führte weiter zu einer Koppel, auf der sich Pferde von der Sonne bescheinen ließen. Beide Männer waren groß und kräftig, bewegten sich langsam und blieben immer wieder stehen, um das eine oder andere Pferd zu bewundern oder kritisch zu betrachten. Die Szene hätte ohne weiteres zu den Bildern gepaßt, die überall im Haus an den Wänden hingen. Die beiden Männer spazierten zwischen den Pferden hindurch und um sie herum, blieben ab und zu stehen, um kurz zu reden, schlenderten weiter, tätschelten eins der Tiere, gaben einem anderen einen Klaps auf die Flanke, gingen zu einer anderen Hecke hinüber, um sich dort irgend etwas anzusehen, kamen wieder zurück. Das ging eine gute halbe Stunde so, während die Sonne an Kraft gewann und die Rosen in dem Beet vor Sarahs Fenster von Minute zu Minute kräftiger leuchteten. Schließlich kamen die Männer auf das Haus zu. Sie blieben stehen, um sich den Stamm einer Birke anzusehen, gingen einmal darum herum, dann wieder weiter, beugten sich über einen Strauch, der, wie es aussah, an der falschen Stelle wuchs, richteten sich auf, standen einander gegenüber und beredeten etwas. Die Unterhaltung dauerte ein paar Minuten. Wieder gingen sie weiter, auf den Zauntritt zu, und abermals blieben sie stehen. Zwischen den Bäumen hinter ihnen tauchte eine Frau auf, die einen Sattel trug und auf die Pferde zuging. Es war Elizabeth, deren rotes Kopftuch von dem vielen Grün wie ein winziges Segel abstach. »Beauty, Beauty, Beauty ...«, ertönte ihre Stimme. Eine stattliche schwarze Stute hob den Kopf, wieherte und kam auf sie zu, um ihr ein paar Lekkerbissen aus der Hand zu fressen. Elizabeth strich ihr sanft über die Ohren. Die Männer hatten sich beim Klang ihrer Stimme sofort umgedreht, wandten sich aber, ohne ihr Gespräch zu unterbrechen, sogleich wieder um. Nacheinander stiegen sie über den Zauntritt. Sie gingen ruhig und selbstsicher auf diesem Grund und Boden, der ihnen gehörte, über den sie verfügten. Der eine Mann war Stephen. Beide trugen erdfarbene Kleidung und hatten die Hosenbeine in die Stiefel gesteckt. In der Hand hielten sie ... waren das Stöcke? Nein, nur Stephen hatte einen Stock, der andere Mann trug eine Reitgerte. Sie blieben stehen, beratschlagten kurz und bogen seitlich zu einem Obstgarten mit Apfelbäumen ab. Dort gingen sie zwischen den Bäumen umher, nahmen sie sorgfältig in Augenschein und waren bei einem offenbar unterschiedlicher Meinung, denn erst schüttelte Stephen zweifelnd einen Ast, und dann deutete der andere Mann mit seiner Gerte anerkennend – jedenfalls sah es so aus – auf eine ansehnliche Menge Äpfel. Von der Koppel dahinter hörte man Elizabeths schallende Stimme. Sie rief ihrem Pferd, das keine Lust hatte, sich satteln zu lassen, zärtliche Worte zu. Es schlug aus und bäumte sich sogar auf, so daß die schwarzglänzende Mähne umherflog wie Fransen am Tuch einer Tänzerin.

Die Männer waren noch etwa fünfzig Meter vom Haus entfernt, und Stephens Gesicht war deutlich zu erkennen. Er sah ganz alltäglich, ja sogar fröhlich aus und war sichtlich guter Laune. Der andere Mann hatte ein rotes, großflächiges Gesicht, was durch die schwarzen Brauen noch unterstrichen wurde. Kein Gesicht, dem Sarah hätte näher kommen wollen. Seine Miene war finster und abweisend, und er warf düstere Blicke nach allen Seiten, als könnten unter den Bäumen Feinde lauern.

Die Männer blieben auf einem Kiesweg stehen und wandten sich erneut einander zu. Ihre Stimmen hoben und senkten sich, aber Sarah konnte nicht verstehen, was gesprochen wurde. Es sah aus, als verträten sie entgegengesetzte Standpunkte. Inzwischen war Elizabeth aufgesessen und ritt in leichtem Galopp um die Koppel, dabei redete sie dem Tier aufmunternd und beschwichtigend zu, was sich fast wie ein Lied oder ein Singsang anhörte. »Komm, komm schon, Beauty, fein, Beauty, bist doch mein Mädchen, Beauty, so, braves Mädchen, so, Beauty, jetzt komm schon, beruhig dich doch, immer mit der Ruhe, Beauty.«

Die beiden Männer gingen rasch zu einer Baumgruppe und stapften bedächtig um eine uralte Eiche herum; ein Ast lag auf einem Stock auf, und die Männer blieben stehen und gingen noch einmal andersherum. Wieder waren sie sich nicht einig. Der friedliche Disput dauerte ziemlich lange, und anschließend kehrten sie auf den Weg zurück. Jetzt konnte Sarah erkennen, daß das Gesicht des Mannes mit den dunklen Brauen deshalb rot aussah, weil es von einem Netz feiner Linien durchzogen wurde; er hatte die klobige, stark gerötete Nase eines Trinkers und wirkte ungesund und aufgedunsen. Die zwei blieben stehen und redeten, und man konnte sich kaum etwas Netteres vorstellen als diesen ausführlichen, gemütlichen Plausch. Schließlich hob der zweite Mann seine Reitgerte zu einem lässigen Abschiedsgruß, nickte Stephen zu und schlenderte zurück in Richtung Koppel. An der Hecke blieb er stehen, bückte sich, um etwas auf dem sonnenbeschienenen Gras zu betrachten und trat einmal, zweimal kräftig darauf, bohrte, was immer es war, mit dem Absatz in den Boden, um sicherzugehen, daß es auch wirklich tot und ausgetilgt war. Dann ging er mit gesenktem Kopf weiter, die Reitgerte griffbereit. Er schwang sich schwerfällig über den Zauntritt. Elizabeth redete ihrem Pferd leise zu und tätschelte es, um es zu beschwichtigen. Der Mann hob einen Sattel aus dem Gras auf, wo er ihn hatte fallen lassen, um sich mit Stephen zu unterhalten, legte ihn schwungvoll auf ein braunes Pferd, gurtete ihn fest, schwang sich mühsam hinauf, und dann lenkten er und Elizabeth ihre Pferde auf eine ferne Hecke zu. Stephen stand allein auf dem Kiesweg und sah den beiden nach, die langsam zusammen davonritten und sich dabei unterhielten.

Wenig später stand Stephen neben einem Strunk zitronenfarbenem Geißblatt, das sich mit einer purpurnen Clematis verschlungen hatte. Er stieß seinen Stock in das Blütenmeer, und sofort stiegen kräftige Duftwogen zu Sarahs Fenster hinauf. Er fischte einen grünen Gummiball aus dem Gesträuch, der noch nicht lange dort gelegen haben konnte, und warf ihn mit voller Wucht mindestens fünfzig Meter weit auf ein Rasenstück neben dem Haus.

»Guter Wurf«, bemerkte Sarah. Ohne aufzuschauen, sagte er: »Ich wußte, daß du da bist, Sarah.« Dann blickte er, warmherzig und beinahe zärtlich lächelnd, zu ihr hinauf, winkte kurz und verschwand im Haus.

Sie ärgerte sich über sich selbst – wie dumm von ihr. Sie hatte diesen Mann eine gute Stunde lang in seiner ganz persönlichen Umgebung beobachtet. Das war der eigentliche Stephen, das war seine Wirklichkeit. Sarah sagte sich wiederholt, hämmerte es sich geradezu ein, daß der Theatermensch Stephen, der in Julie vernarrte Liebhaber, nur eine seiner Facetten war. Plötzlich fragte sie sich, was dieser rotgesichtige Mann mit den finsteren Augenbrauen, der mit Elizabeth in der Ferne in leichtem Galopp über die Felder ritt – was er und Leute seines Schlages von Stephen und dessen ausgeprägtem Faible für das Theater halten mochten. Aber wahrscheinlich hatten Stephens Besuche in Frankreich, seine Teilnahme an den Proben in London und die Vorbereitungen für die »Unterhaltungen« gar nicht soviel Zeit in Anspruch genommen. Sein wirkliches Leben spielte sich hier ab, auf dem Gut.

Vor etwa fünfzehn Jahren hatte bestimmt in sämtlichen Häusern der Umgebung das folgende oder ein ähnliches Gespräch stattgefunden:

»Elizabeth hat es geschafft. Queen's Gift ist aus dem Schneider.«

»Schön für sie. Hat er denn Geld?«

»Ja, jede Menge. Es ist Stephen Ellington-Smith.«

»Aus Gloucestershire? Die Ellington-Smith' aus Gloucestershire sind nicht besonders begütert.«

»Nein, Somerset. Ein Seitenzweig der Gloucestershire-Linie.«

»Ach, dann kenne ich ihn ja sogar. Er war mit meinem Vetter in der Schule.«

»Jedenfalls ist es wunderbar. Schrecklich, wenn sie Queen's Gift verloren hätte.«

Und so blieb ihnen allen gar nichts anderes übrig, als Stephen zu unterstützen und sich hinter ihn zu stellen, selbst wenn sie ihn für exzentrisch hielten. Aber schließlich waren die schönen Künste in Mode, und Queen's Gift war nicht das einzige Gut in der Gegend, auf dem im Sommer kleine Festivals veranstaltet wurden. Gab es unter diesen Leuten, die Henry bestimmt als Freunde bezeichnen durfte, irgend jemanden, mit dem er über seine geheimen Nöte sprechen konnte? Wahrscheinlich würde er das nicht riskieren, denn sollte sich seine Vertraute (es mußte eine Frau sein) als indiskret erweisen, würden ihn die anderen für verrückt, bekloppt, plemplem, übergeschnappt halten. In gewisser Weise war er das ja auch. Nun fiel es Sarah leicht, sein Leben aus einer anderen Perspektive zu betrachten – wie einen Gegenstand, den man ein bißchen dreht, damit das Licht anders darauf fällt – und nur noch sein Leben als Gutsbesitzer zu sehen, so daß Julie zu einem kleinen dunklen Fleck auf dem sonnigen Szenario aus Bäumen und Feldern wurde, die dieses uralte Haus schützend umgaben. Ähnlich ließ sich auch ihr eigenes Leben, das sie seit Jahren als stetiges, tüchtiges Voranschreiten empfunden hatte, mit einem Gleichmaß in allen Bereichen, so herumdrehen, daß es als etwas Unerschütterliches erschien, das jetzt im Alter mit schmerzlicher Sehnsucht und einer Gier nach Liebe endete – aber sie wußte genau, daß sie es schon bald nicht mehr so betrachten würde. In ein paar Wochen käme ihr ihr derzeitiger Zustand wahrscheinlich wie ein vorübergehendes Fieber vor. Doch – und das war das Entscheidende – ihre Sorge um Stephen war wie eine Art Krankheit. Angst überfiel sie, sobald sie nur an ihn dachte. Genauso, wie wenn sie über Joyce nachdachte. *Was war nur los mit ihr?* Warum suchte sie sich solche Bürden?

Inzwischen gab es Frühstück im selben Raum, in dem am Abend zuvor das Büfett serviert worden war. Mary war schon da. Roy ebenfalls. Zwei kräftige, tüchtige, gesunde Menschen, die seelenruhig ein vernünftiges Frühstück verzehrten. Der dritte im Raum war Andrew. Er hatte absolut kein Recht hierzusein. Hatte er die Nacht irgendwo auf dem Gelände verbracht? Vielleicht auf irgendeiner Bank, schmachtend – ja, um ein Haar hätte Sarah dieses Wort wirklich verwendet – auf das Haus blickend, in dem seine Angebetete, sie selbst, untergebracht war? Er aß nichts. Vor ihm stand eine Tasse schwarzer Kaffee. Sein Gesicht war so bleich, wie das bei einem gebräunten Gesicht möglich war. Er starrte Sarah lange und vorsätzlich an, mit so viel Ironie im Blick, daß sie sich hilflos fühlte. Falls er sie mit dem ganzen Zorn eines abgewiesenen Liebhabers haßte, so beobachtete sie an sich selbst jene primitive Reaktion (zum ersten Mal wieder seit der Pubertät?), die empörte *amour propre*, die sich in der Frage *Wie kann er es wagen?* niederschlägt. Wie alt ist das Mädchen, das angesichts der Unverschämtheit eines alten Mannes (so um die Dreißig), der sich für sie gut genug dünkt, diese Mischung aus Empörung und Verachtung empfindet? Dreizehn? Sarah schenkte sich mit dem Rücken zu Andrew Kaffee ein, während sie sich bemühte, ihr Gefühl für angemessenes Verhalten und vor allem ihren Humor wiederzuerlangen, und hörte eine Tür knallen. Als sie sich umdrehte, war er verschwunden. Sie schaute bewußt zu Mary und Roy hinüber, um festzustellen, ob die sich dazu äußern wollten, aber keiner von beiden sah sie an.

Dann sagte Mary: »Ich glaube, ich geh mal los und mach ein paar Fotos, solange das Licht gut ist.« Und Roy sagte: »Ich muß wohl oder übel Urlaub nehmen, Sarah. Diese Scheidungsgeschichte schafft mich.« Damit stand auch er auf und ging.

Sarah sagte sich, daß das, was dieser gute Freund durchmachte, mindestens so schlimm war wie die Gefühle, die sie quälten, aber es nützte nichts.

Als nächster kam Henry. Er sah ziemlich mitgenommen aus,

was ihm für Sarahs Begriffe nur recht geschah. Er schüttete ein paar Cornflakes in ein Schälchen und nahm ihr gegenüber Platz. Sie saßen da und sahen sich an. In der Liebe gibt es ein Stadium, in dem sich zwei Menschen ungläubig anstarren, als wollten sie sich fragen: Wie kommt es, daß mir dieser ganz gewöhnliche Mensch so viel Leid verursacht?

»Also gut«, sagte Henry als Antwort auf tausend stumme Anschuldigungen aus dem Vokabular Liebender (das aufzulisten sich erübrigt, da es jeder selbst schon verwendet hat), deren erste stets in dem ungläubigen Vorwurf besteht: Aber wie kannst du so herzlos sein, wenn du mich liebst? »Also gut, ich habe mich betrunken, und es hat auch nichts genützt. Ich habe mir die Stöpsel, die du so verachtest, in die Ohren gesteckt und die Musik so laut gedreht, daß ich nicht mehr denken konnte, und als ich heute morgen aufgewacht bin, haben mir die Ohren immer noch gedröhnt. Na ja«, räumte er ein, weil sie ihn auslachte, »immerhin habe ich die Nacht überstanden.«

»Soll ich dich dazu vielleicht beglückwünschen?«

»Das könntest du ruhig tun.«

Er schien tatsächlich darauf zu warten, aber sie mußte die Augen schließen, weil sich die untere Hälfte ihres Körpers zu verflüssigen schien. »Kommst du heute mit nach Stratford?« fragte er. »Hast du gewußt, daß wir alle nach Stratford fahren?«

»Nein, ich fahre nicht mit dir nach Stratford.«

»Aber Sarah« – ein leiser Tadel, den er nicht unterdrücken konnte und dann, voller Selbstironie: »Du kommst nicht mit, du kommst also nicht mit mir nach Stratford?«

»Nein. Und wie es scheint, auch sonst nirgendwo hin«, sagte sie, während der Raum und Henrys Gesicht vor ihren feuchten Augen verschwammen wie in einem wässrigen Kaleidoskop.

»Sarah!« Er sprang auf, als wollte er zur Anrichte gehen, wirbelte auch schwungvoll in diese Richtung, drehte sich dann aber wieder um und blieb in einer Haltung hinter seinem Stuhl stehen, die einen heftigen Vorwurf ausdrückte. Doch Sarah hätte nicht sagen können, wem er galt, ihm oder ihr. Schließlich riß er sich zusammen, ging zur Anrichte hinüber, schenkte sich Kaffee ein,

den er gleich im Stehen trank, einen tröstlichen, vielleicht auch betäubenden Schluck, kam zurück und setzte sich wieder auf seinen Stuhl. Sarah nahm nicht mehr von ihm wahr als zwei gekränkte, vorwurfsvolle Augen. Sie blinzelte, und das blütenweiße Tischtuch, das Silber und Henrys Gesicht lösten sich auf und bekamen dann wieder Konturen.

»Wirklich vertrackt«, sagte Henry plötzlich. Seine Wortwahl kam ihr sehr komisch vor, und sie dachte: Mein Gott, wenn ich nur mit jemandem gemeinsam darüber lachen könnte – aber mit wem? Stephen? Sie sagte: »Du willst damit sagen, ich bin in einem Zimmer und träume von dir – wenn ich es so formulieren darf –, und du bist in einem anderen Zimmer und träumst von mir. Was soll denn daran vertrackt sein?«

Jetzt mußte er lachen, obwohl er es gar nicht wollte.

»Also«, sagte sie, nachdem sie ihre Stimme wieder unter Kontrolle hatte, »wenn mir jemand in meiner Jugend gesagt hätte, daß ich, wenn ich – ich werde *nicht* sagen, alt bin –, daß ich irgendwann einem jungen Mann gut zureden würde, der in mich verliebt ist ... ich denke doch, ich darf sagen, daß du in mich verliebt bist, ohne die Wahrheit überzustrapazieren?«

»Ich denke, das darfst du. Und so jung bin ich auch wieder nicht, Sarah. Ich komme allmählich in die besten Jahre. Und ich stelle fest, daß mich die jungen Mädchen gar nicht mehr wahrnehmen. Das ist mir erst vor kurzem passiert, und es hat mir den ganzen Tag verdorben, das kann ich dir sagen.«

»... daß ich ihm gut zureden würde, mit mir zu schlafen, hätte ich mir wahrscheinlich die Kehle durchgeschnitten. Anders ausgedrückt – erstaunlich, wie oft sich dieses Zitat als nützlich erweist: ›Wir wissen wohl, was wir sind, aber nicht, was wir werden können.‹ Gott sei Dank wissen wir das nicht.«

»Shakespeare, ohne Zweifel.«

Susan kam aus dem Garten herein. »Der Bus nach Stratford ist da«, sagte sie, sichtlich enttäuscht, was nur den Grund haben konnte, daß Stephen nicht im Zimmer war.

Henry stand auf und sagte: »Ich unkultivierter Amerikaner habe tatsächlich nie *Romeo und Julia* gesehen.«

»Schade, daß es nicht aus dem *Mittsommernachtstraum* ist«, sagte Sarah.

»Dieses Bonmot ist an mich verschwendet. Den habe ich auch nie gesehen.«

Susan war entsetzt über den unterschwelligen Zorn in ihrem Wortwechsel. Mit dem scheuen Lächeln eines Friedensstifters, der sich keine großen Hoffnungen macht, blickte sie von einem zum anderen. »Kommst du nicht mit, Sarah?«

»Nein.«

»Nein, sie kommt nicht mit«, sagte Henry mit vorwurfsvollem Blick. »Einen schönen Tag«, fügte er bitter hinzu.

Sarah lieh sich Marys Wagen aus und fuhr in die Cotswolds, um ihre Mutter zu besuchen. Die Idee war ihr ganz plötzlich gekommen, nachdem ihr aufgefallen war, daß sie oft stundenlang dasaß und über die Marionettenfäden nachsann, an denen sie hing, und über die Leute, die sie in Händen hielten. Warum fragte sie ihre Mutter nicht danach? Daran konnte sie niemand hindern. Warum hatte sie das eigentlich nicht schon früher getan? Diese Frage stellte sie sich auf der Fahrt, nachdem der Gedanke mit der ganzen Wucht und Überzeugungskraft des Neuen von ihr Besitz ergriffen hatte. Es war absurd, daß ihr das nicht eher eingefallen war. Sie wollte ihre Mutter fragen: Warum bin ich so?, und die würde sagen: Tja, ich hab mich schon gefragt, wann du damit kommen würdest. Doch als sie über das bevorstehende Gespräch ernsthaft nachdachte, kamen ihr Zweifel. Sie hatte ein gutes Verhältnis zu ihrer Mutter. Kühl, aber gut. Liebevoll? Ja, eigentlich schon. Sarah besuchte sie drei- oder viermal im Jahr und rief gelegentlich an, um zu hören, wie sie zurechtkam. Sie kam sehr gut zurecht, da sie geistig rege, aktiv und unabhängig war. Sie lebte schon so lange in dem kleinen Dorf wie Sarah in ihrer Londoner Wohnung. Briony und Nell mochten sie gern und besuchten sie ab und zu. Doch der einzige Mensch, den sie wirklich sehen wollte – Hal –, besuchte sie nicht. Sarah machte sich klar, daß sie schlecht fragen konnte: »Warum ist mein Bruder ein so erbärmlicher Mensch?«, weil ihre Mutter ihn nach wie vor vergötterte. Sie brüstete sich häufig mit dem berühmten Doktor

Millgreen, während sie sich nach Sarahs Arbeit nur höflich erkundigte.

Als Sarah ankam, arbeitete ihre Mutter im Garten. Sie freute sich durchaus, sie zu sehen. So wie Sarah mit Mitte sechzig an einem guten Tag aussah wie fünfzig, wirkte Kate Millgreen mit über neunzig Jahren wie eine lebhafte Siebzigjährige. Sie tranken Tee in einem Zimmer, in dem jeder Gegenstand Sarah an ihre Kindheit gemahnte, ohne daß sie auch nur an einen besondere Erinnerungen hätte knüpfen können, so gründlich hatte sie das alles abgeblockt. Ihre Mutter dachte, Sarah besuche sie, um festzustellen, wie sie über die Runden kam. Alte Menschen haben Angst vor ihren Kindern, die früher oder später über ihr Schicksal entscheiden, und so spürte Sarah eine gewisse Abwehr, als ihre Mutter von den Nachbarn und von ihrem Garten erzählte und meinte, zum Glück plage sie noch immer nichts Schlimmeres als ihr leichter Rheumatismus.

Während Sarah bei dieser uralten Frau saß, die sie an die alte Frau in Belles Rivières erinnerte, die frühmorgens in ihrem adretten Baumwollkleid mit dem malvenfarbenen Blumenmuster und dem weißen, im Nacken zu einem Dutt zusammengefaßten Haar auf der Bank gesessen hatte, dachte sie: Ich möchte, daß sie sich an Dinge erinnert, die über sechzig Jahre zurückliegen.«

Sie machte einen Versuch: »Sag mal, ich frage mich manchmal, wie ich als Kind war«, aber ihre Mutter war spürbar beunruhigt. Sie saß da, hielt die Teetasse fest, runzelte die Stirn und versuchte sich zu erinnern. »Du warst ein braves kleines Mädchen«, sagte sie schließlich. »Ja, da bin ich ganz sicher.«

»Und Hal?« Und während Sarah fragte, überlegte sie: Warum denke ich eigentlich nie an meinen Vater? Ich hatte doch einen.

»Der war ein krankes Kerlchen«, sagte die alte Frau schließlich.

»Was hat ihm denn gefehlt?«

»Ach – alles. Er hat als Kind alles bekommen, was man sich denken kann. Aber das ist so lange her ... Ich erinnere mich nicht mehr. Irgendwann drohte er, Tb zu bekommen. Hatte einen Schatten auf der Lunge. Er mußte im Bett bleiben, ein Jahr lang, glaube ich. Damals hat man das so behandelt.«

»Und mein Vater?«

Wieder war die Mutter überrascht. Die Frage mißfiel ihr. In ihren Augen, blau und offen und nicht daran gewöhnt, Menschen oder Dingen auszuweichen, lag Tadel. Trotzdem gab sie sich Mühe: »Na ja, weißt du, er hat alles getan, was nötig war.«

»War er ein guter Vater?«

»Ja, bestimmt war er das.«

Sarah erkannte, daß sie nichts erreichen würde. Als sie sich verabschiedete, gab sie ihrer Mutter wie üblich einen Kuß und sagte – wie jedesmal –, falls ihr das Leben hier so ganz allein zu anstrengend werde, könne sie jederzeit nach London kommen und bei ihr wohnen, sie habe genügend Platz. Und wie üblich sagte ihre Mutter, sie hoffe, tot umzufallen, bevor sich jemand um sie kümmern müsse. Dann merkte sie offenbar, daß das eine recht harsche Antwort war, und fügte hinzu: »Aber vielen Dank, Sarah. Du warst immer sehr lieb.«

War ich das? dachte Sarah. Ist das ein Hinweis? Hört sich etwas verdächtig an.

Als sie den Wagen parkte, sah sie Stephen und seine drei Söhne aus dem Haus kommen, beladen mit Spaten, Brecheisen und einer Spitzhacke. Elizabeth stand neben einem jungen Mann, vermutlich einem Gärtner, in dem großen Gemüsegarten. Er trug Jeans und ein rotes, ärmelloses Unterhemd. Sie war noch immer in Reitkleidung – grünes Hemd, olivgrüne Reithose –, und das rote Tuch bändigte ihr Haar. Ihre rosigen Wangen waren erhitzt. Beide schauten in einen Pflanzenkatalog, den Elizabeth auf der einen Seite festhielt, der junge Mann auf der anderen, und man sah ihnen die lebhafte Freude an ihrer Arbeit an. Elizabeth forderte Sarah auf, sich den Garten anzusehen, und Sarah bewunderte ihn gebührend. Dann entdeckte Sarah Stephen und die Jungen ein ganzes Stück weit entfernt neben einem kleinen Cottage, dem das Dach fehlte. Wahrscheinlich sah es nur vorübergehend so verlassen und unbewohnbar aus, denn als sie näher kam, stellte sie fest, daß die vier mit Reparaturarbeiten beschäftigt waren. Stephen stand über einem tiefen Loch und stemmte mit einer Brechstange einen Stein heraus, der beim Einsetzen eines neuen Torpfostens im Weg war. Die drei Jungen schauten ihrem Vater aufmerksam zu. Als der Stein locker war, trat Stephen zurück und ließ ihn von den beiden jüngeren herausheben. Auf einen Wink von Stephen hin grüßten alle drei höflich. Über ihre sonnenbeschienenen, blonden Köpfe hinweg warf Stephen Sarah ein Lächeln zu, mit dem er ihr zu verstehen gab, daß er sich über ihre Anwesenheit freute.

Ein großer Vierkantpfosten, der früher vermutlich einem anderen Zweck gedient hatte, lag im Gras. Er war aus Eiche, verwittert wie eine Elefantenhaut und frisch mit Kreosot eingelassen. Stephen und James, der älteste Sohn, hoben ihn hoch und steckten ihn in das Loch. Gemeinsam sammelten sie die Steine auf, die den alten, völlig verfaulten Pfosten gehalten hatten, und sobald der neue Pfosten fest in sie eingebettet war, griffen die Jungen zu den

Spaten, füllten das Loch mit Erde auf und traten sie fest. Die Arbeit war erledigt. James sagte zu seinem Vater: »Mutter hat gesagt, wir sollen um zwölf reinkommen, weil wir noch Hausaufgaben machen müssen.«

»Dann geht mal los. Vergeßt das Werkzeug nicht. Und räumt es ordentlich auf.«

Die drei Jungen schulterten die schweren Arbeitsgeräte und marschierten, wohl wissend, daß sie beobachtet wurden, in Richtung Haus. Stephen hievte den alten Pfosten auf die Schulter, balancierte ihn mit einer Hand, und dann gingen auch er und Sarah zum Haus zurück. »Ich sorge dafür, daß sie sich die gleichen handwerklichen Fähigkeiten aneignen wie ich«, sagte er, als hätte sie ihn kritisiert.

»Du meinst, für den Fall, daß sie ihren Lebensunterhalt als Handwerker verdienen müssen?«

»Wer weiß das schon heutzutage?«

»Wer war der Mann, mit dem du heute morgen geredet hast?«

»Ich habe mich schon gefragt, was für einen Eindruck er auf dich gemacht hat. Das war Joshua, unser Nachbar. Er hat mehrere Äcker und Weiden von uns gepachtet, und wir haben uns über die Verlängerung der Pacht für das nächste Jahr unterhalten.« Pause. »Das war der Bursche, den Elizabeth heiraten wollte.« Er ließ Sarah reichlich Zeit, die tiefere Bedeutung dieser Tatsache zu erfassen, und schaute ein- oder zweimal kurz zu ihr hinüber, um ihre Reaktion zu beobachten. »Schon ein Jammer. Elizabeth wäre zu gern eine Marquise geworden. Lady Elizabeth. Er ist unglaublich reich. Viel reicher als ich. Seine Ehe ist nicht besonders glücklich. Er wäre besser beraten gewesen, Elizabeth zu nehmen. Wie sich herausgestellt hat.«

»Über Geschmack läßt sich streiten.«

»Die beiden haben viel gemeinsam. Seine Spezialität sind Rennpferde. Und Elizabeth kennt sich gut mit Pferden aus. Aber sie hat mich genommen. Hätte sie Joshua bekommen, wäre sie genau am richtigen Platz gewesen.« Sie näherten sich dem Haus. »Arme Elizabeth. Wie kann ich ihr Norah mißgönnen? Sie denkt, nachdem sie mich geheiratet hat, wäre es nicht fair, mich zu kurz kommen zu lassen, indem sie sich wieder mit Joshua einläßt. Obwohl ich sicher bin, daß er nicht nein sagen würde. Aber Norah – das bewegt sich innerhalb fairer Grenzen.« Er blieb stehen und ließ den Pfosten von der Schulter gleiten, so daß ein Ende auf dem Boden stand, während das andere von einer großen, kräftigen Hand gehalten wurde, die ohne weiteres einem Handwerker hätte gehören können. Seine Kleidung war alt und vom Arbeiten abgewetzt. Er roch nach Arbeitsschweiß. Nüchtern betrachtete er das Haus. »Ein schönes Haus«, bemerkte er.

»Da wird dir keiner widersprechen.«

»Glaubst du, daß mich dieses Mädchen unabhängig von diesem Haus betrachtet?«

»Meinst du, ob Susan dich um deiner selbst willen liebt? Natürlich nicht.«

»Und du?«

»Vergiß nicht, daß ich dich gekannt habe, lange bevor ich zum ersten Mal hergekommen bin.«

Umgeben von ländlicher Stille standen sie da. Nur Vögel waren zu hören. Ein paar Insekten. Ein dröhnendes Flugzeug hoch über ihren Köpfen. Ein paar Felder weiter ein Traktor.

»Hast du gewußt, daß Susan mit dem Gedanken spielt, mich zu heiraten? Was hältst du davon?«

»Ach ... Hirngespinste.«

»Aber angenommen, ich spielte mit dem Gedanken, sie zu heiraten?« Damit schulterte er den Pfosten wieder, und sie gingen ums Haus zu einer Stelle, an der Holz für den Winter aufgeschichtet war. Stephen legte den wurmstichigen, alten Pfosten auf den Holzhaufen und wischte sich die Hände ab. »Wie dem auch sei, es ist lächerlich. Ich bin wie besessen von Lächerlichkeit. Nachts ertappe ich mich dabei, daß ich aufwache und lache. Ist das noch zu überbieten, Sarah? Irgend etwas geschieht mit mir ...« Er blieb stehen, wandte ihr das Gesicht zu, und seine Augen klammerten sich an ihren fest. »Irgendwie bin ich ausgebrannt.« Sie wußte nicht, was sie darauf sagen sollte. »Am Ende«, sagte er und wandte sich ab.

Wenn Erscheinungen aus jenen Bereichen hinter den verschlossenen Türen, Augenblicke der Wahrheit, im normalen Leben auftauchen, kommen sie einem leider meist so unwahrscheinlich vor, daß man dazu neigt, sie zu ignorieren. Als schlechten Geschmack abzutun. Als Übertreibung. Als melodramatisches Getue. Sie sind ihrem Wesen nach so völlig anders beschaffen, daß sie sich nicht einordnen lassen. Außerdem wollte sich Sarah an diesem Tag, der von Vitalität und Gesundheit nur so strotzte, auf dergleichen erst gar nicht einlassen.

Sie ging zu Fuß auf schattigen Landstraßen in das kleine Städtchen. Dort aß sie allein in einem Hotel zu Mittag, dachte, wie angenehm das doch sein könnte, und rief sich ins Gedächtnis, daß bald schon eine Zeit käme, in der sie es wieder genießen würde, allein etwas zu unternehmen, ohne das Gefühl zu haben, daß man ihr ein Stück ihrer selbst entrissen hatte, weil Henry nicht dabei war. Sie schlenderte durch die Straßen, die ihr menschenleer vorkamen, weil es ausgeschlossen war, ihm hier zufällig zu begegnen. Etwa zur Teestunde fand sie sich wieder in Queen's Gift ein, wo Elizabeth und Norah unter einer Kastanie an einem üppig gedeckten Tisch saßen. Mit einem Wink luden sie Sarah ein, ihnen Gesellschaft zu leisten. Sie folgte ihrer Aufforderung, wohl wissend, daß die tüchtige Elizabeth dies als gute Gelegenheit betrachtete, nützliche Informationen zu erhalten. Im Grunde ähnelten sich die beiden Frauen überhaupt nicht, denn Norah war gefällig und anhänglich wie ein liebevoller Hund und wirkte, selbst wenn sie wie jetzt ein durchgeknöpftes Leinenkleid trug, sanft und mütterlich; doch als die beiden Frauen Sarah ihre Gesichter zuwandten, aufmerksam und erwartungsvoll, kamen sie ihr vor wie zwei Schwestern, denen man einen Leckerbissen vorsetzt. Sarah trank mehrere Tassen Tee und erzählte von Belles Rivières, vor allem von dem gutaussehenden und zu dramatischen Auftritten neigenden Jean-Pierre, davon, wie geschickt und wie typisch französisch er war, und von den kleinen Rivalitäten, die im Stadtrat um *Julie Vairon* entbrannt waren. Sie beschrieb die drei Hotels, das Collines Rouges, das Haus, in dem Julie gewohnt hatte und das Museum. Weiter berichtete sie, daß Cézanne ganz in der Nähe gelebt und gearbeitet hatte, und ihr fiel auf, daß beide Frauen bei seinem Namen aufhorchten – ein Wegweiser in unbekanntem Territorium. Sie plauderte über alles und alle außer über Molly, obwohl sie wußte, daß Elizabeth viel zu scharfsinnig war, um in dieser Richtung nichts zu vermuten. Sie unterhielt die beiden Frauen recht gut, was ihnen nützte und ihr selbst wohltat, weil sie auf diese Weise ihren von den Wochen in Belles Rivières ausgelösten emotionalen Aufruhr auf ein paar zumeist humorvolle Anekdoten reduzieren konnte.

Schatten hatte sich über den Rasen gebreitet, als die drei Jungen zwischen den Bäumen auftauchten. Elizabeth klatschte in die Hände und rief: »Ab mit euch in die Badewanne, und dann holt euch euer Abendessen. Es steht im Kühlschrank.«

Es war zu angenehm hier draußen, um ins Haus zu gehen, und so blieben sie unter dem großen Baum sitzen und tranken im Zwielicht Sherry.

»Sie essen natürlich mit uns«, erklärte Elizabeth. Stephen wurde nicht erwähnt, und wieder mußte sich Sarah ins Gedächtnis rufen, daß er ein vielfältiges Leben mit tausenderlei Verflechtungen und Verpflichtungen führte.

Sie aßen in aller Ruhe in dem kleinen Zimmer neben der Küche, und es war schon ziemlich dunkel draußen, als die Jungen wieder auftauchten. Sie trugen kurze rote Bademäntel, waren ordentlich gekämmt und rochen nach Seife. Mehr denn je sahen diese blonden Wesen mit ihrer durchscheinenden Haut, ihren klaren blauen Augen und ihrem schüchternen Charme wie Engel aus, die sich entschlossen hatten, einen irdischen Chor zu zieren.

»Habt ihr gebadet? Ja, das sehe ich. Gut gemacht. Habt ihr zu Abend gegessen? Gut. Morgen ist ein großer Tag. Noch herrscht Ruhe vor dem Sturm. Geht jetzt ins Bett.« Sie kamen näher, einer nach dem anderen, hielten ihrer Mutter die Wange hin, und sie gab jedem einen raschen Kuß. »Und jetzt ab mit euch.«

Und sie zogen ab, ausgesprochen wohlerzogene Jungen bis zur Tür, wo sie plötzlich zu kleinen Kindern wurden und in Gequietsche und Gekicher ausbrachen. Die Tür knallte hinter ihnen zu, und als sie polternd die Treppe hinaufstürmten, bebten die Wände.

Jungen sind eben Jungen, besagte Elizabeths Lächeln, und sie seufzte zufrieden. Norahs Seufzer klang wie ein Echo, ein langes, tiefes Ausatmen, Eingeständnis ihres Kummers. Elizabeth warf Norah einen scharfen Blick zu, Norah lächelte tapfer, verzog aber leicht das Gesicht. Die kinderlose Norah. Elizabeth klopfte ihrer Freundin energisch auf die Schulter und bedeutete ihr mit einem Lächeln: Kopf hoch. Norah saß einen Augenblick reglos da, stand dann auf und begann den Tisch abzuräumen.

Die Tür ging auf, und James stand im Rahmen und sah seine Mutter an.

»Was gibt es?« wollte Elizabeth wissen, und als er nicht antwortete, sondern zögernd die Türklinke in der Hand hielt: »Na, was willst du denn?«

Daß er aus einem bestimmten Grund gekommen war, daß er etwas auf dem Herzen hatte, war offensichtlich, weil in diesen blauen Augen eine Frage stand, doch nach kurzem Zögern sagte er: »Nichts.«

»Dann lauf zu«, sagte sie, nicht unfreundlich.

Wieder schloß sich die Tür hinter ihm, diesmal jedoch leise. Aber schon stand er wieder da und blickte seine Mutter an. »Was gibt es denn, James?« fragte sie. Er ging nicht, sagte aber auch nichts. Zwischen den beiden Augenpaaren spielte sich eine Art Machtkampf ab. Dann schien James zusammenzuschrumpfen, doch als er sich schließlich abwandte, riß er sich standhaft zusammen.

Sarah sorgte dafür, daß sie in ihrem Zimmer war, als der Bus kam und die Mitglieder der Truppe zurückbrachte, die er nicht schon im Hotel abgesetzt hatte.

Unter der Tür wurde ein Kuvert durchgeschoben. »Sarah. *Warum nicht?* Du schaust mich nie an, Du nimmst mich gar nicht wahr. Ich könnte Dich umbringen. Ich bin betrunken. Andrew.«

Nachdem sie in der vergangenen Nacht kaum geschlafen hatte, schlief sie sofort ein. Träume müssen der Wirklichkeit nicht immer genau widersprechen. Sarahs Träume in dieser Nacht hätten nicht adäquater sein können, Szenen aus einem Schwank, Männer und Frauen, die ständig aus irgendwelchen Türen kamen, hinter anderen verschwanden, falsche Zimmer, richtige Zimmer, ein Spaßmacher, der die Nummern an den Türen vertauschte, empörte Schreie und Gelächter, eine junge Frau, die auf einem Bett saß und geräuschvoll weinte, den Kopf in den Nacken geworfen, schwarzes, herabfallendes Haar, ein anklagender Finger gerichtet auf …

Da die Truppe so spät aus Stratford zurückgekehrt war, war das Frühstückszimmer noch leer, als Sarah es am Morgen betrat. Sie verließ es, als Henry hereinkam und »Sarah …« sagte. Ohne zu antworten, ging sie weiter ins Innere des Hauses, um ihm zu entfliehen. Dort sah sie Stephen, wieder mit seinen drei Söhnen, eine schmale Hintertreppe hinaufsteigen; alle vier trugen verschiedenerlei Werkzeuge. Er blieb auf dem Treppenabsatz stehen und rief hinunter: »Heute gibt's eine Lektion in einfachen Klempnerarbeiten.«

»Es ist des reichen Mannes Pflicht, dem Handwerker Arbeit zu geben«, zitierte sie. Daraufhin drehten sich drei junge Köpfe auf unterschiedlicher Höhe der Treppe um und schauten zu ihr hinunter, jeder mit diesem entzückten, aber halb ängstlichen Lächeln, mit dem an strenge Regeln gewöhnte Kinder Aufmüpfigkeit begrüßen. Daß sie Sarah als aufsässig empfanden, sagte eher etwas über ihre Schule aus als über ihre Eltern.

Stephen entgegnete: »Unsinn. Jeder Mensch sollte sich mit den Installationen im eigenen Haus auskennen. Übrigens gibt es eine recht hübsche Bank unter ein paar Birken. Du brauchst bloß dem Weg zu folgen, den wir gestern genommen haben, und dich dann rechts halten.«

Die beiden kleineren Jungen stürmten kichernd die Treppe hinauf. James blieb auf dem Treppenabsatz stehen und hob den Kopf, um aus dem Fenster zu sehen, als wollte er etwas überprüfen oder jemanden begrüßen. Jedenfalls war er einen langen Augenblick völlig geistesabwesend, dann kam Stephen zurück, zögerte kurz und legte seinem Sohn schließlich die Hand auf die Schulter. »Komm mit, alter Junge.«

James tauchte langsam aus seiner Versunkenheit auf, lächelte und folgte dem Vater. Rasch lief Sarah zu dem Treppenabsatz hinauf und erblickte draußen vor dem Fenster eine gewaltige Esche, die in der Morgensonne ihre Arme schwenkte.

Anschließend folgte sie Stephens Wegbeschreibung und entdeckte, ein gutes Stück vom Haus entfernt, die Holzbank unter den alten Birken. Sie setzte sich unter den Baldachin aus warmem Grün. *Ein grüner Gedanke in einem grünen Schatten.* Wenigstens das Wetter blieb unverändert gut – durchaus keine belanglose Beobachtung an einem Tag, an dem eine Aufführung unter freiem Himmel stattfinden sollte.

Sie betrachtete das alte Haus. Neben dem massigen Bau wirkte die Esche, James' Vertraute, winzig. Sie sah aus, als stünde sie Wache. Von hier aus, aus etwa eineinhalb Kilometern Entfernung, war nur eine leichte Bewegung der grünen Masse zu erkennen, die gelegentlich ein paar schwarze Kleckse anzog und verschluckte oder ausspuckte, wahrscheinlich Saatkrähen. Sarah hatte etwa eine halbe Stunde dagesessen, als Stephen kam. Er setzte sich neben sie und sagte ohne Vorrede: »Sie ist gestern nacht in mein Zimmer gekommen.«

»Julie?«

»Das würde ich nicht unbedingt sagen.«

Sarah knabberte an einem Grashalm herum und wartete.

»Ich hätte es nicht fertiggebracht, zu ihr zu gehen.«

»Nein.« Als er nicht weitersprach, erkundigte sie sich: »Und?«

»Du meinst, wie ich mich geschlagen habe?«

»Nein, das habe ich nicht gemeint.«

»Ich muß gestehen, daß ich über mich selbst erstaunt war. Und ich bin sicher, daß ich ihr die eine oder andere nette Überraschung bereitet habe. *Wir hatten viel Spaß* – wie die Amerikaner es ausdrücken.« Als Sarah nichts darauf sagte, sah er sie durchdringend und mit einem harten Grinsen an. »Du meinst, das war nicht das, was du gemeint hast? Aber Frauen warten doch förmlich darauf, daß wir versagen ... Oh, verzeih mir.«

»Ich für meinen Teil nicht.«

»Vielleicht werde ich sie heiraten. Ja, warum eigentlich nicht?« sinnierte er.

»Meinen Glückwunsch. Eine brillante Idee.«

»Warum nicht? Sie ist ganz hingerissen von dem herrlichen Leben hier.«

»Und Elizabeth betrachtet sie nicht als Hindernis?«

»Ich glaube, daß sie Elizabeth gar nicht richtig wahrnimmt. Vermutlich denkt sie, daß Elizabeth nicht hübsch genug ist, um ins Gewicht zu fallen.«

»Ich erinnere mich, daß ich mal genauso war. Allerdings war ich damals erheblich jünger als Susan.«

»Ja. Sie ist unreif. Das ist das passende Wort für sie, würde ich sagen. Jedenfalls wäre Elizabeth kein Hindernis, wenn ich beschließen würde ...« All das sagte er mit jener harten, zornigen Stimme, die Sarah schon manchmal an ihm erlebt hatte. »Dürfte sich Elizabeth denn beklagen? Sie könnte ja Norah heiraten.« Und dann legte er, während er hörbar ausatmete, diesen Stephen ab und mit ihm, wie es schien, allen Zorn. Seine Stimme senkte sich zu ungläubiger, bewundernder, zärtlicher Ehrfurcht. »Es ist ihre Jugend – dieser junge Körper.«

Sarah brachte kein Wort heraus. Sie hatte selbst viel zu oft gedacht: Ich werde nie mehr den Körper eines jungen Mannes in meinen Armen halten. Nie mehr. Und das hatte sie als den schrecklichsten Satz empfunden, den ihr das Leben zuteilen konnte.

»Aber Sarah ...« Er sah ihr abgewandtes Gesicht, legte seine Hand an ihre Wange und drehte sie zu sich hin. Ruhig betrachtete er die Tränen, die ihr übers Gesicht rannen. »Aber Sarah, ausschlaggebend ist doch, daß es eben nur ein junger Körper ist. Und die gibt es wie Sand am Meer. Jederzeit. Sie ist nicht ...« Er ließ seine Hand von ihrem Gesicht gleiten, eine Liebkosung, tröstend, zärtlich, wie bei einem Kind. Dann betrachtete er stirnrunzelnd seine feuchte Hand. »Trotzdem, wenn ich sie heiraten würde, was für eine Wonne wäre das, eine Zeitlang jedenfalls.«

»Und dann hättest du das Vergnügen, mit anzusehen, wie sie sich in jemand in ihrem Alter verliebt, während sie unglaublich lieb zu dir ist.«

»Genau. Du formulierst das so ... Aber letzte Nacht habe ich mich gefragt ... Sie ist wirklich reizend, das bestreite ich nicht. Nur, lohnt es sich? Julies Hand zu halten lohnt sich mehr als alles, was letzte Nacht war.«

Ja, wirklich.

Sarah sagte, ohne daß ihre Stimme schwankte: »Obwohl Henry in mich verliebt ist ... das ist er wirklich ...«

»Das ist mir nicht entgangen. Soviel darfst du mir schon zutrauen.«

»Obwohl er weiß, daß ich verrückt nach ihm bin, ist er nicht in mein Zimmer gekommen.«

»Vermutlich wegen seiner Frau.« Als sie nicht antwortete, sagte er: »Du verstehst das nicht, Sarah. Wenn sich ein monogam veranlagter Mann verliebt – das ist schrecklich.«

»Aber nur monogame Menschen können sich überhaupt verlieben, Stephen, ich meine, richtig verlieben.« Sie hatte das Gefühl, sich in diesem Gespräch ziemlich tapfer zu schlagen, obwohl ihre Stimme zitterte. »Wir romantisch veranlagten Menschen brauchen Hindernisse. Und was könnte ein größeres Hindernis sein?«

»Der Tod?« Stephens Antwort überraschte sie.

»Oder das Alter? Weißt du, wenn ich in Susans Alter gewesen wäre, wenn ich ... dann glaube ich, wäre es mit dem Anstand nicht so weit hergewesen. Es hätte Nächte voller Glückseligkeit gegeben, und danach hätte er seine Frau auf Knien um Verzeihung gebeten.«

Stephen legte den Arm um sie – ein ziemlich komplexer Vorgang, zumal es ein Arm war, der sich (wie Sarahs Arm) gern um einen weinenden Freund legte. Früher einmal hatte er Elizabeth getröstet, die bitterlich weinte, weil Joshua sich für eine andere entschieden hatte. Es war ein Arm, der sich gern um seine Kinder legte. Aber um diese eine Person hätte er sich lieber nicht gelegt, denn eigentlich sollte sich ihr Arm um ihn legen. Als Stephen in diese brüderliche Rolle schlüpfte, nahm er Abschied von der verläßlichen Sarah. Nie hatte ein stützender, liebevoller Arm so deutlich kundgetan: Und nun bin ich allein. Aber Sarah wußte, daß sie gütige und tröstende Worte erwarten durfte. Eine komplizierte Art von *noblesse oblige* würde sie ihm eingeben.

»Du übersiehst nur eine Kleinigkeit, Sarah. Aids.«

Die Erwähnung dieses Wortes bewirkt jedesmal eine ähnlich einschneidende Veränderung wie das Auftauchen der Krankheit selbst – sie transponiert das Gespräch schlagartig in eine andere Tonart. In diesem Fall löste sie Gelächter aus. Als Sarah dachte, daß sicher oft schon Kirchenglocken über diese Felder hinweg geläutet hatten, um die Menschen vor der Pest zu warnen, und daß es sich bei Aids nur um eine Neuauflage der alten Geschichte handelte, mußte sie lachen und sagte: »Ach, das ist aber ein Trost. Dann ist ja alles in Ordnung. Aber das ist doch lächerlich. Ich und Aids!«

»Aber Sarah«, sagte er, während er ihre aufrichtige Empörung sichtlich genoß, »wir haben bisher in einer Traumwelt gelebt. Das einzige, was ich auf keinen Fall zu Susan gesagt hätte, ist: Aber ich kann unmöglich Aids haben, weil ich keusch gelebt habe. Aus verschiedenen Gründen habe ich nicht die Absicht, das genauer zu erläutern ... weil man das zu einer Frau einfach nicht sagt ...«

»Nein.«

»Aber stell es dir mal vor. Ein wunderschönes junges Ding, jungfräuliches Zögern auf der ganzen Linie, die Verschämtheit wahrer Liebe, taucht in deinem Bett auf, bereit, beim ersten unguten Wort zu fliehen, und im nächsten Augenblick erkundigt sie sich eingehend nach Kondomen und meiner Einstellung zu oralem Sex. Ich habe mir erlaubt zu sagen: Aber Susan, du brauchst dir wegen mir wirklich keine Sorgen zu machen, und darauf sie: Wieso denkst du eigentlich, daß du dir wegen mir keine Sorgen zu machen brauchst? Ich arbeite seit fünf Jahren in und im Umkreis von New Yorker Theatern ... Da bleibt die Romantik ganz schön auf der Strecke.« Sarah lachte, was er offensichtlich mit Erleichterung registrierte. »Ist dir eigentlich klar, welches Glück wir hatten, Sarah – unsere Generation?«

»Wie nett, daß du mich zu deiner Generation zählst.«

»Vor Aids und nach Aids, darum geht es doch. Wir haben uns von der alten Moral befreit. Schuld war nie mehr als ein leichter Schnalzer mit der Peitsche.«

»Romantisch waren wir trotzdem. Wir haben noch gesagt, daß wir verliebt sind, und nicht, daß wir mit jemandem ins Bett gehen.«

»Wir brauchten keine allzu große Angst vor Schwangerschaft

zu haben ... und ich habe nie jemanden mit einer Geschlechtskrankheit gekannt. Du vielleicht?«

»Nein, ich glaube nicht. Ich kann mich nicht erinnern, daß mal jemand gesagt hätte: Ich glaube, ich habe Syphilis.«

»Da hast du's. Paradiesische Zustände. Wir haben im Paradies gelebt und es nicht gewußt. Aber diese jungen Dinger haben in der Beziehung mit unseren Großeltern und Urgroßeltern mehr gemein als mit uns. Sie sind ganz krank vor Angst, die armen. Also ich für meinen Teil frage mich, ob das die Sache wert ist.«

»Du willst mir also weismachen, wenn Susan heute abend in dein Bett schlüpft, sagst du zu ihr: Ich glaube nicht, daß es das wert ist, also geh wieder schön zurück in dein eigenes Bettchen, kleine Susan, und sei ein liebes Mädchen.«

»Na ja – nein. Aber ich weiß ganz genau, was *sie* damit gemeint hat, als sie schrieb: *Es ist nicht überzeugend.*«

»Diese Gefühle werden nicht lange anhalten, Stephen. Genauso wie ich bald wieder eine strenge, ältere Dame sein werde, die über die Dummheiten anderer Leute sagt: Ach wirklich, wie langweilig.«

»Das sagst du die ganze Zeit.«

»Ja, stimmt. Muß ich wohl.«

»Wie dem auch sei, ich konnte noch nie gut mit Schmerz umgehen. Ich kann ihn einfach nicht ertragen.« Als redete er von einem gebrochenen Bein oder Kopfweh und nicht von dieser brutalen Faust, die wieder und wieder auf das Herz einschlug.

»Es gibt nur eines, worauf wir uns wirklich verlassen können. Gott sei Dank. Was wir heute empfinden, ist nicht dasselbe wie das, was wir in einem Jahr empfinden.«

Schweigend saßen sie da, und beide wußten, daß ihre Gedanken parallele Wege gingen.

Um die Mittagszeit kehrten sie zum Haus zurück und kamen an einer schattigen Lichtung voller Kinder vorbei, etwa fünfzehn, unter ihnen die von Stephen. In modernen Romanen wird oft die These aufgestellt, daß man eine Horde Kinder nur als potentielle Wilde betrachten kann, die zu jeder Barbarei fähig sind, doch bei diesen Kindern, die die Erwachsenen lächelnd und freundlich winkend begrüßten, konnte man sich das nur schwer vorstellen. Stephen winkte mit emporgestrecktem Arm zurück wie von einem fernen Ufer. James' Miene war nachdenklich, tapfer, aber auch störrisch, als er ihnen nachsah. So hatte er seine Mutter angesehen und heute morgen die Esche. Voller Unbehagen dachten Stephen und Sarah – typisch Erwachsene: Nur gut, daß zwischen dem geistigen Horizont dieser Kinder und ihrem eigenen solche Abgründe an Erfahrung lagen, daß die Kinder sich unmöglich vorstellen konnten, was ihnen später noch alles abverlangt werden würde. Außer Sichtweite der Kinder und auch noch außer Sichtweite des Hauses blieb Stephen auf einmal unvermittelt stehen und legte einen brüderlichen Arm um Sarah. »Ich glaube, Sarah, du ahnst gar nicht, was du für mich bedeutest ...« Er ließ sie los, ohne sie anzusehen, als wäre jedes Gefühl, das womöglich von ihrem Gesicht abzulesen war, mehr, als er ertragen konnte.

Im Eßzimmer erwartete sie ein Büfett. Henry saß bereits mit Susan am Tisch. Er stand sofort auf, beugte sich über Sarah und fragte mit rauher Stimme, diesmal ohne jede Spur von Selbstironie: »Wo bist du gewesen, Sarah?«

Sarah beobachtete, wie Susan Stephen anlächelte; das Lächeln, das er zurückgab, mußte ihr ziemlich widersprüchlich erscheinen. Man sah ihm deutlich an, daß er heftiger »verliebt« war – aber warum die Anführungszeichen? –, als er sich anmerken ließ. Sein ganzer Körper fühlte sich geschmeichelt, war zufrieden und schien von sich aus Botschaften an Susans Körper auszusenden. Sein Gesichtsausdruck jedoch war voller Ironie und bedeutete ihr: Komm mir ja nicht zu nahe. Laut sagte er: »Gut geschlafen?« Sie kicherte entzückt, errötete, wirkte aber verwirrt.

»Sarah«, sagte Henry mit derselben rauhen Stimme, »was machst du heute nachmittag?«

»Ich gehe in die Stadt zum Friseur.« Sie lächelte diesen Mann, den sie liebte – ja wirklich, denn die unsichtbaren Weberinnen leisteten gute Arbeit –, ungezwungen, wie sie hoffte, an, und ihr Herz stammelte: »Ich liebe dich«, während sie ihm einen Korb mit gesundem Landbrot hinhielt.

»Zum Friseur!«

»Und was hast du vor?« erkundigte sie sich, obwohl sie sich fest vorgenommen hatte, nicht zu fragen.

»Ich werde ein paar Stunden mit den Musikern und Sängern arbeiten. Gestern abend ist es ein bißchen holprig gelaufen. Aber von drei bis fünf bin ich da.« Es klang wie eine Frage.

»Wenn ich bis dahin fertig bin, komme ich.« Dabei dachte sie, daß nichts sie dazu würde bewegen können dazusein und daß gleichzeitig nichts sie von ihm würde fernhalten können.

Nachdem sie beim Friseur fertig war, fuhr sie mit dem Taxi zurück und begab sich direkt zum Theaterareal. Henry lehnte trübsinnig am Rand des Musikpodiums. Er hatte die Hände tief in den Taschen vergraben und wirkte müde und entmutigt. Er war blaß. Er war krank. Die Musiker und Sänger kamen aus dem Gebüsch, das das neue Gebäude verdeckte. Offenbar hatte Henry Sarah bemerkt, denn er sagte: »Sei ruhig, mein Herz« – nicht zu ihr, sondern zu den Bäumen und zum Himmel. Doch sofort parodierte er sich, indem er sich, wie Romeo unter Julias Balkon, mit ausgestreckten Armen auf ein Knie niederließ. Wieder auf den Beinen, konnte er nicht umhin, ihr einen langen, jämmerlichen Blick zuzuwerfen, parodierte aber auch den, indem er ihn ins Lächerliche übertrieb. Sarah mußte lachen, während sie zugleich von einer süßen Sehnsucht nach längst verlorenen Gestaden erfüllt wurde.

Als die Musikprobe beendet war, kam er zu ihr und hatte gerade vorgeschlagen: »Gehen wir spazieren«, als Benjamin zielstrebig auf die beiden zusteuerte.

»Da kommt dein Bewunderer«, sagte Henry, für Sarah überraschend, weil ihr nicht bewußt war, daß er Benjamins Aufmerksamkeiten bemerkt hatte, und ließ sie betrübt und verloren zurück, als er davonlief, dabei mit einer Hand auf einen Strauch schlug und über einen anderen hinwegsprang.

Sarah mußte über Henrys Eifersucht einfach entzückt sein, obwohl er damit ganz falsch lag. Man kann einen Menschen auf Anhieb mögen, so wie man sich schlagartig in jemanden verlieben kann, aber ersteres kommt seltener vor. Und man kann leicht das eine mit dem anderen verwechseln. Benjamin hatte Sarah auf Anhieb gern gehabt, genauso wie sich Stephen und Sarah bei ihrer ersten Begegnung im Restaurant gleich gemocht hatten. Konnte sie behaupten, daß das umgekehrt genauso galt? Nein. Sie brauchte nur ihre Gefühle für beide Männer miteinander zu vergleichen. Was nicht bedeutete, daß sie Benjamin nicht sympathisch fand.

Er kam auf sie zu und wirkte, ganz in steifes, elegantes Weiß gekleidet, fehl am Platz. Seine Miene hellte sich auf, als er sie ansah, aber dann wanderte sein Blick sofort weiter zu den gewaltigen Bäumen hinter ihr, die die runde, smaragdgrüne Rasenfläche umschlossen, wo die Sängerinnen in ihren hellen, weich fließenden Kleidern auf das Gebüsch vor den Probenräumen zuglitten. Er machte ein Gesicht wie ein kleiner Junge, der einem Zaubermärchen lauscht. Benjamin hatte sich in das Theater und die schönen Künste verliebt, und nachdem er nun einmal beschlossen hatte, sich die Vorteile der lässigen Sitten und Gebräuche beim Theater zunutze zu machen, küßte er Sarah herzhaft auf beide Wangen und wirkte ganz zufrieden mit sich, weil er sich zu dieser Freiheit durchgerungen hatte. Sarah ihrerseits beneidete ihn um diesen Zustand angenehmer Trunkenheit. Doch die Erfahrungen der letzten Zeit bewogen sie dazu, das gut geschnittene Gesicht nach Anzeichen für Kümmernisse oder gar Schmerz abzusuchen. Sie fand keine. War sie dessen sicher? Nein. Sollte sie sich nicht zumindest fragen, warum dieser Mann, der es offenbar zu einem recht zufriedenstellenden Leben gebracht hatte, dem Theater und seinen berauschenden Einflüssen erlegen war? (Ach, ein Zigeuner müßte man sein!) Welche Schattenseiten mochte Benjamins Leben haben? Sarah wußte es nicht. Wir wissen so wenig von dem, was in unseren besten Freunden vorgeht, von netten Bekannten ganz zu schweigen – es wäre ihr nicht im Traum eingefallen, Benjamin als Freund zu bezeichnen und gleichzeitig Stephen einen Freund zu nennen. Roy Strether, ein guter Freund seit fünfzehn Jahren, machte die Hölle durch – sie wußte das, und er wußte, daß sie es wußte –, aber wer von der Truppe außer Mary hatte auch nur die geringste Ahnung, was im Innern dieses freundlichen und tüchtigen Mannes vorging? Wer von den Menschen in diesem Haus hatte die geringste Ahnung, wie es um Stephen bestellt war? Seine Frau bestimmt nicht. Und Sally würde über diese Zeit später wahrscheinlich sagen, daß sie so ziemlich die schlimmste in ihrem Leben gewesen war. Sie hatte Sarah gegenüber, halb im Spaß, eine entsprechende Andeutung gemacht. Aber wer von den Menschen, die wochenlang Tag für Tag mit ihr zusammengearbeitet hatten, dachte viel über Sallys Verlust nach? Mary sah ebenfalls miserabel aus, viel schlechter, als sich durch die Sorge um ihre Mutter erklären ließ.

Während Sarah und Benjamin langsam auf das Haus zugingen, erzählte sie ihm von dem Gastspiel hier und von den neuen Ensemblemitgliedern. Dann hörte sie zu, wie er vom Edinburgh Festival berichtete – oder versuchte es zumindest, da ihre Gedanken immer wieder abschweiften. Auf diese Weise erreichten sie das Haus, wo bereits ein frühes Abendessen in Form eines Büfetts angerichtet war, weil das Stück bald beginnen würde.

Die zwei jungen Frauen aus der Stadt, Alison und Shirley, waren auch wieder da, groß, ruhig, blond, mit roten Wangen, gesund und blühend, und lächelten zufrieden und mütterlich angesichts der Hektik ringsum. Premierenabende waren für sie nichts Neues. Was Elizabeth anging, so hätte sie ebensogut laut sagen können: Das war nicht anders zu erwarten, schließlich ist das hier Theater ... während sie Susan lächelnd einen Teller mit einem sommerlich leichten Dessert reichte. »Sie sind wirklich sehr gut«, hörten alle Elizabeth sagen. »Sie sind eine großartige Julie.« Womit sie Susan daran erinnerte, aus welchem Grund sie sich hier in diesem Haus aufhielt – in Elizabeths Haus.

Benjamin überließ Sarah sich selbst, um sich mit Stephen zu unterhalten. Die beiden Männer standen plaudernd nebeneinander, jeder mit einem Glas Wein in der Hand, und winkten bei allem, was ihnen zu essen angeboten wurde, ab. Sie waren für kurze Zeit in ihre Rollen als Kunstmäzene geschlüpft, denn auch wenn sie sich selbst nicht so sahen, weil sie zu bescheiden waren und es sogar als Auszeichnung empfanden, all diese talentierten Wesen unterstützen zu dürfen, mußten die anderen Leute, die die beiden beobachteten, doch denken: Das sind die Geldgeber – und wir alle sind von ihren Entscheidungen abhängig.

Henry kam zu Sarah und sagte mit leiser Stimme: »Ich habe ein Fax von Millicent bekommen, Sarah. Sie kommt morgen. Mit Joseph. Sie möchte sich die Vorstellung ansehen, und dann verschwinden wir von hier.«

»Habt ihr eure Pläne geändert?«

»Ja. Elizabeth hat sie liebenswürdigerweise eingeladen, ein paar Tage zu bleiben, und zunächst haben wir zugesagt, aber ... Also wir verschwinden übermorgen von hier und wollen dann ein paar Wochen durch Frankreich fahren.«

Sarah sagte nichts, sie konnte ihn auch nicht ansehen.

»So ist es nun mal, Sarah«, sagte er und stellte seinen Teller ab, ohne das Essen angerührt zu haben. »Und jetzt gehe ich hinüber, um zu sehen, was das Publikum macht.«

Damit verschwand er. Wenig später folgten die Schauspieler nach.

Stephen, Sarah und Benjamin standen auf den Stufen vor dem Haus, sahen zu, wie die Besucher aus ihren Autos stiegen, und schlenderten dann über die Wiese zum Theater. Schmächtige goldene Wölkchen schwebten im Westen hoch am Himmel, und davor zeichneten sich die Konturen der reglosen Bäume ab. Vögel zankten lauthals im Gebüsch. Noch eine knappe Stunde bis zum Beginn der Vorstellung, und fast alle Plätze waren besetzt.

Sarah sah ihren Bruder Hal mit Anne, Briony und Nell aus dem Auto steigen. Sie hatte nicht mit ihnen gerechnet. Hal kam offenbar direkt von der Arbeit, weil er noch den dunklen Anzug trug, den er normalerweise nachmittags in der Harley Street anhatte. Die drei Frauen trugen geblümte Kleider, und ihre hellen Haare glänzten in der Abendsonne. Für sie alle war ein Ausflug in Sarahs Welt eine Erholung: für die Eltern von der harten Arbeit, und auch die beiden Töchter verbrachten schließlich die meiste Zeit ihres Lebens im Büro beziehungsweise im Labor. Aber wo war Joyce?

Sarah winkte ihrem Bruder, der ihr einen sorgfältig bemessenen, huldvollen Gruß zuteil werden ließ, doch da er dabei die Finger nicht bewegte, sah es aus, als erteilte er einen Segen. Fehlte nur noch, daß von seiner Handfläche ein Lichtstrahl auf die drei Personen auf der Treppe fiel. Durch eine Lücke in der Hecke beobachtete Sarah, wie er zur ersten Reihe vorging, ein großer, leichter schwarzer Ball, der auf dem schaumigen Kamm einer trägen Welle ans Ufer getragen wurde. Sein Schritt war federnd, den Kopf hielt er ruhig, die Augen blickten geradeaus, und er trug ebendas Gesicht zur Schau, das Sarah Zeit ihres Lebens prüfend betrachtet hatte, auch wenn es sich im Grunde nicht auszahlte. Mit seinen Pausbacken, dem leichten Schmollmund und den hervorstehenden Augäpfeln sah er aus wie eine Gallionsfigur. Sie hatte oft gedacht, daß er wirkte, als stünde er unter Drogen oder unter Hypnose. Das lag an seinem Körper, der eine geradezu unerschütterliche Selbstsicherheit ausstrahlte, eine unzugängliche Selbstzufriedenheit. Ein Rätsel. Er war Sarah von jeher ein Rätsel gewesen. Woher nahm er dieses Selbstbewußtsein? Wo in ihm hatte es seinen Sitz? In der ersten Reihe angelangt, entfernte er die Reserviert-Schilder von einigen Stühlen – er hatte keine Plätze reservieren lassen –, setzte sich hin und überließ es den drei Frauen, sich um ihn zu gruppieren. Da saß er, der große, weiche schwarze Ball, an Land gespült, während um ihn die geblümte Woge schäumte.

Mehrere Kritiker aus London nahmen ihre Plätze in der ersten Reihe ein, einige mit der typischen Attitüde, die besagte, daß sie dem Veranstalter mit ihrer Anwesenheit eine große Gunst erwiesen, während andere verstohlen durch die Reihen schlichen, um zu vermeiden, daß jemand sie ansprach und dadurch ihre Integrität gefährdete. Die Zuschauer plauderten gedämpft, bewunderten den Himmel, die Gärten, das Haus.

Begleitet von Henry begaben sich Stephen, Sarah und Benjamin zu den Schauspielern, um ihnen viel Glück zu wünschen. Sie hatten Faxe mit Grüßen von Bill aus New York und von Molly aus Oregon dabei. »Bin in den Gedanken den ganzen Abend bei euch.« »Ich wünschte, ich könnte bei euch sein.« Inzwischen hatte sich das neue, kahle Gebäude mit Menschen gefüllt und mit … womit, war Ansichtssache. Jedenfalls war es kein hallendes Vakuum mehr.

Die vier nahmen ihre Plätze in der letzten Reihe ein.

Mit erfahrenem Blick taxierten sie die Kritiker. Nur zwei waren erste Garnitur. Elizabeth hatte ihnen deutlich hörbar für ihre große Liebenswürdigkeit gedankt. Die anderen waren zweitklassig oder Volontäre, unter ihnen Roger Stent, der Sonia, nachdem er mit Bedacht nach ihr Ausschau gehalten und sie entdeckt hatte, ernst und ohne zu lächeln zunickte wie ein Richter vor der Eröffnung eines neuen Falles. Mit einer Geste gab sie ihm, bewußt auffällig, zu verstehen: Du kannst mich mal! Die Kritiker waren samt und sonders entweder Theaterkritiker, die nur aus ihrer Perspektive urteilen würden, oder Musikkritiker, die nicht die geringste Ahnung vom Theater hatten, aber gekommen waren, weil sich Queen's Gift mit seinen Konzertveranstaltungen und »Unterhaltungen« einen Namen gemacht hatte. Im Grunde brachte keiner die Voraussetzungen mit, um diesen Zwitter zu beurteilen. Mit den Zuschauern verhielt es sich anders: Sie machten sofort deutlich, daß sie das Stück mochten und verstanden, und als die Troubadourmusik einsetzte, klatschten sie Beifall, um zu demonstrieren, daß sie sie nicht als sonderbar empfanden. Im Programmheft war der ungewöhnlichen Musik eine ganze Seite gewidmet – ihrer Geschichte, ihren Ursprüngen im zwölften und dreizehnten Jahrhundert, den arabischen Einflüssen, den Instrumenten, die auf arabische Vorbilder zurückgingen, und ihrem unerwarteten Auftauchen so viele Jahrhunderte später in den Kompositionen von Julie Vairon, die diese alte Musik, wie man mit Sicherheit annehmen durfte, nie gehört hatte.

Aber *diese* Musik setzte erst im zweiten Akt ein, und die zwei wichtigen Theaterkritiker verschwanden nach dem ersten, weil sie nach London zurückfahren oder ihren Zug erreichen mußten. Beide trugen die beleidigte Miene von Kritikern zur Schau, die ihre Zeit vergeudet hatten und sich ausgenutzt vorkamen. Sarah meinte im Spaß, ihre Artikel würden bestimmt die Formulierung »ein geistloses Stück« enthalten, Mary fügte dem noch »›Faux exotica‹« hinzu und Roy: »›Leider kann auch der exotische Hintergrund dieses banale Stück nicht vor dem Mißerfolg bewahren.‹«

Die übrigen Theaterkritiker gingen nach dem zweiten Akt, so daß sie nichts von der durchsichtigen, jenseitigen Musik des dritten Aktes mitbekommen würden, die über das Persönliche hinauswies und ihm sogar eine Absage erteilte. »Wißt ihr was?« sagte Mary. »Ich wette, daß sämtliche Kritiken die Überschrift ›She was poor but she was honest‹ tragen werden!«

»Oder«, schlug Roy vor, »I can't get away to marry you today – my wife won't let me.« Die Musikkritiker blieben ausnahmslos bis zum Ende.

Und die Zuschauer klatschten im Stehen Beifall. Für sie zumindest war *Julie Vairon* ein Erfolg, wenn auch kein so großer wie in Frankreich.

Unterdessen wurde Sarahs Aufmerksamkeit abgelenkt, weil sie während des zweiten Akts Joyce mit ihrer Freundin Betty und einem unbekannten Jüngling in der Nähe der Lücke in der Hibiskushecke entdeckte, die den Eingang zum Theater bildete. Die drei kamen ihr vor wie Kinder, die vor einer Tür stehen und die Erwachsenen belauschen. Sie konnte leicht nachvollziehen, was geschehen sein mußte. Joyces Eltern hatten sie, hörbar aufgebracht und wie immer am Ende mit ihrer Geduld, aufgefordert – nein, angefleht –, sie nach Oxfordshire zu begleiten, um sich Tante Sarahs Stück anzusehen, Joyce hatte sich natürlich geweigert, dann aber Betty davon erzählt, die gemeint hatte, sie könnten eigentlich ruhig hinfahren. Zu dritt waren sie dann per Anhalter hergekommen. Selbst heute, wo das Trampen so riskant war, bat Joyce immer wieder wildfremde Leute, sie mitzunehmen, meist Lastwagenfahrer, die sie auf Tankstellenvorplätzen ansprach. Sie hatte wiederholt Geschichten von Beinahe-Katastrophen erzählt, mit dem scheuen Lächeln, das sie Erwachsenen gegenüber aufsetzte, teils um herauszufinden, was diese Autoritätspersonen davon hielten. Sarah hatte bislang nur einmal einen kurzen Blick auf Betty geworfen, aber jetzt konnte sie sie eingehend betrachten. Die drei jungen Leute drückten sich hinter den sitzenden Zuschauern vorbei, Joyce auf Zehenspitzen, Betty mit gespielter Tapferkeit, der junge Mann in der Erwartung, jeden Augenblick angesprochen und hinausgeworfen zu werden. Betty ließ sich auf die grasbewachsene Böschung plumpsen, die zwei anderen setzten sich neben sie. Joyce winkte ihrer Tante stürmisch zu und lächelte zu ihr hinüber.

Betty war ziemlich dick und saß mit ausgestreckten Beinen da, die fetten Oberschenkel in Blue Jeans gezwängt, die Arme über großen, herabhängenden Brüsten verschränkt. Auf ihrem Gesicht lag säuerliche Skepsis: Mich könnt ihr nicht beeindrucken. Es war ein großflächiges Gesicht, gewöhnlich und eher derb. Die schwarzen Haare hingen ihr in fettigen Zotteln herunter. Neben ihr wirkte Joyce noch jämmerlicher und verwahrloster, und man merkte auf den ersten Blick, daß Betty sie bemutterte. Der junge Mann, der ein Stück von den Frauen entfernt saß, war auffallend dünn, bleich und schlaff und hatte einen langen, knochigen Hals. Seine Hände waren so mager, daß sie durchsichtig wirkten, sein Gesicht war mit roten Flecken übersät.

Während das Publikum am Ende des Stücks noch applaudierte, machten sich die drei aus dem Staub.

Für die Truppe und die Leute aus der Nachbarschaft war neben dem Haus, ein gutes Stück vom Theater entfernt, ein zwangloser Empfang vorbereitet worden. Hinter langen Tischen mit Wein und Kuchen standen die zwei hübschen blonden Frauen, Shirley und Alison, und servierten, während Elizabeth und Norah zusammen mit Stephen die Gäste begrüßten. Die Zuschauer strömten zu ihren Autos und den Bussen, die sie in die Stadt oder nach London zurückbringen würden, aber etwa zweihundert Leute standen noch auf dem Rasen herum. Hal tauchte auf und ging geradewegs auf Stephen zu, dem er sich nicht etwa als Sarahs Bruder, sondern als Dr. Millgreen vorstellte. Stephen wußte nicht, wer er war, verhielt sich aber so, als sei es ihm eine große Ehre, ihn kennenzulernen. Ein Glas Wein lehnte Hal mit der Begründung ab, er müsse nach London zurück, weil er morgen früh zeitig in der Klinik gebraucht werde, dann sagte er leutselig zu seiner Schwester: »Sehr hübsch, Sarah«, und stiefelte davon, ohne sich darum zu kümmern, ob Anne, Briony und Nell nachkamen oder ob sie vielleicht gern ein Glas Wein getrunken hätten. Am anderen Ende des Rasenstücks drehte er sich um, offenbar um das Haus mit einem anerkennenden Blick zu würdigen, denn er hatte seine professionelle Miene aufgesetzt, die allgemeines Wohlwollen ausdrückte. Mehrere Leute eilten auf ihn und Anne zu. Einen Augenblick war er von Kollegen, Patienten oder Freunden umringt, eine Gestalt, die gütige Autorität ausstrahlte. Sarah wurde klar, daß sie, ähnlich wie sie von Stephen im Grunde nur seine

Julie-Seite (seine dunkle, verborgene Seite) kennengelernt hatte, nichts vom gesellschaftlichen Leben ihres Bruders und ihrer Schwägerin mitbekam. Offizielle Partys waren nicht nach ihrem Geschmack, und die Freunde der beiden ebensowenig. Aber möglicherweise gab es eine ganze Reihe Leute, die den hervorragenden Dr. Millgreen, seine kluge Ehefrau und Ärztin Anne und ihre zwei hübschen Töchter als liebenswerte Familie kannten. Mag sein, daß sie gelegentlich, wenn es ihnen gerade einfiel, bemerkten: »Wirklich schade um die dritte Tochter. Macht ihnen anscheinend ganz schön zu schaffen.«

Sarah überlegte noch, ob sie Hal und Anne nach Joyce fragen sollte, da stieg die Familie schon ins Auto und fuhr los. Also unterhielt sie sich weiterhin, wie ihre Rolle es verlangte, mit allen, die mit ihr reden wollten. Ja, die Arbeit an diesem Stück – falls man es so nennen konnte – hatte sich ausgezahlt, aber es gab zwei Autoren, und Stephen Ellington-Smith, der Gastgeber, könnte dazu sicher auch eine Menge sagen. So ging das etwa eine Stunde lang, und die Dämmerung hatte sich bereits in Bäumen und Sträuchern eingenistet, als sie einen jungen Mann lachend sagen hörte, er sei nach der Vorstellung beim Verlassen des neuen Gebäudes von zwei Mädchen angesprochen worden, die den männlichen Mitgliedern des Ensembles anboten, ihnen für jeweils zehn Pfund einen zu blasen. Der Mann war Sandy Grears, und er unterhielt sich mit George White. Sarah ging ohne Umschweife zu den beiden hin und sagte: »Ich fürchte, eins der Mädchen war meine Nichte. Ihr wißt nicht zufällig, wo sie hingegangen sind?« Es fiel ihr schwer, nach außen hin ruhig zu bleiben, weil der Gedanke an Henry – der sich vermutlich bei den anderen im neuen Gebäude aufgehalten hatte – im Zusammenhang mit diesem Angebot nahezu unerträglich schmerzhaft war, wie eine groteske Zote, die sich gegen einen selbst richtete. Die beiden jungen Männer änderten schlagartig ihr Verhalten, ihr durchaus angemessenes Gelächter über zwei kleine Schlampen verwandelte sich in Mitgefühl mit der Verwandten eines schwierigen Kindes. George meinte, wahrscheinlich seien die Mädchen im Old Fox in der Stadt, weil das das einzige Lokal sei, das abends geöffnet habe. Er bot Sarah an, sie hinzufahren. Sandy entfernte sich, so daß Sarah George fragen konnte, ob auch ein junger Mann bei den Mädchen gewesen sei. Ja, das stimmte. George zögerte. Er hätte mehr dazu sagen können, aber Sarah beschloß, nicht weiterzufragen. Es fiel ihr schwer zu glauben, daß Sandy sich dafür begeistern konnte, sich von einem ungesund wirkenden Jüngling einen blasen zu lassen, aber man konnte nie wissen. Zu ihrer Überraschung gab es ihr – aus ästhetischen Gründen – einen heftigen Stich, daß jemand, der den schönen Bill Collins genossen hatte (ausnahmsweise ein absolut zutreffendes Wort), auch nur auf den Gedanken kommen konnte, sich von diesem armseligen, heruntergekommenen Kerl befriedigen zu lassen.

Als sie George auf dem Weg in die Stadt von Joyce erzählte, zeigte er entsprechendes Verständnis und Mitgefühl. Mit seiner Schwester gab es auch Probleme. Sie war magersüchtig, zu Zeiten selbstmordgefährdet, und das ging nun schon seit Jahren so. Wieder einmal erfolgte jene unliebsame Verschiebung des Blickwinkels, die das Privatleben eines Kollegen (sonst immer nur der Hintergrund für den Bereich, in dem man ihn kennt, seinen Arbeitsbereich, sein *Leben*, wie man gern glauben möchte) zum Vorschein kommen läßt und durch die man nolens volens erfährt, mit wieviel Mühe der Betreffende seine Unabhängigkeit vom Beziehungsgeflecht Familie wahrt und wie fragwürdig sie ist. Georges Schwester hatte eine Zeitlang bei ihm und seiner Frau gewohnt, doch als die Kinder auf die Welt kamen, wurde die Belastung einfach zu groß. Inzwischen mußte sie leider immer wieder für längere Zeit ins Krankenhaus. Langsam entspann sich zwischen Sarah und George jenes Gespräch, das immer häufiger stattfindet und sich mit dem Phänomen beschäftigt, daß auf jeden gesunden, tüchtigen, den eigenen Lebensunterhalt verdienenden Menschen von Tag zu Tag mehr Menschen kommen, die nicht mit dem Leben fertig werden und finanzielle oder emotionale Unterstützung brauchen. Daran schloß sich die Frage an, ob es heutzutage wirklich mehr solche Menschen gibt oder ob sie nur deutlicher in Erscheinung treten, seit sich die Meinung durchgesetzt hat, daß sich bei benachteiligten Menschen soziale Mankos auf lange Sicht ausgleichen lassen. Und wie steht es mit den Menschen, die als unversehrt, gesund, unabhängig und »lebenstüchtig« gelten, in Wirklichkeit aber von anderen abhängig sind? Sarah dachte dabei natürlich an ihren Bruder. Was wäre der ohne seine inzwischen völlig ausgelaugte Frau?

Das Old Fox nannte sich Weinlokal, war aber ein Restaurant mit Bar und lauter Musik und so brechend voll, daß Sarah nicht bis ans andere Ende des Raumes sehen konnte. Dann plötzlich entdeckte sie Joyce inmitten einer Gruppe junger Leute, die dichtgedrängt um einen Tisch saßen und tranken. In diesem keineswegs anrüchigen Lokal waren Joyce und ihre Clique das einzig dubiose Element. Sarah, die sich vor die Notwendigkeit gestellt sah, etwas zu unternehmen, ohne zu wissen, was, wurde von Joyce gerettet, die sich durch das Gewühl zwängte und wiederholt »Das ist meine Tante Sarah« rief. Sie hielt ein Glas Whisky über ihren Kopf, um nichts zu verschütten, und sobald sie, nach Whisky dünstend, ihre Tante erreicht hatte, begann sie über das hübsche Stück zu plaudern. George White würdigte sie keines Blickes. Als die Aufführung zu Ende war, hatte es gerade zu dämmern begonnen, aber vielleicht schaute sie potentielle Kunden auch prinzipiell nicht an.

»Wie kommst du nach Hause?« fragte Sarah.

»Ach, das kriegen wir schon hin. Wir sind ja auch irgendwie hergekommen, hab ich recht?«

Die zwei Erwachsenen standen da und hörten sich an, wie das arme Kind die klugscheißerischen Sätze von sich gab, die im Kreis ihrer Freunde angesagt waren. »Nichts anti, Tante, aber mach dich nicht naß, Mäuse sind kein Thema, wir checken das schon.« Übersetzt: Nichts gegen dich, aber du machst dir unnötig Sorgen, wir haben genug Geld, uns passiert schon nichts. Währenddessen wanderte ihr Blick andauernd zur Tür, durch die immer neue Leute hereinkamen. Offenbar kannte sie das Lokal recht gut. Ihr Lächeln wirkte, wie immer, festgefroren. Ihre Augen schienen nur aus Pupillen zu bestehen. Drogen vergrößern die Pupillen. Wie die Dunkelheit. Und die Liebe.

George entdeckte jemanden, den er kannte, und entfernte sich. Schließlich war die Truppe seit drei Tagen da, und hier traf sich die

Jugend der Stadt. Sofort war er umringt – kein Wunder, denn er sah gut aus, war liebenswürdig und allgemein beliebt.

»Joyce«, sagte Sarah mit gedämpfter Stimme. »Denkst du auch an alles, was wir dir ans Herz legen?«

Joyce wich ihrem Blick aus und sagte fröhlich: »Ach komm, Sarah, natürlich tun wir das. Du machst dir unnötig Sorgen.«

»Und was soll ich davon halten, daß du wildfremden Männern anbietest, ihnen einen zu blasen?«

Die schönen Augen gerieten verzweifelt ins Schlingern. »Wer hat dir das gesagt? Ich habe nicht ... Ich bin nie ... Bitte, Tante ...« Dann fing sie sich wieder und zitierte (wen? Betty?): »Männer sind nun mal so. Das ist alles, was sie interessiert. Blas ihnen ordentlich einen, und sie sind zufrieden.« Und sie sah Sarah voller Stolz an, um festzustellen, wie dieser Brocken weltlicher Weisheit ankam.

Sarah betrachtete die hübschen Lippen, die sich große Mühe gaben zu lächeln, und sagte: »Ach, Joyce, hab doch ein bißchen gesunden Menschenverstand.«

»Den haben wir doch, ehrlich. Aber es geht um Kohle, verstehst du? Das ist das Problem, Kohle.« Und jetzt hielt sie es nicht mehr aus, wedelte mit ihrer dünnen, verdreckten Hand wenige Zentimeter vor Sarahs Gesicht hin und her, merkte, daß sie die Entfernung unterschätzt hatte, zuckte zusammen und zog sich rückwärts in die Menge zurück, wobei sie Sarah »Später ... später ...« zurief. Gemeint war: Wiedersehen, wiedersehen. Sie schlängelte sich durch das Gewühl davon und gesellte sich wieder zu ihren Freunden.

An der Bar saß Andrew auf einem Hocker, vor sich einen Drink. Er spürte Sarahs Blick, drehte sich um und starrte sie an. Dann wandte er sich demonstrativ wieder der Frau zu, die auf dem Barhocker neben ihm saß – schick, um die Vierzig, geschmeichelt, weil er sich für sie interessierte. Aber er ertrug es nicht, drehte sich erneut ruckartig um, schwankte leicht, weil er betrunken war, fing sich und kam auf Sarah zu. »Ich habe kein Auto«, sagte er. »Wenn ich mir eines leihen würde, würdest du ...?« Da tauchte George auf. »Nein, wie ich sehe, würdest du nicht«, sagte Andrew und stakste an die Bar zurück.

»Ziemlich viel Sinn für Dramatik, unser Andrew«, bemerkte George.

»Ja.«

»Den möchte ich nicht zum Feind haben.«

Männer hielten Andrew offenbar für gefährlich, Frauen nicht.

»Komm, ich bring dich zurück.«

Sarah saß schweigend im Auto, das über schmale, mondbeschienene Straßen fuhr, und überlegte zum hundertsten Mal, daß es irgend etwas Vernünftiges geben mußte, womit man Joyce helfen könnte.

»Denkst du gerade, daß es irgendeine Lösung geben muß, sofern du nur darauf kommen könntest?«

»Ja.«

»Das hab ich mir gedacht.«

Er stellte den Motor nicht ab, als sie ausstieg, sondern fuhr sofort wieder los, zurück zur Kneipe. Sarah ließ er draußen vor dem dunklen Haus stehen. Es war zwölf Uhr, spät für diese Gegend. Auf einer Bank bei ein paar Sträuchern saß eine wachsame, verkrampfte Gestalt. Henry. Sarah ging auf ihn zu. Es kam ihr vor, als holte Henry sie wie an einer Angelschnur ein, genauso wie Susan es anfangs mit Stephen gemacht hatte. Sie setzte sich neben ihn. Sofort rückte er so dicht an sie heran, daß sie sich der Länge nach von den Schultern bis zu den Füßen berührten.

»Wo bist du gewesen?«

Sie hörte sich seufzen, und es bedeutete: Spielt keine Rolle.

»Benjamin hat dich gesucht. Er ist zu Bett gegangen.«

Ihr Verstand spulte seine präzisen Überlegungen ab: Wie oft sind zwei Menschen gleichzeitig ineinander verliebt? Fast nie. Normalerweise wendet sich einer ab ... Doch laut sagte sie, mit rühmenswerter Gelassenheit, obwohl ihr Herz so heftig pochte, daß er es spüren mußte: »Im Umgang mit Amerikanern kommt immer der Augenblick, in dem man sich durch und durch dekadent vorkommt. Selbst wenn man jemanden seit Jahren kennt, auf einmal ist es soweit. Die braven, unverdorbenen, moralischen Amerikaner und die durchtriebenen, dekadenten Europäer. Genau wie in den Romanen von Henry James.«

»Wenn ich Henry James nur gelesen hätte.«

»Tief im Herzen hältst du mich für unmoralisch.«

»Ich möchte nicht wissen, was du von mir hältst.«

»Gut. Und jetzt gehe ich ins Bett.« Sie stand auf, und er packte sie bei der Hand. Als sie ihm ihre Hand entzog, riß sie sich damit ein großes Stück ihres Herzens aus. So fühlte es sich zumindest an. Er sprang auf und umarmte sie, noch immer, ohne sie auf den Mund zu küssen, aber seine Lippen berührten ihre Wange, schickten Feuerströme durch ihren ganzen Körper, und ihre Lippen berührten sein Haar. Weiches Haar ...

»Gute Nacht«, sagte sie rasch und ging ins Haus.

Sie saß an ihrem Fenster, völlig aus der Fassung gebracht. Als ihr Blick endlich wieder klar wurde, sah sie, daß Mondlicht den Himmel überzog. Worte stiegen in ihr auf. Sie saß da (mit geschlossenen Augen, weil sie das Mondlicht als zu nichtssagend und herzlos empfand) und spürte die köstliche Weichheit seiner Haare auf ihren Lippen, während sie murmelte: »Mein Gott, wie ich dich geliebt habe, mein kleiner Bruder, wie ich dich geliebt habe.« Vor Erstaunen riß sie die Augen auf. Aber sie konnte sich nicht mit der Botschaft befassen, die ihr diese Worte übermittelten. Sie lag auf dem Bett und weinte bittere Tränen. Immer noch besser als das, was sie erwartete. Tränen, und seien sie noch so bitter, gehören nicht ins Reich tiefer Trauer.

Sie wachte spät auf, kam spät zum Frühstück. Stephen warf auf der Suche nach seinen Söhnen einen Blick in den Frühstücksraum, weil er Schießübungen mit ihnen machen wollte. Benjamin saß vor einer Tasse Kaffee. Er hatte auf Sarah gewartet. Jetzt war es an ihm, ein ironisches Gesicht aufzusetzen, denn er glaubte, daß unwiderstehliche Verlockungen sie gestern abend so lange in der Stadt aufgehalten hatten. Henry kam unmittelbar nach ihr herein, schenkte sich Kaffee ein und setzte sich mit seiner Tasse neben sie. Er schaute sie nicht an, sie schaute ihn nicht an.

Benjamin sagte: »Ich muß um zwei Uhr los, wenn ich mein Flugzeug erreichen will.«

Stephen meinte: »Dann schlage ich vor, daß Sarah Sie noch ein bißchen herumführt.«

»Wenn Sarah Zeit hat«, sagte Benjamin.

»Natürlich habe ich Zeit«, sagte Sarah, allerdings erst nach einer Pause, weil sie seine Worte nicht gleich aufnahm.

»Und du Henry, vielleicht habt ihr zwei, du und deine Frau, Lust, mit uns zu Abend zu essen? Im Blue Boar ißt man gar nicht schlecht. Die Vorstellung ist um zehn Uhr zu Ende, so daß wir um halb elf in der Stadt sein könnten.«

»Sehr gern«, sagte Henry. »Könnte zwar ein bißchen spät für Joseph werden, aber das wird er schon schaffen. Er ist daran gewöhnt, daß es spät wird.«

Stephen hatte nicht damit gerechnet, daß der Junge mitkommen würde, und sagte deshalb: »Ich bin sicher, daß Norah gut auf ihn aufpaßen würde.«

»Ich glaube nicht, daß er mich weggehen ließe. Er hat mich einen Monat nicht gesehen.«

»Wie du es für richtig hältst. Ich bestelle einen Tisch. Und du kommst natürlich auch mit, Sarah.«

In dem Augenblick kamen die Jungen zur Tür herein, und Stephen sagte zu ihnen: »Also, auf geht's. Lauft schon mal zu und holt die Zielscheibe.«

Alle vier zogen los.

Sarah stellte fest, daß sie ihren Kaffee nicht hinunterbrachte. Im Mund hatte sie bereits den bitteren Geschmack des Verlustes. Sie sagte zu Benjamin: »Wollen wir gehen?« Benjamin stand auf, und in seinem makellosen, blütensauberen, unglaublich perfekten cremefarbenen Leinenanzug schaffte es dieser große und kräftig gebaute Mann tatsächlich, den herrlichen alten Raum schäbig aussehen zu lassen. Etwas zu höflich fragte er Henry: »Möchten Sie uns Gesellschaft leisten?«

»Ich habe allerhand zu erledigen«, sagte Henry.

Benjamin und Sarah brachen zu einem Spaziergang über das Gut auf. Sie schlugen Wege ein, auf die sie zufällig stießen, saßen auf Bänken, um die eine oder andere Aussicht zu bewundern, entdeckten eine Wiese mit etwa einem Dutzend Pferden, die unter einer Weide an einem Bach standen. Die Pferde beobachteten die beiden Menschen in der Hoffnung auf ein paar Leckerbissen, verloren aber bald das Interesse. Ein Getreidefeld, gelb und so weich, daß es zum Streicheln einlud, neigte sich sanft nach unten zu einem breiten Streifen blauen Himmels. In einem riesigen Schuppen oder einer Tenne stand wie ein ins Unermeßliche vergrößertes Insekt ein Mähdrescher, über den sich zwei junge Männer in schicken blauen Overalls mit Ölkannen beugten.

Das ist der letzte Tag, der letzte Tag, hämmerte es in Sarahs Kopf. Landschaft, Himmel, Pferde und Mähdrescher – für sie war alles Henry, Henry, Henry. Der erschreckende Egoismus der Liebe hatte ihr alles geraubt, bis auf Henry. Sie rief sich ins Gedächtnis, daß Benjamin wenigstens etwas Höflichkeit verdient hatte, und gab sich Mühe, freundlich zu plaudern, merkte aber, daß sich ihre Worte in Unaufmerksamkeit und schließlich Schweigen verloren.

Benjamin, dem einfiel, welchen Erfolg er damit in Belles Rivières gehabt hatte, begann sie mit seinen »Projekten« zu unterhalten.

»Was halten Sie von folgendem Vorhaben, Sarah? In Oregon soll ein kaschmirischer See entstehen, eine originalgetreue Nachahmung mit aus Kaschmir importierten Hausbooten, Musikanten und Bootsleuten. Jede Menge Wasser – wir brauchen nur noch den richtigen See.«

»Klingt interessant«, sagte Sarah, wußte aber, daß es gleichgültig klang.

»Gut. Und wie steht es mit einer Maschine, die negative Ionen aussendet? Sie hängt an einem fahrbaren Gestell, so daß man sie von Zimmer zu Zimmer schieben kann. Sie zieht den Staub an, der in eine flache Schale unter der Maschine fällt. Nach etwa einer Stunde ist kaum mehr Staub in der Luft.«

»Das finde ich wirklich interessant. Kein Abstauben mehr.«

»Die Idee stammt von meiner Frau. Sie ist Physikerin und hat für eine Firma gearbeitet, die Ionisatoren herstellt. Derzeit arbeitet sie an der Entwicklung einer solchen Maschine.«

»Ich kaufe Ihnen jederzeit eine ab.«

»Ich werde ihr sagen, daß sie Ihnen eine schicken soll.«

»Stammt die Idee mit dem kaschmirischen See auch von Ihrer Frau?«

»Sie stammt von uns beiden. Wir waren vor drei Jahren in

Kaschmir – bevor die Kämpfe dort losgingen und das ganze Durcheinander. Ich habe den Vorschlag einer Hotelkette unterbreitet, an der wir interessiert sind, und er hat Anklang gefunden.«

»Das hört sich an, als fänden Sie ihn ein bißchen frivol.«

»Mag sein, daß ich das anfangs getan habe. Aber meine Vorstellungen davon, was frivol ist und was nicht, haben sich anscheinend geändert.« An dieser Stelle hätte er gern einen Blick mit ihr gewechselt, der tiefer ging als Worte, aber sie konnte es sich nicht leisten, ihm in die Augen zu sehen. Dolche schienen sich in ihre Augen zu bohren, die sich zu leicht hätten auflösen und ihr über die Wangen hätten rinnen können.

Sie näherten sich einer Baumgruppe, aus der man Stimmen und ab und zu einen Schuß hörte. Wenig später standen sie zwischen den Bäumen und blickten auf eine Lichtung hinab. In der Mitte des grasbewachsenen Streifens stand ein dicker Holzpfosten, bei dessen Anblick sie aufgrund der Zeiten, in denen wir leben, beide an einen Menschen mit verbundenen Augen dachten, der jeden Augenblick erschossen würde. Ziemlich altmodisch? Gehörte so ein Pfosten einer früheren und konventionelleren, vielleicht sogar zivilisierteren Zeit an? An den Pfosten war eine selbstgemachte Zielscheibe genagelt. Ein paar Meter davon entfernt, links unterhalb von Sarah und Benjamin, standen Stephen, seine drei Söhne, zwei andere Jungen und zwei Mädchen.

An einer Eiche lehnten mehrere unterschiedliche Gewehre. Bemerkenswert war die Szene wegen der Mischung aus Lässigkeit, sogar Amateurhaftigkeit – die selbstgemachte Zielscheibe, die Kleidung von Stephen und den Kindern –, und den strengen Ritualen des Schießens.

Die Kinder standen dicht beisammen ein paar Schritte hinter einem Jungen, der ein Gewehr in Händen hielt. Er hatte gerade geschossen und brachte es zurück zu dem kleinen Arsenal unter dem Baum, während die anderen die zwei rotbraunen Setter festhielten, die sich ganz aufgeregt gebärdeten und mit den Schwänzen das Gras peitschten. Stephen ging mit dem Jungen, der als nächster an der Reihe war, zu dem Baum und suchte sorgfältig eine seinem Alter und seinem Können entsprechende Waffe aus. Dann überwachte er jede einzelne Bewegung: So hält man ein Gewehr, mit dem Lauf nach unten, so geht man damit. Als der Junge die Stelle erreicht hatte, von der aus geschossen wurde, stand Stephen unmittelbar hinter ihm und gab seine Anweisungen, die man auf die Entfernung jedoch nicht verstehen konnte. Vorsichtig hob der Junge das Gewehr, zielte, drückte ab. Auf der Zielscheibe erschien ein schwarzes Loch, ein Stück außerhalb des Zentrums. »Gut gemacht«, hieß es wahrscheinlich, weil sich der Junge mit zufriedenem Gesicht wieder zu den anderen gesellte.

Nun ging ein etwa zwölfjähriges Mädchen mit Stephen zu dem Baum. Sie suchte ohne Anleitung ein Gewehr aus, schlenderte mit Stephen, der sich viel weniger um sie kümmerte als um den Jungen, zu der Stelle zurück, von der aus geschossen wurde, zielte und drückte ab. Offenbar ging der Schuß ins Schwarze, weil man an der Zielscheibe nichts sah. Von den Kindern kamen anerkennende Rufe, und Stephen legte dem Mädchen kurz die Hand auf die Schulter. Die Hunde bellten und sprangen in die Höhe. Das Mädchen begab sich zurück zu den anderen, und der nächste Junge, Stephens jüngster Sohn Edward, ging mit seinem Vater zum Baum. Diesmal wählte Stephen eine Waffe, die wie ein Luftgewehr aussah, und kontrollierte jede noch so kleine Bewegung: Stellung der vorderen Hand, Haltung der linken Schulter ... der rechten Schulter ... Kopfhaltung ... Fußstellung. Höchste Konzentration. Der Schuß hinterließ ein schwarzes Loch am Rand des weißen Quadrats mit den konzentrischen Kreisen. Alle waren so aufmerksam bei der Sache, daß niemand die beiden Zuschauer bemerkte, die ihren Weg fortsetzten.

»Mir würde die Vorstellung gefallen, daß wir Amerikaner uns auch soviel Mühe gegeben hätten, unseren Kindern das Schießen beizubringen. Wahrscheinlich zeugt es von Unwissenheit, aber warum müssen Kinder in diesem friedlichen, fruchtbaren Land das Schießen lernen?«

»Das gehört eben einfach dazu.«

»Für die Mädchen auch?«

»Man muß im Auge behalten, wen ein Mädchen vielleicht einmal heiratet – ich zitiere.«

Benjamin lächelte pflichtschuldig.

»Für meine Tochter bestand nie die Notwendigkeit, schießen zu lernen.« Als er sie verständnislos ansah, fügte sie hinzu: »Wir gehören nicht zum Adel.«

»Aber es könnte doch bestimmt nützlich sein. Haben Sie nicht erzählt, daß sie in Kalifornien lebt?«

»Nicht diese Art von Schießen. Die Kinder, die wir gesehen haben, werden nie auf etwas anderes schießen als auf Fasane, Moorhühner oder dergleichen. Das heißt, wenn es keinen Krieg gibt.«

»Ich muß gestehen, daß mir dieses Land manchmal wie ein Anachronismus vorkommt.«

»Wenn ich nach Oregon komme, um mir Ihren kaschmirischen See anzusehen, werde ich Sie daran erinnern.«

Er lachte. Sarah war so wenig nach Lachen zumute, daß sie sich am liebsten ins Gras fallengelassen und geheult hätte. Sie beendeten ihren Rundgang, und Benjamin meinte, er könne sich ebensogut gleich auf den Weg machen. Sarah begleitete ihn zu seinem Wagen. Weil sie sich schuldig fühlte, wurde sie überschwenglich. Sie hörte sich Konversation machen, ohne recht zu wissen, worüber sie redete. Er sagte, er habe vor, im November wieder nach England zu kommen. Dann brauste er mit seinem starken Wagen davon. Zum Flughafen. Und von da aus weiter nach Kalifornien. Zu seiner angenehmen Arbeit, die darin bestand, reizvolle Ideen zu finanzieren und dann zuzusehen, wie sie Wirklichkeit wurden. Ein moderner Zauberer.

Zum Lunch waren nur Stephen und Sarah da. Henry war losgefahren, um seine Frau und seinen Sohn abzuholen, Elizabeth und Norah besuchten Freunde, und die Truppe hatte einen Bus gemietet, der sie durch die Dörfer in den Cotswolds fuhr.

Beide rührten das Essen auf ihrem Teller nicht an.

»Ich weiß, daß ich dich langweile, Sarah, aber ich muß dich fragen … als dein Mann starb, hast du da um ihn getrauert – irgend so was in der Art?«

»Das habe ich mich selbst gefragt. Ich war unglücklich, sehr unglücklich. Nur weiß ich nicht … worum habe ich im Grunde genommen getrauert? Ich meine, mir zugestanden, richtig zu trauern. Wie ich sehe, ziehst du nach wie vor deine Lehrbücher zu Rate.«

»Ja. Deshalb frage ich auch, denn darin wird folgende Hypothese aufgestellt: Wenn man nicht zur richtigen Zeit die richtigen Emotionen empfindet, stauen sie sich auf. Also mir erscheint das ausgemachter Unsinn.«

»Woher will man das wissen?«

»Warum hast du nicht noch einmal geheiratet?«

»Du vergißt, daß ich zwei kleine Kinder hatte.«

»Wenn ich eine Frau haben wollte, würde mich das nicht abhalten.«

»Aber damals haben wir uns nicht gekannt.«

Er quittierte ihre Bemerkung mit einem Lächeln, machte eine ungeduldige Geste, mußte dann aber doch lachen. »Schade, daß wir uns nicht ineinander verliebt haben«, sagte er. Die Erinnerung an eine alte Angst huschte wie ein feiner Schatten über sein Gesicht, aber Sarah beruhigte ihn mit einem Kopfschütteln. »Weil wir wirklich so außergewöhnlich … gut zusammenpassen.«

»Da haben wir's, das wäre zu vernünftig.« Sie sah ihm ins Gesicht und sagte: »Mir ist da etwas eingefallen. Ich habe nie einen

Mann, mit dem ich eine Affäre hatte, mit ins Schlafzimmer genommen, ins Ehebett. Sondern immer nur ins Gästezimmer. Irgendwann hat einer darauf bestanden. Er sagte: ›Ich habe es satt, ewig ein Gast zu sein. Du bist noch immer verheiratet, ist dir das eigentlich klar?‹ Und das war's dann. Damit ist er gegangen.«

»Du hattest großes Glück, Sarah. Anfangs dachte ich, Elizabeth und ich würden das ganz gut hinkriegen, aber ich hätte nie ...«

»Würdest du sagen, daß die zwei Frauen verheiratet sind?«

»Ja, das würde ich. Auf alle Fälle schließen sie alle anderen aus.« Seine Stimme klang tief verletzt. Eine aufdringliche Wespe erkundete einen Klecks Mayonnaise auf einem Teller und lieferte Stephen einen Vorwand, sich ablenken zu lassen. Er schob seine Messerklinge darunter, stand auf und schüttelte die Wespe ins Gras. Er kam zurück, entschlossen, das Thema weiterzuverfolgen. »Auch die Kinder.« Kurze Pause. »Elizabeth war nie eine mütterliche Frau. Sie hat auch nie so getan. Warum müssen Frauen eigentlich mütterlich sein? Viele sind es nicht.« Kurze Pause. »Ich versuche das den Kindern gegenüber wiedergutzumachen.«

»Ich habe den Eindruck, daß Norah die Kinder gern mehr bemuttern würde.«

Man sah ihm an, daß dieser Gedanke nicht neu für ihn war. »Tja, ich hindere sie nicht daran.« Er schob seinen Teller weg, nahm einen Pfirsich aus einer Schale und schnitt ihn ordentlich in Stükke. »Ob du's glaubst oder nicht, sie tut mir leid. Norah, meine ich. Sie ist eine entfernte Cousine von Elizabeth. Sie war vom Pech verfolgt, ihre Ehe ist in die Brüche gegangen.«

Damit ließen sie das Thema auf sich beruhen. Es gibt Menschen, die andere dazu bringen, sich ihnen gegenüber herzlos oder zumindest nachlässig zu verhalten. Norah war so ein Mensch. Alles andere würde stets wichtiger sein als Norah.

»Wann fährst du nach Hause, Sarah?«

»Morgen. Jean-Pierre kommt heute abend zur Vorstellung. Und alles weitere werden wir in London besprechen.«

»Ich komme auch nach London.«

»Heißt das, du verläßt ... Susan? Ich hätte nicht soviel Willenskraft.«

»Das hat nichts mit Willenskraft zu tun.« Er streute Zucker über die weichen gelben Pfirsichstücke, nahm seinen Löffel, legte ihn wieder hin und schob den Teller weg. »Das einzige, worauf ich nicht gefaßt war, ist, daß Julie zu ›einem guten Fick‹ verkommen würde. ›Du bist ein guter Fick‹, hat sie gesagt. Wobei ich nicht behaupten kann, daß mir das nicht schmeichelt.« Er lächelte Sarah an, ein echtes Lächeln voller Zuneigung, hinter dem seine ganze Person stand. »Sie ist ein zähes kleines Ding. Aber das ist ihr nicht klar. Sie sagt mir immer wieder, ich sei sexistisch. Mit einem koketten Kichern. Ich habe ihr erklärt, daß ihre Vorstellungen nicht neu sind. Frauen haben zu allen Zeiten zugegeben, daß ein Mann durch die Liebe einer braven Frau erlöst werden muß. Sie hat mir eine regelrechte Gardinenpredigt gehalten, den ganzen feministischen Schmus. Das Problem ist, daß sie ziemlich dumm ist, verstehst du?«

Eine andere Wespe, vielleicht auch dieselbe, setzte sich auf den aufgeschnittenen Pfirsich und ertrank langsam im aufgelösten Zucker. Stephen überließ sie ihrem Schicksal.

»Mein Leben ist völlig bedeutungslos, Sarah – nein, hör zu. Wenn ich das Geld selbst verdient hätte, wäre es etwas anderes. Aber das stammt alles von meinem Großvater.«

Sie war zu überrascht, um etwas zu sagen.

»Ich beneide Benjamin. Er benutzt sein Geld wenigstens.«

»Du nicht?«

»Ich halte die Dinge am Laufen, aber das könnte jeder.« Er stand auf. »Ich habe den Jungen versprochen, mit ihnen reiten zu gehen.«

»Ich habe dich heute morgen gesehen, wie du ihnen das Schießen beigebracht hast.«

»Wenn man nur wüßte, auf was für ein Leben man sie vorbereiten soll. Ich wünschte, ich wüßte das. In der Schule lernen sie alles mögliche Neue – zum Beispiel mit Computern umzugehen. Das Übliche natürlich auch. James kann Auto fahren. Er kann mit Landkarten und einem Kompaß umgehen. Alle drei können schießen. Sie können reiten. Ich sorge dafür, daß sie bei Reparaturarbeiten nicht von Handwerkern und Installateuren abhängig sind, lauter solche Sachen. Sie sind weder künstlerisch noch musikalisch begabt. In der Schule sind sie im Sport ganz gut. Das ist nach wie vor wichtig.«

»Können sie lesen?«

»Eine gute Frage. Aber das ist heutzutage viel verlangt. James hat ein paar Bücher in seinem Zimmer. Den zwei Kleinen ließt Norah noch vor. Vielleicht stellt sich am Ende heraus, daß ihnen das Schießen am meisten nützt, wer weiß?«

Nachmittag. Henrys Auto kam auf dem Kies knirschend zum Stehen. Er sprang heraus, um seiner Frau die Tür aufzumachen. Zum Vorschein kam eine kleine Frau, kaum zu sehen wegen des großen Kindes, das sie auf dem Arm hielt. Sie setzte es ab, und der kleine Junge, etwa drei Jahre alt, stürzte mit Freudengeheul in die Arme seines Vaters. Jetzt konnte man sehen, daß Millicent eine hübsche Blondine war, sofern das die Wolke oder Kaskade goldgelber Haare adäquat bezeichnete, die ihr fast bis zur Taille herabfielen. Das kleine Gesicht darunter lächelte entschlossen, während Henry seinen Sohn wieder und wieder herumwirbelte, bevor er ihn absetzte, was Joseph gar nicht gefiel. Er klammerte sich an die Beine seines Vaters, bis Henry ihn wieder auf den Arm nahm. Millicent stand da und sah sich um. Eine sachkundige, aber vor allem unvoreingenommene Inspektion, bei der man merkte, daß diese Frau nicht gewillt war, sich von altehrwürdiger Pracht einschüchtern zu lassen. Lächelnd betrachtete sie die grandiose Treppe, auf der Stephen, Elizabeth, Norah und Sarah standen und warteten. Millicent strahlte Gleichmut aus. Sie haben eine schwere Aufgabe, die Ehefrauen, Ehemänner und ganz allgemein die lieben Angehörigen jener abenteuerlustigen Menschen, die so unbekümmert (und häufig) in berauschende Gefilde eintauchen und danach ins normale Leben zurückgeholt werden müssen, mit Worten auf den Boden gebracht und behutsam wieder gewöhnt werden müssen an die ... Wirklichkeit ist unser Wort dafür. Norah kam die Treppe herunter, um die zahllosen Koffer, Reisetaschen und Behältnisse mit Spielzeug, Kleidung und Comics tragen zu helfen, die heutzutage für das Wohlbefinden eines Kindes notwendig sind (zumindest in bestimmten Ländern). Sie und Millicent schleppten das ganze Gepäck, weil Henry keine Hand frei hatte und in absehbarer Zeit auch nicht haben würde. Er und sein Sohn strahlten vor Freude.

Man stellte sich gegenseitig vor, und dann ging die Familie nach oben. Norah begleitete sie, um ihnen die Zimmer zu zeigen. Ein paar Minuten später gesellte sie sich zu den anderen in das kleine Wohnzimmer, wo alles zum Tee hergerichtet war. Sie hatte, wie so oft, ein tapferes Lächeln aufgesetzt, diesmal wegen der zärtlichen Szene, die sie beobachtet hatte. Elizabeth und Stephen waren schon da, Mary kam gerade zur Tür herein und entschuldigte Roy, der nach London abgereist war. Nachdem seine Frau beschlossen hatte, nun doch nicht mit ihrem neuen Liebhaber zusammenzuleben, hoffte er, sie dazu überreden zu können, zu ihm zurückzukehren und ihre Ehe wieder in Ordnung zu bringen. Er hatte sich mit Argumenten und Statistiken gewappnet, von denen eine besagte, daß achtundfünfzig Prozent aller wiederverheirateten Männer und Frauen es bedauerten, ihre erste Ehe aufgelöst zu haben, und wünschten, sie hätten sich nie scheiden lassen. Die Teegesellschaft wünschte dem armen Roy alles Gute. Alle waren sich einig, daß er in letzter Zeit furchtbar ausgesehen hatte. Sie bedachten ihn etwa eine halbe Minute lang mit guten Wünschen, und dann meinte Norah: »Leider hat Millicent gesagt, es käme nicht in Frage, in ein Restaurant zu gehen. Wie es scheint, ist der kleine Junge überreizt. Ich kann mir nicht helfen, aber ich bin überzeugt, daß er hier bei mir bleiben würde. Ich glaube, ich kann ganz gut mit Kindern umgehen.«

»Ich fürchte, hier kommt es wieder mal zum altvertrauten Zusammenprall der Kulturen«, meinte Mary. »Also ich bin auf seiten der Familie. Ich finde es herrlich, wenn ich in Italien oder Frankreich erlebe, wie alle, von der Großmutter bis zum Säugling, gemeinsam zum Essen ausgehen.«

»Ich für meinen Teil«, sagte Elizabeth, »finde es ungewöhnlich, daß jemand es als selbstverständlich betrachtet, daß ein dreijähriges Kind abends mit den Erwachsenen zum Essen ausgeht.«

»Aber in ihren Augen gehen sie nicht zum Essen aus«, sagte Stephen. »Für sie ist es normal, zum Essen in ein Restaurant zu gehen.«

»Da sie morgen abreisen, finden wir uns eben damit ab. Ich sage im Restaurant Bescheid«, sagte Elizabeth. Wenn sie etwas Nützliches tat, war ihr ganzer Körper von Vitalität erfüllt, ihre Bewegungen strahlten eine große innere Zufriedenheit aus, ihre Hände schienen nur darauf zu waren, Dinge in Angriff zu nehmen und damit fertig zu werden. »Und das nächste große Ereignis«, sagte sie, als sie vom Telefon zurückkam, »ist euer Franzose. Sollen wir den denn zum Dinner ausführen?«

»Sie scheinen sich nicht klarzumachen«, sagte Sarah, »daß er schon ganz hingerissen sein wird, weil er überhaupt in dieses Haus kommen darf, genau wie wir alle.«

»Für uns ist das wohl längst eine Selbstverständlichkeit. Verdammt noch mal. Ich hätte wirklich nichts dagegen gehabt, zum Essen auszugehen. So müssen eben alle mit dem vorliebnehmen, was da ist.«

»Mach dir nichts draus, Darling«, sagte Norah. »Sobald alle fort sind, führe ich dich aus.« Sie sprach impulsiv, und es war ihr sichtlich peinlich, daß ihr das »Darling« herausgerutscht war. Elizabeth sah sie nicht an.

Stephen sagte rasch: »Du hast in den letzten paar Tagen einfach zuviel gekocht und dich um alles gekümmert. Aber ich habe dich gewarnt, daß es zuviel des Guten werden könnte.«

»Es hat mir Spaß gemacht«, sagte Elizabeth und lächelte in die Runde. Dann schenkte sie Norah ein Lächeln, das nur ihr galt. Anschließend erzählten alle beide wohlwollend und recht unterhaltsam von den Leuten, mit denen sie zum Lunch ausgegangen waren, und tauschten dann fröhlich die neuesten Gerüchte über die Nachbarn aus, Joshua eingeschlossen. Stephen hörte den Frauen mit jenem Blick zu, den man auf den Gesichtern von Ehemännern und Ehefrauen – und Geliebten – beobachten kann, die nicht das Vertrauen ihrer Partner genießen, sobald diese in ihrer Gegenwart mit anderen Leuten reden. Es war der angestrengte Blick eines Lauschers. Schließlich meinten Elizabeth und Norah, sie dächten daran, nach Ablauf des Gastspiels von *Julie Vairon* eine Woche Urlaub zu machen. Stephen bemerkte, daß er um die Zeit möglicherweise nicht da sein würde. »Macht nichts«, sagte Elizabeth. »Bis dahin sind die Jungen wieder im Internat.«

Der knirschende Kies kündigte Besuch an. Es war Jean-Pierre, der reihum Hände schüttelte, Elizabeth einen Handkuß gab und dann Mary auf beide Wangen küßte, eins, zwei, drei. Ein paar Sekunden lang befanden sich die beiden allein in einer Welt für sich. Wieder mußte ein Rundgang gemacht werden, gleich nach dem Tee, weil Jean-Pierre morgen in aller Frühe zusammen mit Sarah abreisen würde. Gemeinsam schlenderten alle in der späten Nachmittagssonne auf dem Anwesen umher, und Jean-Pierre bedachte alles, was er sah, mit höflichen, durchaus gerechtfertigten Begeisterungsrufen. Er sei überwältigt, sagte er, es sei großartig, sagte er, und so ging es weiter, bis ihm das Theaterareal gezeigt wurde, bei dessen Anblick er Zweifel anmeldete. Damit hatten die anderen gerechnet. Die Stühle waren nicht numeriert. Überall hingen Plakate, aber woher wußten die Leute, wo sie hinmußten?

»Machen Sie sich keine Sorgen, die finden sich schon allein zurecht«, versicherte Norah ihm mütterlich.

Und es gab keinen festen Platz, an dem Erfrischungen angeboten wurden. Es gab doch wohl Erfrischungen?

Stephen sagte, all das hätten Elizabeth und ihre Leute gut organisiert. In den Pausen würden auf Tabletts Wein, Eis, Säfte und Kuchen gereicht, die von freiwilligen Helfern aus der Stadt herumgetragen wurden, denen dieser Kontakt mit der Welt des Theaters Spaß machte.

»Natürlich tauchen sie manchmal auch nicht auf«, sagte Elizabeth, die es genoß, Jean-Pierre auf den Arm zu nehmen. »Aber in dem Fall springen Norah, ich und die Kinder ein, falls sie da sind.«

Jean-Pierre zuckte übertrieben mit den Achseln. Es mißfiel ihm eindeutig, daß die Besitzer dieses imposanten Anwesens in die Rolle von Dienstboten schlüpften. Aber sein Achselzucken drückte noch etwas aus, was mit einer bestimmten Rolle und sogar Selbstinszenierung zu tun hatte. Die Franzosen erwarten von den Engländern ein gewisses Abweichen von jener beispielhaften Vortrefflichkeit, als deren naturgegebene Hüter sie selbst sich betrachten; dabei rührt diese englische Gleichgültigkeit nicht einmal von einer angeborenen Unfähigkeit her, höchsten Ansprüchen gerecht zu werden, sofern man sie erkennt, sondern beruht auf freier Entscheidung. Was kann man schon erwarten? besagte Jean-Pierres Achselzucken.

Bei dem üblichen Abendessen vor der Vorstellung um sieben

saßen alle um den Tisch im kleineren Eßzimmer. Diesmal gab es kein Büfett, weil die meisten Schauspieler angerufen hatten, um zu sagen, daß sie in der Stadt essen wollten.

Stephen, Elizabeth und Norah saßen an einem Ende des Tisches. Susan saß Stephen gegenüber, Jean-Pierre neben Mary. Sarah bemerkte, daß sie zwischen zwei leeren Stühlen Platz genommen hatte, ein Ausdruck dafür, wie ihr zumute war – eine in ihren Augen so dramatische, um nicht zu sagen vor Selbstmitleid triefende Aussage, daß sie eilig zu Joseph aufrückte, der neben Millicent am anderen Tischende saß, Elizabeth genau gegenüber.

Während Henry mit Millicent oben gewesen war, hatte er, notgedrungen, sein Fehlverhalten gebeichtet. Eine bizarre Geschichte, aber da jeder schon einmal vom Ödipuskomplex gehört hat, kann es kein echter Schock gewesen sein. Außerdem erfordert es kein Übermaß an ehefraulicher Toleranz, wenn sich eine junge, hübsche Frau damit abfinden muß, daß ihr Mann in jemand verknallt ist, die alt genug wäre, seine Mutter zu sein. Auf Millicents Gesicht lag ein attraktives, humorvolles kleines Lächeln. Da Henry, ein ehrlicher Bursche, das Ausmaß seines Fehltritts (bei dem er sorgfältig darauf geachtet hatte, daß es nicht einmal zu einem Kuß kam) nicht heruntergespielt hatte, taxierte Millicent Sarah in der ehrlichen Absicht, ihr Anerkennung zu zollen, wo sie es verdient hatte. Sarah war überzeugt, daß die leisen – kaum wahrnehmbaren – Anzeichen von Unbehagen auf das zurückgingen, was mit der Redensart »Wenn schon, denn schon« gemeint ist. Aber Millicent war eine intelligente Person, und ihre Haltung drückte aus: Ich habe für alles Verständnis. Und ich habe alles im Griff. Meinen Mann. Mein Kind. Die ganze Situation. Henry seinerseits hatte die wenigen Rechte, die er besaß, nicht aufgegeben. Er versäumte es nicht, Sarah mit Blicken mitzuteilen, daß sie morgen auseinandergingen und daß ihm das bewußt war.

Das, womit die Besucher »vorliebnehmen« mußten, entpuppte sich als geschmorter Fasan mit entsprechenden Beilagen, was für Joseph Probleme aufwarf. Susan und Mary boten ihm zum Ausgleich für das ungewohnte Fleisch, das zu essen er sich weigerte, alles mögliche andere an. Das Kind war völlig überreizt und aufgekratzt und genoß es, im Mittelpunkt der Aufmerksamkeit zu stehen.

Millicent befahl ihrem Mann: »Gib ihm deine Kartoffeln.«

Sofort legte Henry seine zwei Kartoffeln auf den Teller seines Sohnes.

»Aber wir haben genug Kartoffeln«, protestierte Elizabeth.

»Gib ihm dein Wasser«, sagte Millicent zu Henry. Henry schob Joseph sein Glas Wasser hin und trank hastig ein paar Schlucke Wein. Eine demonstrative Geste.

Millicent nahm das Brötchen von Henrys Brotteller, bestrich es mit Butter und roter Johannisbeermarmelade von Henrys Teller und reichte es dem Kind. Joseph legte die Arme um das Essen, das sich auf seinem Teller häufte, lachte und kreischte, mit rotem Gesicht und funkelnden Augen, in denen sich boshaftes Vergnügen spiegelte.

Elizabeth bedeutete Henry mit Blicken, sich doch noch einmal zu bedienen, aber Henry schüttelte den Kopf und schob seinen Teller weg. Was noch an Fasan darauf lag, angelte sich Millicent Stück für Stück mit ihrer Gabel, obwohl sie selbst noch genug auf dem Teller hatte. Dann aß sie seelenruhig ihre eigene Portion auf. Henry war wieder blaß und niedergeschlagen, aber als er zu seinem Sohn hinübersah, zerfloß sein Gesicht vor Liebe. Mit feuchten Augen lächelte er Sarah an.

Joseph stellte sich auf seinen Stuhl und ließ einen kleinen Lastwagen über das Tischtuch rollen. Millicent sagte zu Henry: »Nimm du ihn.«

Gehorsam ging Henry hinter seiner Frau um das Tischende herum, nahm seinen Sohn auf den Arm, setzte sich aber, statt auf seinen Platz zurückzukehren, auf den leeren Stuhl neben Sarah. Das Kind beugte sich zu ihr hinüber, patschte ihr auf die Haare und ließ den Laster ihren Arm hinauf- und hinunterrollen.

Stephen, Elizabeth und Norah, denen man das Mißfallen deutlich anmerkte, saßen da und beobachteten das Schauspiel. Man konnte mit Fug und Recht behaupten, daß ihre drei Jungen nie so verwöhnt worden waren. Wo waren sie überhaupt? Irgendwo draußen im Gelände oder oben in ihrem Zimmer, und wenn die

Vorstellung begann, würden sie mit Alison und Shirley in der Küche zu Abend essen, dabei allerlei Unfug machen und unter heftigem Gekicher von den Tabletts mit Kuchen und Gebäck für die Theaterbesucher naschen. Vielleicht waren sie auch schon in der Küche, denn als Alison und Shirley hereinkamen, um abzuräumen, waren ihre Gesichter gerötet und sie konnten das Lachen nur mit Mühe unterdrücken. Sie stellten das Dessert auf die Anrichte und verließen den Raum. Als sich die Tür schloß, hörte man aus der Küche: »Oh, du ungezogener ...« Die Gäste wurden aufgefordert, sich zu bedienen. Millicent stand auf, holte Nachtisch für sich, ihren Mann und ihren Sohn, und stellte Henry und Joseph je ein Schälchen hin. Es war eine leichte Creme nach einem Rezept aus dem siebzehnten Jahrhundert, eine von Norahs Spezialitäten. Während Jean-Pierre zwei Portionen für sich und Mary holte und fragte, ob er das Rezept für seine Frau bekommen könne, löffelte das Kind bereits begeistert seinen Nachtisch. Als sein eigenes Schälchen leer war, zog es mit einem schalkhaften Grinsen Henrys Schälchen zu sich heran. Ohne Henry anzusehen, nahm Millicent das leere Schälchen weg und schob Henrys an dessen Stelle. Joseph verspeiste den Nachtisch seines Vaters. Millicent aß ihren Nachtisch. Aufmerksam und gelassen, ohne jemanden anzusehen.

Von weitem hörte man, gedämpft, wie aus dem hintersten Winkel einer Kulisse, jemanden lachen – ein ungebärdiges, anarchistisches, spöttisches, skeptisches Lachen. Angesichts solch aufrührerischer Kräfte hielt die junge Amerikanerin bescheiden, aber entschieden die Werte der Zivilisation hoch: »Henry, bring Joseph hinauf ins Bett und sieh zu, daß er sich die Zähne putzt. Und sag ihm gute Nacht, bevor du zur Vorstellung gehst.«

Draußen strömten die Leute ins Theater. Die Kunde hatte sich verbreitet, und wie in Belles Rivières waren Musik- und Theaterliebhaber gleichermaßen gewillt, in mehreren Reihen zu stehen, um *Julie Vairon* zu sehen. Anschließend standen sie Schlange, um Elizabeth und Stephen zu beglückwünschen.

Jemand schlug vor, gemeinsam zu einem Lokal zu fahren, wo man sich mit seinem Drink auf eine weitläufige Wiese setzen konnte, die sich sanft zu einem Fluß hin neigte. Millicent meinte, sie käme gern mit. Alle warteten gespannt, ob sie Henry befehlen würde, bei Joseph zu bleiben, der zu aufgeregt war, um zu schlafen, aber Henry ging mit Joseph auf dem Arm zu seinem Wagen, gab das Kind seiner Frau und schloß sich dem Autokonvoi an, der die Truppe, deren Freunde und inzwischen auch die Freunde von Freunden zu dem Lokal bringen sollte.

In der Dämmerung saßen sie mit ihren Drinks auf dem von uralten Bäumen bewachten Grashang, während sich Jean-Pierre für die sanfte Schönheit Englands begeisterte. Er stammte aus dem Süden, hatte nie weiter nördlich gelebt als in Lyon und erlebte zum ersten Mal den subtilen Charme eines Sommers im Norden. Irgendwann döste Joseph endlich ein, wurde in das Jackett seines Vaters gewickelt und schlief wohlbehütet in dessen Armen. Sarah hatte sich weit von Henry weggesetzt, in die Nähe von Stephen, der neben Susan saß. Susan hatte soeben erfahren, daß Stephen morgen fortfuhr und nicht wußte, wann er zurückkommen würde. »Wahrscheinlich nicht vor Ende des Gastspiels«, bemerkte er. Ihre Augen waren gerötet. In ihnen standen so häufig Tränen wie in denen von Sarah und Henry und, wie sich kaum übersehen ließ, auch in denen von Mary und Jean-Pierre. Henry hatte das Gesicht abgewandt und starrte über das grasbewachsene Ufer in die sich verdichtende Dämmerung. Und dann senkte sich die Nacht herab und hüllte sie alle in ihren gnädigen Mantel.

Nach der Rückkehr nach Queen's Gift bestätigte Sarah Jean-Pierre noch einmal, daß es ihr recht sei, früh loszufahren. Sie verabschiedete sich von allen, die sie in London nicht wiedersehen würde, und wiederholt rief jemand hoffnungsvoll aus: »Wir sehen uns nächstes Jahr in Belles Rivières« – was Jean-Pierre natürlich gefiel. »Die richtige *Julie Vairon* gehört nun mal nach Frankreich. Ich muß es einfach sagen, hier ist es doch nicht dasselbe.«

Er hatte vollkommen recht. Alle stimmten ihm zu.

Henry ging mit seinem Sohn auf dem Arm nach oben, ohne nach rechts oder links zu schauen.

Sarah begab sich eilig in ihr Zimmer, um dem Abschiednehmen ein Ende zu machen. Sie konnte nicht einschlafen. Als sie am frühen

Morgen die Treppe hinunterschlich, wartete Jean-Pierre bereits auf den Stufen vor dem Haus und beobachtete die geschäftigen Amseln und Drosseln auf dem Rasen. Auf dem Weg zum Parkplatz schloß sich eine eiserne Faust um Sarahs Herz. Als sie losfuhren, blickte sie zurück und sah Henry auf den Stufen stehen und ihr nachschauen. Er war allein. Das letzte, was sie von ihm sah, waren sein bleiches Gesicht und seine bitteren, glühendschwarzen Augen.

Sie fuhren schnell, aber nicht so schnell, daß Sarah, als sie sich einer Parkbucht näherten, den Pulk Jugendlicher übersehen hätte, die um einen schäbigen Imbißwagen herumstanden, auf dessen Seite in krakeliger roter Schrift *Tea and Snacks* stand. Sie bat Jean-Pierre anzuhalten. »Bin gleich wieder da«, sagte sie, stieg aus und knallte die Autotür zu, um auf sich aufmerksam zu machen. Joyce, Betty, der unbekannte Jüngling, der im kräftigen Sonnenlicht noch bleicher und elender aussah, und ein halbes Dutzend andere drehten sich nach ihr um. Sarah, die in diesem schnittigen Flitzer aus einer Welt voll interessanter Arbeit, voller Erfolg und Geld hier angebraust kam, hätte sich nicht lächerlicher vorkommen können. Joyce begrüßte sie mit dem vorhersehbaren ausgelassenen Lächeln, als bestünde ihr Anteil am Leben in erfreulichen Neuigkeiten und ihre Tante Sarah sei deren verläßlicher Übermittler. Betty roch schon aus mehreren Schritten Entfernung säuerlich und wirkte ziemlich verkatert mit ihren geröteten Augen und dem tapferen Blick eines Menschen, dem hundeelend ist. Sarah verspürte zwei widerstreitende Impulse: Joyce in die Arme zu nehmen wie ein Kind und sie an den Schultern zu packen und kräftig zu schütteln. Der jämmerliche Knabe stand blinzelnd da, seine Augen waren dem Sonnenlicht nicht gewachsen.

»Na, Joyce«, erkundigte sich Sarah forsch, »ist alles in Ordnung?«

»Ja, alles bestens, danke, wie reizend, dich zu sehen«, flötete Joyce.

»Sollen wir dich mit in die Stadt zurücknehmen?«

»Aber wir sind viele.«

Ein bitteres Das-hättest-du-dir-denken-können-Lächeln erschien auf den Gesichtern von Betty und einigen anderen, als

Sarah sagte: »Ich habe nicht allen angeboten, sie mitzunehmen. Soviel Platz haben wir nicht.«

»Nein, nein, Sarah, wir bleiben zusammen.«

»Dann ruf mich an«, sagte Sarah und wandte sich zum Gehen, machte nach ein paar Schritten aber kehrt, um Joyce noch Geld zu geben. Dabei dachte sie, was sind schon zwanzig Pfund für jemanden, der versucht hat, dreitausend zu klauen? Joyce stand mit den Geldscheinen in der Hand da, bis Betty sie ihr mit geschäftiger Miene abnahm.

»Die da mit den hübschen Haaren ist meine Nichte«, sagte Sarah zu Jean-Pierre, als sie davonbrausten, und dachte, Gott sei Dank weiß er nicht, daß ich ihr über seinen Kopf hinweg angeboten habe, sie mitzunehmen.

»Ich muß schon sagen, daß es mich überrascht, Sie mit solchen Leuten zu sehen, Sarah.«

»Darf ich daraus schließen, daß Sie keine unrühmlichen Verwandten haben?«

Sein angedeutetes Achselzucken besagte, daß das Leben in Frankreich in geordneteren Bahnen verlief, doch kurz darauf räumte er mit einem Seufzer ein, sein jüngerer Bruder, sechzehn Jahre alt, mache seiner armen Mutter große Sorgen.

»Drogen?«

»Ich glaube schon. Die ganz schlimmen allerdings noch nicht.«

»Na dann viel Glück.«

»Das können wir alle gebrauchen«, meinte Jean-Pierre und trug damit den Zeiten Rechnung, in denen wir leben.

Sarah fuhr direkt ins Theater. Im Büro lagen die Kritiken der Tageszeitungen. Für die Wochenzeitungen war es noch zu früh. »She was poor but she was honest« lautete die Überschrift von zweien. »Auch die exotische Umgebung kann nicht darüber hinwegtäuschen ...« »Martinique ist offenbar genau der richtige Ort für einen Pauschalurlaub.« »Als Feministin muß ich mich dagegen verwahren ...«

Am Nachmittag fand die Besprechung statt, bei der über die Zukunft von *Julie Vairon* entschieden werden sollte. Alle waren anwesend. Mary war mit dem Zug aus Oxfordshire gekommen.

Roy hatte seinen Urlaub unterbrochen. Er meinte, seine Frau habe behauptet, sie hätte für den Rest ihres Lebens die Nase voll von Männern, aber alles in allem sei er zuversichtlich, daß sie es dem Kind zuliebe noch einmal mit ihm versuchen würde. Patrick war da, Sonia und Jean-Pierre ebenfalls, und im letzten Augenblick kam Stephen.

In den paar Wochen seit dem Ende des Gastspiels in Frankreich hatte Jean-Pierre allerhand auf die Beine gestellt und legte den anderen ganz konkrete Pläne vor. Man hatte beschlossen, *Julie Vairon* im nächsten Jahr in den beiden Hauptsaisonmonaten Juli und August zu spielen, möglicherweise sogar schon ab Juni. Er hatte bei Henry, Bill, Molly, Susan und Andrew nachgefragt, ob sie verfügbar seien. Henry war am wichtigsten, und er hatte Zeit. Bill war nicht frei, ein Jammer, weil er für die Rolle besser geeignet war als der neue Paul. Sowohl Molly als auch Susan standen zur Verfügung, was die Veranstalter vor eine schwierige Entscheidung stellte. Und auch, wenn sie wieder dieselben Sänger und Musiker haben wollten, mußte man sie bald engagieren. Die Sänger sofort, denn sie waren so ziemlich der wichtigste Faktor. Andrew drehte zu der Zeit einen Film. Schade, denn es würde schwierig werden, wieder einen so guten Rémy zu finden.

Und dann mußte Jean-Pierre den anderen noch etwas mitteilen, was ihnen kaum gefallen würde. Die Stadt hatte bereits die Zustimmung zum Bau eines riesigen Stadions für zweitausend Leute in dem Waldstück hinter Julies altem Haus gegeben – sofern man dieses Gerippe als Haus bezeichnen konnte. Nein, er müsse darauf bestehen, daß sie ihm zuhörten. Er wisse, daß ihnen der Gedanke Unbehagen bereite, aber das liege nur daran, daß er noch neu für sie sei. Er selbst habe sich anfangs auch nicht damit anfreunden können.

»Müssen dafür Bäume gefällt werden?« fragte Mary.

»Nur neun oder zehn. Und keine besonders schönen Bäume.«

Schweigen breitete sich aus, während Jean-Pierre, überzeugt von sich und seinen Plänen, taktvoll ans Fenster trat und den anderen den Rücken zukehrte. Die vier Gründer des Theaters tauschten Blicke. Patrick merkte man an, daß er nicht mit der Sprache herausrücken wollte, Sonia war in Belles Rivières nicht dabeigewesen und konnte deshalb nichts dazu sagen, und Stephen hielt sich mit seinem Urteil zurück.

Das Schweigen enthielt eine Menge Eingeständnisse. Schließlich war es das gute Recht von Jean-Pierre und der Stadtverwaltung zu entscheiden, was sie mit der größten Attraktion ihrer Stadt anfangen wollten. Im Grunde hatten die Engländer dabei keinerlei Mitspracherecht. Zwar stammte die Idee zu *Julie Vairon* ursprünglich von ihnen, aber daraus konnten sie noch lange keine Ansprüche ableiten. Daß sich die Dinge so entwickelt hatten, war niemandes Schuld – wie üblich. Schuld war wieder einmal der Götze Tourismus.

Jean-Pierre drehte sich um und sagte: »Wir wissen, daß das für Sie alle ein Schock sein muß. Man hätte sich eine reizvollere Lösung vorstellen können – ich spreche da hauptsächlich für mich selbst. Aber versetzen Sie sich einmal in unsere Lage. *Julie* wird der ganzen Region zu Wohlstand verhelfen.«

»Aber in der Gegend fehlt es doch wahrhaftig nicht an Besuchern«, meinte Sarah.

»Nein, das nicht. Aber Belles Rivières ist nur eine kleine Stadt, und außer Julie hat sie nichts zu bieten. Es sollen neue Hotels und Restaurants gebaut werden – geplant sind sie bereits. Und das wird sich auf alle kleinen Städte in der Umgebung auswirken.«

»Sie haben noch gar nicht gesagt, in welcher Sprache das Stück aufgeführt werden soll«, bemerkte Stephen. Ihn traf die Nachricht von *Julie Vairons* kommerzieller Ausbeutung bestimmt am allerhärtesten, aber das konnte nur Sarah wissen.

»Natürlich wurde auch darüber diskutiert. Eine Zeitlang hatten wir vor, auf Französisch zu rekurrieren, aber wir haben es uns anders überlegt. Mag sein, daß es absurd klingt, aber wir dachten, das könnte womöglich Unglück bringen. Julie hat so viel Glück gehabt. Und alles völlig zu verändern ... außerdem gab es noch einen anderen Grund, und der fällt mehr ins Gewicht. Die meisten Touristen, die im Sommer nach Südfrankreich kommen, sprechen Englisch. Das hat den Ausschlag gegeben.«

Er wartete, aber niemand sagte etwas.

»Und jetzt muß ich Sie verlassen, wenn ich mein Flugzeug nicht versäumen will.«

»Nächstes Jahr in Belles Rivières«, sagte Roy – dieser Slogan würde sich wahrscheinlich halten. Mary und Jean-Pierre schauten einander an, und Sarah mußte an Henrys unglückliches Gesicht am Morgen ihrer Abreise denken.

»Aber nein, vorher gibt es noch viel zu besprechen. Ich hoffe, Sie bald schon wiederzusehen ... Sarah ... Stephen ... und Sie, Mary ...« Er nickte Patrick zu, und den anderen fiel auf, daß dieses Nicken, begleitet von einem besonderen Lächeln, mehr zu bedeuten hatte, als sie sich erklären konnten, da Patrick nur ganz kurz in Belles Rivières gewesen war. Er sah auch wirklich schuldbewußt aus. »Wir müssen uns alle irgendwann treffen, und dann sprechen wir alles genau durch. Sobald ich wieder im Büro bin, rufe ich Benjamin an. Und was Sie betrifft, Stephen, es wäre jammerschade für uns, wenn Sie beschließen würden auszusteigen.« Was bedeutete, daß es in dem Fall andere bereitwillige Engel gäbe.

Jean-Pierre hinterließ eine Atmosphäre der Trauer. Die Zuschauermassen, die nächstes Jahr und voraussichtlich auch in den folgenden Jahren das Stadion füllen würden, kämen in den Genuß erfolgreichen, gefälligen Theaters, aber nur wer im ersten Jahr – in diesem Jahr – dabeigewesen war, konnte ermessen, was für ein seltener Glücksfall *Julie Vairon* gewesen war, ein auf magische Weise vollkommenes Theaterereignis, das in seinen Anfängen nicht mehr Erfolg versprochen hatte als hundert andere, dank einer Reihe glücklicher Zufälle – von den Winden des Himmels nach und nach herangeweht – jedoch an Substanz und Form gewonnen hatte, und dann ... Aber wenn sich ein Wunder verflüchtigt, bleibt nur eines: Man muß ein eisernes Band um sein Herz legen.

Schließlich ging es nur um Theater.

»Es geht doch nur um Theater«, sagte Mary, um das Schweigen zu beenden, aber es klang jämmerlich. Nun mußte endgültig entschieden werden, ob sie *Julie Vairon* in London auf die Bühne bringen wollten. Doch wie es schien, war diese Entscheidung bereits gefallen, denn es wurde kaum darüber gesprochen.

»Also, raus mit der Sprache«, sagte Sarah zu Patrick.

Patrick stand da und grinste die anderen an. Voller Zuneigung, das schon, aber im Vordergrund stand ein dreistes Schuldbewußtsein.

»Rate mal ... Sarah ... das errätst du nie ... Du wirst dich erschießen müssen ... na ja, erschieß lieber mich ... Wir können keine Heldinnen in Opferrollen gebrauchen. Erinnerst du dich? Erinnerst du dich noch? Also ...« Und hier, an der Schwelle zu seiner Enthüllung, zögerte er, warf Sonia einen komisch verzweifelten Blick zu und platzte heraus: »Was hältst du von einem Musical?«

»Ein Musical?« protestierte Stephen.

»Bloß das nicht«, sagte Roy erzürnt. »Da ist dieses bedauernswerte kleine Halbblut aus Martinique, das sich in den hübschen Leutnant verliebt. Er läßt sie sitzen. Sie verdient ihren Lebensunterhalt als Cancan-Tänzerin in Cannes. Dort sieht sie der adelige Rémy ...«

»Zu kompliziert«, sagte Patrick unbekümmert.

»Kein Rémy?« fragte Stephen.

»Kein Rémy. Sie bekommt ein Kind von Paul und bringt es in einem Nonnenkloster unter. Julie verdient ihren Lebensunterhalt als Sängerin. Der Druckermeister möchte eine ehrbare Frau aus ihr machen ...«

»Aber sie begeht Selbstmord, weil ...?« erkundigte sich Sarah.

»Weil sie weiß, daß die Stadtbewohner es weder ihr noch ihm jemals verzeihen werden, wenn diese Heirat zustande kommt. Wenn sie ihn heiratet, zerstört sie damit sein Leben. Es gibt eine tolle gesungene Szene, in der ihm die Bürger androhen, sein Geschäft zu boykottieren und ihn in den Bankrott zu treiben. Sie werden diese Hure Julie nicht in ihrer Mitte dulden. Sie hinterläßt einen Abschiedsbrief, in dem steht: Denk an meine Minou! und wirft sich unter einen Zug. Genau wie, ihr wißt schon, wer. Letzte Szene: der Druckermeister und Minou, inzwischen ein schönes Mädchen im heiratsfähigen Alter, das ein hübscher junger Leutnant zur Frau begehrt.«

»Du machst Witze«, sagte Stephen.

»Er macht keine Witze«, sagte Sonia verstimmt. Das ließ darauf schließen, daß sie bei der Sache die Finger mit im Spiel hatte.

»Ich mache keine Witze«, sagte Patrick. »Das Libretto ist bereits fertig.«

»Hast du es geschrieben?«

»Ich habe es geschrieben.«

»Gestehst du ihr wenigstens ein bißchen Intelligenz zu?« fragte Roy.

»Natürlich nicht«, antwortete Sarah.

»Ich habe schon damit gerechnet, daß ihr beide, du und Stephen, sauer auf mich seid«, sagte Patrick sichtlich enttäuscht.

»Alsdann«, sagte Stephen, »ich muß los.«

»Tja«, sagte Sarah, die sich ebenfalls erhob, »wann soll das Meisterwerk denn auf die Bühne kommen?«

»Wir brauchen erst noch die Musik«, sagte Sonia.

»Nehmt ihr nicht die von Julie?« fragte Mary.

»Wir sind am Überlegen, ob wir eines der Troubadourlieder als Titelsong nehmen. Den Text natürlich nicht. Ihr wißt schon: ›So mein Lied ein traurig Lied ist ...‹ Im Grunde ist es ja eine Schnulze.«

»Was für einen Text denn dann?« wollte Sarah wissen.

Mary sagte: »I love you, I love you.«

»Sehr gut«, sagte Patrick. »Genial. Aber gut. Spottet ruhig, wenn ihr wollt. Gut möglich, daß es übernächstes Jahr in Belles Rivières uraufgeführt wird.«

»Das Schlechte verdrängt das Gute«, bemerkte Stephen. »Das ist immer so.«

»Danke, vielen Dank«, sagte Patrick.

»Warten wir's ab«, meinte Mary. »Sie werden unsere *Julie* nicht sausen lassen, wenn sie nächstes Jahr Erfolg hat.«

»Also ehrlich«, sagte Sonia, »ich glaube nicht, daß ihr in Panik geraten müßt. Noch ist ja nichts passiert.«

»Nein, aber es wird«, sagte Patrick. »Und noch etwas. Meine Julie wird *The Lucky Piece* heißen ... nein, wartet, ich bin durch Zufall darauf gestoßen. Das ist ein Slangausdruck aus dem frühen neunzehnten Jahrhundert. Für das uneheliche Kind eines betuchten Vaters, der seine Geliebte großzügig versorgt. Und niemand kann behaupten, Julies Mutter hätte nicht gelebt wie Gott in Frankreich.«

Die Besprechung ging früh zu Ende. Alle hatten noch einen langen, sonnigen Abend vor sich. Stephen und Sarah gingen im Regent's Park spazieren. Stephen sagte, er wolle nach Shropshire fahren und seinen Bruder besuchen, danach vielleicht Freunde in Wales. Sarah erkannte sein Bedürfnis, in Bewegung zu bleiben. Hätte sie im Theater nicht so viel zu tun gehabt, hätte sie sich ein Flugzeugticket gekauft, egal wohin.

Sarah sah keine Möglichkeit, die Dinge aufzuschieben, denen sie sich stellen mußte. Sie saß da und dachte daran, daß Henry und seine Familie über französische Straßen brausten, staubig und von der Sonne dieses Sommers versengt. Sobald das Auto anhielt, würde der kleine Junge von seinem Vater auf den Arm genommen werden wollen. Man konnte sicher sein, daß Joseph während der drei Wochen, die die Familie in Frankreich verbrachte, auf Henrys Arm war, wann immer dieser nicht hinter dem Steuer saß. Währenddessen sandte Sarahs Körper widersprüchliche Botschaften aus. Zum Beispiel verlangte das sehnsüchtige Gefühl in der Kuhle unter ihrer linken Schulter danach, daß ein Kopf dort lag – Henrys Kopf? Manchmal kam es ihr vor, als ruhte dort ein Neugeborenes, weich und warm und nackt, und als legte sich ihre Hand, die es an sich drückte, schützend um eine Hilflosigkeit, die ungleich größer war als die, die von diesem kleinen Wesen ausgehen konnte. Was da so unendlich verletzlich lag, war sie selbst. Sarah, die das Neugeborene und zugleich diejenige war, die es schützte. Wenn sie mit heißem Verlangen aus einem Traum aufwachte, der mit Henry zu tun hatte, war das Gesicht, das hinter ihren Augenlidern flimmerte, das von Joseph, ein strahlendes, freches, gieriges Lächeln, das verkündete, daß es alles an sich reißen würde, was irgend ging. Und dann ein vertrautes, liebevolles Lächeln – Henrys Lächeln, und wenn ihre Hand zu der weichen Kuhle wanderte, verschwanden beide Erscheinungen und sie wurde von einer ungestümen und zärtlichen Liebe erfüllt.

In ihrem Tagebuch war Seite um Seite mit Eintragungen gefüllt, die sich wie Hilferufe anhörten: *Leere./Schmerz./Dieses erdrückende Gewicht – ich kann es nicht länger tragen./Unerträgliche Schwermut. / Stürme der Sehnsucht. / Wann wird das ein Ende haben? / Ich kann diesen Schmerz nicht mehr ertragen. / Mein Herz tut so weh. / Es tut so weh.*

An wen richtete sie diese Botschaften, Flaschenpostbriefen ähnlich, die man dem Meer anvertraut? Niemand würde sie lesen. Und wenn, ergäben diese Worte nur für den einen Sinn, der solchen Schmerz und solche Wehmut selbst erlebt hatte. Denn wenn sie die Wörter betrachtete – Schmerz, Trauer, Gram und dergleichen –, waren es nur Buchstaben auf einem Blatt Papier, die sie erst mit den Empfindungen füllen mußte, für die sie standen. Warum sie dann überhaupt niederschreiben? Es fiel ihr auf, daß sie einer in unserer Zeit weitverbreiteten (dafür vielleicht sogar symptomatischen?) Beschäftigung nachging: Sie legte Zeugnis ab.

Sie hörte auf, Gedanken niederzuschreiben wie: »Ich habe nicht gewußt, daß es solches Unglück geben kann«, und kehrte zu sachlichen Tagebucheintragungen zurück: *Habe den ganzen Tag mit Sonia und Patrick an den Kostümen gearbeitet./Mit Mary gearbeitet./Mary sagt, sie hat Sonia und Roger Stent zusammen beim Essen im Pelican gesehen. Sonia weiß nicht, daß wir Bescheid wissen./Patrick ist zu Jean-Pierre gefahren, um mit ihm über* The Lucky Piece *zu reden./Sonia und ich haben den ganzen Tag an … gearbeitet.*

Tatsache war, daß sie nur halb soviel arbeitete wie sonst. Sie erwachte am Morgen stöhnend und sank häufig zurück in … falls es eine Landschaft voller Niedergeschlagenheit war, dann zumindest nicht dieselbe wie die, die sie in wachem Zustand erlebte. Wenn sie zu Hause war, schlief sie manchmal den ganzen Nachmittag, arbeitete dann ein bißchen, legte sich um zehn wieder schlafen. Zuweilen quälte sie sich morgens aus dem Bett und kroch im Laufe des Vormittags wieder hinein. Normalerweise schlief sie unbeschwert, genoß den Schlaf, empfand ihre Träume als anregend und oft auch informativ. Jetzt stahl sie sich davon in den Schlaf, der für sie Zuflucht und Bedrohung zugleich war, um den Schmerz – die physische Qual – in ihrem Herzen loszuwerden.

Neugierig registrierte sie ihre Symptome – eigentlich war keines ein typisches Symptom für Liebe.

Am schlimmsten war, daß sie übellaunig wurde, ohne jede Vorwarnung aufbrauste und ihre Umgebung plötzlich anfauchte, als könne sie nur mit Mühe ihre Ausgeglichenheit bewahren. Oft genügte die geringste Anforderung oder auch nur eine erhobene

Stimme, um sie aus dem Gleichgewicht zu bringen. Sie verspürte den Wunsch, unfreundliche und sarkastische Bemerkungen zu machen. Sie, die normalerweise nicht besonders mäkelig war, hatte an allem etwas auszusetzen. Unerfreuliche Eigenschaften, die sie längst überwunden glaubte, kehrten zurück. So redete sie, wenn sie von Menschen umgeben war, laut und prahlerisch, um Fremde zu beeindrucken, an deren Urteil ihr nichts lag.

Sie mußte sich tatsächlich bremsen, um Mary gegenüber nicht mit verflossenen Liebhabern anzugeben, hatte aber schon genug gesagt, um beide in Verlegenheit zu bringen. Mary gab ihr mit einem kurzen, durchdringenden Blick zu verstehen, daß sie ihr ihren Zustand nachfühlen konnte. Eines Tages bemerkte Mary, scheinbar auf Roy bezogen, der eine schwere Zeit mit seiner Frau durchmachte und schlechtgelaunt und mürrisch war: »Wir vergessen immer, daß andere Leute viel mehr über uns wissen, als uns lieb ist, und uns viel mehr verzeihen.« War dieser Appell an Sarah gerichtet?

Musik jeder Art setzte ihr unverhältnismäßig zu. Sie ertappte sich dabei, daß sie das Radio ausschaltete, sobald Musik kam, das Theater verließ, wenn es Proben mit Musik gab, ihr Fenster zumachte, sobald von draußen Klänge hereindrangen, weil selbst banale und läppische Melodien sie zum Weinen zu bringen vermochten oder gar bewirkten, daß sie sich vor Schmerz zusammenkrümmte. Ein Dachdecker, der das Nachbarhaus mit neuen Schieferplatten deckte, schmetterte den Titelsong von *Julie*, oder vielmehr von *The Lucky Piece* – dank einer Rundfunksendung war der Song über Nacht zu einem Hit geworden. Er schmetterte ihn, rittlings auf dem Dachfirst sitzend, mit ausgebreiteten Armen wie ein Opernsänger, dem das Publikum zujubelt, während sich sein Kollege an einen Kamin lehnte und klatschte – und Sarahs Hände flogen ganz von selbst hoch, um sich die Ohren zuzuhalten. Sie hatte das Gefühl, die Klänge würden sie vergiften.

Vom Augenblick des Aufwachens an mußte sie Tagträume beiseite drängen, Träume mit der Wirkung von Drogen. Wenn sie ihnen letztendlich erlag, brachte sie Stunden damit zu, wie ein heranwachsendes Mädchen.

Sie war gierig nach Süßigkeiten, hätte am liebsten ständig gegessen, mußte sich zügeln, wenn sie sich nicht völlig neu einkleiden wollte.

Wörter, die auch nur im entferntesten mit Liebe, Romantik oder Leidenschaft zu tun hatten, zerrten an demselben Nerv, der schon von der Musik so angegriffen war, daß ihr Sätze, Wörter und Geschichten, die sie normalerweise albern gefunden hätte, Tränen in die Augen trieben. Sofern sie überhaupt imstande war zu lesen – denn es fiel ihr schwer, sich zu konzentrieren –, hielt sie nervös nach solchen Stellen Ausschau, sah sie schon eine halbe Seite vorher kommen und übersprang sie, indem sie ihre Augen zwang, darüber hinwegzugehen und sie nicht wirklich aufzunehmen.

Sie kaufte Kosmetika, die sie dann doch nicht verwendete, weil sie befürchtete, sich lächerlich zu machen. Sie spielte sogar mit dem Gedanken, sich das Gesicht liften zu lassen – eine Vorstellung, die ihr normalerweise nur ein Lächeln entlockt hätte.

Sie fing an, eine Bluse zu nähen, wählte einen Schnitt, den sie seit Jahren nicht getragen hatte, machte sie aber nicht fertig.

Gespräche bekamen manchmal, offenbar ohne daß sie es beabsichtigte, anzügliche Untertöne, so daß sich jedes Wort auch obszön interpretieren ließ.

Aber das Schlimmste war ihre Gereiztheit. Dabei wußte sie, wenn sie die nicht überwinden konnte, würde sie geradewegs auf die Paranoia, die Wutanfälle, die Bitterkeit und die Enttäuschung des Alters zusteuern.

Stephen kürzte seine Besuche ab und kam nach London, um Sarah zu sehen. Sie gingen durch die Straßen und Parks und sogar ins Theater. Irgendeine Komödie verließen sie nach dem ersten Akt, wobei sie sich einig waren, daß sie unter normalen Umständen ihren Spaß daran gehabt hätten.

Susan hatte Stephen geschrieben, einen Liebesbrief, der ihm alles anbot. »Ich werde nie jemanden so lieben, wie ich dich liebe.«

»Ich könnte schwören, daß das an dieser verdammten Musik liegt«, sagte Sarah.

»Ich hatte gehofft, es läge an meinen inneren Werten. Aber wahrscheinlich vereinfacht es die Sache, wenn man ein Etikett dafür hat.«

Offenbar hatte er das gleiche Bedürfnis, aufzubrausen und andere Leute anzufahren, das Sarah so oft überkam.

»Tut mir leid«, sagte Stephen. »Ich kenne mich gar nicht wieder.«

Als sie ihn eine Woche später zu Hause anrief, dachte sie anfangs, sie hätte die falsche Nummer erwischt und jemanden aus dem Bett geholt. Sie konnte ihn schnaufen hören, dann kam undeutliches Gemurmel, schon möglich, daß es seine Stimme war. »Stephen?« fragte sie. Schweigen und wieder schweres Atmen, dann nuschelte er ihren Namen. »Sarah ... Sarah?« »Bist du krank, Stephen? Soll ich kommen?« Er gab keine Antwort. Sie redete weiter, flehte ihn an, bedrängte ihn lange Zeit, doch er antwortete nicht, legte aber auch nicht auf. Sie redete in die Stille hinein, und ihre Stimme klang lächerlich, weil sie jene beruhigenden, aufmunternden Sätze von sich gab, die stets ein gleichgesinntes Gegenüber erfordern, um überzeugend zu wirken. Am Ende hatte sie das Gefühl, daß er gar nicht zuhörte. Vielleicht war er sogar eingeschlafen oder weggegangen. Sie geriet in Panik, wie ein Vogel, der sich in einen Raum verirrt hatte. Sie wählte die Nummer des Küchentelefons in Queen's Gift, das für häusliche Belange benutzt wurde, aber niemand nahm ab. Eine Weile saß sie unschlüssig da, hatte das Gefühl, sie sollte sofort hinfahren, machte sich aber klar, daß er sie darum gebeten hätte, wenn er das gewollt hätte. Warum ging sie eigentlich immer davon aus, daß er niemand anderen hatte, an den er sich wenden konnte? Zu guter Letzt nahm sie dann doch ein Taxi nach Paddington, den nächsten Zug nach Oxfordshire, dann ein Taxi zum Gut. Sie ließ sich vor dem Tor absetzen, weil ihr plötzliches, ungebetenes Auftauchen direkt beim Haus zu dramatisch gewesen wäre. Das imposante Tor war frisch gestrichen, glänzendschwarz mit goldenen Sprenkeln, den Strähnchen ähnlich, mit denen Friseure einen Haarton aufzufrischen pflegen. Sie ging durch eine unauffällige kleine Seitenpforte in einem Ziegelbogen. Er war eine Allegorie für irgend etwas, aber es fiel ihr nicht ein, was. In ihrem augenblicklichen Zustand verwandelten sich eine auf der Straße aufgeschnappte Stimme, ein bellender Hund, ein Glas, das ihr aus der Hand glitt und klirrend auf einer harten Oberfläche zersprang, wie von selbst in Zeichen und Symbole, in Vorboten, Omen und Menetekel, in treffende und lachhafte Vergleiche. Ihre Verärgerung über diese ungewollten und taktlosen Kommentare zu allem, was sie tat, verstärkten ihre schlechte Laune. Ihr Herz jagte, weil sie besessen war von dem Gedanken, sich beeilen zu müssen, während es ihr absurd vorkam, daß sie überhaupt hergefahren war. Anscheinend war kein Mensch da. Überall hingen Plakate für *Ariadne auf Naxos,* nirgends mehr Julies Konterfei. Kein Wunder, denn im Augenblick machten sie einen Versuch mit der Oper. Eine kleine Besetzung und exzellente Musiker, hatte Elizabeth berichtet. Aber wo war Elizabeth? Nicht im Gemüsegarten, nicht bei den Pferden, nirgends in der Umgebung des Hauses. Und was sollte Sarah sagen, wenn sie sie entdeckte? »Hören Sie, Elizabeth, ich mußte einfach herkommen, ich habe mir Sorgen um Stephen gemacht.« (Ich mache mir Sorgen um Ihren Mann.) Elizabeth muß doch wenigstens bemerkt haben, daß Stephen – ja, was war er eigentlich im Augenblick? Auf alle Fälle ging es ihm viel, viel schlechter. Nachdem sie ein paar Minuten herumgegangen war, sich dabei wie ein Dieb oder zumindest ein Eindringling fühlte, sah sie Stephen allein auf einer Bank in der prallen Sonne sitzen. Zusammengekauert, die Beine leicht gegrätscht, die Arme dazwischen herunterbaumelnd und die Hände verschränkt wie Werkzeuge, die er vergessen hatte wegzulegen. Der Kopf hing nach vorn, und sein Gesicht tropfte vor Schweiß. Hundert Meter weit weg stand die riesige Esche, James' Vertraute. Darunter gab es eine Bank, ganz im Schatten. Sarah setzte sich neben ihn und sagte: »Stephen ...« Keinerlei Reaktion. Ja, dachte sie, das ist es. Das kenne ich, das habe ich selbst schon erlebt. Das ist die richtige Krankheit, die echte Depri (wie ihre Opfer sie scherzhaft nennen, wenn sie sie nicht im Griff hat), das ist die wahre, garantiert hundertprozentige Depression. Er ist völlig weggetreten. »Stephen, ich bin es, Sarah.« Nach langer Zeit, mindestens einer Minute, hob er den Kopf – aber nein, kein prüfender Blick, nicht einmal ein Zeichen des Erkennens. Ein Blick voller Abwehr. »Ich bin gekommen, weil ich mir Sorgen um dich mache, Stephen.« Sein Blick senkte sich wieder, und er starrte auf den Boden. Wieder nach einer Weile murmelte er, undeutlich und gehetzt: »Zwecklos, Sarah. Sinnlos.« Er war tief im Innern mit sich beschäftigt, mit einer inneren Landschaft, und hatte nicht die Kraft, auf die Welt um sich herum einzugehen. Sie wußte das, weil sie manchmal eine weniger radikale Version dieses Zustandes durchmachte. Dann war sie geistesabwesend, nahm Wörter erst auf, lange nachdem sie ausgesprochen worden waren, empfand sie als Einmischung, mußte sich zu einer gewissen Aufmerksamkeit zwingen und sprach dann hastig, um hinter sich zu bringen, was ihr absolut belanglos erschien. Bei Sitzungen im Green Bird und bei Gesprächen mit Kollegen mußte sie sich zwingen, aus den Tiefen dessen, womit sie sich innerlich beschäftigte, aufzutauchen, wobei es ihr regelrecht Schmerz bereitete hinzuhören, was die anderen sagten, und dann Sätze zu bilden, die als Antwort taugten. Aber es gelang ihr wenigstens, und allmählich ging es ihr besser. Stephens Zustand war bei weitem schlimmer als alles, was sie selbst je erlebt hatte, und ihre Angst verstärkte sich.

Was sollte sie tun? Als erstes mußte sie ihn in den Schatten bringen. »Steh auf, Stephen«, sagte sie, »du mußt aus der Sonne.« Er schien überrascht, doch ihre Hand an seinem Ellbogen bewog ihn aufzustehen und langsam in den kühlen Schatten unter der Esche zu gehen. Seine Kleidung war schweißgetränkt.

Im Grunde brauchte er jemanden, der Tag und Nacht bei ihm saß, ihm dieses und jenes zu trinken brachte, kalte Getränke, Tee, ein Sandwich, von dem er vielleicht einen Bissen aß, während der Betreffende redete, irgend etwas sagte, um ihn daran zu erinnern, daß sie in einer Welt lebten, in der es noch andere Menschen gab, und daß diese Welt keineswegs nur voller Leiden war. Sarah erwies niemand diesen Liebesdienst, aber sie war auch nicht annähernd so krank wie Stephen, war es nie gewesen. In Gedanken näherte sie sich behutsam, ihr Entsetzen bezähmend, einer grausamen Erkenntnis: Wenn der Schmerz, den sie empfand, im Vergleich zu seinem geringfügig war, mußte seine Qual unerträglich sein. Wie oft hatte sie schon geglaubt, ihren Schmerz nicht mehr ertragen zu können.

Sie blieb weiter neben ihm sitzen, wischte ihm den Schweiß vom Gesicht und befühlte seine Hände, um sich zu vergewissern, daß er im kühlen Schatten unter dem Baum nicht fröstelte. Ab und zu sagte sie: »Stephen, ich bin es, Sarah.« Sie machte beiläufige, beliebige Bemerkungen, ein Versuch, die ihn umgebende Landschaft für ihn festzuhalten: »Schau, die Pferde auf der Weide da drüben jagen sich.« »Sieht aus, als würde es eine recht gute Apfelernte geben.« Er sah sie weder an, noch reagierte er. Keine hundert Meter entfernt hatte sie ihn mit seinem Nachbarn Joshua umhergehen und reden sehen. Das war doch zweifellos Stephen gewesen? Das war doch er gewesen? Ein tüchtiger, ernster Mann, der sein Leben im Griff hatte? Wieder kehrten sich ihre Gefühle um, und es kam ihr lächerlich vor, daß sie überhaupt hier war.

Nach Stunden sagte sie: »Stephen, ich hole dir was zu trinken.« Sie ging ins Haus und gelangte, von Frauenstimmen geleitet, in die Küche. Shirley und Alison machten Blätterteigtörtchen für *Ariadne auf Naxos* am heutigen Abend. Sie trugen knallrote Plastikschürzen, die für ihre stattlichen Figuren zu klein waren. Die beiden liebenswerten, vor Gesundheit strotzenden und Ruhe ausstrahlenden jungen Frauen arbeiteten auf beiden Seiten eines Tisches, auf dem Berge von Mehl, Schüsseln voller Eier und Schalen mit gewürfelten Butterstücken in Eiswasser den Eindruck von Überfluß erweckten. Beide kicherten, weil Shirley Mehl auf der Wange hatte, das Alison bei dem Versuch, es wegzuwischen, in Shirleys dicken, goldenen Zopf geschmiert hatte.

»Oh, verzeihen Sie, Mrs. Durham«, sagte Shirley. »Wir sind heute einfach albern.«

»Ich möchte Mr. Ellington-Smith gern etwas zu trinken bringen«, sagte Sarah.

»Aber sicher. Was denn? Orangensaft? Apfelsaft? Ananassaft? Den mag James besonders gern. Ich mag Mangosaft am liebsten.« Und wieder brach Shirley in Gekicher aus.

»Ach, Shirley«, sagte Alison, »ich muß dich noch einsperren, wenn es sonst niemand tut. Bedienen Sie sich, Mrs. Durham. Es steht alles im großen Kühlschrank.«

Sarah entschied sich für einen Orangensaft, weil sie dachte, Vitamin C sei gut gegen Depressionen.

»Wissen Sie, wo Mrs. Ellington-Smith ist?«

»Sie und Norah waren vor kurzem noch hier. Ich glaube, sie sind hinaufgegangen.«

Als Sarah die Küche verließ, hörte sie noch, wie die zwei jungen Frauen wieder anfingen zu kichern und herumzualbern. Sie kamen Sarah vor wie zwei frischgeschlüpfte Küken. Ihr fiel auf, daß sie gar nicht wissen wollte, ob womöglich eine von beiden eine alleinerziehende Mutter war und die andere sich um eine schwerkranke Mutter kümmern mußte.

Stephen hatte sich keinen Millimeter von der Stelle gerührt. »Stephen, bitte trink das«, sagte sie zu ihm. »Bei der Hitze mußt du was trinken.« Sie stellte das Glas auf die Bank, aber er nahm es nicht. Sie hielt es ihm an die Lippen, doch er trank nicht.

Sie sagte: »Ich gehe kurz weg, aber ich komme zurück.« Sie mußte Elizabeth finden. Wenn nicht sie, dann Norah. Es war mitten am Nachmittag. Sie ging die Stufen vor dem Haus hinauf, auf denen Henry an jenem letzten Morgen gestanden und ihr nachgeschaut hatte, ging durch die Eingangshalle in den großen Raum, in dem die Büfett-Mahlzeiten für die Truppe serviert worden waren, weiter durch das Eßzimmer, in dem die Familie normalerweise ihre Mahlzeiten einnahm, und von dort aus in den hinteren Teil des Hauses, nicht zur Vordertreppe, sondern zu der schmalen Hintertreppe, auf deren Absatz sie James hatte stehen und zu dem Baum hinausschauen sehen wie zu einem Freund. Die stieg sie hinauf bis zu dem Zimmer, das Elizabeth als Büro diente. Sie mußte sich zwingen anzuklopfen, weil sie vor Elizabeth Angst hatte. Nicht vor ihrem Zorn, sondern vor ihrem Unverständnis. Was sollte sie ihr überhaupt sagen? »Ich mache mir Sorgen um Stephen – Sie wissen schon, um Ihren Mann.« Und was würde Elizabeth sagen? »Vielen herzlichen Dank, Sarah. Das ist wirklich lieb von Ihnen.« Keine Antwort. Sarah hörte Stimmen. Ja, es waren die Stimmen von Elizabeth und Norah. Da wurde ihr klar, daß sich nicht nur Elizabeths Büro, sondern auch ihr Wohnzimmer und ihr Schlafzimmer sowie das von Norah hier oben befanden. Sarah hatte diese Zimmer, die alle an einem breiten Gang lagen, einem hübschen Gang mit altmodischer Blümchentapete, nie betreten. Durch ein Oberlicht und das große Treppenfenster ein halbes Stockwerk höher oder tiefer bekam er schwaches Licht. Die Szene wirkte häuslich, vertraulich.

Auf der Hälfte des Ganges blieb sie stehen. Alle Kraft wich aus ihren Beinen. Sie lehnte sich an die Wand. Elizabeth und Norah lachten. Dann trat Schweigen ein, das Sarah so empfand, wie Stephen es empfinden mochte, danach erneut Gelächter, laut und verschwörerisch, dann redeten die zwei Stimmen wieder, vertrauliches Gemurmel, nicht aus dem Büro oder dem Wohnzimmer, sondern offenbar aus einem der Schlafzimmer. Es war zwecklos, sich vorzusagen, daß Elizabeth und Norah häufig lachten, daß Frauen eben gern lachen und jede Gelegenheit und jeden Vorwand dazu nutzen; daß zumal diese beiden häufig wie Schulmädchen wirkten und sich über kindische Scherze amüsierten. Erneutes Lachen. Ein Hauch kalten Entsetzens beschlich Sarah, weil sie es mit Stephens Ohren hörte. Es klang vielsagend, ahnungslos und fast grausam. Aber natürlich lachten sie nicht über Stephen, sondern wahrscheinlich über irgendeine alberne Lappalie. Wegen der Nachmittagshitze lagen sie auf der Bettdecke, nebeneinander oder einander umarmend, und kicherten wie die zwei Frauen unten in der Küche über das Mehl in Shirleys Haaren. Doch ihr Lachen tat weh, schnürte Sarah ins Herz, als wollten die beiden sie verspotten ... falls ja, war es ihr gutes Recht, denn Sarah verkörperte eine altbekannte, lächerliche Figur. Warum ging sie eigentlich so selbstverständlich davon aus, daß sich die beiden nicht über Stephen lustig machten? Vielleicht doch. Stephen hatte gesagt, daß er diesen Teil des Hauses mied, wenn er wußte, daß sich Elizabeth und Norah hier oben aufhielten.

Sie durften sie auf keinen Fall hier antreffen. Sarah schlich die Treppe hinunter, blieb unten stehen, schmiedete und verwarf Pläne wie den, Stephen einfach in ein Taxi zu setzen und ihn mit nach London zu nehmen. Langsam ging sie durch die Hitze auf die Esche zu. Als sie um eine Ecke bog, um eine rundum mit Efeu bewachsene Ziegelsäule, erblickte sie die leere Bank; der Orangensaft stand unberührt dort, wo sie ihn abgestellt hatte.

»Stephen«, rief sie mit leiser Stimme, nur einmal. Dann eilte sie, rannte fast Wege entlang, an Feldern vorbei, hielt nach ihm Ausschau und dachte: Gleich sehe ich ihn ... da vorn bei dem Baum sehe ich ihn bestimmt. Aber die Bänke, auf denen sie gesessen hatten, waren alle leer, und auf der Lichtung, wo die Schießübungen stattgefunden hatten, stand nicht mal mehr der Pfosten für die Zielscheibe. Da war nur eine leere, sonnige Fläche, auf die die alten Bäume ihre Schatten warfen wie Flecken. Es war schon viel später, als Sarah angenommen hatte, kurz vor fünf. Bald würden die ersten Zuschauer für die Abendvorstellung eintreffen. Sie überlegte, ob sie Elizabeth und Norah ein paar Zeilen schreiben und sie bei den Frauen in der Küche hinterlegen sollte. Etwa: Liebe Elizabeth, ich bin hergekommen, weil ich mir Sorgen um Stephen mache. Vielleicht sollten Sie ... Oder: Liebe Norah, bitte wundern Sie sich nicht, daß ich mich an Sie wende und nicht an Elizabeth, aber ich kann mich des Eindrucks nicht erwehren, daß Sie ...

Am Ende verließ sie das Gelände durch das große Tor, folgte der Straße, nahm einen Bus und dann den Zug nach Hause.

Noch am selben Abend rief sie Stephen an. Sie mußte sich dazu zwingen, denn noch nie war sie sich so lächerlich vorgekommen. Das lag an den vielen Hektar Land, dem Haus, seinem Leben, seiner Frau, dazu kamen seine Brüder und Freunde überall, seine Kinder und deren namhafte Schulen, die auch er besucht hatte … Diesem Geflecht, diesem Spinnengewebe, diesem sich ständig ausweitenden Netz an Verantwortlichkeiten und Privilegien hatte Sarah nur wenig entgegenzusetzen: Erlaube mir, dich hierherzubringen und mich um dich zu kümmern. Aber dieses vernünftige Angebot wurde nicht gemacht, denn als er den Hörer abhob, klang seine Stimme normal. Er sprach schleppend, das schon, murmelte aber weder, noch verfiel er in endloses Schweigen. Er verstand, was sie sagte, und versprach ihr, auf sich aufzupassen. »Ich weiß, daß du heute hier warst. Bist du gekommen, um mich zu besuchen? Falls ich unhöflich war, tut es mir leid.« Sie sagte sich, daß sie vielleicht übertrieb.

Zwei Tage später rief Norah in Elizabeths Namen an. Stephen hatte sich umgebracht, hatte dafür gesorgt, daß es wie ein Unfall beim Kaninchenschießen aussah. »Die Kaninchen sind eine furchtbare Plage. Sie sind in den neuen Garten eingedrungen – den von Elizabeth – und haben alles ratzekahl abgefressen.«

Sarah fuhr zum Begräbnisgottesdienst, der in der Kirche im Ort stattfand. Mehrere hundert Menschen drängten sich dort und auf dem Friedhof. Sie mußte daran denken, daß Stephen und sie nie darüber gesprochen hatten, woran sie beide glaubten und woran nicht und wie er es mit der Religion hielt, aber diese Szene stand durchaus im Einklang mit seiner Person: die alte Kirche, teilweise aus dem elften Jahrhundert, die Totenmesse der Kirche von England, die Landbewohner aus der Umgebung, deren Namen zum Teil an den Kirchenmauern und auf den Grabsteinen standen.

Anschließend ging Sarah noch mit nach Queen's Gift, wo die üblichen Getränke und Sandwiches gereicht wurden. Sämtliche Räume, die sie betrat, waren mit Menschen vollgestopft, auch die Küche, in der sich Shirley und Alison mit vom Weinen fleckigen Gesichtern zu schaffen machten. Am anderen Ende des Raumes erblickte sie kurz die drei Jungen – sie sahen bleich und elend aus – und Norah, entdeckte aber sonst nicht ein bekanntes Gesicht. Die Atmosphäre war gedrückt, düster und irgendwie gereizt. Bringen wir's hinter uns. Die Menschen verurteilten Stephen. Sie hatten über ihn gerichtet und ihn für schuldig befunden. Sarah warf ihnen vor, ihn im Stich gelassen zu haben. Sie mochte sie nicht, jedenfalls nicht das, was sie heute von ihnen sah. Diese Menschen – das heißt, die englische Oberschicht – waren bei Bällen und offiziellen Anlässen in ihrem Element, wenn sie ihre Ballroben und Diademe angelegt hatten und die Männer ihre smarten Uniformen samt Medaillen- und Ordensbehang. Aber für Begräbnisse hatten sie kein Talent. Sie trugen schlechtsitzende, dunkle Kleidung, in der sie unförmig wirkten und sich unwohl fühlten.

Als sich die Menge zu lichten begann, bat Elizabeth Sarah in ein düsteres Zimmer, in dem ein Billardtisch stand und an dessen Wänden alle möglichen Waffen hingen, von Piken und Hakenbüchsen bis hin zu Revolvern aus dem Ersten Weltkrieg. Elizabeth stellte sich mit dem Rücken zu den Gestellen mit Schrotflinten und Gewehren, in der Hand ein Glas Whisky. Sie wirkte in ihrem schwarzen Kleid plump und gewöhnlich. Wahrscheinlich hing es ganz hinten im Schrank und wurde nur für Begräbnisse hervorgeholt.

Sie glühte vor Zorn, ihre Wangen waren tiefrot, die geschwollenen Augen blitzten.

»Setzen Sie sich doch, Sarah«, befahl sie, setzte sich auch selbst hin, stand aber gleich wieder auf. »Es tut mir wirklich leid. Sie sind eine so kühle und gefaßte Person …« Sie sagte das nicht in einem Ton, als hielte sie diese Eigenschaften für bewundernswert.

»Eigentlich nicht.«

»Ich sage ja nicht, daß Sie das mit Stephen nicht aufwühlt. Ich weiß, daß Sie beide sich sehr gern gehabt haben. Nein, denken Sie nicht, daß mir das etwas ausmacht. Wirklich, das macht mir gar nichts aus. Hat es nie. Was mir etwas ausmacht, ist … ist, daß jemand so verdammt verantwortungslos handeln kann.« Sie ließ sich auf einen Stuhl sinken und putzte sich energisch die Nase, wischte sich die Augen ab und dann die Wangen. Aber es nützte nichts. Die Tränen, die sich über ihr ganzes Gesicht verteilten, waren Ausfluß puren Zorns. »Solange die Jungen noch klein sind, glauben sie vielleicht, daß es ein Unfall war, aber ich bin überzeugt, daß ihnen schon jetzt Zweifel kommen. So etwas ist sehr schlecht für Kinder.« Wieder schneuzte sie sich. »Ach, zum Teufel!« Aus einer schwarzen Lederhandtasche, robust wie ein Sattel, die noch viele Begräbnisse aushalten würde, holte sie einen Kamm, eine Puderdose und einen Lippenstift. Sie begann ihr Gesicht zurechtzumachen, aber wieder quollen ihr Tränen aus den Augen, so daß sie es schließlich aufgab. »Wir hatten eine Abmachung. Wir hatten uns gegenseitig etwas versprochen. Dieses Anwesen gründet auf *Partnerschaft.*«

Obwohl es nicht so aussah, als bräuchte Elizabeth etwas anderes als einen Zuhörer, unternahm Sarah einen zaghaften Versuch: »Aber, Elizabeth, verstehen Sie das denn nicht? Er war nicht er selbst.«

»Natürlich verstehe ich das, aber ...« Sie schwieg eine Weile, seufzte tief, sann (etwa zum ersten Mal in ihrem rundum vernünftigen Leben?) über die Möglichkeit nach, daß sich Menschen in einem Geisteszustand befinden konnten, in dem sie nicht sie selbst waren. Das war nicht nur so eine Redewendung.

Draußen hörte man Autos wegfahren, Autotüren zuknallen, den Kies unter den Schritten der Leute knirschen, laute und fröhliche Stimmen: »Wir sehen uns nächste Woche.« »Kommt ihr auch zu Dolly?«

»Was soll ich denn jetzt tun? O ja, ich weiß, was Sie denken: daß ich ja Norah habe. Ja, ich habe Norah, und ich kann nur sagen, Gott sei Dank. Aber ich kann dieses Gut nicht ganz allein führen, das kann ich einfach nicht.« Und dann, überwältigt von Fassungslosigkeit, wie es schien, schluchzte sie laut auf, und wieder flossen die Tränen. »Ich will damit nicht sagen, daß ich aufgebe. *Ich* halte nichts davon, sich der Verantwortung zu entziehen. Ach, verdammte Scheiße, ich kann nicht aufhören zu heulen. Ich bin so wütend, ich bin so wütend, daß ich ...«

Behutsam fragte Sarah: »Haben Sie denn nie die Erfahrung gemacht, daß Ihnen einfach alles zuviel wurde?« Damit meinte sie unseren alten Freund, das Leben, und so verstand Elizabeth sie auch.

»Natürlich. Die macht doch jeder. Jeder denkt doch manchmal, daß das ganze Leben eine verdammte Farce ist. Aber deshalb bricht man doch nicht einfach sein Wort. Und das hat er getan.« Damit schob sie – zumindest für diesmal – die Möglichkeit beiseite, jenes Reich zu begreifen, in dem der König Schmerz mit so grausamer Hand regiert, daß seine Untertanen alles tun, ihm zu entfliehen, sprang auf und sagte: »Das nützt alles nichts. Was ich sagen wollte, ist, daß ich Stephens Verpflichtungen alle einhalten werde – seine finanziellen Zusagen, meine ich. Ich bin überzeugt, daß er Ihre Truppe sehr viel lieber mochte als andere Sachen, die wir machen. Ich bin allerdings nicht überzeugt, daß ihm die intensive Beschäftigung mit Julie – Sie wissen schon, mit ihr als Person – immer gut getan hat. Ich weiß ja nicht, ob Sie das wissen, aber er war geradezu besessen von der Geschichte. Ich bin der Meinung, daß man Selbstmorde einfach ignorieren sollte, statt sie in Opern und Theaterstücken und was weiß ich groß aufzubauschen. Sie geben anderen ein schlechtes Beispiel. Die meisten Menschen sind im Grunde sehr willensschwach, und das sollte man nicht vergessen.« Sie fuhr sich mit dem Kamm durch die Haare und versuchte dann mit beiden Händen, ihre schlaffen, tränennassen Locken zurechtzurücken, gab es aber bald auf und wischte sich das Gesicht mit frischen Papiertaschentüchern ab. Diesmal flossen nicht gleich wieder Tränen. »Mir tut das alles sehr leid, Sarah. Ich werde Ihnen Stephens Unterlagen zu Julie schicken, sobald ich alles gesichtet habe. Ich denke, die sollte das Museum bekommen. Aber das müssen Sie entscheiden. Und dann ist da noch etwas, was er Ihnen hinterlassen hat. Nein, ich habe es mir nicht angesehen. Ich habe die erste Seite gelesen, und das hat mir gereicht. Ich habe nicht die Zeit für derart morbide Dinge.« Sie gab Sarah ein rotes Schreibheft, eine Art Schulheft, und ging zielstrebig aus dem Zimmer.

Auf dem Schreibheft klebte ein weißes Etikett, auf das mit Bleistift gekritzelt war: *Das ist für Sarah Durham.*

Der erste Eintrag trug das Datum des Junitages, an dem Julies Musik zum ersten Mal in Queen's Gift aufgeführt worden war. Tag für Tag gab es Einträge, oft nur ein einziger Gedanke: *Ich habe nicht gewußt, daß es möglich ist, so etwas zu empfinden./Diese Sehnsucht ist wie ein Gift./Ich glaube, daß ich sehr krank bin./ Mein Herz ist so schwer, daß ich es kaum noch schleppen kann./ Bestimmt ist* Sehnsucht *nicht das richtige Wort für dieses Über-*

maß an Sehnsucht./Jetzt verstehe ich, was es bedeutet, vor Liebe krank zu sein./Mein Herz tut weh, es tut weh.

Die Handschrift wurde zunehmend schlechter. Einige Einträge waren nahezu unleserlich. Die letzten paar waren in einer formlosen Schrift hingekritzelt, bei der die Wörter am Ende in gerade Linien ausliefen wie die Kurven von Hirnströmen, erst gezackt und voller Vitalität, doch sobald das Leben entweicht, nur noch eine lange Linie, die ewig weiterläuft.

Die Schreie aus dem Reich tiefer Trauer sind unpersönlich. Ich bin allein. Ich bin so unglücklich. Ich liebe dich. Ich begehre dich. Ich bin krank vor Liebe. Ich sterbe an gebrochenem Herzen. Ich kann dieses Nicht-Leben nicht ertragen. Ich kann diese Wüste nicht ertragen.

Sie sind wie Vogelrufe: eine Amsel, eine Möwe, eine Krähe, eine Drossel. Oder wie die Lieder unbekannter Herkunft:

Einst liebte ein Engländer eine Maid,
O weh, o weh, o weh …
(Oder Ob-la-di, ob-la-da!)
Er verlor den Kopf, sobald sie sang,
Sie war aus Frankreich, wild und frei,
O Ob-la-di, o ob-la-dei.
Dann war sie tot, erfuhr er bang.
O weh. Et cetera.

Im November kam Benjamin geschäftlich nach London; er ließ keinen Zweifel daran, daß er länger als nötig blieb, um Sarah zu sehen. Zu der Zeit erreichte sie den Gipfel – oder die Abgründe – ihrer Schwermut, so daß ihr nicht viel Kraft blieb für etwas anderes als den Kampf gegen einen Feind, der so stark war, daß sie sich versucht fühlte zu tun, was Stephen getan hatte, einfach weil sie den Schmerz nicht mehr ertragen konnte. »Ich konnte noch nie gut mit Schmerz umgehen«, hatte er gesagt. Ihr ging es genauso. Sie sah darin keinen Sinn. Wozu war dieser Schmerz gut? Sie las wiederholt die Einträge in Stephens rotem Schreibheft, diese banalen Worte, weil ihr das eigene Tagebuch zu gefährlich war, und stellte mit ihm die Frage: Was ist das, was so weh tut? Warum tut einem ganz konkret das Herz weh? Welche Last trage ich da eigentlich? Sie fühlt sich an wie ein schwerer Stein auf meinem Herzen. Warum? O Gott.

Da das Wetter mild blieb, gingen Sarah und Benjamin viel zu Fuß durch die Straßen und Parks von London, oft auf Wegen, die sie mit Stephen gegangen war. Manchmal hatte sie das Gefühl, zwei Männer neben sich zu haben, nicht einen. Für sie war Stephen keineswegs tot, sie spürte seine Anwesenheit ganz deutlich – sei lieber vorsichtig, schau, wohin das bei ihm geführt hat. Wollte sie wirklich so wie er von einem Geist besessen sein? Wenn Stephen für sie endgültig tot war, würde sie dann anfangen, furchtbar um ihn zu trauern? Oder trauerte sie schon um ihn? Während sie sich intensiv mit diesen Gedanken beschäftigte, führte sie angenehme, wenn auch manchmal etwas zähe und geistesabwesende Gespräche mit Benjamin. Er betrachtete es noch immer als seine Aufgabe, sie zu unterhalten. Bei einigen seiner »Projekte« war sie überzeugt, daß er sie aus der hohlen Hand schüttelte, obwohl er sie ihr mit der feierlichen Eindringlichkeit präsentierte, die Bestandteil des Scherzes war.

»Was halten Sie von einem Lieferwagen voller Stoffe oder

Stoffmuster, der bei einem zu Hause vorfährt? Sie wissen schon, wie in Hongkong oder Singapur, wo man sich innerhalb von vierundzwanzig Stunden einen Anzug nähen lassen kann. Also, man wählt den Stoff aus, gibt ein passendes Kleidungsstück als Muster mit und bekommt am nächsten Tag das neue.«

»Damit würden Sie ein Vermögen verdienen, das garantiere ich Ihnen.«

»Sind Sie sicher? Und wie steht es damit: Wir spielen mit dem Gedanken, Leamington Spa, Bath und Tunbridge Wells wieder aufleben zu lassen – mit zusätzlichen Fitness-Studios, Gesundheitsclubs, Gesundheitsfarmen und dieser neuen Kaltwassertherapie. Dazu bräuchte man lediglich einen Prominenten, der das Kuren wieder in Mode bringt. Wie das die Königliche Familie mit den alten Kurorten gemacht hat.«

»Und außerdem eine schöne Stange Geld. Heißt das, Sie können sich das alles und dazu noch Ihren kaschmirischen See leisten?«

»Ich muß gestehen, daß wir eingesehen haben, daß der kaschmirische See eine Nummer zu groß für uns ist. Das Geld sitzt nicht mehr so locker wie früher.«

»Aber Sie wollen sämtliche Badekurorte Großbritanniens neu aufleben lassen, verstehe ich das richtig?«

»Ich bin überzeugt von der Idee«, sagte er. »Im Augenblick haben wir einen Konjunkturrückgang, mehr nicht. Ich bin sicher, daß sich der Markt nach Weihnachten wieder erholt.«

So redeten die Finanzleute im Jahr 1989, unmittelbar vor der neuen Baisse, der Rezession.

Benjamin erzählte auch von seiner Familie. Dabei wurde deutlich, daß er und seine Frau zusammen eine hübsche Menge Geld verdienten. Ihre Kinder, ein Junge und ein Mädchen, gingen auf die Universität und machten sich dort recht gut. Er zeigte Sarah Fotos von ihnen, von seinem Haus und den Associated and Allied Banks of North California and South Oregon, als wollte er sich und auch sie an den Sinn und den Wert seines Lebens erinnern. Es war einige Zeit vergangen, seit er Sarah vor dem glanzvollen Hintergrund von Belles Rivières und Queen's Gift erlebt hatte. Wie sah er sie jetzt? In seinen Augen war sie noch immer von einem gewissen Glamour umgeben, und ihr Leben hier in London, das im Augenblick geradezu unerträglich eintönig war, erschien ihm so anspruchsvoll, kultiviert und weltgewandt wie das Leben, das in den Memoiren von Theaterleuten geschildert wird, die er nach eigenen Angaben las. Ihre Wohnung mußte ihm im Vergleich zu dem großen Haus, in dem er lebte, doch bestimmt klein und armselig vorkommen. Aber ihre Zimmer waren voller Bilder, Bücher, Theaterreminiszenzen und Fotografien von Leuten, die sie kannte oder mit denen sie befreundet war, die für seine Begriffe allesamt Berühmtheiten waren. Wie sah er ihre einsame, keusche Lebensweise? Er stellte sich vor, daß sie seit vielen Jahren einen Liebhaber hatte, und merkte an, daß er ihn beneide.

Über Stephens Tod äußerte er sich verärgert und mißbilligend. Er konnte nicht verstehen, warum jemand, der so viel besaß, diese Welt freiwillig verlassen konnte. Sarah versuchte es mit dem Wort »Depression«, merkte aber, daß das für ihn nur ein Wort war, mehr nicht, als würde jemand ausrufen: »Ach, zum Teufel, heute bin ich aber deprimiert!« Angenommen, sie würde sagen: »Stephen war seit Jahren verzweifelt«, oder: »Er war in eine tote Frau verliebt«? Diese durchaus zutreffenden Aussagen würden ihr jedoch nie über die Lippen kommen, denn so etwas konnte sie diesem geistig gesunden, vernünftigen und ernsthaften Mann nicht sagen. Bedeutete das, daß sie Stephen nicht als vernünftig und ernsthaft empfunden hatte? Doch, aber nicht als geistig gesund. Sie dachte über das Wort »ernsthaft« nach. Was immer Benjamin war oder nicht war, ernsthaft war er ganz bestimmt. Genauer gesagt, für Humor und alles Zweideutige hatte er keine Antenne. Im Umgang mit ihm kam sie nie in jenen Grenzbereich, in dem sich Dinge in ihr Gegenteil verkehren und Gut und Schlecht lachend Plätze tauschen. Mehr als einmal ließ sie eine scherzhafte Bemerkung fallen, die bei Stephen auf fruchtbaren Boden gefallen wäre, mußte aber eilig hinzusetzen: »Tut mir leid, das war nur ein Scherz. Ich habe es nicht so gemeint.«

Benjamin dachte, wie es seiner Art entsprach, über das nach, was Sarah über Stephen gesagt hatte, und kam am nächsten Tag mit der Frage zurück: »Aber warum hat Stephen nur so etwas Schreckliches getan?«

Sarah wurde auf einmal ungeduldig. »Stephen ist an gebrochenem Herzen gestorben. So etwas gibt es, wissen Sie? Warum es ursprünglich gebrochen ist – nun, das ist eine Frage für den Psychiater. Aber nicht jede Krankheit ist heilbar. Entscheidend ist, daß es ihm das Herz gebrochen hat und er es einfach nicht mehr ertragen konnte.«

Man hörte ihn buchstäblich denken, daß gebrochene Herzen nichts für ernsthafte Leute waren. »Tut mir leid, aber das kann ich nicht akzeptieren.«

»Das liegt nur daran, daß Sie selbst nie etwas Ähnliches erlebt haben.« Sie wußte, daß das in seinen Ohren schnoddrig und leichtfertig klingen mußte.

Nach einer Weile sagte er, etwas holprig: »Ich dachte, Sie und er ... Ich habe Ihnen doch irgendwann einmal gesagt, daß ich ihn beneide.«

»Wir waren Freunde.« Sie hörte, wie ihre Stimme zitterte. Trotzdem fuhr sie fort. »Glauben Sie mir, das war alles.«

Alles.

Ein kritischer Blick: Er glaubte ihr nicht. Er hielt es für eine forsche Lüge. Er legte die Arme um sie. »Arme Sarah«, murmelte er in ihr Haar. Er streifte mit der Wange darüber und küßte sie dann auf die Wange. Sie mußte an einen anderen Kuß denken und trat lächelnd zurück. Lächelnd ließ er sie los. Sie standen auf einem Gehsteig. Es war früher Nachmittag, aber in den Häusern gingen die ersten Lichter an und sprachen zu Sarahs Herzen von Vertraulichkeit, von Liebe. Durch die Bäume auf dem Platz, auf dem sie standen, fuhr ein wilder, geräuschvoller Wind, und auf dem Boden lag eine dicke Schicht Platanenblätter, schwarz geädert und glitschig, wie abgehackte Entenfüße. Sarah dachte: Würde ich diesem Mann erzählen – und sei es nur andeutungsweise, in leicht verdaulicher, stark verharmloster Form –, wie mir die ganze Zeit zumute war, seit ich ihn kennengelernt habe, würde er dieses verrückte Weib stehenlassen und sich rasch davonmachen.

Als sie sich verabschiedeten, sagte sie: »Nächstes Jahr in Belles

Rivières.« Als er nicht darauf einging, fragte sie: »Haben Sie jemals den Film *Letztes Jahr in Marienbad* gesehen? Darin geht es um Menschen, die die Ereignisse des Vorjahres unterschiedlich in Erinnerung haben und sich zum Teil auch an potentielle Geschehnisse erinnern, an unterschiedliche, parallele Möglichkeiten.«

Darauf sagte er prompt: »Glauben Sie mir, Sarah, ich werde nie auch nur eine Minute von dem vergessen, was in der Zeit geschehen ist, in der ich mit Ihnen – mit Ihnen allen – zusammen war.« Und dann fügte er noch hinzu: »Das ist auf alle Fälle ein interessanter Gedanke. Ich werde mir das Video besorgen.«

»Es ist der gleiche Gedanke wie in dem Song ›I remember it well‹.«

Und sie war erleichtert, als er lachte und sagte, er werde sich genau an alles erinnern.

Etwa um diese Zeit bekam sie einen Brief von Andrew.

Liebe Sarah,
ich bin in Arizona und mache einen Film über einen kaputten Polizisten, der jedoch ein goldenes Herz hat. Was hat ihn kaputtgemacht? Seine Kindheit. Ich habe Dir nie von meiner Kindheit erzählt. Das hätte bedeutet, Dich auf unfaire Weise auszunützen. Habe ich ein goldenes Herz? Ich habe ein Herz.

Ich wohne bei meiner Schwester Sandra. Sie ist meine leibliche Schwester, die Tochter meiner Mutter. Sie hat ihren Mann verlassen, meinen guten Freund Hank. Sie behauptet, sie hätten keinerlei Gemeinsamkeiten. Und das nach zwanzig Jahren. Sie ist fast fünfzig. Sie fängt noch einmal von vorne an. Ich mag ihre Kinder. Sie hat drei. Wir leben in einem Haus, zwölf Meilen von Tucson entfernt, zwischen lauter Sand und Kakteen. Nachts heulen die Kojoten. Wenn der Fernseher kaputtgeht, kommt innerhalb einer Stunde ein Mann aus Tucson, um ihn zu reparieren. Ich fand das gar nicht merkwürdig, bis meine Freundin Helen aus Wiltshire in England sagte, wir würden zuviel als selbstverständlich voraussetzen. Sie findet es putzig. Oder vielmehr faszinierend. Wenn ich Freundin sage, meine ich, sie ist eine der Frauen, mit denen ich schlafe. Meine Schwester will, daß ich eine von ihnen heirate.

Warum sind Leute, die unglücklich verheiratet waren, so versessen darauf, daß andere es auch sind? Ich würde lieber sie heiraten. Wenn ich das sage, lacht sie und hält es für einen Witz.

Ich glaube nicht, daß es mir gelingen wird zu heiraten. Ich habe viel zu lange gebraucht, um zu begreifen, daß ein Mann mit einer so völlig verkorksten Kindheit wie der meinen (siehe oben) es nicht schafft, seine Zweifel beiseite zu schieben, und das wäre nötig.

Ich habe gehört, daß Stephen gestorben ist. Er war ein verdammt anständiger Kerl. Belles Rivières und Queen's Gift erscheinen mir weit, weit weg. Zeitlich gesehen. Aber vor allem sehr unwirklich. Verstehst Du das? Ja, Du verstehst das.

Hier kommt meine Verabredung für den Abend. Sie heißt Bella. Hast Du Dich je gefragt, warum es einfach ist, solange es um Lust geht, aber sobald es Liebe ist, dann ... Da gibt es etwas, das die Liebe nicht liebt, die süße Liebe. Wundert es Dich, daß ich das sage, Sarah Durham? Tja, das dachte ich mir. Was beweist, daß ich recht habe.

Falls Du in deinem arbeitsreichen und verantwortungsvollen Leben irgendwann eine Minute Zeit findest, würde ich einen Brief zu schätzen wissen.

Andrew.

Er hatte zwei Fotos beigelegt. Auf dem einen war ein richtiger kleiner Bengel zu sehen, mager, mit Sommersprossen, Bürstenhaarschnitt und finsterem Blick. Er hielt ein wüst aussehendes Gewehr in Händen, vermutlich ein Spielzeug, da er nicht viel älter als sechs sein konnte. Das andere Foto zeigte einen Mann um die zwanzig, hager, gutaussehend, mit O-Beinen, den Arm um die Schultern einer schlaksigen Blondine gelegt, die ein gutes Stück älter war als er. Seine Stiefmutter? Die Hand auf ihrer Schulter wirkte beschützend. Sie hatte den Arm um seine Taille gelegt und den Daumen in seinen Gürtel gehakt.

An Weihnachten gab es Ärger mit Joyce. Hal wollte über die Feiertage mit der Familie in ein renommiertes Hotel in Schottland fahren. Joyce hatte sich überreden lassen mitzukommen. Doch nach zwei Nächten lief sie davon und trampte Richtung Süden. »Das ist wirklich unfair von ihr«, sagte Anne – als Hals Ehefrau –, doch insgeheim dachte sie: Gut für sie. Ich kann es selbst nicht ausstehen, wenn man sich die ganze Zeit feinmachen und mit angeblich wichtigen Leuten Sherry trinken muß.

Eine Woche später kreuzte Joyce bei Sarah auf. Was hatte sie in der Zwischenzeit gemacht? Besser, nicht nachzufragen. Sie war total verdreckt, roch ekelhaft, und ihr Haar starrte vor Schmutz. Sie sah gelb aus. Hatte sie etwa Gelbsucht? Würde sich bei einem Test herausstellen, daß sie HIV-positiv war? Oder schwanger? Sarah fragte gezielt nach.

Mit der ihr eigenen wortklauberischen Art – so jedenfalls empfand es Sarah, obwohl Joyce nicht gewußt hätte, was sie damit meinte – versicherte Joyce ihrer Tante lächelnd, daß sie garantiert nicht schwanger sei. »Ich mache mir nichts aus Sex«, vertraute sie ihr an.

Sollte Sarah darauf sagen: »Ach prima«, oder: »Mach dir nichts draus, du kommst schon noch auf den Geschmack«? Nein, sie brach in Tränen aus, die sie selbst überraschten. Joyce überraschten sie erst recht. »Aber warum, Sarah«, murmelte sie und tätschelte Sarahs bebende Schultern. »Was ist denn los?« erkundigte sie sich trübsinnig. Es gefiel ihr ebensowenig wie Stephen, mit ansehen zu müssen, wie Sarah die Fassung verlor. Man sollte wissen, welchen Platz man in einem Beziehungsgefüge einnimmt, und ihn auch beibehalten.

»Begreifst du denn wirklich nicht, welche Sorgen wir uns um dich machen?« heulte Sarah wütend.

»Oje, oje«, sagte Joyce. Sie hing im Zimmer herum, während Sarah weinte. Um etwas zu tun, was ihrer Tante Freude machte, nahm sie schließlich ein Bad. Danach saß sie (zum hundertsten Mal?) in Sarahs Morgenmantel da und fönte sich die Haare. Sarah hatte aufgehört zu weinen. Sie sah zu, wie die Haare ihre schwere Nässe verloren und, während Joyce sie unermüdlich kämmte, daraus Stränge glitzernden Goldes wurden. Wie derzeit so häufig, sah sich Sarah Aug in Auge der Natur gegenüber. »Wozu? Warum? Weshalb der Aufwand, ihr solches Haar mitzugeben, wo du sie von Anfang an zugrunde gerichtet hast?« Eigentlich eine recht fundamentale Frage, eine allumfassende Frage nach dem Sinn und Zweck. Eine Urfrage.

Frühling. Sarah merkte, daß sie nicht mehr jede wache Minute von Schmerz erfüllt war und nachts nicht mehr wiederholt in Tränen gebadet aufwachte, daß sie nicht mehr ununterbrochen von Trauer gepeinigt wurde, sondern Schmerzphasen erlebte, besonders schlimm zwei bis drei Stunden am späten Nachmittag und am frühen Abend, etwas weniger in den Stunden nach dem Aufwachen, obwohl auch die schlimm genug waren. Zweimal am Tag, wie die hereinkommende Flut. Sie nahm sogar Aspirin gegen den physischen Schmerz, den ihr diese Schwermut bereitete. Zwischendurch gab es lange graue Phasen, in denen sie gar nichts empfand. Eine leblose, vertrocknete Welt, aber wenigstens ohne Schmerzen, und auch ihr Herz fühlte sich nicht so schwer an, daß sie in Bewegung bleiben oder ihre Haltung verändern mußte, um es von seiner Last zu befreien. In solch trostlosen, leeren Zeiten verhielt sie sich wie jemand, der an einer Krankheit oder Behinderung leidet, bei der plötzliche Schmerzattacken auftreten. Sie nahm sich sorgfältig vor allem in acht, was diesen Schmerz »auslösen« konnte: gefühlsgeladene Gedichtzeilen, ein kurzer Blick auf einen schwarzen Baum vor einem Sternenhimmel, eine sentimentale Melodie – sie konnte es nicht ertragen, den Titelsong von *The Lucky Piece* zu hören oder – das war das Schlimmste – unvermutet in eine Straße einzubiegen, durch die sie mit Henry oder Stephen gegangen war. Wenn die Sehnsucht zurückkehrte, konnte sie unmöglich glauben, daß Henry jetzt nicht einfach ins Zimmer kommen oder sie anrufen würde, weil er sie doch sicher genauso brauchte wie sie ihn. Sie machte sich nicht mehr die Mühe, sich vorzusagen, daß das Wahnsinn war. Irgendwann würde es vorübergehen. Daran klammerte sie sich während der Schmerzattacken. In den tristen, ruhigen Phasen war es ihr nicht möglich, sich die Heftigkeit der Schwermut vorzustellen, die sie eben erst erlebt hatte und wieder erleben würde. Sie wußte, daß sie sich bald nicht mehr an das Gefühl selbst, sondern nur noch an die Tatsache erinnern könnte, wie schrecklich diese Zeit gewesen war. Die Schmerzen bei einer Geburt kann man sich zwischen den Wehen nicht vorstellen, geschweige denn eine Stunde, einen Tag, ein Jahr danach. Es war einzusehen, daß die Natur aus gutem Grund verhindern wollte, daß sich eine Frau an die Schmerzen einer Geburt erinnerte. Aber Schmerz aus Kummer? Warum überhaupt Kummer? Wozu war er gut?

Sie besuchte noch einmal ihre Mutter, ein zweiter Versuch, Antworten auf Fragen zu erhalten, der jedoch ohne Erfolg blieb. Als Sarahs Tochter aus Kalifornien anrief, fragte Sarah: »Hattest du als Kind Heimweh, wenn du in den Sommerferien fort warst?«

»Ich kann mich nicht erinnern. Ja, ein bißchen schon, glaube ich.«

»Bitte versuch dich zu erinnern.«

»Das war nicht deine Schuld, Mutter, du mußtest ja arbeiten. Manchmal habe ich mir leid getan, weil ich eine Mutter hatte, die gearbeitet hat. Aber jetzt arbeite ich selbst.«

Im April flogen Sarah und Mary nach Montpellier, wo Jean-Pierre sie abholte und mit ihnen nach Belles Rivières fuhr. Das Wetter war nicht gut, das heißt, es war nicht gut, gemessen an den Erwartungen, die wir unvernünftigerweise an Südfrankreich knüpfen, wo unserer Vorstellung zufolge die Sonne Cézannes und van Goghs ewig ein unvergleichliches Licht spendet. Das Hellblau des Himmels wirkte kalt, und der Wind blies den beiden Frauen willkürlich kalte Tropfen ins Gesicht, als sie auf dem neuen Parkplatz der Stadt ausstiegen, der groß genug war für tausend Autos und etliche Busse. Der bezaubernde alte Marktplatz war zerstört worden, um Raum für den Parkplatz zu schaffen. Sie aßen innen im Collines Rouges, weil es draußen auf dem Gehsteig zu kühl war, und fuhren anschließend auf einer neuen, breiten Straße in die Wälder hinauf, die für die zum Bau des Stadions erforderlichen Holztransporter gebaut worden war und auch dem neuen Hotel samt Parkplatz zugute kommen würde, das auf halbem Weg an der Straße entstehen sollte. Dieses Hotel war von Anfang an umstritten gewesen und war es noch. Jean-Pierre wirkte nervös, auf seiner Stirn lag eine mürrische Spannung, und er war den Blicken der beiden Frauen ausgewichen, seit er sie in der Flughafenhalle begrüßt hatte. Er habe Kopfweh, sagte er, und meinte im Spaß, daß inzwischen alles, was mit *Julie* zu tun habe, Kopfschmerzen bereite. Die Stadtverwaltung hatte einen Ausschuß gebildet, der sich der Probleme annehmen sollte, aber Jean-Pierres Wünsche deckten sich selten mit denen der Mehrheit. Seiner Ansicht nach war das neue große Hotel – derzeit nur ein verwüstetes Gelände voller Lastwagen, Kräne, Zementmischer, Bagger und umgehauener Eichen, Olivenbäumen und Pinien – eine Fehlentscheidung, und der Parkplatz war ebenfalls eine Fehlentscheidung, weil er nicht nur für die Hotelgäste gedacht war, sondern riesig werden sollte. Das Stadion könnten sie gleich selbst in Augenschein nehmen. Schon jetzt sahen sie eine rohe, gelblichrote, gewaltige Holzkonstruktion aus den Bäumen herausragen. Wenn sie erst verwittert war, würde sie besser aussehen, murmelten sie. Ohne darauf einzugehen, führte Jean-Pierre sie durch einen Zugang in die Mitte des Amphitheaters. Julies Haus war verschwunden, und sie standen vor einem riesigen, langweiligen, roten Betonrund. Über den oberen Rand des Stadions spitzte nicht ein einziger Baum. Ein kalter Wind, der sie wünschen ließ, sie hätten sich wärmer angezogen, schüttelte draußen die Zweige.

»So habe ich mir das nicht vorgestellt«, sagte Jean-Pierre, den Tränen nahe. »Glauben Sie mir, ganz bestimmt nicht.«

Am Pfad zum Wasserfall stand ein Schild: JULIES FLUSS. Sie folgten dem Pfad. Der Fluß jagte schnell und ungestüm dahin, weil es in den Hügeln viel geregnet hatte. Das Wasser im Flußbecken strudelte und schäumte so stark, daß man die Felsen kaum erkennen konnte. Sie standen an dem Geländer, das das abschüssige Ufer sicherte, wo Sarah mit Henry und mit Stephen gestanden hatte. Ein passender Ort für Geister, wenigstens heute, an diesem kalten, unfreundlichen Tag. War es wirklich erst zehn Monate her? Nein, das war eine andere Epoche gewesen, trügerisch und verführerisch, und wenn Sarah sich umdrehte, würde sie Stephen auf der Bank sitzen sehen, würde Henry lächeln sehen und sein leises »Da bist du ja, Sarah« hören. Vorsichtig wandte sie sich um, vergewisserte sich, daß die Bank leer war, und ging daran vorbei, während sie Jean-Pierre auf das Musical ansprach. Sie mußte das Thema anschneiden, weil es ihm zu peinlich war. Ja, sagte er, dem Ausschuß gefalle das Musical. Er selbst finde es, ehrlich gesagt, erbärmlich. Aber er könne ihnen versichern, daß die ursprüngliche *Julie Vairon* hier zumindest in diesem Jahr noch volle drei Monate lang gespielt werde. An der Stelle ergriff er Marys Hand und küßte sie. »Dank Ihrer Mithilfe.« Das Musical wolle man im nächsten Jahr ausprobieren. Er sei zuversichtlich, daß alle erkennen würden, wie zweitklassig es sei. Ja, Patrick habe es schlau angefangen, er habe ein paar von Julies musikalischen Ideen eingebaut, aber auf recht gewöhnliche und wenig originelle Art.

Es gebe aber auch Positives zu vermelden, sagte Jean-Pierre. Die Familie Rostand wollte im Rahmen einer großen Festivität, die sie für den Sommer plante, ebenfalls die Version von Sarah und Stephen aufführen, auf französisch, versteht sich, aber den Rostands gefiel *Julie Vairon* und wie Sarah die Geschichte gestaltet hatte. Ob Sarah etwas dagegen habe? Sie versicherte Jean-Pierre, daß sie sich sehr darüber freue und falls sie irgendwie behilflich sein könne … »Perfekt«, sagte Jean-Pierre. »Das wird ein interessanter Sommer. Es gibt *Julie Vairon* auf französisch, wie es sich gehört, und *Julie Vairon* auf englisch. Für die Touristen. Nein, wir sorgen schon dafür, daß sich beides nicht überschneidet.«

Mary machte Fotos von Sarah und Jean-Pierre, einzeln und zusammen. Erst stehend in der Mitte des Stadions, dann in der untersten Reihe sitzend, anschließend ganz oben, wo man – wenn man den entsprechenden Winkel wählte – die Köpfe von Jean-Pierre und Sarah vor einer wehenden Schriftrolle sehen konnte, einem metallenen Spruchband, das zwischen zwei Pinien hing: JULIE VAIRON, 1865–1912. Jean-Pierre meinte, es sei schade, daß nicht Stephens Gesicht neben dem von Sarah unter dem Spruchband zu sehen sei, aber Mary sagte, das sei kein Problem. Sie könne jederzeit ein Bild von Stephen einmontieren.

Sarah, die merkte, daß die zwei allein sein wollten, erklärte, sie wolle um der alten Zeiten willen zu Fuß in die Stadt hinuntergehen.

Auf dem Heimflug sagte Mary: »Ich dachte, ich hätte alles bewältigt, aber das stimmt nicht. Also muß ich noch mal von vorne anfangen.«

Das war ihre verkürzte Version für: Ich dachte, ich hätte mich damit abgefunden, daß ich weder heiraten, noch einen dauerhaften Liebhaber haben werde, mit dem ich zusammenlebe, weil meine Mutter krank ist und sich ihr Zustand zunehmend verschlechtert, außerdem werde ich alt, meine Haare werden allmählich grau, und ich war zwar sehr unglücklich, bin aber damit fertig geworden, doch jetzt …

»Das verstehe ich sehr gut«, sagte Sarah.

Manchmal können Frauen, wenn sie an vergangene Torheiten denken, gemeinsam herzhaft darüber lachen, aber für Sarah war alles noch zu frisch. Später, ganz sicher.

»Und noch etwas«, sagte Mary. »Ich interessiere mich nicht mehr für Julie. Sie haben sie kaputtgemacht.«

»Ja, jetzt ist sie wirklich und wahrhaftig tot.«

Das war der Moment, der im Theater häufig vorkommt, wenn nach Monaten oder gar Jahren absoluten Eintauchens in eine Geschichte – eine »Unterhaltung« – die Leute, die alles auf die Beine gestellt haben, sich einfach abwenden und weggehen.

Als Sarah aus Frankreich zurückkam, fand sie Joyce in ihrer Wohnung vor. Diesmal schien sie die Absicht zu haben, endgültig zu bleiben. Wieder war etwas vorgefallen, worüber Joyce nicht reden mochte. Sie war nach Hause zurückgekehrt und hatte erklärt, dableiben zu wollen, »weil das keine netten Leute sind« – womit sie Betty und die anderen meinte. Ihr Vater hatte ihr zugesetzt und herumgeschrien und sah sich plötzlich mit Anne konfrontiert, die ankündigte, sie werde ihn verlassen, wenn er noch ein einziges Mal »häßlich« zu Joyce sei. Hal sagte, er finde Annes Verhalten albern. Anne begann zu packen. »Was machst du da?« fragte Hal, und Anne sagte: »Was glaubst du denn, was ich mache?« Sie war beim Rechtsanwalt gewesen. Daraufhin brach die Hölle los. All das erfuhr Sarah von Briony und Nell am Telefon. Die beiden rissen sich gegenseitig den Hörer aus der Hand. Sie erstatteten so ehrfürchtig Bericht, als handelte es sich um einen ausgewachsenen Hurrikan. »Als Daddy zu schreien aufhörte, sagte Mummy: ›Auf Wiedersehen, Hal‹, und drehte sich um, um das Haus zu verlassen«, erzählte Briony. »Ja. Sie war schon an der Tür, als ihm klar wurde, daß sie es ernst meinte«, ergänzte Nell.

Er machte Versprechungen. Er entschuldigte sich. Das Problem war, daß Hal sich einfach nicht vorstellen konnte, daß es jemanden gab, der ihn nicht grenzenlos bewunderte. Noch schlimmer war, daß er sich wahrscheinlich nie gefragt hatte, was für ein Mensch er war. Er wußte nicht, was seine Frau mit »freundlichem Verhalten« meinte, doch offenbar änderten sich seine Manieren, denn was immer er zu Briony, Nell oder seiner Frau sagte, kleidete er in indirekte Fragen: »Ich nehme an, wenn ich dich bitte, mir die Butter zu geben, drohst du mir mit dem Rechtsanwalt, oder?« »Wenn ich dich recht verstehe, gehst du ohne mich ins Theater.« »Wahrscheinlich bekommst du einen Wutanfall, wenn ich dich bitte, meinen Anzug in die Reinigung zu bringen.«

Joyce hatte sich daraufhin aus der Schußlinie entfernt und zu Sarah begeben. Anne sagte, sie habe die Nase endgültig voll von Hal und werde ihn ohnehin verlassen. »Aber ich setze mich doch bald zur Ruhe«, sagte Hal. »Erwartest du von mir, daß ich meine letzten Jahre allein verbringe?«

Er suchte Sarah auf. Ohne vorher anzurufen. Er stand in ihrem Wohnzimmer und fragte oder verkündete vielmehr: »Sarah, hast du mal daran gedacht, daß wir unsere letzten Jahre zusammen verbringen könnten?«

»Nein, Hal, das kann ich nicht behaupten.«

»Schließlich wirst du auch nicht jünger, oder? Und es ist höchste Zeit, daß du mit diesem ganzen Theaterunsinn aufhörst. Wir könnten uns zusammen ein Haus in Frankreich oder Italien kaufen.«

»Nein, Hal, das könnten wir nicht.«

Er stand da, schaute mit weitaufgerissenen, gekränkten Augen vage in ihre Richtung, die Arme ausgebreitet, die Handflächen ihr entgegengestreckt, während sich sein ganzer Körper beklagte, wie schlecht man ihn behandelte – ihn, der absolut im Recht war, wie immer. Dieser massige, an ein Baby erinnernde Mann mit seinem fetten Bäuchlein, dem wabbeligen Doppelkinn und dem egozentrischen Mund, der seine Schwester für den Rest ihres Lebens ausschließlich für sich beanspruchen wollte, nahm sie nicht einmal jetzt wahr. Sarah pflanzte sich einen Meter vor ihm auf, so daß diese Augen, denen es immer so schwergefallen war, jemanden wirklich anzuschauen, sie einfach sehen mußten. Und sie sagte: »Nein, Hal, nein. Hast du mich verstanden? Nein. Nein. Nein, Hal – definitiv nein.«

Seine Lippen arbeiteten lautlos und jämmerlich. Dann drehte er sich wie ein Schlafwandler um und glitt langsam aus dem Zimmer, wobei er klagend ausrief: »Was habe ich getan? Sag es mir doch. Wenn mir nur jemand sagen würde, was ich getan habe.«

Anne suchte sich eine Wohnung, Joyce zog zu ihrer Mutter.

Briony und Nell waren empört und weigerten sich, mit Anne und Joyce zu reden. Sie verkündeten, sie hätten die Absicht, ihre Freunde zu heiraten, aber ihr Vater weinte und flehte sie an, ihn nicht zu verlassen. Endlich begriffen sie das Ausmaß dessen, was ihre Mutter auf sich genommen und vor ihren Töchtern verborgen hatte. Ihr Stolz gestattete ihnen nicht, Anne auf der Stelle zu verzeihen, die, wie sie wiederholt behaupteten, bestimmt bald wieder zur Vernunft käme. In der Zwischenzeit betätigte sich Sarah als Übermittlerin von Nachrichten.

»Was hat Mummy denn darauf gesagt, daß wir nie mehr mit ihr reden wollen?«

»Sie hat gesagt: ›Oje, aber wenn sie sich wieder beruhigt haben, erinnere sie daran, daß sie meine Telefonnummer haben.‹«

»Ganz schön herablassend«, meinte Briony verärgert.

»Soll ich das deiner Mutter ausrichten?«

»Auf wessen Seite stehst du eigentlich, Sarah?«

Und Nell fragte etwa eine Woche später: »Was tun die beiden denn bloß?«

»Du meinst, womit sie ihre Zeit verbringen? Also, deine Mutter arbeitet wie üblich. Joyce kocht für sie beide. Und sie versucht, Spanisch zu lernen.«

»Kochen! Sie hat nie gekocht. Sie kann nicht mal ein hartes Ei machen.«

»Jetzt kocht sie.«

»Und wahrscheinlich bildet sie sich ein, daß sie mit ein bißchen Spanisch einen Job bekommt?«

»Ich habe gesagt, daß sie versucht, Spanisch zu lernen.«

Sarah erzählte den beiden nicht, wie glücklich ihre Mutter war. Sie selbst hatte Anne nie anders als geduldig leidend, müde und erschöpft erlebt. Aber nun benahmen sich Anne und Joyce wie zwei junge Mädchen, die zum ersten Mal von zu Hause fort waren und eine gemeinsame Wohnung hatten. Sie verwöhnten einander mit kleinen Leckerbissen, machten sich gegenseitig kleine Geschenke und kicherten viel.

»Sagt Joyce denn nie etwas?« wollte Briony wissen. »Ich meine, sie muß doch unglaublich zufrieden mit sich sein.«

»Ja, doch. Sie sagt, alle ihre Träume sind wahr geworden.«

»Da hast du's, wir haben es gewußt!«

»Und was ist dagegen einzuwenden?«

»Alle ihre Träume sind wahr geworden. Sie hat nie etwas anderes gewollt, als Mummy ganz für sich allein zu haben.«

»Augenblick mal, Briony ... Du glaubst doch nicht im Ernst ...«

»*Was?*« fauchte Briony, die sich verletzt fühlte, weil der Ton ihrer Tante die nächste Portion unerquickliche Realität ankündigte.

»Tja – begreifst du denn nicht? Sie wird nicht zu Hause bleiben.«

»Was? Warum nicht?«

»Na ja, irgendwann wird es ihr langweilig, meinst du nicht?«

»O *nein* ...«

»Sie wird abhauen und wieder zurückkommen, es wird alles genauso weitergehen.«

»Aber das ist einfach nicht fair«, sagte Briony.

Von Elizabeth kam ein Päckchen. In dem Begleitbrief hieß es, sie werde einen Nachbarn heiraten, einen gewissen Joshua Broughton, sobald er geschieden sei. Gut möglich, daß Stephen ihn mal erwähnt habe. Jedenfalls kenne sie Joshua schon von klein auf, und es sei eine erfreuliche Perspektive, die beiden Farmen gemeinsam zu bewirtschaften. Sie schrieb, sie wolle auch weiterhin »Unterhaltungen« in Queen's Gift veranstalten, aber vielleicht nicht mehr so viele wie zu der Zeit, als Stephen noch da war und ihr half. Norah erwähnte sie mit keinem Wort.

Das Bild, das sie Sarah schickte, hatte an der Wand in Stephens Schlafzimmer gehangen. Außerdem hatte sie noch ein Foto beigelegt.

Als Sarah das Bild sah, bekam sie nicht nur das Gefühl, Stephen nie wirklich gekannt zu haben, sondern auch den Eindruck, daß ihre Freundschaft eine Illusion gewesen war. Es zeigte eine keck lächelnde, junge Frau in einem modischen weißen Kleid mit rosafarbener Schärpe. Sie saß auf einem Stuhl unter einem Baum und hielt einen Strohhut auf den Knien. Das Bild hätte von Gainsborough sein können. Irgend jemand hatte es in Stephens Auftrag nach der kleinen, längst vergilbten und verblaßten Fotografie gemalt, die Julie im Halbschatten auf einem Felsen sitzend zeigte. Sie trug ein weißes Mieder und einen weißen, mit Volants besetzten Petticoat. Arme und Hals waren nackt. Die Füße ebenfalls. Das dunkle Haar, das sie offen trug, wurde ihr von einem Lüftchen aus dem Gesicht geblasen. Sie bot sich der Person, die das Foto gemacht hatte, durch ihre ganze Haltung, ihr Lächeln und ihre leidenschaftlichen schwarzen Augen an. Jemand hatte das Foto in geschmacklosen Bonbonfarben koloriert, die inzwischen verblaßt waren. Ein Baum hinter den Felsen wies noch Spuren eines abscheulichen Grüns auf, und der Felsen hatte eine rötliche Kante. Um den Hals trug Julie – war das eine Halskette? – kleine rote Kleckse ... nein, ein Band. Warum hatte sie das Band umgelegt? Es war so unpassend, daß es einen schockierte. Vielleicht hatte der Mann, der das Foto gemacht hatte – Paul? Rémy? –, zu ihr gesagt: »Das ist einer dieser neuen Fotoapparate. Ja, ich weiß schon, daß du dich gefragt hast, was in dieser großen Kiste ist, aber nein, es ist kein Musikinstrument, sondern ein Fotoapparat.« Vielleicht saß sie auf der Bettkante, in ihrem Mieder, das sie gerade abstreifen oder anlegen wollte, und sagte: »O nein, nackt fotografierst du mich nicht.« Und darauf er: »Komm mit nach draußen. Für mich gehörst du in deinen Wald.« Sie band sich das rote Band um den Hals, das von einer Pralinenschachtel stammte. Die Pralinen waren ein Geschenk von einer Schülerin gewesen oder ... vielleicht auch vom Druckermeister? Pralinenschachteln paßten eher zu ihm als zu Rémy oder Paul. Wahrscheinlich verkaufte er sie in seinem Laden. Was hatte sie gesagt, als sie dieses Band anlegte? Vielleicht hatte auch Rémy gesagt: »Warte, binde dir dieses Band um den Hals. Damit siehst du aus wie ...« Nein, das paßte nicht zu Rémy. Oder die Person, die das Foto der Verführerin koloriert hatte (das Atelier, in dem es entwickelt worden war, befand sich mit Sicherheit nicht in Belles Rivières, sondern eher in Marseille oder Avignon, denn hätte jemand in Belles Rivières Julie so zu Gesicht bekommen, dann ...), hatte diese Person das Band hinzugefügt? Selbst wenn man das Foto mit der Lupe betrachtete (Sarah holte eine und machte ein helles Licht an), konnte man nicht feststellen, ob das Band im nachhinein eingezeichnet worden war, weil das Foto so arg verblaßt und so plump koloriert war. Hatte Julie das Band hinzugefügt, nachdem sie das Foto erhalten hatte? Es fiel einem leichter, sich vorzustellen, daß es anschließend geschehen war, weil man die junge, vor Liebe dahinschmelzende junge Frau, die halb bekleidet auf dem Felsen saß, nur schwer mit dem roten Band in Verbindung zu bringen vermochte, das eine grundlegend andere Aussage machte. Oder identifizierte sie sich mit der Puppe, die sie samt dem roten, an die Guillotine erinnernden Band um den Hals im Wald von Martinique vergraben hatte? Wenn ja, gab es nur ein Wort dafür: krank.

Sarah betrachtete die Fotografie wie einen Hinweis in einem Kriminalfall, aber Stephen hatte sie wahrscheinlich jahrelang angestarrt. Und trotzdem hatte er sich dieses Bild an die Wand gehängt. Wo hatte er das Foto gefunden? Es sollte eigentlich im Museum hängen. Stephen hatte es gestohlen, und nun stahl Sarah es. Sie pinnte es neben das Cézanne-Poster mit dem überheblichen jungen Harlekin und dem ernsthaften Jüngling, der in ein Pierrotkostüm geschlüpft war, um seinen Freund zur Fastnacht zu begleiten. Das Bild der jungen, modisch gekleideten Schönheit legte sie in eine Schublade.

Andrew schrieb:

Liebe Sarah Durham,
seit ich Dir das letzte Mal geschrieben habe, habe ich mich verlobt.

Meine Schwester hat zu mir gesagt: Warum mußt Du immer Dich selbst spielen? Das war bei einer Gelegenheit, die auszumalen ich dir überlasse.

Ich sagte zu ihr: *****! XXXXX! … ?????

Sie sagte zu mir: Verhalte dich deinem Alter entsprechend.

Ich sagte: Aber genau das ist das Problem.

Also habe ich Helen einen Heiratsantrag gemacht. Deiner Landsmännin. Sie sagte, Amerikaner seien ernsthafte Menschen und wüßten sich nicht zu amüsieren. Helen hat auf einer Ranch in der Nähe als Stallgehilfin gearbeitet. Auf diese Ranch kommen die Leute, um zu reiten, zu essen und wegen Sex. Helen gibt zu, daß ich ein guter Hengst bin. Aber sie sagt, es ist nie Arbeit. »Warum müssen Amerikaner immer an allem *arbeiten*?« wollte sie wissen. Ich habe gesagt: »Sein Arbeitsethos kann man nicht einfach so abwerfen.« Also habe ich Bella einen Heiratsantrag gemacht. Sie stammt aus Texas, wie ich. Drei Monate lang haben Bella und meine Schwester alle Einzelheiten besprochen. Haus oder Wohnung? In Tucson, Dallas oder San Antonio? Natürliche Geburt? Wie viele? Und wie oft im Jahr darf ich ins Kino gehen? Wie soll ich mein Image ändern? Angeblich bin ich eine stereotype Figur. Über Glück haben sie nie geredet, und ich hätte mich nie getraut, Glück oder Freude auch nur zu erwähnen. Freude? Was soll denn das sein?

Eines habe ich gelernt. Mein Image war von Anfang an richtig.

Sie haben mich richtig eingeschätzt. Also bin ich verduftet. Wie du siehst. Es ist einsam hier.

Andrew.

Poste Restante, Córdoba, Argentinien.

Sarah schrieb nach Córdoba, in der Absicht, einen lockeren Briefwechsel zu beginnen, doch als ihr Brief in Argentinien ankam, war Andrew in Peru. Ihr Brief wurde ihm dorthin nachgeschickt, und seine Antwort, ein leidenschaftlicher Liebesbrief, in dem er sie mehrere Male Betty nannte (seine Stiefmutter?), traf ein, als sie zur Premiere von *Julie Vairon* in Stockholm war, und bis sie dazu kam, ihn zu beantworten, waren die Schwierigkeiten geradezu unüberwindlich. Wohin sollte sie den Brief schicken? Sollte sie ihn unterschreiben mit: Liebe Grüße, Betty?

Gegen Ende des Jahres sah die Situation im Green Bird aus wie folgt: Besprechungen wurden nicht mehr oben in dem kleinen Büro abgehalten, sondern in einem Probenraum, der groß genug für alle war, denn inzwischen wimmelte es im Theater von talentierten, attraktiven jungen Leuten, von denen man einen einmal hatte fragen hören: »Wer ist denn die da?« – gemeint war Mary Ford. »Ich glaube, sie war eine von den vieren, die das Green Bird ins Leben gerufen haben.«

Sonia dominierte uneingeschränkt. Sie strahlte geradezu vor Freude über die Entdeckung, wie kompetent und tüchtig sie war. Ihre selbstbewußte, ungeduldige junge Stimme und ihr leuchtender Haarschopf, derzeit mit Afrofrisur (sie wollte sich mit den schwarzen Menschen und ihren Leiden identifizieren), schienen in jeder Ecke des Theaters gleichzeitig zu sein. Virginia, auch »Sonias Schatten« genannt, hielt sich stets in ihrer Nähe auf. Von den vier Gründern war in letzter Zeit keiner mehr oft im Theater. Roys Frau war unter der Bedingung zu ihm zurückgekehrt, daß er »an ihrer Ehe arbeitete«, und das hatte einen Urlaub mit der Familie bedeutet. Sie war wieder schwanger. Er trug sich mit dem Gedanken, einen Job bei einem anderen Theater anzunehmen, meinte, es sei schon schlimm genug, mit einer militanten Feministin verheiratet zu sein, da müsse er die Arbeitszeit nicht auch noch mit einer verbringen. Mary hatte sich mehrere Wochen freigenommen, um sich um ihre Mutter zu kümmern, der es infolgedessen wieder besser ging. Bliebe Mary ganz zu Hause, würde das für die alte Dame ein neues Stück Leben bedeuten. Das konnte Mary sich zwar nicht leisten, erwog aber, halbtags im Theater zu arbeiten und sich für zu Hause eine andere Tätigkeit zu suchen. Im Augenblick bearbeitete sie Merediths *Egoist* für die Bühne, nachdem Sonia den Roman gelesen und für gut befunden hatte, da er ihrer Meinung nach einen sinnvollen Beitrag zur feministischen Propaganda leistete. Sarah reiste viel in Sachen *Julie Vairon* herum und noch mehr, um wegen des Musicals *The Lucky Piece* zu verhandeln, das außerhalb von Großbritannien schlicht *Julie* hieß. *Julie* wurde bereits in einem Dutzend europäischer Städte mit triumphalem Erfolg gespielt, sollte bald in einem weiteren Dutzend anlaufen – die Nachfrage nach schönen, dem Untergang geweihten, vom Leben geschädigten Mädchen war immens und unstillbar – und war, wie die Vorbestellungen bewiesen, auf dem besten Weg, die Vereinigten Staaten zu erobern. *Julie Vairon* wurde durchaus noch geschätzt, sprach aber ein kleineres, differenziertes Publikum an und wurde deshalb an weniger Spielorten aufgeführt. Mit einem Wort: *Julie* hatte sich, wie zuvor *Miss Saigon*, in die lange Liste sehenswerter, verhängnisvoller Frauenschicksale eingereiht, und es konnte ohne weiteres passieren, daß jemand, der beide Geschichten hörte, die von Julie Vairon und die von Julie, zu dem Ergebnis gelangte, daß zwei interessante, schöne Mädchen aus Martinique nach Frankreich gekommen waren, um dort ihr Glück zu versuchen. Schwestern vielleicht?

Sarah war sehr froh, daß sie dauernd unterwegs sein mußte. Sie brauchte die ständige Bewegung, weil sie noch nicht mit der Neuübersetzung von Julies Tagebüchern beginnen wollte, zu der sie sich vertraglich verpflichtet hatte. Noch war die Zeit dafür nicht reif, noch war es zu gefährlich, erst mußte sie sich ganz erholen.

Sie reiste viel mit Patrick zusammen, und diese neue Phase ihrer Freundschaft war der angenehmste Teil am Machtwechsel im Green Bird. Patrick steckte wie Sonia voll neuerworbenem Selbstvertrauen. Er war kein Enfant terrible mehr und hatte – infolge von Sonias Kritik – aufgehört, sich so extrem auffallend und schillernd zu kleiden. »Himmel noch mal, du bist Mitte Vierzig!« hatte sie zu ihm gesagt. »Werd endlich erwachsen.« Sarah, Mary und Roy hatte sie wüst beschimpft, weil sie ihn wie ein kleines Kind behandelten. »Warum tut ihr das?« fragte sie vorwurfsvoll. Patrick nahm die anderen in Schutz und meinte, er habe es genossen, verhätschelt zu werden, aber davon wollte Sonia nichts wissen. Es hatte recht erfreuliche Gespräche zwischen den vier Gründern gegeben, bei denen Patrick erklärt hatte, das Musical sei seine pubertäre Trotzreaktion, die es ihm ermögliche, erwachsen zu werden und sich emotional von ihnen zu lösen; aber diese Gespräche hatten hinter Sonias Rücken stattgefunden. Überhaupt spielte sich eine ganze Menge hinter ihrem Rücken ab, und das würde nach Ansicht aller wohl auch so bleiben. Es sei denn, ihre Art – ihr Charakter – änderte sich irgendwann, was ziemlich unwahrscheinlich war. Sie würde nie begreifen, warum. Sie sorgte mit Abstand für den meisten Klatsch im Green Bird, vor allem wegen ihrer Fehde mit Roger Stent. Er hatte ihr gestanden, daß er sie verehre, und gefragt, ob sie sich vorstellen könne, mit ihm zu leben. Sie hatte geantwortet, sie finde seinen Körper durchaus reizvoll, das Problem sei nur sein Verstand. »Ich könnte es nicht ertragen, morgens neben Ihnen aufzuwachen.« Was konnte er tun, um ihre Meinung von ihm zu ändern? fragte er wie ein Ritter aus alten Zeiten, der gewillt war, für seine Dame allerlei Hindernisse zu überwinden. »Ein erster Schritt wäre, daß Sie aufhören, Theaterkritiken zu schreiben. Sie haben davon so wenig Ahnung wie eine Kröte.« Daraufhin gestand er ihr sein Dilemma: Wenn er keine Verrisse mehr produzierte, würde er seinen Job verlieren. Deshalb habe er *Julie Vairon* in den Dreck gezogen. In Wirklichkeit habe es ihm gefallen. »Woher wollen Sie das wissen? Sie haben den dritten Akt überhaupt nicht gesehen.« Sonia weigerte sich, seine Schwierigkeiten ernst zu nehmen. Sie selbst hatte in ihrem ersten Job nach Abschluß des Studiums sofort Erfolg gehabt. Er hingegen war zwar durch reinen Zufall an die Young Turks geraten und einer der ihren geworden, doch ohne sie wäre er ein Nichts. Nur eines von Hunderten hoffnungsvoller junger Literaturtalente in London. Er befand sich in einem inneren Konflikt. Der rauhe, höhnische Ton der Young Turks war inzwischen sein Markenzeichen geworden, doch in Wirklichkeit war er ein gutmütiger Mann, der den sehnlichen Wunsch hatte, ein seriöser Kritiker zu werden. Ob er einen Roman schreiben sollte? Er war inzwischen bekannt genug, um mit Sicherheit rezensiert zu werden. Aber wie konnte er einen Roman schreiben, wenn er sämtliche Abende damit verbrachte, sich Theaterstücke anzusehen? Sonia sagte dazu lediglich: »Ach, zum Henker, besorgen Sie sich doch einen anderen Job.« Er fragte an, ob er im Green Bird mitarbeiten könne. Was für Qualifikationen er denn habe, wollte sie wissen und schlug ihm vor, einen Kurs in Theatergeschichte zu belegen. Das verbot ihm sein Stolz. Außerdem würde ihn das bestimmt den Job kosten. Sonia gab ihm denselben Rat wie Patrick: Er solle endlich erwachsen werden. In der Zwischenzeit warteten alle auf den nächsten Akt des Dramas, zuversichtlich, daß Virginia sie auf dem laufenden halten würde.

Die vier vom Gründerquartett trafen sich manchmal in »ihrem« Café, das die »Kinder« übernommen hatten. Freilich hätten sie nicht im Traum daran gedacht, ihnen gegenüber diese Bezeichnung zu verwenden. Vor allem wollten sie sich darüber klarwerden, wie es dazu gekommen war, daß *Julie Vairon* – oder Julie – dem alten Green Bird ein Ende bereitet hatte. »Vor Julie« und »nach Julie«, so hieß es in ihrer Terminologie. Aber sie kamen zu keinem Ergebnis und einigten sich letzten Endes darauf, daß sie großes Glück gehabt hatten, all die Jahre wunderbarer, kameradschaftlicher Zusammenarbeit erlebt zu haben; vielleicht hatten sie während dieser Zeit nicht ausreichend erkannt, wie schön sie wirklich war. Aber jetzt war alles vorbei, und sie hätten nichts Besseres tun können, als Sonia die Zügel zu übergeben. Für alle Beteiligten, nicht allerdings für Sonia selbst, war offensichtlich, daß sie dazu bestimmt war, jene immer wiederkehrende Gestalt des Theaters zu werden: die tüchtige, kompetente Frau, voller Ungeduld ob der Langsamkeit anderer Leute, schroff, taktlos, »unmöglich« und so wohltuend wie ein Gewitter. Eine Frau, die stets absolut treue Freunde und erbitterte Feinde haben würde.

Bis zu Beginn des Sommers hatte sich Sarahs Schwermut in dem Maß verringert, daß sie sagen konnte, sie sei darüber hinweg. Was übrigblieb, war eine leicht gedrückte Stimmung, wie sie sie aus der einen oder anderen unguten Lebensphase kannte, die jedoch so weit vom Land der Trauer entfernt war wie vom Glück. Sie befand sich in einer Welt kurz vor Sonnenaufgang, jener von sanftem, mattem Licht durchdrungenen Landschaft, in der Menschen, Häuser und Bäume dastehen und darauf warten, daß ihnen Sonnenlicht und Schatten deutliche Konturen verleihen. Das ist die Landschaft, die sich für Erwachsene empfiehlt. Irgendwo anders, jenseits des Horizonts, gab es eine Welt voller Zärtlichkeit und Vertrauen, von der Sarah nicht durch Entfernung getrennt war, sondern weil sich diese Welt in einer anderen Dimension befand. Und das war richtig so, so sollte es sein … auch wenn ihr Gefühlsleben parallel dazu weiterexistierte. Sie hatte zwar Abstand zu ihrer Schwermut gefunden, war aber auch weit entfernt (das machten ihre Emotionen überdeutlich) von jener Intimität, die sich so anfühlt, wie wenn man seine Hand in eine andere Hand legt und zwischen beiden Ströme von Liebe hin- und herfließen.

Schon merkwürdig, daß man, wenn man verliebt oder körperlich entflammt ist, zunächst einmal unbedingt gemeinsam in einem Schlupfwinkel oder an einem einsamen Ort eingeschlossen sein möchte, nur du und ich, nur ich und du, mindestens ein Jahr lang oder auch zwanzig, daß aber bald schon, auf alle Fälle nach einer heilsamen Frist, der anfangs so sehnlich und ausschließlich begehrte Mensch in eine Umgebung hinausgelassen wird, die von liebenden Freunden und Liebhabern bevölkert ist, alle dadurch aneinander gebunden, daß sie die Forderungen unsichtbarer, geheimer Wesensverwandtschaft erkennen: Wenn wir denselben Menschen geliebt haben oder lieben, müssen wir einander lieben. Dieser wenig wahrscheinliche Zustand ist nur in einer vom normalen Leben weit entfernten Region möglich, etwa in einem Traum oder einer Legende, einem Land, in dem es nur Lächeln gibt. Fast möchte man glauben, daß der Sinn des Sichverliebens darin besteht, uns mit diesem Land voller Liebe und paradiesischer Küsse bekanntzumachen.

Inzwischen konnte sich Sarah nicht nur Stephens Aufzeichnungen ansehen, sondern auch ihre eigenen. Es waren Wörter auf Papier, ähnlich Julies Sätzen: *Mein Herz tut so furchtbar weh, daß ich wünschte, ich könnte es aus seinem Elend erlösen wie einen alten Hund, den man einschläfert. Ich kann diesen Schmerz einfach nicht ertragen.* Wörter auf einem Blatt Papier, mehr nicht.

Sie hatte es geschafft, sie war über die Krankheit hinweggekommen und würde sich nicht mehr in Gefahr begeben. Sie wollte weder zu den Proben nach Belles Rivières fahren noch zur Premiere, sondern nur versuchen – das hatte sie versprochen –, zum letzten Abend zu kommen. Das hieß, wenn Henry mit Sicherheit fort war. Jean-Pierre glaubte, sie wolle nicht kommen, weil sie Angst habe, Stephen zu sehr zu vermissen. Vielleicht hatte er recht.

»Vor Julie«, bevor Sarah so völlig umgekrempelt wurde, hatte sie geglaubt, das Land der Liebe sei weit, weit entfernt von ihrem ausgereiften, ausgeglichenen Ich, hatte sich mit einem Menschen verglichen, der vor einem gewaltigen, schmiedeeisernen Tor steht, hinter dem ein Hund kräftig mit dem Hinterteil herumwedelt, durchaus hübsch anzusehen, ein verspielter, harmloser Hund, vor dem man unmöglich Angst haben kann. Aber inzwischen wußte sie, daß das Tor, das sie von ihm trennte, ziemlich klapprig war, aus dünnen Holzlatten hastig zusammengezimmert, und daß es sich bei dem Hund in Wirklichkeit um eine jener mörderischen Bestien handelte, die zum Töten gezüchtet werden. Sie konnte ihn deutlich sehen. Er hatte die Größe eines Kalbs. Er trug einen Maulkorb. Oder war es eine Maske? – die Theatermaske, deren Lachen sich in eine Grimasse voller Trauer verwandelt und wieder zurück?

Es war Mitte August. Wochen waren vergangen, seit der qualvolle Schmerz, der Sarah so niedergedrückt hatte, vergangen war. Wie vorauszusehen, hatte sie bald vergessen, wie heftig er gewesen war – ein Beweis dafür, wie wenig Notwendigkeit für die Natur (oder was sonst) bestand, daß sich ihre Kinder an einen Schmerz erinnern, da er für ihre wie auch immer gearteten Zwecke unproduktiv ist. Sarah registrierte unverhoffte Augenblicke ruhiger Freude, gewann aufs neue Lebenskraft aus kleinen körperlichen Wohltaten, genoß es zum Beispiel, Holz unter den nackten Füßen zu spüren, die Wärme von Sonne auf nackter Haut, den Geruch nach Kaffee oder Erde, den schwachen Duft von Frost auf einem Stein. Sie war wieder zu der Frau geworden, die nie weinte, obwohl die Vorstellung, einmal ohne triftigen Grund ordentlich loszuheulen, durchaus reizvoll war. Doch wie es schien, hatte sie das Weinen verlernt. Übertriebene Gefühlsausbrüche anderer Leute verleiteten sie dazu, diese als unreif einzustufen. Als sie von jemandem erfuhr, der ganz töricht verliebt war, ertappte sie sich in der Tat bei jenem Lächeln, das besagt: Also wirklich, wie albern. (Bedeutete das, daß sie gar nichts dazugelernt hatte?) Ihre Schwermut behielt sie sorgfältig im Auge, wie ein gefährliches Tier, bei dem man damit rechnen mußte, daß es aus unerwarteter Richtung erneut angriff – aus Angst, sie könnte sie wieder hinabziehen. In den Gesichtern alter Menschen, in ihren Augen, sah sie häufig das tränenlose Leid, das sie jetzt verstand. O nein, das wollte sie auf gar keinen Fall! Und um sich diesen Geier vom Leib zu halten, der sich am Herzen nährte, durfte sie in ihrer Wachsamkeit nie nachlassen.

Es war ihr nach wie vor unmöglich, Julies Musik oder die alte Trouvère- und Troubadourmusik zu hören. Damit Schmerz »süß« sein konnte, mußte er sanft sein. Der qualvolle Schmerz, der sie bedrohte, sobald sie ein paar Töne aus *Julie Vairon* oder auch nur aus dem ordinären Titelsong von *The Lucky Piece* oder *Julie* hörte – nein, den wollte sie auf keinen Fall. Einzelne Töne erschienen ihr teilweise immer noch zu laut, unerträglich, und noch immer fühlte sie sich nirgends wirklich sicher. Wenn sie jetzt an das Bild des empfindsamen Schäferjungen aus längst vergangenen Zeiten dachte, wehte in ihrer Vorstellung ein leiser Wind durch seine stille Landschaft, das trockene Winseln der Vorahnung, das der Menschheit seit Tausenden von Jahren durch Mark und Bein geht, ein Geräusch, in dem fast hörbar Stimmen mitschwingen, und der schrille Schrei eines Falken klang wie der erste Ton von Julies Musik im dritten Akt. Aber damit nicht genug: Eines Tages wehte es mehrere Blatt Papier den Hügel hinauf zu dem Jungen, der im Halbschlaf unter seinem Baum lag, er starrte sie an, meinte zu träumen, und die schwarzen Zeichen auf dem Papier, die Worte *Trauer, Herz, Schmerz* erschienen ihm wie schreckliches Zauberwerk, so daß er vollends aufwachte, doch da hatte der Wind die Blätter den Hügel schon wieder hinabgeweht, so daß er das Ganze für einen Spuk hielt. Und wo war der stille Hafen, die Zuflucht, nach der Sarah sich so sehnte? Nicht unten in den Ozeanen, wo Fische schnappten und quiekten und Wale sangen. Nicht oben im Weltraum, wo Trümmer kollidierten und Meteore polterten. Auf dem Grund von Minenschächten oder in tiefen Höhlen? Im Schweigen des Grabes? Sehr wahrscheinlich. Aber selbst dort noch würden die Würmer brüllen und empordrängende Wurzeln rumoren.

Doch Angst – oder Vorsicht, wenn Sie so wollen – konnte jenen Prozeß nicht aufhalten, der jedem vertraut ist, der sich einmal auf die Frage nach dem Warum eingelassen hat. Hinweise häufen sich und ergeben ein Muster. Scheinbar zufällig nimmt man ein Buch in die Hand und schlägt es an einer Stelle auf, wo dem nachgegangen wird, worüber man gerade nachdenkt. Man schnappt ein Gespräch auf – über das, womit man sich intensiv beschäftigt. Man dreht das Radio an, und da ist es schon wieder. Sarahs Träume steckten voller Informationen, und sie hatte das Gefühl, als stehe sie an der Schwelle zu … *Erkenne dich selbst*, lautete die alte Ermahnung, aber es ist nicht leicht zu entscheiden, was genau man in einem bestimmten Augenblick zu erkennen versuchen sollte.

Sarah saß auf einer Parkbank und schaute über den breiten Weg, der aus dem Park hinausführte, auf die leere Bank gegenüber. Vom Tor her näherte sich eine junge Frau, die einen Kinderwagen schob, eine Hand seitlich am Bügel, während ein kleines Mädchen, mit beiden Händen, mitschob. Als sie die Bank erreichten, zerrte die junge Frau den Kinderwagen auf das Gras hinter der Bank, hob ein etwa zehn Monate altes Baby heraus und setzte sich. Das Baby hielt sie auf den Knien. Das kleine Mädchen, das ungefähr vier sein mochte, setzte sich dicht neben seine Mutter. Es war ein hübsches kleines Mädchen in einem gestärkten rosa Baumwollkleidchen, rosa Söckchen und rosa Schuhen, dessen glatte, feine schwarze Haare von einer rosa Plastikhaarspange zusammengehalten wurden. Das viele Rosa paßte weder zu dem schmalen, ängstlichen Gesichtchen noch zu den Augen, die aussahen, als wüßten sie zuviel, wie die Augen einer traurigen Frau.

Auch die Mutter war gut gekleidet. Sie trug eine enganliegende weiße Hose und ein weißes, ärmelloses Oberteil, das die sorgfältig gebräunten Schultern und Arme gut zur Geltung kommen ließ. Sie hatte das Haar in einem Bronzeton gefärbt und modisch gekräuselt. Sie herzte und küßte das Baby, das lachte und nach ihren Haaren grapschte. Dann griff es nach ihrer Nase, und die Mutter lachte und wandte kokett das Gesicht ab. Sie begann, »Hoppe, hoppe Reiter« zu singen, und als sie zu »macht der Reiter plumps« kam, tat sie, als wollte sie das Baby fallenlassen. Der Junge quietschte entzückt vor geheucheltem Entsetzen, denn dieses Spiel hatten sie schon oft gespielt. Das Mädchen wollte mitmachen, sang auch »Hoppe, hoppe Reiter«, aber die dünne Stimme ging in dem lauten Gesang der Mutter und dem wonnigen Gegurgel des Babys unter.

Das kleine Mädchen schmiegte sich eng an die Mutter, und dann zupfte sie sie am Ellbogen, um sie auf sich aufmerksam zu machen.

»Ach, laß mich in Ruhe«, herrschte die Mutter sie an, so gereizt und widerwillig, daß man die Stimme kaum der Person zuordnen konnte, die gerade noch das Baby gehätschelt hatte. Aber schon schaltete sie wieder um, sprach warm, liebevoll und verführerisch und küßte das Baby mit geöffneten Lippen auf den Hals. »Mein

Liebling, mein Liebling«, murmelte die Mutter. »Kleiner Ned, mein Schätzchen, mein Liebling.« Dann entfernte sie ihren Mund vom Hals des Babys, nur um ihre Tochter wieder anzufahren: »Ich hab dir doch gesagt, du sollst aufhören. Hör endlich auf, so lästig zu sein, bedräng mich nicht so.« Und sie hätschelte das Baby weiter, als existierte das kleine Mädchen gar nicht.

Das kleine Mädchen rückte ein Stück von der Mutter ab und beobachtete die liebevolle Szene. Als die Mutter ein neues Lied anstimmte, versuchte sie wieder mitzusingen, aber die Mutter gab ihr einen kräftigen Klaps und sagte: »Ach, sei doch still, Claudine.«

Das Kind saß wie erstarrt eine Handbreit von seiner Mutter entfernt und starrte trübsinnig vor sich hin – oder vielmehr zu Sarah hinüber, zu der gleichgültigen, alten Frau da drüben auf der Bank. Unfähig, das liebevolle Geturtel zu ertragen und davon ausgeschlossen zu sein, drehte es sich vorsichtig zur Mutter um und sagte, auf den nächsten Klaps gefaßt, mit einem verzweifelten Stimmchen: »Mami, Mami, Mami.«

»Was ist denn nun schon wieder?« brauste die junge Frau auf.

»Ich will meinen Orangensaft, ich will meinen Orangensaft.«

»Du hast gerade einen Orangensaft gehabt.«

»Ich möchte noch einen«, sagte das Kind, um ein Lächeln bemüht, und schaute zu dem verärgerten Gesicht der Mutter auf, in der Hoffnung, sie dazu zu bringen, sie und ihr Unglück wahrzunehmen.

Aber die Mutter sah sie nicht an. Sie griff über die Banklehne nach hinten in den Kinderwagen, holte eine Tüte Saft heraus und gab sie achtlos ihrer Tochter, die sie mit derselben Vorsicht an sich nahm, die jede ihrer Bewegungen, auch die kleinste, begleitete. Sie versuchte, den seitlich angeklebten Strohhalm abzureißen. Die Mutter beobachtete ihre unbeholfenen Versuche über den Kopf des Babys hinweg, das an ihrer Brust lag, oder, um genau zu sein, in der Kuhle unter ihrer linken Schulter, mit der Wange an ihrer Brust. Sie sah mit der zur Gewohnheit gewordenen Gereiztheit eines Menschen zu, der nur auf einen Vorwand zum Schimpfen lauert. »Da hast du's«, brauste sie auf, als der Strohhalm auf den geteerten Weg fiel. »Schau, was du wieder gemacht hast. Dann mußt du eben durch das Loch trinken.« Damit legte sie ihre Wange an den Kopf des Babys und summte: »Neddy ist mein Liebling, mein Liebling«, und: »Baby ist mein Liebling ...«

Das kleine Mädchen trank den Saft nicht, sondern saß mit der Tüte in der Hand da und starrte zu Sarah hinüber, die in diesen dunklen und so gar nicht kindlichen Augen Einsamkeit und Unglück sah, eine Welt voller Wehmut.

Die Mutter sagte: »Warum quengelst du herum, wenn du gar keinen Orangensaft willst? Gib ihn her, ich tu ihn dem Baby in die Flasche.«

Ungeduldig nahm sie ihrer Tochter die Safttüte ab, griff wieder über die Banklehne nach hinten, holte das Fläschchen heraus, schüttete den Orangensaft hinein und gab ihn, nachdem sie selbst einen kleinen Schluck getrunken hatte, dem Baby.

Das Mädchen schluchzte auf, und als hätte die Mutter nur darauf gewartet, fuhr sie ihre Tochter scharf an: »Was ist denn jetzt schon wieder?« und schlug sie äußerst ungehalten auf den Unterarm. Das Kind saß da, ohne sich zu rühren, und sah zu, wie sich seine Haut häßlich rot verfärbte. Dann stieß es einen lauten, verzweifelten Klageschrei aus und preßte sofort die Lippen fest aufeinander – den Schrei hatte es einfach nicht unterdrücken können.

»Wenn du dich nicht ordentlich benimmst«, sagte die Mutter mit haßerfüllter Stimme zu dem Kind, »dann ...«

Das Kind saß stocksteif da und schwieg.

Wieder langte die Mutter nach hinten in den Kinderwagen, holte Zigaretten und Streichhölzer heraus und versuchte sich über dem Kopf des Babys eine Zigarette anzuzünden. »Ach Mist, nimm du ihn mal kurz«, sagte sie und setzte das Baby dem kleinen Mädchen auf den Schoß. »Halt ihn bloß gut fest und rutsch nicht herum, halt dich ruhig.«

Auf das Gesicht des Mädchens stahl sich ein zaghaftes Lächeln. Es hatte Tränen in den Augen. Es drückte das glückliche Baby fest an sich und küßte es. Dann legte es die Lippen auf den Kopf des Babys, auf das weiche Haar unmittelbar über dem Ohr und schloß die Augen. Während es glückselig dasaß, schaute die Mutter teilnahmslos geradeaus, sog den Rauch in tiefen Zügen ein und stieß ihn wieder aus.

Das kleine Mädchen sang: »Liebling, mein Liebling, ich liebe dich, ich liebe dich, mein kleiner Ned, mein Liebling Ned«, die Augen noch immer geschlossen, die dünnen Ärmchen um das Baby geschlungen, das auf einmal zu quengeln begann, als wollte es gleich schreien. Völlig unvermittelt, mit einer einzigen Bewegung, schnippte die Mutter ihre Zigarette auf den Weg, trat sie mit dem Absatz aus und griff nach dem Baby. »Faß ihn nicht so ungeschickt an, laß los, laß ihn sofort los.« Damit hob sie das Baby wieder auf ihren Schoß, wo es mit bebenden, nach unten gezogenen Mundwinkeln saß; einen Moment lang war nicht klar, ob es tatsächlich zu heulen anfangen würde.

»Das ist deine Schuld«, sagte die Mutter mit der mißbilligenden Stimme, die ihrer Tochter vorbehalten war. Hastig ließ sie das Baby auf den Knien hopsen und sang und küßte es, um es in gute Laune zu versetzen. Als es wieder fröhlich und zufrieden war, stand die Mutter auf und wollte es in den Kinderwagen legen, aber das paßte dem kleinen Kerl nicht, er klammerte sich an ihren Hals und lachte.

Mit ärgerlich verkniffenem Mund sagte die Mutter zu dem Mädchen: »Du kannst den Kinderwagen schieben.«

Damit ging sie los, mit dem Baby schmusend, ohne sich umzusehen, ob ihre Tochter mit dem schweren Kinderwagen nachkam, den sie erst vom Gras auf den Weg manövrieren mußte. Als ihr das gelungen war, blieb sie einen Augenblick stehen, um wieder zu Atem zu kommen.

Sarah rief dem Mädchen lautlos zu: »Halt durch, halt durch. Schon bald wird eine Tür in deinem Inneren zuschlagen, weil das, was du fühlst, unerträglich ist. Die Tür wird dein ganzes Leben lang zubleiben. Wenn du Glück hast, wird sie nie mehr aufgehen, und du wirst nie etwas von jener Landschaft erfahren, die du einst bewohnt hast – wie lange? Aber für ein Kind ist Zeit nicht dasselbe wie für einen Erwachsenen. Du lebst in ewiger Einsamkeit und Trauer, und es ist wahrhaftig die Hölle, denn Hölle bedeutet, daß es keine Hoffnung gibt. Du weißt nicht, daß die Tür zufallen wird, du glaubst, daß das Leben so ist und so bleibt: daß du immer abgelehnt werden wirst und zusehen mußt, wie deine Mutter dieses kleine Wesen liebt, das du selbst so liebst, weil du glaubst, daß sie dich lieben wird, wenn du liebst, was sie liebt. Aber eines Tages wird dir klarwerden, daß es keine Rolle spielt, was du tust und wieviel Mühe du dir gibst, es hat einfach keinen Zweck. Und in dem Augenblick wird die Tür zuknallen, und du wirst frei sein.«

Sie schaute dem Kind nach, das beide Hände zum Griff des schweren Kinderwagens emporstreckte, ihn vorsichtig den Weg entlangschob und seiner Mutter folgte. Über der Schulter der Frau sah man das zufrieden lächelnde Gesicht des Babys. Die Mutter machte keinerlei Anstalten, langsamer zu gehen, obwohl das Kind weit hinter ihr war. Am Tor blieb sie stehen, drehte sich um und rief: »So komm doch endlich.« Das Mädchen versuchte sich zu beeilen, rutschte aus und fiel auf die Knie, stand weinend auf und schob den Kinderwagen weiter. Dann wurde das Baby in den Kinderwagen gesetzt, die Mutter stopfte ihm Kissen in den Rücken, und alle drei verließen den Park, wie sie ihn betreten hatten, die Mutter mit einer Hand an der Seite des Bügels, das kleine Mädchen beide Hände nach oben gestreckt.

Hielt Sarah es für möglich, daß ihre Mutter, die bewundernswerte Mrs. Millgreen, mit ihren zwei kleinen Kindern je so umgegangen war? Bestimmt nicht. Sarah hatte hier ein Extrem an Lieblosigkeit miterlebt. Aber Augenblick mal – wie konnte sie oder sonst jemand das wissen? Was alte Leute erzählen, kann nur von ihren Zeitgenossen dechiffriert werden. Eine Unterbrechung im Erinnerungsfluß kann einen fürchterlichen Streit bedeuten. Ein halbes Dutzend so lapidare Wörter wie »Wir haben uns nie richtig vertragen« kennzeichnen unversöhnliche und jahrzehntelange Feindseligkeit. Mit »Diesen Sommer werde ich nie vergessen« oder »Wir hatten immer eine Schwäche füreinander« (und einem Lachen) erinnert man sich der heftigsten Leidenschaft eines ganzen Lebens. Ein alter Mann seufzt, einmal nur, Ausdruck einer langen Zeit des Trauerns, eine alte Frau stolpert über ein Wort oder einen Satz, weil er sie daran erinnert, daß sie einst drauf und dran war, Verrat an sich selbst zu begehen. Die junge Frau dort auf der Bank – würde sie im Alter noch etwas von ihrer Abneigung gegen ihre Tochter wissen? Vielleicht nur: »Jungen sind viel einfacher als Mädchen.«

Sehr wahrscheinlich – Sarah mußte an den gelegentlich recht nüchternen und energischen Ton ihrer Mutter denken – besaß jedoch jene Szene im letzten Sommer in Queen's Gift eine größere Allgemeingültigkeit, als die drei Jungen in ihren kurzen roten Bademänteln, den gekämmten blonden Haaren und den frischgewaschenen Gesichtern ins Zimmer gekommen waren, um ihrer Mutter gute Nacht zu sagen, und dann die Treppe hinaufpolterten, James aber zurückgekommen war, zweimal, und unter der Tür gestanden hatte.

»Was gibt es denn, James?«

»Nichts.«

»Dann lauf zu.«

Als sich der Junge zum Gehen wandte, hatten sich sein und Sarahs Blick getroffen. Nein, das war nicht jene trostlose Verlassenheit, das war kein tiefer Kummer, sondern eher ... Geduld. Ein gewisser Stoizismus. Er war weder vier noch sechs Jahre alt, sondern zwölf. Die Tür in seinem Innern war längst zugeschlagen, und er hatte vergessen, daß es sie überhaupt gab. Mit etwas Glück würde er nie von ihrer Existenz erfahren, würde nie gezwungen sein, sich an das zu erinnern, was dahinter lag.

Als Sarahs Großmutter im Krankenhaus starb – das war mehr als zwanzig Jahr her –, saß Sarah einen dunklen Herbst lang an den Nachmittagen und Abenden an ihrem Bett, manchmal zusammen mit ihrer Mutter, der Tochter der sterbenden Frau. Im Bett nebenan lag eine alte Frau, klein und federleicht wie ein Blatt, die Stunde um Stunde mit leiser, sanfter Stimme »Hilfe, Hilfe, Hilfe« rief, wie ein Vogel. Manchmal rief sie: »Hilfe, Mutter« – wobei sie die zwei Silben von »Mutter« deutlich trennte und bei der zweiten die Stimme wie zu einer Frage hob. »Hilfe« – während sie horchte und auf eine Antwort wartete, die nie kam. »Hilfe ... Mut-ter?«

Sarahs Großmutter hörte offenbar nichts. Jedenfalls ging sie nie darauf ein und beschwerte sich auch nicht. Sie war bei Bewußtsein, lag mit offenen Augen da, teils unter dem Einfluß von Medikamenten, ohne viel von ihrer Umgebung, ihrer Tochter und ihrer Enkelin wahrzunehmen. Die Stunden vergingen, dann ganze Tage, und Sarah saß bei ihr, registrierte voller Anerkennung, wie stoisch ihre Großmutter starb, lauschte aber den Rufen hinter dem weißen Vorhang. »Hilfe … Hilfe, Mut-ter?«

Als es vorbei war, sagte Sarahs Mutter: »Ich hoffe, ich halte mich so tapfer wie sie, wenn meine Zeit kommt.«

Monate sind vergangen. Sarah blickt in den Spiegel, genau wie an jenem Abend, an dem wir sie zum ersten Mal gesehen haben. Auf den ersten Blick hat sich nicht viel verändert, doch bei genauerem Hinsehen kommt man zu einem anderen Ergebnis. Sie ist um zehn Jahre gealtert. Ihre Haare, die so lange ihre weiche, matte Metalltönung beibehalten hatten, sind vorn von grauen Strähnen durchzogen. Sie hat sich den bedächtigen, vorsichtigen Blick älterer Menschen angewöhnt, die bang dem entgegensehen, was sie hinter der nächsten Ecke erwartet. Sarah hat sich verändert, und das gilt auch für die Zimmer, die sie bewohnt. Als ihre Tochter anrief, um zu sagen, sie käme Weihnachten mit den Kindern zu Besuch, betrachtete Sarah ihre Wohnung mit den Augen des sonnigen, unkomplizierten Kalifornien. Was ihr jahrelang so schwierig erschienen war, wurde auf einmal leicht. Die Maler kamen, und bald waren die Wände strahlendweiß. Sie warf alles Gerümpel hinaus, räumte Fensterbretter, Tische und den Platz oben auf den Regalen leer. Es kam ihr vor, als wäre eine Last von der Wohnung genommen worden, was zur Folge hatte, daß auch sie sich leichter und freier fühlte. Die Cézanne-Reproduktion warf sie nicht weg, obwohl ihr auch das nichts ausgemacht hätte, da sie ganz und gar einer vergangenen Gefühlswelt angehörte. Auch die kleine Fotografie von Julie warf sie nicht weg. Aber beides nahm keinen vorrangigen Platz mehr in der Nähe des Schreibtischs ein, sondern kam an eine Wand mit Fotos und Plakaten im Gästezimmer. Dort wohnten ihre Enkelkinder ein paar Wochen, kritzelten dem jungen Rühr-mich-nicht-an-Harlekin einen Schnurrbart ins Gesicht und verpaßten dem nachdenklichen Pierrot eine Brille.

Sarah reiste nach wie vor viel für das Green Bird, weil sowohl *Julie Vairon* als auch *Julie* in verschiedenen Teilen der Welt großen Erfolg hatten. Zwischendurch lebte sie etwas gemächlicher als bisher. Sie saß oft stundenlang da, blickte auf ihr Leben zurück und versuchte, Licht in dunkle Winkel zu bringen, obwohl die Vergangenheit seit dem Tod ihrer Mutter ein weit weniger ergiebiges Territorium geworden war. Der Wunsch der alten Frau war in Erfüllung gegangen, sie war eines Morgens beim Einkaufen tot umgefallen. Trauerte Sarah um sie? Es kam ihr nicht so vor. Sie war überzeugt, daß sie ihr Kontingent an Trauer für das ganze Leben aufgebraucht hatte. Es betrübte sie, daß sie ihre Mutter nicht befragt hatte, solange das möglich gewesen war, solange Kate Millgreen noch viel jünger war als zu dem Zeitpunkt, da Sarah angefangen hatte, sich Fragen über ihre Kindheit zu stellen. Aber vielleicht wäre ihre Mutter gar nicht in der Lage gewesen, Antworten zu geben. Sie war nie eine Frau gewesen, die zur Selbstkritik fähig war. Sarah eigentlich auch nicht, bis sie von dem »Großen Unglück«, wie sie es im stillen nannte, überwältigt worden war. Aber konnte etwas, das zu so viel neuem Verständnis geführt hatte, ausschließlich schlecht sein?

Eines Tages war ihr schlagartig dieser Gedanke gekommen, fertig und ausgereift, als hätte er nur darauf gewartet, daß sie ihn wahrnahm: Soll ich wirklich glauben, daß dieser fürchterliche, niederschmetternde Schmerz, diese schreckliche Sehnsucht, bei der man das Gefühl hat, eine grausame Faust preßt einem das Herz zusammen, genau das ist, was ein Baby empfindet, wenn es Hunger hat und nach der Mutter verlangt? Ist ein Baby, auch wenn es kaum größer ist als eine Katze, nur ein leerer Behälter, der darauf wartet, mit Milch gefüllt und dann liebkost zu werden? Nein, das Baby will mehr. Es sehnt sich nach etwas, das seinem Gedächtnis gerade entschlüpft ist, es sehnt sich nach dem Ort, von dem es gekommen ist, und wenn in seinem Magen das Bedürfnis nach Milch entsteht, ruft dieses Bedürfnis noch ein anderes wach, das ungleich stärker ist: So mag ein kleines Mädchen bei Sonnenuntergang mitten im Spiel innehalten und aufschauen, einen Himmel erblicken, der vor Trauer in Flammen steht, unversehens die Arme emporstrecken zu jener verlorenen Pracht und schluchzen, weil es sich so unendlich verlassen und ausgeschlossen fühlt.

Sich zu verlieben bedeutet, sich an die eigene Verbannung zu erinnern, und das ist der Grund, warum der leidende Mensch nicht geheilt werden will, obwohl er gleichzeitig weint: »Ich kann dieses Nicht-Leben nicht ertragen, ich kann diese Wüste nicht ertragen.«

Noch ein Gedanke kam Sarah, ein eher nüchterner: Wenn Amor seine Pfeile (nicht etwa Blumen oder Küsse) auf ältere und alte Menschen abschießt und ihnen dadurch schweren Kummer bereitet, geschieht das dann vielleicht auch, um Menschen, die möglicherweise zu lange leben, von der Bühne zu scheuchen, um Platz zu schaffen für die Jungen?

Und wen ließ Sarah an diesen Überlegungen teilhaben? Stephen – obwohl sie wußte, daß das Bewußtsein seiner Gegenwart, das Gefühl, daß er ganz nahe war, wie ein unsichtbares Wesen oder ein anderes Selbst, nur die Projektion ihrer eigenen Bedürfnisse war. Was sie von ihm in Erinnerung hatte, war vor allem die ungeheuere Wohltat ihrer Freundschaft, die Unbeschwertheit, ja sogar Fröhlichkeit in den Wochen, bevor er so fürchterlich heimgesucht wurde, bevor der mörderische schwarze Hund endgültig mit seinem ganzen Gewicht auf seinen Schultern landete und ihn zu Boden drückte.

Über Bill dachte sie nicht nach, weil sie keine Lust hatte, sich aufs neue über sich zu ärgern. Außerdem erschien ihr diese qualvolle Leidenschaft inzwischen bedeutungslos. Ein junger Mann – viel jünger, als sein Alter glauben machen wollte, und labil wie ein Heranwachsender – war von Julie verhext worden, genau wie alle anderen in ihrem Umkreis, und wie alle anderen war er nicht er selbst gewesen.

An Henry dachte sie sehr wohl, aber nur im Zusammenhang mit der Welt jenseits des normalen Lebens oder dahinter, jener Welt voller Lächeln und Leichtigkeit, in der sie, sollten sie sich durch Zufall wieder einmal treffen, ihr unterbrochenes Gespräch sofort wieder aufnehmen würden. Allerdings unwahrscheinlich, weil Sarah sorgfältig darauf achtete, daß es nicht dazu kam.

In jener Welt hatte sie einst auch mit ihrem kleinen Bruder Hal gelebt, als ihn zu lieben das einzige Unterpfand für die Hoffnung auf Liebe zu sein schien.

Hal hatte sich mittlerweise angewöhnt, abends unangemeldet hereinzuschneien.

»Hättest du denn nicht vorher anrufen können, Hal?«

»Du hast doch nichts Besonderes vor, oder?«

Er ließ sich behäbig in dem Sessel nieder, den sie als Besuchersessel betrachtete, und redete sich seinen hitzigen, verständnislosen Groll gegen sie und gegen Gott und die Welt von der Seele.

Wenn sie sagte, sie habe zu tun, fragte er: »Was denn?«

Dann sagte sie zum Beispiel – humorvoll natürlich, weil man ihm eine Antwort geben mußte, die ihn befriedigte: »Ich schreibe Briefe.« Oder: »Ich lese.« Oder: »Ich versuche ein Problem zu lösen, das mit dem Theater zu tun hat.« Wenn sie hartnäckig blieb, meinte er: »Dann will ich dich nicht bei deinen wichtigen Angelegenheiten stören«, und trollte sich wieder.

Manchmal, wenn er ankam und nicht mehr gehen wollte, sah sie ihn, ihren kleinen Bruder, auf einmal in seinem Hochstühlchen vor sich sitzen, den kleinen, feuchten Mund bewegen und sanft mit den plumpen Händchen herumwedeln, erfüllt vom Selbstvertrauen eines Kindes, das sich geliebt fühlt.

»Warum ziehen wir nicht nach Frankreich und leben dort, Sarah?«

»Aber ich lebe gern in London, Hal.«

Es gab Neuigkeiten von Briony und Nell, die sich wieder mit ihrer Mutter und mit Joyce – sofern sie zu Hause war – versöhnt hatten. Anne hatte berichtet, daß sich Hal regelmäßig mit der Leiterin der Physiotherapie-Abteilung im Krankenhaus traf, und mit ein bißchen Glück nahm sie ihn ja vielleicht.

»Es sieht vielversprechend aus«, sagte Nell zu Sarah. »Er hat gesagt, er wolle für eine Woche verreisen, und wir glauben, daß er sie mitnimmt.«

»Sei bitte nicht zu nett zu ihm«, sagte Briony zu Sarah, »sonst kriegen wir ihn nie wieder unter die Haube.«

DORIS LESSING

Das fünfte Kind
Roman (1988)
224 Seiten, geb.

Das Doris Lessing Buch
Eine Auswahl aus vier Jahrzehnten – aus Erzählungen, Romanen und persönlichen Erinnerungen (1989)
558 Seiten, brosch.

Der Preis der Wahrheit
London Stories (1991)
256 Seiten, geb.

Rückkehr nach Afrika
(1992)
528 Seiten, geb.

Unter der Haut
Autobiographie (1994)
528 Seiten, geb.

Hoffmann und Campe